LE BANQUET ANNUEL
DE LA CONFRÉRIE DES FOSSOYEURS

Carte p. 6-7 :

ISBN 978-2-330-16533-8

MATHIAS ENARD

LE BANQUET ANNUEL DE LA CONFRÉRIE DES FOSSOYEURS

roman

BABEL

Sèvre nantaise
BRESSUIRE
VENDÉE
vers LA ROCHE-SUR-YON
Laye
Secondigny
Coulonges-sur-l'Autize
Autize
LUÇON
FONTENAY-LE-COMTE
La Pierre-Saint-Christophe
MARAIS POITEVIN
Vendée
Échiré
Bouillé-Courdault
Abbaye Saint-Pierre de Maillezais
Benet
Sainte-Pezenne
Maillezais
Coulon
Sèvre niortaise
Damvix
NIORT
Arçais
Mauzé-sur-le-Mignon
LA ROCHELLE
CHARENTE-MARITIME
ROCHEFORT
Boutonne
SAINT-JEAN-D'ANGÉLY
Charente
vers SAINTES

CHÂTELLERAULT
Moussais-la-Bataille
Dive
Thouet
DISSAY
PARTHENAY
Vouillé
POITIERS
Vienne
Vonne
Clain
SAINT-MAIXENT-L'ÉCOLE
LUSIGNAN
Sèvre niortaise
VIENNE
EUX-SÈVRES
COUHÉ
MELLE
Tillou
Boutonne
CHEF-BOUTONNE
Nantes
Tours
Angoulème
20 km

Aux penseurs sauvages.

Dans nos existences antérieures nous avons tous été terre, pierre, rosée, vent, eau, feu, mousse, arbre, insecte, poisson, tortue, oiseau et mammifère.

THICH NATH HANH, citant le Bouddha.

I

LA PENSÉE SAUVAGE

De quelque côté qu'on se tourne, on voit la ville de Libourne.

ONÉSIME RECLUS, *Le Partage du monde.*

11 décembre

J'ai résolu d'appeler cet endroit la Pensée Sauvage, bien sûr.

Je suis arrivé il y a deux heures. Je ne sais pas encore vraiment ce que je vais consigner dans ce journal, mais bon, des impressions et des notes qui constitueront un matériau important pour ma thèse. Mon carnet d'ethnographe. Mon journal de terrain. J'ai pris un taxi depuis la gare de Niort (direction : nord-nord-ouest, quinze kilomètres, une fortune). À droite de la départementale paysages de plaine, champs interminables, sans haies, pas très gais dans le soir qui tombe. À gauche on longeait l'ombre noire des marais, ou du moins c'est ce qu'il m'a semblé. Le chauffeur a eu un mal fou à trouver l'adresse, même avec le GPS. (Coordonnées de la Pensée Sauvage : 46° 25' 25,4"nord 0° 31' 29,3"ouest.) Il a fini par entrer dans une cour de ferme, un chien s'est mis à aboyer, c'était là. La propriétaire (soixante ans, souriante) s'appelle Mathilde. J'ai pris possession des lieux. Ma maison (mon appartement ?) est en réalité la partie arrière du bâtiment principal, au rez-de-chaussée. Les fenêtres donnent sur le jardin et le potager. J'ai vue à droite sur l'église, à gauche sur un champ (j'ignore ce qui y pousse, de la luzerne ? J'ai souvent eu l'impression que tous les champs bas et verts étaient des champs de luzerne) et en face sur des rangs de ce que je soupçonne être des radis ou des choux. Une chambre, un salon cuisine, une salle de bains, c'est tout, mais c'est déjà beaucoup. Mon impression, quand madame Mathilde m'a dit, eh beh voilà, c'est chez vous, a été mitigée. À la fois heureux d'être sur le terrain et un peu angoissé. Je me suis précipité sur l'ordi pour vérifier si le wifi fonctionnait en prenant pour excuse mon article d'*Études et perspectives*. Une façon de me tromper moi-même, il n'y avait rien d'urgent. J'ai surtout envoyé des messages et tchatté avec Lara. Je me suis couché tôt, j'ai relu quelques pages de Malinowski et, dans le noir, j'ai été attentif à l'environnement sonore. Un vague bruit de moteur dans le lointain (la chaudière ?), de temps à autre une voiture encore plus lointaine. Puis je me suis endormi, le ventre vide.

Il faut absolument que je résolve le problème du transport et achète de quoi manger.

12 décembre

Première journée d'adaptation à mon nouveau terrain. La Pierre-Saint-Christophe est au milieu d'un triangle dont les sommets sont Saint-Maxire, Villiers-en-Plaine et Faye-sur-Ardin. Autant de noms mirifiques qui donnent sa forme à mon Nouveau Monde. Quinze kilomètres de Niort, dix de Coulonges-sur-l'Autize.

J'ai quitté la Pensée Sauvage vers 10 heures, après m'être rendu compte que je n'étais pas seul dans mes appartements d'ethnographe : la faune y est abondante. Sans doute le crapaud est-il attiré par les nombreux insectes et les chats par le crapaud. J'ai découvert dans la salle de bains précisément entre la douche et les toilettes une colonie de vers rouges, enfin des filaments rouges vivants qui ressemblent à des vers. Assez jolis quand on ne marche pas dessus. Ils se déplacent tranquillement vers la porte, et il faut donc les envoyer d'un jet d'eau dans la bonde avant de se laver. J'ai su sans problème surmonter mon dégoût, ce qui me rassure quant à ma capacité à affronter les difficultés du travail de terrain. Après tout, même Malinowski note que les insectes et les reptiles sont les principaux obstacles à l'ethnologie. (Puisque personne ne lira ce journal, je peux bien avouer que j'ai trouvé ça assez immonde d'avoir des vers dans la salle de bains et que j'ai hésité un quart d'heure avant de me doucher.) Il y a aussi un beau troupeau d'escargots nains, ce qui est assez inoffensif. Je suppose que le rez-de-jardin et l'humidité y sont pour beaucoup. Enfin bref j'ai quitté la Pensée Sauvage vers 10 heures et je suis allé voir ma logeuse madame Mathilde pour lui demander s'il y avait un moyen de se rendre à la ville afin de remplir le garde-manger, elle a pris un air très surpris, eh beh j'en sais rien, elle n'en savait rien, elle ignorait si des autobus desservaient le village. (J'ai appris aujourd'hui qu'il est possible de prendre le matin très tôt le bus des collégiens et lycéens, mais je vais passer pour un satyre et ensuite il me faudra attendre deux bonnes heures l'ouverture du supermarché, à noter dans le chapitre *Transports.*) Elle m'a conseillé tout de go d'acheter une voiture : à La Pierre-Saint-Christophe il n'y a qu'un café où l'on trouve des produits de première nécessité, c'est-à-dire des hameçons, des clopes et des cartes de pêche. Enfin bon, je ne vais pas être obligé de pêcher mon déjeuner : madame Mathilde (plutôt son mari, Gary, hâte de l'interviewer) a eu la gentillesse de me prêter une vieille mobylette, propriété d'un de leurs enfants (à noter dans le chapitre *Transports*) et un vieux casque noir sans visière dont la mousse part en lambeaux, avec quelques autocollants vintage (une grenouille qui tire la langue, un logo d'AC-DC). J'ai donc un moyen de locomotion assez précaire mais efficace. Vers midi je suis allé au supermarché, au chef-lieu de canton, Coulonges-sur-l'Autize (joli nom), j'ai acquis plein de trucs avant de me rendre compte que ce n'était pas facile à rapporter en mobylette : boîtes de thon, sardines, pizzas congelées, café et petite douceur (chocolat). La route départementale je ne sais plus combien serpente pour aller à la ville, et franchit une rivière assez large. (L'Autize ?) Un marché, une poste, une église, un petit château, deux boulangeries, autant de pharmacies, une boutique de vêtements, trois cafés, on en fait vite le tour. J'ai acheté le journal, pour me donner une contenance au Bar des Sports et bu un thé en écoutant les conversations, une façon de prendre contact avec l'endroit. Le patois (le poitevin-saintongeais, selon l'appellation linguistique officielle, il ne faut vexer personne) est sans doute en recul (mais n'anticipons pas : chapitre *Idiomes*, beau titre). J'espère avoir plus de chance au marché. Après le thé je suis rentré à la Pensée Sauvage ; à cause d'un chien j'ai failli me planter en mob (voilà une phrase que je n'aurais jamais pensé écrire un jour) au milieu d'un virage et finir dans un muret, mais fort heureusement j'ai pu redresser à temps, par miracle. Puis j'ai repris mon plan de travail. Six cent quarante-neuf habitants à La Pierre-Saint-Christophe d'après le dernier recensement et la mairie. Deux cent quatre-vingt-quatre feux, comme diraient les anciens. Le gentilé est Pétrochristophoriens, d'après Wikipédia et la page web de la mairie. Chers Pétrochristophoriennes, chers Pétrochristophoriens, j'ai décidé (chapitre *Questions*) de réaliser une centaine d'interviews parmi vous, tout en choisissant l'interviewé pour obtenir à la fin le même nombre de personnes dans chaque genre et classe d'âge. Ça me semble empiriquement une bonne idée. Un an de travail, réparti en deux campagnes de six mois. Génial. Je me sens plein d'énergie. J'ai jeté un coup d'œil à l'ébauche d'article pour *Ruralités vivantes* et eu tout de suite une première intuition. Décidément je travaille bien à la campagne.

12 décembre, suite

Il est 2 heures du matin, là, le silence et la solitude m'angoissent, impossible de dormir. J'entends des bestioles et j'ai l'impression qu'elles vont me grimper dessus dans la nuit. Trop tard pour rappeler Lara (elle a bien ri quand je lui ai annoncé que mes appartements s'appelaient dorénavant la Pensée Sauvage), il n'y a personne en ligne sur le tchat. En plus je n'ai que *Les Argonautes du Pacifique occidental*, le *Journal* de Malinowski et *Quatrevingt-treize* d'Hugo à lire, pas terrible pour se changer les idées. (Pourquoi ai-je emporté *Quatrevingt-treize* ? Sans doute parce que j'ai eu la vague impression que ça se passait par ici.) J'ai un peu froid, demain il faudra que je voie avec Mathilde pour qu'elle me prête un chauffage. Et maintenant ? Jouer à Tetris, voilà qui me détendra.

13 décembre

Radio : météo, Noël approche, etc., etc. Pluie glaciale, mob impossible. Acheter anorak, important. Premiers repérages dans le village. J'ai découvert qu'au bout du champ devant ma Pensée Sauvage, derrière les arbres (des peupliers ?), un peu en contrebas, coule une rivière. Ma logeuse m'a fait visiter l'église. La clé est très impressionnante, au moins deux bons kilos de fer forgé. L'église en elle-même un peu moins. Décor pauvre, assez banal. Jolie tout de même. Appris un truc marrant : le maire est aussi le croque-mort du canton, ou l'inverse. Lu un excellent article sur internet à propos de l'inventeur russe de Tetris. Un génie, ce type. Il faudrait lui donner le Nobel, apparemment il ne l'a pas encore obtenu.

RAS.

14 décembre

Bien dormi. Le chat a de nouveau déposé un crapaud mort devant ma porte, sympathique offrande, beurk. *Gallia est omnis divisa in partes tres*, disait César de la Gaule, eh bien ce bled est tout pareil. J'ai découpé le plan cadastral en trois zones, le côté du café, le côté de l'église, et le lotissement. Habitat plutôt dense dans le centre, fermes plus éloignées les unes des autres autour de l'église et pavillons récents dans le lotissement. Il y a gros à parier que les habitants du lotissement Les Bornes sont des rurbains qui travaillent en ville. (À noter pour le chapitre *Œuvrer*, bon titre.) J'ai décidé de rentrer à Paris le 23 pour les fêtes, il me reste dix jours de boulot avant la trêve. Premier entretien, Mathilde, comme je l'ai pour ainsi dire sous la main c'est le plus facile, elle me permettra de mettre au point ma grille de questions, et je pourrai l'affiner par la suite. Je lui ai expliqué pourquoi j'étais là, pourquoi j'allais passer un an dans ce village, elle a eu l'air surprise. Vous allez nous étudier, c'est ça ? elle a dit. J'ai répondu, euh, pas que vous, ce qui n'était pas très adroit. Alors j'ai ajouté, le but de ma thèse est de comprendre ce que signifie vivre à la campagne aujourd'hui, j'ai trouvé cette synthèse fulgurante (à noter dans le chapitre

Questions). Comme quoi c'est au contact de la réalité qu'on formule vraiment ses objectifs. Elle a eu l'air rassuré, je crois. En tout cas, rendez-vous pris pour demain matin. Là je file, je dois retrouver le maire au Café-Pêche pour qu'il me présente le patron et les habitués. L'édile prend sa tâche très au sérieux, apparemment. Quand il a su que je venais de la Sorbonne (c'est un peu vrai) il a tenu à me faire lui-même les honneurs du village. Sa question, c'est "pourquoi nous ?" "Pourquoi ici ?" Je ne peux pas lui expliquer le coup de la subvention du conseil départemental des Deux-Sèvres, ce serait un peu humiliant (je ne peux pas non plus lui dire que le nom du patelin m'amusait et qu'il était assez paumé pour être intéressant), alors je réponds que c'est mon directeur de thèse le célèbre professeur Yves Calvet qui a choisi l'endroit, c'est plus sérieux, comme si le doigt de Dieu (de l'Université, en l'occurrence) avait désigné leur campagne, ils se sentent valorisés, c'est très bien. Je me demande ce que Calvet dirait s'il savait. Il s'en battrait très certainement le coquillard. Bon, je file, je suis déjà en retard.

14 décembre, suite

Alors voilà, ça y est, je suis introduit dans le lieu de socialisation clé du bourg, le centre réel du village, le Café-Pêche chez Thomas. Effectivement, on y vend des cigarettes, des articles divers pour la pêche, des boîtes de conserve, du lait et autres liquides, quelques journaux et magazines. Thomas le patron a une soixantaine d'années et un embonpoint certain. Tables en formica rouge pâle, vieux comptoir de la même matière, chaises à pieds métalliques. Télé. Forte odeur de vin, d'anis et de tabac froid, ce qui me pousse à croire qu'on ne respecte pas forcément la législation sur la clope dans les lieux publics. (La campagne est frondeuse, premier indice.) Quatre hommes jouant aux cartes, deux autres au bar, pas de femmes. Blanc-cassis, demis, Ricard™. J'ai eu toutes les peines du monde à refuser la tournée, fini par prendre un Orangina® dont la pulpe était collée au fond de la bouteille et la capsule rouillée sur les bords, ce qui m'incite à penser qu'ici on ne boit pas beaucoup de boissons gazeuses à part des demis. J'aurais peut-être dû accepter un kir ou un truc comme ça, mais il fallait que je garde toutes mes facultés pour travailler un peu.

Je commence à prendre goût à ce journal. C'est amusant, on a l'impression de parler à quelqu'un. Je me rends compte à quel point je ne suis pas moi-même avec les gens d'ici. J'ai la sensation de jouer un rôle. L'observateur essayant d'apprivoiser un milieu hostile. Je marche sur des œufs. Je suis peut-être trop prudent. (Chapitre *Questions* ?) Le maire a l'air d'être un joyeux luron, malgré sa profession pas gaie. Thomas le patron m'a dit, vous n'avez qu'à rester ici une semaine sans bouger et vous rencontrerez tout le village.

Une semaine à boire de l'Orangina® périmé je vais avoir un ulcère, j'ai pensé. À ce moment-là une jeune femme est entrée dans le bar, comme pour donner raison au patron. Un peu plus âgée que moi, autour de trente-cinq ans je dirais, un air hippy-campagnard (je me comprends), pas souriante, elle ne m'a même pas adressé un regard, elle s'est plantée au comptoir et s'est mise à crier, une histoire de légumes et de paiement que je n'ai pas comprise. Thomas le patron lui a répondu sur le même ton, mais non je ne te dois rien, ils ont commencé à s'insulter, le maire est intervenu en disant, calmons-nous, calmons-nous, puis la furie est sortie en claquant la porte, ce qui a provoqué un soupir de soulagement chez le maire et le tenancier, soupir suivi d'une série de commentaires désobligeants mais apparemment justifiés.

— Elle est de plus en plus folle.

J'ai demandé de qui il s'agissait, l'air de rien.

— Une cinglée, a dit le patron.

— Une maraîchère, a dit le maire. Elle fait pousser des légumes.

— Elle est d'ici ? (J'ai trouvé ma question très pertinente)

— Plus ou moins, m'a-t-on répondu sans que je n'apprenne rien de plus. Seule certitude : il y a au moins un autochtone féminin dans la catégorie trente-quarante ans.

Trêve de bavardages. Ce qui va être long, ce sont les soirées, à moins que je ne devienne poivrot au Café-Pêche. Heureusement qu'il y a Tetris, internet et Malinowski, sources de plaisir et de savoir. Une fois le dîner terminé (comme maintenant : omelette entre deux tranches de pain de mie devant l'écran) je m'ennuie un peu. Pas envie de me mettre à Victor Hugo. Ma Pensée Sauvage n'est pas un endroit triste, juste un rien austère. Il faut que je rapporte des trucs de Paris, une ou deux images pour les murs, des livres, de la déco quoi. Après tout je vais passer un an ici. Quand j'y pense, c'est décourageant, ma troisième nuit au village et je m'emmerde déjà comme un rat mort. Par chance j'ai rendez-vous avec Lara dans dix minutes.

14 décembre, suite

C'est très frustrant, ces webcams, malgré (ou à cause de) l'intense charge érotique. Lara était en pyjama, un genre de satin, je crois. Hum, cette remarque est un peu déplacée. On n'imagine pas Lévi-Strauss parler des dessous de sa femme. (Idée d'article : la sexualité des anthropologues sur le terrain. Confer les pensées obscènes de Malinowski sous sa moustiquaire.) N'empêche : je suis troublé, là. Pour un peu j'enverrais tout promener et rentrerais à Paris séance tenante, mais je devrais me taper d'abord vingt bornes de mob dans la nuit glaciale jusqu'à la gare, puis deux heures trente de TGV, s'il y a encore des trains à cette heure-ci, ce dont je doute. Donc rien. Je suis aussi loin que Malinowski au milieu du Pacifique, car l'éloignement signifie juste ne pas pouvoir obtenir ce que l'on veut au moment où on le désire : qu'il s'agisse de deux heures, de deux jours ou de deux mois de voyage, peu importe. J'aimerais être avec Lara, là, en ce moment et je suis seul à la Pensée Sauvage, seul comme Napoléon Chagnon chez les Yanomamö. À moi, dieux de l'anthropologie, petits dieux des Sauvages, venez me secourir et me porter vers la Thèse Parfaite.

Le mieux est de penser à autre chose : poursuivons le récit des rencontres de la fin d'après-midi. Donc après l'irruption de la dénommée Lucie, furieuse pour une histoire de sous, le maire a entrepris de me présenter aux joueurs de cartes, qui m'ont regardé comme si j'étais un Martien. Ils ont vu sur moi le masque de l'altérité, pourrait-on dire en termes lévinassiens. J'aurais sorti mes verroteries et mes machettes pour leur offrir des présents rituels qu'ils n'auraient pas réagi différemment. Il va me falloir du temps avant d'être accepté. Je leur ai souri, et même je leur ai demandé à quel jeu ils jouaient, histoire d'avoir l'air de m'intéresser à eux, peine perdue, la question leur a fait ouvrir de grands yeux, *beh, à la coinchée*, ça m'apprendra. Je viens de regarder dans le *Robert*, *coinchée* : régional, Ouest (jusqu'ici ça va), jeu de cartes, variété de belote avec enchères, voilà qui n'éclaire pas vraiment ma lanterne. J'ai interrogé discrètement le maire, les joueurs de cartes sont des hommes du village, aux professions diverses, mais tous pêcheurs ou chasseurs assidus. Certain de les croiser plus tard, j'ai renoncé à noter leurs noms.

Rencontre plus intéressante, à tous points de vue : Max. Environ cinquante ans, blouson en cuir, bouc noir, grosse figure, épaules, un peu de bide, un casque, une moto devant la porte, franc-parler – je me serais cru de retour à Paris, à Montreuil plus précisément. Il passait acheter des clopes quand le maire l'a interpellé et lui a proposé de boire un coup avec nous. Max est artiste ; il s'est installé ici il y a une dizaine d'années (effectivement il vivait à Montreuil, hasard amusant). Il habite une grande ferme un peu à l'écart du village, d'après ce qu'il m'a expliqué. Il m'a cordialement invité à lui rendre visite dès que j'aurais un moment. Il a quitté Paris parce qu'il avait besoin de plus d'espace pour travailler, et aussi parce que son ex-femme l'emmerdait, comme il dit. J'ai hâte d'entendre ses impressions sur les habitants. Apparemment il n'a pas la langue dans sa poche.

Donc, deux pastis plus loin, le maire, qui en était à quatre, si j'ai bien compté, commençait à être gris. Ses pommettes étaient un peu rouges, ses yeux aussi, et surtout sa façon de parler prenait un tour définitivement local. Compréhensible, mais très local. Il parlait de politique avec le patron et Max ; il pestait contre la préfecture, qui avait annulé un de ses arrêtés municipaux de l'automne, relatif à l'interdiction de cueillette des champignons par des étrangers inconnus sur les bois communaux, ce qui était pour lui une blessure d'orgueil – juste d'orgueil, rigolait Max, parce que dans le petit bois des Ajasses, personne n'avait jamais vu la queue d'un cèpe. Les conversations se sont un peu interrompues le temps du journal local à la télévision, il était donc 19 heures, l'heure de retrouver la Pensée Sauvage ; j'ai remercié le maire de son accueil et de son aide, dit à Max (qui ne semblait plus pressé de partir) que je l'appellerais pour passer le voir, j'ai salué le patron et je suis rentré. La nuit était humide ; sans étoiles et pourtant éclairée par les innombrables guirlandes de Noël que les gens d'ici accrochent à leurs façades, un peu comme un concours, à qui aurait le plus d'ampoules scintillant dans l'obscurité et de pères Noël lumineux escaladant les fenêtres. (Enquêter, découvrir l'origine de cette coutume étrange.) Il me faut, à pied, exactement quatre minutes à pas normal pour retrouver la Pensée Sauvage (et déclencher les aboiements rageurs du chien de Gary en traversant la cour, j'espère qu'il va bientôt s'habituer à moi, c'est un peu effrayant).

Lecture, et extinction des feux.

15 décembre

Enrhumé au lever. Chambre glaciale, penser à demander un chauffage d'appoint. La colonie de vers progresse dans la salle de bains (beurk), les escargots miniatures aussi dans le séjour, les deux choses sont-elles liées ? Petit-déjeuner rapide. Préparé questionnaire, vérifié enregistreur. Bonjour à Lara sur le tchat. Je viens de voir Mathilde traverser la cour. Elle est donc chez elle. J'y vais. Du boulot, enfin.

15 décembre, suite

Deux heures d'enregistrement et un lapin à la moutarde (pas eu le cœur de lui dire que je n'aimais pas le lapin, donc mangé du lapin, c'est assez bon en fin de compte. Je m'adapte vraiment très vite). Mathilde est très sympathique et surprenante. Première surprise : elle m'a reçu d'abord dans sa cuisine, le temps de prendre un café, et m'a ensuite amené dans ce qu'elle appelle "le bureau". Il faut que je révise mes hypothèses : non seulement il y a un ordinateur dernier cri, mais aussi une imprimante et une foule de livres d'informatique et de comptabilité. Mathilde gère l'exploitation familiale. Son parcours professionnel (pas trouvé d'autres mots) est impressionnant. Fille d'agriculteurs elle se marie jeune et apprend, seule, la gestion. Elle se met à l'ordinateur, comme elle dit, dans les années 1990. Gary s'occupe de l'agriculture proprement dite, et elle, de l'administration. Factures, investissements, endettement, c'est elle qui a la main sur tout. Sans compter le potager et la basse-cour (volailles et lapins), seule production animale de l'exploitation, pour consommation domestique principalement. Mathilde a repris l'élevage il y a peu (activité abandonnée depuis le décès de sa mère, il y a longtemps), parce qu'elle en avait assez, dit-elle, de manger d'infects poulets de supermarché. Là encore, les ruraux rejoignent les urbains dans les questions ayant trait à la qualité de l'alimentation. Les enfants ont étudié en ville et se sont mariés loin (banlieue parisienne et Bordeaux). Ils n'ont pas la compétence pour reprendre la ferme, encore moins le désir, et la question de la fin d'activité se pose. (Mathilde a cinquante-sept ans et Gary soixante-deux.) Auparavant Mathilde s'occupait en outre de la paroisse du village et aidait le prêtre dans sa vie quotidienne, jusqu'à son décès subit (elle avait l'air très affectée en en parlant) il y a près de deux ans. J'en déduis qu'elle est catholique pratiquante (pas prévu de questionnaire "religieux" encore, mais j'envisage d'ajouter un chapitre *Croire*). Elle m'apprend que depuis la mort de l'abbé (est-ce abbé le mot juste ? Putain je suis nul en catholicisme), il n'y a plus d'ecclésiastique résidant au village, mais un prêtre volant pour, dans le désordre, les baptêmes, les enterrements et les mariages. (Le village a donc perdu en centralité, du moins sur le plan sacerdotal. Y a-t-il aussi des minorités religieuses ? des protestants, des juifs, des musulmans ? Des bouddhistes, qui sait ?) Mathilde est assez pudique, notamment pour ce qui touche à l'intimité et à la vie sexuelle (il faut que je revoie cette partie de la grille d'entretien. Ma question sur l'adultère est tout simplement minable, pas pu la poser, je dois trouver un moyen d'enquêter sur ce mode de relations sociales de façon plus indirecte) et à l'argent. Quand il s'agit de ses revenus, elle répond vaguement, on s'en sort, il y a des moments plus difficiles que d'autres, l'année dernière a été excellente. (Je peux toujours extrapoler des chiffres à partir du prix de la tonne de blé.) Elle est en revanche intarissable sur son enfance. La ferme de ses parents, ses sœurs, les veillées, les feux de la Saint-Jean (pratique que je croyais plutôt urbaine, enquêter, chapitre *Célébrer*), les châtaignes dans la cheminée, les promenades dans les bois, les fêtes au village, le four du boulanger (elle se rappelle encore, disait-elle, le goût du pain brûlant sur lequel on faisait fondre du beurre), les bals les samedis à l'adolescence, j'en ai une bonne heure d'enregistrement. Les différents personnages de sa jeunesse, aussi, son père, sa mère, ses sœurs ; comment elle a rencontré son Gary, qui a courtisé d'abord sa sœur aînée, parce que j'étais encore petite, disait-elle, comme si, de ne pas l'avoir été, Gary se serait immédiatement intéressé à elle ; puis le temps de leurs fiançailles, de leur mariage, la reprise de la ferme de ses beaux-parents, etc., etc. Je crois qu'elle était contente qu'on l'écoute. Au milieu de l'entretien nous sommes retournés dans la cuisine, où elle a préparé le lapin (fort heureusement sorti tout découpé du réfrigérateur). Je suis passé aux relations de voisinage dans le village, et là encore, elle est surtout revenue à ses souvenirs : comment autrefois il y avait beaucoup plus d'occasions de se retrouver, les déjeuners dans les cours des fermes, aux beaux jours, etc. Encore de la nostalgie. Elle a en revanche été incapable de me raconter un événement social récent auquel elle ait participé à part, précisément, l'enterrement du curé. D'après ses dires elle entretient de bonnes relations avec ses voisins. Ah oui, j'ai appris aussi que ma Pensée Sauvage avait été au départ un gîte rural pour touristes, mais vu le travail que cela demandait et le peu de clients obtenus, Mathilde avait trouvé plus rentable de le louer à l'année. (À noter pour le chapitre *Œuvrer.*) Puis on s'est retrouvés autour du lapin, Gary est arrivé pour le déjeuner, il était allé faire réviser un tracteur. Il n'a pas posé de questions quant à l'interview, juste demandé, alors, ça s'est bien passé ? Comme s'il respectait l'intimité de sa femme. Gary a un visage assez beau et des yeux d'un bleu vif, il paraît jeune pour son âge. On a bavardé pendant le déjeuner, ça a été leur tour de m'interroger. Ils étaient assez curieux de savoir comment on devient anthropologue ; ils voulaient aussi que je leur explique pourquoi la science s'intéressait à leur village. J'ai décidé de leur dire la vérité : la subvention du conseil départemental, ma volonté de rédiger la vraie monographie rurale qui manquait à l'ethnologie contemporaine, mon intuition (appuyée sur une étude exhaustive de la bibliographie) que cette région pouvait être représentative des enjeux actuels de la ruralité. Je leur ai expliqué que mon terrain antérieur était une petite bourgade de l'Ariège, et Gary a eu cette remarque, ah, le Sud, pour le climat vous devez regretter, ce qui prouve qu'il ne connaît pas l'Ariège, presque aussi humide qu'ici. Je les ai vivement remerciés pour le déjeuner et surtout la mobylette, qui me sauvait littéralement la vie, j'ai fait promettre à Gary qu'il m'emmènerait un jour à la chasse avec lui, et je suis parti. À la Pensée Sauvage j'ai remis le dépouillement de l'enregistrement à plus tard (mon programme de transcription automatique a autant de mal avec le parler de Mathilde qu'avec l'accent ariégeois, j'aurais dû m'en douter, ces trucs sont conçus par des Parisiens pour des radiologues orléanais) afin de consigner au plus vite ces événements dans le Journal.

Ce qui est surprenant et vraiment très prometteur, c'est que ce village a l'air jusqu'ici très amical et accueillant. À moins que ce ne soit le petit verre de rouge que Gary m'a forcé à boire qui me rende guilleret (pas si infect, ce picrate, par ailleurs).

15 décembre, suite

Tard dans la nuit. Solitude. Pensées lubriques. Lara partout. Je me demande si on ne devrait pas arrêter la webcam avant de passer définitivement à la sexualité postmoderne. L'idée de finir par me masturber devant un écran me dégoûte un peu. Enfin bon, plus que huit jours à tenir, c'est quand même pas la mer à boire.

Découverte intéressante en jouant avec la calculatrice de l'ordinateur : les inverses de 11, 22, 33, 55, 77 et 121 sont tous des nombres périodiques. 1 sur 11 = 0,090909090909 *et cetera* ; 1 sur 22 = 0,0454545454545 et ainsi de suite. Je me demande si cette loi ne serait pas la face cachée d'un important théorème sur les inverses des nombres premiers.

L'ennui et la curiosité sont les mamelles de la science.

16 décembre

Putain la journée commence mal. Je viens de recevoir les commentaires du *reviewer* d'*Études et perspectives* pour mon article. Le salaud. (Ou la salope, c'est fort possible que ce soit une femme, la garce, même s'il y a un côté horriblement *viril* dans ces critiques malveillantes et cette ironie cruelle.) Pour qui ils se prennent, ces prétentieux ? Remarque un : *Les résultats de cette brève contribution ariégeoise paraissent d'autant plus maigres que ses objectifs sont démesurés.* Chiens galeux. En plus elle ne veut rien dire, cette phrase. Brève contribution, mes couilles. Cinquante pages, le cœur de mon mémoire. Je les hais. Et puis il continue : *Le flou méthodologique est tel qu'il parvient à amoindrir encore l'intérêt d'observations pourtant déjà indigentes.* Une vraie descente en flammes, j'en ai la nausée et les yeux qui brûlent. Et il conclut, après tout un paragraphe de fiel immonde : *Le titre "Retour à Montaillou" pourrait arracher un pâle sourire au lecteur si le texte qui le suit n'était pas aussi éloigné de Le Roy Ladurie que le* XIII*e siècle l'est du* XXI*e.* C'est qu'il se fout de ma gueule, en plus, le *reviewer*. Je vais leur citer Thomas Bernhard : "L'insigne comité de rédaction de la revue *Études et perspectives anthropologiques* est une académie de trous du cul sans talent." Et ajouter une scolie bien sentie du genre "on se demande si la médiocrité de votre revue est la cause ou la conséquence de votre incommensurable connerie" pour terminer par "en vous pissant glorieusement à la raie, monsieur le *reviewer*", ce qui aura au moins le mérite d'être explicite.

J'en suis malade, j'en pleure et je vais me recoucher.

17 décembre

Trop abattu hier pour rallumer l'ordinateur. Aujourd'hui, beau temps, ce qui est assez rare pour être signalé. Ça me remonte le moral. Il a gelé, les arbres ont un magnifique feuillage de givre. (Belle phrase, tiens.) Mathilde m'a prêté un chauffage électrique, agréable chaleur. J'ai commencé par un peu de ménage, expulsé *manu militari* trois escargots nains, nettoyé les cadavres de deux autres écrasés par inadvertance, envoyé en enfer une bonne dizaine de vers rouges en nettoyant la salle de bains. Comme j'en avais marre de virer les chats dès que j'ouvrais la porte j'ai décidé de les adopter, et cette compagnie animale est finalement bien douce. Seule restriction : ils n'entrent pas dans ma chambre. Ils sont deux, un rouquin plutôt bonhomme et un noir assez inquiétant, tout droit sorti d'un livre ésotérique sur les pratiques magiques campagnardes. Ils se frottent contre mes jambes pendant que j'écris. Il y a presque une semaine que je suis là, et je n'ai toujours pas vu les marais, alors j'ai décidé de partir en expédition. Après ma crise de déprime, profiter un peu de la nature me fera du bien. Heureusement que Lara était disponible hier soir, on a parlé une bonne heure et j'ai repris courage. La carrière universitaire est décidément un long chemin planté de douleur. Quand je pense à ces ordures d'*Études et perspectives* j'ai des envies de meurtre. Il faut que je publie si je veux avoir une chance d'obtenir un poste après la thèse, je ne peux pas rester étudiant *ad vitam*, à mendier des bourses à droite à gauche. J'ai déjà bientôt trente ans (Aaaarrrgh), je ne suis pas en avance. Lara me soutient que *Ruralia* prendrait facilement mon article, mais je n'ai pas l'énergie suffisante pour leur envoyer tout de suite. Je pourrais peut-être remonter à l'assaut d'*Études et perspectives* avec une version remaniée de mon intervention au colloque de Clermont-Ferrand (on s'était bien marrés, d'ailleurs, fini à pas d'heure dans un bar qui s'appelait le Viking, ou le Drakkar, je ne sais plus, à danser avec les congressistes, notamment une directrice de recherches au CNRS spécialiste d'histoire de techniques agricoles, pourquoi est-ce que je repense à elle maintenant ?) mais ce texte est trop bon pour ces raclures de bidet, ils s'en passeront. Maintenant, détente : j'ai de l'essence dans la meule, de quoi parcourir une centaine de kilomètres d'après mes calculs, j'ai garni mes fontes de chocolat, de biscuits, d'une bouteille d'eau et d'une carte IGN de la région, j'ai mon cache-col en laine et mes gants, je suis paré.

Avanti, popolo.

17 décembre, suite

Gelé, proprement gelé. J'ai cru que je ne réussirais pas à descendre tout seul de la mob, mes genoux refusaient tout simplement de se déplier. Là j'ai mis le radiateur sous le bureau, à fond et je grelotte encore. Mais belle balade tout de même. De l'autre côté de la grand-route, le paysage change du tout au tout, à croire qu'elle a été placée à dessein, une vraie frontière. Au-delà, les marais étalent leurs arbres sans feuilles et leurs voies d'eau innombrables, rivières, canaux, ou simples caniveaux, qu'on appelle "rigoles" ; les champs y sont des îles vertes jonchées de troncs morts ; on y croise des barques plates manœuvrées par des hommes debout sur l'arrière, une longue godille à la main, des maisons basses, aux volets souvent colorés et, agenouillées au bord de l'eau pour laver leur chevelure, les branches ployées d'un saule pleureur. On marche du regard sur les nappes de brume, on dérange des pêcheurs alignés comme des peupliers sur un chemin de halage, on traverse des villages blancs et déserts, engoncés dans leur linceul de calcaire. J'ai été frappé par la grande beauté et l'immense tristesse de ces parages, même par beau temps, c'est dire. Au printemps j'irai me promener en barque, il y a plusieurs ports qui proposent des excursions. Je pourrai emmener Lara si elle vient passer quelques jours avec moi à Pâques. D'ici là je connaîtrai la région comme ma poche, pour le moment c'est loin d'être le cas. Malgré la carte et le GPS j'ai réussi à me paumer deux fois, il faut dire à ma décharge qu'il n'est pas très très facile de consulter son téléphone en mob, encore moins une carte, et que l'absence presque totale de relief ne rend pas l'orientation aisée. À midi j'avais trop froid, je me suis arrêté dans un gros bourg posé au bord de l'eau, apparemment touristique, avec une boutique de souvenirs et une agence immobilière, mais évidemment, un jeudi matin de grand froid, il n'y avait pas âme qui vive. Dans le magasin on vendait des spécialités régionales étranges, liqueur d'angélique (qu'est-ce que l'angélique ?) et pâté de ragondin (j'imagine des pêcheurs bedonnants assommer de gros rats aquatiques à coups de rame dans le fond de leur barque avant de les transformer en rillettes, beurk). Un restaurant tout aussi touristique proposait un menu local, soupe de lumas (nom régional des escargots, re-beurk) et anguilles, je me suis rabattu sur une petite crêperie (idée d'article : tracer la frontière sud de la galette de sarrasin, peut-être aussi significative que celle qui sépare la tuile de l'ardoise ou le granit du calcaire – intuition : la galette de sarrasin voterait-elle à gauche ?) plutôt sympathique, dans une ruelle à deux pas de la rivière. Il y avait une cheminée, je me suis réchauffé et rassasié, et j'ai repris mon excursion, cette fois-ci vers le nord. J'ai franchi sans m'en rendre compte la frontière de la Vendée avant de trouver, posée elle aussi au bord de l'eau, sur une île, l'abbaye de Maillezais, celle dont Rabelais s'est inspiré pour l'abbaye de Thélème (en ruine, pas de moines bien sûr, ni de potager, encore moins de vignes – acheté les œuvres complètes de ce grand homme dont j'ignore à peu près tout, c'est bien de se savoir entouré de personnages illustres, c'est encourageant). Puis repris vers l'est, traversé un chapelet de jolis villages, visité une église romane du XIIe siècle, cool, avant de passer à nouveau l'autoroute, de me retrouver dans la plaine et de me laisser glisser jusqu'à la Pensée Sauvage, transi de froid, mais heureux de connaître un peu mieux les environs.

Bon, tout ne peut pas être loisir et plaisir, il faut que je me remette au travail, j'ai l'entretien de Mathilde à transcrire avant mon rendez-vous au café avec le maire à 18 heures, heure locale de l'apéritif. Il doit me présenter le doyen du village, et m'aider à prendre rendez-vous avec lui pour un entretien, avant qu'il ne soit trop tard, comme il dit. Apparemment le bonhomme est très âgé. Le maire avait l'air si enthousiaste que je n'ai pas eu le courage de lui dire que je n'étais pas folkloriste, que je ne cherchais pas spécialement à rencontrer les vieillards, enfin bref.

17 décembre, suite

Lara, tu es là ? Tu es lààààà ? Non, elle n'est pas là. Bon, j'écris quoi, maintenant ? C'est compliqué Rabelais, au fait, j'y pige que couic. Ça n'a rien à voir. Je viens de perdre lamentablement à Tetris en deux minutes. Je fais quoi ? Malinowski ferait quoi ? Je suis sûr que Lévi-Strauss serait un champion de jeux vidéo. Quel métier de merde, anthropologue. "De quelque côté qu'on se tourne, on voit la ville de Libourne." C'est une phrase d'Onésime Reclus dans *Le Partage du monde*, particulièrement adaptée à la situation, Libourne est à quoi, deux cent cinquante kilomètres ? Bonne idée, Onésime Reclus. Plus du tout à la mode. L'alcool me réussit. Je suis un aigle, je pense vite, je pense bien. Les idées affluent, les idées affluent, une seconde que je vous note sur du vrai papier. Je peux notre noter d'un une main et taper l'autre.

18 décembre

Frigorifié, un peu mal à la tête. Trop soûl hier pour penser à fermer la porte de la chambre, dormi avec les chats, réveillé par des léchouilles râpeuses. J'ai décidé de conserver le paragraphe antérieur au lieu de l'effacer, après tout, c'est une expérience qui a sa valeur. Il faut que j'essaye de me rappeler comment j'en suis arrivé là, c'est important. Il n'y a rien de honteux. (J'espère juste ne pas avoir adressé de mail d'insultes à la rédaction d'*Études et perspectives*, apparemment je leur ai envoyé un message sans texte, sans doute par chance ai-je décidé, après une longue réflexion paranoïaque, que le silence était un mépris encore plus éloquent que les injures. Quant à la missive pornographique pour Lara, elle est certes embarrassante, mais sans réelles conséquences.) Il est impressionnant d'observer le fonctionnement pervers de la mémoire alcoolisée, Onésime Reclus, mon Dieu. Mais procédons par ordre.

Je suis sorti hier à 17 h 55 pour retrouver le maire au café, après avoir transcrit une infime partie de l'entretien de Mathilde, bien fatigué par mon expédition maraîchine. Devant l'insistance de l'assemblée (les mêmes : Max, le maire Martial et le patron) et ne souhaitant pas renouveler l'expérience de l'Orangina®, j'ai accepté un premier blanc-cassis, suivi d'un deuxième, en discutant le bout de gras. Je leur ai raconté ma promenade, ils m'ont donné des détails sur les lieux dont j'avais retenu les noms. Max possède une barque, il m'a proposé de m'emmener faire un tour, quand j'en aurai envie. Jusque-là, tout allait bien. Est arrivé alors un personnage haut en couleur répondant au prénom d'Arnaud. Arnaud a donc une trentaine d'années, un visage rond, un regard inquiet, les yeux toujours en mouvement, et un tic nerveux étrange : il se renifle très fort l'avant-bras, puis se gratte la tête, dans cet ordre, à peu près toutes les trente secondes. Outre le reniflage et le grattage, Arnaud dit Nono dit le Benêt a une autre caractéristique, qui lui vaut sa popularité : c'est un calendrier vivant. Il suffit de lui donner une date (généralement la date du jour, mais on peut essayer avec n'importe laquelle, je l'ai expérimenté) et il commence une litanie inouïe : *17 décembre, Saint-Judicaël, naissance de Napoléon Bonaparte, de Constantin l'Aréopage et de Michael Jordan, mort de Marie Curie, de Michel Platini et de qui sais-je encore, 17 décembre 1928 Machin devient président du Conseil, 17 décembre 1936 démission de Léon Blum, 17 décembre 1917 2 157 tués dans l'offensive de la cote 227 au Chemin des Dames, 17 décembre 1897 première de* Cyrano de Bergerac *à Paris, 17 décembre 1532 élection du pape Pie VI, 17 décembre 800 couronnement de Charlemagne, 17 décembre 1987 mort de l'inventeur du matelas à ressorts et de Marguerite Yourcenar*, etc., etc., le tout débité à une vitesse hors du commun, dans le plus grand désordre. Le maire m'a confirmé que toutes ces dates étaient avérées, et qu'il était impossible de le prendre en défaut. Évidemment je lui ai posé la question, mais comment faites-vous pour savoir tout ça, ce à quoi il a répondu, beh je le sais, c'est tout. Nono est aussi un passionné de mécanique et travaille chez le mécanicien agricole à la sortie du village. Je lui ai dit, 1er mai, et il a commencé, *1er mai, fête du Travail, Saint-Jérémie, 1er mai naissance de Machin, naissance de Truc, mort de Bidule, 1er mai 1955 répression des manifestations à Oran, 1er mai 1918 1 893 morts sur la Somme*, je ne sais où, etc., etc. Il a demandé un autre verre, Thomas le patron l'a servi en rigolant.

Après quelques dates de plus, Arnaud était un peu pompette ; il était même soûl comme un Polack, pour reprendre l'expression de Max. Il se reniflait la peau plus que jamais, bégayait, et se retenait de tomber en s'agrippant au comptoir. Son élocution devenait de plus en plus mystérieuse et il grommelait des choses incompréhensibles, pour lui seul, en battant la mesure de chansons inconnues avec ses baskets pleines de cambouis contre le bar. Un sacré numéro, Arnaud.

Nous étions en pleine discussion du bout de gras (en l'occurrence la possible apparition d'un saucisson que la radinerie du patron, disait Max, retardait) et Arnaud tenait le comptoir à bout de bras pour ne pas qu'il s'effondre quand la dénommée Lucie (cheveux longs détachés, veste en jean, pantalon rouge) est entrée en trombe dans le rade. J'ai tout de suite vu que Thomas et le maire détournaient le regard, comme si de rien n'était ; Lucie a pris gentiment Arnaud par la main tout en lançant un regard noir aux présents :

— Vous êtes de sacrés salauds. Allez, viens.

Arnaud l'a suivie en trébuchant d'un air contrit ; Thomas a soufflé ; le maire regardait ses pompes et Max (c'est du moins ce qu'il m'a semblé) le bas du dos de Lucie quand elle marchait vers la porte.

— Elle exagère quand même, à nous traiter de salauds, a grogné Thomas une fois qu'elle était dehors. Après tout il est majeur son Nono.

— Il est sous tutelle, a dit le maire.

— Sous la tutelle, on peut boire, que je sache, a objecté Thomas.

— À l'ombre de la tutelle, a rigolé Max.

— C'est vrai qu'on a peut-être exagéré, a regretté Martial le maire. Il aurait pas fallu le resservir.

Il m'a expliqué par la suite qu'Arnaud est le cousin de Lucie. Une histoire triste : la mère d'Arnaud est morte jeune, puis la grand-mère, laissant seuls le grand-père très âgé et le cousin "bedas". Il y a quelques mois que Lucie est venue s'installer dans la maison de ses grands-parents paternels. Après sa séparation, m'apprend le maire. En attendant de trouver un logement, je suppose. Je comprenais un peu mieux la mauvaise humeur de la dame – contrainte à vivre avec son grand-père cacochyme et son cousin frappadingue, ça devait pas être rose tous les jours.

Je n'aurais pas dû rester au café, c'est sûr, je commençais à être déjà bien attaqué par mes trois kirs, mais il était quoi, 19 h 30, et il faisait un froid de gueux. Max m'a payé un coup, le patron a enfin sorti un saucisson et on a continué à discuter, d'art principalement. Max est assez aigri, sa carrière ne marche pas comme il le souhaiterait, mais il prépare sa revanche, dit-il. Une expo monumentale, il disait, ils vont voir, ils vont voir, cinq ans de boulot, ça va envoyer du bois, ils en seront tous sur le cul. Ces œuvres (il n'a pas voulu me donner plus de détails, c'est encore un secret, apparemment) devraient signifier son retour sur la scène parisienne et le propulser vers la gloire, d'après lui. Vers 8 heures, Max est parti, et je m'apprêtais à faire de même quand le maire m'a dit, vous rentrez ? Je vous raccompagne. Je vais passer chez Lucie. J'ai trouvé ça chevaleresque de sa part, quoique peu prudent, au vu de l'humeur de la jeune femme, objection qu'il a écartée en grommelant, bah, l'est pas mauvaise, malgré ses grands airs. Je ne voyais pas trop non plus pourquoi j'aurais dû m'excuser moi, mais j'ai suivi, surtout par curiosité. La route était gelée, le village absolument désert, uniquement illuminé par les décorations de Noël qui pendaient des façades. Martial m'a expliqué que Lucie et lui étaient parents. Je m'étonnais qu'il débarque comme ça à l'improviste à une heure si tardive, il m'a dit de ne pas m'inquiéter. On est arrivés à une vieille maison en pierre assez délabrée à deux cents mètres tout au plus. On a donc sonné, et Lucie a ouvert la porte, avec une mine guère plus avenante qu'auparavant. Elle n'avait pas l'air spécialement contente de nous voir mais s'est effacée pour nous laisser entrer dans une grande pièce avec une cheminée, une longue table en bois, un buffet, une télé allumée. Les murs étaient noircis, le plancher crasseux et soulevé par endroits, ça ne respirait pas la joie. Plus exactement, ça sentait la cheminée et un mélange de renfermé, de poussière et de nourriture. Près du feu sur une chaise un vieux monsieur avec une casquette s'est retourné vers nous, un chien gris est venu se frotter contre mon mollet. Martial m'a présenté, Lucie m'a tendu la main. Sur la table il y avait une toile cirée, une casserole vide et des assiettes sales ; dans un coin un évier, une cuisinière et une bouteille de gaz, en face de moi un escalier, le tout chichement éclairé par un vieux lustre tombant du plafond. Martial le maire a dit, Lucie je suis passé pour m'excuser, pour tout à l'heure. La prochaine fois on essayera d'être vigilants.

Lucie a haussé les épaules dans un geste qui pouvait signifier “depuis le temps que ça dure” ou “va te faire foutre ducon”. Tout cela était sinistre, j'ai salué comme pour partir, genre je ne veux pas déranger, mais Lucie m'a retenu en disant, puisque vous êtes venu jusqu'ici, vous allez bien boire un coup, alors je me suis assis. Lucie s'est éloignée un moment. Elle est revenue avec une bouteille et trois petits verres. Qu'est-ce que c'est, j'ai demandé. Beh, de la goutte, elle a répondu. De la prune, a ajouté le croque-mort municipal. Ça avait l'air mortel, cette bouteille transparente et sans étiquette, et effectivement, ça l'était. Dans ces moments-là on comprend qu'on possède un tuyau appelé œsophage, et un sac nommé estomac – l'alcool les allume tour à tour comme une guirlande de Noël, ça m'a rappelé le jeu *Anatomie 2000* de mon enfance. Soit les verres étaient minuscules, soit on était déjà noirs, parce que Lucie nous a resservis plusieurs fois (je pense qu'elle y prenait un malin plaisir). Martial était tout rouge et bégayant, je ne l'aurais jamais imaginé comme ça.

Cette fille m'a paru plutôt sympathique, peut-être à cause de l'eau-de-vie. Elle semblait bien disposée à mon égard, elle m'a posé des questions sur ma thèse, sur mon sujet, des questions intelligentes. Je lui ai demandé si elle serait prête à se laisser interviewer, et elle a retrouvé son côté bourru pour me rembarrer immédiatement, demandez plutôt à mon grand-père, elle a dit, lui il a des histoires à raconter, hein papi ? Le vieux endormi devant sa télé s'est réveillé à l'appel de son nom, il s'est retourné vers nous et a gueulé, moi aussi je veux bien un petit verre ou quelque chose d'approchant ; il ne devait pas y avoir droit car sa petite-fille a feint de ne rien avoir entendu.

Elle ignorait tout autant le croque-mort, qui picolait avec application, sans rien dire ; malgré la gnôle je me sentais un peu mal à l'aise, en plus le chien commençait à se frotter dangereusement à ma jambe droite, ce qui ajoutait de la luxure animale à l'atmosphère un peu lourde : j'ai préféré m'éclipser, en remerciant vivement Lucie pour son accueil. Je lui ai promis de venir interviewer son grand-père bientôt, elle a souri en disant, quand vous voulez, il est tout le temps là. Je me suis levé, le maire ne paraissait pas avoir envie de partir, il se resservait un verre, alors je suis sorti.

Soit il faisait nettement moins froid, soit j'étais trop soûl pour m'en rendre compte. En tout cas je ne marchais pas droit, je tirais un peu à gauche et me râpais continuellement contre les murets. Je me souviens qu'en arrivant j'avais une faim de loup, j'ai bouffé un reste de pâtes. Puis j'ai essayé de lire Rabelais, les lignes dansaient devant mes yeux, j'y entravais goutte, alors je me suis mis à l'ordinateur.

Il faut absolument que je raconte à Lara cette soirée bizarre et que je lui explique pour la bafouille porno, sinon elle va croire que je suis devenu soudainement fou, avec mon histoire de chien en rut. Ceci ne résout pas le mystère Onésime Reclus. Bon, passons à autre chose, priorités de la journée : achever la transcription de l'entretien de Mathilde et commencer l'écriture du chapitre *Questions*.

Garçon, deux aspirines.

18 décembre, suite

Fait la sieste, chauffage à fond, avec les chats qui ronronnaient contre moi. Je leur ai donné des noms, le noir Nigel, le roux Barley. J'ignore si ce sont des mâles ou des femelles, mais c'est sans importance, les félins m'ont toujours paru beaucoup plus discrets dans leur sexualité que les clébards, ces pervers polymorphes. Il est 17 heures, déjà la nuit. On s'approche du solstice d'hiver. Pas de rendez-vous aujourd'hui, juste moi, mes animaux et ma Pensée Sauvage. Le chapitre *Questions* avance à grands pas : je pense avoir réussi à formuler mon hypothèse principale, selon laquelle la campagne est aujourd'hui le lieu de la diversité, là où se côtoient réellement les modes de vie les plus différents. Agriculteurs, jeunes rurbains, retraités étrangers, tous cohabitent dans un même espace ; ce qu'il me faut déterminer, c'est le type de relations qu'ils entretiennent, entre eux d'une part, et avec le paysage environnant d'autre part. (J'ai hâte d'entendre Max à ce sujet. Un œil extérieur aussi affûté que le sien sera sans doute une source précieuse d'information, sans parler de sa propension à la médisance, qui donne les meilleurs informateurs, y compris pour l'ethnologie.)

Commencé Rabelais, à jeun c'est quand même plus simple. (À noter : le parler local ressemble beaucoup au français de Gargantua. Martial le maire me rappelle Pantagruel ou Grandgousier.) Tiens, j'ai complètement oublié cette histoire de doyen du village, et lui aussi, apparemment.

Pas de nouvelles de Lara, j'espère qu'elle n'a pas mal pris mes fantaisies pornographiques d'ivrogne.

19 décembre

Dormi douze heures. Légère recrudescence de vers rouges, sans doute due au chauffage, déclaré la guerre chimique, traitement façon Bachar el-Assad, hypochlorite de sodium, ennemi décimé.

Plus que quatre jours avant de rentrer à Paris, finalement j'appréhende. Quitter le terrain est toujours complexe ; on emporte ses soucis avec soi, ses projets, ses frustrations, on est taraudé par le désir d'y retourner, le plus vite possible, pour poursuivre ses observations. Ah qu'il est long, le chemin de la thèse ! *Qu'il est long, le chemin du retour / Le bonheur, ça vient toujours après la peine, / T'en fais pas mon ami, j'reviendrai.* J'ai une belle voix, je trouve. *Puisque les voyages forment la jeunesse*, ça ferait un bel exergue pour la thèse. Malgré tout mon désir d'être avec Lara, j'ai avancé la date de mon retour ici, je reviens le 2 janvier. Max m'a gentiment proposé de m'accompagner et de venir me chercher à la gare, il en profitera pour faire des emplettes à Niort, où il va rarement, m'a-t-il dit. Il achète tout son matériel par internet. Son meilleur ami, c'est le facteur, note-t-il avec humour. Je devrais moi-même visiter un peu Niort, après tout c'est la préfecture et le principal bassin d'emploi – surtout dans le tertiaire, apparemment. C'est assez amusant, je rangeais cette ville avec Nevers, Vierzon et Guéret, enfin parmi les endroits qui ne disent rien à personne et où on n'aurait pas spécialement envie d'habiter, mais Max me soutient que c'est très agréable, plutôt joli même, avec un château, un marché et une rivière. (En y réfléchissant bien, ça doit être le cas de la moitié des préfectures de France, l'autre moitié ayant *une cathédrale*, un marché et une rivière.) *Tranquille* me semble l'adjectif le plus fréquent pour qualifier la ville. Tout comme Foix, préfecture de l'Ariège : *TRÈS tranquille*. D'ailleurs Mathilde me confiait pendant l'entretien qu'elle ne se rend presque jamais à Niort, en tout cas pas dans le centre. Elle ne fréquente que la zone commerciale, à la périphérie, où s'étalent des milliers de mètres carrés de hangars bariolés, pavoisés aux couleurs de toutes les marques de la grande distribution, le plaisir de la province, quoi. D'après elle on peut tout y acheter, depuis les articles de sport (cannes à pêche, cartouches et vestes de chasse) jusqu'aux produits culturels (enregistrements d'humoristes à la mode, films américains et documentaires animaliers pour Gary), alors qu'en ville, non. Pour elle, la cité est exclusivement un gigantesque supermarché. Elle ne se sent pas attirée par l'offre de spectacles non plus – elle ne va ni au théâtre, ni au concert, et rarement au cinéma : une fois par an, la veille ou le jour de Noël. Mathilde prétend que son bouquet satellite est bien plus intéressant que la programmation du centre culturel.

Max regrettait quant à lui l'absence de bordel, ce qui aurait été une bonne raison d'aller en ville, disait-il.

Je crois que je préfère ma Pensée Sauvage à un logement dans une préfecture blanche et placide, même en plein centre avec vue sur le château.

Lara a accepté mes excuses pour mes écarts lubriques. Heureusement, elle est loin d'être prude et comprend que le travail de terrain n'est pas toujours simple.

Programme de la journée : marché à Coulonges, puis entretien rapide et informel avec Martial le maire et son équipe de croque-morts.

J'ai trouvé un nom génial pour ma mob : Jolly Jumper, bien sûr.

19 décembre, suite

Content d'avoir échappé à la cuite, et plus encore à l'accident de la route, un miracle. J'ai su m'en tenir à deux verres, mais il faut que je me méfie, sinon je vais devenir alcoolique et pas docteur *ès* sciences humaines. Sans compter les conséquences sur la conduite, tout de même dangereuse, de mon deux-roues. L'entreprise de pompes funèbres se trouve entre La Pierre-Saint-Christophe et Coulonges, je m'y suis arrêté en rentrant du marché, par ailleurs un endroit passionnant. Halle petite, mais jolie ; les maraîchers du coin y côtoient les bouchers charcutiers itinérants et les petits producteurs qui vendent des fromages de chèvre ou du miel. J'ai eu la surprise d'y découvrir la fameuse Lucie, derrière un stand de légumes, ses légumes, m'a-t-il semblé. Je l'ai saluée et lui ai acheté des pommes de terre ; c'est vraiment dommage qu'elle refuse de se laisser interviewer, j'ai pensé. Un peu déçu aussi sur le plan du patois (du poitevin-saintongeais, j'ai du mal à appeler ça comme ça, pourquoi ?), il me semble qu'on ne le parle plus beaucoup. En revanche, l'accent du coin (rabelaisien ? demander à un linguiste pour *Idiomes*) est définitivement exquis. On entend aussi l'anglais. (Il faut absolument que je trouve des informations sur le nombre de Britanniques installés dans les environs, à la préfecture ?) Comme Noël approche, il y avait débauche de canards gras, d'oies ou de dindes chez les volaillers, et des étals entiers d'huîtres de Marennes. L'ambiance était à la joie. Acheté aussi des œufs, parce qu'ils avaient encore un peu de duvet collé sur la coquille, j'ai trouvé ça bucolique. En ville on oublie facilement que ces petits objets ovoïdes et nutritifs sortent du cloaque d'une poule et servent à fabriquer des poussins. Autour de la halle, des vendeurs ambulants proposaient des vêtements, des disques et des films soldés, cherché un cadeau pour Lara, en vain, puis je suis remonté sur Jolly Jumper pour reprendre la route du village et m'arrêter voir Martial. Jamais je n'étais allé chez un croque-mort, c'est pourtant une activité fort répandue et universelle, que je sache. Très certainement le plus vieux métier du monde, même avant l'autre. Ou concomitamment, peut-être. L'entreprise de pompes funèbres est florissante, trois employés y officient. C'est un métier extrêmement réglementé, d'une grande technicité, qui demande un vrai savoir-faire et des qualités humaines (Martial *dixit*). Les cercueils ne sont plus fabriqués sur place, évidemment ; on les commande sur catalogue. Il y a trois formes autorisées par le gouvernement (le législateur s'intéresse vraiment à TOUS les aspects de la vie sociale) : la bière parisienne, lyonnaise ou américaine. Épaisseur, qualité, étanchéité, tout est déterminé par la loi, qui décidément n'a rien d'autre à foutre. Les modèles ont des noms bien sentis, *Repos* (pin massif spécial crémation), *Éternité* (chêne, modèle parisien avec poignées), *Empereur* (noyer d'ébénisterie avec poignées plaquées or), et toute une série spéciale aux dénominations suggérant le luxe et la beauté : *Venise*, *Florence*, *San Remo* avec capitonnage de couleur au choix, etc. Martial était enchanté de me montrer tout ça. Il possède un corbillard flambant neuf. Il m'a expliqué que pour le client l'image de la voiture mortuaire était très importante ; le véhicule funéraire doit toujours être impeccable, d'un noir brillant (de fait, quand je suis arrivé, ses employés étaient en train de passer un coup de polish, en chantant une sorte de mélopée pas du tout funèbre). Le métier se transmet le plus souvent de père en fils et attire peu les personnes extérieures à la congrégation. Aujourd'hui, un diplôme est nécessaire. Apparemment, d'après ce que j'ai compris, l'autorisation de transporter des cadavres et de les faire disparaître ressemble un peu au permis de manipuler des explosifs ou de posséder des armes de guerre : il est dispensé par la préfecture. Une des caractéristiques de la France, m'expliquait Martial le maire embaumeur, c'est que les ambulances ne transportent jamais les morts : en cas de mort subite (à l'arrivée des secours, a dit Martial) ce sont les croque-morts qui vont récupérer la dépouille mortelle avec un véhicule spécialement habilité pour le transport avant mise en bière. Ils sont donc souvent appelés, dans tous les cas où le client a le bon goût de ne pas claquer à l'hôpital. Les gens aiment encore à mourir chez eux, c'est même de nouveau à la mode, expliquait Martial. L'accouchement certes, mais aussi l'agonie à domicile sont en constante augmentation. *O tempora, o mores.* Évidemment tout cela n'est pas très gai, mais enfin, on est habitué, ajoutait-il. Le maire est donc thanatopracteur patenté et entrepreneur de pompes funèbres affilié à un réseau national, fils d'entrepreneur de pompes funèbres indépendant, petit-fils de fossoyeur, toute une ascension dans la profession. Sa condition d'élu facilite bien les choses, car c'est à lui de signer les papiers en cas de décès sur sa commune (cumul de fonctions certes rare mais autorisé par les autorités, dit-il avec un sourire). Il y a donc trois industries dans le village : la menuiserie, la mécanique et la gestion des trépassés, activités qui, me semble-t-il, étaient autrefois liées. (Étrangement, l'arrière-cour de l'entreprise de pompes funèbres est un vrai cimetière, non pas d'êtres humains mais de bagnoles : on m'y a montré l'épave d'un "véhicule funéraire à cheval" tout droit sorti d'une chanson de Brassens, et un modèle à gazogène datant de la Seconde Guerre mondiale. Que voulez-vous, disait Martial, les gens décèdent tout le temps, même pendant les guerres, ce qui m'a paru une remarque à la fois absurde et intéressante.)

Les trois employés sont de joyeux drilles, assez inquiétants, ou réjouissants, selon le point de vue. Trognes rougeaudes, bouches édentées, âge indéterminé. Toujours un verre à la main, ils avaient l'air d'être déjà à moitié soûls lorsque je suis arrivé, ils ont passé leur temps à se moquer de ma mobylette, pas un truc de Parisien, disaient-ils (Martial le maire semblait trouver leur comportement à mon égard parfaitement naturel). Il n'est pas impossible qu'ils soient frères. Le genre de types qu'on imagine facilement briser les jambes d'un macchab pour le faire rentrer dans un cercueil trop court. (Pratiques funéraires : dans le chapitre *Croire* ?) Les trois Grâces sont tour à tour chauffeurs, porteurs, fossoyeurs et ouvriers marbriers, à la main ou à la machine, m'ont-ils précisé en rigolant. Je me les suis imaginés en noir avec une cravate et un air condoléant sur la gueule, sinistre. Au milieu de cette compagnie, Martial prenait un côté effrayant, sa bonne humeur paraissait déplacée. L'endroit me filait un peu les foies, j'avoue, c'est pas tous les jours qu'on boit l'apéro dans l'arrière-boutique d'un croque-mort. Le plus horrible, au demeurant, était les trois costumes sombres des employés qui pendaient sur des cintres, dans des housses transparentes, bien suspendues au-dessus d'un cercueil (vide, Dieu merci) ouvert et capitonné. Je me suis donc enfui dès que j'ai pu, prétextant l'heure déjà tardive et le déjeuner, non sans avoir été contraint de m'enfiler un deuxième coup de pastis. (Je m'aperçois seulement maintenant que le grand frigo d'où provenaient les glaçons recelait sans doute aussi des produits du genre formol, antiseptiques et autres adjuvants pour chirurgie *post mortem*, beurk.) Martial le maire, dont j'ignore encore presque tout sur le plan personnel, semble m'avoir pris en affection : il souhaite m'inviter à dîner avant les fêtes. Sa femme, m'a-t-il assuré, cuisine magnifiquement. Rendez-vous pris pour après-demain soir, vu que demain je vais dîner chez Max. (Ma thèse n'avance pas encore, mais ma vie sociale, elle, progresse à grands pas.)

Je suis donc remonté sur mon destrier blanc à guidon torsadé pour rejoindre la Pensée Sauvage et, arrivé dans le centre du village (c'est-à-dire approximativement à un kilomètre de l'entreprise de pompes funèbres), j'ai failli me prendre une voiture – par inadvertance, je l'avoue, c'était ma faute, j'ai tourné à gauche sans mettre le bras alors qu'elle était sur le point de me doubler. Klaxon, j'ai eu peur, coup de frein, j'ai perdu le contrôle, glissade, je me suis retrouvé par terre, heureusement que la bagnole n'allait pas vite, sinon elle m'envoyait *ad patres* : voilà qui aurait été déplorable mais assez comique, si on pense que je sortais de chez l'embaumeur. Petite fourgonnette rouge rouillée et bosselée, pas de la première jeunesse. Plus de peur que de mal, et deux conséquences positives : un, j'ai immédiatement souscrit une assurance, ce que j'avais complètement omis de faire, et deux, j'ai obtenu un entretien avec Lucie, désolée qu'elle était d'avoir failli m'écraser, même si c'était moi le responsable. Elle m'a aidé à me relever, a vérifié que ni la mobylette ni moi n'avions souffert. Elle rentrait du marché, le hasard fait bien les choses ; je m'en tire à bon compte. Je suis assez fier de ma réaction, d'avoir eu le culot de lui demander à brûle-pourpoint de me recevoir. Elle a rigolé. Eh beh vous perdez pas le nord, vous, a-t-elle dit. Maintenant que j'y pense elle m'a peut-être pris pour un dragueur, zut, j'espère que non.

19 décembre, suite

Une heure du matin. Comme le dit Malinowski le Grand page 162 de son *Journal d'ethnographe* : *résolu solennellement à rejeter toute tendance à la lubricité*. Il faut croire que ce genre de résolutions est plus facile à prendre une fois l'orgasme atteint. Je jure que c'est la première et la dernière fois. Je suis terrassé par une puissante honte. Apparemment, Lara non. En y pensant bien, il n'y a rien de répréhensible. Les gens font ça tout le temps, paraît-il. Internet est à notre image, des Anges, des Démons. Une caméra. C'est moi qui lui ai demandé de déboutonner sa chemise, je suis responsable du débordement. Un jeu, au départ. Un jeu faussement puéril, je savais où je voulais arriver, je l'avoue, *j'avais ma pensée de derrière*, comme disait Blaise Pascal. (L'italique est une invention magique pour souligner les termes importants.) *J'avais ma pensée de derrière*, je savais, au fond de moi, ce que je voulais qu'elle fasse, que nous fassions, je le désirais ardemment. C'est *mon désir* qui a mené la danse, elle n'a eu qu'à y obéir, parce qu'elle est *gentille* et *amoureuse*, et si elle s'est retrouvée la main dans le pyjama c'est *à cause de moi*, il faut que je le reconnaisse, par pure générosité, quelle honte. Pas tant de la honte, d'ailleurs, que de la culpabilité, si j'y pense bien il ne s'agit pas tant de la honte liée à cette étrange pratique sexuelle d'onanisme simultané par écran interposé que la *culpabilité* de l'y avoir poussée alors qu'*elle ne le souhaitait pas*. Je l'ai manipulée pour parvenir à mes fins, et si elle s'est laissé envahir par mon désir et ma lubricité *pour mon plaisir*, il est alors logique qu'elle ne se sente pas coupable, elle. Il me faut donc *rejeter solennellement toute tendance à la lubricité*, même maintenant, l'orgasme atteint, alors que les images de Lara sont encore dans ma rétine. J'aurais pu enregistrer. J'aurais dû enregistrer, voler cette scène et transformer ainsi la réalité virtuelle mouvante en un film pornographique de bas étage que l'on peut répéter à l'infini et à l'identique.

Je me demande ce que Walter Benjamin aurait pensé de la sexualité sur internet.

La première et la dernière fois, je le jure.

Mais Lara me manque, que faire ? La vie d'anthropologue est difficile, avec ces longs séjours loin de chez soi. En même temps si j'ai pu quitter Paris c'est aussi parce qu'elle n'était pas *disponible*, absorbée dans la préparation de ses concours administratifs. Elle travaille jour et nuit, l'année dernière elle m'a (un peu) rendu responsable de ses échecs, m'a accusé à plusieurs reprises de la *distraire*, avec mes errements de thésard, occupé principalement à lire et à rédiger des fiches, alors qu'*elle s'échinait*, disait-elle, à améliorer son droit administratif, son anglais ou sa culture générale. Il est vrai que c'était toujours moi qui l'appelais pour boire des verres à la Bastille ou aller au cinéma, elle était donc presque contente que je trouve cette bourse de terrain pour m'installer à la campagne, je dis presque contente, car, et ce n'est pas la moindre de ses contradictions, une fois le moment du départ venu (deux mois plus tard que prévu, il faut le dire, consciemment ou non j'ai repoussé mon départ pendant deux mois pour rester avec Lara) elle était maussade, jalouse et inquiète, elle trouvait toujours des prétextes pour ne pas coucher avec moi, ce qui me blessait et m'inquiétait à mon tour. Par bonheur la distance nous a rapprochés. (Étrange phrase.) Je pense à elle quotidiennement, je lui parle en la désirant quotidiennement, et j'ai hâte de la retrouver dans trois jours.

Truc bizarre : j'ai été obligé de mettre les chats dehors pendant la séance de webcam, j'avais l'insupportable impression qu'ils m'observaient en rigolant.

Bon, au dodo, demain j'ai un entretien qui s'annonce intéressant.

20 décembre

La garce. Cette Lucie est détestable. Elle m'a roulé dans la farine. Je me suis laissé avoir et j'ai perdu la moitié de la journée. *Mon sentiment vis-à-vis des sauvages : je suis pour l'extermination des brutes*, comme l'écrit si bien Malinowski. J'ai passé la matinée d'abord avec un vieillard sénile, puis avec un vieillard sénile *et* un débile mental, la chienne, elle m'a bien eu. À peine suis-je arrivé chez elle qu'aussitôt elle est partie, pour une demi-heure, en théorie, le temps que je m'entretienne avec son grand-père. La traîtresse est revenue quatre heures plus tard. J'étais tellement énervé que je n'ai rien dit, rien dit du tout à part merci, au revoir, adieu, et j'ai repris ma mob. *De la dignité, avant tout, de la dignité.* Il vaut mieux traiter cet incident par le mépris. Quand je pense qu'elle a failli me tuer hier avec sa bagnole pourrie, j'enrage. J'aurais dû partir au bout d'une heure, j'aurais dû, quel idiot, trop bon, trop con. Ça m'apprendra.

Une sauvage m'a berné. J'ai été manipulé par l'indigène. Comme quoi, pas besoin d'aller chez les Nambikwara ou les Jivaros. Les Deux-Sèvres suffisent. Je hais ce bled. Je me sentais tellement humilié que j'ai balancé un coup de pied rageur à Nigel qui miaulait dans l'entrée, heureusement, je l'ai raté. Une fois de plus, c'est ma faute. Je déteste mon caractère généreux qui confine à la mollesse. Trois heures à essayer de comprendre les réponses de l'ancêtre à mes questions avant que le cousin Arnaud n'arrive, en bleu de travail maculé d'huile. Il venait déjeuner. J'étais content de le voir, je pensais que c'était la libération, enfin. Il n'a pas eu l'air surpris de me trouver là, il s'est planté en face de moi, s'est copieusement reniflé l'avant-bras et s'est gratté la tête. Il m'observait, l'air d'attendre quelque chose, alors je me suis levé de ma chaise, je lui ai tendu la main, il l'a regardée comme s'il ne savait pas quoi en faire. Aujourd'hui 20 décembre, Saints-Abraham, Isaac et Jacob, naissance de Machin, naissance de Bidule, événements divers et variés, ce qui déclenchait le rire animal de l'épave dans son fauteuil, le grand-père se tordait littéralement de rire sur son siège en glapissant, on se serait cru à l'asile.

C'est la colère qui m'inspire. Il faut que le professionnalisme reprenne le dessus. Il y a des choses intéressantes dans cette mésaventure. D'abord la maison. J'ai eu tout le loisir de détailler le rez-de-chaussée. Ce que j'ai vu est assez misérable, et confirme mon impression de l'autre soir. Hugolien, pourrait-on dire. Une grande pièce plutôt sombre, une cheminée, un coin cuisine, de la vaisselle puante dans l'évier, une salle d'eau, que dis-je, plutôt une arrière-cuisine avec une machine à laver et une baignoire étrangement posée sur le béton brut au milieu d'un bordel incroyable de vélos rouillés, de faitouts percés, de vieux réchauds à gaz, d'empilages de casiers à bouteilles vides grimpant jusqu'à des étagères ployant sous les conserves et les bouteilles pleines. Les chiottes sont au fond du jardin, un jardin presque à l'abandon, où tourne le clébard en aboyant après les voitures. La joie. Un buffet en bois avec une petite télévision allumée en permanence, une radio couverte de poussière qui tient compagnie à deux ou trois bibelots des années 1970 sur une étagère : un ours en plastique bleu Butagaz™, une carafe Ricard™ jaune, voilà toute la décoration. La gaine des câbles électriques est encore en tissu et les interrupteurs en céramique, d'avant-guerre. Les papiers peints étaient blancs, je crois, il y a trente ans ; ils sont aujourd'hui d'un jaune pisseux, dans le meilleur des cas, c'est-à-dire loin de la cheminée, unique source de chaleur d'après ce que j'ai pu voir, le chauffe-eau à gaz à côté de l'évier me paraissant trop petit pour alimenter des radiateurs (par ailleurs inexistants).

L'antre des Thénardier, sans Cosette pour le ménage. Heureusement, le bois brûlé dissimule un peu l'odeur de renfermé. Je crevais d'envie d'aller visiter l'étage, mais comme j'étais persuadé que Lucie reviendrait d'une minute à l'autre, je n'ai pas osé. En tout cas, on est bien loin de la ferme propre et suréquipée de Mathilde. J'ai cherché en vain un livre ou un magazine, mais je n'ai ouvert ni les tiroirs, ni les placards. Seule trace d'écrit, à première vue, les journaux gratuits empilés près de la cheminée pour allumer le feu. Finalement je n'étais pas si mal, sur ma chaise à regarder danser les flammes en compagnie de ce vieil homme. J'ai arrêté l'enregistrement au bout de deux heures. J'ai remis à plusieurs reprises du bois dans le foyer. Faisons contre mauvaise fortune bon cœur – j'ai tenu compagnie à l'ancêtre, c'est une action louable. Comment décrire son parler ? Le dentier l'empêche apparemment d'avoir une élocution normale. *I'a la quenoiye mélaye*, répétait-il, ce que j'ai interprété comme j'ai la quenouille en vrac, c'est-à-dire "j'ai la mémoire qui flanche", ou quelque chose du style. Quant à sa profession, il répondait (transcription approximative) *pèsa* (ça, je vois ce que ça veut dire). J'ai cru comprendre qu'il a quatre-vingt-dix ans, il n'est donc pas si âgé que ça. À le voir (visage émacié strié de capillaires rouge sang, tarin phénoménal, oreilles interminables, mains maigres et tremblantes) on lui en donnerait plus. Il marche avec difficulté, mais il marche. Il me semble qu'il a eu quatre enfants dont le père de Lucie, enfants qu'il appelle *drôles* et *drôlesses*, j'ignore si cette dénomination est péjorative ou non. Bref, je vais en baver pour la transcription, il va falloir que je demande l'aide d'un linguiste. Je crois que j'étais en présence de mon premier locuteur de poitevin-saintongeais, c'est pas de la tarte. Arnaud le cousin parle peu en dehors de ses interminables enchaînements de dates, mais au moins, malgré sa phonétique très locale, je le comprends parfaitement. Plus le temps passait et plus ma colère montait, j'ai donc manqué un peu de patience avec lui, je regrette, le pauvre n'y était pour rien. J'ai assisté à son repas, ce dont je me serais bien passé. La tête dans l'assiette, la cuillère tenue à pleine main comme un marteau (un paysan mexicain dans un western de Sergio Leone, j'ai pensé), il a avalé en deux minutes une boîte de raviolis froids. Il continuait à se renifler copieusement l'avant-bras, ce qui, décalant la cuillère, avait pour conséquence la chute de nombreuses gouttes de sauce tomate sur son biceps gauche, sans que cela ne l'émeuve. Une fois les raviolis engloutis il a éructé avec satisfaction, un beau sourire sur le visage, s'est essuyé la bouche avec la manche droite. Puis il a dit, pour personne, en regardant la porte, j'avais grand faim. Les traces de tomate se mêlaient aux traînées d'huile sur son bleu, impossible de les différencier. Surprenant. Puis il s'est assis devant la cheminée et a récité des dates, à voix basse, pour lui-même : *6 mai, Sainte-Prudence, 7 mai Sainte-Gisèle, 8 mai Saint-Désiré*, jusqu'à ce que cette litanie finisse par l'endormir, le menton sur la poitrine, la bouche ouverte, la langue à moitié dehors. Le grand-père ne cessait de répéter, l'est bedas, l'est bedas, en riant à s'en décrocher le dentier, ce qui n'était pas très charitable, pour autant que je puisse en juger, mais laissait Arnaud complètement indifférent. Malgré l'intérêt de ces observations je commençais à en avoir sérieusement ma claque et envisageais de laisser tout ce beau monde en plan quand Lucie est arrivée, l'air de rien, la gueule enfarinée, comme on dit ; elle a juste soufflé, ça va, vous êtes encore là ? d'une voix de vestale, comme si j'avais été la baby-sitter et qu'elle rentrait du cinéma. *De la dignité, avant tout de la dignité*, j'ai pensé. Je me suis drapé dans ma colère et je suis parti. Pas un mot pour s'excuser, rien. On m'y reprendra.

Tiens, il neige. C'est assez beau, les flocons qui tournoient au-dessus des champs et de l'église. J'espère que ça ne va pas durer, sinon je ne pourrai pas aller dîner chez Max ce soir.

20 décembre, suite

Sieste avec les chats, car leur présence m'empêche de tomber dans la lubricité, fréquente chez moi au cours de la somnolence postprandiale. Il a neigé tout l'après-midi, jusqu'à la nuit, puis la température est descendue d'un coup, moins six degrés maintenant d'après le thermomètre. Il est 7 heures, je vais appeler Max pour lui dire que je n'ose pas prendre la mob, je ne suis pas encore champion de conduite sur neige gelée.

Je me rends compte que je passe plus de temps à écrire ce journal qu'à la thèse proprement dite, le chapitre *Questions* qui était pourtant bien parti n'a pas avancé d'une ligne en deux jours. Est-ce trop tôt ? Je devrais peut-être attendre d'avoir un matériau plus conséquent pour commencer à rédiger. Déception, déception. J'attendais beaucoup de l'entretien avec Lucie, tombé à l'eau ; et du dîner avec Max, sans doute tombé à l'eau aussi. Déprime. Donné à manger aux chats pour qu'ils ne soient pas obligés de sortir par ce froid. Envoyé un rapport à Calvet : qu'il ne s'imagine pas que je me suis transformé en esquimau. Il faut ménager les nerfs de son directeur de thèse.

20 décembre, suite

Finalement Max a eu la gentillesse de venir me chercher et de me ramener avec son pick-up. Les chemins étaient enneigés et la départementale couverte de glace. (Beaux paysages d'arbres brillant dans les phares et de plaine, grise, luisant sous la lune.) Sa maison est magnifique, une vieille ferme en U non loin de la rivière. À droite, dans l'ancienne étable, son atelier ; au centre, sur trois niveaux, les pièces d'habitation et à gauche, dans la grange, un garage où l'on pourrait loger Dieu sait combien de véhicules. Il a presque tout retapé lui-même. Max m'a expliqué qu'il avait gagné beaucoup d'argent il y a une dizaine d'années, mais qu'aujourd'hui c'était un peu les vaches maigres. Quand la cour s'est allumée, automatiquement, j'ai été accueilli par des monstres de métal couverts de neige, des personnages grotesques et effrayants construits avec d'anciens instruments agricoles, roues, bannes, charrues, faux, fixés sur des poteaux en bois. Ce sont mes géants, mon armée contre la connerie des voisins, a dit Max. Il a assemblé ces sculptures avec tout ce qui se trouvait dans la grange lorsqu'il a acquis la maison. Je ne saurai dire si ces êtres fantastiques et paysans sont féeriques ou infernaux.

L'intérieur est à l'avenant. À l'entrée de la vaste pièce principale trône un bizarre groupe sculptural : un chien de chasse empaillé (un braque ?) monte un renard, tout aussi empaillé ; l'intervention de l'artiste se limite à la superposition des deux bestioles et au placement, judicieux il faut bien l'avouer, d'un vieux fusil rouillé à la place du sexe du chien, fusil qui pénètre assez avant dans le fondement du renard. (Je suppose que si l'on retire le renard, on retrouve un clébard naturalisé dans la position "bondissant".) Je n'ai pas osé demander à Max s'il s'agissait d'une allégorie de la chasse, d'un jeu sur le terme "braquer" (voire braquemart) ou de tout cela à la fois, mais cette œuvre est particulièrement immonde et vulgaire, il faut bien le dire. Max a eu ce commentaire, lorsqu'il m'a vu contempler la chose, ça envoie du bois, hein ? Je ne l'ai pas contredit.

Les toiles de Max sur les murs ne sont pas vraiment de la même eau burlesque. Scènes de torture féminine dans des sous-sols de béton ; clairs-obscurs de pissotières où l'on découvre, dans la lumière ténue d'une ampoule, une main décharnée posée sur un sexe d'homme ; prostituées dégoulinantes de chair se grattant la culotte, jaunie à l'entrejambe. Un peu comme si Lucian Freud et le Caravage fréquentaient les bordels et les *backrooms* de Londres. Absolument rien de campagnard. Max me faisait les honneurs de son salon et disait, chaque fois qu'il passait devant une de ses œuvres, ça cogne, ça, hein ? Ou bien, ça arrache, non ? La vérité, c'est qu'il y a une vraie force dans cette peinture, c'est indéniable, alliée à une technique puissante. J'en ai trouvé une qui m'a immédiatement plu : un petit portrait de femme, presque abstrait, fragile, dans des tons simples. Je n'ai pas pu m'empêcher de dire, ah, celle-là, quelle merveille, bravo, ce qui a bien fait marrer Max, non, ça c'est pas moi, je l'ai trouvée dans un vide-grenier. Je ne savais plus où me mettre, mais il n'a pas eu l'air de m'en vouloir.

Comme il avait un peu froid dans le grand salon, Max a dressé une table "dans le four", comme il dit. Il s'agit de la pièce où se trouve un four à pain à l'ancienne, qu'il avait préchauffé pour l'occasion. Au menu : pizza en entrée et rôti de bœuf, le tout cuit au bois, un délice, bien arrosé d'anjou rouge du Nord du département. Sa maison est vraiment très agréable.

Comme je m'y attendais, Max s'est révélé un informateur précieux. Il habite le village depuis dix ans. Il connaît tout le monde, dans ce foutu patelin *(sic)*. J'en ai appris des vertes et des pas mûres sur chacun, j'ai regretté de ne pas avoir apporté l'enregistreur. Max sépare ceux qui *vivent* au village de ceux qui se contentent d'y *habiter* et qu'on ne voit jamais : les propriétaires des pavillons du lotissement ; les gens de la ville, travailleurs du tertiaire essentiellement, dont la principale activité consiste à barricader leur terrain pour pouvoir se baigner à poil trois jours par an dans leur piscine sans être vus ; les collectionneurs de nains de jardin, qu'on croise à vélo le dimanche et qui passent le reste de la semaine à briquer leur camping-car en attendant l'été – enfin toute une galerie de portraits pas très charitables mais plutôt drôles, j'ai passé un bon moment.

Max ne m'a pas permis de visiter son atelier, son fameux *magnum opus* s'y trouve encore en chantier, c'est trop tôt, a-t-il dit. Je ne sais pas pourquoi, mais je n'ai pas vraiment hâte – j'imagine quelque chose d'effectivement *monstrueux*, à la mesure de l'homme.

Le vin aidant, j'ai raconté à mon tour mes histoires d'Ariège et d'ethnologie rurale ; je lui ai expliqué mes doutes et mes réserves vis-à-vis de l'Université française, que l'absurdité des réformes associée au conservatisme d'enseignants indécrottables contribuait à démolir pièce par pièce. Il a abondé dans mon sens : sa brève expérience comme prof aux Beaux-Arts l'avait dégoûté à jamais de l'enseignement. Des étudiants ignares et prétentieux que de petits-maîtres plus fonctionnaires qu'artistes brossaient dans le sens du poil pour dissimuler leur propre médiocrité ; un fonds régional d'art contemporain qui achetait à tour de bras des installations d'artistes locaux pourrissant ensuite au fond d'une cave sans que personne – pas même le personnel chargé du ménage – ne les sorte jamais de leurs caisses, etc., etc. Enfin bref, soirée drôle et sympathique, sous le signe de la méchanceté et du ressentiment. Quand Max m'a ramené, le thermomètre de son pick-up marquait moins huit degrés, heureusement que j'avais laissé le chauffage à fond à la Pensée Sauvage. La nuit est claire, les champs gelés brillent et le clocher glacé scintille sous la lune. J'espère que la vague de froid ne va pas durer, sinon je vais avoir du mal à circuler.

Allez, aux plumes.

21 décembre

Il a gelé à pierre fendre cette nuit, moins dix degrés m'a dit Gary. Moins six maintenant, brrr. Léger soleil voilé. Il faut absolument que je regarde sur le web s'il y a un lien entre les vers rouges de la salle de bains et les escargots nains du séjour. Les premiers sont peut-être les larves des seconds. Les gastéropodes sont-ils ovipares ? Ont-ils une évolution comparable aux insectes ? Y a-t-il une nymphe de l'escargot ? Mystère. C'est fou à quel point on connaît mal les choses qui nous entourent, même les plus fréquentes. J'aurais aimé être naturaliste, je crois. Une belle expédition aux Galápagos, voilà qui laisse rêveur, par ce temps. Naturaliste ou mathématicien : j'ai poursuivi mes investigations sur les nombres périodiques. Ce sont des ouvriers infatigables qui forent le sol des nombres à coups de décimales, une jambe sur chaque unité, vers l'infini. Évidemment ils sont moins mystérieux que leurs cousins, les irrationnels, mais tout aussi abstraits : comme le hamster dans sa cage, ou l'homme dans son monde, ils tournent à jamais en rond, jusqu'au néant. Quelle beauté.

Ce matin une surprise : une lettre d'excuses. C'est Gary qui me l'a apportée, avec la météo. Il en a profité pour se moquer gentiment de mes chats, j'vois qu'vous les avez adoptés. (Il faut dire qu'ils s'étiraient tranquillement sur mon lit quand il est arrivé.) J'espère que ça ne vous prive pas trop, j'ai dit. Il a eu l'air de ne pas comprendre, j'ai laissé tomber. J'étais surpris de recevoir du courrier, parce qu'à part Lara, personne n'a mon adresse. J'ai cru un instant qu'elle m'avait réexpédié une facture, mais non, un mot plié sans enveloppe, avec juste mon prénom sur le dessus, au bic, *Pour David*. C'était une brève note d'excuses signée Lucie : *Excusez-moi pour hier matin, vous êtes parti avant que j'ai pu vous expliquer. Je n'ai pas votre téléphone, je suis passée mais vous n'êtes pas là. Revenez quand vous voulez. À bientôt, Lucie*, le tout avec une assez jolie calligraphie, malgré le bic qui perce un peu le papier par endroits (elle a dû écrire sur son genou, ou sur son sac, enfin un matériau mou) et une orthographe impeccable. Ah non, pas impeccable, il manque un *e* à *j'aie*, il faut le subjonctif après *avant que*, mais bon, presque parfaite. Au départ j'étais plutôt irrité, elle est vraiment gonflée, j'ai pensé. Mais c'est tout de même assez sympathique, elle ne me prend pas complètement pour un con. D'ailleurs elle va voir à quel point l'ethnologue est obstiné dans sa quête de l'Information : je vais me pointer chez elle dès cet après-midi, avec enregistreur et questions, malgré la bise mordante, après être allé au ravitaillement. (Plus qu'une pizza surgelée et un hachis Parmentier lyophilisé, soit deux repas, il m'en reste quatre avant de partir, est-ce bien la peine ? Je peux me rationner.) Il va falloir que je m'emmitoufle comme un vaguemestre allemand à Stalingrad pour aller au Super U. J'espère que ma mob fonctionne par grand froid. Est-ce que le mélange gèle plus vite que l'essence pure ? Encore un mystère de la nature à résoudre.

Café, Tetris, douche, résisté à la tentation de la luxure, dézingué quelques bestioles, je commence à m'y habituer.

10 h 30 : vers 13 heures, quand le soleil sera au zénith et la température extérieure atteindra vraisemblablement son maximum, j'aviserai.

Allez, deux heures de problématique.

Au charbon.

21 décembre, suite

Idée d'article : *De la mauvaise influence d'internet sur le rendement des travailleurs de l'esprit*. Cherché des détails sur les gastéropodes, rien trouvé d'intéressant, apparemment c'est un groupe peu étudié, dingue. Puis glandé sur notre tchat commun avec des collègues thésards répartis aux quatre coins de la France : il gèle partout, même à Marseille, pour une fois. Croisé Lara ; rendez-vous pris, ce soir 0 heure, sans webcam. Relu mes cinq pages de *Questions*, déprimant. Parcouru une belle thèse sur l'histoire de l'assolement en Bas-Poitou, c'est agréable de voir que certains arrivent à des résultats. Mis de l'ordre dans mes fiches bibliographiques virtuelles. Joué avec les chats. (Penser à acheter une caisse, c'est pénible de leur ouvrir la porte, et de la bouffe, presque fini les croquettes.) Le ciel est de nouveau couvert. Reçu un message de Calvet l'insondable : "Merci pour les nouvelles, heureux d'apprendre que le froid ne vous endort pas les méninges, car le temps passe vite : j'attends donc votre problématique." Quelle rigueur, ce grand homme.

12 h 45, le thermomètre extérieur affiche moins quatre degrés, je vais tenter une expédition. Moi je peux me

rationner, mais je ne vais pas envoyer Nigel et Barley à la recherche de nourriture dehors par ce froid.

21 décembre, suite

Catastrophe. La mob refuse de démarrer. J'ai pédalé de quoi parcourir dix kilomètres sur la béquille, rien à faire. Elle pétarade un peu, puis s'étouffe. Gary n'est pas là, je suis un peu désemparé. J'ai rentré Jolly Jumper dans l'entrée de la Pensée Sauvage pour voir s'il se réchauffe et accepte de reprendre du service. Je pourrais appeler Max, il me l'a proposé hier, mais je n'ose pas.

21 décembre, suite

Finalement c'est Mathilde qui m'a accompagné au supermarché, elle y allait aussi ; du coup je l'ai aidée pour ses courses, c'était très intéressant. Noté toute sa liste pour le chapitre *Se nourrir*. Elle est très attentive à la composition et à la provenance des produits. Noté cette phrase intéressante : "On en a marre de manger des saloperies." Remarque : au Super U il y a un rayon de produits britanniques, acheté une cargaison de *baked beans*, des *shortbreads*, de la confiture de gingembre et des chips au vinaigre, la civilisation, quoi. Quelle chance, tous ces Angliches dans la région. Il faut absolument que j'en rencontre quelques-uns.

La météo n'est pas brillante, c'est le moins qu'on puisse dire : on annonce le blizzard pour demain, fortes chutes de neige et vent glacial. Perturbations pour les trains. J'espère que tout sera rétabli le 23 et que je pourrai partir comme prévu.

21 décembre, suite

La fin de journée a été plus productive que la matinée : obtenu deux rendez-vous, réalisé un demi-entretien et pris part à un dîner très instructif. Max m'a passé en grommelant le numéro de ses voisins britanniques, je les ai appelés ; ils étaient un peu surpris, mais pas désagréables et ont accepté de me recevoir demain vers 17 heures, à l'heure du thé, je suppose. La femme qui m'a répondu parle assez bien français, avec une phonétique finalement pas plus incompréhensible que certains des gens du cru. Et puis j'ai calé une interview avec Gary pour demain midi ; l'avantage de cette météo désastreuse, c'est que les gens restent confortablement chez eux, disposés à recevoir un enquêteur. Gary m'a par ailleurs enjoint de laisser Jolly Jumper au garage et de me débrouiller autrement pour le transport, on va finir par vous retrouver gelé dans un champ ou écrasé contre un platane, par ce temps, a-t-il dit. Il a sans doute raison. Je suis allé jusque chez Lucie à pied, arrivé transi, les chaussures pleines de neige. Sa bagnole était garée devant la maison, l'animal se trouvait donc au logis. J'ai sonné, j'ai entendu courir derrière la porte et Arnaud m'a ouvert, il m'a dit bonjour, m'a tendu la main, l'a reprise, s'est reniflé le bras et me l'a offerte à nouveau. Je l'ai serrée, il m'a souri, j'ai dit, bonjour Arnaud, on est le combien aujourd'hui ? Il a répondu, 21 décembre, hiver, Saint-Pierre Canisius, naissance d'un tel, etc. etc., il paraissait content, mais restait debout sur le seuil sans avoir l'air de vouloir me laisser entrer, comme s'il trouvait normal que je sois passé juste pour l'éphéméride, c'était assez amusant. J'ai entendu Lucie demander, c'est qui ? à quoi Nono a répondu, je ne sais pas comment il s'appelle, j'ai répondu, *10 mai 1990, naissance à Paris du grand anthropologue David Mazon, 10 mai 1981 élection de François Mitterrand à la présidence de la République, manifestation place de la Bastille,* ça l'a bien fait rigoler, il a dit, *10 mai, Sainte-Solange, patronne du Berry, mort de Napoléon Bonaparte*, etc., etc., je commençais à me les geler, j'ai entendu Lucie gueuler, qu'il rentre ou qu'il reste dehors mais ferme cette putain de porte, bon Dieu, Arnaud m'a demandé si je voulais entrer (plus exactement il a demandé *s'il fallait que je rentre*) et m'a enfin laissé passer en m'intimant l'ordre d'enlever mes chaussures, je me suis donc retrouvé en chaussettes sur le parquet, ce qui était assez humiliant. Lucie était en train de décorer un sapin de Noël près de la cheminée et, à part l'arbre, rien n'avait changé : le vieux sur sa chaise, la crasse, l'odeur de feu de bois. J'ai salué l'ancêtre, qui m'a reconnu, enfin, je crois. Lucie m'a souri, elle avait l'air de bonne humeur, elle m'a dit, vous avez eu mon mot ? Je suis désolée pour hier, vous avez attendu. Je ne souhaitais pas revenir sur cet incident déplorable, j'ai répondu, c'est pas grave, n'en parlons plus, vous croyez que vous pouvez m'accorder une petite heure maintenant ? Elle a regardé le sapin, ça vous embête si je termine, avant ? Mon cousin est impatient, il veut que je mette la guirlande, et effectivement Arnaud était planté droit à côté d'elle ; il se reniflait copieusement le bras, en l'observant. Je me suis demandé s'il croyait encore au père Noël. J'ai attendu patiemment qu'elle installe la guirlande lumineuse et qu'elle la branche ; Arnaud a aussitôt pris une chaise pour s'asseoir devant, contemplatif ; ça devait le changer de la cheminée.

Le chien était à l'intérieur, il est venu me saluer. (Je ne sais pas pourquoi, mais je déteste ce clébard, peut-être à cause de sa ressemblance avec l'ignoble truc empaillé de Max.)

Avec Lucie, on s'est installés autour de la table (croûtes de pain, taches de sauce) et on a bavardé un moment. Malheureusement je n'ai pas eu le temps de placer tout mon questionnaire, mais elle est d'accord pour poursuivre à mon retour de Paris. J'ai hâte de transcrire le résultat. Sur un point, Max avait raison : elle est vraiment politisée. Rien à voir avec Mathilde la légitimiste (pour ne pas dire conformiste). Lucie est bien une militante engagée (je me comprends), même si l'aspect idéologique n'est pas ce qui caractérise le plus son discours. Elle est surtout frappée par l'injustice terrible des temps, par les inégalités grandissantes entre les riches et les pauvres ; elle est préoccupée par les catastrophes écologiques qu'on nous cache pour préserver les intérêts des grandes entreprises. Elle vomit les agriculteurs du coin, inconscients, qui ont d'abord arraché les haies, puis épuisé à tel point les sols pour obtenir des rendements faramineux qu'on ne pourrait plus y faire pousser un brin d'herbe sans une tonne d'engrais et de pesticides, se sont rendus esclaves des semenciers qui leur vendent quantité de produits toxiques, à tel point que l'eau courante ne devrait plus être potable (merde, j'avais omis ce détail, jusqu'ici j'ai donc ingurgité des litres et des litres d'herbicides, de pesticides et de produits azotés, il faut que j'achète de l'eau en bouteilles) ; elle exècre notre modèle de développement, responsable du changement climatique et de la fin du monde à court terme. Je crois bien que, contrairement à ce que pensait Max, son activisme s'arrête là. Pas de bande de chevelus, pas de deux-chevaux, pas de fromages de chèvre.

Lucie s'exprime avec aisance. Elle a grandi dans un village à la sortie de Niort. Elle a fréquenté le lycée horticole ; elle s'est installée un temps à côté du Mans, avant de revenir ici. Maraîchage en partie BIO avec son conjoint, vente directe, Amap, bref, tout l'arsenal d'acrostiches de la campagne d'aujourd'hui. Légumes, petits fruits, pommes, poires, prunes. Les terres et les serres proviennent d'un héritage de son ex-compagnon. Elle m'a proposé de visiter l'exploitation et de rencontrer son ex, Franck. Question finances : pas brillant, surtout depuis sa séparation – ce qui avant permettait au ménage de vivre ensemble est insuffisant pour chacun des éléments pris séparément. Le problème du BIO, c'est que la transition est longue et que la production est plus restreinte. Certes, les prix sont un peu plus élevés, mais bon, sur un marché par ici, on ne peut pas vendre un kilo de carottes bio 6 euros, dit Lucie. J'avoue que je n'ai aucune idée du prix du kilo de carottes, quelle honte.

Lucie ne fréquente pas les habitants du village. Elle est persuadée que tout le village la déteste, parce qu'elle ne vit pas comme eux, dit-elle. Je me demande si elle n'est pas un rien paranoïaque. Ses amis sont plutôt à Niort. C'est elle qui s'occupe des marchés : Coulonges la semaine, Niort le samedi et dans le Marais le dimanche.

Cette fille dégage quelque chose d'étrange, un mélange de tristesse, de mélancolie et de joie de vivre peu commun. Elle m'effraye un peu. J'ai laissé mes questions sur la sexualité pour plus tard ; je craignais qu'elle m'envoie bouler, en plus je n'ai toujours pas retravaillé cette partie du questionnaire. (David, mais qu'est-ce que tu fous de tes journées, bon Dieu, à part écrire ce journal ? C'est important, un journal de terrain, mais quand même, le plus important ça reste la putain de thèse, je me demande si je ne suis pas en train de couver un blocage.) En tout cas, j'ai des informations intéressantes pour *Œuvrer* et *Croire* (les réponses de Lucie me confortent dans mon idée d'inclure les questions politiques dans le chapitre *Croire*).

Une fois rentré j'ai hésité à annuler le dîner chez Martial le maire, j'avais surtout envie de rester au chaud avec mes chats à lire (en bouffant des *baked beans* micro-ondés, je l'avoue) mais je n'en ai pas eu le temps : quelqu'un a frappé au carreau, j'ai cru mourir de peur avant de reconnaître le visage de l'élu croque-mort, qui avait eu la bonne idée, le bougre, de passer me prendre. J'ai donc été contraint d'aller dîner chez lui (il m'a même ramené). Une expérience. Petit détail ignoble : je n'ai pas réussi à manger l'entrée. Du sang de poule cuit, mon Dieu, si maman avait vu ça elle se serait évanouie immédiatement. Une crêpe compacte, lisse et marronnasse, j'ai juste goûté, c'est un rien ferreux. (Pas pu m'empêcher de penser à la profession de mon hôte et aux produits dans ses frigos, horreur.) Manger du sang, j'en ai des frissons. Enfin bref, cet ancêtre primitif du boudin noir s'appelle ici *sanquette* et m'a fait regretter l'Ariège. C'est facile, disait Monique. On égorge la poule et on garde le sang. Et après on le cuisine. Voilà voilà. Martial et Monique sa femme voulaient que je découvre les spécialités du coin et ont été un peu déçus, mais bon, je me suis rattrapé en faisant honneur au pâté d'herbes, délicieux, qu'on appelle tout simplement *farci* (vert de blettes, oseille, épinards, œufs, quelques lardons, quatre épices, à retenir), et aux haricots blancs, les fameuses *mogettes* du Marais. (Laisser mes *baked beans* pour des *mogettes*, de Charybde en Scylla, quoi. Ce terrain est dangereux, question bide.) Pas extraordinairement raffiné, mais gravement roboratif. Si vous étiez venu la semaine dernière, a dit Martial, on avait de jolies grives. Mais par ce froid, personne ne sort chasser. Je l'ai échappé belle, donc. Ça m'a rappelé le petit agneau de Montaillou, celui que j'avais sans le savoir condamné à mort – le berger m'avait demandé d'en désigner un dans le troupeau, que j'avais choisi pour sa douceur, ignorant que je le retrouverais le lendemain midi sur une broche.

Leur maison est une grosse demeure bourgeoise cossue, avec un beau jardin ; ils ont trois enfants, dont un seul habite la région. Martial m'a raconté qu'il adorait sa fonction de maire, qui lui permettait de connaître tout le monde et de se rendre utile. Vous savez, dans ma partie, on n'a pas souvent l'occasion de rigoler, alors ça me change, disait-il.

Il est aussi actif dans sa branche, et organise annuellement un congrès de croque-morts, ou quelque chose du style. Ça doit être gai, j'ai pensé. Il revenait d'enterrer un couple de jeunes mariés morts asphyxiés par les émanations de monoxyde de carbone de leur poêle à bois. Les pauvres, dans leur lit, disait Martial. Heureusement ils n'avaient pas eu le temps d'avoir des enfants, ajoutait-il, et sa femme hochait la tête, d'un air compatissant, en nous resservant des haricots. Drôle de métier. J'ai appris des choses sur les trois Grâces qu'il emploie. Ça l'a amusé que je pense qu'ils étaient frères. Le cœur sur la main disait-il. Monique continuait à hocher la tête, elle approuvait tout ce qui sortait de la bouche de son mari, apparemment. J'ai préféré changer de sujet, parler de l'évolution du village au cours des dix dernières années – la population a presque doublé, principalement grâce à la construction du lotissement. *Heureusement*, disait-il, les seuls étrangers sont les trois couples de retraités britanniques qui ont racheté de belles fermes dans les environs. J'ai essayé de ne pas trop m'indigner. Après tout il s'agit de la vieille haine du sédentaire pour le nomade. Il faudra que je relise l'*Introduction* d'Ibn Khaldoun et un ou deux Maffesoli. *(Notes sur la postmodernité : la cuisine du sang de poulet.)* Martial renchérissait, par ici on a arrêté les Arabes, il y a longtemps. La conversation a dérivé sur l'immigration. Martial est partisan de l'assimilation, ou d'une forme extrême d'intégration. Les immigrants doivent *se plier* aux coutumes françaises, disait-il. Ils ne respectent rien, disait-il. Ni la République, ni rien. Il y voyait une forme d'*ingratitude*. Bientôt il faudra qu'on leur demande la permission pour manger du cochon, disait-il. Ils viennent ici, ils profitent de tout, mais ils ne veulent pas faire d'*effort* pour s'intégrer. Tout notre système peut s'écrouler, vous savez, la Sécurité sociale, l'enseignement, c'est fragile, tout ça. Il faut être vigilant. Bien sûr il ne pouvait pas être en train de parler de son village, à moins qu'il n'ignore que les British ne crachent pas forcément sur le rôti de porc.

J'ai demandé à Martial s'il était membre d'un parti politique, il m'a coupé immédiatement, non non, pas du tout. Je suis sans étiquette, comme on dit. Vous savez, être maire d'une petite commune, d'une minuscule agglomération (j'aime bien ce mot. Il s'agit vraiment d'une *agglomération*. À noter pour le chapitre *Questions*), ça n'a rien à voir. Ce qui compte, c'est connaître les gens d'ici, et savoir ce dont ils ont besoin. (Ça m'a rappelé cet élu d'une grande ville qui affirmait que les égouts n'étaient ni de droite, ni de gauche.)

Martial est plus intéressant et moins outrancier quand il parle des transformations liées à l'agriculture, même s'il jette un peu les bébés avec l'eau du bain. Pour les petits exploitants, la situation est dramatique, surtout en ce qui concerne la production animale et les fruits et légumes. Ceux qui n'ont pas l'argent ou les compétences pour investir dans le bio, où les marges sont plus importantes (mais Martial n'y croit pas non plus), sont condamnés à disparaître. La région s'en sort encore grâce aux céréales, du blé principalement. La filière laitière qui a fait la renommée des Deux-Sèvres (beurre d'Échiré, fromage de chèvre, etc.) souffre énormément aussi. À moyen terme, Martial prédit une disparition des paysans, au profit d'immenses exploitations "Bayer™" d'une part, et de la rurbanisation de l'autre. Des pavillons, des pavillons et des pauvres types (anciens ouvriers agricoles, métayers ou petits propriétaires) dans la misère, tableau un rien sinistre mais malheureusement d'actualité.

J'ai hâte d'avoir la version de Gary demain.

Bien sûr le vin rouge a coulé à flots, la goutte aussi, avec le café : je crois que je commence à m'y habituer.

Il neige à nouveau, dense, gros flocons. Ce serait bien d'avoir une cheminée.

Voyons voir si Lara a son téléphone à portée de main, il est minuit pile.

21 décembre, suite

Pas réussi à échapper à la luxure, mais bon, c'est mieux sans la caméra. L'écrit est érotique, suggestif, l'imagination est une machine à désirer, la fabrique de ses propres films. Dans les courts messages du tchat, petit à petit le désir s'installe. Désinhibés par l'alcool, les phrases et les passions se libèrent. La prune du croque-mort est décidément un excellent élixir. J'ai osé livrer mes phantasmes à Lara, graphiquement, j'ai eu une vision, je lui ai envoyé :

(.)¡(.)

Elle a tout de suite compris ce que ça représentait. (Je suis assez content du réalisme de mes seins informatiques). Elle m'a répondu :

> Ta "¡" !!!!! Tu me fais bien rire, mais perspective assez excitante tout de même.

Comme j'ai vu qu'elle était sur la même longueur d'onde, j'ai posté plus osé encore :

> Ensuite tu t'allongerais sur le ventre et, doucement, je te **)o(**

Elle a deviné de quoi il s'agissait :

> Ouille ouille, pas d'accord mon lapin, tu te contenteras de),(

Lara si intelligente, si vive. C'est la femme parfaite.
Hâte d'être à après-demain.

22 décembre

Gueule de bois et panne de courant ce matin au réveil, pas de chauffage, complètement gelé. Paracétamol. Il me reste en gros une heure de batterie pour l'ordinateur, le wifi ne fonctionne plus et mon téléphone est à demi chargé. La météo ne s'est pas trompée, tempête de neige, vent glacial. Je crains de ne pas pouvoir partir demain comme prévu. Tout l'Ouest de la France est plongé dans le chaos, d'après la radio : trains annulés, routes coupées, etc.

Selon Gary, le transformateur qui alimente la contrée a fondu.

22 décembre, suite

Gary a réussi à m'installer une ligne pour la lumière et l'ordinateur, à l'aide d'un des deux générateurs qu'il possède pour la ferme. Je peux donc continuer à bosser. En revanche, la température baisse dangereusement à la Pensée Sauvage, pas assez de jus pour le chauffage. Les chats se sont déjà réfugiés chez Mathilde, les ingrats. Il me semble que le vent glacial s'engouffre sous ma porte. J'ai froid, j'ai grand froid, même emmitouflé dans deux couvertures. Le thermomètre intérieur indique quinze degrés. Je devrais prendre mes cliques et mes claques et essayer de rejoindre Paris dès aujourd'hui, mais avec cette neige, ça semble mission impossible. Si l'électricité n'est pas revenue dans la journée il me faudra demander asile à ma logeuse, sinon je vais droit vers l'hypothermie.

Tout de même, ça ne doit pas être bien difficile à réparer, un transformateur.

Encore faut-il que les agents d'EDF parviennent jusqu'ici.

22 décembre, suite

Appelé Lara, sa nature pessimiste la persuade que je n'arriverai pas à rejoindre Paris demain. J'espère qu'elle se trompe. Je sentais déjà les reproches dans sa voix, comme si je n'avais pas envie de partir. Je voudrais bien l'y voir, elle, bloquée sous la neige sans chauffage. J'ai l'impression qu'elle ne me croit pas. Avec un peu de chance je pourrai lui donner tort et être demain à 18 heures comme prévu rue Saint-Antoine. Il faut que j'appelle Max pour vérifier qu'il est toujours disposé à m'amener à la gare à midi avec son pick-up, sinon tant pis, je demanderai à quelqu'un de me conduire jusqu'à la nationale et je ferai du stop. Plus que vingt-quatre heures, et je quitte la Pensée Sauvage pour dix jours. Cette pensée me réchauffe un peu.

Je viens d'apprendre par Gary que l'électricité ne serait pas rétablie avant demain, voire après-demain. D'après les bruits qui courent (c'est-à-dire les conversations du Café-Pêche, je suppose) il s'agirait d'un sabotage, ce qui me semble hautement improbable : qui irait saboter un transfo EDF une nuit par grand froid et quinze centimètres de neige ? Ni al-Qaida ni l'État islamique ne disposent de chasseurs alpins. Même dans *L'Armée des ombres*, les résistants resteraient devant leur radiateur. Et on n'est plus en 1942.

Programme de la journée : transcrire l'entretien de Lucie, puis interview de Gary à midi, puis chez les Angliches voisins de Max à 17 heures, ce qui pose le problème (encore) du transport. Au boulot.

24 décembre

Donc après avoir écrit ce qui précède j'ai décidé de bouger, parce que mes pieds et mes mains commençaient à geler. Je suis allé chez Gary, vérifier qu'il était toujours d'accord pour l'entretien, il était quoi, midi plus ou moins. (Je nourrissais aussi le secret espoir qu'on m'invite à déjeuner, à la Pensée Sauvage tout est électrique.) J'avais encore le doigt sur la sonnette (idiot, sans jus elle ne fonctionnait sans doute pas) quand la porte s'est ouverte, Mathilde (gros anorak crème et bottes en caoutchouc couleur rouille) avait l'air très surprise de me voir. J'allais justement vous chercher, un appel pour vous. J'ai sorti mon portable de ma poche par réflexe, il fonctionnait, je n'avais pas de message ni d'appel manqué. Mathilde m'a regardé interloquée et : non, on vous appelle ici, chez nous. Quelle catastrophe avait bien pu se produire, j'ai pensé à Lara, à maman, j'ai vu des accidents de voiture, des incendies. Personne n'avait le numéro de Mathilde, seul un Dieu aussi perspicace que la police ou les pompiers pouvait me dénicher ici, je suis allé jusqu'au téléphone, j'ai répondu allô, soudainement enroué. Mathilde restait devant moi, presque à me toucher. Je n'ai pas reconnu la personne à l'autre bout du fil, juste mon nom, David ? J'ai fait oui ? J'ai dû me racler la gorge.

— David c'est Lucie.

J'ai redit : Oui, oui oui ?

— Vous m'entendez ? C'est Lucie Moreau.

— Que se passe-t-il, j'ai demandé. Rien de grave ?

— Non, non. Je suis… Je suis à Niort. Je vais rester jusqu'à demain.

J'ai senti un peu de lassitude dans sa voix.

— Ça vous ennuierait de passer deux minutes voir mon cousin et mon grand-père si vous avez le temps ? Juste pour les prévenir que je ne rentre pas ce soir. Ils ne répondent pas au téléphone. Et Arnaud est déjà parti du garage. Je suis désolée de vous appeler comme ça chez Mathilde, mais je n'ai pas votre numéro. Vraiment désolée, vous me rendriez un immense service. Vous… Vous pouvez me passer votre portable ?

— Attendez, je vais noter le vôtre c'est plus simple.

J'ai noté son numéro directement et avant même qu'elle n'ait raccroché je lui avais déjà envoyé un "?" par SMS, message certes succinct, mais qui transmettait bien, je crois, ma perplexité.

— On s'appelle alors. Merci, au revoir, et merci encore, c'est vraiment très gentil. Même juste cinq minutes ce serait génial. Au revoir.

Mathilde ne m'avait pas quitté des yeux.

Des oreilles non plus, d'ailleurs.

Je lui ai rendu le combiné.

— Elle est gonflée, non ? a dit Mathilde.

Nous étions restés sur le seuil, Mathilde s'est soudain souvenue que la porte était ouverte, entrez, entrez, déjeunez donc avec nous, vous devez avoir froid là-bas sans électricité. C'était vrai, j'avais froid, faim, je suis entré chez Mathilde et Gary. Pourquoi Lucie m'avait-elle appelé moi, elle avait des amis, quand même, et elle connaissait tout le village. Je marchais comme un zombie derrière Mathilde, nous sommes arrivés au salon, il y avait une belle flambée dans le poêle à bois.

— Il y a des gens qui ne manquent pas d'air, a dit Mathilde.

— Oui bon je ne sais pas, elle a sans doute un problème.

J'aurais bien aimé que ce soit le cas. Qu'elle ne m'ait pas juste pris pour un gentil pigeon. Mais j'en doute.

C'est dingue qu'elle m'appelle moi, quand même.

Après le déjeuner (terrine-cornichons, blettes au gratin) Gary était occupé, nous avons décidé de remettre l'interview à plus tard et je suis rentré à la Pensée Sauvage.

Je ne sais pas pourquoi j'ai décidé soudainement de rendre ce service à cette fille que je connais si peu, elle me fait peut-être un peu pitié, et j'aime bien Arnaud. Et après tout, la maison se trouve à deux cents mètres de chez moi. Il fallait que je remette les Anglais à un autre jour, vu la neige et le froid, pas moyen d'arriver jusque là-bas, je les ai appelés pour reporter. (La dame qui m'a répondu a eu l'air soulagé que je ne vienne pas, pas vraiment encourageant. Bon, on verra plus tard.)

Je suis donc allé chez Lucie vers 4 heures, il neigeait toujours, le village était plongé dans une pénombre blanche, je n'ai pas croisé âme qui vive. Le vent sentait le feu de bois et l'hiver. La plupart des volets étaient fermés ; par endroits une lumière orangée vacillait derrière une fenêtre, tout le monde s'éclairait à la bougie. On se serait cru dans un conte de Noël.

Arrivé devant la maison, j'ai frappé à la porte, Arnaud m'a ouvert immédiatement. La grande pièce était sombre, sans lumière ; il n'y avait pas de feu dans la cheminée. Nono avait l'air passablement agité, il se reniflait sans arrêt le bras, il m'a demandé trois fois de suite quand reviendrait sa cousine, j'ai avoué que je l'ignorais, demain sans doute. On va commencer par allumer une flambée, OK ? Cette idée a paru l'amuser. Je me suis approché de la cheminée, il me regardait faire. J'ai trouvé quelques braises dans les cendres chaudes, j'ai disposé un peu de petit bois, attisé le tout avec le soufflet ; quand le feu a pris j'ai attendu une minute ou deux que les flammes grandissent et j'ai ajouté une bûche, assez fier de moi je dois dire, même si des cendres avaient volé un peu partout, le résultat était là.

Au moins, personne ne mourrait de froid.

Le jour commençait à décliner, on y voyait de moins en moins. J'ai demandé à Arnaud s'il y avait des bougies. J'ai dû répéter ma question trois fois avant qu'il me réponde non, je crois pas. Nous voilà bien, j'ai pensé. Dans le noir, la soirée promettait d'être gaie. J'ai trouvé une lampe de poche en évidence sur le buffet et un reste de cire fondue dans une assiette, j'ai cherché un peu dans les tiroirs et dans le bordel de l'arrière-cuisine (je n'ose pas appeler cette pièce salle de bains), sans succès. Plus de bougies, donc. Écoute, Arnaud, je vais aller en acheter, d'accord ? Il ne m'a pas répondu, je crois qu'il s'était endormi sur sa chaise.

J'ai marché jusqu'au Café-Pêche dans l'espoir de trouver des bougies, après avoir hésité à en emprunter directement à Mathilde, mais je me demandais si elle approuverait ma bonne action. Je suis arrivé blanc comme un iceberg, le bar était ouvert, on entendait ronronner un diesel dans la cour, un peu de lumière filtrait par les rideaux – finalement la campagne a du bon, technologiquement parlant. J'ai poussé la porte, il y avait du monde, que des types que je ne connaissais pas, à part les joueurs de cartes de l'autre jour, qui cette fois-ci étaient au comptoir. Tous étaient en grande conversation, très animée ; ils se plaignaient de la panne d'électricité, j'ai passé trois heures à traire les vaches à la main, disait l'un ; mes porcelets sont en train de crever de froid, disait l'autre (j'ignorais que les porcheries étaient chauffées) ; il faut que je trouve un deuxième groupe pour essayer de sauver le congélateur, grognait un troisième, en ajoutant si je tenais ces petits salauds, ils passeraient un sale quart d'heure, t'imagine, faire ça la veille de Noël. Les gendarmes les ont arrêtés, a lancé Thomas, ce qui n'a pas eu l'air de calmer l'assistance, au contraire. En plus on s'en fout du nucléaire, nom de Dieu, avec tous les moulins à vent qu'ils ont installés dans la plaine, s'ils sont pas contents ces voyous, je leur montrerais bien ma façon de penser. Je n'osais pas les interrompre, mais Thomas s'est adressé à moi, vous buvez un coup ? J'ai fait oui, pourquoi pas, je venais voir si vous aviez des bougies, mais oui, un petit kir, ça me réchauffera, un des types au bar a trouvé ça tordant, par ce temps ce qui réchauffe c'est du raide, ou du Viandox®, ou les deux à la fois. Je n'ai pas relevé. Thomas m'a servi mon blanc-cassis, pour les bougies vous allez avoir du mal, y en a plus à quinze kilomètres à la ronde, les supermarchés sont dévalisés. Plus une lampe à gaz, plus une bougie, plus un groupe électrogène depuis qu'on sait que l'électricité ne sera pas rétablie avant après-demain matin. Mais qu'est-ce qui s'est passé ? j'ai demandé. Ma question a déclenché une vague de commentaires, des petits salauds qui emmerdent le monde, un attentat terroriste, quoi. Un attentat ? Beh oui, le transformateur a pété, Bon Dieu.

J'ai imaginé un commando d'islamistes enneigés descendus des sommets de l'Hindou Kouch, des pains de plastic sous le bras, pour s'attaquer bravement à une station d'EDF en Deux-Sèvres, et je n'ai pas pu m'empêcher de dire en souriant, mais enfin, c'est pas possible, un attentat… Tollé immédiat. Mais c'est ce que dit la télé, les gendarmes les ont arrêtés. Des altermondialistes. Des zadistes. Des sauvages. Qu'est-ce qu'on a à voir, nous, avec l'altermondialisation, je vous le donne en mille ? Ces petits cons ne respectent rien.

Je ne voulais pas avoir l'air de défendre les terroristes présumés, j'ai juste poussé un "ça alors" de circonstance. Pas de bougies, donc. J'ai avalé mon blanc-cassis, j'ai payé, j'ai remercié Thomas et je suis retourné dans le blizzard.

Il me restait Mathilde, mais la situation se compliquait. Comment expliquer que j'avais besoin de bougies ou d'une lampe alors que grâce aux moteurs de Gary il y avait de la lumière chez moi ? Solution un : rapatrier le cousin et le vieux à la Pensée Sauvage. Solution écartée, merci. Solution deux : demander des bougies à Mathilde. Solution trois : pas de solution trois. Rester dans le noir un moment chez Lucie avec sa famille, et puis rentrer tranquillement chez moi. Solution peu chevaleresque.

Donc Mathilde, pensais-je. Ce qui me gênait un peu, je dois l'avouer, sans vraie raison.

Peut-être est-ce la pensée du mot *crime* qui m'a inspiré, ou peut-être qu'en chacun de nous sommeille l'âme noire des profanateurs, mais arrivé au carrefour, alors que j'aurais dû prendre à gauche pour rentrer chez Lucie, j'ai eu une idée. Je savais où il y avait des bougies, de grandes et belles bougies. Dans l'église, bien sûr. J'avais aperçu tout un tas de cierges lors de ma visite avec Mathilde. Je savais aussi où se trouvait l'énorme clé, suspendue avec d'autres à un clou dans la remise ; je n'avais qu'à l'emprunter, ouvrir l'église, prendre les cierges (je n'arrivais pas à me dire les *voler*) et le tour était joué. Après tout, nécessité fait loi. N'était-ce pas pour éclairer le vieillard et l'orphelin ? Plus j'avançais en direction de la Pensée Sauvage, plus je trouvais mon idée brillante. Aventureuse, certes, mais brillante. Si la chapelle n'avait pas déjà été pillée, dans dix minutes j'étais au chaud devant la cheminée à lire *Quatrevingt-treize* en tenant compagnie à Arnaud. Je me sentais déjà fier de moi. Quelle imagination ! Quelles ressources ! Quelle générosité ! Rendons les lumières du clergé au peuple !

Évidemment, j'aurais dû me douter que les entreprises criminelles ne sont jamais aussi simples qu'il y paraît à première vue. Il me fallait m'introduire dans la remise, la nuit était tombée, on n'y voyait goutte. Je me suis souvenu de la lampe électrique de Lucie dans ma poche. Elle éclairait faiblement, mais elle éclairait. Sans me cacher (mais après avoir vérifié subrepticement que les volets de Mathilde étaient bien fermés) je suis entré dans la resserre. Heureusement le chien n'a pas aboyé. Maintenant que j'y pense, il y avait déjà deux ou trois jours qu'il n'aboyait plus à mon passage, coup de chance. Quel prétexte aurais-je bien pu trouver si Gary m'avait surpris ? Que je voulais vérifier le fonctionnement du générateur, tiens. Parfait comme excuse.

Le ronronnement des groupes électrogènes dissimulait le bruit de mes pas. Je me souvenais de l'emplacement du gros clou rouillé. Malgré la peur (j'avais peur, oui, mon cœur battait vite) j'ai été précis et efficace, un excellent cambrioleur. J'ai même éteint la lampe avant de ressortir pour ne pas attirer l'attention. J'avais la clé, elle était lourde. Il ne me restait plus qu'à traverser la rue. Pas âme qui vive. Nuit noire, le vent était un peu tombé, il neigeait toujours. J'ai marché jusqu'à l'église. Problème, la porte donnait évidemment sur la route ; si une voiture passait à ce moment-là, j'étais refait. J'ai eu un moment d'hésitation, je me souviens. Quelle connerie, je me suis dit, se retrouver à piller une église, c'est une grosse connerie. Je risque tout mon travail de terrain, là. Quel imbécile. Je suis resté une minute en plan, la situation était ridicule. Ah, c'est ton fameux goût pour l'aventure qui te joue des tours, j'ai pensé. Lara va bien rigoler en apprenant cette histoire, j'ai pensé. Allez, quand le vin est tiré, il faut le boire, j'ai pensé.

J'ai gravi les marches du porche, vite, pas de bruit de voiture, j'ai tâtonné pour introduire la clé dans la serrure, j'ai dû m'y prendre à deux ou trois reprises, mais la porte s'est ouverte, dans un bruit déchirant, strident, interminable, les gonds grinçaient, on m'entendait à l'autre bout du village, j'étais cuit. Paralysé de trouille devant l'ouverture je voyais déjà Mathilde accourir pour protéger sa sacristie et me prendre la main dans le sac. Poussé par le désespoir je me suis engouffré à l'intérieur, plaqué contre le mur, et j'ai attendu. Rien, le silence. Au bout d'un moment je me suis décidé à repousser tout doucement la lourde et à allumer la lampe. L'ombre du Christ tordu de douleur a failli me faire crever de peur. C'est vraiment sinistre, une église dans la pénombre. Je ne me suis pas attardé, je sentais le regard des saints et des martyrs sur mes épaules, je suis allé directement vers la gauche, où je me souvenais d'avoir vu les cierges, et effectivement, le trésor était là : de pleines brassées de bâtons de cire, certains à demi brûlés, d'autres intacts, des fins, des épais, des longs, des courts. J'en ai pris une demi-douzaine, parmi les plus gros, sans réfléchir ; je me suis précipité vers la sortie. J'ai hésité à laisser la porte ouverte et à m'enfuir, mais c'était signer mon crime, j'ai préféré prendre le risque de la refermer tout doucement, millimètre par millimètre, de l'intérieur, avant de me faufiler, pour rester le moins de temps possible dehors. La serrure a fonctionné à merveille, j'ai pris mes jambes à mon cou, le larcin sous le bras, paniqué, j'ai glissé et je me suis étalé de tout mon long. J'imaginais déjà les titres du journal local :

SENSATIONNEL !
L'ETHNOLOGUE PROFITE DE L'OBSCURITÉ
POUR PILLER UNE ÉGLISE !

Comment ai-je pu me mettre dans une situation pareille, j'ai pensé la gueule dans la neige. Courage, maintenant, courage ; j'ai ramassé mon butin, retraversé la route, le cœur à cent à l'heure. J'ai posé les cierges devant ma porte le temps de remettre la clé à sa place, vite, vite. J'ai planqué le *corpus delicti* dans mon anorak et je suis reparti vers chez Lucie plein de remords mais aussi de fierté, je dois bien l'avouer.

En marchant dans la nuit, j'ai repris un peu mes esprits.

Par temps de pénurie, il faut savoir se débrouiller.

J'ai été capable d'imagination et de célérité.

Tout le monde peut devenir criminel, j'en avais la preuve.

Je suis arrivé chez Lucie requinqué, fier comme Artaban de mes cierges. J'en ai installé quatre sur des assiettes, sous les yeux médusés d'Arnaud et du vieux qui s'était entretemps réveillé ; je les ai disposés aux coins de la table. Je n'avais pas remarqué que mes saintes chandelles étaient décorées de petites Vierges imprimées en bleu sur le côté.

C'était incongru, on aurait dit la veillée funèbre de la corbeille à fruits.

Mine de rien, il était 6 heures et demie : mon expédition avait duré une bonne heure, mais on y voyait. J'ai remis la lampe de poche à sa place sur le buffet, et je me suis assis devant la cheminée, fourbu.

Décidément, l'ethnologie mène à tout, j'ai pensé en entendant Arnaud réciter l'éphéméride, aujourd'hui 22 décembre, Sainte-Françoise-Xavière, etc., etc., l'ethnologie mène à tout, même au vol. Comme Jean Valjean et les chandeliers dérobés à l'évêque. Ça m'a rappelé que j'avais apporté *Quatrevingt-treize* ; j'ai sorti le livre de ma poche. Il est étrange que ni le vieux ni Nono ne m'aient demandé ce que je foutais là, comme si j'étais un membre de la famille. À la lueur des flammes, le visage du vieillard s'étirait encore plus ; son éternelle casquette projetait une ombre sinistre sur le mur. Les mains de Nono étaient tranquillement posées sur ses genoux. Finalement, je ne regrettais pas d'être là.

Arnaud ne m'a pas laissé lire longtemps ; tant mieux, parce qu'à la bougie c'est assez pénible. Nous avons joué aux dates. Je lui ai constitué une petite liste d'événements qui manquaient à sa collection, il était enchanté : 7 avril 1884, naissance de Bronisław Malinowski à Cracovie ; 28 novembre 1908, naissance de Claude Lévi-Strauss à Bruxelles, etc., etc., sans oublier 11 juin 2015, le grand anthropologue David Mazon obtient son diplôme de mastère I, et ainsi de suite. La vitesse à laquelle il est capable d'apprendre par cœur est prodigieuse. Il lui est impossible de trier les informations autrement que par date. Lui demander, Arnaud, c'est quel jour la Saint-Martial ? ne donne aucun résultat, alors que lui dire "30 juin" déclenche à coup sûr, 30 juin, Saint-Martial, etc., etc., j'ai vérifié avec un vieux calendrier des Postes qui traînait par là. Je me suis aussi rendu compte qu'Arnaud sait à peine écrire ; il met des heures à tracer quatre lettres. J'étais par ailleurs un peu déçu de découvrir qu'il est très mauvais en calcul mental, pas du tout *Rain Man*. Il sèche devant une addition à deux chiffres. Je me suis un peu lassé des éphémérides, je lui ai proposé de jouer à quelque chose, il était très excité. Il ne vaut rien aux dames, mais est assez doué pour les petits chevaux. L'excitation du jeu, la proximité de la victoire ou de la défaite lui provoquent une émotion semblable à celle de l'alcool l'autre jour : il souffle, il devient rouge, il n'arrive plus à parler ou au contraire parle à une vitesse démesurée, on a l'impression qu'il va s'étouffer. Enfin bref, on s'est bien amusés, il y avait longtemps que je n'avais pas joué aux petits chevaux.

Il était 8 heures passées, le grand-père avait déjà dîné, des morceaux de pain trempés dans une assiette de lait (beurk). J'ai demandé à Nono s'il avait faim, il m'a répondu, et Lucie ? Elle arrive quand Lucie ? Je ne crois pas qu'elle rentre ce soir, j'ai dit. Il a eu l'air déçu.

J'ai cherché de quoi préparer un dîner, je m'improvisais baby-sitter. Dans l'arrière-cuisine j'ai déniché un paquet de pâtes et une casserole que j'ai remplie avant de la mettre à bouillir. Nono a crié, des nouilles ! des nouilles ! d'une voix triomphante. Au moins, il n'était pas difficile à nourrir. Je commençais à trouver le temps long. J'avais des choses à faire avant mon retour à Paris, il fallait que je prépare ma valise, que j'appelle Max pour voir s'il était toujours disposé à m'emmener à la gare, en espérant que les trains partent.

Arnaud a englouti ses coquillettes au beurre comme s'il n'avait rien mangé depuis dix jours, ça faisait plaisir à voir.

Le grand-père est allé se coucher ; sa chambre (plutôt son placard) s'ouvre sur la grande pièce par une porte minuscule que je n'avais pas remarquée, dissimulée dans l'ombre derrière la cheminée. Arnaud l'a embrassé, lui a souhaité la bonne nuit et s'est mis immédiatement à bâiller.

Pipi, laver les dents, il a dit.

Le chien a profité de l'ouverture de la porte du jardin pour se glisser à l'intérieur, je n'ai pas eu le courage de le mettre dehors, il s'est pelotonné près du feu.

Puis Arnaud est monté, je l'ai accompagné, par curiosité ; à l'étage il y a deux pièces, noyées d'ombres. Celle d'Arnaud semblait encombrée de constructions en Meccano, en Lego ; il a commencé à se déshabiller dans le noir ; il a enfilé un pyjama et s'est mis au lit. J'étais gêné, je me sentais mal à l'aise, je suis sorti, on n'y voyait presque rien. En descendant l'escalier une sorte de tristesse m'a pris, mêlée de honte, je ne sais pas pourquoi ; j'ai tourné en rond cinq minutes, j'ai remis du bois dans la cheminée en vérifiant que rien ne pouvait prendre feu à proximité, j'ai laissé brûler un cierge volé au cas où, mis mon anorak et je suis rentré à la Pensée Sauvage.

3 janvier

Alors me voilà de retour.

Ça n'a pas été facile de quitter Lara ce matin, même si on s'est beaucoup engueulés cette dernière semaine, je crois que ses histoires de concours la stressent terriblement. Elle a décidé de venir passer quelques jours avec moi à la Pensée Sauvage à la fin du mois. Je ne veux pas laisser le terrain avant début mars, pas même pour un week-end (d'où engueulades). Il faut que j'avance.

Vidé valises, rangé affaires, nettoyé salle de bains, l'absence de chauffage n'a pas entravé la reproduction des bestioles, beurk.

La neige a fondu. Il fait moins froid (6 degrés), l'électricité fonctionne, la mob démarre, que demande le peuple.

Au programme : courses à Coulonges, visite à Mathilde, puis apéro au Café-Pêche.

Ma bourse a enfin été versée, décidé d'acheter une voiture, quand même moins précaire que Jolly Jumper. Une décapotable, pourquoi pas. Ce serait chouette pour se promener dans la campagne aux beaux jours.

3 janvier, suite

J'ai souhaité la bonne année au maire, à Thomas, à Max et aux joueurs de cartes, bu quelques blancs-cassis (j'avoue que ça m'avait manqué, au fond je crois que je préfère ça au champagne) en discutant le bout de gras. Max a passé les fêtes seul, *tranquillou bilou*, comme il dit. Lorsque j'ai posé la question à propos du transformateur, qu'est-ce qui s'était passé, finalement, personne n'a su me répondre. Thomas avait discuté avec un des employés de l'EDF qui lui avait dit que c'était ni plus ni moins incompréhensible, que le truc avait sûrement été saboté, mais impossible de savoir comment, d'après eux. Le transfo avait proprement flambé. L'important, c'est que justice se fasse, ce qui a bien fait rigoler Max. N'oublie pas la présomption d'innocence, tant que t'y es. Ce qui ne retire en rien la présomption de victime à l'EDF, s'est marré Max. La présumée victime, c'est moi, tu parles, a renchéri Thomas. Dix kilos de brochets et d'anguilles qu'on a été obligés de bouffer, je te rappelle. Ça c'était plutôt le bon côté des choses, a rajouté le peintre, je veux bien être victime d'un attentat aux quenelles de brochet tous les jours – ce qui a déclenché l'hilarité du maire : mais avec le froid qu'il faisait à Noël, t'aurais pu les enterrer dans la neige, tes anguilles, elles auraient survécu.

Enfin bref, tout le monde va bien et boit toujours autant.

Retour à la Pensée Sauvage à 8 heures, dîné (maquereaux tomate/nouilles) écrit quelques notes et mails. À 11 h 05, un truc étrange : une explosion lointaine, un peu comme un gros pétard ou un coup de fusil. Pensé immédiatement à un attentat, ce qui est absurde. Pas de sirènes de police ou d'ambulances, rien ; le village est de nouveau silencieux.

Regardé des pages de petites annonces de bagnoles sur le Net, c'est rare et cher une décapotable. La flemme de tchatter avec Lara. Extinction des feux maintenant, à 0 h 17.

4 janvier

Retrouvé la thèse, relu les vingt pages du chapitre *Questions.* Soyons clairs : c'est une vraie merde. Ni fait ni à faire. À mon avis il faut tout recommencer en changeant de méthode : je vais attendre d'avoir plus de matière pour me mettre à écrire. Ciel bas et lourd, pluie. Plus mélancolique que déprimé. Discuté avec Gary, ça m'a un peu remonté le moral. Décidément j'aime beaucoup cet homme. On a parlé de ses activités en hiver, il m'a dit que jusqu'en mars tout était très tranquille. Amendement des sols, réparation du matériel… Il m'a montré le fonctionnement de son nouveau tracteur à GPS, génial. Toutes ses parcelles sont mémorisées dans un ordinateur de bord. Il suffit de choisir la fonction (semis, labour, traitement, etc.), de le positionner dans la parcelle, et on n'a plus besoin de toucher ni au volant, ni aux pédales. Incroyable. Il faut tout de même rester dedans pour vérifier qu'il ne se trompe pas, ou qu'un danger quelconque ne surgisse pas, mais sinon, tout est automatique. On n'arrête pas le progrès. Sur les grandes surfaces de la plaine, c'est très très pratique, dit-il. Je veux bien le croire. Mathilde aussi s'en sert, ce que j'ignorais. Parfois c'est elle qui s'occupe des traitements phytosanitaires, ou prend son tour de moissonneuse. Gary m'explique qu'ils ont toujours partagé les tâches, même si lui admet facilement ne pas connaître grand-chose en comptabilité et en informatique de gestion. L'histoire de l'exploitation résume bien les évolutions de l'agriculture française : mécanisation collective au début du siècle, battage à vapeur, etc., puis passage progressif à l'agriculture intensive dès l'après-guerre, moissonneuse, tracteurs, engrais ; augmentation de la surface cultivée dans les années 1970, ajout de terrains à la faveur du remembrement : beaux-parents, oncles, voisins, et ainsi de suite, par héritage ou en fermage ; crise de surproduction à la fin des années 1980, augmentation des rendements, endettement, jusqu'à aujourd'hui, où les cours mondiaux des céréales ont fait rentrer beaucoup d'argent dans les caisses, pécule qui sert surtout à rembourser les crédits gigantesques contractés il y a dix ou quinze ans. Gary admet qu'il s'en sort bien mieux que les éleveurs et les producteurs de lait, et que le grand avantage de la filière, c'est le stockage : on peut attendre, laisser la récolte en silo et vendre au meilleur prix. Son cousin germain, un peu plus au nord, engraisse des bovins à viande en batterie et peine à joindre les deux bouts, avec des investissements énormes et des cours très bas : les éleveurs vendent au rabais à la grande distribution, et le prix du kilo de bœuf sur pied est ridicule. Le seul moyen de gagner de l'argent, explique Gary, c'est de miser sur la qualité : plein champ, races valorisées, appellation d'origine contrôlée : les marges sont supérieures, mais les investissements (en cheptel vif, en temps et en terrains, surtout) sont tout aussi gigantesques. Bref, le serpent qui se mord la queue.

Il m'a aussi proposé de m'emmener à la chasse samedi ou dimanche matin. Prenez des bottes, il a dit, ce sera très boueux.

4 janvier, suite

J'ai oublié de noter hier que j'ai appelé Lucie pour lui présenter mes vœux et avoir des nouvelles du vieillard et du

Nono. Très surprise que je l'appelle, elle m'a remercié pour "les bougies", sans préciser ; elle était très touchée que je sois passé rassurer sa famille. Je n'ai pas posé de questions quant à son comportement étrange. J'ai demandé des nouvelles du grand-père et du cousin, elle m'a répondu, on fait aller. Moment bizarre : je n'avais rien à lui dire de spécial mais je n'arrivais pas à raccrocher. Convenu de passer la voir dans la semaine, qu'elle me fasse visiter l'exploitation.

5 janvier

Je reviens d'aller zoner avec Max : paire de bottes en caoutchouc, pull de chasse kaki renforcé aux épaules, pantalon de la même couleur avec grandes poches sur les cuisses, me voilà paré. J'aime les marques de vêtements de chasse de la grande distribution : des noms de bois cirés, de crosses précieuses, de belles régions ; mon pull est "Périgord noir", mon pantalon "Guy du Berry".

Quand je lui ai demandé s'il avait l'intention d'aller en ville, Max m'a répondu en soupirant qu'il fallait qu'il aille dans la Zone, pour essayer de trouver un nouveau matelas, le sien est trop mou. La Zone, c'est la zone commerciale, à l'est de Niort : agglomération de hangars peinturlurés aux enseignes de la grande distribution, la plaie des villes européennes. Des hectares et des hectares de chaussures, de gadgets, d'articles de sport, de meubles et de vêtements dégriffés, le tout saupoudré de grils express, de fast-food et de pizzerias bon marché. On pourrait vivre là sans jamais en sortir, a dit Max, et ce serait une belle image de l'enfer, sans aucun doute. Coincé entre deux rocades à quatre voies et les tours d'une grande mutuelle d'assurance, bel endroit pour planter la tente. Mais bon, toute cette laideur a ses avantages : j'ai mon matériel de chasse, et Max son matelas.

(Je soupçonne qu'il y a une femme là-dessous, Max en a profité pour acheter plusieurs draps neufs et une couette en duvet, mais je n'ai pas osé poser la question, après tout ça ne me regarde pas.)

En parlant de femme, il faut que je me rende à l'évidence, c'est la mouise entre Lara et moi. On arrive à s'engueuler même par messages. J'ai changé depuis que je suis à la campagne, je perçois mieux les choses importantes, la planète, le climat, la nature, la vie, la mort, alors qu'elle, elle reste (pardon Lara, excuse-moi) une Parisienne engoncée dans son confort, sans comprendre ce à quoi l'humanité doit faire face aujourd'hui. Désolé, mais oui, nous avons plus besoin d'agriculteurs engagés pour affronter les défis du contemporain que de diplomates en liquettes dans des salons. Pardon, mais tout frémit, tout bruit de la fin du monde : incendies, inondations, pestes, les quatre cavaliers de l'Apocalypse, quoi. (Quel était le quatrième, déjà ?) Ils fondent sur nous, et seuls les gens de la terre, pas les politiques, peuvent sauver la planète. Bon, j'exagère peut-être un peu, mais le droit public et la géopolitique me semblent assez inutiles pour nourrir l'œkoumène, fan de patin !

Bon, je m'emballe, après tout il y a quoi, deux mois à peine que je suis ici, c'est un peu tôt pour trouver un sens à sa vie entre les radis de madame Mathilde et les zones commerciales. C'est la pression de la thèse qui me met à l'envers. Je suis peut-être jaloux de Lara, elle a une voie toute tracée devant elle, la Voie Royale des Concours Administratifs, elle n'a qu'à la suivre. Ça ne sert à rien de s'apitoyer sur son sort, faut avancer.

Allez zou, une petite révision de biblio et un message à Calvet.

7 janvier

Enfin une bonne journée de boulot. Reçu Lucie dans la matinée à la Pensée Sauvage. (Première fois que je reçois quelqu'un – je me suis rendu compte que je n'ai pas de tasses, café dans verres Duralex®.) Elle m'a apporté une boîte de chocolats, j'ai trouvé ça très touchant de sa part, des Chocolats de l'Ambassadeur, pour la nouvelle année. Tiens, d'ailleurs je pourrais en manger un maintenant. Un peu la flemme de rebrosser les dents, on verra ça demain. Cette fois-ci, c'est Lucie qui m'a interrogé, ou peu s'en faut : je lui ai raconté ma vie (enfin ma vie professionnelle, je me comprends), les moutons et la transhumance en Ariège, Montaillou, Prades, mes terrains. Les ours, les vautours, les loups. (OK, j'ai peut-être un peu exagéré pour les loups.) Les défis qui attendent les jeunes éleveurs pyrénéens. Lucie a eu l'air vraiment intéressée. Puis ça a été à son tour : elle m'a raconté comment le 22 décembre elle avait passé la journée et la nuit en garde à vue après une manifestation à Niort qui avait mal tourné. D'où son absence le soir de la panne de courant. Encore une injustice : quand les éleveurs et les gros céréaliers manifestent pour leurs subventions, ils peuvent mettre la ville à feu et à sang, brûler la préfecture ou la noyer sous des tonnes de merde à la lance à incendie, il ne leur arrive rien. Jamais. Ils obtiennent même gain de cause. En revanche une manif écolo contre les retenues d'eau du Marais poitevin (encore un scandale de millions d'euros investis pour soutenir une production agricole insoutenable et remettre un bien commun [l'eau] entre les mains de quelques cultivateurs de maïs esclaves de Dekalb™ et Bayer™ vous allez goûter à la matraque et à la taule. Ce monde devient déprimant. Lucie m'a appris que deux soi-disant "zadistes" avaient été arrêtés pour "sabotage en vue d'une entreprise terroriste" dans l'affaire du transformateur

EDF. Des amis proches, dit-elle. Ils n'ont jamais été activistes ni violents, dit-elle. Elle m'a demandé de l'aider à rédiger un communiqué ou un appel pour la presse nationale. Ça me paraît une bonne idée de m'impliquer dans mon environnement. Je vais demander conseil à Lara.

8 janvier

Grande journée : je suis allé à la chasse pour la première fois de ma vie. J'ai même tiré un coup de fusil. Levé à 5 heures, pour être sur place avant l'aurore. Sur place = au beau milieu de la plaine, parmi les chemins de remembrement, à quelques kilomètres du village, entre les Ajasses et la Taillée, plus précisément autour du petit bois de feuillus cerné par les champs, avec le chien de Gary, le fusil de Gary et Gary soi-même. On a laissé le vieux Patrol à l'orée du bois. La lumière commence par vous entourer sans qu'on devine d'où elle provient ; elle paraît émaner des arbres et des cailloux, surgir des buissons ; la brume se met à luire ; l'impatience du chien dessine des dragons de brouillard hors de sa gueule. Il jappe mais n'aboie pas. Le froid me prend les joues et le nez d'abord. Gary a sorti son fusil de l'étui. Il a choisi une arme à deux canons lisses plein choke (j'ai dû plancher pour comprendre pourquoi on étrangle les plombs – question de dispersion, d'après internet : je suis aussi nul en balistique qu'en électricité). Un fusil polyvalent, des munitions diverses, au cas où, dit-il. Même si on risque de tirer juste une paire de corneilles, dit-il. Dans la fin de nuit glaciale, Gary m'explique ce que signifie "chasser devant soi" : c'est avancer dans la plaine avec l'épagneul qui court "en quête" jusqu'à ce qu'il sente le gibier ; le chien tombe alors en arrêt pour en signaler la présence, et attend que le chasseur le rejoigne, sans perdre le faisan – s'il s'agit d'un faisan – de vue (ou plutôt de flair) ; puis lui court sus, quand le chasseur est prêt, pour qu'il s'envole, et enfin, une fois la cible envolée abattue, aller en récupérer la dépouille. Enfin je me comprends. Voilà pour la théorie.

Quant à la pratique, d'abord les mauvais côtés : le premier ennemi du chasseur, c'est le barbelé. À Dieu ne plaise mais j'ai failli laisser mes testiburnes accrochées en guirlande de Noël sur la première clôture, avant que Gary me dise en rigolant, il vaut mieux passer par-dessous, ou entre les deux rangées, ça évite d'accrocher son froc. Crapahuter dans la boue et les barbelés avec un fusil, je n'ai évidemment rien dit, mais ça me rappelle beaucoup plus la Somme en 1917 que les Deux-Sèvres au XXIe siècle. Ça tombe bien, c'est le centenaire de la Victoire. Deuxième danger mortel pour le poilu, donc : la boue. Elle colle aux semelles et provoque une succion, une aspiration morbide qui retient les bottes prisonnières un instant ; lorsque celles-ci sont légèrement trop grandes (comme c'est mon cas) on manque de les perdre à chaque pas. Ô ethnographe du futur, lecteur de ce journal, n'essaye donc pas de courir, il t'arriverait la même chose qu'à moi, c'est-à-dire te retrouver à plat ventre, le visage léché par le clébard, un pied botté, l'autre nu, le tuyau de plastique vert de ta chausse planté bien droit dans l'argile derrière toi tel un horrible arbuste, comme si tu avais été déshabillé par le souffle mortel d'un obus. Je suis sûr que Gary en rigole encore, et son chien aussi. Bref, bref, bref.

Mais à part cette légère humiliation, quelle matinée !!! Une ligne orange précède le jour à l'horizon du ciel pur, entre des bandes de brume qui suivent les courbes de la plaine. Tout bruit du désir de bruire, du chien aux oiseaux, des arbustes aux hautes cimes. La nature vibre – on marche en silence, face à la bise, à l'orée du bois ; l'épagneul fait des zigzags rapides, la truffe par terre. C'est l'heure de la perdrix et du faisan, m'a dit Gary. Du ramier aussi. Et des lapins. Le faisan sauvage est extrêmement rusé et ne se montre pas s'il a entendu le moindre bruit suspect – c'est un malin, contrairement au lapin, qui lui cherche toujours à fuir, traversant la plaine en courant à découvert, où il finit truffé de plomb. Le faisan a ses cachettes, ses refuges bien préparés. Gary m'a expliqué que les faisans d'élevage qu'on lâche pour la chasse divaguent au bord des routes sans trop savoir où aller et finissent à coup sûr (mais c'est le but de leur existence) plumés.

Nous avons marché peut-être une demi-heure avant le premier arrêt de l'épagneul – près de la ruine du moulin, à la croisée du chemin de la Taillée, derrière le petit bois, le chien s'est arrêté net, à une vingtaine de mètres devant nous. Son museau pointait. Gary a fermé son fusil et s'est approché à pas rapides ; dès qu'il a senti sa présence l'épagneul s'est avancé et a fait s'envoler un gros oiseau, noir dans le contre-jour ; Gary a épaulé mais n'a pas tiré – une pie, a-t-il dit avec un air de dégoût, et il a engueulé le chien. La pie bavarde, c'est l'éboueur de la plaine, si j'ai bien compris. Ça mange tout ce que ça trouve. Elles sont apparentées aux corbeaux – on les prend au filet ou à l'affût au printemps dans les cultures, m'a raconté Gary. Mais ce n'est pas très noble.

L'idée qu'il y ait une noblesse dans la chasse (noblesse que je commence à entrevoir) et que lui, le paysan, emploie ce mot, m'a bien plu – le privilège de la mise à mort, autrefois réservé, est aujourd'hui accessible à tous ou presque. C'est un acquis du Peuple et de la Révolution.

Deuxième arrêt dans le grand champ qui descend vers la rivière, avant les prés en herbe. C'est là que je me suis lamentablement vautré et que Gary n'a pas pu tirer, trop occupé qu'il était à se tordre de rire et accessoirement à m'aider à me remettre debout et à enfiler ma botte manquante en boitillant. (Même le chien s'est inquiété pour moi et m'a léchouillé le visage, il y a de la compassion chez ces animaux, quoiqu'ils puent affreusement de la gueule.)

Longé ensuite la rivière, du côté des prés, pendant une bonne heure (c'est là que les barbelés ont failli me déposséder de ma virilité). Premier tir, manqué – le lapin s'est carapaté dans une haie, pas assez de visibilité pour tirer une seconde cartouche. Ça s'engageait mal question gibier : il n'était pas loin de 11 heures et on était toujours bredouilles. Gary a décrété la pause (je crois qu'il a eu pitié de moi, je traînais les pieds et mon pull avait beau être kaki et renforcé aux épaules, je frissonnais, tout couvert de terre que j'étais). Un tronc couché pour s'asseoir, un thermos, deux tasses en plastique et un saucisson. Devant nous, la vallée montait en verdoyant vers la plaine, le soleil d'hiver, orangé et lointain, caressait les herbes humides ; j'ai regardé le fusil que Gary avait déchargé par sécurité, le chien qui s'était assis près de nous en espérant (il devait connaître le rituel) quelque chose à manger, j'ai pensé soudain aux Indiens, aux Comanches, aux Cheyennes : c'était un beau jour pour mourir, comme on dit là-bas. Gary m'a servi une tasse de café fumant, puis il a coupé des rondelles de charcuterie. On est restés vingt minutes peut-être. Pris quelques photos. Puis nous avons continué notre route.

J'avoue que la deuxième partie de la matinée m'a paru un peu longue. (Il faut dire que lors de l'arrêt et du tir victorieux j'étais une cinquantaine de mètres en arrière, en train d'enlever mon pull, je n'ai donc rien vu, juste entendu la détonation. Entre la marche et mes trois couches de fringues, après avoir gelé je commençais à frire.) Gary a tué une poule faisane. L'épagneul la rapportait quand je suis arrivé. Gary l'a félicité, et l'a remercié en lui donnant une friandise. La prise (la venaison ?) ressemble à une poule, comme son nom l'indique, mais au plumage brun strié de noir. J'ai donc participé de loin à la mort de cette bestiole au long cou pendant et inerte. Ça ne m'a provoqué ni plaisir ni dégoût, rien. On est sans doute plus sensible à la mort des mammifères qu'à celle des oiseaux. Ou alors je m'habitue. Gary était content. Après tout c'est normal, on est à la chasse, c'est pour tuer, j'ai pensé. Sinon à quoi bon se promener avec un chien et un fusil ? En parlant de fusil, un peu plus loin, alors que je commençais à désespérer du chemin qu'il allait falloir parcourir pour retrouver l'automobile, Gary m'a demandé si je voulais essayer de tirer une cartouche. Une joie enfantine m'a saisi et j'ai immédiatement accepté. Gary a choisi le pas de tir : une légère pente vers un pré pour contrôler la trajectoire des plombs, une boîte de conserve rouillée (qui empêchait la pourriture du piquet sur lequel elle se trouvait) comme cible. Gary a appelé le chien près de lui, au pied, pour éviter tout accident ; il m'a montré comment épauler. Le fusil m'a paru lourd, c'était assez difficile de viser. Gary m'a conseillé de me détendre, impossible. Je serrais les dents et les fesses comme si j'étais face à un peloton de Versaillais. (Pourquoi de Versaillais ? C'était moi qui tenais le fusil, après tout.) J'ai fait exactement ce que Gary m'avait dit d'éviter, j'ai fermé les yeux en tirant. Grand bruit (oreille qui siffle un peu), odeur un peu acide, léger recul de la crosse, mais j'étais tellement contracté que l'arme a à peine bougé.

Je me suis dit immédiatement merde, j'ai oublié de prendre une photo pour Lara, alors on a recommencé, Gary en chef op, et moi en Tartarin. Le chien tournait en rond en jappant, il s'imaginait sans doute qu'on tirait sur d'invisibles animaux sans odeur. Pour la deuxième cartouche j'étais un peu moins nerveux mais j'ai quand même fermé les yeux, ce qu'on voit parfaitement sur la photo, assez réussie néanmoins : j'ai la paupière close, la mine chafouine, la tempe ridée ; une flamme jaune sort du canon du fusil.

Près de deux heures de marche ensuite pour rejoindre l'automobile, et retour, affamé mais heureux, épuisé mais content.

La prochaine fois je ferai rabatteur en forêt pour le gros gibier, m'a dit Gary.

J'ai hâte.

Après un déjeuner (boudin-purée chez Mathilde et Gary, décidément je suis pas près de devenir végane) passé à raconter nos exploits de chasseurs de poules (je sens que l'histoire de la botte perdue dans la boue va faire le tour du village), vers 15 heures j'ai envoyé un message à Lucie pour savoir si elle avait un peu de temps pour qu'on se voie dans l'après-midi ; elle m'a répondu qu'elle devait aller ramasser des choux et des poireaux pour le marché du dimanche matin et m'a proposé de l'accompagner. Il faut que j'avoue que j'ai hésité pas mal – plein les pattes du crapahut, avec ou sans chien, mais il faut bien que la thèse avance, alors David, paye un peu de ta personne. J'ai mis mes Nike™ (finies les bottes) et j'ai enfourché Jolly Jumper pour foncer au Maupas, sur la route du Marais, où se trouvent les terres de Lucie (ou plutôt de son ex, si j'ai bien compris) à la frontière des Deux-Sèvres et de la Vendée. (Penser à lui demander s'il y a une différence, en termes de sols, de législation, de subventions, etc.) Vingt minutes de mob plus tard, j'étais en train d'apprendre à couper les choux et arracher les poireaux, vraiment sympathique comme activité. Dans un grand champ abrité du vent par des haies, les pieds dans la terre noire et fraîche, parsemée de quelques points orange de carottes abandonnées, parcourue par le vert dense des cabus *(Brassica oleracea capitata)*, les mains entre les poireaux – quel bonheur ! On a l'impression d'habiter un pays enchanté. Des salades hivernent doucement sous des tunnels de toile, à l'abri du gel. Les kales moutonnent grassement. Des blettes blanches, jaunes et rouges s'ouvrent en de magnifiques bouquets. Mine de rien on a travaillé deux heures ; j'ai dû arracher je ne sais pas, moi, quarante poireaux et couper vingt choux. Lucie a vraiment un corps d'athlète. Elle m'a offert tout un cageot de légumes, je n'ai pas osé lui avouer que j'ignorais quoi en faire (c'est dingue, soi-disant expert *ès* campagnes et je ne sais pas faire une soupe, mais ils nous apprennent quoi en séminaire de doctorat ? Est-ce qu'il y a des pages sur la soupe dans Bourdieu ? Chez Jean-Pierre Le Goff ? Peut-être. Tout Hugo est rempli de soupes. De fricots. Voilà l'exemple à suivre. Je vais fricoter. Et écrire à Calvet pour lui demander s'il a une recette de garbure). Impossible de les balancer. Je pourrais les donner à Mathilde.

Je pourrais aussi m'arracher les doigts, jeter un coup d'œil sur Marmiton et apprendre à faire une putain de soupe.

Trouvé cette recette dans *Quatrevingt-treize* : “Une soupe faite avec de l'eau, de l'huile, du pain et du sel, un peu de lard, un morceau de viande de mouton.”

OK, compris, je vais donner les légumes à Mathilde.

Dimanche 9 janvier

J'ai décidé de sortir un peu du Café-Pêche pour rencontrer l'autre partie du village : ceux qui n'y vont jamais. Seule solution, le porte-à-porte ; Martial le maire m'a écrit une bafouille bien sentie, bien dans son style, qui commence par “Mes chers concitoyens” et, en gros, présente mon travail, et dit tout le bien qu'il pense de David Maçon l'ethnologue *(sic)*. Un vrai sauf-conduit. Cela au cas où les enquêtés *(resic)* souhaiteraient savoir pourquoi je pose toutes ces questions. Le premier pas, c'est la prise de contact et de rendez-vous. Ce matin (l'avantage d'aller emmerder les gens un dimanche d'hiver, c'est qu'ils sont souvent chez eux) j'en ai donc rencontré quatre : François B., très brun, lunettes, quarante-cinq ans, marié, deux enfants, juriste dans une des grandes mutuelles de Niort. Maison ancienne, plutôt jolie. Pas très avenant de prime abord, mais curieux de savoir ce que je pouvais bien lui poser comme questions. Subtilement ironique, s'est réservé le droit d'y répondre ou non, ce qui est logique. On verra bien. Christophe C., divorcé, même âge environ, trois enfants, énorme moto, entrepreneur dans le bâtiment. Petite entreprise, construit surtout des pavillons. Au moins, on ne peut pas lui reprocher de duplicité de ce côté-là : il habite lui-même dans un pavillon. Souriant et même sympathique. Rendez-vous pris aussi pour la semaine prochaine. David S., même âge, deux enfants (voilà qui va simplifier mes statistiques et me donne une hypothèse, quant aux rurbains qui habitent ici), divorcé, enseignant à la maison familiale, dans le Marais. Beau sujet, celui-là. Très bavard. Il va pouvoir m'éclairer sur ses élèves, et peut-être même me permettre d'en interviewer certains. Moins de chance avec Jean-Pierre B., la soixantaine, qui m'a envoyé paître en me disant de lui écrire si j'avais quelque chose à lui demander, parce qu'il était en train de repasser, et que le repassage demandait précision et concentration. Je pense qu'il s'est foutu de ma gueule, enfin bref, on ne peut pas gagner à tous les coups. Florent F., informaticien, la cinquantaine, amical, trouve néanmoins que ce n'est pas forcément, je cite, une bonne idée de répondre à mes questions. Sylvie P., la quarantaine, mariée, mari avocat, deux enfants, travaille aussi dans une mutuelle. Assez pressée, parle très vite, mais affable, rendez-vous pris. Alain B., grand, élégant, cheveux très blancs, retraité agricole, femme retraitée institutrice, trois enfants mariés, beau sujet aussi. C'est l'ancien propriétaire des terrains sur lesquels se trouve le lotissement. Récapitulons : six rendez-vous pour cette semaine, génial. J'espère que personne ne va se décommander.

C'est beau de voir les choses avancer. Hésite à écrire à Calvet – il vaut sans doute mieux attendre un peu.

Remarque : l'achat de la bagnole devient urgent. Pris deux fois la pluie dans l'après-midi, et même si le village n'est pas très très grand, c'est assez désagréable de se présenter trempé comme une soupe (ha ha ha, encore) chez les gens (bon, parfois, ça inspire la pitié et les pousse à me laisser entrer). Saloperie de climat. Max m'a dit que Thomas voulait se débarrasser de sa vieille fourgonnette, voilà qui ferait un chouette véhicule bien rural, à vérifier. De toute façon, la décapotable, ici, c'est un peu comme la piscine : d'un intérêt certain, mais très limité dans le temps.

11 janvier

RAS. Deux jours de glande à regarder la pluie tomber. Deviens champion à Tetris. Poursuivi un peu mes investigations mathématiques sur les nombres rationnels. Apparemment, il n'y a rien à découvrir de neuf là-dedans, déception.

Terminé *Quatrevingt-treize*, beau livre. Il a du style, cet Hugo.

Je ne sais pas pourquoi, mais j'ai la flemme de tchatter avec Lara. Même la webcam m'ennuie, je suis un peu *down* côté libido.

Je me demande si je ne couve pas une déprime.

Reçu la carte de vœux du bon Calvet : "Pour une ruralité heureuse" avec une photo d'une machine à vapeur dans une cour de ferme, 1922.

J'hésite à appeler Lucie pour lui proposer de lui donner un coup de main mais par ce temps, je ne suis pas sûr qu'elle aille aux champs. Je pourrais passer la voir pour discuter le bout de gras. Max quant à lui roucoule apparemment avec une mystérieuse maîtresse. Il ne vient même plus prendre l'apéro au Café-Pêche. Le bar est d'ailleurs plutôt désert, ces jours-ci. Il semble que janvier ne soit propice à rien à part les tempêtes et l'ennui. Janvier, morne plaine.

13 janvier

Bon, il faut que je l'admette : je m'emmerde gravement. Aujourd'hui c'est vendredi, j'ai hésité à prendre un train pour Paris, mais je ne veux pas m'avouer vaincu si vite, et j'ai des rendez-vous ce week-end. Il pleut depuis une semaine, il y a des cartons de pizzas surgelées partout dans l'entrée de la Pensée Sauvage, ça commence à puer la pisse de chat.

David, secoue-toi, Bon Dieu !

13 janvier, suite

Tiens, j'ai lu un truc dans le journal local, *La Nouvelle République*, une affaire amusante : un zoophile assassin étrangle des chèvres après les avoir violées près de Melle. Les éleveurs du Sud des Deux-Sèvres et la gendarmerie sont sur les dents. Étrange terme, le viol, pour une chèvre. D'après un vétérinaire (interrogé par le canard) il se pourrait que la chèvre y prenne du plaisir même si, je cite, "les dimensions du membre viril humain sont bien petites par rapport à celles du vagin de l'animal". Peut-être le zoophile est-il monté comme un bouc. Tout à fait scabreux, mais hilarant. Ça m'a remonté le moral. C'est dingue ce qu'on peut trouver dans les journaux du coin. Je vais les emprunter à Mathilde plus souvent. Maintenant, ménage et apéro chez Thomas, ça me changera les idées. En plus il faut absolument que je lui parle de cette histoire de fourgonnette.

13 janvier, suite

Je rentre du café, la Pensée Sauvage est propre comme un sou neuf, ça fait du bien. Bonne nouvelle : Thomas me vend sa vieille Renault pour 100 euros symboliques. En plus, il s'occupe du contrôle technique et de la carte grise, j'ai juste à l'assurer. Elle est pas mal, cette fourgonnette, pas de la première jeunesse, mais elle tourne. Jaune facteur, sympathique. Le pare-chocs est enfoncé à l'avant, elle est un peu rouillée par endroits, mais pour le prix, hein… Juste deux places, mais je ne vois pas qui je pourrais emmener en excursion, de toute façon. Seul inconvénient : elle pue. C'est bizarre, il y a une odeur de charogne incroyable qui se dégage des sièges et du coffre. Thomas m'a dit en rigolant, sûrement un mulot mort, ou un truc comme ça, ça passera, vous inquiétez pas. Je ne sais pas ce que c'est, mais ça schlingue drôlement en tout cas. Le plancher est taché par une matière noire assez immonde, du sang ? Je n'imagine pas trop Thomas impliqué dans des rituels sataniques avec animaux égorgés dans des camionnettes de facteur. Bon, quelques litres de javel et il n'y paraîtra plus. Dans deux jours je pourrai dire adieu à Jolly Jumper et aller faire un tour au bord de la mer. À La Rochelle, par exemple. Ou en Vendée. Ça m'occupera. Parce que soyons francs : je n'ai pas touché à la thèse depuis dix jours.

CHANSON

Antoine observait, comme chaque matin, autant Rachel que le manège de Rachel : sa robe à crinoline, son ombrelle à la main droite, son panier à la main gauche, son sourire aux lèvres, sa chanson à la bouche. Sa beauté aveuglante. Le manège, car au début de l'été Rachel arrivait toujours à la même heure et de la même façon ; elle remontait depuis le parvis des Halles, doucement, jusqu'à l'hôtel de ville ; elle passait devant le siège de la société savante et saluait les savants d'un mouvement de l'ombrelle, si d'aventure ils s'y trouvaient ; elle prenait la rue des Tribunaux, longeait lentement le palais de Justice, puis obliquait à gauche rue du Tourniquet jusqu'à l'église Notre-Dame dont elle faisait le tour ; par la rue de la Cure elle parvenait à la caserne de la gendarmerie, rue de la Motte-du-Pin, enfin à l'angle de la route qui partait à l'ouest en direction de Ribray. Elle descendait vers la rivière et finissait par retrouver, après avoir longé les jardins de la préfecture et le château, la rue Brisson et les halles, où elle saluait les bouchers, les crémiers et les chalands, lentement, avant d'enfiler de nouveau la rue Civique et de remonter par la mairie, et ainsi de suite. Ce tour, réalisé d'un pas élégant de jeune femme, en s'arrêtant pour toute personne croisée et traversant donc la rue chaque fois que nécessaire, prenait trois bons quarts d'heure, ce que, notait Antoine, elle effectuait de 9 heures à midi les jours de marché, c'est-à-dire, comptait Antoine, six ou sept tours par matinée. Parfois elle longeait la Sèvre jusqu'au Jardin des plantes, en fin d'après-midi, quand les bourgeois sortaient prendre le frais ; la promenade était belle, entre les reflets de l'onde, les rosiers et les glycines, les jonquilles et les lilas. Rachel vendait des fleurs ; de beaux bouquets de fleurs fraîches en été, de magnifiques bouquets secs en hiver.

La boutique d'Antoine se trouvait à l'angle de la place des Tribunaux, et il pouvait contempler Rachel à loisir, tout en rafistolant les galoches et perçant les trous des bottes de ces dames. Antoine ignorait l'air d'Halévy, *Rachel quand du Seigneur*… sinon il l'aurait chanté toute la journée en travaillant. Antoine n'osait pas adresser la parole à Rachel, à part pour un rapide bonjour quand elle passait devant son échoppe. Antoine se contentait de l'observer. Il savait tout d'elle – sa taille si fine, sa poitrine généreuse, ses bottines noires qui enserraient ses chevilles tel un écrin, ses yeux comme au musée dans ce visage parfait. Mais encore plus que le corps sublime de Rachel, ce qui rendait fou d'amour ce pauvre Antoine, c'était sa voix. Elle avait un grain unique, une épaisseur, une rudesse si mélodieuse. Antoine l'entendait parfois chantonner, quand elle passait devant sa fenêtre ; il aurait aimé qu'elle chante pour lui, chaque matin, chaque soir, et peu lui importait sa conversation, car avec une telle voix, elle pouvait dire ce qu'elle voulait : Antoine l'écouterait, charmé.

Bien sûr Rachel ignorait en grande partie la passion qu'elle suscitait chez Antoine ; elle voyait que le cordonnier était bien courtois avec elle lorsqu'elle traversait la place des Tribunaux, mais toute la bonne ville de Niort était gentille avec Rachel – on lui achetait ses bouquets ; les bourgeois et les commerçants, les notables, pour un bon prix, autre chose et loin du public, croyait-on. Bien sûr Antoine était aveugle et sourd à ce qu'il aurait qualifié, si d'aventure on lui en avait parlé, d'atroces rumeurs jalouses ; en vérité, personne n'en savait rien – Rachel promenait sa beauté dans toute la cité ; parfois on la voyait passer dans un phaéton ou un cabriolet tiré par deux chevaux racés aux côtés d'un monsieur bien mis, ils allaient sans doute pique-niquer à la Roussille au bord de l'eau, sous le grand platane, innocente partie de campagne, avec beaux tissus et jolis chapeaux. Que tous ces prétendants fussent en vérité mariés ne préoccupait pas Antoine, puisqu'il l'ignorait. Il n'était pas naïf, mais son amour tendre et sincère pour Rachel l'aveuglait totalement. Il jouait du poinçon, de l'aiguille et des ciseaux toute la journée ; saint Crépin, patron des savetiers, le favorisait et son commerce était florissant. Les peaux étaient de qualité et bon marché à Niort, ville de tanneurs. Le cuir de porc ou de bœuf faisait de magnifiques souliers, avec de beaux talons en bois dur. Ah si seulement il avait osé, il aurait proposé à Rachel d'entrer dans sa boutique pour mesurer ses pieds délicats et lui confectionner une magnifique paire de bottines. Il n'osait jamais. Plus d'une fois en la voyant passer il se disait, demain. Demain, c'est décidé, je me lance…, mais le lendemain il se contentait de la saluer respectueusement comme la veille et le jour d'avant, en maudissant la saison qui avançait et le mauvais temps de l'automne qui approchait et allait le priver du sourire quotidien de Rachel.

Un jour, peu avant la fin de l'été, au début du mois de septembre, lorsque Niort sent l'huile de poisson et la vase, que l'eau est basse aux ponts et qu'on croit le Marais parvenu jusqu'en ville, avec ses moucherons et ses libellules, Rachel entra pour la première fois dans la boutique d'Antoine. Il eut tout le mal du monde à dissimuler son trouble. Il l'écouta (ou plutôt se laissa bercer par sa voix si particulière, un peu rauque, comme blessée) et balbutia une réponse imbécile. Il trembla. Il lui arracha en hâte les chaussures qu'elle lui tendait. C'est le modèle ? Oui, le modèle. Laissez-moi prendre la mesure de votre pied gauche. C'est souvent le pied gauche qu'on a le plus grand. Ne riez pas, nos deux pieds ne sont jamais identiques, les cordonniers le savent bien. Antoine se désespérait lui-même de tant de niaiserie. Il eût aimé être spirituel et charmant. Rachel était douce, elle embaumait le myosotis et la cannelle. Elle souriait. Elle portait une robe blanche à liseré rouge, dont le décolleté laissait entrevoir la naissance de ses seins. Antoine dut la laisser repartir. Il aurait voulu l'épouser. Elle reviendra pour ses chaussures. Je vais lui fabriquer les plus beaux bottillons du monde. Antoine avait envie de se mettre immédiatement au travail. Pour Rachel.

Il entendit deux coups secs et forts comme des planches qui tombent d'une certaine hauteur. Il se précipita dehors sans comprendre, Rachel était allongée en travers des marches du palais de Justice ; le planton peinait à maîtriser une femme qui brandissait un revolver et hurlait, le visage décomposé, la bouche immense et monstrueuse. Antoine reconnut Gabrielle la femme du greffier, sa figure vulgaire et haineuse. Le planton avait réussi à s'emparer de l'arme et l'observait dans sa main, incrédule, comme un benêt. Antoine s'effondra et prit Rachel dans ses bras ; elle respirait faiblement, un horrible souffle de ballon percé ; le ventre et les cuisses d'Antoine se poissaient d'une tiédeur moite. Antoine berçait Rachel ; la belle si tu voulais, nous dormirions ensemble… La belle si tu voulais. Jusqu'à la fin du monde. Jusqu'à la fin du monde.

II

L'ORTEIL DU PENDU

Qu'est-ce que peut crier un homme qui croit à la raison ? Il ne peut crier qu'une seule chose : quoi qu'il arrive et quoi qu'on me montre, il faut bien que tout cela ait une raison.

Gilles Deleuze à propos de Leibniz.

Deux ans auparavant, au moment de la naissance du sanglier réceptacle de l'âme du père Largeau, au moment même où beuglait ce noble animal contre les roses mamelles de sa mère dans un trou entre deux racines, au creux moussu d'un chêne, après que le vieux prêtre eut trépassé sans agonie quelques minutes plus tôt, son cœur arrêté net, lorsque Mathilde découvrit le corps vidé de son âme, elle pleurait à chaudes larmes, elle se mit à genoux devant lui, elle lui prit la main, elle sut qu'il était mort, et elle pria.

Mathilde pleura et pria longtemps, inconsolable, suffisamment longtemps pour que le pourceau nouveau-né soit léché par sa mère, qu'il prenne sa première tétée et ainsi requinqué par le nectar maternel commençât à marcher maladroitement, lancé vers le monde par le groin et le boutoir de la laie, oubliant très vite les circonstances dans lesquelles il avait quitté sa vie antérieure.

Lorsque Mathilde cessa de pleurer, elle se rendit compte qu'il fallait agir ; elle allongea donc le corps avec respect, péniblement, car il était lourd, malgré sa maigreur, et pensa que c'était l'os qui pesait dans l'homme, pas le gras, ni l'âme, puisqu'il ne possédait plus rien de tout cela. Elle lui replia les bras, lui ferma les yeux, se signa et pleura à nouveau, déchirée de tristesse. Elle était bonne catholique et ne pouvait concevoir que le vieux prêtre gambadât à présent sous les feuillus, hésitant et titubant, non plus comme l'homme ivre qu'il avait été parfois, mais comme le très jeune marcassin qu'il était devenu : elle se consola en l'imaginant en Paradis, parmi les Anges.

L'enterrement, trois jours plus tard, fut moyennement réussi.

Les présents regrettèrent que le défunt ne prononçât pas lui-même l'oraison, tant il était doué pour le genre funèbre ; de plus, force de l'habitude oblige, entendre en chaire un prêtre inconnu, dont l'accent chantant laissait percevoir qu'il n'était pas du lieu, donnait à la cérémonie un air exotique, peu sérieux, un air de vacances qui par contraste fit sangloter les bigotes encore plus qu'à l'accoutumée ; ce relâchement inespéré incita les rares laïcs présents à évoquer à voix basse les circonstances du décès en se donnant de petits coups de coude, puis on communia ; on jeta enfin un dernier regard au mort derrière la petite vitre de son cercueil, et les fossoyeurs, sobres ce jour-là, firent leur office. Une fois la bière en place on s'en fut au café, pour certains, ou à l'ouvrage, pour d'autres. Mathilde retrouva son mari quand celui-ci descendait du tracteur. Le mari de Mathilde n'allait jamais à l'église, ce qu'elle ne lui reprochait pas, car elle sentait en lui une foi profonde, réelle, celle de l'homme de la terre, qui vit avec les saisons, si proche du miracle quotidien de la nature qu'il ne peut qu'être respectueux du Créateur, même s'il préférait semer plutôt qu'aller à l'enterrement du curé Largeau, dont tout le monde savait qu'il n'était pas tout à fait un saint, juste un prêtre, malgré le profond désir de Mathilde qu'il le fût : le mari avait suffisamment joué aux cartes avec lui, le soir, dans le Café-Épicerie-Pêche où l'on achetait des hameçons, des bas de ligne et des asticots bien blancs grouillant dans la sciure qui devenaient de merveilleuses mouches argentées si on les oubliait trop longtemps au fond de la musette. Le mari de Mathilde buvait, mais moins que d'autres ; il avait frappé ses enfants, mais moins que d'autres ; il ne trompait pas sa femme et n'abandonnait le domicile familial que pour aller pêcher ou chasser et précipiter ainsi dans la Roue d'autres âmes en peine, sandres, brochets, faisans, perdrix ou lièvres qui, peut-être, avaient contenu les âmes de glorieux explorateurs ou de fiers soldats, on ne sait, en tout cas lui-même n'en savait rien. On le croisait souvent dans la plaine, à l'aube avec son chien, le fusil cassé sur l'avant-bras, la casquette enfoncée jusqu'aux oreilles, le nez et les joues rougis par le froid, et on le hélait alors depuis un tertre, ohé, Gary, car c'était le surnom du mari de Mathilde, surnom venu des ténèbres de l'enfance sans que personne ne se rappelât pour quelle raison ou quelle ressemblance, il était Gary pour tous, surtout ceux du Café-Pêche, à tel point que lorsqu'il était devenu secrétaire de l'amicale des chasseurs tout le monde avait été surpris de se souvenir, au moment de remplir les papiers de l'administration, qu'il se prénommait en réalité Patrice.

Mathilde embrassa donc son Gary qui descendait du tracteur et se mit en cuisine, mélancolique : elle ne préparerait plus les repas du père Largeau, cette soupe qu'il aimait terminer en y versant un long trait de vin rouge, les soirs d'hiver, ce bouillon qu'il lapait, un peu, avant de prendre l'assiette à pleines pognes pour la porter vers sa bouche grande ouverte, en fermant les yeux jusqu'au bout, adieu ; adieu à ce soupir de soulagement, comme qui a retenu sa respiration longtemps, puis remet un coup de rouge dans l'assiette, émiette une autre tranche de pain et la laisse ramollir, les yeux brillants. Mathilde n'osait pas rester. Bourrue elle saluait alors le cher prêtre pour mieux l'épier depuis la cour : une fois la soupe avalée et la fermière en allée il passait invariablement à la gnôle, et Mathilde pensait que le saint homme avait les défauts de ses qualités ; il se pardonnait à lui-même tout ce qu'il pardonnait à ses ouailles, constant dans l'alcool et la mansuétude comme d'autres dans le péché, d'une telle bonté que, charité bien ordonnée commençant par soi-même, il s'octroyait, dans la solitude, une chouette dose de prune, la clémence de son verger, distillée clandestinement sous l'œil bonhomme de la gendarmerie par un voisin agréable, qui ne prélevait qu'un quart de la récolte ecclésiastique pour son usage personnel.

Non, Mathilde ne porterait plus au défunt les restes de sa propre soupe, de son poulet ou pintade du dimanche, vu que, Bon Dieu, il était crevé ; il ne boirait plus sa goutte et ne lui dirait plus, ah, ma petite Mathilde. Une grande tristesse la prit, et son mari, la voyant sangloter, la serra dans ses bras ; cette marque d'affection la toucha tant qu'elle oublia un peu le curé et sa triste mort, jusqu'au moment où commence réellement cette histoire, au moment où le marcassin réceptacle de l'âme du père Largeau connaît sa première femelle, dans les taillis, après quelques mois d'une vie aveugle passée à glaner, à croquer des oisillons tombés du nid ou à retourner des charognes pour les ronger, là-bas, à la lisière des marais où s'élancent les peupliers, dans les rares haies épaisses que l'activité céréalière a bien voulu épargner, à quelques centaines de mètres du presbytère attenant à l'église romane où l'abbé Largeau s'en fut rejoindre les porcins.

Entre-temps, le vieux prêtre avait été remplacé par un jeune d'une quarantaine d'années qui résidait en ville et se partageait entre plusieurs paroisses. La sacristie restait fermée sur le souvenir de Largeau, l'église n'était ouverte qu'une fois par mois, le dimanche, et encore, à un horaire pénible, l'officiant devant ensuite se rendre au chef-lieu du canton pour midi, et la désaffection des ouailles à cette heure matinale le confortait dans l'idée que l'endroit ne valait pas la peine que l'on s'y rendît : il vida donc lui-même son église, grâce à la jalousie féroce de ses paroissiennes quant à tout ce qui touchait aux bourgs alentour, elles qu'on avait déjà privées de poste et de boulangerie.

Mathilde se concentra sur ses comptes et l'écorchage des lapins sans le secours du Seigneur, que dorénavant elle boudait, puisqu'il l'avait dessaisi du seul homme, à part son mari, dont elle n'avait jamais pu percevoir le désir, elle, Mathilde, malgré sa si chaste jupe à carreaux.

*

Le village s'étend entre une rivière et un Christ en croix, calvaire de carrefour marquant la limite de la Vendée voisine et mystérieuse : à l'ouest sont les chouans, qui tiennent tout le territoire jusqu'à l'océan, et malgré la jeunesse de cette frontière, deux cent trente ans au plus, elle expliquait qu'on allât rarement à la mer, pataugeant plutôt dans les canaux et les rivières lorsqu'on avait envie de se baigner, ce qui n'était point le cas ce matin-là, car on était en automne, à la fin d'un automne froid et humide, quand les jours poisseux de brume sont si courts et les soirées si propices à la pendaison. Au moment où le sanglier contenant l'âme de l'abbé Largeau connaissait donc goulûment sa première femelle, là-bas dans les taillis, Lucie ouvrait des yeux aussi gris que l'aube qu'elle apercevait par la fenêtre, sureaux pelés et noisetiers sans feuilles ; elle frissonna, hésita un instant à rester dans le confort animal de sa propre chaleur, sous son lourd édredon où habituée par la nuit elle ne sentait plus l'odeur de chien, de sueur et de bois brûlé, referma les yeux, se retourna, le cabot lui lécha l'avant-bras, elle l'envoya bouler d'un coup de genou, sa jambe nue quitta l'abri des draps, le froid s'engouffra, elle grogna comme le clébard meurtri, c'était trop tard, le confort utérin de la crasse et du sommeil s'était brisé, elle rejeta violemment l'édredon en provoquant la panique chez les acariens invisibles, mit les pieds dans ses pantoufles et dévala l'escalier pendant que, à deux kilomètres de là, le sanglier débutait son interminable extase, les pieds sur les épaules de la laie.

En bas la température était plus clémente, il y avait des braises dans la cheminée ; le grand-père sur sa chaise écoutait la radio, il vit passer avec plaisir la chemise de nuit, les jambes et la culotte de Lucie : il s'attrapa alors le sexe à travers le pantalon, par réflexe, deux doigts serrant ce qui n'était plus qu'un bout de chair morte, comme on attrape une tranche de lard ; Lucie sentit (ou eut l'impression de sentir) la concupiscence du vieillard et en conçut de la colère ; elle ferma la porte de la salle de bains à clé, car le vieux se traînait parfois jusque-là pour l'épier. Elle se passa de l'eau sur la figure, renifla un peu ses vêtements, les trouva acceptables, s'habilla et, jugeant qu'il ne faisait pas assez froid pour uriner dans la baignoire, enfila ses bottes en caoutchouc et sortit pour se rendre aux toilettes. Le chien la suivit et disparut entre les herbes et les plates-bandes, sans se souvenir que bien des années auparavant c'était lui, dans le corps de la grand-mère de Lucie, qui sarclait, plantait et désherbait ce jardin, soignait ce potager où aujourd'hui il avait plaisir à chasser les mulots et les taupes, bien qu'ils fussent trop rapides pour lui. Lucie sortit des toilettes en grelottant, après avoir renvoyé dans la Roue d'un coup de botte une araignée malingre où reposait, attendant les mouches, un vieil instituteur du pays tombé au champ d'honneur en 1916 dont le nom figurait en bonne place sur le monument aux morts, près de l'ancienne mairie transformée en salle des fêtes. Sans se soucier de l'arachnide disloqué, Lucie retrouva vite la chaleur de la maison. Son grand-père (visage amaigri, oreilles cartilagineuses et interminables) grommela, elle le gratifia d'une taloche derrière la nuque, ce qui énervait au plus haut point le cacochyme, car l'affront déplaçait son dentier vers l'avant et il devait le remettre en place, comme une savonnette baveuse, avec la main droite, contraint à décrocher celle-ci du pantalon. Lucie réchauffa un fond de café dans une casserole. Elle contempla les assiettes en faïence craquelée accumulées dans l'évier et les moisissures grimpant sur les bords d'une casserole oubliée, son regard se perdit un instant sur les jolis champignons vert et gris festonnant dans le rouge coagulé d'une sauce ancienne, sans savoir que cette compassion venait de promettre à ces êtres relégués aux fongueux une réincarnation meilleure, lorsque le détergent ménager les projetterait à nouveau vers l'abîme. Elle sentit peser sur ses épaules le poids de la crasse, de la vaisselle, des poubelles, du vieillard lubrique, le poids du monde, soupira et remit une bûche sur les braises. Le café bouillait dans la casserole, elle jura, se précipita, le liquide épais et glougloutant avait débordé en une mare noire sur la gazinière, une nappe de pétrole qui glissait sur la couche de graisse recouvrant l'émail. Lucie soupira une fois de plus, éteignit le gaz, balança un linge mouillé à la tête du grand-père qui s'était mis à rire, ou à barrir, ou à bramer, avant de pester et maudire lorsqu'il reçut en pleine face le torchon humide à l'odeur de cadavre.

La radio donnait des détails météorologiques, au moins une bonne nouvelle aujourd'hui, de la neige, mais cette allégresse ne dura pas longtemps : elle se rappela illico qu'il lui fallait aller jusqu'à la ville, pour des affaires administratives, ce qu'elle haïssait. Niort, la préfecture, se trouvait à une quinzaine de kilomètres au sud ; si on le laissait trop longtemps seul et libre, le grand-père finissait parfois par se traîner jusqu'au Café-Pêche pour boire des petits verres, ou à grimper sur un tabouret pour attraper une bouteille de gnôle, ce qui lui était interdit à cause du diabète et de la vieillerie. Peu importait à Lucie qu'il crevât, mais elle ne s'était pas encore résolue à être responsable de son décès, signe des relations compliquées qu'elle entretenait avec l'ancêtre. Au moment où le sanglier ex-père Largeau délaissait sa femelle pour s'en retourner fouir les feuilles mortes, les soies encore hérissées de plaisir, le jeune anthropologue brun garait sa mobylette devant la maison de Lucie, ôtait son casque et tirait de sa sacoche son matériel, assez maladroitement ; il respirait la jeunesse, la santé et la prétention de la jeunesse. Lucie avait complètement oublié que, la veille, elle lui avait donné rendez-vous, plus ou moins contrainte par les circonstances ; elle n'avait aucune confiance en ce type qui s'exprimait comme un livre et s'était déjà allié, pour ce qu'elle avait pu voir, avec le fossoyeur en chef – mais il était là, devant sa porte, elle lui ouvrit, lui sourit, lui mentit sans grand plaisir, le laissant seul en compagnie de l'aïeul surpris mais enchanté que l'on s'intéressât à lui. Avec le peu de liberté que lui accordaient le dentier et la mémoire vacillante, le vieillard entreprit de répondre aux questions de l'anthropologue ; il revit confusément son enfance, l'école où il allait à pied, les champs où il allait à pied, la vie d'ouvrier agricole qui avait été la sienne, travaillant de l'aube au couchant pour les grands-parents de cette Mathilde qui regrettait encore aujourd'hui la mort du prêtre, à l'autre bout du village, et alors que Lucie garait sa voiture sur le parking d'une administration accueillante au sein de laquelle elle allait perdre quelques heures de vie que personne ne lui rendrait, l'ethnologue suait sang et eau pour essayer de traduire le récit de l'ancêtre, décrypter sa langue si ancienne et sauvage, patois de la terre et de la violence de la terre que l'on n'entend plus beaucoup de nos jours, car on en a honte, comme autrefois on avait honte de ces mains noires de poussière qu'on planquait dans son dos quand venaient l'instituteur et sa férule, qui parlaient si bien français. S'il avait été plus perspicace, ou plus intéressé, le jeune enquêteur aurait peut-être entendu l'histoire des parents du vieil homme, dont la mère, engrossée sans plaisir la tête contre une souche, dans une clairière où brillaient sous les rayons du printemps les fesses blanches de son violeur, au gré d'un mouvement allant de plus en plus vite vers l'irréparable, avait été fouettée jusqu'au sang par son paternel, qui pleurait de rage en la cinglant, et pestait contre Dieu, la vie, les femmes, toutes ces choses qui vous humilient sans remède, jusqu'à en avoir mal au bras, avant de se soûler en sanglotant, seul, car il croyait que la vergogne l'éloignerait à jamais de la compagnie des hommes. Celui dont le cul miroitant au soleil avait intrigué les merles s'était empressé de disparaître et l'ex-pucelle, à qui la tannée avait fait oublier la douleur de l'accouplement, ne le dénonça pas – le temps aidant, elle conserva même de cette étreinte un souvenir assez doux, l'odeur des oignons dans la remise lui rappelait souvent la sueur grasse dégouttant du front d'enclume de celui qui l'avait prise pour la première fois. Elle fut mariée à un pauvre, un sans-terre voyant là l'occasion d'en obtenir, après que les décoctions de plantes secrètes, les cérémonies lunaires, les prières et les heures à manœuvrer le hachoir à paille se furent révélées inopérantes, le drôle était bien accroché et malgré sa honte le père ne le fit pas descendre à coups de sabot comme promis, mais chercha un gendre, un sans-terre donc, nommé Jérémie, auquel il offrit des champs, des champs et des vaches ; le curé fit les gros yeux mais célébra l'union, à la va-vite, les deux enfants de chœur boutonneux gloussèrent, les piafs s'envolèrent du clocher, et ce fut tout, jusqu'à la naissance du grand-père de Lucie. La Roue le gratifia de l'âme d'un clerc de notaire résidant à La Pierre-Saint-Christophe, mort bourgeoisement d'un arrêt du cœur, qu'on enterra le lundi suivant. Les fossoyeurs se virent reprocher leur ivresse par la veuve ; celle-ci profita de ce prétexte pour refuser le pourboire d'usage, ils allongèrent leurs tristes figures sans se plaindre mais crachèrent copieusement sur la bière lorsque tout le monde fut parti, avant de reboucher le trou et de retourner s'enivrer. L'aîné des trois était l'aïeul de Martial Pouvreau, aujourd'hui maire du village qui, au moment où l'anthropologue commençait à se lasser des divagations patoises de l'ancêtre, garait sa voiture devant le Café-Épicerie-Pêche, car c'était l'heure de l'apéritif. Il se sentait de bonne humeur. Comme tous les ans la grippe moissonnait les vieillards, l'hiver s'annonçait bien, même si c'étaient surtout les pauvres qui clabotaient, ceux qui ne s'offraient pas les modèles de cercueils *Venise* ou *San Remo*, où les marges étaient plus importantes, qu'à cela ne tienne, un cadavre est un cadavre, il faut toujours l'habiller, le conduire, l'enterrer ou le brûler, riche ou pauvre, même sans ressource aucune, l'État paye, le croque-mort encaisse. Non pas que Martial se réjouît de la mort des gens, au contraire, il s'en attristait, mais bon tout le monde casse sa pipe un jour, même lui, et comme il soupçonnait d'ailleurs ses enfants de radinerie à son égard, il avait déjà arrangé depuis longtemps ses propres obsèques auprès d'un confrère de la ville.

Il était donc de bonne humeur en poussant la porte du bar, il salua Thomas ; Thomas répondit d'un air enjoué au salut du maire, lui serra la main par-dessus le comptoir et se retourna pour préparer l'apéritif anisé que Martial affectionnait et dont la présence dans ces contrées remontait aux années 1960, à en juger par les cendriers et les carafes en plastique jaunes et bleues que les représentants distribuaient alors avec largesse, tout comme ils arrosaient aussi largement les kermesses et les buvettes des équipes de football. Autrefois on buvait son propre vin, sa propre gnôle, sa propre épine, ou des boissons oubliées, dont les publicités peintes pâlissent encore parfois sur les murs des bourgades, Fernet-Branca, Dubonnet et Byrrh, cordiaux qu'aujourd'hui seules une nostalgie incurable ou une âme d'explorateur peuvent pousser à ingurgiter. Le maire ne crachait pas, de temps à autre, sur une gentiane, il lui arrivait même d'en verser une larme dans son pastis, ce qui donnait un cocktail paysan appelé, pour sa couleur étrange, "mazout agricole" par les connaisseurs, mais ces fantaisies étaient plutôt pour le soir ; il se limitait, avant le déjeuner et juste les jours de relâche, à un ou deux verres pour se mettre en appétit, et on l'entendait dire plaisamment qu'il était sobre comme un gendarme, ce qu'il ne dirait certainement pas ce matin-là, puisque les gendarmes étaient au comptoir : deux d'entre eux sirotaient un petit noir que Thomas, qui les connaissait bien, avait discrètement rallongé de calva ; ils appréciaient ce geste depuis qu'un règlement tatillon leur interdisait de boire en public et en uniforme et les contraignait à prendre l'apéro au bureau, toujours entre soi. C'étaient deux représentants d'une espèce éteinte, leurs jeunes collègues étant sportifs, disciplinés et rigides là où ces anciens étaient bedonnants, feignants comme des couleuvres et amicalement corrompus : longtemps, ils s'étaient arsouillés uniquement avec les bouteilles de pastis et de whisky offertes en contrepartie de leur indulgence pour les peccadilles routières, de leur mansuétude quant aux délits de distillation clandestine ; pour le braconnage, ils fermaient gentiment les yeux contre la promesse qu'on n'y reviendrait plus et une partie du butin, car au fond, tous ces contrevenants étaient de braves gars, point des malfrats ou des métèques, et ne méritaient donc pas toute la rigueur de la loi. Les deux cognes n'étaient donc ni les plus vifs, ni les plus méchants des argousins ; ils n'étaient pas du coin, originaires l'un des environs de Ruffec et l'autre de Thouars, autant dire du bout du monde, mais il y avait si longtemps qu'ils officiaient dans les parages qu'on oubliait presque ce détail, car la plupart de leurs camarades et officiers venaient des quatre coins de la France : le chef du détachement de Coulonges, par exemple, était un véritable gendarme de journal télévisé à l'accent chantant, originaire des Pyrénées-Orientales, fils de contrebandier : il avait donc toujours su qu'il entretiendrait une relation étroite avec la loi, tout en ignorant longtemps de quel côté.

On parla du froid et de la neige à venir, de l'espoir d'un beau Noël blanc ; la maréchaussée siffla son café et s'en retourna folâtrer en estafette, peu pressée de retrouver ses quartiers.

Le maire (bonne trogne sans âge, cheveux gris gominés en arrière) remit à Thomas, pour affichage, deux nouveaux avis concernant la chasse que la préfecture lui avait transmis le matin même, il les avait légalement placardés devant la mairie, mais jugeait plus utile, avec raison, d'en déposer une copie au bar, que tous puissent en profiter. Certaines espèces privilégiées allaient jouir d'une trêve hivernale. Thomas jeta un coup d'œil distrait aux papelards et les punaisa sur le tableau *ad hoc*, débordant déjà de notices plus ou moins caduques ayant trait à la pêche aux anguilles, à la taille légale des carnassiers et à la quantité de gros gibier consenti à l'Association communale de chasse agréée, dont le siège social se trouvait là, ainsi que celui (comme l'indiquaient les coupes sur l'étagère au-dessus des bouteilles et les fanions décolorés qui pendouillent, depuis on ignore quels lustres, de la susdite étagère) du club de foot et de l'amicale de pétanque. Un observateur à l'œil plus affûté que le jeune anthropologue aurait pu remarquer, sur une photographie aux couleurs passées, le gros Thomas lui-même, quarante-cinq ans plus tôt, posant en compagnie de dix camarades, un peu sur le côté, gras déjà, en tenue de gardien de but, les gants mis, cliché pris à l'occasion de la victoire de l'équipe du village lors d'un tournoi sub-départemental minime où elle avait particulièrement brillé. Les trophées étaient immanquablement offerts par le Crédit agricole, tout comme les cartes, les tapis de jeu et les affiches des concours de belote, ainsi que les stylos-billes et grande partie des lots, à part la cochonnaille, que l'on extorquait à Patarin le charcutier.

Tous ces gens (le gros Thomas, Martial, Patarin, Gary et les autres) se connaissaient depuis l'enfance et ne savaient plus, après tant d'années, s'ils devaient se considérer ou non comme des amis ; ensemble ou séparément, ils avaient parcouru les champs, un lance-pierre à la main, pour chasser les oiseaux, et contrairement aux scores qui s'énonçaient fièrement dans la cour de l'école, ils n'en avaient souvent atteint qu'un seul, un gros corbeau fatigué qui s'était envolé paresseusement après l'outrage ; ils avaient gaulé les noix, de mauvais gré, à l'automne ; construit des refuges secrets dans les bottes de paille, au grand désespoir de leurs mères, car ils en ramenaient des bleus et des éraflures, tout comme lorsqu'ils tombaient de vélo après avoir dévalé en roue libre la côte de la carrière. À tous on avait brandi le martinet et plusieurs avaient reçu des coups de ceinturon, au fond plus efficaces. Ils avaient passé des nuits d'été à somnoler dans des cabines de tracteurs, et plus tard à conduire la remorque, derrière la moissonneuse ; dès qu'ils avaient eu des poils ils étaient allés chasser, et se souviendraient toujours du goût de leur premier tir et de leur première femelle, tous deux manqués ; ensemble ils avaient fumé le tabac de remplissage que certains de leurs pères (les chanceux) cultivaient et pris leur première cuite au mariage d'une lointaine cousine, ce qui leur avait valu une terrible avoinée paternelle. Peu avaient étudié au-delà du lycée, à part Martial ; tous étaient devenus ce qu'avaient été leurs parents, paysans, taverniers, charcutiers ou même croque-morts.

Le maire s'enfila donc son petit verre et rentra dans ses foyers au moment où l'anthropologue, lassé, voyait avec un plaisir mêlé de crainte arriver le benêt rondouillard nommé Arnaud, cousin de Lucie ; il venait de l'atelier de mécanique Jucheau, qui l'employait, si l'on peut dire, car il ne touchait pas de gages, ou très peu, quelques pièces qu'il serrait comme un trésor et cachait dans une boîte (son coffre-fort) construite en plaques de Meccano boulonnées. Arnaud faisait la fortune de son patron ; il ne se lassait jamais ; bien dirigé il abattait en une journée le travail de deux ou trois. Pneus, carters, vidanges, montages et démontages, c'était sa spécialité. Il ignorait tout du fonctionnement des moteurs, des freins, de l'électricité, mais une clé à la main, c'était le roi. Ce matin-là il avait remonté le moteur de la fourgonnette du gros Thomas, dont il avait changé avec grand plaisir la courroie de la pompe à eau, et était bien content. L'après-midi il en profiterait pour vidanger l'huile, tout aussi content ; puis, rentré chez lui, il observerait le feu, sa cousine et son grand-père, il dînerait, se laverait les dents, urinerait et irait dormir, pour retourner à l'atelier Jucheau le lendemain, et ainsi de suite. Cette régularité le comblait de bonheur ; il n'aimait rien tant que la répétition des choses. Il avait souvent des rêves étranges, qu'il s'empressait d'oublier au matin, des rêves où il se voyait parfois insecte escaladant des brins d'herbe, parfois chouette hantant la nuit, parfois cavalier galopant à travers les plaines, au lever il secouait la tête pour chasser toutes ces images, comme on s'ébroue au sortir de l'eau et la seule chose qui lui restait de ces cavalcades oniriques dans les secrets du passé et de l'avenir, inexplicablement, était d'innombrables dates, des dizaines d'événements proches ou lointains qu'il récitait sans en comprendre le sens, mais qui lui valaient quelques pièces et des petits verres au café du village. Il aimait sa cousine et son grand-père par-dessus tout et au moment où le sanglier réceptacle de l'âme du père Largeau cherchait sa nourriture à la lisière d'un champ en grognant, Arnaud ressentait fortement l'absence de Lucie ; il observa un moment le jeune homme qu'il avait déjà vu, mais sans se souvenir exactement où, et prépara son repas, c'est-à-dire qu'il ouvrit une boîte de conserve et en versa le contenu dans une des assiettes de l'évier, son assiette, en prenant bien soin d'en expulser les débris de nourriture avec la manche.

Puis il mangea goulûment, car il avait grand faim.

Puis il rota de satiété.

Puis il vaqua à ses affaires, sous les yeux éberlués du jeune ethnologue, et s'endormit comme une souche devant la cheminée.

*

Autrefois, à l'endroit même où se trouve aujourd'hui la maison du grand-père de Lucie, s'élevait le château des seigneurs du lieu, un robuste manoir de hobereaux crottés dont le blason, de sinople sur champ de gueules, provenait de la croisade et, selon la légende familiale, leur avait été octroyé par Saint Louis soi-même : c'était à peu près toute leur fortune. Ils aimaient se dire apparentés aux Rohan et aux Lusignan ; ils possédaient quelques serfs, un moulin, un four et un petit bois. Certains de leurs ancêtres étaient enterrés dans l'église voisine, les autres éparpillés autour de leur demeure : le creusement inopiné de fosses d'aisances tirait parfois ces dépouilles de leur sommeil funèbre, et le chien de Lucie réceptacle de l'âme de sa grand-mère rongeait souvent des débris d'os respectables, chevaliers et prévôts, baillis et sénéchaux, que l'histoire avait oubliés après la destruction de leur castel, quelque temps avant la Révolution. Celui-ci avait déjà brûlé en partie, deux siècles plus tôt, pendant les guerres de Religion, quand une troupe protestante menée par Louis de Saint-Gelais avait traversé l'endroit pour s'emparer de Niort, mais on s'en était remis – les bouseux excités de 1789 réussirent là où la soldatesque huguenote avait échoué, et la bâtisse flamba entièrement. On ne sait trop ce qu'il advint de la famille et de ses descendants, aux temps de l'incendie ils n'habitaient plus cet endroit depuis longtemps et ne se rendirent pas compte de la jacquerie définitive ; leurs biens furent vendus avec ceux des émigrés en 1794, et à part le nom de la rue, rue du Château (où des visiteurs égarés chercheraient en vain un édifice remarquable), tout souvenir de leur passage a disparu. La maison de Lucie fut acquise en 1932 par Jérémie l'aïeul, le paysan sans terre protecteur du bâtard nouveau-né et de sa génitrice, avec les deux granges attenantes, vendues et démolies par la suite. Jérémie était pressé de faire preuve de virilité, pour apaiser la blessure d'orgueil qui le cuisait encore, malgré l'argent, et il couvrit sa femelle régulièrement dans l'espoir d'effacer, par une naissance douloureuse, toute trace du passage du vit antérieur. Il besogna donc tant et plus, une année durant, puis deux, rien n'y fit. Il battit sa femme, fort, elle y mettait sans doute de la mauvaise volonté, puis changea de stratégie, arrêta de la frapper et la dispensa de travaux pénibles tout en redoublant d'ardeur, sans succès. Le bâtard allait vers ses trois ans. La seule vue de cet enfant qui l'appelait "peupâ" ou "le père" l'attristait ; cette tristesse se transforma peu à peu en dégoût, et enfin en haine féroce. Sa femme ne savait plus à quel saint se vouer ; elle brûlait des cierges ; elle priait, elle qui n'avait jamais prié ; elle était allée, comme de nombreuses femmes du village, à la Pierre Levée, une nuit, pour déposer une offrande aux fées et aux créatures magiques, elle avait même réussi à tendre un piège à son mari pour l'attirer, un soir d'août, au bord de la rivière, sous la pleine lune, d'après les conseils d'une voisine qui attribuait des pouvoirs magiques aux astres et aux étoiles filantes. Elle avait consulté Pélagie, la rebouteuse, que tout le monde appelait la Sorcière, et qui n'en était pas une, malgré son célibat, ses cheveux filasse et son nez cassé. En vain. Quatre années passèrent. Jérémie ne se lassait pas. Opiniâtre, il insistait ; il s'enfonçait dans la colère. À tort ou à raison il était persuadé d'être la risée du village ; il ne fréquentait plus le café, s'enivrant à domicile, car seule la gnôle avait le pouvoir de le rendre joyeux, la gnôle et la piquette, qu'il engloutissait alors par tonneaux entiers. Sa femme Louise tremblait lorsqu'elle sentait approcher ses menstrues, et plus d'une fois elle fut tentée de dissimuler les chiffons de coton qui la trahissaient et lui valaient une raclée monumentale : Jérémie finissait par pleurer des larmes de haine et d'impuissance face à ce flot sanguin dont il ne savait rien, si ce n'est qu'il avait la couleur du malheur, marron rougi.

Il commença à battre le bâtard comme plâtre.

Une nuit, lassée des assauts désespérés de son mari, effrayée des marques sur le corps de son fils, fatiguée des coups et de la culpabilité, une nuit donc, après une étreinte éprouvante, Louise soupira et dit, là, tu l'as ben mise, ce qui confortait les pensées de Jérémie qui en effet trouvait qu'il l'avait particulièrement bien mise, ce soir-là. Elle n'ajouta rien de plus. Deux jours plus tard elle lui confia à l'oreille, en souriant, je crois bien que l'est dedans. Jérémie s'étonna de ce qu'elle puisse s'en apercevoir si tôt, mais elle coupa court à ses questions, les femmes savent ces choses, et Jérémie, qui connaissait pourtant la matrice des vaches, des truies, et les choses de la nature, voulut y croire.

Peut-être Louise y croyait-elle aussi. Toujours est-il que dorénavant elle se refusa à lui, il ne fallait point déranger le drôle juste accroché, disait-elle, ce qui parut judicieux à Jérémie, et il eut des attentions pour sa femme. Elle ressentit des malaises, des nausées, de la faiblesse. Jérémie, une joie inquiète. Louise mangea, mangea, mangea et elle gonfla ; peu, mais elle gonfla. Elle tenait son petit ventre en avant, se plaignait de ses seins, qui grossissaient, disait-elle ; Jérémie les vit plus gros. Le sang tant redouté n'arrivait pas, du moins Jérémie ne le vit-il pas. Jérémie reprit le chemin du café, fier comme un pape ; il paya des coups aux frères Chaigneau ; il paya des coups au maréchal-ferrant Poupelain ; il paya des coups au facteur Chaudanceau et au garde-chasse. Il but joyeusement grande quantité de petits verres, le sourire aux lèvres, en gardant son secret, qui n'en était un pour personne. Jérémie, en bon paysan, se disait que l'opiniâtreté et le travail finissaient toujours par payer, quand un héraut de la préfecture ou de la mairie vint placarder un avis de rappel aux armées, le 17 février 1940, d'une partie des affectés à l'agriculture.

Le nom de Jérémie Moreau y figurait, à la lettre M.

Il devait se rendre à Poitiers, où un régiment d'infanterie l'attendait.

Il fallait encore affronter les Boches, ce qui n'était pas si surprenant, son père l'avait bien fait, vingt ans plus tôt ; il se souvenait de son départ, en 1917 : l'enfant qu'il était s'était senti fier, fier et effrayé. Bien sûr Jérémie savait confusément, depuis des mois, que l'on était en guerre, des gars du village étaient déjà partis vers le nord, Patarin père, et Bergeron, et Berthot, mais il n'avait pas vraiment entendu toutes ces nouvelles, parce que c'était loin, la ligne Maginot, la Pologne, parce que les vaches lui avaient causé du souci et parce que son beau-père le faisait trimer comme un percheron. La TSF de ses beaux-parents était certes agréable pour la musique, dame oui, mais il n'entendait goutte au journal parlé. Le bâtard allait à l'école, et il irait jusqu'à ses douze ans, mais lui, il ne se souvenait que confusément d'y être allé. Il savait lire, un peu, écrire, un peu aussi, parce qu'on lui avait rappris au service militaire, ce même service militaire qui l'appelait maintenant pour faire son devoir.

Louise était enceinte. Jérémie devait partir le lundi suivant. Il alla donc voir le maire, pour expliquer qu'il ne pouvait pas s'en aller, puisque sa femme était grosse ; le maire lui répondit que les choses ne fonctionnaient pas de cette façon, qu'il obtiendrait une permission pour la naissance, mais qu'il devait rejoindre Poitiers ou alors les gendarmes viendraient le chercher. On ignore pourquoi le maire n'informa pas Jérémie qu'il pourrait légitimement se déclarer soutien de famille et échapper ainsi un temps à la conscription ; les autorités militaires ne le firent pas non plus, sans doute parce que Jérémie, malgré son nom de prophète, n'était sympathique à personne, ni à ceux qui le connaissaient, ni à ceux qui le voyaient pour la première fois.

Louise feignit sans doute la tristesse, mais pas trop, car elle ne voulait pas affoler son mari et le pousser à la désertion ; elle chercha à le rassurer, ses parents s'occuperaient bien d'elle, et il reviendrait vite, en permission, pour l'arrivée de l'enfant. Elle trouva même des mots émouvants, défendre son pays, patrie, honneur, qu'elle avait entendus à la radio et qui donnèrent du courage à Jérémie.

La mort dans l'âme, après une dernière cuite terrible, il quitta le village en compagnie des frères Chaigneau.

Louise se sentit soulagée, un peu, et aussi désemparée ; il était plus facile de simuler la gestation sans la proximité du mari, mais le principal intéressé absent, ce simulacre était inutile ; elle décida de poursuivre un temps son mensonge, et de perdre l'enfant. Les deux mois qui suivirent, elle mit donc un petit sac d'avoine sous sa robe, et du tissu dans son soutien-gorge ; elle se fit photographier et envoya le cliché dans les Ardennes, où se trouvait Jérémie qui sauta de joie, montra les nouvelles formes de sa femme aux frères Chaigneau et vida avec eux son quart. Louise se rendait compte qu'elle était enceinte de six mois, en théorie ; elle ne savait plus comment échapper à son imposture. Elle fuyait sa mère, qui s'étonnait de son comportement ; elle cachait son corps à son fils ; chaque matin elle se disait que le petit visiteur allait mourir, mais elle ignorait comment, quelle excuse trouver, qu'aurait-elle fait du fœtus, le médecin viendrait, que lui dirait-elle, elle n'en dormait plus, elle priait pour un miracle, la drôle de guerre n'en finissait pas, là-bas dans le Nord, Jérémie pouvait rentrer d'un jour à l'autre, elle était perdue.

Elle venait d'avoir vingt-cinq ans.

Deux fois par jour elle s'obligeait à traverser le village pour se montrer ; elle s'arrêtait au Café-Épicerie pour acheter une broutille ; elle parlait une minute au facteur, et rentrait chez elle.

La seule solution qu'elle entrevoyait, c'était la mort. Si elle mourait, on l'enterrerait avant que Jérémie ne revienne, et personne ne s'apercevrait de rien.

Un mois passa sans qu'elle ne se décide ; sa mère s'inquiétait de plus en plus pour elle, elle était pâle, les yeux cernés. Jérémie annonça sa venue en permission, enfin, disait-il, la semaine suivante. J'ai hâte de revoir ma petite femme. Louise commença à envisager des façons de mourir. Le poison ou la noyade lui semblaient les plus adaptées. Le printemps était magnifique, cette année-là ; un beau soleil caressait les arbres.

Elle marcha jusqu'à la rivière, un après-midi, un panier sous le bras. Elle ne savait pas très bien pourquoi elle avait pris le panier, pour se donner une contenance, sans doute ; en chemin il lui sembla que son ventre pesait réellement, qu'il rendait la marche difficile, elle pensa qu'elle aurait vraiment désiré un deuxième enfant. Elle vit Jérémie tel qu'il était, une brute, un rocher, ou plutôt un taureau. Parvenue à la rangée d'arbres qui bordent le cours d'eau, un rayon de soleil luisait à travers le feuillage et caressait le tapis de joncs, de lentilles, d'euglènes ; quelques poissons gobaient, on voyait de petits cercles s'agrandir à la surface de l'eau ; Louise s'assit à même le sol, à deux pas du bord. Elle sentit comme jamais la force du vivant autour d'elle, la grande Roue de souffrance où tous étaient plongés, les oiseaux, les libellules, les moucherons qui vibraient à ses oreilles. Elle resta longtemps immobile, l'esprit vide.

Puis elle se leva et s'approcha de la berge.

*

Lorsque le sanglier réceptacle de l'âme de l'abbé Largeau sentit pour la première fois l'odeur méphitique de l'être humain, mélange de vanité, de cruauté et de lessive il eut si peur qu'il détala pour se réfugier dans un taillis bien dense, de ronces, où lui-même avait du mal à pénétrer, et il resta là, tapi, tremblant, jusqu'à ce qu'il flaire, par hasard, le cadavre d'un écureuil et commence à le boulotter, oubliant du même coup le danger. L'homme dont il avait perçu les effluves, sous le vent, l'avait entrevu, et s'était arrêté, interdit : que pouvait bien foutre un petit sanglier aussi près du village, dans un champ, et il crut s'être trompé ; c'était sans doute un chien, mais il lui avait semblé distinguer un boutoir et deux broches, nom de nom, voilà qui mériterait des éclaircissements, et il attribua au froid de gueux et à la neige qui commençait à tomber la possibilité qu'un tel animal se fût aventuré jusque-là. Gary se promit donc de revenir plus tard avec son fusil et son chien, pour en avoir le cœur net, ce serait goûtu, du sanglier à la Noël, et il poursuivit son chemin jusqu'au Bar-Épicerie-Pêche, où il parla du temps, en buvant un café ; le gros Thomas attendait avec impatience la coiffeuse à domicile, qu'il boufferait des yeux pendant qu'elle lui passerait la tondeuse au-dessus des oreilles, le décolleté sous les binocles du pauvre tavernier comme la fosse aux tentations. Thomas se laisserait bercer par la caresse du métal et le cliquetis des bracelets de l'experte, puis il lui donnerait un pourboire disproportionné, comme chaque mois depuis des années. La coiffeuse avait pour nom Jacqueline, ce qu'elle haïssait, et se faisait appeler Lynn ; elle tondait les vieillards avec dévotion, mettait en plis les dames avec gentillesse et humilité et organisait la vente de produits cosmétiques au cours de réunions de voisinage où l'on passait l'après-midi entre filles, comme elle disait, à se vernir les ongles et à essayer des crèmes. Lynn consacrait la plus grande partie de son intelligence à l'argent, à en obtenir et à en dépenser, et tous dans le village auraient été estomaqués par la taille de son compte en banque, qui n'avait rien à envier ni à celui de Thomas le pingre, ni à celui de Martial le triste entrepreneur. Tout réussissait à Lynn, ou presque : l'inconstance des hommes était son seul motif de tristesse. Elle trouvait un réconfort douloureux dans son métier, et écoutait volontiers toutes ces femmes mûres lui promettre l'arrivée imminente d'un prince charmant, jeune et belle comme elle était ; elle mentait sur son âge, et à part son médecin et le percepteur, tout le monde ignorait qu'elle avait trente-cinq ans.

Pour elle le gros Thomas se serait damné.

Pour elle il prenait des allures tantôt de chiot baveur, tantôt de coquelet provocant. Il rêvait de se retrouver soudainement veuf, de se déclarer à genoux, de lui offrir un joli cabriolet Peugeot, de l'emmener dans un hôtel de la côte, de bâfrer en sa compagnie des huîtres et des œufs de lompe, de boire du champagne, toutes choses qu'il associait à la volupté.

Lynn et son décolleté réussissaient, malgré eux, à entretenir le désir de Thomas. On ignore si la coiffeuse se connaissait ce génie absolu de la séduction du libidineux, et plus généralement si elle était consciente de l'effet qu'elle avait sur les hommes du village. Certaines des dames de la contrée s'étaient longtemps méfiées comme de la peste de cette voleuse de maris, mais force était de reconnaître que les années avaient passé et que Lynn n'en avait dérobé aucun. Elle remettait même tous ces époux à leur place d'une petite tape sur la main quand ils devenaient trop entreprenants ; elle reboutonnait sa chemise d'un air irrité lorsqu'elle surprenait les cacochymes les yeux exorbités, la bouche ouverte, à lorgner ses seins, mais elle leur pardonnait, car au fond elle était contente de ces jeux innocents qui la rassuraient sur ses possibilités de séduction. Que l'âge mûr soit ému par la jeunesse, la laideur par la beauté, quoi de plus naturel. Elle évitait tout de même les plus pénibles, comme ce vieillard aux grandes oreilles qui se touchait le sexe à travers le pantalon dès qu'elle approchait, malgré les taloches de sa petite-fille, par ailleurs sa meilleure amie depuis l'école primaire.

Gary terminait son café quand Lynn arriva, et Thomas frétilla derrière son comptoir ; la coiffeuse était pimpante, d'excellente humeur elle aussi, car le soir même elle avait rendez-vous avec son amant secret. Par-dessus le bar, Lynn embrassa Thomas sur les deux joues, et rit parce qu'elle lui avait laissé un peu de rouge à lèvres près de la moustache, trace qu'elle s'empressa d'effacer avec le doigt. L'ensemble provoqua chez le tenancier un émoi fulgurant qu'il dissimula tant bien que mal derrière le comptoir. Lynn salua respectueusement Gary, qu'elle connaissait moins bien. Thomas réussit à articuler et proposa à Lynn un café, avant de s'y mettre ; elle accepta, et tira de sa mallette gris métallisé une surprise : comme chaque année à Noël, elle avait imprimé à l'usage de ses clients un calendrier, en carton plié pour qu'on puisse l'installer commodément sur un bureau ou une étagère. Le cliché montrait une barque maraîchine appelée "plate" et un homme pigouillant debout sur un cours d'eau recouvert de lentilles, au milieu des arbres, et peu chalait à Lynn qu'il n'y ait plus de lentilles d'eau dans le marais depuis des années, victimes, on imaginait, de la pollution et du changement climatique. Au bas de l'image, sous le nom de l'intéressée calligraphié en doré, Lynn Guérineau, on pouvait lire sa raison sociale, Esthéticienne – Coiffure à domicile, et son numéro de téléphone. Elle distribua un calendrier à chacun, un petit cadeau avant les fêtes ; Gary remercia donc vivement, se promit d'oublier le calendrier dans un tiroir, finit son café, posa une pièce sur le comptoir, et s'en alla, laissant le tenancier à ses affaires – celui-ci s'apprêtait à passer dans l'arrière-salle pour offrir sa toison en sacrifice à Lynn. Lynn avait peu de clients masculins ; les hommes (elle n'osait pas dire "par chance") préféraient soit les coiffeurs des galeries marchandes soit les mains de leurs femmes, armées d'une tondeuse ou d'une paire de ciseaux, qui les ratiboisaient sans ménagements. Lynn aimait exercer à la campagne, elle aimait la route, les villages ; elle adorait croiser un chevreuil au détour d'un bois ou voir un lapin bondir dans un champ ; elle aimait surprendre, la nuit, un hérisson fouissant et apercevoir des ablettes dans la Sèvre à l'aube. Quand elle se promenait sur le halage, à deux pas de sa maison, à Niort, derrière l'ancienne peausserie, dans ce quartier de potagers et de moulins, entre deux îles, deux murs en moellons et deux saules pleureurs, là où la ville paraissait se délayer d'abord un peu dans la campagne avant de se dissoudre entièrement dans les eaux du Marais, elle jouissait du mouvement permanent de la nature, se sentait participer à l'illusion bruyante du monde : elle aimait cet endroit pour sa fragilité d'incertitude, ce bruissement d'indécision entre le beau et le commun ; elle aimait cette ville indissociable des terres alentour qu'elle sillonnait dans sa Mégane du soir au matin, Sainte-Pezenne, Saint-Maxire, Saint-Florent, Saint-Liguaire, Saint-Maixent, Saint-Rémy, Saint-Pompain, Saint-Pardoux, Saint-Christophe, Saint-Symphorien, Sainte-Macrine, un long cortège de miracles qui composait dans son esprit un beau poème géographique, le grand reliquaire de la carte, le chant du GPS, et même si on ignorait totalement les récits cachés derrière ces noms, on ne pouvait que se rendre à l'évidence, l'endroit était hanté par la sainteté. Plus encore que les églises romanes saupoudrées sur le Poitou, c'étaient les noms de ces saintes et de ces saints qui distribuaient la grâce en confettis de phonèmes. Pour Lynn les lieux-dits fabriquaient une farandole, une immense comptine, Taillepié, Pied-de-Fond, Fond, Fonderie, Riz, Riveau, Veau, Volière, et ainsi de suite. Lynn (même si, il faut bien le dire, elle manquait d'éléments de comparaison, n'ayant jamais vécu ailleurs) aimait Niort pour la douceur de ses paysages, de son climat, et d'autres motifs plus mystérieux qu'elle et l'office du tourisme nommaient "qualité de vie". Coulonges-sur-l'Autize était la limite nord de son rayon d'action – la ferme de Max était dangereusement proche de la frontière vendéenne, qu'il ne fallait pas franchir par accident, car les panneaux n'indiquaient alors plus que des villes chouannes et mystérieuses, Fontenay-le-Comte ou Maillezais, et l'on manquait alors chaque fois de s'y perdre.

Dehors il neigeait toujours ; Gary songea que cette neige était bonne pour la terre, qu'elle signifiait souvent un printemps chaud et de belles récoltes. Il ne savait plus si ce constat était scientifique ou provenait de la sagesse populaire, mais peu importait. Gary aimait passionnément son activité. Il n'avait pas l'impression d'exercer un métier, tant son métier était en lui depuis l'enfance. Certes adolescent il avait eu des rêves, des songes d'aventures, d'aviation, de chasses miraculeuses, de safaris lointains et de bêtes sauvages, mais il les avait oubliés, sans regrets aucun ; il lui en restait juste un vague intérêt pour les documentaires animaliers et les programmes d'une chaîne satellite spécialisée dans l'exotisme. Gary n'avait jamais insisté pour que ses enfants suivent son chemin. Il savait que son mode de vie, le sien et celui de ses parents, était en voie de disparition, que le temps transformait à jamais les habitudes et les paysages. Il n'était pas nostalgique pour autant, mais parfois, lorsqu'il marchait dans la plaine comme ce matin-là, près des haies, entre les champs attristés par l'hiver, il ressentait plus fortement l'irrémédiable.

Gary se secoua en frissonnant, ce qui chassa les pensées sombres ; il enfonça sa casquette et se hâta de rentrer chez lui, avant d'être transformé en bonhomme de neige par la tempête qui redoublait.

*

L'abbé Largeau, dernier prêtre résidant au village, ignorait bien sûr qu'il allait se réincarner en porcin sauvage, tout comme il ignorait qu'il avait été auparavant une grenouille, un corbeau, un batelier et une foule d'autres choses ; il croyait au paradis et à l'enfer, jardins des âmes mortes, où elles attendaient la résurrection des corps en vaquant à leurs occupations, dans le plaisir ou la douleur, et on ignore si le vieux curé était réellement convaincu de l'existence du paradis et de l'enfer, ou s'il l'acceptait comme un fait, un lot avec le Père, le Fils, le Saint-Esprit et le reste, abdiquant sa raison à la foi depuis l'enfance dans la crainte confuse de la colère divine. Il était né au cœur des marais, à une trentaine de kilomètres de là, dans une grande maison humide et sombre, au sein d'une famille d'éleveurs. Chaque printemps son père amenait les vaches paître en barque, et Largeau avait le souvenir de le voir debout à l'arrière du bateau, pousser d'une longue perche l'embarcation qui s'enfonçait un peu sous le poids d'une vieille laitière impassible observant défiler les arbres sans s'émouvoir, habituée à ce traitement depuis toujours. Le père Largeau lui-même avait manié la godille pour aller traire, les soirs d'été, les vaches dans les champs entourés d'eau, et revenir la barge chargée de lait, en prenant soin de ne pas le renverser par un appontage trop brutal. Il se rappelait la première fois où il avait pu naviguer seul, dans les conches et les rigoles, sur une barque qui lui semblait gigantesque, et il s'était senti le roi du monde, que Dieu le lui pardonne. Il devait son éducation chrétienne et sa foi inébranlable à sa mère et à un prêtre de Damvix qui avait la haute main sur l'école du village, car la Vendée mystérieuse était, plus encore que les départements alentour, solide comme un calvaire de granit dans sa détermination catholique. L'abbé Largeau avait été enfant de chœur, s'était passionné pour la catéchèse, adorait les récits, les paraboles, les écritures, les martyrs, les images pieuses, et malgré les réticences de son père, qui pensait en secret qu'on allait faire de l'enfant une fiotte, avec toutes ces bondieuseries, mais n'osait pas aller contre sa femme, le curé et Dieu en même temps, il rejoignit, après un passage au petit, le grand séminaire de Poitiers où il fut ordonné prêtre à la Saint-Jean 1962, âgé de vingt-cinq ans. L'abbé Largeau avait bonne mémoire, beau port et était savant dans les Écritures ; lors de l'office il se permettait parfois le péché d'orgueil de réciter l'Évangile au lieu de le lire, en regardant les fidèles dans les yeux. Peut-être aurait-il pu espérer une carrière ecclésiastique, une cathédrale, voire une crosse et de l'améthyste – il était totalement dépourvu d'ambition. Son seul désir était de retrouver son coin, comme il disait, et c'est ainsi qu'il s'installa dans un beau presbytère roman attenant à une église de la même époque, dans le village des Deux-Sèvres que nous savons, et où il allait mourir, près de cinquante ans plus tard, avant de rejoindre les futaies dans le corps d'un sanglier, un sanglier qui, une fois rognée la carcasse de l'écureuil, se mit à jouer dans la neige froide et humide. Il croyait voir la neige pour la première fois, car il ignorait qu'il avait arpenté ces contrées d'une tout autre façon, sur deux jambes, durant des années et des années ; il ne savait pas qu'il avait vu le Marais gelé, en 1954, et aurait pu marcher au travers des cours d'eau sans se mouiller les pieds ; il ne connaissait pas le goût des anguilles et des escargots, ni le parfum de l'encens et la matière de l'hostie quand on la sort du ciboire, blanche et lisse comme la neige, et moins encore l'harmonie des chants liturgiques et l'émotion qui serrait alors la poitrine du prêtre, comme au premier jour. Sa paroisse était exiguë, mais elle lui suffisait. Largeau avait baptisé et marié la plupart des personnages de cette histoire, il les avait vus enfants, pour beaucoup il avait enterré leurs parents et les avait fait pleurer au souvenir de ces défunts qu'il appelait tous par leurs prénoms ; il avait tendu l'ostensoir à Mathilde âgée de sept ans ; il était allé quérir Gary et Thomas, enfants de chœur, jusqu'au milieu de la salle de classe pour les offices funèbres de dernière minute : l'instituteur leur donnait toujours congé d'un grave signe de tête, sans chercher à savoir si ce geste était compatible avec le dogme républicain ; Largeau avait touché le casuel, quand telle pratique était encore courante, et reçu bien des présents, du boire, du manger, des sous pour son église, dont il n'avait jamais fermé la porte à clé, même si personne ne s'y était jamais réfugié pour échapper au froid ou à la maréchaussée. Il avait enterré les pendus avec compassion, ce qui lui valait la considération des fossoyeurs aux longues figures ; il avait encouragé les parents à pousser leur progéniture vers les études, le lycée ou même l'université ; il avait aimé les fidèles, pardonné aux ivrognes et rassuré leurs femmes, bref assumé largement tous les devoirs de son ministère. Il eût été un saint s'il avait réalisé des miracles, s'il n'avait pas tant fréquenté lui-même le Café-Épicerie-Pêche, sous prétexte d'en détourner les ouailles ; s'il avait été plus sobre et surtout s'il n'avait pas été pris d'une passion dévorante pour le mystère du corps des femmes. De toutes les femmes et pas exclusivement de la Sainte Vierge, c'était là son drame : le fer rouge du vœu de chasteté le brûlait depuis le début de son sacerdoce, mais comme il était pieux et respectueux, jamais, au grand jamais, il n'avait sombré dans la luxure. Largeau croyait que cette curiosité dévorante s'émousserait et disparaîtrait avec le temps, comme l'en assurait son confesseur, qui l'engageait à prendre des forces dans la prière, ce qu'il faisait ; Largeau l'enfant du Marais se remémorait souvent malgré lui le seul corps féminin qu'il eût jamais vu nu, bien sûr pas celui de sa mère, mais celui d'une actrice de cinéma dans un magazine qu'un camarade, au petit séminaire, avait cru bon de lui mettre sous le nez, et qu'il avait immédiatement éloigné comme si c'était Satan en personne – les seins rebondis de cette starlette, la naissance du pubis dépassant de ses jambes serrées le hantèrent bien des années, malgré tous ses efforts pour les chasser, et dans la solitude du presbytère, la nuit, quand Satan appelle, il devait prier longtemps, longtemps avant de finir par s'endormir. Il dut remplacer sa télévision par une radio, pour éviter les images ; il ne pouvait pas ouvrir les catalogues de vente par correspondance qui lui parvenaient régulièrement, sous peine de tomber sur des pages et des pages de jeunes femmes à demi nues ; il s'imposa ainsi une loi de fer, et il réussit à éloigner le vice – à tenir le diable à distance. Il s'efforçait d'oublier que le démon l'avait déjà caressé dans son enfance, en la personne d'un prêtre plus tendre qu'il n'eût fallu, d'une soutane peut-être plus rêche qu'il n'était nécessaire, d'une odeur plus féroce, plus sauvage que celle d'une mare la nuit, souvenir si puissant et si trouble (mélasse de mémoire et de désir) que seuls ses rêves les plus poisseux, ses cauchemars les plus funestes pouvaient s'y replonger et revivre, sans que rien n'en apparaisse réellement, l'haleine de la violence dissimulée et le souffle destructeur du jouir malgré soi – Largeau aurait été bien en peine de raconter à quiconque ce qu'il feignait d'ignorer depuis si longtemps, tout comme il n'aurait jamais réussi, l'eût-il seulement souhaité, à s'approcher trop près d'un jeune garçon, jeune comme il pouvait l'être à l'époque, dans un sabbat effrayant de corps figés par la peur et la surprise mêlées, et de telles insinuations – il en entendait parfois pour d'autres à la radio, d'autres prêtres, d'autres lieux – le plongeaient dans une colère puissante contre la parole vaine, cette parole profane qui salissait tous les élans vers la sainteté, tachait la foi d'allégations viles et, bruit, grincement, étouffait les chants de basse du divin. Tout était sali, souillé, et malgré la confusion de sa mémoire, lorsqu'il marchait le long des champs, tout contre les prunelliers, les églantiers, les sorbiers bruissant d'oiseaux, ou dans le petit bois de la route de La Pierre-Saint-Christophe, parmi les frênes et les érables champêtres, quand le calvaire, sur le chemin des Ajasses, s'inscrit droit entre les deux chênes des Bordes et que le Christ – arbre de vie, seule figure humaine dans la solitude végétale – surgit soudain et rassure de son regard tombé le promeneur, Largeau, que le quotidien n'avait pas privé de cette épiphanie malgré les années, Largeau entrevoyait une seconde l'espoir, plus que dans la messe, plus que dans la prière, il entrevoyait la lumière fugace du salut, et Dieu était, pour un instant, cette colline invisible, cette ondulation quasi imperceptible de la plaine avant qu'elle ne disparaisse encore et toujours aux yeux du marcheur.

Des années plus tard, quand Mathilde vint régulièrement à la sacristie, qu'elle s'occupait dévotement de lui, de ses repas et de son ménage, alors que, vieillesse aidant, il s'imaginait enfin débarrassé de ses troubles secrets, le Malin revint, plus beau que jamais mais sous une forme bien différente. Largeau regardait Mathilde, il la caressait des yeux, il connaissait son grain de beauté sur l'avant-bras, le bruissement de ses collants contre sa jupe, la forme de ses seins sous son chandail et dès qu'elle partait il se servait un bon coup de gnôle, en priant pour que ça passe, Notre Père qui êtes aux cieux, et l'alcool ne l'aidait pas à se défaire de la concupiscence, au contraire, mais lui permettait de tomber dans un sommeil qu'il croyait sans rêve tant il méconnaissait encore, au matin, les tours que lui jouait la nuit la force de son désir. La culpabilité et la chair dansaient, entrelacées, dans les lambeaux de réalité décomposés d'où surgissent les songes ; Largeau ignorait tout des voyages, des sabbats, des aquelarres auxquels participait son âme, des boucs et des dragons qu'elle chevauchait jusqu'au creux des nuages nimbés de lune. Le prêtre y aurait reconnu des personnages de son enfance et, derrière des masques innombrables, l'éternel visage de l'Adversaire, quel que soit le nom qu'on lui donne ou les traits qu'on lui prête.

Largeau nageait la nuit dans cette matière noire, et le jour il se débattait dans le désir et la culpabilité. L'oubli venait juste pendant l'office et les célébrations, dès qu'il revêtait l'aube blanche et la chasuble, ou lorsqu'il lisait les Écritures, seul ou en public, *Pierre prit la parole et lui dit* "Tu es le Christ", *Il commença à leur enseigner qu'il fallait que le Fils de l'homme souffre beaucoup, qu'il soit rejeté par les anciens, les grands prêtres et les scribes, qu'il soit tué, et que, trois jours après, il ressuscite*, le Nom est prononcé, et tout est dit.

Mathilde sentait l'embarras du prêtre, et elle en concevait de la tristesse. Elle était perspicace, et imaginait les affres de Largeau, aux prises avec le désir ; elle avait un tel amour désintéressé, une telle dévotion pour lui, que si cela avait été possible, elle l'aurait soulagé de ses mains, comme on aide un enfant à vomir ou à se moucher, mais la pudeur, le respect et surtout ce qu'elle percevait de la puissance de la foi de Largeau l'en empêchaient. Mathilde comprenait ; son empathie et sa bonté étaient telles qu'elle devinait et partageait les souffrances du père Largeau, même si elle ne les appelait pas Satan ni Démon ni Ennemi ni rien de tout cela, elle les nommait corps et besoins, passions, tentations même : ce qui vous pousse à la faiblesse. Mathilde se demandait pourquoi les prêtres catholiques ne pouvaient pas être mariés, tout simplement, comme les orthodoxes et les protestants, certes mécréants, néanmoins chrétiens. Jamais Mathilde n'avait affronté de regards aussi pesants, jamais elle n'avait autant pris conscience de son propre corps que dans les yeux de Largeau : comme un contour n'apparaît que par l'encre du crayon qui le dessine, Mathilde percevait sa poitrine, ses épaules, ses jambes quand Largeau les faisait vivre en les détaillant du regard.

L'abbé Largeau, âgé de soixante-cinq ans alors, sentait ses forces s'émousser. Point physiquement, mais spirituellement ; il en parla à son confesseur, qui lui conseilla une retraite dans un monastère, voire la retraite tout court, dans une maison de repos. Le curé ne fit ni l'un ni l'autre. Il affronta bravement ses démons dans la solitude, même s'il priait moins et s'en remettait de plus en plus aux petits verres de prune pour s'abrutir. Il passait ses journées à attendre l'arrivée de Mathilde ; il lui disait, ha, ma petite Mathilde, comment ça va aujourd'hui, et Mathilde lui souriait. Il l'observait de la tête aux pieds et revoyait immanquablement l'image de l'actrice nue de son adolescence, peut-être parce qu'il y avait, dans la figure de Mathilde, une certaine ressemblance, puis il détournait le regard et s'enfilait une autre lampée de rouge ou de goutte, parfois sans même attendre le départ de l'objet de sa passion. Il attrapait ensuite un livre d'heures, ou des vies de saints, et essayait de se changer les idées, sans y parvenir.

Alors il partait en promenade, il marchait dans la nature en se remémorant les Écritures, en accompagnant les corneilles dans les champs, les étourneaux en volutes noires parmi les nuages, et lorsqu'il croisait les vergers au bord de la rivière il pensait au miracle de l'eau qui coule dans le Livre d'Ézéchiel, *En tout lieu où parviendra le torrent, tous les animaux pourront vivre et foisonner. Le poisson sera très abondant, car cette eau assainit tout ce qu'elle pénètre, et la vie apparaît en tout lieu où arrive le torrent. Au bord du torrent, sur les deux rives, toutes sortes d'arbres fruitiers pousseront ; leur feuillage ne se flétrira pas et leurs fruits ne manqueront pas. Chaque mois ils porteront des fruits nouveaux, car cette eau vient du sanctuaire. Les fruits seront une nourriture, et les feuilles un remède*, ce passage qu'il avait si souvent lu à l'église, et il cueillait quelques feuilles qu'il connaissait pour son infusion, et il finissait par rentrer après avoir fait le tour du village, en se demandant comment toutes choses pouvaient à la fois si bien chanter les louanges du Créateur et être tout autant la trace de Son abandon, et une fois de retour au presbytère, il se laissait aller à la nuit tombante, à la déréliction et la gnôle.

Dieu restait muet et le laissait seul dans l'épreuve.

*

Le Gitan envoya son chapeau en arrière, sourit et lâcha entre ses dents un affreux juron en serbe : des quatre langues qu'il pratiquait couramment, c'était l'idiome où les blasphèmes et les insultes étaient les plus terribles, imagés et effrayants, et si le jeune pandore bien français avait su ce que ces sons étranges promettaient de faire au cadavre de sa mère, il aurait sans aucun doute abattu le Tsigane (Tsigane, Gitan, Bohémien, Rom : l'ignorance du gendarme hésitait quant à la dénomination correcte, tous ces gens étant certes bien différents, nonobstant fort identiques) sur place, avec immense rage et grand plaisir. Mais induit en erreur par le sourire du jeune homme, il se contenta de répéter sa question, simple pourtant, vous allez où comme ça ? Le gradé se tenait un pas en arrière, on ne savait jamais, il en avait vu d'autres, des vertes et des pas mûres ; il se souvenait qu'une fois, il y a quelques années, une Gitane particulièrement adroite et démoniaque lui avait subtilisé son propre portefeuille, par défi, et de tous les peuples que sa carrière policière l'avait amené à fréquenter, Français, Italiens, Arabes, Africains et même Corses, il n'y en avait aucun qui soit plus imprévisible et mystérieux que celui-ci, qu'il savait à peine comment nommer, d'ailleurs, tant leur origine était floue et leurs papiers, inexistants. Pour le gendarme habitué à l'idée qu'à un homme correspondait au moins une nation qui se manifestait par un territoire, une identité et les pièces correspondantes (en règle ou non, mais c'était un autre problème), ces loqueteux insaisissables représentaient le plus grand des dangers, celui de la confusion, à tel point qu'on hésitait (sauf cas de force majeure, c'est-à-dire délit autre que le simple fait de se trouver là) à leur poser une question différente de celle que son expérience venait de souffler au jeune subordonné, vous allez où comme ça, à la portée du premier suspect venu. Le Gitan hésita à répéter une insulte mieux sentie encore, tant il était habitué aux arguties de la maréchaussée, mais il percevait que ce jeune flic était novice, anxieux de bien faire et sous le regard de son supérieur, trois circonstances qui rendent les cognes féroces. Il balbutia donc, merci, merci, et tira doucement de sa veste grise un passeport roumain. De la tête et d'un air blasé, le gendarme lui fit signe de ranger ses papiers, avant de répéter sa question, vous allez où comme ça ? Le Gitan ressentit une crainte sourde, et il commença à suer sous son chapeau, que pouvait bien lui vouloir ce type, il répondit, maison, maison, car il savait peu de français, et doutait que le pandore comprît l'italien. Le militaire se retourna vers son supérieur, qui d'un signe discret lui fit comprendre que la réponse était suffisante ; on remercia donc le Gitan en lui souhaitant une bonne journée et un joyeux Noël, et on continua à se promener autour du marché, dernier marché avant les fêtes, débordant d'activité : les maraîchers des alentours étaient tous là, plus quelques traiteurs qui proposaient des fricassées d'anguilles et des cuisses de grenouilles, grenouilles dont le passeport, si d'aventure quelqu'un s'était avisé de leur demander, était lui aussi roumain ; l'agréable odeur d'ail et de friture s'immisçait jusque sous la petite halle, puis se mêlait aux parfums maritimes des étals de poissons, où bâillaient des crabes et bavaient quelques homards, à côté d'huîtres bien fermées qui ignoraient encore, aveugles dans leurs coquilles, qu'elles n'avaient plus longtemps à vivre et que bientôt, brûlées par le citron ou le vinaigre à l'échalote, elles finiraient dans le grand tube sombre et acide d'où l'on ne ressort pas. Des centaines, des milliers d'âmes auxquelles personne ne pensait attendaient là, dans les frigos, sur la glace, au creux des paniers, d'être renvoyées vers l'abîme pour renaître, encore et toujours, sous une forme ou une autre, sans que la poissonnière, qui attrapait les crustacés à pleines mains pour les fourrer dans un sac, ou la fermière, qui tirait par les oreilles le lapin vivant de sa cage, n'eût la moindre pensée pour ces bestioles ni pour ce qu'elles avaient été autrefois, hommes, insectes ou oiseaux. Les deux gendarmes non plus n'y pensaient pas ; ils patrouillaient, comme on dit ; le gradé reconnut Lucie derrière son étal de fruits et légumes, et dit à voix basse à son subordonné, celle-là on la connaît, ce à quoi l'autre répondit d'une moue entendue, alors que bien sûr il n'avait aucune idée de ce dont il s'agissait ; on lui désigna aussi du regard un apiculteur vendant son miel, ami de la précédente, qui avait déjà eu affaire à la gendarmerie. Les deux condés s'arrêtèrent pour observer l'étal d'un marchand de ceintures et de sacs, dans une rue voisine, et ne prêtèrent aucune attention au jeune ethnologue David Mazon, qui cherchait là un cadeau de Noël pour sa chère et tendre, sans succès.

Le Gitan avait suivi des yeux les deux uniformes pour s'assurer qu'ils n'en avaient plus après lui, et quand il les jugea suffisamment éloignés, il tira de son chapeau le papier où une âme charitable avait écrit *Sans ressources, six enfants en bas âge, aidez-moi s'il vous plaît*. Il ne possédait que trois gamins, et plus si jeunes, mais il trouvait, assez naïvement du reste, que cette légère exagération serait à même de lui valoir la sympathie du public. Il s'enfila donc entre les chalands, le couvre-chef dans la main gauche comme une sébile, le carton dans la droite, et commença à mendier ; les femmes l'envoyaient paître d'un petit geste méprisant, tout en posant le bras à plat sur leur panier, de peur qu'Émir ne leur subtilisât une salade ou un radis, ce qui lui donnait une furieuse envie de le faire ; il se forçait à sourire, à dire merci merci à celles qui ne lui donnaient rien ; un maraîcher humoriste trouva amusant de lui offrir une énorme carotte, qui l'encombrait plus qu'autre chose, mais il remercia avec effusion et la glissa dans la poche de sa veste. Une demi-heure plus tard il avait récolté un euro soixante-quinze centimes, une carotte et deux pommes, pas terrible pour un marché de Noël. Il ne s'avoua pas vaincu et tourna un peu dans les rues avoisinantes, où des stands vendaient des marchandises en tout genre, croisa David Mazon qui lui donna un euro de plus et fut tenté de demander au mendiant d'où il venait et comment il était arrivé jusque-là, par curiosité professionnelle, mais s'abstint, de peur de vexer ou d'effrayer le Rom ; le Gitan le remercia et continua son chemin, jusqu'à ce que la maréchaussée, décidément tenace, n'apparût de nouveau au coin de la rue. Il soupira, remit son chapeau, décida que c'était suffisant pour ce matin, il n'avait que trois euros, deux pommes et une carotte, mais n'avait pas envie de finir au bloc. Depuis qu'un pogrom l'avait chassé d'un camp de fortune de la banlieue de Milan, où les enfants allaient à l'école, il était passé par bien des endroits sinistres ; on l'avait expulsé, avec cinq autres familles, de la banlieue lyonnaise, où il était arrivé en traversant les Alpes, après un bref passage à Grenoble ; il était remonté jusqu'à Paris, avant d'être renvoyé *manu militari* d'une ville assez peu accueillante de Seine-Saint-Denis, où il logeait précairement dans un terrain vague – le Gitan avait grandi près du canal de Vršac, en Serbie, à deux pas de la frontière roumaine ; il avait passé quelque temps dans les environs de Belgrade, puis près de Timișoara, jusqu'à ce que l'entrée de la Roumanie dans l'Union européenne ne le décide à entreprendre, en compagnie de quinze autres familles, le voyage vers l'ouest. Il n'imaginait pas, en partant, qu'il finirait effectivement tellement à l'ouest que seul un marais le séparerait de l'Atlantique. Il avait connu la ségrégation, le racisme, la violence, et finalement, malgré l'acharnement de la gendarmerie et l'hostilité des populations locales, il appréciait cette région plate comme le dos de la main qui lui rappelait la Voïvodine, même si la Sèvre ne ressemblait pas particulièrement au Danube. Dans ses vies précédentes le Gitan avait été un cheval, une femme et un aigle, un aigle qui volait parmi les montagnes entre la Grèce et l'Albanie, ce dont il n'avait pas connaissance, sauf parfois, au tréfonds de ses rêves, quand surgissaient des à-pics fabuleux survolés en planant et des rongeurs frémissants arrachés au sol dont le sang emplissait le bec acéré avant qu'ils ne soient dépecés par des oisillons affamés, là-haut près des cimes, à l'abri entre deux rochers. Ces images le troublaient quelque temps au réveil – la douleur de l'enfantement puis le plaisir de la naissance, le galop dans le parfum du foin, le haut vol plané porté par la chaleur de la roche en été – et disparaissaient, comme elles le font pour tous sauf pour les fous et les êtres éclairés.

David Mazon l'ethnologue rural était alors en grande conversation avec Lucie derrière son banc de légumes, assez peu garni puisque c'était la fin décembre et mis à part des blettes, des navets, des carottes, des pommes de terre, des choux, quelques salades et des poireaux, il ne s'y trouvait pas grand-chose. Néanmoins les clients étaient nombreux ce matin-là et achetaient les garnitures de leurs poulardes, pintades et chapons de la Noël. Lucie vendait aussi des champignons de Paris, enfin ces agarics blancs qu'on appelle "de Paris" puisqu'autrefois ils poussaient dans les catacombes, sur les ossements des morts (Lucie allait les chercher près de Saumur, des dizaines de cageots de fumier et de mycélium arrachés à la profondeur des dédales de caves creusées par l'eau et le temps dans la craie des bords de Loire), des oignons secs, du bel ail rose en tresses et des herbes aromatiques (quelques branches de thym entre deux feuilles de laurier retenues par un joli brin de laine coloré, bouquet garni dont le coût, ramené au kilogramme, Lucie était la première à le reconnaître, mettait la daube au prix de la truffe blanche d'Alba, ou peu s'en fallait). Bien vite David sentit qu'il ne pouvait pas tenir plus longtemps la jambe de Lucie à l'étal avec ses questions sur l'emploi des engrais et des pesticides dans le maraîchage, car les clients s'impatientaient derrière lui et la tenancière elle-même commençait à manifester son agacement en tapotant des doigts sur les sacs en papier kraft dans lesquels elle emballait les achats de ses clients. Lucie avait une balance qui faisait office de caisse enregistreuse, pesait, calculait, additionnait et imprimait un ticket sur lequel, outre le poids et le prix des denrées, se trouvait un petit message amical, *L'EARL Hêtre Étang vous souhaite de*

Joyeuses Fêtes de fin d'année. Mais à part David Mazon et sa perspicacité typique de la recherche de haut niveau, peu de clients remarquaient ce jeu de mots étrange. Le jeune ruraliste abandonna donc non sans regrets la conversation de Lucie à qui il avait hésité à acheter quelques légumes qui constitueraient une nourriture plus saine que les pizzas surgelées et les haricots en boîte *baked beans* Heinz™ dont il faisait une consommation frénétique, renonça par incompétence culinaire et reprit son tour de marché – il aimait ces petites halles en brique et poutrelles métalliques, au fier fronton de pierre orné d'une horloge ronde comme celle d'une gare, où trônait encore l'ardoise "des droits de plaçage et de mesurage des marchandises", selon laquelle vendre un petit panier d'œufs était susceptible d'une redevance de 20 centimes, tout comme des merles, des grives ou des alouettes – alors qu'un chevreau supposait lui l'acquittement d'un droit de un franc : David Mazon s'étonna qu'on puisse vendre (c'est-à-dire sans doute ensuite *manger*) des merles ou des alouettes, pourquoi pas des corbeaux ou des étourneaux, et il aurait été très surpris de savoir qu'une fois plumés et marinés ces volatiles entraient dans la composition de brochettes et de pâtés en croûte tout à fait comestibles.

*

Lorsque le grand-père de Lucie, à l'âge de treize ans, trouva son paternel pendu à une poutre de la grange, les yeux vers le haut, le cou brisé, le visage légèrement bleui, les bras raides et les doigts écartés, il resta paralysé de terreur et de douleur, sans pouvoir crier, sur le seuil, incapable de détacher le regard de ce cadavre en lévitation sans remarquer ce qui amuserait plus tard les gendarmes et les fossoyeurs, le trou dans la chaussette gauche, d'où sortait un gros orteil charnu et accusateur pointé vers la porte, à un bon mètre au-dessus des galoches tombées dans la paille. Le grand-père de Lucie ne reprit pas ses esprits, pas plus qu'il ne s'évanouit ou s'enfuit. Il resta là, debout, la tête vide, vidée d'un coup par la surprise et la frayeur, et par la suite, après que les gendarmes eurent coupé la corde, après que les fossoyeurs eurent fait leur office dans l'ivresse, il n'aurait aucun souvenir de cette découverte et de cette vision, ignorant qui avait appelé les secours, sa mémoire ayant tout simplement refusé d'imprimer ces images, comme son intelligence refusait de penser ce que tout le monde savait, c'est-à-dire qu'il n'était pas le fils de Jérémie Moreau le pauvre pendu. Il pleura beaucoup à l'enterrement, et on le plaignit ; le curé, prédécesseur de Largeau, n'eut pas pitié et refusa de célébrer la messe des morts pour le suicidé, confiant le corps aux besogneux à triste figure qui s'empressèrent de le faire disparaître dans le coin de cimetière où reposait déjà sa femme, ci-gît Jérémie Moreau, 1911-1945, avant de retourner boire et fêter la Victoire à leur façon, car on était en mai, le printemps était là, les blés déjà hauts et les Allemands vaincus. Les troupes teutonnes avaient quitté la région depuis plusieurs mois déjà, déclenchant un ralliement spontané de jeunes hommes aux Forces françaises de l'intérieur et à la Résistance en général. On en avait profité pour piller les biens de quelques collaborateurs, pour violer quelques jolies femmes et crapahuter un peu avec des fusils dans la plaine, un ruban blanc autour du bras, on s'était plutôt bien amusé, mais l'ordre revenait peu à peu, et avec lui la routine. L'aîné des Chaigneau rentra de captivité et apprit la mort de son frère, deux ans plus tôt ; il pleura de rage et de honte, puis se rendit sur sa tombe à Niort en compagnie de Chaudanceau le facteur, avec qui il s'enivra dans les petits bistrots autour du marché. Ensemble ils évoquèrent aussi Jérémie le pendu, sans insister, comme s'ils craignaient que ce sombre destin ne déteignît en quelque sorte sur eux, principalement le Chaigneau, qui n'avait pas tout à fait la conscience tranquille et était déjà affecté par le décès brutal de son cadet ; il psalmodiait, mon Dieu mon Dieu mon Dieu, en vidant ses petits verres – il ignorait une autre formule d'adjuration. Puis passablement soûls ils profitèrent de la camionnette de Patarin le charcutier pour rentrer au village.

Le grand-père de Lucie était donc orphelin ; il se mit à travailler la terre ; sa famille lui vouait une haine secrète mais efficace. Le jeune homme devint adulte dans le ressentiment et la peur, sans bien comprendre pourquoi. La grange où il avait découvert son père la corde au cou fut vendue, puis démolie ; l'absence de sa mère lui était chaque jour une déchirure, qu'il pensa recoudre par le mariage. Il épousa une fille nommée Marie, dont on ne sait rien, si ce n'est qu'elle donna naissance à deux enfants, un mâle et une femelle, et se réincarna dans le chien qu'on connaît, après une existence plutôt maussade. Entre-temps, l'instituteur du village, Marcel Gendreau, récemment nommé au sortir de l'École normale et originaire d'Échiré, autant dire d'un autre monde distant d'une quinzaine de kilomètres, amant des Lettres et de la Poésie, eut vent de l'histoire de Louise et du terrible destin de Jérémie, comment, on l'ignore, mais il ne manque jamais de bouches pour se faire l'écho du malheur. L'instituteur entendit donc cette histoire, et il plaignit lui aussi sincèrement l'enfant ; il eut pitié de Louise et de Jérémie, le pendu à la chaussette trouée ; il interrogea discrètement le frère Chaigneau survivant, qui lui confia ses souvenirs des Ardennes autour d'un, de deux, de nombreux petits verres de blanc. Marcel Gendreau questionna aussi les gendarmes, qui furent plus bavards que les fossoyeurs insondables. Il interrogea Pélagie, qu'il n'osait pas appeler la Sorcière, comme le reste du village ; elle lui raconta ses propres malheurs, les violences qu'elle avait subies, lui prescrivit des herbes pour soulager ses genoux douloureux. Il parla même avec le fils de Louise, chez qui il put voir, dans un petit cadre de bois noir, la photographie de sa mère le ventre rond, grosse de son petit frère mort-né, comme disait le jeune homme. Gendreau entreprit de mettre par écrit le récit des tristes aventures de Louise, qu'il jugeait édifiantes, victime du mensonge et de la simplicité des âmes. Il avait déjà publié quelques poèmes, en 1948, dans une revue oubliée ; il aimait la terre et les gens de la terre. Dans son livre, il décrit les paysages, les moissons, les batteuses à vapeur, le bétail, le ramassage du lait et la beurrerie coopérative ; il décrit les paysans avares et les prodigues, les commères et leur méchanceté ; il s'attache à montrer l'animalité du désir et le poids du devoir. Il est certain qu'il passa des heures sous la lampe, pour trouver les mots précis, dessiner les habitudes et les caractères, parvenir à la justesse et à la vérité, et un an plus tard il avait couvert soixante-dix feuillets d'une belle plume régulière, sans ratures, car il avait recopié le manuscrit deux fois. Marcel Gendreau n'envisageait de publier aux dépens de personne, aussi se rendit-il à Niort, chez l'imprimeur Chiron, qui lui tira cent magnifiques exemplaires sur un vergé épais et un peu crème, avec un beau blanc tournant et des lettrines xylographiées. L'ouvrier typographe qui composa le texte fut ému aux larmes par cette histoire et y laissa donc quelques coquilles, mais rien de bien grave ; la couverture portait le titre *Nature oblige…* avec trois points de suspension inquiétants, et la mention “Chez l'auteur”. Marcel Gendreau s'offrit un taxi pour rapporter les dix paquets bien enveloppés jusqu'au village, fier et ému. Le lendemain il confiait les trois premiers livres au facteur Chaudanceau : un pour son inspecteur d'académie, puisqu'il était respectueux de la hiérarchie et de l'administration ; un pour la bibliothèque de Niort, car il voulait que tous puissent avoir accès à ce récit, et un pour le journal local, parce qu'il espérait, orgueilleusement, qu'on le trouverait digne d'une recension. Puis il porta lui-même un *Nature oblige*… au maire et au vétérinaire, avec une dédicace respectueuse, et attendit les réactions, un peu anxieux, mais satisfait.

*

Lorsque David Mazon l'anthropologue prétentieux versa d'un air dégoûté une demi-bouteille d'eau de Javel sur les annélides rouges qui colonisaient sa salle de bains, il ne sut pas qu'il renvoyait dans la Roue les âmes sinistres d'assassins que leurs exactions avaient poussées vers plusieurs générations de souffrance et de reptation aveugle dans l'humidité, côte à côte Marseil Sabourin, guillotiné en 1894, le petit Chaigneau, guillotiné en 1943, et leurs bourreaux, les illustres Deibler et Desfourneaux : détruits par la corrosion ils renaquirent presque immédiatement sous la même forme, ce qui provoquerait la surprise du jeune scientifique le lendemain matin, à nouveau ces pauvres êtres et leur chœur de gémissements silencieux ; ces meurtriers locaux avaient tué qui sa sœur, qui les gendarmes l'ayant surpris à braconner, et tous avançaient vers la pâle lumière en compagnie de leurs dénonciateurs, des exécuteurs de haute justice et du procureur responsable de leur condamnation, dans l'interminable douleur, car personne jusqu'ici n'avait eu de compassion pour ces vermisseaux, et surtout pas les deux chats que David avait adoptés et qui l'observaient avec une suffisance discrète verser le poison sur les vermicules. Les félidés se léchaient savamment les pattes en rêvant, inconscients que deux ans plus tôt ils étaient encore écrivain ivrogne et comédienne affabulatrice, morts ensemble dans un accident de voiture sur la nationale toute proche, accident dû à l'ivresse du premier et au caprice de la seconde – leurs corps déchiquetés avaient été rassemblés tant bien que mal par les fossoyeurs désolés de la beauté et de la jeunesse de l'actrice, qu'ils connaissaient de nom ; ils placèrent la tête de l'auteur à l'envers, les cheveux poissés contre le cou noirci, par vengeance, car pour eux il était inconnu et responsable non seulement de son trépas et de celui de sa compagne, mais aussi de la mort d'une famille du cru qui rentrait tranquillement chez elle et qu'il avait percutée de plein fouet.

Les chats conservaient de leur existence antérieure la démarche prétentieuse et l'inutilité oisive, forcés à mendier leur nourriture et à se frotter aux jambes de David pour un peu de chaleur, comme ils l'avaient fait autrefois avec les journalistes et les mécènes, et contrairement à ce que pensait l'ethnologue, ils ne le regardaient que pour s'attirer une pluie de croquettes ou un lit douillet et méprisaient souverainement ses activités coupables face à cette boîte à images bleutée où l'apparition d'une jeune femme en déshabillé mousseux ne gênait en rien leur nyctalopie.

Une fois les meurtriers et les bourreaux renvoyés faire un tour dans l'abîme, David frissonna en retirant son peignoir et se doucha longuement ; sous l'eau brûlante il agença de jolis rêves de succès et de gloire censés le conduire, vingt ans plus tard, à une chaire au Collège de France, puis à quelques doctorats *honoris causa* (Oxford, Harvard et Chicago, principalement) et à un prix Nobel amplement mérité, le premier que l'on décernât à un anthropologue, et à un siège à l'Académie, celui de Lévi-Strauss, bien sûr, seul fauteuil qui sît à l'orgueil de son jeune propriétaire. Il était heureux et souriait en quittant la brume tiède de la salle de bains, s'habilla et se mit d'arrache-pied au travail, une bonne dizaine de minutes, avant de souffler et de folâtrer en consultant des pages de sciences naturelles sur internet ; il s'intéressa à la sexualité perverse des gastéropodes, à la reproduction des invertébrés, des lombrics principalement ; il évita soigneusement les sites pornographiques et, fier de sa force morale, entama une conversation virtuelle avec des camarades thésards perdus dans l'éther cybernétique et sortit de cette brousse télématique légèrement déprimé, car il avait toujours l'impression que les autres étaient plus avancés, plus déterminés, et qu'ils parviendraient donc avant lui à la ligne d'arrivée de la course aux honneurs, émulation qui au lieu de le stimuler le paralysait. Il tenta en vain de revenir à ses moutons, et se perdit dans la contemplation lascive de la photographie de sa bonne amie sur son bureau, qu'il croyait aimer passionnément parce qu'il la désirait passionnément, puis se leva pour caresser les chats et leur donner des croquettes, jeta un coup d'œil à la température extérieure, écrivit quelques lignes de son journal de campagne, tourna en rond, inventoria rapidement ses provisions de bouche, regarda de nouveau le thermomètre et sortit.

Il se mit en danseuse sur la vieille mobylette Peugeot 103 blanche, penché en avant, pédala de longues minutes sur la béquille, sans succès, se gratta la tête, perplexe, et retourna dans ses appartements avant de ressortir pour pousser le cyclomoteur jusque dans l'entrée.

David Mazon était brun, assez élancé, les yeux sombres, ce qu'il attribuait aux origines vauclusiennes de sa famille paternelle, bien qu'il connût très mal le Vaucluse. Son arrivée n'avait pas été sans déclencher les commérages et les interrogations du village ; on se demandait s'il fallait être vexé ou flatté de l'intérêt que la science montrait soudain pour la région. On n'est pas des sauvages, quand même, grognait le gros Thomas ; Martial l'édile était au contraire ravi : ça évitera peut-être à Bruxelles de prendre des décisions imbéciles, disait-il, sans que personne ne comprît précisément quelle relation il pouvait bien y avoir entre une chose et l'autre, ce qui par ailleurs était bien naturel, tant tout ce qui avait trait à la capitale européenne (pour ne pas dire aux capitales en général) était obscur et arbitraire. Les commentaires de Gary à son égard donnaient cependant à David Mazon une certaine note de confiance : difficile de trouver plus droit, plus respecté dans le village que Gary, et s'il affirmait que ce jeune homme était comme il fallait, qu'il ne méprisait personne *a priori*, au contraire, eh bien le village se rangeait à cette opinion. David était donc un étranger, de cette catégorie d'étrangers qu'on tolère sans les haïr tout à fait, comme les Anglais, qui après tout payaient en livres-or et avaient quelque droit sur la contrée puisque, près de huit cents ans auparavant, c'était Richard Cœur de Lion lui-même qui régnait sur ces parages, ainsi que l'attestaient les nombreux panneaux installés par le conseil départemental pour retenir la manne britannique (qu'elle ne s'en allât point plus au sud) et où l'on pouvait lire "Route des rois d'Angleterre". Les rois d'Angleterre étaient sans nul doute passés par là, mais contrairement à James et sa femme Kate, ils s'étaient arrêtés uniquement pour panser leurs chevaux, ce que répétait continuellement James à sa compagne, qu'il n'était point un putain de monarque médiéval, en priant pour que l'on réintégrât le plus rapidement possible la Grande-Bretagne où il y avait un billard dans chaque bar et des amis au fond de chaque pinte d'ale. Kate le calmait, l'incitait à la patience en lui assurant que le plombier finirait bien par venir, que le couvreur se libérerait bientôt, que c'en serait fini des bassines dans le grenier, qu'enfin tout s'arrangerait et qu'ils seraient heureux, ce qu'ils étaient déjà, tout compte fait, malgré leurs petits ennuis, surtout après 17 heures, quand arrivait le moment du gin tonic et que James et Kate s'envoyaient méticuleusement, sous la véranda, dans les fauteuils d'osier peints de blanc, en silence, chacun un livre à la main, leurs deux premiers verres de la soirée.

Lorsque David Mazon leur téléphona, plus tard dans l'après-midi, pour solliciter un entretien, ils savouraient précisément leur premier long drink en se livrant à l'un de leurs débats favoris, à propos des avantages comparés du royaume de France et de la verte Albion, débat qui, on le sait, commençait par un net avantage de la seconde, se poursuivait avec une remontée dangereuse du premier, grâce à une contre-attaque gastronomico-climatologique de Kate, et s'achevait sur une égalité de dernière minute obtenue par la mauvaise foi de James et des arguments fallacieux comme le réchauffement climatique, qui allait permettre la culture de la vigne et des palmiers dattiers jusqu'à la frontière de l'Écosse. Kate fut très surprise de recevoir cet appel, et son premier réflexe fut la méfiance : un jeune homme qui se réclamait de leur si mal élevé voisin Maximilien, voilà qui ne présageait rien de bon. Mais le jeune anthropologue avait au moins une qualité, l'honnêteté, une franchise que l'on détectait au premier instant ; Kate se laissa donc convaincre par la sincérité désarmante du scientifique, et accepta de le recevoir, ce qui déclencha évidemment les foudres de son mari, par principe, même si, au fond, il était plutôt flatté : que la France s'intéressât à lui, à part dans le but de percevoir quelque obscure taxe locale, voilà qui était inédit.

Mais pour l'heure David passait sa mobylette au sèche-cheveux afin de la dégivrer. Dehors la neige recommençait à tomber, ce qui désespéra l'anthropologue : il s'imagina mourir de faim et de froid dans le blizzard ; lui qui avait renoncé aux explorations lointaines pour éviter précisément les aléas climatiques et la faune répugnante, voilà qu'il se retrouvait aux prises avec les deux à la fois. Il pensa à Paul-Émile Victor et à *Apoutsiak, le petit flocon de neige*, l'album de son enfance, livre responsable de sa vocation ethnographique, et il se ressaisit, allons, il y a des gens qui chassent le phoque en pratiquant des ouvertures dans la glace, courage. Il retourna à son journal électronique pour y consigner quelques impressions sur le dîner de la veille avec Maximilien Rouvre, l'artiste parisien, lequel avait froid lui aussi ce matin-là dans son immense atelier, très froid, d'autant plus qu'il était immobile, tout à son travail, affrontant la neuf cent quatre-vingt-douzième photographie de son grand œuvre, pestant et jurant tant il était pressé d'immortaliser cet instant. Il relia son appareil aux parapluies, l'éclair se refléta sur la faïence blanche. Une de plus, pensa-t-il avec satisfaction, une de plus, c'est-à-dire un pas de plus vers la fin, celle de son œuvre et la sienne propre. Max afficha le cliché sur son magnifique écran, rien de spécial ; il zooma pour voir la matière, le grain, augmenta légèrement le contraste, chercha des indices qui pourraient lui suggérer une couleur, identifia une zone où les rouges (c'est du moins ce qu'affirmait l'ordinateur) étaient plus présents et les amplifia encore ; il imprima ensuite le cliché au format 24 cm par 32 cm, sur un papier spécial, prit ses pinceaux et rehaussa subtilement l'image d'un violet sombre, couleur betterave, par petites touches. Puis il observa le résultat à distance, parfait ; il plaça une minuscule boule de pâte spéciale au dos de la photo, déplia l'échelle et accrocha l'œuvre à la suite des autres, sur l'immense mur latéral de l'ancienne étable. Il ne lui restait plus que deux semaines de travail environ et ce serait fini ; il y aurait exactement douze pièces par mètre carré, près de six cents mille au total. Le nombre, comme le laps de temps, était évidemment arbitraire et correspondait à la capacité de l'atelier. Tout était numérisé, il pouvait donc, en cas de besoin, pour un espace réellement gigantesque, agrandir encore les dimensions de son ouvrage. Il avait même déjà sélectionné dix photos parmi les plus impressionnantes (celle consécutive à l'ingestion de bleu de méthylène, par exemple) pour de grands tirages, susceptibles d'être montrés (et vendus) à part. Maximilien était certain que *L'Échelle de Bristol : chutes d'autobiographie* obtiendrait un vif succès. Personne ne les avait encore vues ; il les cachait à tous, à son galeriste, à ses amis et ses maîtresses de passage. Seule Lynn avait eu l'honneur d'apercevoir ce chef-d'œuvre encore inconnu : elle s'en était sentie tellement écrasée, souillée, salie qu'elle avait pris ses jambes à son cou, une violente nausée dans la gorge. Comme la jeune femme du conte et le cabinet secret de Barbe Bleue, elle avait profité de l'absence de Max parti d'un coup de motocyclette acheter des croissants pour jeter un œil à cette pièce qu'on lui cachait. Quand il était revenu, elle avait déjà déguerpi, en empruntant une route secondaire pour ne pas le croiser.

Max n'avait pas saisi la raison de la fuite de Lynn, et il s'en était trouvé un peu meurtri, sans vraiment savoir pourquoi – il imaginait que cette liaison ne lui importait pas. Lynn avait certes déjà été choquée par la teneur des quelques tableaux de Maximilien qui ornaient son salon ; elle avait aussi été un peu effrayée par les fantasmes sexuels du peintre, qu'elle s'était jusque-là plus ou moins refusée à assouvir, mais elle oubliait facilement les travers des hommes, surtout lorsqu'ils étaient cultivés et savaient vivre, comme elle disait, c'est-à-dire étaient prêts à ouvrir une bouteille de champagne à l'apéritif et à installer une peau de mouton devant leur cheminée. (Lorsqu'elle fit naïvement remarquer à Maximilien, au cours du dîner arrosé qui précéda leur premier coït, qu'il n'y avait ni tapis ni peau de bête devant son âtre, Max sourit ; il répondit, t'inquiète, demain je tue une génisse, promis, et quand Lynn était apparue le surlendemain soir, elle avait eu la surprise de trouver près du feu la dépouille non pas d'un bovin, mais la peau d'un genre d'alpaga blanc, à poils épais, dégottée dans un dépôt-vente, qui rappelait délicieusement à Maximilien certains films suédois de son adolescence et irait à merveille, pensaient ses yeux de peintre, avec les formes pleines et les dessous colorés [vert d'eau, orange sanguine] de Lynn : il lui proposa donc immédiatement de l'étrenner, elle rougit.)

Mais l'atelier passait les bornes. Ce Max était un pervers dont le cas relevait de la psychiatrie : la découverte du placard de Barbe Bleue aux mille horreurs chassa Lynn frémissante de colère et de dégoût, et elle décida de ne plus jamais croiser l'homme dont elle avait pensé, quelques semaines durant, qu'il pourrait être le prince tant attendu.

*

Louise, l'arrière-grand-mère de Lucie, resta longtemps au bord de la rivière ; elle contempla la vie autour d'elle, immobile, les godillots dans la vase, à quelques centimètres de l'eau. Elle ne savait pas nager. Elle imagina ses cheveux flotter dans le courant, à la proue de son corps ; elle dériverait vers l'aval jusqu'aux marais où les carnassiers la rongeraient avant qu'on ne la retrouve, violette et gonflée, à demi déshabillée par l'onde, quelques jours plus tard. Elle repensa au cadavre gigantesque d'une vache qu'elle avait vu tirer d'un canal, énorme ballon de pourriture, et elle prit sa décision : elle n'allait pas mourir aujourd'hui.

Elle releva sa robe, retira le petit sac d'avoine, en vida le contenu dans l'eau ; les graines partirent avec le courant, au moins les poissons profiteraient de ce mensonge, pensa-t-elle. Elle pleura de soulagement, plaça l'enveloppe de toile dans son panier, sécha ses larmes et rentra chez elle, heureuse que cette comédie soit terminée. Elle irait se réfugier chez sa mère, elle lui expliquerait tout ; elle enverrait son père parler à Jérémie, qui serait bien obligé d'accepter l'évidence, et voilà. Elle se sentait prête à affronter le regard des commères, les sourires et les moqueries, tant pis.

Sa mère cria au scandale, mais la recueillit. Son père la gifla, la serra contre lui, la gifla de nouveau et pesta contre l'homme responsable, en dernière instance, de cette nouvelle honte.

Là-bas dans les Ardennes, perdu au creux d'une boucle de la Meuse, Jérémie se préparait à partir le lendemain à l'aube ; il devait prendre un premier transport pour Reims, puis un train vers Paris, et un autre jusqu'à Niort. Il glissa la photographie de Louise enceinte dans sa poche, avec ses papiers militaires, rassembla son barda, partagea le reste de sa gourde de gnôle avec les frères Chaigneau, qui n'avaient pas sa chance et devaient rester à se geler les miches en forêt, assis sur des rondins, dans l'attente d'un printemps qui paraissait ne jamais devoir atteindre ces contrées.

Jérémie était sur le point de monter dans un camion militaire en direction de Charleville et Reims quand la nouvelle arriva : l'armée allemande avait envahi la Belgique et débutait une terrible offensive vers le sud ; toutes les permissions étaient suspendues.

On ne connaît pas précisément les faits et gestes de Jérémie au cours des six semaines qui suivirent, à un ou deux épisodes près ; on ignore, par exemple, comment il fut séparé des frères Chaigneau, dont l'un finit prisonnier, et l'autre démobilisé dès l'été 1940 ; on ne sait comment, alors qu'il était cantonné bien plus à l'est, sur le passage de l'avancée allemande vers Sedan, Jérémie se retrouva à Dunkerque et fut évacué dans un chalutier avec quelques éléments de sa compagnie, en direction de Douvres ; il faillit périr brûlé ou noyé, comme les quatre-vingt occupants de son embarcation, lorsqu'elle fut atteinte par une bombe ; il grelottait quand un dragueur de mines britannique le tira de la Manche par miracle ; il resta trois jours choqué et fiévreux, avant de revenir à lui dans un campement de fortune où on avait installé les soldats français, à quelques kilomètres de la côte. Dans un affolement acharné, on renvoya ces troupes en France – pensant sans doute qu'elles pouvaient reprendre le combat.

Trois semaines plus tard, la France signait un armistice déshonorant dans le wagon même où elle avait humilié l'Allemagne vingt ans plus tôt ; se trouvant en zone libre, Jérémie n'hésita pas une seconde. Il choisit de rentrer. Il s'était battu, il avait vu des hommes mourir autour de lui, par chance il ne se trouvait pas parmi les cent mille cadavres que les fossoyeurs civils et militaires avaient mis en terre. Son pays était vaincu, que faire de plus ; Louise et l'enfant à naître l'attendaient, il était temps de reprendre le chemin du village.

Jérémie fut démobilisé, comme la plupart des soldats qui n'avaient pas été faits prisonniers ; il rendit son fusil et son uniforme à Limoges, eut le droit de garder les sous-vêtements et les gants en souvenir. Il trouva très étrange de voir des soldats allemands devant la préfecture et la gare, et prit enfin le train pour Niort, un mois et demi après la permission prévue, amaigri, épuisé, avec dans le regard la grisaille hagarde de ceux qui ont vu le feu.

Louise priait secrètement pour qu'il soit mort ; le désordre de ces journées était tel qu'il était impossible d'avoir des nouvelles de qui que ce soit. Des réfugiés s'étaient installés çà et là, pour d'étranges vacances tragiques : certains avec matelas, vêtements, provisions ; d'autres, sans rien, dormaient à la belle étoile et tournaient en rond, perdus, sans savoir s'ils devaient ou non rentrer chez eux, à trois ou quatre cents kilomètres de là.

À La Pierre-Saint-Christophe, on avait eu la surprise de voir arriver un beau matin un autocar rempli d'orphelins venus du Nord : les gamins étaient en chemin depuis quinze jours, le bus sentait plus fort qu'un poulailler ; le chauffeur avait été rattrapé, puis largement dépassé par les troupes allemandes, ce qui eût donné à cette fuite un côté comique si l'on n'avait pas été au milieu de la guerre, de la peur et de la destruction. On accueillit les enfants comme on le put, promettant de les renvoyer à la fin des hostilités, et le chauffeur repartit dans l'autre sens, avec des tapes dans le dos et une provision de saucissons pour la route, sans que l'on réussisse à comprendre pour quelle raison il avait déposé là son bruyant chargement – on s'aperçut que les orphelins n'en étaient pas, qu'ils avaient tous à les entendre des familles, qui à Charleville, qui à Rocroi, qui à Auvillers-les-Forges, autant de noms exotiques et lointains. On les répartit dans La Pierre-Saint-Christophe et les bourgs alentour comme une denrée précieuse, la jeunesse de la patrie en danger, tout comme on avait accueilli, l'année précédente, les soldats polonais en exil après l'invasion de leur pays par les Allemands : plusieurs milliers avaient campé, avec force chevaux, près de Parthenay, avant d'aller se battre autour de Belfort et de finir, pour le restant de la guerre, cantonnés en Suisse.

Jérémie arriva à Niort fort tard, de Limoges via Poitiers. L'heure était bien trop avancée pour espérer trouver un transport en commun. Il était cependant déterminé à parvenir chez lui la nuit même, aussi se rendit-il dans les estaminets qu'il connaissait, autour du marché, et but un ou deux petits verres ; tomba-t-il sur une tête connue, on l'ignore ; tout ce que l'on sait c'est que, bravant le cessez-le-feu, il parvint au village vers minuit, après une course de près d'une heure sur une bicyclette empruntée. Le parfum des moissons envahissait la nuit d'été aux étoiles limpides et inquiétantes. Jérémie sentait son cœur battre. Il allait revoir sa femme, surtout le ventre de sa femme, qui devait être bien gros, maintenant ; il espérait que cette naissance efface les humiliations, la souffrance et la frayeur, pas seulement les commérages, mais aussi les souvenirs des combats, de la Manche enflammée, des bombes ; il espérait pouvoir dès le lendemain moissonner avec les autres, et mettre les gerbes de son beau-père en grenier en attendant la batteuse, comme l'année précédente et l'année d'avant ; ensuite son fils (il savait que ce serait un fils) naîtrait, et voilà. La petite maison de pierre où résiderait Lucie soixante-dix ans plus tard était plongée dans l'obscurité ; Jérémie hésita à frapper à la porte, ou à crier ; il n'osa pas ; il fit le tour pour passer par l'étable, dont la porte restait toujours ouverte, et ne pas effrayer Louise et le bâtard, qui dormaient sans doute.

La barre de bois devait être mise, car il pesa de tout son poids sur le montant sans succès. C'était la guerre après tout, Louise avait bien raison de se barricader. Il retourna devant l'entrée et se résigna à toquer ; doucement d'abord, puis, à mesure qu'il n'obtenait pas de réponse, de plus en plus fort. Il finit par cogner du poing, un moment, avant d'avoir honte d'être ainsi devant chez lui, à frapper comme un étranger, comme s'il était parti depuis des années. Désemparé, il imagina des catastrophes ; il vit Louise morte, emportée par les fossoyeurs vers l'autre monde, lui à qui les cadavres étaient devenus familiers. Il pensa bien sûr à se rendre chez ses beaux-parents, ne pouvait accepter de s'humilier, là, tout de suite, jouer l'homme qui revient de loin et ne trouve pas sa femme, mais il finit par s'y résoudre, il n'y avait point d'autre solution. Il remonta donc la rue du Château en direction de la ferme du père de Louise, et passa devant un des trois cafés du village, qui fermait ; le fils du maréchal-ferrant Poupelain était là, dehors, à profiter de la tiédeur du soir en compagnie de Chaudanceau le facteur ; ils avaient dû bien boire, car ils le hélèrent sans retenue malgré l'heure tardive, Jérémie, Jérémie Moreau, et ils lui firent la fête comme deux chiots, dansant autour de lui et l'entraînant par la manche jusqu'à l'intérieur du rade, où le vieux Longjumeau était en train de nettoyer son comptoir : il leur jeta un regard noir, puis il reconnut Jérémie et dit, ah beh te v'là, paraît que t'as perdu la guerre, mon couillon, le visage de Jérémie se glaça, et Longjumeau ajouta, allez, l'est ma tournée, c'est toujours ça que les Boches y prendront pas. Jérémie était tendu ; tous trois le pressaient de questions, sur le front, sur la défaite, sur les frères Chaigneau, dont on ne savait rien depuis les Ardennes, ce qui paraissait une éternité ; ils le mirent au courant des affaires du village, de ceux qui étaient déjà revenus (Patarin père, qui avait servi près de Limoges, démobilisé sans avoir vu les Allemands ; Lebeau, blessé pendant l'hiver, un pied gelé, réformé ; Bergeron, au Stalag ; Belot et Morin, arrivés hier par camion, et même Marchesseau le vétérinaire, appelé pour soigner les mules d'un régiment d'artillerie, qui s'était débrouillé pour rentrer par ses propres moyens) et de ceux qui manquaient encore, dont lui, Jérémie, qui croyait naïvement que l'embarras de ses interlocuteurs était dû à leur culpabilité de ne pas être allés à la guerre, alors qu'ils le pressaient de questions pour éviter de parler de Louise et du simulacre d'enfant, que bien sûr ils connaissaient tous, car ils avaient des femmes, des mères et des sœurs pour les mettre au parfum. Ils ne demandaient pas à Jérémie où il allait, ni ce qu'il faisait là à cette heure tardive, au lieu d'être chez lui auprès de sa femme, et Jérémie, s'il n'était pas très intelligent, était suffisamment perspicace pour deviner que quelque chose ne tournait pas rond ; il commença à avoir honte, il se sentait à moitié soûl, soûl et épuisé ; il sécha son troisième godet et alors que, selon des us et coutumes universellement admis, c'eût été à son tour de remettre ça, il prétexta que sa femme l'attendait pour s'éclipser, laissant les trois autres la bouche ouverte de surprise, sans qu'ils osassent rien dire pour le retenir.

Jérémie tituba un peu dans la nuit de juillet, ramassa son sac de toile et marcha jusque chez ses beaux-parents.

La conversation décousue avec les trois gars l'avait au moins rassuré sur un point : Louise était vivante, et Jérémie s'imagina qu'elle s'était peut-être installée chez sa mère pour plus de commodité, ce qui était logique.

À la ferme, de la lumière filtrait encore par les contrevents ; on avait dû veiller ou rentrer tard de la première journée de moisson. Jérémie traversa la cour, quelques volailles caquetèrent, un chien gronda sans aboyer, il s'approcha d'une ouverture où le volet était entrouvert de quelques centimètres, il vit Louise boutonner sa chemise de nuit sur son ventre parfaitement plat, à la lumière d'une lampe à pétrole ; il ne regarda même pas son visage, il observa les doigts de Louise passer les boutons de part et d'autre d'un nombril qui ne laissait pas la place au doute, il ne serait pas père, ni en septembre, ni jamais, cette certitude le paralysa, il resta là, le nez collé au carreau, jusqu'à ce que Louise aperçût l'ombre à la fenêtre et hurlât de frayeur : elle avait cru reconnaître le visage de son mari, elle se plia en deux de terreur en appelant à l'aide – le cri gifla Jérémie, le cingla, et lui qui avait supporté sans presque broncher les obus et les avions allemands prit ses jambes à son cou, il s'enfuit à travers champs comme un voleur de poules, pour finir par s'effondrer un ou deux kilomètres plus loin, abattu par la surprise et l'incompréhension dans le bruissement des blés mûrs.

*

Jacqueline Guérineau dite Lynn était donc (secrètement, personne n'était au courant) la maîtresse de Maximilien Rouvre le plasticien exilé aux champs, et ce depuis quelques semaines déjà, et s'ils l'avaient appris les habitants du village se seraient grandement étonnés de cette liaison ; ils l'auraient jugée contre nature, ou presque, tout comme les amis et connaissances parisiennes de Max auraient ouvert de grands yeux, sans parler du gros Thomas, qui aurait craché secrètement dans les verres de Maximilien par jalousie s'il avait eu vent de leurs ébats (c'est du moins ce que disait l'artiste, avec un léger sourire pervers), seul David Mazon l'anthropologue aurait analysé cette liaison avec un regard plus objectif, et serait parvenu à la conclusion qu'au-delà de l'apparente différence de classe, tous deux étaient aisés et appartenaient au secteur tertiaire, travailleurs indépendants et créatifs, chacun à leur façon, et que donc leur union était économiquement probable, bien que culturellement surprenante. Lynn voyait cela d'une autre façon : l'attirance bien naturelle d'un Capricorne comme Max pour les natives du Cancer, attirance des opposés astraux, forte et solide, tels les aimants qu'un coup du hasard retourne : ils sont alors impossibles à séparer. Maximilien, quant à lui, n'analysait rien ; il appréciait Lynn, son corps magnifique, certes, mais aussi plus simplement sa présence, sa compagnie, sa générosité et aussi l'originalité de son regard sur le monde, qualités que le machisme dont il était enduit ne parvenait pas à appeler altruisme, subtilité et intelligence. Lynn souffrait beaucoup de la futilité que certains prêtaient à sa profession et à ses représentants – Max n'avait jamais fait de remarques méchantes concernant son office, qu'il rapprochait de la sculpture. Max était plutôt, aux yeux de Lynn, l'homme parfait, un peu enfantin certes, mais avec "un bon fond", comme elle disait ; Max quant à lui s'imaginait à la fois viril dans le déduit et tendre après, ce qui, croyait-il, était l'essentiel. Ils étaient donc amants depuis quelques semaines, et Lynn espérait secrètement, sans trop y penser, ni surtout bien évidemment sans rien en dire à Maximilien, que cette affaire durât : aussi lorsqu'elle se retrouva face à face avec l'immense mur couvert d'horreur fut-elle non seulement choquée, mais aussi déçue, car pour elle cette révélation mettait bien évidemment un point final à leur histoire. Elle aurait supporté, à la rigueur, de découvrir les heures et les heures de pornographie que recélait l'ordinateur de Max, ses goûts pour les seins démesurés et les femmes obèses, des Rubens ! aurait-il dit, dont les bourrelets et les mamelles remuaient en cadence sous les coups de boutoir acharnés des professionnels, mais cela, les atrocités suspendues dans l'atelier, cela dépassait l'imagination. C'étaient surtout les motivations de Maximilien qui lui échappaient. Pourquoi autant de photographies monstrueuses ? Il ne faisait pas de doutes qu'il s'agissait d'un phantasme pervers dont elle aurait bientôt fait les frais. Rien que de l'imaginer, au volant de sa voiture, elle eut envie de vomir ; deux larmes s'immiscèrent au coin de ses yeux. Quelle connerie, pensa-t-elle, car la déception était à la hauteur de ses expectatives conjugales et, en arrivant chez elle à Niort un quart d'heure plus tard, elle se doucha longuement, se changea, envoya à Lucie une série de messages saupoudrés d'émoticônes pleurant et vomissant, puis reprit sa voiture (elle allait être juste à l'heure pour son rendez-vous avec ce pervers de bistrotier) et essaya d'oublier dans le travail la vision d'horreur de ce matin-là.

*

Martial Pouvreau referma à clé le funérarium où reposait, au creux de deux modestes bières parisiennes, le jeune couple décédé l'avant-veille, doucement asphyxié par les émanations de monoxyde de carbone d'un poêle mal installé, morts sans s'en apercevoir, au beau milieu d'un rêve achevé dans un définitif fondu au noir ; ils n'avaient pas eu conscience de passer par le chaud, le froid, les différentes couleurs précédant la Claire Lumière, qu'ils n'avaient pas aperçue, leur être subtil se retrouvant projeté, après un bref passage par le Bardo, monde entre les mondes, vers une renaissance immédiate dans les corps de jumeaux, garçon et fille, nés dans une clinique de Niort, attrapés par un obstétricien adroit, puis confiés à un père à la fois fasciné et dégoûté qui ne pouvait détacher son regard du sexe écartelé de sa femme, incrédule, comment une telle ouverture pouvait-elle laisser passer deux corps entiers, même frêles et sanguinolents : son épouse avait la sueur au front, les yeux pleins de larmes, elle tendait les bras vers ces enfants qu'elle venait d'expulser avec douleur, et qu'un jour aussi les fossoyeurs immortels porteraient vers leur tombeau, comme ils s'apprêtaient à enterrer, l'après-midi même, le jeune couple crevé reposant dans la pièce voisine, et buvaient donc tranquillement, à l'atelier, assis sur des marbres à graver, en attendant l'heure ; ils s'envoyaient de sérieuses rasades de gnôle, au goulot, et se passaient la bouteille – dès que l'un des trois la conservait plus longtemps qu'il n'aurait dû les deux autres grognaient d'impatience, car le temps pressait, le temps presse toujours malgré la tâche identique, mettre en terre ou mener aux flammes les dépouilles mortelles, et les besogneux aux longues figures bavardaient en se soûlant, ils parlaient du Banquet, qui aurait lieu bientôt, dans trois mois, au printemps, comme tous les ans depuis que le monde est monde, et on rigolerait un peu, on boirait sec et on mangerait dur, et il n'y aurait pas de cadavres pendant trois jours, car personne ne meurt jamais au moment du Banquet de la Confrérie des fossoyeurs, c'est bien connu, c'est le cadeau de la Camarde à la Confrérie, ces jours de repos, ces festivités loin du trépas, c'est la Noël des sinistres, la Saint-Nicolas des longues figures. Trois mois cela peut sembler beaucoup, mais pour eux l'hiver était une saison d'impatience, où ils buvaient plus que de coutume, parce qu'on avait froid, parce que les poignées des cercueils étaient gelées, le marbre plus glacé que d'habitude et la terre, difficile à creuser malgré le minuscule bulldozer qui était leur seul jouet, alors ils se réchauffaient en pensant que le Banquet approchait et qu'ils viendraient tous, les fossoyeux, les gardiens de cimetière, les croque-morts en cravate, les chauffeurs de corbillards de luxe, qu'on dirait les paroles rituelles et qu'on se précipiterait sur la boisson et la nourriture en racontant des histoires, en philosophant, et qu'on oublierait, deux nuits durant, que la Roue tourne et que tous les humains finiraient sur leurs épaules, car personne n'y échappe : quoi qu'il advienne à l'âme matière subtile, le corps s'en retourne toujours aux mains des enterreurs.

Ils parlaient peu des circonstances des décès ; ils s'apitoyaient parfois sur la grâce des courbes d'une telle, qu'ils caressaient doucement du bout du doigt ; ils se moquaient des pieds bots, des formes désespérées que peuvent prendre les attributs virils, recroquevillés ou tordus ; ils déchiffraient les tatouages, observaient les pilosités, les verrues, les grains de beauté ; ils comptaient toujours les orteils et riaient comme des enfants s'ils en trouvaient un surnuméraire, heureux présage et signe d'abondance. Ils laissaient les montres et ne volaient que les chaînes de baptême, les gourmettes et les chevalières, quand on les oubliait ; parfois ils s'appropriaient qui une belle chemise, qui une cravate, ce n'était point de la malhonnêteté, mais du respect. Les tocantes modernes battaient longtemps dans les tombes, autour de poignets sans chair, deux ans ou même plus, qui sait, et les concierges des cimetières expliquaient toujours, au moment du Banquet, que ce rythme assourdi vibrant en terre leur était une agréable compagnie et que les alarmes des montres à quartz leur rappelaient l'heure du casse-croûte, si d'aventure ils l'oubliaient.

Le troisième, le plus jeune, attendait son tour en fixant la bouteille, l'œil avide et les mains tremblantes ; il n'osait rien dire, pour le moment, mais observait le niveau de gnôle baisser dangereusement dans le récipient, ce qui énervait son aîné : celui-ci ne se pressait donc pas et tétait à longs traits la fillette, pour le faire enrager, jusqu'à ce que le petit, n'y tenant plus, grognât, alors, ça vient ? La marque d'irrespect énerva le plus âgé, qui avait l'alcool mauvais, puisque c'est ça, tu passes ton tour, et il prit d'autorité le flacon que l'autre paraissait enfin disposé à lâcher. Le petit se renfrogna, se leva, jura, cracha par terre en voyant le premier fossoyeur ingurgiter la rasade qui lui revenait de droit, ce ne sont pas des manières, non, et son désarroi fit bien rigoler les deux autres, qui commençaient à être à demi ronds : magnanime, on lui laissa un fond d'alcool ; il attrapa le litre comme une poupée, une jeune fille un soir de bal, le serra contre lui, le porta doucement à ses lèvres pour le torcher d'une seule lampée. Puis il balança tristement la boutanche à l'autre bout de l'atelier, vers une grande poubelle en plastique vert où elle éclata au milieu de ses petites sœurs dans un boucan d'enfer, ce qui déclencha la blague habituelle, Bon Dieu, tu vas réveiller les voisins, et ils rirent tous trois de bon cœur. L'heure approchait ; d'ici peu il allait falloir s'habiller, endosser les costumes noirs et les chemises blanches, vérifier qu'on était bien rasé ; ensuite on se parfumerait l'haleine en ingurgitant, parcimonieusement et chacun son tour, une courte gorgée de *Cuir de Russie*, parfum de prix avec lequel on ferait des gargarismes, ça brûlait la gueule encore plus que la gnôle, et on l'avalerait, et on pousserait un petit ah de soulagement avant de constater, en soufflant dans sa pogne, qu'on sentait bon et ainsi prêt et sur son trente et un, on attendrait que le patron revienne. Alors seulement commencerait le travail proprement dit, quatre coups de visseuse aux coins des cercueils, après avoir vérifié (on avait déjà vu des oublis fâcheux, qui menaient ensuite à des arrangements compliqués) que les corps étaient bien à l'intérieur ; on amènerait le corbillard devant la porte, avec ou sans la famille autour, selon le cas ; puis on refermerait le hayon du véhicule, après avoir placé une (ou plusieurs, tout dépend) couronne sur les bières. Enfin (discrètement s'il y avait du monde) on se battrait pour savoir qui conduirait cette fois-ci, car c'était la partie agréable du métier, celle où l'on était tranquille dans la cabine d'une voiture plutôt luxueuse à écouter la radio pendant que le patron piquait un petit roupillon sur le siège passager, et que les deux autres suivaient (discrètement toujours) aux commandes d'une vieille bagnole en ruine contenant le matériel nécessaire pour reboucher la fosse creusée le matin même. Arrivés à l'église concernée Martial le patron deviendrait maître de cérémonie, selon l'appellation officielle ; il répartirait les rôles, aurait une petite phrase pour chacun des éplorés ; on installerait les fleurs, et avec un peu de chance il y aurait des volontaires pour porter les cercueils dans l'église, ce qui éviterait aux besogneux enivrés de se coltiner les macchabées pour les installer aux premières loges d'un spectacle toujours identique dont ils ne profiteraient pas. Ensuite on irait au cimetière, Martial tiendrait un discret petit laïus à l'assistance décontenancée pour lui expliquer qu'elle pourrait, selon l'envie, toucher le cercueil ou jeter un peu de terre dessus, ultime geste, dernier adieu ; c'est à ce moment-là que les pleurs redoubleraient et que les fossoyeurs, cœurs d'artichaut, éviteraient de regarder l'assistance et descendraient les crevés dans la tombe, avec les cordes. On attendrait impatiemment que les spectateurs s'en aillent et, tranquille, en partageant la boutanche de l'amitié généralement offerte, car telle était la tradition, par le gardien du cimetière, s'il y avait un gardien de cimetière, on reboucherait le trou à grandes pelletées assez peu respectueuses, ou on refermerait le caveau, selon les cas, et l'affaire serait faite, et on s'en rentrerait, et on n'en parlerait plus.

*

Lucie répondait avec sincérité au jeune ethnologue, malgré toutes les réticences qu'elle avait à se mettre en avant, parce qu'elle jugeait sa vie plutôt dénuée d'intérêt. David écoutait attentivement, en prenant quelques notes ; le grand-père ressassait mentalement sa sinistre histoire, comme toujours, assis sur sa chaise en paille crevée, devant la cheminée ; il revoyait les images de sa mère Louise, de Jérémie, de tous ceux que les fossoyeurs avaient depuis longtemps portés en terre, et ces visages se mélangeaient dans l'esprit du vieillard ; il ne distinguait plus vraiment sa fille de sa femme, sa petite-fille de sa mère, toutes ces figures féminines n'en faisaient plus qu'une, elles tournaient devant les yeux de l'ancêtre comme des fantômes indistincts, et il regarda Lucie sur son siège, une lueur de désir tout aussi indistincte lui traversa l'esprit comme les flammes dansant dans l'âtre, et il se gratta immédiatement le sexe à travers le pantalon, ce qui aurait choqué le jeune scientifique si d'aventure il avait remarqué le geste, car malgré son érotomanie il était étrangement prude, contradiction de façade – pendant que Lucie lui racontait sa vie, son enfance, ses études au lycée horticole de Sainte-Pezenne emprès Niort, ses débuts dans l'agriculture, David plongeait son regard dans l'échancrure de sa chemise, entre ses seins, quasi malgré lui, en feignant de vérifier que l'enregistreur, posé juste devant la poitrine de Lucie, fonctionnait. David Mazon se disait d'ailleurs (Lucie poursuivait ses souvenirs, ses premiers contacts avec la terre, ses parents, sa famille et ses amis d'enfance) qu'elle avait des atours plus rebondis qu'on n'aurait pu croire de prime abord, ce qui était, comment dire, une bonne surprise, et l'esprit de David se mit à battre la campagne, le regard fiché comme un fanion ou un stylo entre les plis de chair – son imagination n'avait aucune limite en la matière.

Ou presque. Bien sûr il ne pouvait imaginer, pas plus que l'intéressée elle-même, que Lucie avait été, au cours de ses vies antérieures, une protestante victime des dragons de Louis XIV, un révolutionnaire endiablé mis à mort par le Comité de salut public, un poilu écrasé par un obus et une foule de paysannes et de paysans, certains morts dans leur lit, certaines en couches, d'autres de maladies ou d'ivrognerie, d'autres encore dans d'atroces accidents de carrioles ou des suites de terrifiantes blessures, la plupart sans le secours de la médecine mais presque tous religieusement, quelle que fût leur version de cette religion. Lucie et David s'étaient peut-être croisés une infinité de fois dans leurs vies précédentes et se croiseraient peut-être à nouveau au cours de leurs existences futures, sans jamais s'en souvenir, mis à part un étrange sentiment de déjà-vu qui saisissait parfois Lucie lorsqu'elle prenait le jeune ethnologue en flagrant délit de contemplation de ses seins – elle continuait tout de même à raconter son enfance dans ce petit village quelques kilomètres plus au sud, au détour d'une boucle de la Sèvre, Sainte-Pezenne, d'après le nom d'une vierge belle et oubliée que les chrétiens appellent Pexine, Pezenne ou Pazanne, pieuse espagnole, dit la légende, venue se perdre dans les marais aux alentours de l'an 800, fuyant les Sarrasins – cette Pechina, du nom de la coquille des pèlerins, s'installa avec les vierges Macrine et Colombe dans un moutier près de la ville de Niort où toutes ces beautés rassemblées attirèrent la concupiscence d'un noble appelé Olivier : Olivier chercha à s'approprier ce qui n'appartenait qu'au Seigneur, et obligea ces fleurs parfaites à fuir devant les gens d'armes venus les enlever. Après sept jours de marche pénible entre la plaine et les marais, Pexine-Pezenne mourut d'épuisement contre l'épaule de son amie Macrine. Ses restes furent transportés jusqu'à un village appelé alors Tauvinicus qui finit par prendre le nom de la sainte – sainte dont Lucie ignorait tout ou presque ; elle ne savait évidemment pas comment les reliques de sainte Pezenne avaient échoué à l'Escorial en Espagne, près de Madrid ; elle ignorait tout du "retour" d'une phalange de cette vierge en 1956, envoyée par la poste à Poitiers dans une boîte d'allumettes de ménage *La Golondrina* recouverte de velours violet et remplie de coton, avant qu'on ne lui trouve un beau reliquaire doré, une belle châsse vitrée pour réintégrer l'église, où Lucie aurait pu la voir lors de sa première communion. Elle oublia bien sûr tout à fait le sublime osselet qui ne prenait pas souvent l'air, sauf parfois le 26 juin, lorsqu'on fêtait la sainte à la coquille, juste avant les moissons.

L'église et le presbytère de l'enfance de Lucie se trouvaient à peu de distance de son école, vénérable bâtiment au toit d'ardoise et bancs de bois dont la cour s'ouvrait sur un bosquet de marronniers descendant en pente raide jusqu'à la rivière – les marronniers fournissaient les armes et le champ idéal aux batailles de l'enfance ; la déclivité et le cours d'eau n'empêchaient en rien, bien au contraire, la tenue d'affrontements titanesques, avec force branches, bâtons, pierres et élastiques. Lucie arborait d'ailleurs encore au beau milieu du front la fière marque d'une de ces escarmouches, la cicatrice laissée par un marron qu'un lance-pierre avait propulsé avec suffisamment d'énergie pour qu'il lui entame la peau et que ses yeux, comme chez Homère, se voilent de rouge avant d'entrer dans l'obscurité. David n'avait pas remarqué le petit durillon entre deux rides, souvenir de combats glorieux : le sang coulait abondamment de la blessure de Lucie ; elle était allongée dans les feuilles mortes, le corps en travers de la pente, la tête contre une racine, évanouie non pas à cause du choc mais de la peur, de la frayeur de l'hémorragie, et ses camarades la regardaient, pâles eux aussi autour d'elle, la veillant sans oser la toucher pendant qu'un Sioux (panache en plumes de pigeon et de poule scotchées sur du carton découpé, tomahawk figuré par un lourd marteau Peugeot rouillé, dérobé dans la boîte à outils paternelle) remontait la pente pour aller chercher du secours en la personne d'une des dames de la bibliothèque devant l'école, qui fila son collant à une branche avant de se tacher de sang en prenant l'enfant dans ses bras, celle-ci s'éveilla immédiatement – Lucie échappa aux fossoyeurs malgré le projectile en plein front, plus chanceuse que les géants d'autrefois. On lui interdit de jouer dans le petit bois pentu, on lui interdit de faire provision de marrons de cour d'école, futures armes de vengeance et l'on finit même par abattre ces marronniers coupables d'avoir fourni des munitions à des générations de cancres, pour les remplacer par des érables, dont les samares tomberaient comme des hélicoptères abattus sur le goudron de la cour.

La ferme des parents de Lucie se trouvait quelques centaines de mètres au nord-ouest, juste avant que la plaine ne plonge dans les méandres de la Sèvre, un territoire aujourd'hui couvert de pavillons de toutes formes et toutes couleurs là où, près de trente ans auparavant, résistaient encore quelques exploitations agricoles, plates et sans haies, qui alignaient leurs andains de luzerne ou de foin et élevaient leurs pyramides de vieux pneus dans lesquels on construisait des cabanes et des tunnels, en délogeant des colonies entières de mulots, souvent si nombreux que le chat ne savait plus où donner de la patte. C'est peut-être parce que son père était éleveur que Lucie avait choisi l'horticulture et le maraîchage, loin de la production animale, des replis de la vie et de la mort, des odeurs de désinfectant et de caillé, de bouse et de sang – loin aussi des miracles de l'enfance, le premier vêlage pour lequel son père était venu la tirer du lit, naissance finalement si difficile que tout le monde l'avait oubliée, en pyjama et avec son ourson, les pantoufles dans la paille, quand malgré la vêleuse (extrémités du veau attachées par deux sangles, mécanisme de traction à levier) il s'était avéré que l'animal était coincé dans le bassin de sa mère et qu'il avait fallu l'aide non seulement du vétérinaire mais aussi des voisins pour changer la vache de position : lorsqu'en fin de compte on avait balancé un seau d'eau sur la tête du veau tout gluant, puis versé encore de l'eau glacée dans ses oreilles pour le stimuler, lorsqu'il s'était enfin mis à respirer et à remuer, personne n'aurait pu ni arracher sa peluche à Lucie, ni la convaincre que ce spectacle était beau ou miraculeux ; nécessaire, très certainement, mais bien loin de l'enchantement qu'on lui avait prédit, elle en ressentait la souffrance et en pressentait la banalité, une âme succède à une âme dans un corps qui, à peine né, porte déjà les signes de la mort, le sang et la glaire.

Lucie percevait intimement (sans jamais réussir à se l'exprimer) les mouvements de la Roue, qui porte les êtres de mort en naissance et de renaissance en mort, toujours dans la douleur, des mains sanglantes des accoucheuses jusqu'aux épaules des fossoyeurs aux longues figures, vers la terre ou le feu, sans avoir les moyens d'échapper au Destin, et elle rêvassait en répondant aux questions de David Mazon, tout comme l'ancêtre son grand-père sur sa chaise, les yeux dans la cheminée, la main à l'entrejambe, perdu dans ses souvenirs, ne pouvait savoir qu'il ne lui restait que quelques mois à vivre, qu'il trépasserait au printemps, juste avant le Banquet annuel de la Confrérie des fossoyeurs : il se lèverait un matin à l'aube pour trouver, sur la table de la salle à manger, bien disposés, une gigantesque bouteille de gnôle et une boîte de chocolats belges, entourée d'un joli ruban rouge ; le vieillard se gratterait la casquette, incrédule, en regardant autour de lui pour voir s'il découvrait la raison d'un tel cadeau, mais personne ne serait là pour lui donner des explications ; il hésiterait un moment, retournerait les chocolats en tous sens, caresserait la bouteille du doigt, du col jusques au cul ; puis il mangerait une première douceur, avec un petit grognement de plaisir, la ganache serait délicieuse, le sucre commencerait à se répandre dans son estomac ; sans pouvoir s'en empêcher, il se taperait la boîte entière, comme un enfant, vite, très vite, de peur que quelqu'un n'arrive, mais personne ne viendrait, et alors, pris d'une soif incommensurable, debout, droit, arbre fragile, il saisirait la bouteille d'eau-de-vie comme il l'avait fait autrefois, comme il l'avait toujours fait, il arracherait le bouchon de liège d'une main sûre, porterait le goulot à ses lèvres tremblantes, se débloquerait la glotte pour ingurgiter le litron interdit, à grands flots, grande pente, et il le viderait, il le viderait si vite et si avidement qu'un spectateur aurait crié au miracle, Montjoie, Saint-Denis, et le grand-père soufflerait, puis il roterait, son dentier se déplacerait une dernière fois en avant, ses yeux s'en iraient vers le plafond et il s'effondrerait, vaincu par le coma, dans un grand bruit de chair morte et de verre brisé.

*

Marcel Gendreau l'instituteur écrivain attendit donc impatiemment les commentaires des notables et des journalistes.

Les réactions furent bien au-delà de ses espérances.

Si le maire reconnut la majorité des personnages et s'amusa grandement de certains portraits, ce ne fut pas le cas de son épouse, qui se vit dépeinte en commère peu charitable, responsable d'une partie des malheurs de Louise ; elle s'en plaignit immédiatement à son mari et exigea, sinon la disparition de l'ouvrage, du moins sa réécriture totale, ce qui mit l'édile dans l'embarras.

Le vétérinaire ne reconnut dans le roman que la femme du précédent, mais cela suffit, dans un premier temps, à le divertir au plus haut point, avant que sa propre compagne, par solidarité, ne se fît l'écho des jérémiades de madame le maire et ne lui causât, elle aussi, de l'embarras.

Les journalistes locaux étaient peu portés sur la littérature, mais assez friands de scandale ; ils cherchèrent donc à savoir ce qu'il pouvait y avoir de réel derrière cette histoire sinistre, et décidèrent par commodité que tout y était vrai, résumant le contenu du livre dans une longue note intitulée *Lady Macbeth au village*, ce qui n'avait rien à voir, mais sonnait bien, en omettant de préciser qu'il s'agissait du résumé d'un roman.

L'inspecteur d'académie félicita l'instituteur pour son orthographe et sa syntaxe impeccable, tout en l'incitant à la prudence quant à une possible publication à grande échelle de l'ouvrage.

L'imprimeur Chiron, mentionné dans l'article de presse, se vit assiégé de demandes, à tel point qu'il reprit contact avec l'auteur pour lui proposer une petite édition, cette fois-ci à ses dépens.

La femme du maire, alliée à celle du vétérinaire et du maréchal-ferrant, se montra encore plus vénéneuse qu'à l'accoutumée et répandit toutes sortes de bruits horribles sur l'instituteur pour se venger.

Marcel Gendreau s'enferma chez lui, consterné.

Il ne sortait plus que pour traverser la cour séparant son logement de fonction de l'école ; il arrêta pour un temps de jouer à la quille et au palet ; il ne se rendit plus chez Poupelain le maréchal-ferrant, où il avait pourtant glané toutes les histoires qui se trouvaient dans son roman ; il ne fréquenta plus ni les cafés, ni la société de tir, ni l'instruction populaire ; il refusa tout net les sollicitations de l'imprimeur Chiron et essaya d'enrayer la fronde des commères par le silence et la réclusion.

Peine perdue.

La déesse aux cent bouches est un chardon tenace.

Le village savait confusément que quelque chose s'était produit, qu'un scandale était dans l'air, mais comme on lisait peu les journaux, voire pas du tout, on s'en remettait volontiers à la version des trois vipères, selon laquelle l'instituteur s'était vu accusé par la presse de pratiques ignobles, qu'on se garda bien de préciser, car c'était trop horrible, vraiment. Comme il faut bien un fond de vérité à toute rumeur, on ajouta, à voix encore plus basse, presque au creux de l'oreille, que cette affaire atroce avait à voir avec la mort de la pauvre Louise, avec son bâtard de fils, que tout cela tournait autour d'un livre pervers commis par le susdit instituteur, livre que, du reste, personne ou presque n'avait lu. Les femmes du village répétaient ces récits à leurs maris, le soir, en ajoutant des détails de leur cru, détails qu'elles pensaient aller de soi et que les commères n'avaient pas mentionnés uniquement par négligence ; les hommes agissaient de même, dans la cour du maréchal-ferrant, même s'ils évitaient de parler de certains aspects, car entre eux ils étaient pudiques, bien plus que leurs épouses.

L'absence soudaine de Marcel Gendreau chez ce même maréchal-ferrant, à la boule ou aux parties de cartes de l'apéritif était la preuve que quelque chose n'allait pas, et on prit acte de son absence, aveu silencieux d'une faute atroce, dont l'imprécision augmentait grandement l'horreur.

On retira les enfants de l'école.

Le maire s'inquiéta de la tournure des événements, et il en parla à Marchesseau le vétérinaire, lequel trouvait la situation tout à fait ridicule, mais bien difficile à enrayer ; il promit d'avoir une conversation avec son épouse, laquelle lui raconta une histoire bien différente de celle qu'il avait lue dans le livre, mais qui l'impressionna grandement. Il essaya mollement de la raisonner, tout en lui accordant, par lâcheté autant que par paresse, le bénéfice du doute.

Le pauvre fils de Louise était devenu le centre d'attentions sinistres, qui alternaient entre la moquerie, la colère et un fond de pitié coupable, de ces culpabilités collectives qui se transforment si vite en ressentiment ; le jeune homme n'y comprenait rien et se contentait de hausser les épaules en crachant par terre, ce qu'on interprétait comme une haine féroce à l'égard de l'instituteur.

Lorsque Marcel Gendreau vit augmenter de façon exponentielle le nombre des absents dans sa classe unique et découvrit avec tristesse que le jeudi après-midi personne ne se présentait pour le football, il comprit qu'il avait commis une erreur et résolut de changer de stratégie. Le respect que pouvaient inspirer ses lettres et sa fonction était au fond teinté de crainte, après tout il n'était pas du lieu, ses études et sa culture pouvaient facilement se transformer en fossé infranchissable entre le village et lui. Loin d'imaginer les ragots et les médisances, il décida de faire face, et retourna, un soir, à l'heure de l'apéritif, au café Longjumeau. On jouait au trut en buvant des petits verres quand l'instituteur fit son entrée ; les cartes restèrent en l'air et les bouches entrouvertes ; on observa sans comprendre Marcel Gendreau retirer son pardessus et sa casquette pour les suspendre au portemanteau ; Longjumeau reposa la bouteille sur le comptoir sans finir de servir le blanc. Marcel Gendreau déglutit, et se disposa à avancer jusqu'au bar.

Tous le toisaient en silence.

Une bûche craqua dans la cheminée, le parquet grinçait sous les pas de l'instituteur.

Il marcha jusqu'au milieu de la pièce et baragouina bonsoir la compagnie, ce qui lui parut immédiatement ridicule.

Longjumeau le fixait d'un regard hostile ; Marcel détourna les yeux, chercha un visage amical, n'en trouva aucun.

Il resta quelques secondes immobile, attendant que quelque chose se produise, une réponse à son salut, un sourire, un geste ; il reconnut Patarin le charcutier et Bergeron, qui s'empressèrent de fixer le plafond ; il reconnut Poupelain le maréchal-ferrant et le grand Chaigneau, qui claquèrent brutalement leurs cartes sur la table.

Soudain pris d'une honte terrible, Marcel Gendreau fit demi-tour, attrapa vite son pardessus, enfonça sa casquette pour cacher ses yeux larmoyants et sortit sans refermer la porte.

*

Lorsque les deux gendarmes quittèrent le Café-Épicerie-Pêche du gros Thomas, requinqués par le petit coup de calva clandestin, ils remontèrent dans leur estafette et prirent le plus long chemin possible vers Coulonges en parlant, comme à l'accoutumée, de leur retraite prochaine et des festivités qu'ils organiseraient alors ; l'un des deux avait déjà repéré, sur un catalogue, le bateau et la remorque qu'il s'offrirait pour cette occasion unique – il possédait déjà une petite cabane de pêche au bord de la Sèvre, dans le Marais ; il avait toujours désiré une jolie embarcation, et surtout le temps d'en profiter ; il devisait donc, avec son collègue lui aussi grand prédateur de goujons, perches et autres gardons, à défaut de sandres et de brochets, des prises miraculeuses que lui permettrait sa barcasse, tout en guidant son véhicule avec précaution sur les chemins de remembrement. La neige tombait à gros flocons, ce qui les ennuyait, car on allait sans doute avoir du travail les jours prochains, vérifier l'état des routes, secourir des automobilistes accidentés, et ainsi de suite, le seul avantage étant que l'on pourrait se réchauffer en compagnie des déneigeurs et saleurs de l'Équipement, toujours bien outillés en matière de gnôle. Ils achevaient de gravir la pente très douce de la plaine, avant d'obliquer vers l'ouest et la ville, tout à leur conversation, lorsque le conducteur avisa une forme obscure qui traversait rapidement un champ, courbée en deux comme un soldat, pour se dissimuler dans une haie. Il demanda immédiatement à son camarade s'il avait aperçu quelque chose, l'autre répondit quoi, rien, mais mû par un réflexe qu'on aurait pu appeler professionnel le chauffeur tourna à gauche pour en avoir le cœur net, sur une voie encore plus secondaire, ce qui irrita son compagnon, qu'est-ce que tu fous, bon sang, y a rien, je te dis : l'autre répliqua, mais j'ai pas la berlue, quand même, je suis sûr d'avoir vu quelqu'un ; il scrutait la haie à travers la vitre de la portière, malgré les flocons, à s'en dessiller l'œil ; son acolyte soupira et observa lui aussi par-dessus l'épaule de son voisin. Le porcin réceptacle de l'âme du père Largeau gambadait entre deux haies, en plein jour, contrairement à son habitude ; il était gai ce matin-là, les fourrés sentaient l'hiver et le grésil, les oiseaux morts et le grand froid et il courait, le groin presqu'au sol, pour rejoindre le couvert des arbres – il avait entendu le ronronnement de l'automobile, aperçu le mouvement bleu de la fourgonnette, ressenti ses vibrations et décidé de se mettre promptement à couvert, on ne l'y reprendrait plus à sortir le jour, ces régions étaient décidément trop fréquentées, il fallait qu'il s'éloigne, rejoigne le petit bois avec ses trous d'eau, ses soues de boue dans lesquelles il faisait bon se vautrer et surtout ses femelles, car décembre était un des mois du rut, de la violence des combats entre mâles et du long plaisir des accouplements pour les vainqueurs : le sanglier récipiendaire de l'âme du prêtre était un ragot, un jeune solitaire qui allait bientôt rejoindre la laie si désirable ; le désir et la peur lui donnaient des cuissots, ce matin-là, pour atteindre le couvert sans être aperçu des deux pandores dans leur estafette, et les deux bourres hurlèrent de frayeur quelques secondes plus tard lorsqu'un choc violent les projeta tous deux vers le pare-brise de leur panier à salade ; ils jurèrent, s'insultèrent copieusement l'un l'autre, sans comprendre ce qui avait pu se produire, mais il fallait se rendre à l'évidence : le train avant de leur fourgon était comme tombé dans un trou. Ils descendirent avec précaution, effectivement, une tranchée d'environ un mètre de large pour autant de profondeur coupait le chemin en deux ; le véhicule s'y était encastré, pare-chocs coincé, les roues avant dans le vide. C'est ta faute, quel con, dit le second. Attends, j'y suis pour rien, dit le premier. C'est quand même dingue, tu pourrais regarder où tu vas, renchérit le second. Je pouvais pas observer un suspect se carapater vers le transformateur EDF et deviner qu'il y aurait une saloperie de tranchée pas signalée, quand même, maugréa le premier. Ouais, eh beh on est bien avancés, philosopha le second. D'ailleurs il sert à quoi, ce trou, interrogea le premier. À immobiliser les voitures de la gendarmerie, ironisa le second. C'est un fossé antichar. La neige maculait leurs pulls bleu marine ; ils avaient froid, et enfilèrent leurs pardessus réglementaires. Et maintenant, on fait quoi, demanda le second. Eh beh on sort de là, dit le premier en remontant sur le siège du conducteur. Essaye de pousser, ajouta-t-il. C'est ça, tu m'as bien regardé là ? grogna l'autre. Je peux pas conduire et pousser en même temps, plaida le premier.

Peine perdue. Malgré leurs efforts et changement de positions, les deux gendarmes réussirent tout juste à conchier leurs vestes avec la boue que les roues envoyaient à grands jets furieux vers l'arrière.

Ils auraient pu nous donner un 4 × 4, ragea le premier.

Ils savaient pas que c'était toi qui conduirais, rigola le second.

Il va falloir appeler, qu'ils nous envoient quelqu'un, soupira le premier.

Qu'est-ce qu'on va entendre, prophétisa le second.

CHANSON

On tangue toujours un peu, lorsqu'on n'a pas mis le pied sur la terre ferme depuis près de six mois.

Le port de La Rochelle sent la poix, le feu de bois et les souvenirs. Il bruinait à moitié depuis l'île de Ré et maintenant que la frégate est dans le chenal, que les débardeurs commencent à manœuvrer les palans pour remplir les soutes de vivres, de bois de charpente et de poudre, un pauvre soleil astique les pavés des quais et les moellons des deux tours bancales, l'une basse et obèse, l'autre plus haute et guindée, au garde-à-vous, qui ferment le bassin. La matinée est bien entamée et, sitôt la cloche qui le libérait sonnée, le marin a pris la première chaloupe pour se rendre à terre, en manteau, un tricorne sur le crâne, avec douze autres matelots ; il lui semble que le môle roule comme un simple ponton de bois. Six mois qu'il n'a pas fait escale, et cinq ans qu'il n'est pas revenu à La Rochelle. Chez lui. Chez lui jusqu'à présent c'était *La Marseillaise*, cette frégate fragile, le canon qu'il y a chargé, les drisses et les écoutes sur lesquelles il a sué, les compagnons de bordée, les voisins de hamac. Les batailles. Le sang qui imbibe le pont. La sciure. L'odeur de brûlé qui vous reste dans les narines autant que celle du port de La Rochelle. On le bouscule. Hé, Le Rochelais, toi tu connais bien une auberge, une taverne, qu'on aille vider le pot ! Aimery aussi, il est rochelais. Oui, mais il est trop jeunot, c'te nigaud ! Il finit par accepter de les conduire. Après tout, pourquoi pas ? Boire le pot, ce sont des choses qui se font. Être accompagné rendra les retrouvailles plus faciles, pense-t-il. Je connais une bonne auberge, oui. Avec une belle hôtesse et du vin blanc. Pas très éloignée, de l'autre côté du port. Les marins sifflent entre leurs dents et lancent leurs couvre-chefs en l'air. Le Rochelais les guidera donc. Ils sont tous bretons, sauf Pimbeau et Gantier, qui sont normands. Il revoit son départ, cinq ans plus tôt, sur le même quai, les adieux, l'embarquement. Les promesses de lettres, lui qui ne sait pas écrire. La petite corvette *Saint-Jean*, son premier bâtiment, coulé six mois plus tard par une flottille anglaise devant Gibraltar. Les flammes, les cris, la mer glacée assombrie par la fumée et la houle. Repêché par *La Marseillaise*, resté à bord pour remplacer un marin mort. L'entrepont, la lourde compagnie des canons. La guerre dure encore. Presque plus de marine, presque plus de bâtiments, mais il faut encore lutter contre ces satanés Anglais. En tout cas c'est fini pour lui. Il ne rembarquera pas. Il tient, plié dans son gilet, son passeport avec le tampon sec de l'aigle impériale. Le roi, la République, l'Empire, tout cela l'importe peu. Beh Le Rochelais, t'es-t-y pas content de rentrer chez toi ? Ça me fait drôle, c'est tout. Il sourit. Il regarde autour de lui, rien n'a changé ; il reconnaît les maisons, les baraques de la garde qui ferment l'accès au port ; la tour de l'horloge, qui ouvre sur la ville ; les nuages aussi rapides que les mouettes qui planent entre les tours ; trois pêcheurs, des caisses de poissons luisants et des drèges qui sèchent, pendues au bord du quai ; des femmes, des paniers au bras, des fichus, des coiffes qui jettent un coup d'œil rapide au contenu des cageots avant de passer leur chemin ; des enfants couverts de boue qui écrasent des crabes verts d'un coup de talon, s'en servent d'appât pour leurs lignes de fortune et essayent d'attraper les gros mulets qu'on voit tournoyer au fond de la rade ; les cloches de midi qui sonnent, au haut de l'église Saint-Louis, et résonnent, renvoyées par les murailles, comme si elles flottaient quelque part en mer, entre Ré et Oléron. Pas de doute, il est chez lui ; il a été ce gamin jouant dans la boue à marée basse, jusqu'à ce que sa mère l'attrape en hurlant par le col avant de le jeter dans un baquet d'eau glacée pour le décrotter ; il a été ce jeune pêcheur désespéré de la maigreur des prises, ce soldat jouant les fiers-à-bras pour séduire une fille qui n'était dupe de rien. Il commence à rire ; il pousse ses compagnons gentiment du coude, ah il sera bon, vous verrez, le pot de blanc de l'Auberge du Pertuis ! Et tous rient, parce qu'ils sont heureux pour lui, parce qu'ils aimeraient eux aussi revoir Brest, Roscoff ou Fécamp, les femmes, les enfants qui les y attendent. Dis, Le Rochelais, t'avais-t-y pas femme et drôles ? Où c'est-y qui t'attendent ?

Vous verrez, il sera bon le pot de blanc de l'Auberge du Pertuis !

Les cloches, la ville familière retrouvée effacent l'appréhension du retour pour laisser la place à un fort serrement de poitrine. Ils les verront bien assez tôt, sa femme et ses enfants. Avec le pot ! Le blanc ! Puis il laissera ses camarades s'enivrer dans les tavernes sombres de la ville. Sa femme. Ses enfants. Ils doivent être bien grands.

Il ne leur reste qu'à franchir le canal à l'extrémité du port. Et la barrière. Vers Saint-Nicolas.

L'enseigne n'a pas changé. Les rideaux aux fenêtres, il ne s'en souvient pas. La porte lui paraît plus lourde, plus massive ; la troupe de marins s'engouffre en riant dans l'auberge déserte, et s'installe autour d'une des longues tables en chêne. L'odeur lui revient en mémoire. Le ragoût, la soupe de poisson, l'aigreur du vin. Au mur, le portrait d'un vieil homme, avec une pipe.

L'hôtesse est belle, elle a l'air heureuse de voir arriver tous ces matelots. Elle leur sourit. Elle ne fait pas spécialement attention à lui. Il cherche à mettre ses yeux dans les siens. Elle lui verse une rasade de blanc, dans un godet de bois, qu'il sèche d'un trait, pendant qu'elle l'observe. Il retire son tricorne, relève la tête. Il croit la voir trembler. Elle détourne le regard.

Ils boivent tous, à grands traits, le vin blanc de l'hôtesse, un peu tristes de ne pas être à Paimpol, à Roscoff ou à Morlaix, de ne pas avoir la chance d'être rentrés chez soi.

— Alors Le Rochelais, te voilà au pays, Dieu de Dieu !

Ils trinquent à la santé du marin, qui n'a d'yeux que pour la belle hôtesse.

On se donne des petits coups de coude en le désignant du menton.

L'hôtesse a resservi les matelots ; elle leur demande de quel bâtiment ils descendent. De la frégate *La Marseillaise*, pardi ! À quai depuis ce matin.

Navire de guerre, alors, comme mon pauvre mari. Le marin baisse les yeux. Gantier, Pimbeau et les autres la regardent, soudain silencieux.

Mon pauvre mari. J'ai reçu bien des tristes lettres, pour me dire qu'il était mort, que son bateau avait brûlé.

Monsieur, vous ressemblez à lui, dit l'hôtesse avec un sanglot dans la voix.

Un enfant vient d'apparaître, il marche à peine, il titube comme un mousse ivre, finit par s'accrocher aux jupes de sa mère pour ne pas tomber, elle lui caresse tendrement les cheveux et le prend dans ses bras.

Le marin fixe à présent le portrait du vieil homme, avec son brûle-gueule ; voilà à quoi il ressemblera s'il vit vieux.

Il la remercie de son accueil.

Laissez, vous ne me devez rien, dit-elle quand il cherche sa bourse, j'ai plaisir à vous offrir ce vin, en souvenir de mon mari.

C'est un des Bretons qui pose la question, cet enfant, c'est le vôtre, l'hôtesse ?

Oui. Elle affiche un pâle sourire, après la mort de mon homme, je me suis remariée.

Il écoute ; il se lève, s'appuie à la table pour ne pas tomber ; ses yeux sont encombrés de larmes, il bredouille un salut, il chancelle en poussant la lourde porte. Les marins sortent derrière lui, deux d'entre eux lui attrapent les épaules, on tangue toujours un peu, lorsqu'on n'a pas mis le pied sur la terre ferme depuis longtemps. Et tous se taisent, et tous l'emportent ; ils l'emportent se perdre dans les ruelles, dans les tavernes de La Rochelle ; ils ne diront rien, ne parleront pas de l'Auberge du Pertuis, qui les effraie tous ; et le lendemain, encore ivres, ils l'accompagneront à la capitainerie, qu'il appose de nouveau sa croix au bas d'une lettre d'engagement.

III

AND WE SHALL PLAY A GAME OF CARDS…

Lorsque l'énergie vitale de Jérémie le pendu, arrière-grand-père de Lucie, quitta son corps, après un très bref passage par le Bardo, un ensemble infini de séries causales le renvoya dans la vie plus de quatre cents ans auparavant, car il n'y a point de temps dans le Destin, où tout est lié, immense écheveau aux fils invisibles ; il cria en retrouvant l'air et la conscience, en l'an 1551, dans le froid vif de février, sans savoir qu'il venait de croiser l'âme de sa mère du moment, repartie aussitôt dans la Roue, morte en couches les cuisses en sang, ce sang que les fossoyeurs respectueux laveraient avec précautions avant d'envelopper la dépouille dans un suaire immaculé pour la confier à la corruption du cercueil mangeur de chair, adieu mère, belle et douce comme toutes les mères, et il s'en fallut de peu qu'il ne naquît pas ici et maintenant, dans ce manoir glacé de Saint-Maury emprès Pons-des-Charentes, sous le règne d'Henri II, car son père avait hésité longtemps : lorsque le médecin lui avait murmuré à l'oreille que le Seigneur, dans sa grande bonté, permettait que l'on sauvât un des deux êtres qui souffraient, un seul des deux, de son épouse ou de son rejeton à naître, il avait fallu choisir. Le rude huguenot avait eu le plus grand mal à se procurer une noblesse douteuse et décida qu'on allait faire vivre l'enfant, que se propageât sa race : que sa fraîche lignée eût une chance de pulluler, voilà ce qui lui importait ; si l'épouse survivait, il était peu probable qu'elle enfantât à nouveau, mais elle vivante, impossible de se remarier – il sacrifia donc la parturiente pour le fruit de ses entrailles, et l'arrière-grand-père de Lucie hurla alors de nouveau dans le grand froid du monde et oublia bien vite la corde, la chute interminable et le claquement de cervicales qui avaient mis un terme à son existence antérieure quatre cents ans et une cinquantaine de lieues plus loin. On le lava, on l'appela Théodore, mais aussi Agrippa, qui signifie "enfanté dans la douleur", afin que l'enfant n'oublie pas, sa vie durant, ce qu'il devait au meurtre de sa mère. On le confia aux soins attentifs d'une nourrice paysanne qui allaitait depuis ses premières couches les enfants des autres, vache laitière humaine, douce et grasse, qui caressait tendrement les cheveux du nouveau-né, et serait triste lorsqu'on le lui enlèverait, comme chaque fois, ainsi que l'enfant sans mère qui avait cru découvrir, dans ce mamelon d'emprunt, la tendresse maternelle qu'il ne connaîtrait jamais – la jalousie de la nouvelle belle-mère fit écarter rapidement le fils du premier lit, et donc la tendresse paternelle non plus, il ne la connaîtra point ; de son père, il hérite une volonté féroce, une énergie rare et une éducation dans la Réforme, celle de Calvin, celle qui, malgré elle, allait décimer la région pendant cinq règnes, et alors que la paix s'était installée seulement depuis une cinquantaine d'années entre Loire et Gironde, faire réapparaître pour longtemps les misères et les plaisirs de la guerre. Agrippa apprit le latin, le grec, l'hébreu et les Écritures, avant de quitter la contrée où il reviendrait en soldat et d'où provenaient son âme et sa conscience : ce fanatique de l'Évangile aurait été bien surpris d'apprendre qu'il avait auparavant été un pauvre paysan pendu dans la tristesse, quatre siècles plus tard. On raconte qu'alors qu'il était tout jeune enfant, il sentit un soir une présence s'approcher de sa couche et se glisser dans la rivière du lit ; une femme blanche et pâle, qui lui déposa un baiser glacé sur la joue. Il en fut si troublé qu'il dut garder la chambre pendant quinze jours et même si jamais, au grand jamais, il n'osa appeler cette vision du nom de fantôme, il n'oublia pas cette froide et ultime caresse inconnue, pas plus qu'il n'oublia les têtes des suppliciés, à Amboise, qui pendaient d'un bout de potence, couvertes de mouches et de souillures ; il avait huit ans, et peut-être toute la violence dont il sera capable, la terrible vengeance qu'il saura exercer sans pitié, oubliant l'Évangile pour la passion du sang et de la mort, proviennent de ces deux premiers spectacles d'enfance, un tendre fantôme et une dizaine de têtes coupées accrochées par leurs chevelures, gonflant doucement au doux soleil angevin – Théodore Agrippa d'Aubigné donnera du travail aux fossoyeurs, il jouira de la guerre, il tuera avec plaisir, pillera, prendra des forteresses, des villages, des fermes, poursuivant le noir chemin de son incarnation précédente, aveuglément, malgré tous les enseignements et les lettres, et il brûlera avec ses soudards ce hameau où Jérémie se pendra, dans une colère féroce, lui aussi, sans comprendre que tout est lié et que la malveillance perdure, s'accumule dans les âmes migration après migration comme le limon sur la rive – Agrippa aveuglé, trompé par la haine, poursuivra la guerre et l'œuvre de vengeance pour ce parti protestant qui n'aurait sans doute pas survécu s'il n'avait résisté les armes à la main ; d'Aubigné le plus grand poète du temps, très chrétien, passera sa jeunesse à se battre, avec les enfants perdus, de Jarnac à Orléans ; il sera écuyer d'Henri de Navarre, qu'il méprisera quand le Navarrais abjurera pour se ranger du côté des papistes ; il sera poète pour expier les fautes de sa jeunesse, dans laquelle il aura plus qu'un autre souffert, souffert et joui, pour la liberté, la belle liberté de lire la Bible en français, cette langue neuve et encore sauvage qu'il aimera plus que toute autre, lire en français dans les petits livres que Calvin faisait imprimer à Genève, où le jeune Agrippa ira étudier. Il y sera d'ailleurs malheureux, abandonné, sans subsides ; il la quittera pour Lyon, où il songera à se jeter dans la Saône, à se suicider pour en terminer avec la misère, comme Jérémie l'aïeul s'était pendu, ou plutôt se pendra, pour échapper à ses remords – mais peut-être inspiré par sa vie antérieure, Agrippa s'écartera du parapet et descendra du pont : grâce à une de ces coïncidences que seul le Destin sait fabriquer et qui ont toujours un sens, qu'on les appelle auspices ou augures, signes ou présages, il rencontre précisément à ce moment-là son curateur venu lui apporter des subsides à Genève, et cet homme ne pouvait pas savoir qu'il venait d'empêcher malgré lui le jeune Agrippa de mettre fin à ses jours et qu'il allait le précipiter vers les plaisirs de la bataille. Pour venger les beaux martyrs de la cause protestante, ceux d'Amboise, ceux de Saintonge, de Paris, ceux qu'on avait brûlés, ceux qu'on avait enterrés vifs, Agrippa rejoint les troupes de Condé et de Coligny au funeste destin : en chemise, il s'échappe la nuit de la chambre où on le gardait, de peur, précisément, qu'il ne rallie les hommes d'armes. Il a dix-sept ans, l'âge de la déraison ; il gagne un début d'équipement dans une première escarmouche contre les papistes. *Je ne reprocherai point à la guerre qu'elle m'a dépouillé, n'en pouvant sortir plus mal équipé que j'y entre*, écrit-il sur sa cédule. Une arquebuse, un casque et une cuirasse pris à un mort, et le voilà entré dans la guerre.

*

Marcel Gendreau l'instituteur écrivain fut donc contraint de quitter le village. Il demanda à son inspecteur une prompte mutation et obtint de professer dans le bourg qui l'avait vu naître, Échiré, pays du beurre et des fiers châteaux, sept lieues vers le sud-est ; il retrouva une classe, non loin de la Sèvre, et des enfants en culottes courtes et croûtes aux genoux somme toute assez semblables à ceux qu'il venait de quitter – il troqua la plume pour la canne à pêche et observa, jusqu'à ses vieux jours, la rivière s'iriser, les ablettes gober et les vaches brouter, appuyé contre un peuplier, sur un pliant, en face des hauteurs de Chalusson derrière lesquelles le soleil se lève et chaque fois qu'il repliait sa gaule, chaque fois qu'il rangeait son dégorgeoir et son canif dans sa boîte en osier, il avait malgré lui une pensée pour Louise la morte et son bâtard, que Dieu lui vienne en aide, que les anges leur viennent en aide, et il essayait de s'intéresser à autre chose, à d'autres mystères, ainsi la glaire invisible qui recouvre les écailles des poissons pour les rendre insaisissables, ou les cruels piquants du dos des perches, qui vous défoncent les doigts avec allégresse. Il essaya d'oublier qu'il avait écrit un livre : parfois, le jeudi, jour de marché à Niort, il croisait sous la halle l'imprimeur Chiron, qui le saluait alors d'une sympathique tape dans le dos avant de lui payer un coup de blanc au comptoir. Mais lorsque Marcel Gendreau, une fois rentré chez lui, troublé par la rencontre, prenait un exemplaire de son œuvre dans ses mains et, perplexe, le feuilletait avec un air de dégoût, c'était pour découvrir que ce texte ne lui appartenait plus, ne lui avait jamais appartenu, comme s'il ne se rappelait plus les heures passées, les mots alignés, les personnages, le village où il avait vécu et travaillé pendant près de vingt ans, oublié dans la plaine comme un sou tombe d'une poche percée, sans bruit aucun. Marcel Gendreau se mit à composer des sonnets en pêchant, des vers qu'il notait en rentrant chez lui, ses bucoliques, *omnia vincit amor*, l'amour a raison de tout, *paludum Musae*, ô Muses des marais, chantons assis dans la fraîcheur du hêtre, chantons dans l'ombre assoupie de l'orme, chantons ces vers d'amour tragiques, vers qui auraient rappelé aux lecteurs attentifs le sort d'un Jérémie Moreau le pendu au gros orteil hors de la chaussette : revenu de la guerre, effondré dans la nuit d'été, Jérémie Moreau les yeux pleins de larmes et d'étoiles d'août confiait au ciel sa douleur et son humiliation, celle d'avoir survécu au massacre pour découvrir, à travers une persienne, sa femme au ventre disparu – point d'enfant, pas de drôle dans la matrice, et il lui semblait clair à présent qu'il avait été victime d'un sort, d'une sorcière, d'une magie bien sombre, dans quel but il l'ignorait, mais il comprenait mieux les ricanements sous cape de Longjumeau, les grimaces de Chaudanceau, les sourires des frères Chaigneau, ils s'étaient tous bien foutus de lui, et il pleurait de rage sous les étoiles en imaginant le responsable de cette mascarade, le chef de cette coterie, son beau-père, le maudit qui l'avait manipulé de bout en bout, et Jérémie était si épuisé par la rage, la peur, la déception, la noirceur étincelante des astres qu'il ferma les yeux sur ces gouttes de honte et d'orgueil mêlées, ses larmes, des larmes d'homme, brûlantes aux commissures, et il s'endormit.

Le lendemain, il eût fallu affronter les regards et les paroles, certes, il eût fallu mettre des mots sur la colère, des sons sur la déchéance, des coups, des cris, il eût fallu se battre contre les rires du village, affronter Louise, le beau-père, hurler, jouer de la hache, de la houe, de la serpe, recouvrir de sang le souvenir de toute cette famille, de toute cette bourgade, mais il n'en fit rien. Rien. Jérémie força la porte de son propre foyer et se réinstalla chez lui, laissant les volets ouverts pour qu'on s'aperçoive de sa présence, dans cette maison de moellons blancs qu'occupent aujourd'hui son fils, Lucie et Arnaud, à une centaine de mètres de la ferme du beau-père, le père de Louise qui abritait la traîtresse et le bâtard, et ce depuis quelque temps déjà à en juger par la poussière sur la longue table en chêne et les toiles d'araignées entre les poutres.

De toute l'Occupation, il n'adressa la parole à personne ou presque. Il ne passait plus devant les cafés, ne jouait plus au trut ou à la belote ; il s'enivrait dans la solitude, engloutissait les tonneaux de piquette dont sa cave était remplie en s'apitoyant sur son destin de pauvre type, de mari sans femme, de père sans fils, de paysan sans terre. Louise, son bâtard et ses parents faisaient comme s'ils ne le voyaient pas. Il était transparent, pour eux. Pour tout le monde. Quand il alla à la mairie remettre son fusil de chasse, selon les ordres de l'occupant, le maire était en grande conversation avec un Boche de vingt ans à peine, blond et bien blanc, avec un uniforme vert ; il tendait une liasse de papiers au maire. Le maire ne s'interrompit même pas pour dire, hé, Moreau, qu'est-ce qui t'amène ; Jérémie attendit cinq minutes, dix minutes, la conversation était toujours en cours ; il essaya poliment d'intéresser l'édile, hé, monsieur le maire, rien n'y fit, il n'obtint qu'un regard courroucé, alors Jérémie remit son fusil en bandoulière – ce fusil que lui avait offert son beau-père, en guise de dot – et partit. Il avait l'alcool mauvais, tout le monde le savait ; il pensa un instant à décharger ses deux canons, l'un dans la poitrine du maire, l'autre dans la tête si blonde du Boche, c'est tout ce qu'ils méritaient ces enfants de salauds, trente-six grammes de plomb à petite distance, voilà qui aérerait la cervelle du frisé, aérerait les bronches du maire, pensait Jérémie en traversant le village, la main droite serrée sur la bandoulière du fusil de chasse comme si c'était une arme de guerre, après tout c'est la guerre, c'est la guerre qui l'a privé de femme et d'enfant, pense-t-il, il se sait ensorcelé, on lui a lancé un mauvais sort, il a attiré le mauvais œil, il sait que sa femme est allée voir une ensorceleuse pour se débarrasser de lui, ça a bien failli réussir, la guerre a failli le tuer, et maintenant c'est le mal, la douleur qui est sur le point d'avoir raison de Jérémie Moreau, la puissance du Malin lâché sur lui comme un chien mauvais, la puissance, il va devenir un relégué, un ermite dans les bois, il va courir, s'appuyer sur la puissance de la haine pour courir, loin, au-delà de la plaine, dans les marais impénétrables, au-delà de Benet, autour de Coulon et de Damvix, là où personne ne le retrouvera jamais.

Rentré chez lui Jérémie fait son sac, ce paquetage militaire qu'il a trimballé depuis l'Angleterre si verte. Au milieu de l'après-midi il sort son vélo de la grange et s'en va plein ouest, vers la Vendée, se perdre dans le Marais.

Omnia vincit amor, l'amour a raison de tout, *paludum Musae*, ô Muses des marais, chantons, assis dans la fraîcheur de ce frêne, chantons dans l'ombre assoupie de cet orme, chantons ces vers d'amour tragiques, en latin, langue de Messaline, des passions coupables et du Christ invincible, langue du pardon, du désir et de la médecine : ainsi rêvassait Marcel Gendreau l'instituteur écrivain, assis la gaule à la main sur son pliant dans la boucle de la Sèvre, là où la vallée était très douce, élargie de champs verts et lisses avant les saules, les peupliers et la falaise de calcaire – un peu plus loin, le soleil couchant irisait les ardoises du château de la Taillée comme le dos d'une perche, vers l'église romane d'Échiré légèrement pataude, au clocher octogonal bien blanchi par les rénovations, solidement enfoncée par le Moyen Âge et les Plantagenêts dans la terre du Poitou, dont le bourdon sonnerait bientôt la vêprée et le repli des cannes dans la lumière déclinante. Marcel Gendreau savait les faits et gestes de Jérémie le sauvage dans le Marais, ces longues années obscures, années perdues entre les libellules rageuses, les grenouilles du printemps, le silence et la boue gênée de l'hiver – il avait même retrouvé la cabane où Jérémie le fou avait médité sa haine de ses semblables, trois années durant, recevant juste deux visites, tout aussi tragiques l'une que l'autre : la première des gendarmes qui cherchaient le petit Chaigneau et la seconde du petit

Chaigneau lui-même, paniqué comme un moineau enfermé dans une grange, les yeux inquiets, si effrayé qu'il refusa même l'hospitalité de Jérémie, alors que celui-ci cherchait à le rassurer, calme-toi Bon Dieu, ils sont déjà passés, les cognes, ils t'ont point vu, ils vont pas revenir de sitôt ! Mais rien n'y fit, et le petit Chaigneau s'enfonça dans son destin, poisseux et sanglant tel le Marais soi-même.

Jérémie aimait sa vie de huttier ; une vie mate et libre comme un coup de hache, une vie de glaise et de sureau, de consoude et d'orties, une vie de gardons et d'escargots – le matin, dès l'aube, Jérémie parcourait (sans quitter le couvert des grands arbres, le refuge de l'entrelacs calme et tranquille des voies d'eau) le Marais pour ramasser, cueillir, pêcher ce dont il avait besoin ; l'après-midi il coupait son bois, binait les quelques rangs de légumes ouverts dans la terre noire, piégeait un lapin ou une perdrix qu'il troquait ensuite contre du vin, de la goutte et autres produits de première nécessité – ficelle, allumettes, toile ; le premier hiver fut obscur et froid, jusqu'à ce que Jérémie récupère le vieux poêle en fonte de la maison du village. Il passa les années suivantes dans la compagnie des flammes dansant sur les bûches comme des sorcières lascives qui grognaient parfois, au gré du tirage, et il imaginait la respiration d'animaux fantastiques, des griffons ou des chiens de feu. Les alentours de la cabane, quand il rentrait, sentaient le bois brûlé et ce parfum, se mêlant au froid humide, le projetait immédiatement dans l'enfance, dans l'odeur juste avant la neige et parfois, effectivement, il neigeait. Souvent, les yeux dans les flammes, il pensait à ce sort qu'on lui avait jeté, cette malédiction, cette farce, et la rage le prenait, la colère, la haine ; il attrapait alors la hache et se vengeait sur les grosses branches des ormes. Il rêvait souvent de Louise, l'apercevait dans la brume, quand le brouillard danse sur les marais. Rarement, en plein désespoir, il tirait le fusil de chasse de sa cachette et mettait les deux canons sous son menton, contre sa pomme d'Adam ou dans sa bouche ; plus rarement encore il fermait fort les yeux et appuyait sur les détentes, avec le pouce, le bras tendu, jusqu'à entendre le clic des chiens dans le vide et s'imaginer son propre corps, la cervelle emportée par la décharge, inerte dans une flaque de sang.

Jérémie Moreau clouait la nuit des crapauds sur les portes, pour se moquer du Destin ; il était très sale, portait une longue barbe et sentait fort mauvais, le poisson pourri et la vase ; tous croyaient Jérémie fou, fou et sorcier, surtout sa femme, qui le craignait tellement qu'elle l'imaginait la poursuivre jusque dans ses rêves, avec ses maléfices et son nom de prophète.

Jérémie Moreau la brute était devenu quelqu'un d'autre, différent, comme l'eau et le gel éclatent la pierre et finissent par lui donner une forme distincte, Jérémie était une gargouille sculptée par la pluie et le temps sur le mâchicoulis d'un château ruiné – une forme affreuse, au visage déformé par le jeûne et la haine : il avait grandi dans les épreuves, grandi en méchanceté et en intelligence.

Jérémie Moreau attendit, pour se venger, la fin de la guerre.

Il attendit le premier bal de la Libération, qui eut lieu alors que les Allemands étaient pourtant encore autour de La Rochelle, à soixante ou quatre-vingts kilomètres du village ; il attendit en se nourrissant d'armoise et de haine, de fureur et de vent dans les peupliers blancs. L'été était joyeux, violent, vibrant de grains, les batteuses allaient de cour en cour, de ferme en ferme, les chars et les canons de cent cinquante Allemands se vengeaient sur les villes du Nord des Deux-Sèvres ; les étoiles filaient au ciel comme des présages ou des avions ; l'air embaumait le caillé et la cordite. L'eau des marais ne se troublait pas d'un pouce, les troupes nazies du Sud-Ouest se repliaient vers le front, les routes se couvraient un temps de soldats à l'uniforme verdâtre, puis le silence revenait – et avec lui les bérets des FFI.

Le 2 septembre 1944 Jérémie retourna au village. Le fils Poupelain affirma à l'instituteur Gendreau l'avoir aperçu, caché dans l'ombre, un paquet dans les bras, alors qu'on dansait encore ; il est le seul. Ni les cafetiers, ni les danseurs, ni l'épicier, ni le boulanger, personne d'autre ne l'a vu. Surtout pas Louise, son fils ou ses parents. Après tant de mois Louise avait un peu oublié Jérémie, sauf dans ses cauchemars. La guerre semblait terminée, le bâtard était grand et fort, elle aimait de tout son cœur cet enfant qui s'enfuyait vers l'adolescence. Elle avait dansé, au bal, avec des jeunes qui arboraient fièrement le brassard de la Résistance ; un chanteur et un accordéoniste entonnaient des airs à la mode en patois – on n'avait plus peur des Boches, on s'empressait de chanter leur défaite,

Un jour, dame, y en avait peurtout,
Coum' les doryphor's au moué d'août,
On fasait l'tour peur la grand'route,
Ben loin des mangeux de choucroute.
Oui mais à c't'heure y a du chang'ment,
Le sont partis, et pas douc'ment,
La vie est bell', sans Fridolins
Dans les p'tits ch'mins

Et cet occupant qu'on avait si peu vu dans le village servait, comme toutes les batailles, gagnées ou perdues, à se réjouir – Louise n'en avait cure ; elle aimait la musique et la fête et peu lui importait les rengaines du moment. Bien sûr le piano du pauvre grinçait plus qu'une pompe de fontaine publique et le Caruso beuglait comme un corbeau dans un champ, mais c'était le plaisir d'être ensemble, au carrefour face à la mairie, les gens du village, et pas seule devant la radio, même si la musique était meilleure. Et puis la Libération, la France, il fallait bien les fêter.

Louise était rentrée accompagnée par son fils, celui-là même qui découvrirait le cadavre de Jérémie pendu à une poutre de la grange, les galoches dans la paille, l'orteil accusateur pointant hors de la chaussette, celui-là même qui trépasserait au XXIe siècle en ingurgitant une boîte de chocolats belges et une bouteille de gnôle, celui qui aurait des enfants et des petits-enfants et alla, ce soir-là, se coucher tranquillement aux environs de minuit, à l'étage, au-dessus de sa mère – Louise était au rez-de-chaussée, dans cet angle sur la cour où Jérémie l'avait aperçue, trois ans plus tôt, se déshabiller, il était là, il se tenait là, au même endroit, dans l'ombre, après le portail, la barbe longue, le regard jaune de tristesse, de désir et de folie – Jérémie observait sa femme à travers les rideaux de dentelle et les contrevents de bois laissés entrouverts ; elle portait une robe vert bouteille cintrée à la taille, à manches courtes un peu bouffantes, court col claudine rouge et boutons sur le plastron ; la robe s'arrêtait juste au-dessous du genou, et Jérémie contemplait ses mollets sculptés par les talons hauts, ses chevilles fines. Il se rappelait le corps de Louise, leurs étreintes, les seins dans ses paumes, la poisse de son sexe autour de ses doigts, quand il la préparait, la force de la jouissance, le goût de parfum qu'il avait dans la bouche après avoir léché sa gorge longtemps, comme un chien le sang du porc sur le sol, à s'en râper la langue, et ces souvenirs attisaient la haine, la folie et le désir de Jérémie, qui serrait son paquet maudit dans ses bras en gémissant, il attendait que Louise ouvre la fenêtre et ferme les volets, il attendait en tremblant, il y avait des mois qu'il attendait cet instant, la libération, sa libération à lui, pas celle de la France, et à cette pensée il entraperçut la guerre, la gueule de dragon de la guerre, allez, Louise, ouvre la fenêtre pour fermer tes volets, il est temps, ouvre la fenêtre et sors la tête, penche-toi pour débloquer l'arrêt de métal, et Louise était devant la glace de son armoire, elle se regardait dans sa jolie robe en sifflotant, elle a baissé le menton comme pour défaire le premier bouton et s'est soudain rappelé les volets encore ouverts, et Jérémie a senti son cœur bondir puis éclater comme une châtaigne au feu, comme lorsque la mitrailleuse déchirait les corps en deux, Louise a manœuvré la crémone ; Louise a manœuvré la crémone, tiré les vantaux et s'est penchée vers la nuit noire.

♦ 7 8 V
♥ 7 V D
♣ D V
♠ –

♦ R A		Régis		♦ 9
♥ A				♥ 8 10 R
♣ 9 10	Patarin		Alain	♣ 8 R A
♠ D R 10				♠ A
		Paco		

♦ 10 D
♥ 9
♣ 7
♠ 7 8 9 V

Sans annonces ; la donne est à l'ouest ; Paco a pris le valet de pique ; Régis, miséreux, attaque.

Le gros Thomas observait, mélancolique, la partie de belote en cours ; il sentait une fraîcheur nouvelle sur la nuque, fraîcheur qui signifiait qu'il ne reverrait plus Lynn avant un mois. Le gros Thomas avait bien observé les fesses de Lynn se balancer alors qu'elle quittait le Café-Pêche, il s'était longuement rincé l'œil, adieu aux larmes, maintenant il suivait la partie avec grand intérêt : Régis avait ouvert à carreau, étrange – Paco avait pris à pique, Paco a pris à pique pourquoi tu ouvres avec un petit carreau, une merdouille, ça n'augure rien de bon, une misère d'atouts assortie d'une dèche d'as, Régis savait jouer ; Thomas ne pouvait pas voir la trogne de Paco qui lui tournait le dos mais il aurait bien aimé : à 50 centimes du point ça gratte, ça picote quand on est dedans, voilà c'est bien fait pour ta gueule tu t'es jeté sur le valet tournant, tu l'as pris, le valet de pique et ton partenaire il a même pas un putain d'atout ou un as dans son putain de jeu, ce qui veut dire que c'est Patarin qui a tous les piques, sinon Alain aurait pris pour lui-même ce valet si tentant, incroyable. Deux gusses qui laissent passer un vingt, c'est pas courant. La vie est injuste.

Thomas aimait les cartes parce qu'il aimait le malheur des autres ; il aimait voir perdre plus que gagner et lorsque parfois il organisait une petite partie de *hold'em* ce qui le réjouissait, outre ses gains, c'était d'observer des pauvres tournoyer autour de l'argent. Maintenant que tout le monde jouait en ligne il y avait de moins en moins de monde au café, mais Thomas pouvait compter sur une clientèle d'habitués : le Café-Pêche était le seul bar des environs, aucune des localités alentour n'ayant conservé de débit de boissons. C'est le phare de la plaine, disait Thomas, et le maire Martial Pouvreau se rengorgeait devant ses homologues des patelins voisins, nous, nous avons le Bar-Tabac-Pêche ; et de fait toute la contrée était heureuse de pouvoir venir remplir une grille de loto devant une petite côte ou un blanc-cassis, ou d'acheter des asticots, de l'appât Mystic™ rouge, jaune, vert ou blanc, en tube comme la colle ou de l'amorce Dudule™ de toutes les couleurs (sur le côté du comptoir en formica crème se trouvait d'ailleurs un autocollant datant de l'époque du père du gros Thomas, étiquette promotionnelle impérative enjoignant aux clients de "faire l'amour avec la pilule et d'aller à la pêche avec Dudule"), des balances pour capturer les écrevisses ou garder les vifs au frais, des lignes, des bas de lignes, des plombs, enfin tous les produits de première nécessité pour qui taquine le gardon. Thomas maintenait cette activité ichtyophile même si elle ne rapportait pas d'argent ou presque car il était lui-même un grand amateur de pêche au coup, au moins autant que de cartes à jouer ; il installait chaque dimanche deux ou trois gaules sur le Sevreau, près de Magné, où il possédait une cabane – gardons, ablettes et tanches dans la journée, sandre le soir, à la tombée du jour quand la rivière s'obscurcit dans l'ombre des saules, avec les vifs sortis de l'eau l'après-midi même : on peut dire que Thomas était un expert, il connaissait non seulement le cours de la Sèvre et ses méandres, mais aussi tous les plans d'eau, canaux, conches et rigoles du Marais.

Paco conserva son dix et balança sa reine de carreau avec un air de souffrance ; Thomas comprit lui aussi le danger, la passe, le dix dévoré par l'as au tour suivant : Patarin recouvrit effectivement la reine avec le roi et un grand sourire – Patarin repartit immédiatement de l'as de carreau : si Régis ne coupe pas c'est la bérézina, songea Thomas ; il s'appuya des deux mains sur le comptoir pour mieux voir. La bérézina : Régis a le huit de carreau et ne peut donc pas couper, il n'aurait pas pu couper, car dans son jeu ne se trouvait aucun atout – en eût-il possédé (atouts ou as) qu'il n'aurait jamais, au grand jamais, ouvert à carreau, et mis ainsi son partenaire dans cette panade. Paco était Napoléon, il observait les points s'accumuler sur le tapis comme la vérole sur le bas clergé : un malheur n'arrivant jamais seul, Alain réussit à se défaire de son as de pique en coupant sur son partenaire maître. Thomas le charitable ne put s'empêcher de crier, trente-deux points dans ce pli mon couillon, ça t'apprend la vie ! Valet tournant, valet branlant ! Et même s'il savait qu'avec le neuf et le huit de pique dans la main il était contraint à prendre, Paco n'ignorait pas non plus, ainsi Napoléon à Moscou, que son partenaire avait, comme on dit, un jeu de merde : sinon Régis aurait pris lui-même le valet de pique. Ce qui était moins compréhensible, c'est pourquoi Alain n'avait pas décidé d'empocher le valet ; très certainement car cet as de pique lui était parvenu après et que, comme Régis était sous la gouttière, il était convaincu que l'as susdit finirait, ainsi que de nombreux atouts, par lui échoir, ce qui s'était révélé particulièrement erroné. Régis savait qu'il allait devoir terminer cette manche tant bien que mal en fournissant à la couleur et en essayant de se défausser (de pisser, disait-on vulgairement) des quelques points qu'il possédait sur les atouts de Paco et il se lamentait car c'était bien la première fois de sa longue carrière de beloteux qu'il était passé aussi près d'un carré de valets. Mais cette partie était sans annonces, en cinq cents points, à 50 centimes du point final, et suite à une première manche perdue, ils étaient menés 140 à 22, ce qui signifiait qu'ils en étaient de 30 euros chacun. Régis était un peu le maréchal Ney de cette campagne de Russie. Le prince de la Moskova regardait Napoléon en face, avec inquiétude et résignation.

♦ V
♥ V D 7
♣ D V
♠ –

Patarin		Alain
♦ –	Régis	♦ –
♥ A	Patarin Alain	♥ 8 10 R
♣ 9 10	Paco	♣ 8 R A
♠ D R 10		♠ –

♦ –
♥ 9
♣ 7
♠ 7 8 9 V

Après la passe au dix de carreau. Paco pleure d'avoir manqué un capot qu'il croyait possible.

Alain a donc la main après avoir coupé et joue son as de trêfle ; Paco fournit en soupirant comme une parturiente ; il espère encore que les atouts ne soient pas tous dans la même main. Si Patarin avait la belote et la rebelote, ce ne serait plus la Bérézina, mais Waterloo. Voilà le dix de trêfle, ouille, ouille, Régis sacrifie son valet ; Alain hésite une seconde puis joue un petit cœur, couleur dont une fois de plus, comme par miracle, Patarin possède l'as. Régis balance le sept de cœur avec un air de dégoût.

La moitié de la manche, et Paco n'a pas fait un pli, lui qui pensait les prendre tous.

*

Le premier son inscrit dans la mémoire de Patarin, c'est le cri du porc qu'on va tuer et la première odeur, celle de ses soies brûlées au chalumeau. Patarin le charcutier était le fils de Patarin le charcutier, lui-même fils de Patarin le porcher, tueurs et dépeceurs de père en fils, jusqu'à ce qu'une législation tatillonne insistât pour qu'on ne saignât plus les gorets dans les arrière-cours, suspendus par les pieds à la fourche du tracteur ; le métier avait bien changé ; Patarin cuisinait toujours saucisses et pâtés, rillettes et farcis, mais avec des cochons de la Gâtine voisine, qui lui parvenaient morts en quartiers dans des fourgons réfrigérés ; il parcourait la campagne avec son camion-magasin, un jour chez lui à La Pierre-Saint-Christophe, un jour à Coulonges, un jour à Parthenay, un jour à Coulon, un jour à Champdeniers ou à Cherveux. Patarin avait fait peindre son étal roulant à ses armoiries, comme il disait, qu'il blasonnait ainsi : d'argent à deux verrats affrontés de gueules sur fasce voûtée de sinople au nom de Patarin Fils, connu dans tout le Bas-Poitou pour la qualité de ses produits, son boudin ou ses poulets rôtis dont le jus flavescent s'écoulait sur des pommes de terre nappées de graisse et de plaisir. Patarin était heureux d'avoir investi dans cette rôtissoire à bois, ses effluves attiraient le chaland au moins autant que la rutilance de son contenant, l'impressionnant camion flambant neuf. Patarin jouait à la belote depuis l'adolescence, souvent avec les mêmes partenaires ; il participait volontiers aux concours, dont il apprenait la tenue au gré de ses déplacements dans la campagne deux-sévrienne. Il aurait été bien surpris si on lui avait appris qu'à sa mort, il se réincarnerait en oie cendrée ; que tous les ans à l'automne, il parcourrait des milliers de kilomètres pour retrouver l'hivernage du Marais et les prés salés de la baie de l'Aiguillon, d'un immense battement d'ailes, depuis sa Pologne natale. Patarin ignorait aussi, bien sûr, qu'il avait été, au long de ses vies antérieures, une foule d'ouvrières et d'ouvriers agricoles, de pauvres moines, un rémouleur, une aubergiste et même un cheval, un petit cheval barbare, au large poitrail, à la robe baie, il y a bien longtemps, alors que les plaines bruissaient de miracles, sillonnées par les saints, aux alentours de l'an 507, entre Tours et Niort ; le cheval qui deviendrait Patarin transportait un guerrier, son épée et sa francisque, un guerrier roi des Francs, venu de Tournai pour conquérir le territoire des Goths d'Alaric roi d'Aquitaine et d'Hispanie. Le guerrier a renoncé depuis peu aux idoles et aux démons, il respecte saint Martin et saint Hilaire, certes moins que sa francisque, son scramasaxe et sa monture, autre forme de Trinité – qu'il est donc compliqué ce Dieu en trois personnes qui s'est lancé à la conquête du monde en convertissant des païens comme lui, en leur faisant plier le genou pour mieux oindre leurs puissants fronts de chrême. Adore ce que tu as brûlé, brûle ce que tu as adoré, Chlodowig adorait les arbres et les sources, les cavales, les loups et le bruit du bouclier, lorsqu'il se brise ; il aimait l'or et l'argent, les forêts et les monastères ; il craignait Rémi de Reims comme un saint, voire comme un dieu et chérissait plus que tout la bataille, les hurlements, la bravoure et le danger. Parvenu à Tours, celui qu'on appellera Clovis indique à ses hommes de ne rien prendre d'autre, sur les terres de saint Martin, que de l'eau et de l'herbe ; il tue de sa main un soldat qui ose contrevenir à cet ordre – le cheval renâcle ; l'homme tombe à terre, le casque et le crâne fendus par la hache. Alaric tenait le Sud ; ses hordes attendaient, quelque part autour de Poitiers, en compagnie de leurs alliés, les Arvernes conduits par Apollinaire fils de Sidoine depuis Clermont la Sombre. Clovis n'a pas peur ; il sait que s'il n'offense pas les saints, la victoire est certaine. Il est la lance contre la charge ennemie. Parfois il sent encore les dieux anciens lui souffler au visage leur haleine de carnage – et au plus fort de la bataille ce n'est plus l'amour du Christ qui donne de la force à son bras mais la fureur de Wuodan ou la puissance d'Yngvi, et il se repent, à genoux devant l'autel, après chaque combat. Qu'est-ce que Chlodowig a laissé derrière lui, en avançant vers Dieu ? Quels esprits des forêts, quels colliers magiques, quelles amulettes, quels chants ?

Le cheval bai qui sera un moine, puis un rémouleur mastique doucement l'herbe brumeuse de la vallée de la Vienne ; on est bien avant Poitiers et on avance déjà vers un premier miracle. On cherche en vain un gué pour traverser le profond cours d'eau inconnu, gonflé par une crue. On longe la berge ourlée de forêts sombres, avec les milliers d'hommes de l'armée ; on désespère de pouvoir passer – il va falloir attendre la décrue et la fin des pluies de printemps. Soudain le cheval bai fait une embardée, Chlodowig lève la tête ; une grande et belle biche vient de sortir du bois ; elle fuit et longe la rivière, le cheval bai sent les talons de Chlodowig brutalement dans ses côtes, le mors libre dans sa bouche, il s'élance à la poursuite de l'animal qu'il aperçoit – mouvement flou et noir – quelques mètres devant lui, au grand galop. La biche, quelques enjambées plus loin, s'enfonce dans la Vienne, et la traverse, l'eau jusqu'au poitrail – voici le gué que l'armée cherchait en vain. Chlodowig regarde l'animal s'enfuir sur la rive sud, alors que, derrière lui, ses lieutenants crient au miracle. Clovis a reconnu une déesse, Freya ; Freya ou la main d'un saint ; ce présage l'enchante et va l'accompagner jusqu'à la bataille – jusqu'à la conquête de ces villes d'Aquitaine, qui vont agrandir le territoire des Francs.

À Vouillé, la plaine est doucement ondulée comme un ventre de femme. Les champs sont les clairières d'une forêt que limitent au sud les méandres de l'Auxance. Les Goths attendent. Leur cavalerie innombrable piaffe en groupes serrés. Les Francs s'installent dans la nuit aux lisières. Clovis panse lui-même son cheval. Il se choisit un scramasaxe épais et aiguisé, dont l'anneau d'argent brille au pommeau et une framée solide, à la lame en feuille de laurier ; il couche parmi ses hommes, près de sa monture, dans la fraîcheur du printemps. Au milieu de la nuit, Clovis se réveille, soudain nimbé d'une lumière magique qui provient de la basilique Saint-Hilaire, à quelques lieues de là. Ses troupes observent le miracle et sont éclaboussées de bravoure ; bien avant l'aube, alors que la brume encombre les sillons et rampe entre les jambes des guerriers, ils sont debout, torse nu, par milliers ; ils s'avancent en groupes sur le champ de bataille, à la lueur intermittente de la lune qui se couche vers l'ouest. L'aurore est une vieille femme aux doigts gris, elle porte les cris effrayants des premiers cavaliers goths, la première charge ; les Francs dressent devant eux un brouillard mortel de francisques, une forêt de lances, brisent leur élan, massacrent chevaux blessés et cavalier désarçonnés – Clovis se tient en retrait, dissimulé plus loin près des lisières, avec sa propre cavalerie ; son petit cheval piaffe sous lui ; il le flatte et lui caresse l'encolure pour le rassurer. Clovis veut une victoire rapide. Il souhaite affronter directement Alaric et le tuer. Il attend, pour lancer ses cavaliers dans la bataille, que le roi des Goths apparaisse. Une saignée dans la mêlée, une trouée à vif dans les chairs des hommes, un sillon de sang, une tranchée de violence extrême pour se porter, comme un javelot brûlant, directement aux pieds du roi ennemi. Le petit cheval de Clovis brise les membres et éclate les crânes des guerriers à terre comme s'il marchait dans un champ de coloquintes poisseuses. Alaric est tout proche. Le *Rex Gothorum* possède tout, de la Loire jusqu'en Afrique. Le petit cheval ne voit pas le cavalier vers lequel il se porte ; il mord la monture d'Alaric à la crinière, puis se cabre ; penché en avant, le scramasaxe tendu comme un prolongement du bras, Clovis enfonce son arme dans la tripe du Goth – la lame resurgit, brillante gerbe noire, devant l'omoplate, contre le cou raidi par l'imminence de la mort ; Alaric est soulevé de sa selle, son cri éteint par la gargouille du flot sanguin dans sa gorge, puis dans sa bouche – pendant un instant il est là, soutenu par un glaive à l'extrémité miraculeuse d'un bras tendu, au-dessus d'un cheval debout, les sabots en avant. Les yeux d'Alaric se sont figés dans le ciel de la plaine ; le petit cheval de Clovis retombe comme le Goth glisse de sa monture lorsque Clovis extirpe le métal de son corps – bruit d'os frottant contre l'acier – pour brandir la pourpre de son glaive perlé de sang ennemi haut au-dessus de son casque : Alaric est mort ! Victoire ! au moment où le roi s'écrase sur le sol, dans le cliquetis du bronze et l'étourdissement mat de la déroute. Par un dernier mouvement de rage, les cavaliers goths tentent de desserrer la pince dans laquelle ils vont être broyés et s'arrachent, sauvagement, à la menace des francisques qui les déciment, tranchent leurs jarrets, rompent leurs cuisses en jets de sang, fracturent leurs visages du nez jusqu'à la nuque – ils refluent avec la dépouille de leur roi vers ses deux fils, Alamaric et Geisalic, avant de se replier vers le sud.

Quelques heures plus tard, lorsqu'il se jette à bas du cheval bai, Clovis met un genou à terre et prie ; il remercie Wuodan et Yngvi ; il remercie le Christ qui volette autour d'eux comme un corbeau de champ de bataille. Merci pour le Dernier Royaume. Merci pour les Morts. Merci pour les Miracles. Gloire à saint Martin ! Gloire à saint Hilaire ! Gloire !

Il flatte et caresse encore ce cheval qui l'a si bien servi (sera-t-il un envoyé du Seigneur ? Une émanation du dieu de la forêt ?) et, presque seul, en compagnie de quelques combattants dont la sauvagerie s'est changée en frayeur mystique dans la brume et la mort, il se rend, abandonnant les défunts aux prêtres et aux choucas, quand le soir tombe gris perle sur la terre déjà noire, à l'abbaye de Saint-Hilaire où se trouve Maixent le Pieux, pour le remercier de ses oraisons et lui raconter le résultat de la bataille, la victoire qu'on a remportée grâce à lui – et se repentir de l'aide des idoles, qu'on a désirée et obtenue. Parvenus peu avant la nuit au bois qui entoure l'abbaye, Clovis et ses gens (dans le bosquet court un parfum bleuté comme la neige) font soudain face à un loup grognant, dents dehors, au milieu du chemin. Un loup au poitrail massif, aux yeux jaunes, à la fourrure foncée ; les chevaux prennent peur, renâclent, hennissent ; le loup semble s'incliner jusqu'à terre, il regarde Chlodowig dans les yeux, dirait-on, se couche sur le ventre, puis se roule sur le dos avant de bondir vers le couvert des buissons et de disparaître – voilà un miracle, un vrai miracle, une preuve de l'alliance du Christ et des anciens dieux, une victoire après la bataille, une coupe dans laquelle l'avenir du monde se reflète, et le petit cheval de Clovis ne comprend pas, bien sûr, le sens que le roi franc donne à ce loup, pour lui comme pour tous ceux qui ont peur, le miracle c'est la vie à chaque instant, chaque seconde ; le petit cheval bai qui sera une foule de femmes et d'hommes et une oie cendrée secoue la tête d'un air de déni, avant de porter le roi Clovis vers l'abbaye, saint Maixent et son destin, destin de flamme de bougie, de figure de livres, entre le souvenir d'un baptême et de batailles victorieuses.

Bien sûr à ce moment précis on aurait pu souffler à Patarin le nom de Zama ou même celui des champs Catalauniques cela n'aurait rien changé – Patarin était un homme simple qui rêvait de cochons, de femmes et de voitures, chez qui le village de Vouillé n'évoquait pas la glorieuse bataille de Clovis en 507 mais une bourgade homonyme située dans les environs de Niort sur la route de Limoges. Contrairement à Arnaud le cousin de Lucie, même au plus profond de ses rêves Patarin ignorait ses vies antérieures et qu'il abatte un valet de cœur sur le tapis ou son couteau sur un morceau d'échine, il accomplissait ces actions avec la même certitude : il avait le dix d'atout troisième après la belote et la rebelote. Quand il posa son neuf de trèfle, dernière fausse carte qui lui restait, il imagina un instant les affres dans lesquelles devait se trouver Paco, le martyre, la Géhenne qu'il devait traverser : il restait sept piques en jeu et lui-même, Paco, en possédait sans doute quatre. Où se trouvaient les trois autres ? Il était à peu près certain, à ce stade, que Patarin les thésaurisât ; auquel cas, Paco devait la jouer fine, très fine même, pour ne pas perdre jusqu'au dix de der, ce qui ne changerait rien au score (ils étaient dedans à moins d'un miracle, et il n'y a pas de miracle à la belote) mais beaucoup au moral. Or Paco (ainsi devisait pour lui-même Patarin) savait jouer, il jouait même très bien – parfois le sort s'acharnait contre lui et la Parque de la carte à jouer tranchait tôt le fil de la partie, mais jamais les choix de Paco n'étaient en cause, juste une tragique malchance dans l'ordonnance des brêmes.

Paco était un des rares habitants du village, avec Manuel le peintre portugais et Yacine le harki, à être d'origine étrangère ; son père s'était installé dans la région à la fin des années 1930, lorsque la Catalogne républicaine était tombée aux mains des nationaux et que tous les soldats de la République s'étaient vus contraints de franchir les Pyrénées : la France généreuse les enferma dans des camps de concentration assez atroces saupoudrés entre l'Atlantique et le Roussillon, puis les enrôla pour construire des fortifications pendant la drôle de guerre et enfin, car ces gens étaient tout compte fait d'inutiles bouches à nourrir, on en remit un grand nombre aux Allemands. Après tout, ces derniers avaient gagné la guerre ;

ils s'empressèrent de les enfermer à leur tour, ces républicains, principalement à Mauthausen où plus de la moitié moururent – le père de Paco avait réussi à échapper à ce destin funeste et s'était établi dans l'Ouest accueillant, près de Niort, où il exerçait le métier de conducteur de camion, notamment pour le ramassage du lait de la laiterie coopérative de Pamplie ; Paco lui-même était routier et parcourait, pour une firme de logistique établie à Saint-Maxire, les routes des départements limitrophes. De l'Espagne, il conservait une chevelure d'un brun de nuit, une passion pour la paella le dimanche et le football les autres jours – pour lui la France était certes un beau pays qu'il aimait profondément, mais dès qu'il s'agissait de ballon rond, rien à faire, les clubs espagnols étaient bien supérieurs, ce qui lui avait valu de nombreuses raclées et déchirures de falzars dans la cour de l'école ; il se rappelait encore la volée qu'il avait prise lors de la défaite du FC Nantes quatre buts à rien contre Valence en demi-finales de la Coupe des coupes, il était rentré chez lui les cheveux luisants de la bave des crachats, le froc en déroute, les larmes aux yeux, mais souriant, tout de même, car les Canaris avaient été humiliés au moins autant que lui, quatre fois de suite s'il vous plaît, et tous les Maxime Bossis et autres Baronchelli n'avaient rien pu y faire.

Paco regarda le neuf de trèfle de Patarin, la dame de trèfle de Régis et entendit derrière lui retentir le rire dégoulinant de vulgarité de Thomas, toujours à se réjouir du malheur des autres ; Alain jeta son huit de trèfle, il savait que Paco allait couper, du sept de pique ; le fils d'Espagnol avait donc la main, deux atouts maîtres et le huit, Patarin en avait horriblement trois, le dix troisième, la belote et la rebelote, Armageddon, Apocalypse, tout ce qu'on voudra : même avec Régis en maréchal Ney, cette retraite commençait à sentir la débandade.

*

L'hiver 1588, le réceptacle de l'âme de Jérémie le pendu, d'Aubigné le poète guerrier, pense se retirer au château de Mursay, à deux lieues de Niort, dans cette boucle de la Sèvre qu'il affectionne, et raccrocher son épée à un clou près d'une cheminée, ranger plastrons, pistolets et arquebuses dans un coffre pour se consacrer enfin au repos, à sa famille et à l'écriture. Après des mois à guerroyer dans le Bas-Poitou et en Aunis pour le compte d'Henri de Navarre, tout amant de la guerre qu'il soit, d'Aubigné a besoin de calme. Le parti protestant, malgré l'acharnement de la Ligue, ne se porte pas mal, grâce, entre autres, à l'énergie militaire de chefs comme lui-même ou Saint-Gelais, qui ont fait du Poitou et de la Saintonge leur terrain de jeu – combat à Melle, combat à Brioux, combat à Brouage, long échec devant Angers, retraite certes face au duc de Mercœur, grand ravageur du Poitou, mais victoire finale devant Anne de Joyeuse, le fameux mignon d'Henri III beau dévastateur de provinces, massacré à son tour à la bataille de Coutras en octobre de l'année précédente. Tous ces chefs de guerre disputent à la peste la grande crainte qu'ils inspirent chez les habitants, catholiques ou protestants, dont plusieurs milliers ont déjà péri de maladie, avant d'être à nouveau décimés par le fer et l'incendie.

À Mursay, dans ce château caché parmi les roseaux au bas de la vallée de la Sèvre, protégé par ses tours et son enceinte bordée d'eau, d'Aubigné se sent en sûreté. Ses enfants, Louise-Artémise, Constant et Marie grandissent heureusement. Suzanne de Lezay, dame de Mursay, son épouse depuis dix ans, craint pour la vie de son mari ; il y a quelques semaines elle a vu arriver un train de mules et d'ânes dans la cour du château, dont l'un portait le couvre-chef et les armes d'Aubigné, son fleuret et sa ceinture, elle a immédiatement imaginé qu'il était mort – mais non, le farceur prévenait tout simplement de son arrivée prochaine pour éviter, disait-il, que sa femme n'en eût trop d'émoi. D'Aubigné aime autant à poser ses armes qu'à les empoigner – les chevaux, la nuit, le désert savent son nom ; l'épée, la lance, le papier et la plume le connaissent aussi. Pendant ses longs mois de repos, alors qu'une mince feuille de givre recouvre le bief où se mirent les frênes dégarnis, il écrit des vers ; il écrit des vers tantôt tristes et furieux, tantôt drôles et ironiques. Il se veut témoin de son temps – de ces temps atroces, de ces mensonges et ces massacres, de ces tentatives de paix toujours condamnées à l'échec, tout autant que l'homme est condamné à la souffrance. Il a déjà un titre, un titre simple pour ces longues laisses, ces immenses tirades contre la laideur du Destin ; il les appelle *Les Tragiques*. Cette année 1588 il retarde son arrivée à Mursay ; à la fin décembre il est à Saint-Jean-d'Angély avec Henri de Navarre, où ils apprennent l'assassinat du duc de Guise au château de Blois ; ils trinquent sans doute à la mort du ligué en chef. Le 27 décembre au soir, d'Aubigné a rendez-vous avec son camarade Saint-Gelais un peu plus au nord, dans un village à l'orée de la forêt de Chizé appelé Sainte-Blandine, pour un coup de main sur la plaque tournante des troupes de la Ligue au sud du Poitou : Niort, tenu par le lieutenant général Laurent et surtout Malicorne, gouverneur du Poitou. Pour ce faire, ils ont réuni quelques centaines de soldats, des arbalétriers, des arquebusiers, des artilleurs et même des mortiers à poudre pour miner les portes de la ville, des échelles de siège pour en franchir les remparts et de l'artillerie : au moins cinq canons et des couleuvrines. La nuit est glaciale et sans lune. Sur les remparts de Niort, les sentinelles se protègent plus de la bise gelée que de possibles attaquants huguenots – ils croient les troupes protestantes en train de marcher sur Cognac. Les fortifications sont imposantes : des murs hauts d'une dizaine de mètres, plus de vingt tours, un château avec une double enceinte fortifiée, protégé à l'ouest par une redoute donnant sur le port fluvial, encombré de barques et de gabarres. Mais les protestants savent quelles sont les portes les mieux défendues.

Les premières échelles sont installées en silence au bas du fossé, au nord de la barbacane qui protège la porte d'Échiré, avant la tour de Souché. De l'autre côté de la ville, les sapeurs s'attaquent à la porte Ribraise en installant leurs mortiers. L'ascension des remparts commence – les huguenots parviennent à prendre pied facilement sur les murailles, ils égorgent la sentinelle avant qu'elle n'ait pu donner l'alarme et descendent, en groupe, à l'intérieur de la ville pour ouvrir la porte d'Échiré. Une rapide bataille s'engage, d'Aubigné et Valières tuent quelques-uns des mercenaires albanais qui composent la garde. L'alerte est donnée et les troupes ont ordre de courir vers le nord pour secourir les soldats en mauvaise posture. Pendant ce temps, et dès qu'ils ont entendu les cloches de l'alarme, Louis de Saint-Gelais et le second groupe d'assaillants mené par Jean d'Harambure font sauter les charges qui minent la porte Ribraise de l'autre côté de la ville, et s'engouffrent dans les rues qui descendent vers la place de la Halle. La surprise est complète ; très vite les troupes catholiques et les mercenaires albanais sont débordés, à tel point qu'on hésite même à se replier dans l'enceinte du château – sans doute la crainte de la puissante artillerie de Saint-Gelais y est-elle pour quelque chose. Dans la confusion, au milieu de la place du Marché où les défenseurs ont érigé une barricade, une salve d'arquebuses reçoit les soldats menés par d'Aubigné – Valières tombe, mortellement touché ; on réplique, on envoie une pluie de plomb et de carreaux d'arbalète devant soi, et on entend les cris de l'ennemi, et malheur, on reconnaît leurs voix – c'est le parti d'Harambure, lui-même est éborgné.

Les huguenots se font plus de dégâts eux-mêmes… Ils ont infligé en tout cas une sérieuse défaite aux papistes, réfugiés dans le château, devant lequel Saint-Gelais met le siège, installant son artillerie et celle de la ville, que les papistes n'ont pas eu le temps de déplacer à l'intérieur de l'enceinte. Il est près de 5 heures du matin. C'est d'Aubigné qui est chargé de négocier avec le gouverneur du Poitou. La ville se rendra à Navarre lui-même, qui arrivera de Saint-Jean-d'Angély dans la matinée, et Jean de Chourses, seigneur de Malicorne, sera escorté avec femme et bagages jusqu'à Parthenay. Entre-temps, Saint-Gelais a retardé de quelques heures le pillage de la ville. Peut-être pour permettre à ceux qui le peuvent de se mettre à l'abri ; peut-être parce qu'il fait trop sombre et trop froid pour piller quoi que ce soit – toujours est-il, le saccage est brutal. On ouvre quelques prêtres en deux, et on s'amuse à leur nouer les tripes autour du cou ; on brise des statues et on s'empare de chandeliers ; on malmène le bourgeois pour qu'il livre son argent ; on se rembourse ainsi du mal et de la douleur qu'on a eus, car c'est la loi de la guerre que le perdant paye ; on expose le cadavre de Laurent, mort pendant la bataille, sur le gibet même où l'on pendouille Jamart, le plus riche habitant de la ville, dit-on.

Les fossoyeurs aux longues figures emportent Vilpion de Valières et bien d'autres, huguenots et catholiques, parpaillots et papistes ; certains sont démembrés, brûlés à la chaux et balancés dans la rivière ; d'autres rejoignent les cimetières – les âmes se réincarnent pendant que les corps pourrissent ; Valières devient alors une corneille qui croassera entre les tours et les remparts de Maillezais lorsque d'Aubigné puis son fils Constant en seront les gouverneurs, vivra trente ans, goûtera à plusieurs reprises la chair humaine avant de mourir à son tour et renaître (pendant que son cadavre sera suçoté par un beau renard roux) dans le corps d'un chien de capitaine, un des chiens de François de La Rochefoucauld, un beau lévrier à poils gris, qui participera avec son maître au siège de La Rochelle, puis dans celui d'une mouette, qui escortera pendant vingt-deux ans les bateaux de la tour de la Chaîne au pertuis entre les îles ; plusieurs marins, dont un sera un grand négrier, mourra à l'île Bourbon et se réincarnera en un ouvrier boulanger de Saint-Hermine établi à Mauzé-sur-le-Mignon, qui finira bagnard et mourra au bagne de Rochefort le 27 février 1808 à l'âge de quarante-six ans sans avoir connu son fils René, qui sera le premier Européen à entrer dans Tombouctou et à en revenir vivant – René Caillié deviendra lui-même en mourant une chouanne douce et décidée qui épousa un nobliau breton dont ni la Révolution, ni l'Empire n'avaient écorné le bien minuscule ; très catholique, elle mourut dans d'affreuses douleurs en 1878 après que deux chevaux emballés dont le fiacre sauta le chasse-roue l'écrasèrent contre son propre portail – elle rejoignit alors l'intervalle du Devenir avant d'être de nouveau conçue fille, dans une famille de pauvres vachers affamés au large de Fontenay-le-Comte où elle trépassa d'une fièvre inconnue à l'âge de trois ans : son père n'avait pas les moyens de payer les fossoyeurs aussi fit-il lui-même un trou misérable de plus derrière sa masure, à côté de son enfant mort-né reparti dans la Roue, le Monde entre les Mondes, sans avoir senti l'air lui brûler les poumons et qui se réincarna loin dans l'avenir, au XXIIe siècle de la Grande Sécheresse et de la désolation, où tout mourait, tout disparaissait et brûlait, avant le renouveau des Temps, l'ère de Maitreya le Bouddha des temps futurs, Bouddha d'amour bienveillant, lorsque ce Dharma-ci ne sera plus, mais que se poursuivra l'illusion du Samsāra et des consciences précipitées dans la Roue, cherchant l'éveil comme le nouveau-né veut l'air et la plante la lumière.

D'Aubigné passa la journée avec Henri de Navarre à Niort, puis il reprit la route à la tête d'un détachement pour conquérir d'autres places pour son ami ; le Premier de l'an, le futur Henri IV écrit à Diane d'Andoins, sa belle Corisande :

Ne vous manderai-je jamais que prises de villes et forts ? À nuit se sont rendus à moi St Maixent et Maillezais, et espère, devant la fin de ce mois, que vous oïrez parler de moi. Le Roy triomphe : il a fait garroter en prison le cardinal de Guise, puis montrer sur la place, vingt-quatre heures, le président de Neuilly et le prévôt des marchands, pendus, et le secrétaire de feu monsieur de Guise, et trois autres. La Reine mère lui dit : "Mon fils octroyez-moi une requête que je vous veux faire. – Selon que ce sera, Madame. – C'est que vous me donniez monsieur de Nemours et le prince de Genville. Ils sont jeunes, ils vous feront un jour service. – Je le veux bien (dit-il), Madame. Je vous donne les corps, et en retiendrai les têtes." Il a envoyé à Lyon pour attraper le duc du Maine. L'on ne sait ce qu'il en est réussi. L'on se bat à Orléans, et encore plus près d'ici, à Poitiers, d'où je ne serai demain qu'à sept lieues. Si le roi le voulait, je les mettrais bien d'accord.

Je vous plains, s'il fait tel temps où vous êtes qu'ici, car il y a dix jours qu'il ne dégèle point. Je n'attends que l'heure d'ouïr dire que l'on aura envoyé étrangler la feue reine de Navarre. Cela, avec la mort de sa mère, me ferait bien chanter le cantique de Siméon.

C'est une trop longue lettre pour un homme de guerre. Bon soir, mon âme, je te baise cent millions de fois. Aimez-moi comme vous avez sujet. C'est le premier de l'an. Le pauvre Harambure est borgne, et Fleurimont s'en va mourir.

Navarre confirme immédiatement d'Aubigné gouverneur de Maillezais, vieille abbaye fortifiée et évêché catholique sur une île au milieu des marais ; Agrippa reprendra quelques semaines plus tard le chemin de Mursay, de sa plume et de sa famille où, comme à l'accoutumée, il passera la fin de l'hiver.

Le pauvre d'Harambure est borgne et Fleurimont s'en va mourir.

Henri de Navarre chantera le cantique de Siméon l'année suivante, lorsque sa belle-mère Catherine de Médicis mourra – elle devint un papillon de nuit, dont la larve grasse et blanche rampa dans l'obscurité et les affres de la métamorphose, puis une chrysalide souffrant jusqu'à briser son cocon de ses ailes, enfin une noctuelle aveuglée par un fanal de la cour du Louvre, autour duquel elle tourna longtemps avant de se brûler atrocement et de mourir pour renaître immédiatement dans une autre larve de ténèbres, car on ne sort pas facilement des plus horribles réincarnations, quand on y a été conduit par des vies entières de crimes et de bassesses.

*

Lorsque Kate et James, le couple de retraités anglais installés à la lisière du village reçurent David Mazon l'ethnologue débutant pour un entretien, ils étaient, comme on l'a vu, à la fois méfiants et curieusement flattés que leur vie quotidienne puisse intéresser ainsi non seulement la science, mais qui plus est la science française – nation dont on sait à quel point elle peut être grimaude quand il est question d'autres peuples que le sien. James avait l'intuition (c'est du moins ce dont il faisait part à son épouse) que cet entretien allait tourner autour du choix des citoyens britanniques de quitter l'Europe et des conséquences pour les exilés comme eux – Kate pensait quant à elle avoir bien compris les mots "enquête ethnologique" et s'attendait à voir arriver un vieux monsieur en jodhpur et casque colonial. Ainsi lorsque David, pour cause de grand froid, avait annulé le premier rendez-vous, elle s'était sentie un rien soulagée. Comme chaque année, leurs enfants étaient venus de Londres en train (six heures de voyage jusqu'à la gare de Niort) pour passer les fêtes de Noël où ils avaient bien profité de canard gras, de truite fumée, d'huîtres, de crabes et de homards. La maison de Kate et James était spacieuse, une ancienne ferme elle aussi, sans doute plus petite que celle de leur voisin Maximilien Rouvre le peintre érotomane, mais comprenant une très jolie véranda en fer forgé, une belle marquise au-dessus de la porte d'entrée et un agréable jardin tout en roses et en hortensias, sillonné d'allées de gravier crissant sous les pieds, recelant un puits, un bain d'oiseau avec un angelot de métal et une grande volière aux montants torsadés dans laquelle se trouvaient deux colombes blanches. Tous ces éléments dataient du début du XXe siècle, le seul soin de Kate (James employait son temps à d'autres activités, les factures et les procès) fut de bien les dérouiller et les repeindre. La maison leur avait coûté, comme ils disaient, une pitance, ce qui valait, de ce côté-ci de la Manche, une bouchée de pain et ils avaient donc pu conserver leur petite demeure londonienne de Hammersmith, où logeaient leurs enfants, maison que la proximité de la Tamise rendait à la fois très agréable et extrêmement humide, surtout en hiver – parfois il y avait tellement de brouillard, disait James, qu'on ne s'entendait plus d'une pièce à l'autre.

Quand David Mazon l'intrépide anthropologue débarqua donc ce 14 janvier, après avoir rentré sa mobylette dans la cour, il enleva son casque et retira ses gants, en admirant le jardin, qui n'avait rien perdu de son charme malgré l'hiver. Il vérifia qu'il avait bien son matériel, bloc-notes et enregistreur, et se disposait à actionner la sonnette sur le côté droit de la porte d'entrée, mais il n'en eut pas le temps – Kate lui ouvrit immédiatement la porte. James attendait dans son fauteuil crapaud chiné à la brocante estivale de Coulonges-sur-l'Autize, tout comme grande partie du mobilier que découvrait David : armoires et buffets anciens, de bois de fruitiers couleur tabac blond, salle de billard Art déco, et enfin petit salon, où se trouvait James qui se leva – un beau soleil d'hiver pénétrait par la véranda, spectacle qui, au bord de la Tamise comme à l'ouest des Deux-Sèvres, était suffisamment rare pour être noté. James s'étonna intérieurement de la jeunesse de David, tout comme de son anglais presque parfait et, une fois n'est pas coutume, britannique et non pas américain ; David expliqua qu'il avait vécu quelques années à Londres, où il avait commencé ses études – très vite ils en vinrent à discuter pubs, *bubble & squeak* et *scotch eggs*, ce qui plongea David dans la nostalgie et James dans les affres de la faim. Ils s'installèrent autour de la jolie table à jeu recouverte de feutrine verte que Kate avait dépliée dans la véranda, et David mit l'enregistreur en route.

Leur installation en Deux-Sèvres remontait au milieu des années 2000, tout d'abord dans une maison qu'ils louaient régulièrement au cœur du Marais près de Saint-Hilaire-la-Palud, village dont ils appréciaient, notait James, la boucherie et le marché dominical, puis, ensuite, par l'achat de cette bâtisse – bien sûr il n'y avait aucun commerce ici à part le Café-Pêche, mais la maison les avait immédiatement conquis, pour ne pas dire ensorcelés. Et puis le Marais, c'est encore plus humide que la Tamise. Mieux vaut la plaine. Beaucoup de Britanniques avaient vendu après la crise financière, mais eux étaient restés. Oui, ils avaient des amis anglais dans les environs. Oui, depuis trois ans et la retraite de James ils vivaient ici toute l'année. Entre la piscine couverte qu'ils s'étaient fait construire dans leur grange, un golf à quelques kilomètres, la plage de temps en temps et le vin de qualité, ils étaient tout à fait heureux. Ou du moins ils s'en seraient voulu de dire le contraire. Et après tout, ici c'est un peu l'Angleterre, lança un rien hasardeusement Kate. Ces terres étaient anglaises jusqu'à la fin du XVe siècle, renchérit James, c'est peut-être pour ça qu'on s'y sent bien. L'Angleterre avec des vignes, autant dire le paradis, ajouta-t-il. David riait de bon cœur en notant scrupuleusement les réponses du couple. Loisirs, professionnels de santé, courses, il les interrogea sur tout ce qui fabriquait leur quotidien, puis sur l'image qu'ils avaient de la contrée. Avaient-ils la sensation d'appartenir à une communauté ? Que signifiait le mot village, pour eux ? Et le mot campagne ? Ils n'étaient pas d'accord – Kate souhaitait plus d'interaction sociale au sein du bourg, alors que James aimait qu'on lui foute la paix. Il entendait sortir de chez lui le moins possible. Pour James, la campagne c'était avant tout le calme et la solitude, alors que selon Kate il s'agissait du rapport avec la nature, la faune et la flore, tout autant que la possibilité d'un contact privilégié avec les femmes et les hommes qui l'entouraient, par opposition avec l'anonymat et la peur d'autrui de la grande ville. Elle aimait parler français, aller au marché à Coulonges une fois par semaine, participer à l'atelier patchwork du mardi à la salle des fêtes, discuter le bout de gras avec Lynn la coiffeuse à domicile qui passait une ou deux fois par mois (David songea que ce serait bien de l'interviewer, même si elle n'habitait apparemment pas au village, elle était une des rares personnes, à part les agriculteurs, les fossoyeurs et le gros Thomas, qui y travaillait, il demanda donc son numéro de téléphone à Kate, qui le lui fournit), faire partie du comité d'organisation du vide-grenier annuel, autant d'activités qui faisaient que Kate connaissait presque tout le monde au village, et ce sans fréquenter le Café-Pêche, dont James et Kate reconnaissaient facilement qu'ils l'avaient en horreur, le trouvaient absolument déprimant et préféraient boire leurs gin tonics et leurs bouteilles de rouge entre soi, à domicile, plutôt que d'affronter, comme disait James, l'infernale puanteur de l'endroit. James se refusait quant à lui à avouer à David qu'il s'emmerdait ferme et cherchait tous les prétextes possibles pour rentrer en Grande-Bretagne, les anniversaires, les enterrements, les matchs de rugby ; il se méfiait des Français, qu'il jugeait vantards, peu fiables et dépourvus de sens de l'humour. Son activité principale, résumait-il, se limitait à attendre un jour le plombier, un jour l'électricien, un jour le couvreur et à recommencer, car ces gens ne viennent jamais, c'est à se demander s'ils existent vraiment.

La conversation roula sur la Communauté européenne, et l'abandon britannique de celle-ci ; Kate et James pensaient sincèrement que cela ne changerait rien, ni pour leur situation en France, ni pour les Français installés en Angleterre ; quant au reste, on trouverait bien des terrains d'entente. Après tout le Royaume-Uni était une île. Et ne pas appartenir à l'UE n'empêchait pas la Norvège d'être prospère. Bien au contraire.

David était enchanté de son interview, il avait des remarques à se mettre sous la dent et des conclusions hâtives plein la tête. Kate lui proposa une tasse de thé avec des *shortbreads*, ce qui le fit presque pleurer de joie ; puis il se résolut à prendre congé, non sans avoir reçu une invitation en bonne et due forme pour la semaine suivante, "apéritif", un des mots français que James préférait, et partie de billard suivie d'un dîner, ce dont David se réjouissait à l'avance ; il remballa son matériel et remonta sur son Jolly Jumper qui, une fois n'est pas coutume et pour faire honneur à ses hôtes, démarra au quart de tour et propulsa un joli nuage de fumée bleue dans le ciel du Poitou.

*

Lorsque, après le bal, Jérémie Moreau l'arrière-grand-père de Lucie vit Louise, pour attraper l'arrêt du volet, se pencher dans l'obscurité, comme si elle s'inclinait vers lui, comme si elle s'inclinait vers le Destin, il sortit de l'ombre et se planta face à elle, glaise de haine et de fureur aux yeux brillants de vengeance, hurlement silencieux déchirant la nuit d'un éclair sans orage : Jérémie ne disait rien, son paquet dans les mains, et toute l'énergie de celui qui avait survécu à la guerre, au feu, à l'eau, aux longs mois dans la solitude des marais était concentrée dans cette seconde où Louise le découvrait, à quelques centimètres d'elle dans l'obscurité – noir de barbe noire, regard noir, sourcils noirs, cheveux noirs longs et luisants de crasse, visage comme taillé au couteau dans la matière même des ténèbres, et Louise crut mourir de peur, deux fois, la première fois parce qu'il y avait un homme devant sa fenêtre, et la seconde parce qu'elle avait reconnu Jérémie et qu'elle devinait qu'il était là pour se venger.

Frappée par la surprise et l'incompréhension, le cri muet, la bouche ouverte, le cœur prêt à s'arrêter, la poitrine serrée, Louise avait la sensation de tomber en arrière ; elle se protégeait de ses mains devant elle, Jérémie brandissait son paquet maudit, il avait retiré la toile écrue, le sac sentait le sang et l'abomination, Jérémie brandissait la malédiction pure, et dans l'instant même où Lucie perdait l'équilibre, à la seconde où elle glissait sous le poids de l'horreur, Jérémie lança la chose immonde et puante, la mort, Jérémie lança la mort sur elle, la mort encore enveloppée dans la matrice, toute gluante de sang, le placenta noir en décomposition encore contre le ventre, la chair blanche et verdâtre et les yeux scellés, et Louise se secoue et tombe, elle a du sang sur le visage, sur la poitrine, du jus de cadavre plein la figure, l'odeur infecte, mort-né, une chose mort-née, un enfant, Jérémie vient de lui jeter un enfant mort-né, les bras de Louise battent le vide, battent dans l'impuissance et le dégoût, elle gémit, elle gémit pour ne pas ouvrir la bouche à ces miasmes liquides qui lui coulent sur le visage, elle pleure et tremble par terre en repoussant la chose, la créature blanche aux yeux fermés dans son ballon de sang, dans son ballon de glaires, Louise gémit son horreur les dents serrées elle hurle l'atroce silence avant de s'évanouir, de s'évanouir d'effroi et de dégoût pendant que Jérémie disparaît dans la nuit.

Le père de Louise la découvrit le lendemain matin quand, après avoir frappé de nombreuses fois à la porte de sa fille sans obtenir de réponse, il se décida à entrer – elle était toujours dans la robe verte du bal, assise par terre, le dos contre le miroir, le visage couvert d'une matière noirâtre, les yeux ouverts, le regard fixe, avec à côté d'elle ce que le père devina être un fœtus de veau mort, arraché au ventre d'une vache avec l'utérus, sauvagement ; ce spectacle était si effrayant, si incompréhensible et l'odeur si puissante que le père dut s'accrocher à la porte pour ne pas tourner de l'œil – il s'approcha tant bien que mal de sa fille en prononçant son nom doucement, Louise, colla un coup de pied dans la chose immonde qu'elle avait près d'elle, Louise fixait le néant, Louise était ailleurs, loin, il la prit dans ses bras comme une enfant.

	♦ V ♥ V D ♣ – ♠ –	
♦ – ♥ – ♣ – ♠ D R 10	Régis Patarin Alain Paco	♦ – ♥ 10 R ♣ R ♠ –
	♦ – ♥ – ♣ – ♠ 8 9 V	

Parfois tout est perdu sauf l'honneur

Paco avait donc la main et un goût amer dans la bouche. Il ne lui restait qu'une seule solution pour ne pas perdre le dix de der, les dix points accordés au dernier pli, c'était de jouer d'abord son petit atout, le huit – Patarin y sauva son dix, Régis se défaussa du valet de cœur et Alain, le fourbe, du dix de cœur, encore un pli à plus de vingt points qui passait sous le nez de Paco et de Régis – il jeta le trente-quatre sur la table, le valet et le neuf d'atout ; Patarin annonça d'un souffle, comme le voulait la règle, belote et rebelote, le roi et la reine d'atout ; Paco ramassa les huit dernières cartes, jeta machinalement un coup d'œil, bon on fait à peine cinquante, à peine cinquante points c'est quand même incroyable, et Patarin ne pouvait s'empêcher d'être d'accord, tout s'est goupillé dans le sens de nos cartes. Quatre atouts dont le trente-quatre et on est dedans. Il faut dire que t'avais vraiment rien, Régis. Tu l'as dit. Pas un atout, pas un as, misère de misère !

Le gros Thomas était ravi. Il aimait les catastrophes et les horribles défaites ; sa famille comprenait des bistrotiers et des paysans, des paysans et des bistrotiers, depuis que le monde était monde ; il ignorait bien sûr que sa luxure, ses mensonges, ses massacres de petit gibier et de poissons lui vaudraient une réincarnation en hérisson, un des derniers hérissons du village, hérisson qui n'échappera pas aux pneus du camion-magasin de Patarin, repris par le fils de ce dernier ; Patarin petit-fils écrasera le hérisson, bien qu'il se soit mis en boule, le hérisson qui avait été le gros Thomas et le renverra dans le Bardo, où il renaîtra sous la forme d'une punaise, deux siècles plus tôt, en 1815 ; une punaise de lit femelle, *Cimex lectularius*, qui après cinq semaines à l'état nymphique avait atteint son stade adulte, de couleur brun foncé et quelques millimètres de long, née au début du mois de juin au premier étage de l'Auberge de la Boule d'Or, grand établissement situé avenue de la Quintinie à Niort, entre l'arrivée de la route de Paris et la rue qu'on appelait, par une sorte de métonymie onomastique, la rue de la Boule-d'Or, avec vue sur le champ de Mars dit place de la Brèche, auberge dans laquelle on trouvait de belles écuries, deux salles de restaurant, des cuisines, une grande cave et une trentaine de chambres, ce qui en faisait un des plus gros établissements de cet ordre en ville, tenu par un certain Lagrave. La punaise *C. lectularius*, hématophage, cherchait sa nourriture la nuit sur le corps des hôtes de l'auberge ; elle vivait dans une cache dissimulée dans une des traverses du lit et n'avait que quelques décimètres à parcourir pour monter sur un pied endormi, avancer jusqu'à la cheville, ou jusqu'au mollet à la peau plus tendre et, entre deux bulbes de poils, planter son rostre dans la peau du dormeur – elle se remplissait alors de sang, puis s'en retournait digérer dans sa cachette, avant de recommencer. Parfois elle croisait un mâle qui s'empressait de transpercer son abdomen avec son organe sexuel en forme d'aiguille pour injecter son sperme directement en elle sans utiliser un coït à proprement parler, et cet étrange viol était d'une telle brutalité qu'il tuait parfois la femelle ; quand elle ne mourait pas éventrée ou infectée par des bactéries pathogènes elle pondait quelques centaines d'œufs pas très loin de sa cachette, des œufs qui deviendraient, après cinq phases larvaires et nymphiques, autant de *Cimex lectularii* toutes neuves pouvant à leur tour manger du sang, accueillir dans leur ventre le couteau sexuel du mâle, ou bien des mâles eux-mêmes, prêts à transpercer des femelles aux panses excitantes, et tous ces arthropodes recelaient des âmes errant dans l'infini des réincarnations au gré de la roue karmique, toujours dans la souffrance.

Le 1er juillet 1815 au soir, l'auberge était sens dessus dessous. Il avait fait très chaud dans la journée et on avait eu la surprise de voir arriver, alors que le soleil commençait à décliner, Napoléon Bonaparte lui-même, avec généraux, armes et bagages. Parti de la Malmaison le 29 juin, passé par Rambouillet, puis par Tours et enfin par Saint-Maixent où il avait été en grand danger à cause des blancs qui s'y trouvaient, il était parvenu à Niort, à l'Auberge de la Boule d'Or, plutôt ténébreux et taciturne. À Niort, on était bleu, surtout grâce aux troupes impériales qui y stationnaient pour lutter contre les insurgés ; le bruit couru vite que l'Empereur lui-même était là ; on vint bientôt en foule sous les fenêtres de l'auberge ; soldats, bourgeois, citoyens de tous bords, tous venaient et criaient *Vive l'Empereur !* à celui qui, depuis le 22 juin, ne l'était plus. Ces cris mirent un peu de baume au cœur de Napoléon ; l'Aigle se montra à une fenêtre et remercia la multitude. C'était la seconde fois qu'il visitait la ville ; il y était passé en 1808 et en gardait un souvenir aussi vague qu'agréable.

Le soir de son arrivée, il dîna avec les généraux Beker et Gourgaud en compagnie du préfet. Le lendemain la foule insista tellement qu'il résolut de rester la journée du 2 juillet à Niort ; il ne partit pour Rochefort qu'à contrecœur le 3, car on l'avertissait que les Anglais risquaient de bloquer les pertuis. Napoléon pensait quitter la France pour trouver refuge aux États-Unis ; il espérait qu'un navire de guerre fidèle à sa personne puisse lui faire franchir le blocus et traverser l'Atlantique.

La punaise qui avait été le gros Thomas et un hérisson écrasé ignorait bien sûr que ce soir-là on avait pavoisé, que le drapeau impérial sorti de l'armoire flottait sur la place de la Brèche ; elle ignorait la ville, sa situation géographique, et même ce qu'étaient ces corps humains endormis dont elle s'alimentait, comme ces deux nuits au cours desquelles elle s'acharna sur les jambes du petit Corse – le sang insulaire et impérial était tout aussi nourrissant qu'un autre, si ce n'est plus ; *Cimex lectularius* ne remarqua ni l'uniforme bleu à boutons dorés bien plié sur la chaise devant le petit secrétaire, ni l'épée dans son fourreau (arme que Napoléon conserverait même à bord du *Bellérophon*, et jusqu'à Sainte-Hélène), ni le si célèbre bicorne de feutre qu'il gardait près de lui jusqu'en été. Le 3 au matin, peu avant l'aube, la punaise court sur le mollet impérial, puis sur la cuisse, nue à cause de la grande chaleur ; la punaise s'oriente grâce à la température du corps et aux émissions de dioxyde de carbone ; la punaise se prépare à un nouveau repas, un repas aveugle et sans plaisir. Quelques heures plus tôt, elle a pondu une dizaine d'œufs dans une cavité du matelas. Parvenue à un endroit propice proche de celui où elle a piqué la nuit précédente, derrière le genou, dans le creux entre la cuisse et l'articulation, elle perfore la peau à l'aide de deux tubes qui sortent de son orifice buccal ; de l'un, elle aspire le sang et de l'autre elle injecte un anticoagulant et un anesthésiant. Elle pompe un millilitre de sang tiède. Elle ne se rend pas compte du réflexe de la main impériale démangée par la piqûre de la veille ; elle ne comprend pas le mouvement de ces doigts qui l'écrasent sans le vouloir ; elle ressent l'éclatement de son enveloppe corporelle, le sang qu'elle vient de sucer se répand sur la peau du dormeur, elle est en proie à une douleur semblable à celle de l'accouplement, quand on perfore son abdomen ; elle ne comprend pas la mort, elle ne comprend pas la fin de ses sensations, le chaud, le froid, le tiède ; elle ne comprend pas la Claire Lumière, elle se dissout dans l'inconscience ; elle ne comprend pas sa nouvelle conception dans la Roue et sa renaissance dans un autre corps, simple moment du cycle des existences successives.

CHANSON

Foulques Valère de Coëx est pris, les armes à la main, le 22 nivose de l'an 2, non loin de sa demeure, le château de Brétignolles-sur-Mer, après une brève escarmouche au lieu-dit La Chaize-Giraud, en compagnie d'une trentaine de paysans, alors qu'il cherche à rejoindre l'armée de Charette, victorieuse à la bataille de Saint-Fulgent.

Il vient d'avoir vingt ans. Le Vendéen est blessé à la cuisse, les républicains hésitent à l'achever sur place, car ils lui doivent douze morts et autant de blessés, mais le courage de Coëx et son jeune âge forcent le respect : l'officier bleu le regarde fixement ; Coëx est pâle, près de s'évanouir, mais se tient droit, malgré sa seule jambe valide. Il a un beau visage, aux traits harmonieux, des sourcils fins, très noirs, et un air doux qui contraste avec sa redoutable habileté aux armes. Il serait dommage d'éventrer cette jeunesse. Emmenez-moi ça à Nantes – ils finiront par le pendre, ou par le déchiqueter d'un boulet de canon dans la tripe. Emmenez-moi ça avec toute sa piétaille. Égorgez-en deux ou trois avant, saignez-les comme des porcs à même la chaussée, les autres se tiendront tranquilles. Allez, en route.

Ainsi soit-il. Quatre paysans se contorsionnent encore par terre en perdant leur sang lorsque la carriole se met en branle. Une journée de charroi pour rejoindre Nantes, avec une halte à La Roche. Foulques de Coëx est à demi inconscient, avachi au fond du véhicule que les deux énormes chevaux bretons, gris comme le granit, tirent à un rythme douloureux sur les chemins creux. Il est presque mort quand on parvient à Nantes ; les combattants sont envoyés à l'ancien entrepôt des cafés transformé en prison ; Coëx, lui, beau chef de guerre, dans une cellule de la prison du Bouffay. Étrangement, la geôle, que Coëx imaginait surpeuplée, paraît déserte. On l'installe dans une cellule à l'étage, assez lumineuse ; la paillasse est fraîche, elle ne pue pas trop. À peine arrivé Coëx s'évanouit ; il est pâle comme un linge. Exsangue. On le soigne. On lui change son pansement à la cuisse, charpie et bandage. Il souffre. Foulques se demande pourquoi les gardes-chiourmes ont une telle commisération. N'est-il pas destiné à mourir vite ? Voilà qu'on lui apporte une soupe. Que lui veut-on ? Jusqu'à la fille du geôlier qui vient le voir. Elle a son âge, plus ou moins. Elle a un grain de beauté sur la joue et des yeux verts. Des yeux larmoyants, des yeux brûlants, des yeux presque aveuglés, dirait-on. Foulques mange sa soupe, c'est donc qu'on manque de chrétiens à enfermer que la geôle est vide ? demande-t-il. Où sont mes compagnons ? Vos compagnons ont été menés à l'entrepôt au café, Monsieur. Quelle est donc cette prison, belle geôlière ? La tour du Bouffay, Monsieur. La plus fameuse de Nantes ! Elle a bien triste réputation. Que ne suis-je pas mort la lame à la main ! Quel déshonneur ! Oh ne dites pas cela, Monsieur. C'est une prison très importante dans laquelle vous vous trouvez. Une prison très terrifiante.

La jeune femme a les yeux qui tremblent, leur vert semble plus clair, elle regarde au-dessus de Foulques, à côté de lui, elle serre ses mains l'une contre l'autre. Foulques de Coëx détaille sa robe noircie à l'ourlet, son tablier taché, sa courte coiffe grise, ses sabots, les fleurs gravées sur ses sabots. Il imagine la cheville fine, le pied mignon, la taille étroite ; il lui tend quelques sous, en lui disant merci pour la soupe. Oh mais il n'y a pas de quoi. De rien. Puis le geôlier son père arrive, encore à minauder, celle-là ? Qu'elle voit pas que ça sert donc à rien ! Y meurent, tous ces beaux messieurs ! Y trépassent !

La jeune femme porte sa main à sa bouche, pour étouffer un sanglot qu'elle ne pousse pas.

Le geôlier sourit. Ce soir peut-être… Ou demain… Il ne comprend pas pourquoi les prisons sont vides, le petit marquis ? Foulques observe avec douleur ce plaisir de la roture, cette joie de voir la noblesse à la peine. Le bec-de-lièvre du geôlier remue au gré des imprécations. Coëx se sent comme un animal dont on jouirait de la souffrance. Un chien qu'on regarde agoniser sur sa paille.

On enferme cent, deux cents royalistes dans une vieille gabarre, dit le geôlier. On vous rassemble en bas, tous ligotés, tous bien ficelés. On attend la nuit… Puis on coule le bateau. Avec les premiers filets d'eau, les premiers hurlements de terreur montent de la cale. Et on vous entend vous battre, vous arracher bras et jambes pour essayer de vous détacher, vous frapper la tête contre la paroi de bois.

On observe les remous de la Loire, sa noire surface ; les bulles y crèvent, et tout est fini.

La jeune geôlière a les yeux noyés, noyés d'horreur. Elle a vu, la veille, les longues cordées de condamnés que l'on menait à la Loire. La lune et sa lumière de mort sur le fleuve si large… Le bateau de bois ventru chargé d'hommes s'éloigner vers Trentemoult, s'immobiliser au milieu de la rivière après avoir doublé la pointe de l'île, tanguer, hésiter, puis disparaître dans la ténèbre liquide.

Foulques s'imagine étouffer dans une obscurité glacée, les mains attachées à celles de son voisin, il a du mal à retenir ses larmes. Le geôlier quitte la cellule. Sa fille aussi. Ils prennent la bougie. Foulques se retourne sur sa paillasse, il cherche à s'y enfouir comme un rongeur disparaît dans la terre.

Je vous apporte du linge, Monsieur.

Foulques de Coëx s'aperçoit que le jour est là, une aube grise dessine les barreaux de la fenêtre sur le dallage de la cellule. Il a fini par s'endormir. Merci, dit-il. Apportez-moi à boire, aussi, je vous prie. À boire et à manger. La fille du geôlier est toujours aussi gracile, a le regard toujours aussi vert, couleur de Loire, couleur d'océan, couleur de bocage. Foulques lui sourit, la regarde dans les yeux, détaille son corps, elle a du mal à cacher son trouble. Demoiselle, pourriez-vous regarder à changer la charpie de mon pansement ? Elle hésite, je ne sais… Je vais demander à mon père…

Je paierai, cela va de soi.

Foulques tire sur la chaîne à laquelle il est attaché et se met debout. Sa cuisse lui fait un mal de chien. Il a une lourde manille à la cheville, fermée par un étrier de métal. Il fait quelques pas en claudiquant, un poulain à la longe. Sa jambe n'a pas l'air cassée. Autour du bandage, la chair est violette. Un sacré coup de sabre. La geôlière, parle-t-on de moi en ville ? Que disent les bleus ? Voici trois sous pour le pain.

Foulques regarde les pièces de cuivre avant de les lui tendre ; sur l'avers la balance de la justice et une devise au revers, "Les hommes sont égaux devant la Loi". Les sols de la Convention. Celle qui noie les Vendéens dans la Loire. Quel mensonge. Les hommes sont égaux devant Dieu. Et encore.

La jeune femme a serré les sous dans son mouchoir. Elle détourne le regard, parle en s'éloignant. On dit… On dit que demain vous mourrez. Que… que vous serez noyé.

Foulques reste droit, appuyé sur son anneau, contre le mur. Il se sent pâlir. Noyé… Comme une portée de chatons qu'on balance dans le Jaunay. Noyé. Le jeune homme sent sa poitrine se serrer d'angoisse, il pense à sa mère et se met, par réflexe et tout bas, à prier le Christ. La fille du geôlier l'observe depuis la porte. Elle a envie de le réconforter.

Ne vous inquiétez pas, Monsieur, je vais juste quérir la charpie et je reviens.

Foulques s'effondre plus qu'il ne s'assoit. Dieu sait qu'il a le courage des armes et de la guerre. Dieu sait qu'il est prêt à défendre son roi et le Christ jusqu'à la mort. Dieu sait s'il tremble de périr attaché, noyé au fond d'une cale.

La jeune femme revient avec les tissus et un baquet. Elle s'approche de Foulques à le toucher. Elle s'agenouille près de lui. Il sent son odeur, odeur de travail et de fumée. Elle défait délicatement le bandage, retire les morceaux d'étoffe noirs de sang séché, lave très doucement la plaie, comme on caresse les cheveux d'un enfant ; Foulques serre les dents – mais il n'a pas mal ; il parcourt de la main le dos de la jeune femme, il suit sa respiration, croit entendre battre son cœur à travers la peau – mais ce n'est que le sien.

Si demain je meurs… pense-t-il, puis il lui murmure dans l'oreille, si demain je meurs…

La fille du geôlier a les joues rougies par la chaleur. Est-ce la chaleur ? Le froid ? la main du prisonnier dans son dos ?

… m'aideras-tu à fuir ?

Elle sursaute comme si une abeille l'avait piquée, baisse les yeux. Mais comment ? Comment, Monsieur ? Comment vous aider… Elle a relevé son visage vers lui.

Si tu pouvais lâcher ma cheville…

Malheureusement, Monsieur, je ne peux, je ne sais pas.

Ils vont me noyer, ayez pitié.

La jeunesse a la mort en horreur. La geôlière frémit au mot de noyade ; elle observe un instant, par la fenêtre, la Loire s'embraser de reflets métalliques sous le ciel de traîne. Les rondes gabarres s'en vont vers Saint-Nazaire. La pointe de l'île paraît toute proche. Elle sait qu'il suffit d'un marteau et d'une broche pour ouvrir la manille. Et ensuite ? Il est blessé, il n'ira pas bien loin. On le rattrapera sûrement.

Monsieur, savez-vous nager ?

Oh je nage s'il le faut, ne t'inquiète pas ! Ma blessure ne gênera point pour cela, je nagerai avec les bras.

Il vous faudra traverser la Loire... Longer l'entrepôt au café, aller vers le sud, jusqu'à Rezé. Là vous trouverez des amis.

Elle saura lui retirer ses fers, le mener jusqu'au fleuve par le souterrain ; elle imagine le courant l'entraîner, comme les embarcations, vers l'ouest ; elle le voit sortir de l'eau, épuisé, à Trentemoult au milieu des pêcheurs.

Ce soir, à la nuit, dit-elle. Mon père...

Votre père ?

Quand il sera enivré, à la taverne...

Les hommes d'armes ?

Personne ne garde le passage de la rivière.

Foulques se sent revivre ; la nuit tombe tôt en hiver – il serre contre lui la jeune femme dont le cœur bat soudain à rompre.

Reviendrez-vous ?

Je reviendrai quand nous aurons vaincu. Je vous en fais la promesse. Il prend sa main dans la sienne. Elle se relève trop vite, trop soudainement et chancelle.

La journée est longue. La journée est très longue. Elle se demande si elle a raison ou tort, mais le seul souvenir du contact de la main ou du regard de Foulques sur son corps réussit à la convaincre immédiatement. À la tombée de la nuit, le geôlier, comme à l'accoutumée, part s'enivrer à la taverne. Sa fille monte à la cellule avec du pain, de l'eau, et dans sa poche un marteau pour les fers.

Elle serait bien en peine d'expliquer ses actes.

Le jeune noble tremble d'impatience.

Mangez, pendant que je vous libère.

Il mange. En quelques coups de marteau adroits, elle a défait la manille. Foulques sait que sa blessure va se rouvrir dès qu'il aura marché dix pas, que le pansement deviendra rouge de sang, que la traversée sera longue et douloureuse. Que finalement peut-être mourra-t-il quand même noyé. Ou tué par des gardes. Il soupire. À la grâce de Dieu ! Pour Dieu et le Roy !

Demandez Libedan à Rezé. C'est une auberge… Vous y trouverez des… des gens pour vous aider.

Le souterrain se termine par une clarté glissante, le reflet d'une lune boiteuse et une odeur de vase.

À peine la belle geôlière lui a-t-elle montré le point à atteindre que le prisonnier a plongé dans la Loire.

Foulques Valère de Coëx a la sensation d'avoir traversé le fleuve d'une seule brasse – le courant aidant, il aborde, grelottant, du côté de Rezé.

Il a une dernière pensée pour la jeune femme qui vient de le sauver. Il se jure que, s'il revient à Nantes, ce sera pour l'épouser – il ignore qu'il mourra, dans peu de temps, d'une balle républicaine en plein front.

Au moment même où il imagine une dernière fois le visage et les yeux verts de la fille du geôlier, par une impeccable magie, de l'autre côté de la brume qui obscurcit la Loire, comme on entend un cri lointain assourdi par la distance, toutes les cloches de Nantes se mettent à sonner.

IV

LE BANQUET ANNUEL DE LA CONFRÉRIE DES FOSSOYEURS

“Mes bons fossoyeux et tristes besogneux, grand maître Sèchepine, trésorier Grosmollard, chambellan Bittebière, amis et confrères, nous voici une année de plus réunis pour célébrer, deux jours durant, l’arrêt de notre triste métier, la pause que le Destin nous octroie depuis l’aube des temps, deux jours où nous ne porterons pas les corps en terre, où la Mort elle-même nous accorde de nous réjouir, pour oublier ce que nous savons tous, que nous finirons dans ses bras, la dernière amante, la même pour tous. Voici le Banquet annuel de notre Confrérie, comme tous les ans depuis que le monde est monde, où nous allons ripailler, nous remplir la panse et le gosier. Réjouissons-nous, frères de tristesse, et laissons nos longues figures pour de gigantesques rires ! Mais avant tout, et comme nos ancêtres, réglons-nous pour boire, car il ne sera point dit que les fossoyeurs rouleront sous la table avant l’heure – je vois déjà vos regards caresser les flacons. Nous ingurgiterons donc en chœur, dans la grande tradition de la Confrérie, et nous deviserons avant et après avoir bu, du moins pour la première journée ; ensuite nous nous en remettrons à la dive bouteille, la sainte ampoule qui nous éclaire de sa sagesse, et nous boirons jusqu’à tomber, en essayant de rendre intelligibles nos borborygmes dans l’ivresse et enfin, le second jour, nous ne parlerons presque plus, nous nous concentrerons sur le nectar en silence, jusqu'au miracle du sommeil et lorsque nous serons tous assoupis, la Mort reprendra ses droits sur la vie et nous notre triste besogne, ainsi qu'il est dit dans les Écritures. C'est la Trêve ! Ô Mort, suspends ta faux ! Aie pitié de notre peine ! Que la Roue s'arrête de tourner !"

Une fois les paroles rituelles prononcées, Martial Pouvreau engloutit le contenu d'un grand calice, baigna ses moustaches, tacha sa chemise ; il fallait voir l'assistance, les visages vérolés, les yeux grands ouverts, qui patientait en tremblant et attendait son tour de pouvoir se précipiter sur le litron tant convoité, sur les pâtés que les assistants installaient, sur les cornichons, sur les animaux qui tournaient dans l'âtre.

"Ah, mes bons fossoyeux, à vous ! Longue vie à la Mort !"

On entendit alors glouglouter les liquides dans les gosiers, les bruits de langues contre les babines, les rots des moins civils, les soupirs de soulagement des plus assoiffés : le Banquet venait de commencer.

"Longue vie à la Mort, généreuse putain !"

Et tous de reprendre en chœur "Longue vie à la Mort, généreuse putain !", dans un horrible cri de bagnards, un cri de chiourme enragée.

"Et maintenant, maintenant mes bons fossoyeux, mes creuseurs de tombes adorés, vivons, bas-beurre de baratte à couilles ! Mangeons et parlons ! Portons à nos bouches ces chairs mortes !"

Il fallait voir les quatre-vingt-dix-neuf convives lancer leurs pognes vers les terrines, le pain, tailler des tranches, les superposer, un ou deux s'étranglaient, crachaient, toussaient et si leurs voisins ne leur avaient pas tapé dans le dos, ils eussent fait mentir la tradition, qui veut que rien ne trépasse pendant le Banquet de la Confrérie des fossoyeurs, à part des volailles, des lapins, des cochons, des agneaux et des bœufs, en nombre, morts *ad hoc*, pour les préparatifs du festin et, cette année-là, des grenouilles et des anguilles à foison, à pleine nasse ; mais avant que les mandibules n'engloutissent, que les gosiers ne déglutissent, le grand maître Sèchepine prit la parole, pour la réponse à l'invite et la première question rituelle :

"Merci maître Pouvreau. Longue vie ! Merci de ton accueil dans cette charmante abbaye ! Nous que la crise n'affecte pas, réjouissons-nous ici, car cela ne nous est permis qu'une fois l'an. Réfléchissons, amis, à notre triste destin, et bénissons les médecins, qui nous fournissent notre pain quotidien. (Tous se mirent à rire, en crachant des cornichons.) Que nos femmes enfantent des Immortels ! Nous serons tous enterrés à notre tour ! C'est la Roue ! Buvons, mes amis, buvons, puisqu'il nous est permis de l'oublier pour nous réjouir, trois jours durant, bas-beurre de baratte à couilles !

La première question que je voudrais vous poser, mes bons fossoyeux, a trait aux femmes. Jusqu'ici, elles sont exclues de notre Confrérie. Or, le XXIe siècle nous réclame de les admettre. Ne sont-elles pas égales en tout point à l'homme ?"

Il faut entendre le grand silence que provoque cette assertion risquée. Tous s'arrêtent de mâcher, certains recrachent leur vin du côté gauche, en signe de dégoût, au grand dam de leur voisin ; d'autres grand-ouvrent les esgourdes, pleins d'intérêt.

"Des femmes ? Tu voudrais des femmes ? J'imagine que tu penses avec ton vit, Sèchepine, que tu as blanc et petit. J'imagine que tu parles pour lui. (Rires sous cape.) Tu voudrais des femmes ! Transformer ce Banquet en orgie ! Pourquoi infliger aux dames un métier de malheur ? Pourquoi les associer à notre triste Destin, si elles en sont exclues ? Veux-tu, sous prétexte d'égalité, leur imposer notre chagrin ? Tu vis trop bien, Sèchepine. Tu oublies notre condition. Laisse les seins dans le monde de la beauté."

Tous hurlent : “Pouvreau a bien parlé, il a bien parlé !” et profitent de la pause pour téter de nouveau les boutanches en rêvant de mamelles, mélancoliques. Il faut voir le visage de Sèchepine, pâli par l’affront.

“Pouvreau ! Erreur ! Tu jettes les bébés avec l’eau du bain, rhéteur ! Voici mon argument : tu n’ignores pas pourquoi il n’y a pas de femmes dans la Confrérie des fossoyeurs, pourquoi même nos épouses n’en font pas partie. Je dis que cette affaire est ancienne. Qu’il y a là de la légende. De l’injustice. De la superstition. Comment ? Nos femmes pourraient tenir nos comptes, recevoir nos clients, mais pas enterrer elles-mêmes ? Ne les voit-on pas aux cérémonies, de noir vêtues ? Ne sont-elles pas plus à même de consoler les éplorées ? D’incarner le désir retrouvé pour le veuf mortifié ? D’atteindre les cœurs, de soulager les pleurs ? Et toi, Pouvreau, tu ne voudrais pas, si tu trépasses, à Dieu ne plaise, une fine et douce main pour ta dernière toilette, plutôt que la paluche velue d’un arpète ? Les femmes pourraient maquiller les vivants, les coiffer, mais point les morts ? Elles pourraient donc tout, sauf intégrer cette confrérie ? Je dis : un peu d’envol dans le formol.”

Il but. Les sifflements d’admiration ne se firent pas attendre. Les murmures de mécontentement non plus. Pouvreau souriait d’un air méprisant ; il attendait que Sèchepine repose son verre.

“Ami Sèchepine, là n’est point la question. Tu souhaites aussi des femelles tortionnaires, des bourreautes, des militaires ? Nous avons vu où nous mène la modernité : le beau sexe a démérité. Les femmes sont-elles toujours belles, en uniforme ? Et cette belle cervelle, sous un casque, en vaut-elle la chandelle ? À mon avis, longue vie aux vits.”

Sur cette sentence sonore et bien sentie, Pouvreau vida son pot, un beaujolais un peu clair, hâtif, gouleyant, si sautillant dans les coupes qu’il en faisait des étincelles, des éclats de rubis quand il croisait la lumière des bougies. Car au long sang lourd de Bordeaux, à la ténèbre des Corbières, au violacé velours du Languedoc, il préférait secrètement les sombres gamays des monts du Lyonnais, les noirs pinots, les nocturnes nuits, les beaunes, les chalonnais, dont il avait l'impression naïve qu'on pouvait ingurgiter des hectolitres sans dommage, comme on dériverait entre Auxerre et Dijon, sur la Saône, le bide en l'air, en laissant aller de beaux jets, telles les baleines de l'évent, lorsqu'on urinerait le trop-plein de nectar, vers le haut. Cette année-là, puisque les retrouvailles étaient du côté de l'Ouest, dans ce réfectoire monacal de l'abbaye de Maillezais, on avait fait venir des foudres entiers d'Anjou et de Loire, de beaux chinons de graviers faciles à boire, au petit goût de mûre et de réglisse, longs en bouche, tanneux, dont le tartre collait aux dents et donnait encore plus soif, toujours plus soif, des envies d'assécher la Vienne, voire la Loire, avec une paille depuis la colline de la Devinière, après avoir vidé tour à tour la Vendée, le Lay, le Thouet et les deux Sèvres, asséché les marais pour en attraper les anguilles et les grenouilles qui, bien aillées, bien persillées, bien tronçonnées et fricassées, garniraient aussi royalement les plats qu'elles raviraient les palais, tant le beurre, l'ail et le persil s'accordent avec toute chose – les petits os caoutchouteux des batraciens sont aussi fort utiles pour se curer les ratiches du devant et les débarrasser des verts fragments qui les encombrent, avant de parler en public, comme les grands flots de picrate réussissent, à force, à dissimuler l'ail dans l'haleine, l'ail des cagouilles, l'ail des grenouilles, mais aussi l'ail des terrines et des pâtés, ail cru, ou peu s'en faut : le plus terrible, le plus puissant.

Cette année-là, donc, au moment où Martial Pouvreau vidait son pot de beaune rescapé du Banquet précédent (Pouvreau était riche et donc radin selon les uns, avisé selon les autres) et rapporté en voiture depuis ces environs de Cîteaux que d'aucuns comparent au paradis sur terre (Pouvreau que les cornichons, par la salivation qu'ils provoquent, les pâtés par le sel qu'ils contiennent et le rouge par pure habitude avaient proprement affamé fixait les cochons de lait et les agneaux dans les cheminées à s'en décoller la rétine), lorsque la foule des fossoyeux, des terrassiers, des marbriers, des gardiens de cimetière, des maquilleurs de cadavres, des incinérateurs et des cochers de corbillards (il n'en restait plus qu'un en Europe, un vieux Hollandais borgne comme un cheval d'équarrissage et très ivrogne) s'était jetée sur le buffet de l'apéritif, après que Martial Pouvreau (l'hôte, cette année-là) et Grégoire Sèchepine (le grand maître) eurent vérifié cet adage de Montaigne selon lequel le chef se doit de guider le peuple dans la bataille et ingurgité les premiers force vin, force terrine et force cornichons, au beau milieu, donc, de cet apéritif paniqué, pétri par la peur de manquer, où tout un chacun cherchait, le plus vite possible, à atteindre un semblant de début d'ivresse, une ébauche de satiété goulue, alors que les moustaches dégouttaient rouge comme des narines de boxeur et que les barbes se constellaient de miettes, Sèchepine prit de nouveau la parole, non sans avoir auparavant établi le silence en cognant deux flacons vides :

"Confrères et amis ! Croque-morts et enterreurs ! Je déclare solennellement ouvert le Banquet annuel de la Confrérie des fossoyeurs ! Chantons !" et tous se mirent à chanter en crachouillant qui des miettes, qui (gourmand) un œuf dur entier, qui un os de grenouille, l'hymne de la Confrérie, une marche en *ré* mineur, tonalité que Mozart offrit à la Mort grave et lente, qu'un rimailleur inconnu avait affublée de vers latins débordant d'ablatifs pluriels en *ibus* qui sont, *in infidelium partibus*, la marque du vrai langage poétique et savant. Tous reprenaient, la main sur le cœur, le refrain, *de poenis inferni et de profundo lacu*, "des peines de l'enfer et de l'abîme sans fond", et le verset hébreu, *yèhè sh'meh rabba mevarakh*, “Que son Nom Illustre soit béni”, gentils et juifs, catholiques et musulmans, protestants et athées, marxistes fervents ou membres de la Petite Église, tous entonnaient l'hymne à pleine voix car, du cru ou venus de loin, c'était le principe de la Fraternité des enterreurs que de laisser ses convictions au vestiaire de la générosité commune ; tous feignaient par exemple d'adorer le *gefilte Fisch*, même les gentils et même ceux qui exécraient le poisson en gelée, qu'il soit carpe, brochet ou sandre, ceux-là, le moment venu, ouvriraient tous grande la bouche pour s'en goinfrer car c'était un des principes du Banquet, l'équité face à la mort, et les plus racistes des croque-morts oubliaient, deux jours durant, leurs préjugés : nous exerçons tous l'atroce métier, nom de nom, et nous savons tous, athées, chrétiens, juifs et musulmans, que nous finirons au même endroit, au fond du trou ou dans les flammes de l'incinérateur et de ces flammes-là, bon ou mauvais, personne ne réchappe : bienvenue à la cendre ou à la putréfaction.

Martial Pouvreau, l'hôte cette année-là, avait reçu les délégués des différentes confessions, reçu les hommages et les compliments, reçu les offrandes et les présents. Le réfectoire des moines de l'abbaye de Maillezais était suffisamment grand pour les contenir tous, quatre-vingt-dix-neuf membres, les pauvres fossoyeurs, les enterreurs, les thanatopracteurs et leurs animaux de compagnie, les agneaux, les cochons qui tournaient dans les cheminées, les poissons et les oiseaux dans la gelée et les pâtés, les chiens couchés à leurs pieds sous l'immense table en U qui faisait plaisir à voir, si longue, si longue, si large, si large, chargée de vin, de victuailles et de beaux esprits. Une fois l'hymne achevé et Mozart assassiné par les glapissements et les mâchouillis, le grand maître Sèchepine, décidément têtu, reprit la parole et sa motion précédente :

“Savez-vous, mes chers fossoyeurs, qu’autrefois les femmes étaient admises dans notre Confrérie ? Qu’elles avaient voix au chapitre ? Que non seulement elles enterraient, elles lavaient, elles embaumaient, elles parfumaient, elles débouchaient et rebouchaient, elles pleuraient mais aussi qu’elles buvaient, sifflaient et descendaient ? En un mot comme en cent, qu’elles banquetaient ? Le saviez-vous ? *In sexu muliebri celebrat fortes victorias et corpore fragiliores ipsas reddet feminas virtute mentis inclitae gloriosas*, comme dit Venance Fortunat le poète.”

Un des fossoyeurs musulmans, à longue barbe et manteau, s’empressa de répondre :

“Chez nous, mes frères, elles lavent les cadavres de toute éternité. Il faut des femmes pour enterrer les femmes, c’est certain. Mais les admettre dans notre fraternité ? Laisser leur caquet troubler notre banquet ? Devenir la confrérie des pitreries ? Tous se feraient coqs pour leur plaire ! Toi, Patureau, je t’imagine, la langue pendante et l’hélice en drapeau. Et toi Leborgne ? Et toi Couilleroy ? Et toi Moshé, crois-tu qu’elles respecteraient ta piété ?

— Amis, je dis bravo, je dis *touché !*, répondit Sèchepine. Ces harpies se jetteraient sur nous c’est certain comme des naufragées mortes de faim. Elles ne pourraient résister à la beauté de ton tarin, Lebel ! Ni à l’angle de tes oreilles, Séraphin, et à leur pavillon à large bord qui fait dire à tout un chacun : « Ah ! Quelle conque ce Séraphin ! » Elles n’en ont jamais assez, c’est connu, Dessais, de tes verrues. Si elles étaient parmi nous, même toi sortirais de ta léthargie, Bertheleau, et ferais du Banquet une orgie ! Je vois ça d’ici ! Votre virilité sauvage, votre agilité d’adage dans les choses du déduit ! J’allais l’oublier, pardonnez-moi mes amis. C’est donc ainsi que vous réglez vos envies : mes bougres, vous pensez du vit !”

Une clameur indignée monta des coupes et des assiettes. Un vieux fossoyeur prit soudain la parole :

“Pardonne-moi, maître Sèchepine, mais tu y vas un peu fort. Point n’est besoin de faire tant d’efforts, ni de nous insulter. De faussement flatter notre virilité, ironiste ! Je propose de ruser. De tergiverser. De procédurer. D’admettre la modernité. Mettons aux voix, et n’en parlons plus.

— Ami, tu sais bien qu’il n’est point dans les mœurs de cette auguste assemblée de voter une motion sans qu’elle n’ait été longuement abordée, débattue, discutée !”

L’indignation enfla : “Aux voix ! Laisse-nous bâfrer, Sèchepine ! Laisse-nous rincer nos dalles assoiffées ! Sus aux discoureurs ! Haro sur le rhéteur ! À table !”

C’était évidemment une provocation, puisqu’ils s’y trouvaient déjà, à table, et plus que jamais. Mais Sèchepine, habitué à ces réunions, comprit que les gosiers se liguaient, que les estomacs frondaient. Il fallait atteindre un certain degré d’ivresse avant les questions sérieuses.

“Soit ! Aux voix ! Qui est pour un Banquet unique et mixte ? Qui accepte que les femmes puissent être membres de plein droit de notre Confrérie ?

— Ce ne serait alors plus une confrérie ! cria quelqu’un. Mais une consœurie ! Voire une mixterie !”

Quelques brefs rires fusèrent.

“Aux voix, compères ! Aux voix ! Pour, levez le bras !”

Ce fut un raz-de-marée inattendu. Certains essayèrent même de lever les deux mains pour peser encore plus sur la votation. Le résultat fut sans appel – Sèchepine triomphait, le mâle avantage était défait.

“Et voilà, vida-t-il sa coupe. L’affaire est faite. Et maintenant, fêtons l’affaire ! En avant garnements, levons nos verres !”

Comme toujours en ces matières, les perdants étaient ravis de noyer leur chagrin dans la boisson et les gagnants, d’arroser leur victoire récente ; tout le monde se retrouva donc dans le vidage, le glougloutage, l’arrosage de la pente, la noyade de luette, la natation de la glotte ; on savait que les questions sérieuses reviendraient, car il y avait un ordre du jour au Banquet, mais pour l'heure, c'était l'Ouverture, l'Incipit, le Flot. Sèchepine se réjouissait de la motion approuvée, selon lui il était grand temps que les femmes soient membres de plein droit de la Confrérie ; il se confectionna une petite tartine de rillettes au vouvray dans laquelle il enfonça un cornichon bien vert, comme on charge une cartouche dans un fusil ; la croûte du pain n'était ni trop dure, ni trop molle, elle chatouillait les incisives et grattait le palais avant que le gras rond du porc, enluminé par l'acidité croquante du cornichon, ne provoque un jet de bonheur dans la cervelle du maître – ah ces rillettes guérissent toutes les peines, pensa-t-il, celles de la bouche, du ventre et de l'âme, et cette joie soudaine sur son visage n'échappa pas à Pouvreau son voisin, qui le congratula et lui remplit un verre de chinon dont la jeunesse, selon l'édile, était le gage d'un bel avenir, du fruit, du fruit sans raideur, des tanins sans astringence, "du qui fait sourire", comme aimait à dire le maire croque-mort en chef.

Les mécheurs vérifiaient périodiquement les ressorts des tournebroches, arrosaient qui les cochons de lait, qui les agneaux, qui les lièvres (presque cuits, les lièvres) et bien graissé à la mèche, oint généreusement d'une sauce à l'oseille et au serpolet, le lièvre embaumait comme une pelouse anglaise, comme un bosquet corse, comme un marais qu'on assèche : la force, la douceur, la folie de la Nature. Les lièvres étaient braconnés, bien sûr, car il était interdit de les tirer au printemps ; on se permettait d'en prélever quelques-uns, des vieux à longues oreilles, usés, rusés, respectables et libidineux, lunaires et laineux, et on aurait pris des mâles si on avait su les reconnaître, ce qui était impossible et avait longtemps laissé penser que le lièvre était un animal doublement impur, ruminant sans sabots et sodomite impénitent, ce qui était pure calomnie, profonde jalousie – la femelle du lièvre, notait déjà Aristote, peut déclencher une nouvelle grossesse avant même d'avoir accouché de la précédente : cette pratique ravissait les fossoyeurs qui, de tout le genre humain, étaient les plus attachés à la vie, car ils vivaient dans la mort.

On mangeait les viandes par ordre de cuisson, donc de taille, et les légumes quand il n'y avait plus de viande, par dépit ; les lièvres d'abord, puis les agneaux embrochés, puis le veau, qui rôtissait par quartiers ; les poissons, anguilles, lamproies, carpes, sandres et brochets, frits, en terrines, en quenelles, en gelée ou en sauce après les entrées, magnifiques pyramides d'œufs mimosa, blanc, jaune et vert comme une nature morte, juteux de mayonnaise bien fraîche, agrémentée de persil et d'estragon ; comme à Mégara, les plats étaient d'airain, les cratères débordaient et la surprise des nourritures nouvelles excitait la cupidité des estomacs. Chaque année, les hôtes étaient chargés de donner une touche locale au Banquet : Martial Pouvreau avait choisi, outre *gueurnouilles* des marais, ces haricots secs qu'on appelle mogettes et dont de vénérables chaudrons, aux coins des cheminées millénaires, glougloutaient à plaisir – les plus gourmands, assis par terre auprès de l'âtre, grillaient sur les braises une tranche de pain sombre qu'ils frottaient avec de l'ail avant d'y étaler une bonne couche de haricots, comme des enfants leur goûter, et il fallait les voir saliver, saliver et se brûler d'impatience en ouvrant des gueules grosses comme des bombardes.

Sèchepine examina un moment autour de lui l'activité des fossoyeurs, les terrines et les pâtés qui s'ingurgitaient, les flammes dans les immenses cheminées du réfectoire. Sèchepine le sage savait prendre son temps et, même s'il roulerait sous la table comme les autres, ce ne serait pas avant tard dans la nuit, à Dieu ne plaise ! Il sirota donc son noir chinon, au lieu de le siphonner : il en tomberait, des fossoyeux, d'ici la fin du Banquet ! Des qui s'endormiraient, le front dans la moutarde, comme des bienheureux, et rythmeraient les discours de leurs ronflements !!! Mais le grand maître ne pouvait se permettre de flancher, la tête dans la sauce, les yeux comateux ; il devait rester, jusqu'au bout et hors pauses officielles, d'une droiture de poilu de monument aux morts.

Tout frémissants du début de l'agape (ce qui, en grec, signifie rien de moins qu'"amour"), les enterreurs s'observaient les uns les autres, comme des chevaux avant la course ; ils se demandaient qui parlerait le premier après les autorités, et pour quelle raison car au fond ils étaient curieux d'histoires et de récits neufs, friands d'émotions plus que de motions. C'est un fossoyeur nommé Bertheleau qui se lança d'abord. Il venait de terminer un saladier de cuisses de grenouilles et léchait ses doigts luisants d'huile, constellés de persil et d'ail ; dans son assiette, un tas de petits ossements telle une sculpture en allumettes. Bertheleau, une fois parachevées ses léchouilles, demanda la parole de la main droite, comme c'est l'usage, parole que Sèchepine s'empressa de lui accorder, pour rompre un silence qui devenait gênant.

LE DISCOURS DE BERTHELEAU : COMMENT LUDIVINE DE LA MOTHE SOULAGEA GARGANTUA DU MAL D'AMOUR

"Fossoyeurs et amis, pour revenir à cette question des femmes qui vous turlupine, car il n'est de bon banquet sans qu'on y évoque l'amour, et la pine, comme c'est la coutume de cette société de dire des atrocités, que le déduit a droit de cité (tout en goinfrant, retirez la cire de vos oreilles ! Avalez le jus de la treille !), il va être question (cela dit sans vulgarité) d'une forme de gigantisme du con, de démesure dans la fissure ainsi que de paille dans la faille. (À ces mots les convives restent les mains levées, les coudes pantois.) Nous sommes tous familiers de son intérieur, humide comme une cave, de sa traînée de bave, sa consistance de foie de veau, son clapotis de glaviot, son parfum d'humus, son mystère de rébus, sa forme de labour. (Il déclenche aussitôt un tollé : du glaviot ? de l'humus ? du labour ? Mieux vaut entendre ça que d'être sourd ! Ah tu offenses, Bertheleau ! Fini le vin, à l'eau ! On ne veut point se fâcher, que diable ! Bertheleau, minable, tu insultes le sexe beau !) Calmez-vous ! Je vous parle de sillons, couillons ! De gigantesques fesses ! Des déesses ! De disproportionnées délicatesses : des cons comme des portes cochères, dont s'écoulent des rivières. Des torrents entre les montagnes ! Mais si ! Je vous jure ! Rappelez-vous, mes bons fossoyeux, où nous nous trouvons, ce réfectoire dînatoire, cette abbaye de Thélème, du disque solaire le divin analème. Ici naquit Gargantua ! Ici ! Il naquit tout formé, tout apprêté. Or figurez-vous que ce bon géant ne savait où la mettre, où, dans quel récipient et par quel excipient : il l'avait si grosse, qu'il ne fut point con qui ne lâchât. On essaya la chèvre : elle finit en bec-de-lièvre, fendue et retournée, les cornes au cul, le poil à l'intérieur. On fournit une vache à son chibre homérique. La pression, voilà le hic : même ligotée du poitrail, corsetée de ferraille, elle explosa. Gargantua, ne voulant point massacrer de femelle, tâta de la chamelle : la gueule dans le sable elle blatère, lui son conduit oblitère, jusqu'à ce que mort s'ensuive. Mordieu, pauvre Gargantua ! Il était destiné à ne point prendre femme ! Ô destin cruel ! Ô brusque tarabusque ! Condamné à s'astiquer ! Comme il s'empoignait !!! On eût dit le sonneur de cloches de Notre-Dame, ding dong, ding dong, de haut en bas, il se lustrait le borgne dont l'œil immense clignait. Et gare à la décharge !

Le canon sans recul arrosait large, il pleuvait des homuncules ! Tout le Poitou nageait dans la mousse, les pâtissiers en remplissaient les choux. La semence enchantait les pêcheurs, car on y trouvait des perles d'huîtres et des esturgeons."

(Mais quelle est donc cette horreur ? Beurk, Bertheleau, bas-beurre de baratte à couilles ! Assez ! Atrocités ! Faites taire l'andouille ! Les commentaires devenaient méchants, car les fossoyeurs étaient prudes : ils n'aimaient pas parler de foutre en mangeant. Bertheleau n'en eut cure, et poursuivit.)

"Un jour, après un soubresaut du jonc massif, un hoquet du vit impénitent, l'échevin fut noyé en plein parlement – il avait ouvert la bouche au mauvais moment. Juché sur la cathédrale de Poitiers, le géant en fut tout attristé. « Par sainte Radegonde ! Gare, les amis, malgré moi et faute d'un con à ma mesure, c'est la politique tout entière qui souffrira des vomissures : des ministres on lissera la tonsure. » En ce temps-là le débat portait sur le prix de l'essence et les balles de défense, dont la maréchaussée n'était pas avare : certains (des coquins) perdaient des yeux, d'autres (des ribauds, des vicieux) gisaient la bouche ouverte, le corps couvert de bleus. Le vulgaire avait grand envie d'attraper le président par les oreilles pour lui déboucher le conduit auditif, que ce grand homme redevienne sensible aux cris de la Nation. Gargantua, philosophe, suivait les manifestations depuis son toit, le poing sous le menton, pantois ; il se prenait à rêver, s'assoupissait ; son vit, prompt à baver, pissait – les cognes affolés, en bas, levaient leurs boucliers : de l'averse dorée ils se protégeaient comme ils pouvaient. En formation ! La tortue ! Laissez pisser !

Gargantua rêvait. Il rêvait d'une île superbe, où il urinait contre un palmier. L'averse durait et le niveau montait – la flicaille n'en menait pas large, ils se rappelaient l'affaire de Notre-Dame, quand pour éteindre l'incendie ravageant la toiture, Gargantua noya, d'un jet bien dru, cent flics dans leurs voitures, qui jouaient au trut.

Bien chauffé au soleil, contre l'ardoise fine, le géant songeait. Une géante le titillait, nommée Badebec. Elle l'asticotait, le perlicotait, le tarturait, le galichait de l'ongle, le carcoutillait des cils (ô caresse divine, les cils de Badebec sur les couillons !), l'engourdavait, le glaviotait, et Gargantua roucoulait, il roucoulait, découlait, s'acoulait dans son rêve : il se retourna d'aise sur son toit et il pleuvait des ardoises sur les poulets. Gargantua, soupira Badebec, Badebec, soupira Gargantua, et le géant banda.

La nuit se fit soudain sur le champ de bataille.

— Gendarme, une éclipse ! L'ombre la plus noire a surpris nos armées !

— Non, chef, c'est le géant qui cache Phébus ! Son long membre gonflé a la taille d'un bus !"

(Les fossoyeurs conquis sourirent à cette évocation hasardeuse. Ils se réjouissaient comme des enfants. Le ramdam fut puissant. On plongea dans les pâtés, se bâtit pour les cornichons, assaillit les jambons d'immenses couteaux ; on se rua sur les pastramis marinés tout fumants de vapeur ; les quartiers de bœuf montaient la garde, les malossols à leurs côtés, comme les fouets des cosaques. Voyant que l'auditoire se rassasiait, Bertheleau fit lui-même une pause. Il goba un œuf mimosa, lécha ses doigts couverts de mayonnaise, rinça sa moustache en la trempant dans son verre de chinon, odoreux comme un rosier un soir de printemps. Puis par gourmandise il attrapa une petite gougère au chèvre frais, pour éponger, comme il disait. Les fossoyeurs étaient tout ouïe, prêts pour l'épopée.)

"« Ô Badebec, ma mignonne, ma mie, ma tendrette, ma braguette, ma savate, ma pantoufle jamais je ne te verrai », chantonnait Gargantua en s'éveillant de ce songe parfait.

Le con de Badebec était comme la grotte de l'Apocalypse : profond, saint et luminescent. Le lieu de la révélation, selon Gargantua ! Au milieu coulait une rivière, un doux encens encombrait l'air au parfum de champignons. Saint Jean lui-même s'y serait pâmé d'aise ! Les Sept Dormants d'Éphèse y passèrent trois cents ans. Les gens de la caverne possédaient un chien, qui émouchait joyeusement de la queue l'ouverture. Les murs du con de Badebec étaient lisses et moites ; la muqueuse, visqueuse ; si on y collait l'oreille, on percevait des bulles gargouiller : les échos du marnage dans le boyau culier. Cachée dans un repli, une Pythie y disait des oracles ; effrayés en l'entendant les vits tournaient bride comme un cheval renâcle. On croit savoir que tout au fond, où le ruisseau prend sa source, vit un peuple d'aveugles et croissent des anémones, blanches comme des asperges, gonflées comme des bourses.

Gargantua imaginait cet endroit comme le paradis, la caverne parfaite, il rêvait d'y faire son lit, d'y planter sa tente, d'y danser la tarentelle, d'y installer sa parentèle.

Las, ce con si vaste, cette coquille d'amour, ce matelas de plaisir n'existait que dans ses rêves.

Gargantua était fort marri sur son toit.

En bas, dans l'obscurité, manifestants et forces de l'ordre continuaient à s'affronter. À qui mieux mieux, cailloux contre boucliers, matraques contre casquettes, les civils refusaient de plier, les cognes redoublaient d'ardeur virile, à la grenade, au missile. Cette bataille rangée rappelait à Gargantua les guerres de son père, la poisse des fouasses et tout ce qu'il s'ensuivit. Il était pour la paix, peuchère ! Il arracha la croix du clocher pour se gratter le nez, puis se curer les ongles, se changer les idées : rien à faire, Dieu le Père, cria-t-il, je veux la pourlèche, la relâche, l'expulsion, la révulsion, l'explosion, du plaisir la convulsion, l'alliage, le verbiage, le baillage, le bouffage, l'étiage, le cocufiage, le sciage, la révélation, en un mot je veux le mariage ! Conjuguer, abjuguer et adjoindre. Rabouter et raboter. Barboter dans un con de velours ! L'union sacrée ! Le sacrum ! Nager dans un cul bien lourd !

Et plus le géant désespérait sur son toit, plus zy bandait, et plus la maréchaussée assommait les ribauds dans le noir. Gargantua lâcha soudain un immense cri, un brâme, un mâle rut, un râle brut et de rage : il lança la croix de fer du clocher, comme un javelot, vers le sud et vers le haut. Après quelques minutes de vol elle se ficha en terre, devant la maison des rosières, à La Mothe-Saint-Héray, plantée bien droit comme le Bon Dieu soi-même, chtoc, à quelques pas de la rivière. C'était soudain Jésus qui éclairait la contrée ! Miracle ! Montjoie ! Sainteté ! Ces rosières étaient choisies dans la classe la plus indigente et parmi les jeunes filles les plus intelligentes, reconnues avoir, depuis leur première communion, donné le plus de preuves, par leurs actions, de l'accomplissement de leurs devoirs envers Dieu, la patrie et le souverain, leurs parents et l'humanité, sages et laborieuses, ni ribaudes ni catins, ni bagasses ni bêcheuses, ni mutines ni putains, ni gueuses ni tapins. À tel point que le poète disait d'elles :

Avec sa coiffe blanche aux frissonnantes ailes
Et son teint de brugnon vermeil et velouté
La Mothaise est la fleur de grâce et de beauté
Dont le brillant éclat fait pâlir les plus belles.

Ces prudes rosières étaient à marier, dotées par le village, à un âne bâté, une brute civile qui les épousaillerait à l'œil. Le seul inconvénient était qu'on ne pouvait en prendre qu'une et point tout le panier, de ces roses de chair ! Une, et pour la vie ! Ô les belles bigotes en coiffe ! Elles étaient donc dans la maison des rosières lorsque s'y planta le crucifix, paf. L'une d'elles avait pour nom Ludivine, très pieuse ; lorsqu'elle vit la croix de fer elle tomba à genoux et en prières, car elle l'avait reconnue : sainte Radegonde l'appelait ainsi vers elle. Miracle ! Montjoie ! Sainteté ! Sus à Poitiers, répondons à l'appel ! Et elle partit, par Pamproux et Lusignan, à pied. En coiffe. L'y parvint le lendemain, aux environs de none.

Gargantua était encore en pleine sieste, toujours sur son toit, le vit dressé ; les manifestants affrontaient encore la maréchaussée, en bas. Le géant rêvassait de nouveau ; son engin se tortillait, semblait parcouru d'une onde comme un serpent. Un palmier qui aurait pris le vent. Les couillons tout gonflés pendouillaient telles des cloches, puis se serraient soudain contre la hampe, comme s'ils avaient froid – on eût dit les pneus d'un essieu, collés contre un canon, ou des planètes bleues, attirées par un céleste épieu. L'ondulation du membre, vive et régulière, faisait craindre un orage. Les cognes s'étaient protégés : on leur avait distribué des combinaisons de plongée.

Ludivine avisa le géant sur le toit, allongé la tête contre le clocher, les pieds coincés par les lanterneaux de la façade, benaise, absorbé par la rêverie et la bandaison, se grattant inopinément le ventre et la cuisse et projetant inconsciemment des ardoises sur la bataille des pendards et des soudards qui se déroulait à ses pieds, entre la cathédrale et le marché : la rosière faillit s'évanouir de douleur de voir ainsi l'état du parvis – elle s'enfuit se recueillir à peu de distance de là, sur la tombe de sainte Radegonde. On raconte que ce fut la sainte elle-même qui l'inspira : Ludivine, sauve la cathédrale ! Ludivine, sacrifie-toi ! Ludivine, soulage Gargantua !

La rosière était de dimensions normales, voire même un rien plus petite que la moyenne, que pouvait-elle y faire ? Y accrocher par ruse un collier de fer ? Y attacher des bœufs, qu'ils tirent sur les œufs ? Elle était courageuse et bonne nageuse : elle ne craignait donc rien et grimpa les escaliers d'un des clochetons de la façade, contre lequel Gargantua avait son pied senestre. Le géant s'était rendormi : ses ronflements de bonheur faisaient vibrer la toiture ; Ludivine faillit s'étaler. Un grand vent sorti du nez manqua de lui arracher sa coiffe. Elle s'agrippa alors pour ne point tomber – elle enserra la chose de ses bras, elle avait peine à en faire le tour. Telle au misaine la gabière, grimpa au mât la rosière. Elle s'accrochait aux veines bleues qui striaient le nœud, les jambes bien arquées autour du tronc ; comme une enfant un vieil arbre, elle gravit le phallus jusqu'au prépuce, et s'installa sur ce balcon : on aurait dit un muezzin au minaret, la Ludivine ! La coiffe au vent comme un turban, elle harangua les manifestants : « Paix ! Amis, paix ! Laissez vos querelles ! Que le président entende le peuple ! Et Dieu pour tous ! »"

Les fossoyeurs rirent de bon cœur – voilà une rosière bien singulière, qui en appelle à Dieu et au président ! Dans la cheminée, les hommes de la mèche, préposés à l'onction des lièvres, brandissaient le flamboir rougi qui dégouttait de lard fondu sur les bêtes embrochées ; le parfum était à se damner, il vous donnait envie de vous jeter dans les flammes pour mordre à belles dents le râble fumant, attaquer les cuisses, sucer les pattes avant. Les deux fossoyeurs lardeurs-mécheurs buvaient donc pour ne point céder à la tentation – et quand l'un approchait de trop près une main douteuse vers la peau d'une hase, l'autre l'arrosait de gras coulant : le brûlé portait illico ses doigts à sa bouche, où le goût de sel, de cochon et de fumé le calmait derechef. On humectait les viandes tout le temps de leur cuisson, là était le secret ; au fond des cheminées se consumaient les bûches ; on ramenait la braise à la pelle sur le devant, où des tournebroches aux poids compliqués tournaient, sous la bonne garde de deux sbires par foyer, deux fossoyeurs rustiques et patibulaires. Un tonnelet était judicieusement placé sur une petite desserte, car manier le capucin donnait si soif ! Les mécheurs arsouillaient donc du meilleur, du rosé de saignée, de désir, arraché au raisin en une nuit, un jus frais couleur soleil, quand il se reflète sur la cuisse d'une nymphe, une coulure d'aube d'automne et tous les enviaient, les Couilleroy, les Sèchepine, les Bittebière, les délégations de Moselle ou des Vosges, qui regrettaient leur gris de Toul et leurs fromages lorrains, qu'on gratinait sur deux tranches de lard et de pain noir – le gros lorrain, dix bonnes livres de croûte lavée, doucement frottée, on l'avalerait comme une mirabelle ! Ah, la raclette sauvage au gros lorrain, auprès d'un bon feu ! Ô welsche ! Ô saulnois ! Ah, vivement les fromages !

Les fossoyeurs ne faisaient gras qu'une fois l'an, pour le Banquet, mais quel gras, et tout leur était permis : le reste de l'année n'était pour eux qu'une longue tristesse, la queue d'une comète emportée par la Mort… Pendant que Bertheleau prenait une petite pause pour se rincer la dalle, on servit le bouillon – un bouillon de bœuf où nageait du serpolet et de l'estragon, un bouillon de queue, de jarret, de panais, de céleri et d'oignons, car il fallait bien un endroit où planter les clous de girofle ! Un bouillon de voyante, avec des yeux ! Le consommé fumait, et bavaient les fossoyeux ! Certains (car l'option était rare, mais admise) préféraient un bouillon de champignons de printemps (des hygrophores de mars, des entolomes et des morillons) et se régalaient. La Camarde est l'alliée des enzymes et des moisissures ! On entendait soudain un concert de soufflements et de bruits de bouches, des glouglous, des gargouillis, des éclats de cuillères.

Les mécheurs éméchés méchaient les lièvres en sifflant leur sécheur de soif, et Bertheleau, une fois humé le liquide brûlant, préférant sagement le laisser refroidir, reprit son discours.

“Ludivine, donc, s’agrippait au prépuce de Gargantua comme un barbier de Damas, avec force et désinvolture. Sur le parvis d’autres flics descendaient des voitures ; les zadistes refluaient sous le nombre, les coups de trique et les gaz hilarants.

C’est alors que Gargantua s’éveilla, attristé de ne point se retrouver dans son rêve, avec sa Badebec, mais sur le toit de la cathédrale de Poitiers. Il fut pris d’une violente mélancolie, s’aperçut qu’il bandait dur, et s’empauma. Serrant ainsi son vit dans sa main, il provoqua un mouvement d’étranglement, une force de bas en haut égale à la quantité de chair écrasée par le poignet – le zéphyr déployé précipita Ludivine en l’air, cul par-dessus tête, envolée. Elle fit trois tours et tomba dans le méat, accueillant comme une large bouche : l’urètre l’avala. Gargantua sentit une démangeaison pas désagréable, qui lui raidit la peau des couillons. Ludivine glissa comme sur un toboggan – tel Jonas dans la baleine, la voilà recluse dans la spermatique écluse. Elle s’y débat. Se démène. Le niveau monte. Elle est à la peine. Elle s’agrippe et secoue et Gargantua se contorsionne sur la cathédrale. Ho ! Ah ! Hi ! Hé hé ! Oulaouille ! Mémé ! Le foisonnement furtif du fondu fractionné ! La gratouille de l’intérieur ! La secousse ! Gargantua a les yeux grands ouverts, globuleux, prêts à sortir des cavités, mon Dieu ! Ses joues se creusent par le raidissement du sillon culier – il se déhanche, se dandine, se dédine, se danche, se garmine à bon temps, s’entrefout, se délicite la cospédale, se rougit, se pâme, s’arc-boute, se perragoûte tout en se cabilochant à souhait : ah mais j’explose ! se dit-il, je raviote ! Le bouillon sidéral lapine en ma mouture ! Floc la flatteuse ! la percale écume !

Et voilà Ludivine de nouveau en l’air, sur un nuage blanc, moussu, glauque aux entournures, foisonnant, métallique et aérobique, glavioteux et collant, qui retombe comme une bombe et s’étale comme un marais.

Ainsi mettons-nous fin aux frasques du Divin : Ludivine atterrit dans les bras d'un agent, qu'elle épousa. Le président sortit blanchi de l'escarmouche, l'enfer de l'affaire retombé. Il eut alors ce mot bon enfant, une fois le coton-tige passé dans ses oreilles : « Vous vouliez que j'ouïsse et voici que j'entends. » Gargantua avait fait mouche, les zadistes l'adoraient – il descendit par la façade, s'en retourna vers l'ouest, suivi d'une ribambelle d'activistes, vers d'autres batailles."

Les fossoyeurs étaient consternés. Bertheleau, gamin ! Que le rire repousse la Mort ! Camardeux, réjouissances ! Et puisque ce jour-là tout était permis, les grossièretés comme les plus hauts discours, on ne réprimanda pas plus avant Bertheleau. La coutume voulait que les premiers et derniers parlements du Banquet soient réservés à l'amour – le récit de Bertheleau ajoutait à ce noble sujet un élément surnaturel qui convenait bien au sourire édenté et persillé (les œufs mimosa !) du fossoyeur.

Les quatre-vingt-dix-neuf convives terminaient leur bouillon en regardant apporter les vol-au-vent, si aériens qu'on eût juré qu'ils moussaient. Ah maître Carême ne les aurait pas reniés ! pensa Sèchepine, qui était gourmet. Il imaginait les ris de veau, les morilles, la crème ; peut-être même la truffe de printemps, si légère, si fruitée, qu'elle magnifiait la saveur de la chair des queues d'écrevisse – Sèchepine ne parvenait pas à deviner, de loin, le contenu des croustades, mer, terre ou même terre et mer ; des pots de blanc circulaient : du chenin, un chenin bien gras, jaune paille, pourtant minéral, le vin parfait, avec sa lointaine amertume, comme le souvenir même de la vie, songea Sèchepine – la ripaille le rendait philosophe. L'immense tablée faisait plaisir à voir et à entendre : il y en avait qui lapaient encore leur consommé, qui se le versaient directement dans la bouche en tenant l'assiette des deux mains – ceux-là crachaient la vapeur du bouillon comme des dragons, par les naseaux.

D'autres se délectaient toujours des terrines ou des œufs de l'apéritif ; certains, comme Sèchepine, attendaient avec impatience le prochain parlement.

DISCOURS DE BITTEBIÈRE INTRODUISANT L'ÉCOLOGIE AU FOND DU CERCUEIL

C'est le chambellan Bittebière qui prit la parole ; comme son nom l'indiquait, il était originaire d'Artois, de Sainghin-en-Weppes, village mystérieux dont les habitants sont appelés (à tort, sans doute) mangeurs de chats.

"Fossoyeux ! Confrères ! Avant que le divertissement ne reprenne ses droits, que les récits d'amour ne charment à nouveau nos esgourdes, que le vin les scelle plus sûrement que la cire d'abeille, avant que nous ne sombrions dans le plaisir de l'ivresse et la joie de l'oubli, je me dois de nous rappeler une fois de plus à notre triste métier. Il n'est point de mort qui ne passe par nous ! Nous portons l'humanité sur nos épaules !"

Les fossoyeux, flattés par cette adresse, se tournèrent tous vers l'orateur ; Sèchepine se demanda quant à lui quelle innovation blâmable allait promouvoir Bittebière : il s'en méfiait, car il le savait progressiste au-delà du raisonnable.

"Confrères ! Les temps sont au changement. Vous avez vu que les arbres brûlent partout dans le monde, que les animaux disparaissent, que la planète se réchauffe, que les sols sont empoisonnés, les cieux encombrés de sombres fumées – nous n'en avons plus pour longtemps avant la Grande Extermination ! Bientôt il n'y aura même plus de fossoyeurs pour mettre les morts en terre… Adieu *gaudeamus*, à nous l'humus !"

(Un murmure d'effroi rageur parcourut le banquet. Comment, tous crevés ? Qui fossoiera pour les fossoyeurs ? Qui enterrera l'enterreur ? Son corps souillera la terre, abandonné aux corbeaux, le dernier homme ?)

"Entre-temps, amis, confrères, que pouvons-nous faire ? Comment pouvons-nous, depuis notre triste métier, aider la planète ? Être entiers, rester honnêtes ? Tout d'abord arrêter les produits formolés. Quoi ? J'entends d'ici les objections, les cris, les gourmades. Mais oui, mes bons confrères ! Les injections *post mortem* ! Tout cela pollue ! Le méchant aldéhyde formique, ce poison inique ! Par ruissellement… Tout fuit… À quoi bon momifier ? À quoi bon ces soins chimiques ? Injections farfelues d'un autre temps ! Horrible viatique ! Vidage du sang, formol en remplacement, cinq litres de poison qui finiront dans le sol ! Place à la carboglace, enterrez vite et bien, des bois nobles et sans vernis, du chêne, du sapin ! Le formol c'est l'ami de la leucémie !"

Les fossoyeurs se regardaient. On n'entendait plus que quelques glouglous, bruits de bouchons et de mandibules : on restait coi. On attendait la tempête qui allait gronder. Les thanatopracteurs qui allaient s'insurger. C'est l'hôte, Martial Pouvreau, qui prit la parole :

"Quoi ? Mais Bittebière tu me tétanises ! Lâche bravache au sang de navet ! Ah il t'en faudrait, du formol ! Un plein bol, et en faïence ! Pour te donner un peu de brillance ! Tu sais le manque à gagner ? Tu sais que le formol c'est notre obole ? Ces soins, notre pain ? Terminé, si l'on ne facture plus que quatre planches en sapin ! Adieu, veau, vaches, cochons ! Adieu gros seins, adieu nichons !

— Martial Pouvreau est notre hôte cette année, intervint Sèchepine pour présenter de nouveau l'interlocuteur de Bittebière à ceux qui se seraient empressés d'oublier qui il était, après la féminine motion de l'ouverture du Banquet.

— Ah, Pouvreau, Pouvreau, mais tu t'égares ! Tu erres dans le noir ! reprit Bittebière. Tu sais bien sûr que l'Europe a interdit le formol ? Par respect pour les sols ? Que nous sommes dans un moment dérogatoire ? Prélude au Purgatoire ?

— Mais justement, foutrebleu, c'est maintenant qu'il faut facturer, fracturer, injecter ! Après, ce sera trop tard ! La manne aura foutu le camp ! Aujourd'hui, je vous le dis : formolisons sans nous formaliser !

— Pouvreau, mais que va-t-on faire de toi, Bon Dieu. On te dit que ce sont des poisons ces produits ! Tu veux de la fraîche, de la pâte, de la galette, soit – Pouvreau, il faut inventer les funérailles BIO®. Voilà l'oseille ! Notre confrérie doit avoir son label ! Vivre avec son temps ! Faire propre et net, pour la planète.

— Pour la planète, Bittebière, pour la planète ? Ha ha ha, mais tu peux encore te faire pousser des couettes !! Mettre une salopette !! Parler suédois ! Nous montrer du doigt ! L'hystérie écologiste ne passera pas !"

Un fossoyeur du Sud leva la main ; Bittebière était estomaqué par les propos de Pouvreau – il passa volontiers la parole. L'homme s'appelait Vendebout. Vendebout était béarnais ; sa voix roulait tous les graviers du gave de Pau. On y entendait presque sauter les truites.

"Chambellan Bittebière, confrère Pouvreau, je vais vous renvoyer dos à dos : les formaldéhydes sont déjà interdits, en crémation comme en inhumation. C'est un fait – il faut oublier les soins de conservation. Tayaut. À moins de revenir au benjoin, de momifier au baume, à la bandelette et à l'égyptienne. Mais Bon Dieu la table réfrigérée ça vous maintient son macchabée bien au frais le temps qui faille !! Pas besoin d'aérer, d'ouvrir les fenêtres et les boyaux, pas besoin de se débarrasser de la ventrèche dans la poubelle du voisin… J'ai vu des gars balancer la chinegarre d'humains aux chiens, Diou vivant ! D'autres en faire du boudin !

Mais le BIO®, attention, c'est aut' chose : le BIO®, c'est le cimetière vert, c'est la fin du marbre et des cercueils chers !

Juste des plaquettes toutes petiotes en bois, qu'est-ce qu'on y gagne ? Des miques. Des miques !

— C'est vrai, Vendebout, reprit Bittebière, le cimetière naturel, c'est rudeau pour l'enterreur, les marges dans l'erreur. Adieu marbres, dorures, stèles, cénotaphes, bas-reliefs, caveaux… Adieu angelots, adieu poignées dorées, adieu capitonnage pourpre de mousseline mordorée. Adieu confort dans la mort ! Vive l'austérité pour l'éternité ! Adieu, le pourliche du fleuriste, adieu. Mais on peut charger la mule sur le creusement !!! Prendre cher pour le plantement, le verdissement, l'entretien printanier : en un mot comme en cent, devenir jardiniers !

— Finis le gravier dans les allées, et le glyphosate pour désherber ? souffla tout bas un gardien de cimetière qui savait de quoi il parlait. On risque pourtant pas de leur filer le cancer, à nos pensionnaires.

— Bouffez des pissenlits par la racine, oui, mais des pissenlits BIO® ! ricana Pouvreau.

— Gausse-toi autant que tu veux, Pouvreau, c'est l'avenir, se rinça la dalle Bittebière, prouvant qu'avec un peu d'expérience on pouvait parler et boire en même temps.

— C'est tellement l'avenir que c'est le présent, pérora un croque-mort deux-sévrien. Par chez nous on a le premier cimetière BIO®, le cimetière naturel de Souché, à Niort. C'est si vert que ça fait mal aux yeux. Les tombes sont délimitées par des traverses en bois. Pas de pierres tombales, juste un vague bout de calcaire blanc avec un nom. Et des herbes, des fleurs, des arbustes partout. Et ça pousse ! Avec les cercueils non vernis biodégradables et tout ce qui se décompose dedans, attention la mousse !

— La permaculture sur trépassés ! Voilà le futur ! Silence, ça pousse !"

Les fossoyeurs applaudirent tous cet échange passionnant ; Martial Pouvreau bougonnait des obscénités à l'oreille de son voisin, pour se venger – il sentait que le parti de l'écologie venait de remporter la bataille. Il agrippa un pot de gamay de Touraine devant lui et remplit son ballon à déborder ; puis il approcha doucement la moustache du rebord, comme un tigre à l'affût, à plat ventre dans une bambouseraie, rampe vers un point d'eau, avec patience et circonspection, renifla une seconde le nectar avant d'y plonger la lèvre supérieure et d'aspirer, dans un bruit de plaisir et de succion, le premier centimètre du liquide – tout danger de renversement écarté, il se saisit de la coupe par le pied (par le pied, malheureux ! Tu vas le réchauffer ! C'est pas un cognac, bas-beurre de baratte à couilles ! aimait-il à crier, quand il surprenait quelqu'un contrevenir à cette règle d'or, et il aurait hurlé cette sentence même à l'Élysée ou à Buckingham Palace si d'aventure la reine d'Angleterre ou le président s'étaient mis dans l'idée de boire du vin dans un verre ballon) et en renversa le contenu dans sa bouche grande ouverte, d'un double mouvement vers l'arrière, du poignet et du front, avant de ramener la tête et les épaules vers la droiture, de déglutir, de souffler un interminable ha de soulagement repu et d'observer avec envie les huîtres gratinées à la Dumas qui circulaient sur des plateaux – attention c'est chaud, disait le commis ganté qui répartissait les petits ramequins blancs remplis d'huîtres au gratin devant qui voulait. Pouvreau, hôte du Banquet, avait organisé les ripailles ; il savait qu'il manquait encore trois ou quatre entrées et potages avant les premières viandes. Il avait très envie d'une huître au parmesan, au champagne et au gratin, mais pour ce faire il fallait se rincer la bouche ; il se saisit donc du verre à eau, qu'il remplit de chenin d'Oiron selon la méthode précédemment décrite pour le vin rouge, puis le vida de la même façon, à ceci près qu'il exécuta quelques gargarismes bien sonores, pour décoller du voile de son palais tout souvenir de tanin. Il fit signe à l'apprenti qui portait les mollusques ; leur chair cuite prenait une belle couleur nacre ; les coquillages venaient de la baie de l'Aiguillon, à quelques lieues de l'abbaye de Maillezais, où ils poussaient librement par milliers sur les bouchots abandonnés et les tables ostréicoles oubliées.

L'ancien réfectoire de l'abbaye bruissait des mandibules des quatre-vingt-dix-neuf convives, et des conversations plus ou moins privées s'épanouissant loin des ténors de la Confrérie, chambellans, maîtres et grands maîtres – oh ceux-là étaient prompts à se chamailler pour des motions et des innovations jugées blâmables, heureusement cette année il n'y avait point d'élections et d'intronisations nouvelles, c'était un Banquet intermédiaire, un Banquet commun, et non pas une de ces foires d'empoigne où l'on finissait par s'envoyer des rafales d'éclairs au café, comme Zeus porte-foudre lui-même, et se voler dans les plumes à coups de choux à la crème.

Bittebière savourait certes sa victoire écologique, mais surtout ses langoustines, qu'il trempait, une fois pelées, dans une mayonnaise tout juste citronnée avec, point trop n'en faut, un trait d'huile d'olive qui lui donnait des reflets verts d'estran à marée basse. On pouvait juger ce Martial Pouvreau un peu rustre, un peu conservateur dans ses idées, il n'en demeurait pas moins un hôte de grande classe. Bittebière se rappelait un Banquet en tout désastreux, quelques années auparavant, dans un grand hôtel de Vichy, où ils avaient failli mourir de froid et de faim, où le picrate était à peine buvable et où la participation exigée était sauvagement disproportionnée, l'hôte ayant sans doute cherché à s'enrichir sur le dos de ses confrères comme à son habitude sur celui des morts, bref, songeait Bittebière en récapitulant qu'il avait déjà ingéré

une tartinette de rillettes au vouvray,

une tranchouille de pâté de canard,

un barillet de cornichons pour accompagner les susnommés,

un œuf mimosa, soit deux moitiés,

deux petites gougères au chèvre, à peine plus grosses que des couilles de singe,

six cuisses c'est-à-dire trois grenouilles,

six ou huit gros escargots, cagouilles ou lumas,

une bouchée à la reine et aux ris de veau,

un bol de consommé avec des croûtons au foie gras,

un œuf en meurette avec une mouillette lardouillée,

une croustade aux écrevisses,

six (il n'était plus sûr du nombre) huîtres au gratin,

huit, pardon encore une dernière, neuf langoustines plongées dans la mayonnaise,

trois petits blancs-cassis de fête au saumur qui pique,

un pot de chinon bien rouge,

autant de chenin d'Oiron bien jaune,

il se réjouissait donc d'en être encore aux préliminaires : même s'il devinait pouvoir faire confiance à ce Pouvreau quant au petit bénéfice que ce dernier en tirerait, ce Banquet promettait de tenir le haut du pavé, un des plus notoires de ces dernières années, avec celui organisé par Sèchepine dans un chalet des Vosges, délicieux, long et progressif, mais tout de même un peu gras, et Bittebière, dont le plat préféré était la carbonnade à la bière d'Artois que cuisinait sa femme, vit à cet instant précis le serveur apporter un plat d'authentiques pinces de tourteaux panées avec une sauce aux herbes du meilleur aloi – cette bascule maritime, ce renversement de marée (les huîtres, puis les langoustines, puis les crabes) lui laissait entendre que les poissons allaient bientôt arriver et il avait hâte (puisqu'il ne pouvait plus être question de faim, sensation déjà oubliée depuis trois ou quatre entrées) de découvrir ce que le Banquet réservait encore comme surprises.

Il s'aperçut que personne ne discourait, il leva la tête de ses pinces de crabe pour chercher du regard un fossoyeur qui demanderait la parole, il trouva facilement, ding ding, un jeune croque-mort du cru se lança dans l'arène.

PREMIÈRE NUIT
LA DAME MÉLUSINE ET LES LUSIGNAN

Le jeune homme était vendéen et s'appelait Poiraudeau. Il avait une belle voix douce, une diction claire, un ton agréable. Il commença par regretter que Bertheleau, qu'il saluait et remerciait, ainsi que le chambellan Bittebière et le grand maître Sèchepine, comme le voulait la coutume, il commença par regretter donc que Bertheleau n'eût pas pris le temps d'expliquer plus avant : Gargantua, que d'aucuns mal informés pensaient inventé par François Rabelais, était en réalité bien réel. François Rabelais avait certes mangé à cette table, bu ce potage, craché sa mélancolie, rincé les verres, bouté la nappe, chassé les chiens, soufflé le feu, allumé la chandelle, fermé la porte, taillé ces soupes et festoyé les commères, ce François Rabelais dont l'esprit se trouvait certes dans les livres mais l'estomac dans ce réfectoire, eh bien François Rabelais, messires, n'avait pas du tout inventé Gargantua, loin s'en faut, Gargantua était un géant tout à fait véridique dont l'existence précédait de beaucoup celle du susdit maître Rabelais, αὐτὸς ἔφα et cette révélation (la plupart des fossoyeurs n'ayant jamais entendu parler de Rabelais, mais un peu, si, de Gargantua) fit, ma foi, un effet plutôt limité, les convives préférant continuer à ripailler plutôt que tendre une oreille attentive au discours sur François Rabelais de Poiraudeau dont l'érudition médicale et surtout religieuse, en grec et en latin, certes infiniment douce et bien prononcée, se laissait écouter comme une berceuse, une musique bien agréable mais risquant, à la longue, de vous bassiner jusqu'à choir, *ipso facto*, le nez dans la mayonnaise ou dans le consommé. Poiraudeau poursuivit donc sa litanie informative sur la philosophie de la Renaissance, Rabelais et son ami Guillaume Budé jusqu'à ce que (les croque-morts sont farceurs, c'est connu) une pluie de nourritures terrestres commençât à s'abattre sur le pauvre jeune homme, tout d'abord doucement, une boulette de pain par-ci, un cornichon par-là (Poiraudeau s'essuyait gentiment les épaules comme si de rien n'était), puis plus dru, comme forcit une averse : des coquilles d'escargots, catapultées à la cuillère à soupe depuis la table d'en face constellèrent de beurre la calvitie de l'orateur ; des langoustines s'agrippaient comme par magie au col de son veston et des os de grenouille bien luisants fleurirent sa barbe, et il ressembla vite à un tableau vivant de ce peintre qu'on adore car il donne envie de manger, comment s'appelle-t-il déjà, Archimboldi, recouvert de tout ce qui pouvait se lancer, de la mie, des cornichons et même une moitié d'œuf : c'était le châtiment traditionnel des orateurs ennuyeux. Traditionnel et injuste, il faut bien l'avouer, car le discours de Poiraudeau n'avait rien de lassant, il était, comment dire, un rien technique, voilà, Ἓν οἶδα ὅτι οὐδὲν οἶδα, jusqu'à ce que l'orateur, acculé par l'avalanche de débris alimentaires venus de toute la salle, accablé par l'évidence de l'opprobre, finît par comprendre qu'il fallait renverser la vapeur. Il s'épousseta un peu, surtout pour se donner une contenance pendant qu'il réfléchissait, avant de produire cette maxime :

"Ἡ γλῶττα πολλῶν ἐστιν αἰτία κακῶν. Confrères, ajouta-t-il, savez-vous que les fées existent ?"

Les fossoyeurs tendirent l'oreille.

"Savez-vous qu'il y a dans nos contrées une créature merveilleuse plus puissante encore que Gargantua ? Une fée d'une immense beauté ?"

Les fossoyeurs arrêtèrent de chahuter.

“Savez-vous que cette fée a construit des châteaux, des églises, des abbayes ? Qu'elle est à l'origine d'une grande famille qui régna sur l'île de Chypre pendant plusieurs siècles ? Une famille du Poitou, vassale de Richard Cœur de Lion, les Lusignan ? Cette fée s'appelle Mélusine. C'est une créature magique, originaire de Calédonie, du comté d'Albany, c'est-à-dire d'Écosse.”

Chypre, l'Écosse… La simple mention de ces terres lointaines eût fait saliver les fossoyeurs s'ils n'étaient pas déjà en grande salivation pour d'autres motifs. Leurs yeux brillaient, ils attendaient une histoire.

“Pas très loin d'ici, poursuivit Poiraudeau une fois qu'il ne fut plus la cible de jets intempestifs de détritus, pas très loin d'ici se trouve un château mystérieux, construit en ces temps sombres et lointains où les troubadours, les trouvères, les jongleurs et les montreurs d'ours allaient de cour en cour, ces temps où seuls le Christ, le tambour et la bougie illuminaient la nuit, où l'on guerroyait entre voisins, ravageant les cultures et tuant tous ceux qui n'avaient pas eu le temps de se mettre à l'abri. Un jour, le roi Richard fils d'Henri, celui que nous appelons « Cœur de Lion », le duc d'Aquitaine, comte de Poitou et roi d'Angleterre, car les Plantagenêts régnaient sur la verte Albion, des Cornouailles jusqu'à la frontière de la Calédonie, après avoir exercé, en Terre sainte, les pouvoirs du roi de Jérusalem et combattu Saladin, un jour donc, le roi Richard offrit l'île de Chypre à ses vassaux, la famille de Lusignan, Guy de Lusignan devint roi de Chypre et son frère Geoffroy (dit Geoffroy la Grand'Dent, car il possédait un boutoir comme un sanglier et était très effrayant) comte de Jaffa et d'Ascalon et ceci pour le plus grand plaisir de la fée Mélusine, qui protégeait cette lignée comme si tous ces chevaliers étaient ses enfants depuis qu'elle avait épousé Raymondin, fils du comte de Forez, dans des temps plus anciens encore. Mélusine est une fée d'une rare beauté – une fée bâtisseuse, une fée puissante. Las, la destinée voulut qu'elle fût trahie par son mari Raymondin, malgré le pacte qui les unissait : elle lui avait interdit de la voir le samedi, alors qu'elle se baignait, ce que Raymondin respecta de nombreuses années, jusqu'à ce qu'il fût trompé par son frère, qui lui insuffla la méfiance et la jalousie dans le cœur. Mélusine se cache le samedi pour te tromper, lui dit-il ; elle prend toujours un chevalier étranger avec elle dans son bain et se livre chaque semaine, à ton insu mais avec ta permission, à toutes les perversions possibles. Ἦθος, ἀνθρώπῳ δαίμων."

Les fossoyeurs réprouvèrent en claquant de la langue à l'unisson ce qui signifiait qu'ils avaient la bouche vide, et étaient donc intéressés par le récit de Poiraudeau – la plupart profitèrent néanmoins de cette brève interruption dans le conte pour se rincer la dalle voire même, les plus voraces, pour saucer avec un morceau de gougère le reste de vin blanc, de jus de cuisson et de fromage fondu des huîtres au gratin. Un peu désemparés car aucun plat nouveau n'était arrivé depuis les pinces de crabes panées, ils se jetaient avec douleur sur les restes des entrées précédentes ce qui, bien sûr, était une tactique (à bon droit) des organisateurs pour s'assurer que tous les contenants repartissent en cuisine lisses et brillants comme des galets à marée basse.

Poiraudeau avait une petite soif et vida une timbale de rouge, car il méprisait le blanc, dans lequel il manquait, trouvait-il, la part virile. Le vin dépourvu, soutenait-il, de ses aspects les plus charnus, les plus musqués, les plus couillus, était un genre d'eunuque, lunaire, lisse, transparent. Si on pouvait voir à travers, c'est qu'il ne cachait aucun mystère. Le fier Vendéen s'enfila donc un pot de mareuil, qu'il avait réclamé spécialement, par patriotisme ; il était glabre et n'eut donc pas à s'essuyer la moustache. Malgré son jeune âge et son peu d'ancienneté dans la profession, Poiraudeau était un des gardiens de cimetière les plus en vue de la congrégation – berger des immobiles, les veilleurs des morts aiment les étoiles et les récits, les fées et les feux follets ; Poiraudeau connaissait tout cela, et nombre de phénomènes étranges propres aux champs du dernier repos, les sons aigus émis par les âmes en peine, les chuintements nocturnes, les grincements souterrains, les lumières intempestives, toutes ces manifestations qui venaient de la terre des morts.

"Raymondin brisa donc le pacte qu'il avait avec Mélusine, et chercha à l'observer un samedi lors de son bain pour en avoir le cœur net. Las, ce qu'il découvrit l'épouvanta. Mélusine était certes seule dans sa baignoire ; elle peignait ses cheveux d'or, toujours aussi beaux ; sa poitrine était de lait, et ses deux petits disques bruns surmontés chacun d'un fruit rouge formaient l'image même du désir – mais son bassin et ses jambes, mon Dieu, étaient une queue de serpent démesurée, le bas du corps celui, noir et luisant, d'un monstre ou d'une salamandre ! Ὕπαγε, Σατανᾶ ! et Raymondin prit peur, il s'effraya tant qu'il cria et que son cri alerta Mélusine, elle savait que quelqu'un l'avait vue et découverte et elle s'envola immédiatement sous la forme d'un dragon à la chevelure non plus d'or peigné, mais de feu du ciel et Raymondin, revenu de sa surprise et comprenant qu'il n'allait plus jamais revoir celle qui avait fait son bonheur, tout chevalier qu'il était, se mit à pleurer à chaudes larmes."

Au moment où Poiraudeau achevait sa description du corps de serpent de Mélusine, et comme si d'un miracle il s'agissait, comme s'il était de mèche avec les organisateurs, sur des plats étroits et interminables d'une virginité de faïence à peine nuancée par une sauce aux doigts de rose, apparurent de longs serpents d'argent dont les tronçons étaient si bien dissimulés qu'on les eût dits entiers, et si bien calfeutrés d'une étoupe beurrée qu'ils luisaient comme s'ils allaient bouger, tout fumants, à peine sortis de l'enfer : des anguilles ! Ces monstres de près d'un mètre dissimulaient leurs dents derrière leur long et fin visage de reptiles – les fossoyeurs frissonnèrent, surtout ceux de l'Est et des montagnes, qui ignoraient tout de ce noble poisson. Poiraudeau fut contraint de s'interrompre : on servait Mélusine sur un plateau. Les chefs s'étaient surpassés – un miracle ! Ces anguilles étaient désossées, farcies d'herbes, surtout cerfeuil et estragon, et de crabe, et cuites à point, servies avec une sauce hollandaise au beurre de Pamplie et citron de Valence légèrement rosie pour le plaisir des yeux. La chair des anguilles était ferme et goûtoyeuse, elle appelait le vin comme un nouveau-né le sein de sa mère, à grands cris, et même les plus terriens des creuseurs de tombes, ainsi Sèchepine le Vosgien, se pâmèrent, de peur d'abord, puis de bonheur ensuite.

Martial Pouvreau l'hôte du banquet se réjouissait : pour une fois, il avait bien fait de ne pas radiner et de donner carte blanche au chef d'une auberge maraîchine de sa connaissance, quel festin !

Poiraudeau n'eut pas besoin de demander le silence pour poursuivre son conte : on n'entendait que des bruits de mastication et des gémissements de plaisir gustatif.

“Μοι ἔννεπε, Μοῦσα : Raymondin pleurait, donc, d'avoir trahi Mélusine et que celle-ci soit devenu un dragon ailé, disparu dans les cieux, qu'on ne revit plus jamais, sauf quelques années plus tard, au moment où Raymondin, seigneur de Lusignan, rendit l'âme à Dieu. Cette nuit-là, au-dessus de la plus haute tour du château, on crut apercevoir voleter Mélusine, et il se mit à pleuvoir, un instant, des gouttes épaisses comme des larmes.

On compte Geoffroy la Grand'Dent, fils de Mélusine, parmi les ancêtres de Pantagruel, d'après maître Rabelais lui-même. Geoffroy la Grand'Dent, avec cette canine surdimensionnée comme le boutoir d'une laie, était cruel et violent, méchant, il s'acharna avec son ost contre cette abbaye de Maillezais où nous nous trouvons, jusqu'à ce que sa mère la fée, un jour, le morigénât de telle façon qu'il changea du tout au tout et devint au contraire le protecteur des moines de ce noble endroit. Pour se faire pardonner, la fée décida, une nuit, de construire une splendide église au prieur de Maillezais – la cathédrale Saint-Pierre. Comme elle fut surprise dans son labeur par un moine nommé Jean, qui croyait qu'une chauve-souris voletait dans la nuit sans lune, elle laissa l'édifice inachevé, en ayant juste construit le mur nord et la moitié du transept : c'est ainsi que vous l'avez tous aperçue en entrant. Mélusine bâtit aussi Notre-Dame-la-Grande de Niort, et aida Richard Cœur de Lion, qu'elle aimait entre tous, à construire en cette même ville le fameux château, ce donjon double au bord de la Sèvre, dont Richard appréciait le séjour et où il aimait s'entourer de jongleurs et de troubadours, car s'y retrouvaient les acrobates du Nord autant que les poètes du Sud, et on y chantait, outre les poèmes de Richard lui-même, les vers d'amour de Jaufré Rudel et des chansons de croisade. On raconte même que, à la nuit tombée, descendant la vallée de la Sèvre d'un coup d'aile, la fée Mélusine quittait sa forêt, certains soirs d'une grande douceur, quand le parfum d'angélique de la rivière parvenait avec la brise jusqu'au château, pour venir s'asseoir, dissimulée par une treille ou par l'ombre d'une gargouille, sur un appui de fenêtre et écouter les chants d'amour, la plainte de la vielle à roue, la peine du rebec et qu'elle pleurait au souvenir de Raymondin, elle pleurait des larmes dorées qui, lorsqu'elles touchaient la rivière, se transformaient en soucis d'eau d'un jaune d'or, qu'on appelle depuis pleurs de Mélusine."

Poiraudeau se félicita lui-même de cette belle évocation de la fée émue par les chants des troubadours, il s'octroya une belle gorgée de mareuil un peu rapide, Γίγνωσκε καιρόν, comme disait Pittacos de Mytilène, qui déborda sur son menton, avant de se plonger avec délice dans ses tronçons d'anguilles, signifiant par là qu'il avait terminé son discours – l'auditoire était nerveux, vibrant, perplexe ; les fossoyeurs attendaient quelque chose. Les discours mythologiques étaient certes passionnants, mais un je-ne-sais-quoi leur faisait défaut.

Le trésorier Grosmollard était lyonnais ; il dirigeait un grand groupe de pompes funèbres et portait l'habit de la Confrérie avec humilité et dévotion depuis des années. "Chacun fait gras à sa façon", telle était sa devise ; il aimait plus que tout le gratin de cardons à la moelle, le chiroubles et la rue Mercière. Il regardait autour de lui les fossoyeux s'émécher autant que les mécheurs de gibier qui poursuivaient leur méchage avec constance, tous sueux et rougeauds à cause de la proximité des braises, des braises de ceps bien noueux, qu'ils entretenaient avec passion. La viande des lièvres allait bientôt être à point, la peau craquelait malgré le lard ; Grosmollard était certes content qu'on en soit parvenu aux poissons, car cela signifiait que les viandes approchaient ! Montjoie ! Sus à la bête ! Le trésorier connaissait exactement l'ordre des plats car c'était lui, selon une saine tradition attestée depuis les débuts de la Confrérie en Terre sainte, c'était lui, le trésorier, qui avait avancé à l'hôte l'écot que tout un chacun payerait et qui lui serait remboursé "par barbe", comme on disait dans le jargon des enterreurs. Il avait donc lu le menu. Grosmollard était assis à la gauche de Bittebière, comme le voulait la coutume. C'était une bonne place, on n'y manquait de rien ; les échansons l'hydrataient comme un marmot à la plage, il descendait des quantités infinies de ce rouge aquilin qui vous attrapait entre ses serres comme un agneau pour vous transporter dans son nid, quand tous les vins deviennent des vins de soif, car elle est, la soif, aussi inextinguible que la vie, et Grosmollard savait de quoi il parlait, lui qui œuvrait depuis près de quarante ans les pieds dans la mort. Il avait écouté d'une oreille distraite le récit de Poiraudeau en avalant ses anguilles, et regrettait, comme chaque année au moment du Banquet, que ce ne soient pas des penseurs qui prennent la parole pour parler de la Mort, mais des ivrognes qui s'égosillent à propos d'amour ou de tout et de rien. Il savait que le Banquet devait avancer vers sa conclusion comme la nuit vers sa fin et l'aube nouvelle – la Grande Trêve accordée par la Mort était de courte durée.

Grosmollard se définissait comme un Lyonnais typique et philosophe.

Grosmollard avait tellement l'habitude de ces réjouissances qu'il se lassait même de ses propres regrets : ainsi était le Banquet, parfois sage, parfois mutin, pensait-il au moment où l'on remplissait une fois de plus sa coupe, et qu'une fois de plus il la portait à sa bouche, pour soupirer après l'avoir vidée. Grosmollard avait en tête ces vers de Boèce,

Veux-tu vendanger ton raisin ?
Dès qu'Avril de fleurs se couronne
Sur le cep qui pleure et bourgeonne
Garde-toi de porter la main.
Prends patience, attends l'automne !
Et dans ta cave, à pleine tonne,
Bacchus fera couler le vin.
À chaque saison son prodige !
À chaque jour sa fonction !
Ainsi que Dieu l'ordonne et l'exige
Il ne souffre pas qu'on corrige
Les lois de la création.
Déranger leur vaste harmonie
C'est introduire dans la vie
Le trouble et la destruction,

beaux vers s'il en est, et il regardait, un peu hautain *(À chaque saison son prodige, à chaque jour sa fonction)*, les garçons virevolter avec les plats de poisson. Il fit remarquer, d'un coup de coude discret à son voisin, que personne ne prenait la parole, ce qui, dans les banquets classiques, ceux des Anciens, ne se produisait jamais. Même pendant les anguilles, les philosophes jactaient. Grosmollard était moins prétentieux, froid et hautain qu'il n'était stoïcien. Son métier lui rappelait tous les jours que la seule chose importante, c'est de bien mourir. De la dignité, avant tout, de la dignité. Du courage. Il avait été le témoin de tant d'effondrements, de tant de manquements au devoir. Sa profession le confirmait chaque jour un peu plus dans son stoïcisme. Il vénérait Sénèque, au point qu'à son officine, dans son établissement de pompes funèbres, les Pompes Funèbres Grosmollard sises rue du Repos dans le 7e arrondissement de Lyon, sur ces recueils de petits textes que l'on donne aux familles éplorées pour lire à haute voix au cours d'une cérémonie civile, enterrements ou crémations, au lieu de thrènes de circonstance et de paraphrases de Victor Hugo, il avait recopié des extraits de lettres à Lucilius : *Pourquoi t'abuser toi-même et reconnaître seulement ici la fatalité que tu subis depuis longtemps ? Entends-moi bien* [dire ici le nom du défunt] *: du jour où tu es né, c'est à la mort que tu marchais* et Grosmollard se lamentait, car personne ne les choisissait jamais. *Entends-moi bien, papi, du jour où tu es né, c'est à la mort que tu marchais*, Grosmollard ne l'entendit jamais dans la salle hypostyle d'un crématorium urbain. Pas plus que le récit du suicide de Caton, qu'il adorait : *Et pourquoi ne raconterais-je pas la dernière veillée du grand homme lisant le livre de Platon, son épée sous son chevet, double ressource dont il s'était muni pour les cas extrêmes ? l'une lui donnait la volonté, l'autre le moyen de mourir. Donc ayant mis aux affaires de la République tout l'ordre qu'on peut mettre à des débris et à des ruines, il crut ne devoir laisser à personne la* *faculté de tuer Caton ou l'honneur de le sauver, et, tirant cette épée qu'il avait jusqu'à ce jour conservée pure de sang humain, il s'écria : "Tu n'as rien gagné, ô Fortune, à traverser toutes mes entreprises ; jusqu'ici ce n'est pas pour mon indépendance, c'est pour celle de tous que j'ai combattu. Ce que j'ai voulu si opiniâtrement, ce n'était pas de me rendre libre, mais de vivre au milieu d'hommes libres : maintenant que le salut du monde est désespéré, Caton va assurer le sien." Et il pesa de tout son corps sur la pointe meurtrière. La plaie bandée par les médecins, il a perdu de son sang et de ses forces, mais point de son courage ; ce n'est plus à César seul, c'est à lui-même qu'il en veut ; il plonge ses mains désarmées dans sa blessure, et son âme généreuse, impatiente de tout despotisme, il ne la fait pas sortir, il la jette dehors.*

Caton tire de ses mains son âme de sa blessure ! Il la met dehors, l'extirpe de son corps ! *Exit, generosum illum spiritum non emisit sed eiecit*, adieu ! Quelle bravoure. Ô Caton, pensait Grosmollard en mâchouillant un tronçon d'anguille farcie, ô Sénèque ! Guidez-nous sur la voie du courage ! Puis il vida son verre de rouge aux mânes de ces grands hommes, pour faire couler.

Grosmollard, ragaillardi par le souvenir de ses idoles autant que par le chinon, se drapa dans son intelligence, s'emmaillota dans la cuirasse de son savoir, se leva solennellement, jeta un regard hautain à Bittebière à sa droite, puis releva la tête et lança ce défi bien senti :

"En voilà assez de ces contes, de ces légendes, Poiraudeau. Nous ne sommes plus à l'époque des contes. L'ère des légendes est terminée. Foin de Gargantua, de Mélusine, de Pantagruel ! Finis les enfantillages, Poiraudeau ! Il est temps ! Il est temps de parler de la Mort."

Tous les fossoyeux frémirent au nom de la Dame en Noir. Parler de la Mort ! Poiraudeau sursauta comme s'il avait reçu un œuf mimosa en plein front. Il fallait laver l'affront ! Des contes, des légendes, des enfantillages ? Pardon ? Grosmollard, en plein babillage ! Sus, à l'assaut ! Faisons rendre gorge au sot.

"Trésorier Grosmollard, avec tout le respect qui t'est dû, tu t'égares. Gargantua n'est point un conte. Tu devrais avoir honte. La sagesse, le savoir, ça c'est Gargantua ! Pas des quenelles à la Nantua."

Grosmollard fut terriblement vexé par cette allusion géographique qui dépréciait un mets de la campagne lyonnaise. Certes c'est un peu mou, les quenelles. Un peu fade. Mais c'est fin. Ce Poiraudeau était un rustre.

"Ami Poiraudeau ! Parler de la Mort, c'est la noblesse ! La pensée ne peut vivre sans la Noire Altesse !

Des héros immortels tu veux suivre la trace !
La gloire est le premier des biens !
Soit, compare la terre et son étroit espace
Aux vastes champs aériens
Trop de fierté sied mal à la misère humaine
En vain indigné de tes fers
Tu frémis sous le joug
Il faut porter ta chaîne
Je veux que par tout l'univers
Ton nom retentissant vole de bouche en bouche,
Que les plus éclatants honneurs
Illustrent ta maison : dans son dédain farouche
La Mort se rit de vos grandeurs.
Sa main nivelle tout et le même naufrage
Attend le pâtre et le héros.
Noble Fabricius qui sait sur quel rivage
Reposent aujourd'hui tes os ?
Et Brutus, et Caton, que devient leur mémoire ?
Quelques lignes d'un sens douteux,
Un nom sur une pierre… Est-ce donc là la gloire ?

Écoute Boèce, Poiraudeau. Ni Caton, ni Gargantua. Tout meurt, tout disparaîtra."

Poiraudeau s'égara – il crut que Grosmollard voulait faire retomber la mort sur la Confrérie, et il improvisa :

Oui mais quelle lignée et surtout, quelle pierre !
Bien gravé au burin le marbre vous attend
De ses mains de glace l'éternité vous tend
Au fleuve assourdissant des hymnes et des prières.

Grosmollard poursuivit sa citation :

Eh que me fait un nom pompeux,
Si l'homme une fois mort n'est que cendre et fumée ?
Sous votre épitaphe étendus,
Pour grand que soit l'éclat de votre renommée,
Vous restez pourtant inconnus.

Grosmollard était fier de lui, il sentait que cette manche, même gagnée avec les vers d'un autre et la pensée d'un autre, lui vaudrait un semblant de reconnaissance de la part de ses Confrères qui, il faut bien le dire, pensaient bien moins qu'ils ne mangeaient. C'était compter sans le fier Vendéen :

"Mais de l'homme le vrai corps n'est-ce point la pensée ? Vous citez ce Salluste, ce Boèce, ce Caton, ne vivent-ils pas pour nous à l'endroit de Platon ? Ne sont-ils point présents tant qu'on les lit ?" lança Poiraudeau. Grosmollard répondit :

Mais des mortels fameux peut-être que la vie
Par-delà le tombeau s'étend ?
Qu'importe, puisqu'il faut qu'un jour on vous oublie :
Un second trépas vous attend.

Grosmollard se rengorgea et remonta sur ses épaules la toge de la suffisance. Poiraudeau voulait darder l'aiguillon de la contradiction. La vraie question était : la Mort existe-t-elle ? Ne faut-il pas l'oublier, comme nous le faisons pendant deux jours, le temps d'un Banquet ? Ne peut-on pas croire à l'indestructibilité de l'être ?

Les fossoyeurs étaient bien gênés. Parler de la Mort était toujours risqué. Oui, c'est à Elle qu'on devait le miracle du Banquet. Oui, c'est la longue faux, les ciseaux de la Parque qui font vivre la Confrérie. Et pourtant chaque année depuis la nuit des temps, alors que les plats tournaient, que les verres se vidaient, les estomacs se remplissaient, les voix s'échauffaient et les couteaux s'aiguisaient, la Mort revenait sur le tapis, ou plutôt sur la nappe.

On ne comprenait pas très bien la position de Poiraudeau ; on l'entendait souffrir face au stoïque Grosmollard, le courageux Lyonnais. Quand soudain un murmure dans l'assistance fit croire à un argument nouveau : certains se levèrent, d'autres s'effondrèrent en se levant, ils avaient glissé dans Dieu sait quels reliquats, résidus abandonnés et gras, un mouvement de panique s'empara du Banquet. La Mort ! Elle est là ! Une des extrémités de l'immense table en U se souleva, quelques fossoyeurs magnifiquement ivres tentèrent d'atteindre les portes en emportant des gougères dans leurs poches, des pots, des bouteilles, des fillettes dans les mains, sauve qui peut ! sauve qui peut ! et trouvèrent sur leur chemin les serveurs chargés du plat de poisson suivant, la lamproie à la nantaise, qui est aussi la lamproie à la rochelaise, ou la lamproie à la bordelaise, c'est-à-dire un civet de lamproie au vin rouge, un poisson en daube, dont l'horrible tête, aux petits yeux jaunes, à la ventouse dentée, sinistre, qui lui tient lieu de bouche avait été utilisée par le chef comme décoration. Ces horreurs semblaient menacer les pauvres croque-morts dans leur fuite. Le choc fut terrifiant ; la sauce noire, épaisse, brûlante, fit hurler les fuyards de peur et douleur ; plus d'un serveur trébucha et finit à terre, le bras, le ventre ou le chef dans la daube ; l'explosion fut si violente qu'une ventouse de lamproie, avec ses dents et ses yeux, atterrit à dix mètres de là, devant l'assiette, ou peu s'en faut, d'un connétable enterreur – elle se ficha dans une pyramide d'escargots qui n'avaient pas encore trouvé preneur, dégoulinants de beurre, qui volèrent puis roulèrent comme des billes, au petit bonheur, provoquant des hurlements de terreur, ajoutant à la surprise et la confusion.

Et voilà, tout le monde est ivre, ronchonna Bittebière. Ça y est, tout le monde est déjà soûl, regretta Pouvreau en soupirant à tous les mets qui restaient à déguster. Enfin, ce Banquet s'anime, se réjouit Sèchepine. Cette agitation fit que tout le monde but et parla de plus belle, qu'il y eut un brouhaha certain, et que le service de la lamproie s'en trouva un peu raccourci. On accéléra donc la venue des carpes à la juive, belles carpes de Damvix, pêchées la nuit par Pouvreau et ses assistants eux-mêmes : au moins aussi ivre qu'aujourd'hui, ajouta Pouvreau, car contrairement à celle du chasseur, l'ivresse du pêcheur ne comportait de risque que pour lui-même voire, dans les cas vraiment d'extrême ivrognerie, ses voisins immédiats. Et après tout, clamait Pouvreau à qui voulait l'entendre, ce n'est pas ma faute si les poissons aiment le pastis ! Il faut interroger le Grand Architecte de l'Univers, sur le pourquoi de cette particularité. Quelques bouchons de pastaga pour tremper les appâts, et hop, ça les rend folasses, les carpes !!!

C'était donc pour ce motif bonhomme qu'il emportait son magnum de pastis (rapporté d'Andorre en contrebande) à la rivière ou à l'étang, dame, "à cause de cette particularité que le Grand Architecte de l'Univers avait donné aux carpes une belle qualité humaine, la passion de l'anis". Petit à petit, un semblant d'ordre revenait. Poiraudeau et

Grosmollard semblaient (l'un en train d'engouffrer anguilles et lamproies comme s'il allait mourir sur l'heure, l'autre sirotant, penseur, son verre de gamay, en agaçant un tronçon de poisson de la fourchette) ménager une pause dans les débats philosophiques ; Poiraudeau attendait le deuxième acte, en embuscade – juste avant l'incident de la panique et du plateau il avait lancé une dernière pique à son riche contradicteur : "Et à moins que vous ne soyez tous vraiment ivres, vous voyez que la mort, on peut très bien en vivre !", agacerie que personne n'avait vraiment entendue dans le brouhaha. Comme lorsqu'on tire une cartouche dans le brouillard alors que la poudre commence à manquer, Poiraudeau regrettait d'avoir gâché cette belle sentence. Si les hostilités reprenaient…

TROU DU MILIEU
&
CHANSON À BOIRE
(sur l'air des lamproies)

Pouvreau fit un signe au grand maître Sèchepine qui comprit immédiatement qu'il fallait une pause, un divertissement, capable de faire revenir l'ordre et la faim. Ils se trouvaient au milieu du repas, après les poissons, et avant les viandes. C'était le moment du trou. Du trou miraculeux, pour retrouver forces et appétit. Tout autour de lui, les fossoyeurs sentaient ce moment arriver ; ils commençaient à crier : "Une chanson ! Une chanson ! Le trou, le trou !"

Le vulgaire imagine le trou comme bêtement "normand", alors qu'il est de toutes les provinces selon ses moyens, le trou : il y a le trou lorrain, à la mirabelle, le plus redoutable ; le trou antillais, au rhum flamboyant, le plus exotique ; le trou du moine, à la chartreuse, le plus chrétien ; le trou alsacien, au kirsch, le plus à l'est ; le trou nordiste, à la betterave, le plus terrien, et ainsi de suite, cognac, armagnac, marcs, cordiaux de tous poils et toutes provenances pouvant être pris en trou, c'est-à-dire copieusement, à grande lampée, et au milieu du repas (le trou de l'ivrogne, une mignonnette d'alcool de menthe Ricqlès® en gargarismes avant de rentrer chez sa femme ne peut être réellement considéré comme tel, un trou supposant qu'il y ait du solide – de la terre – autour) pour aiguiser la production de sucs gastriques et retrouver non seulement l'appétit pour la suite du Banquet, mais aussi s'éclaircir la voix avant de chanter, car c'était la particularité du trou pour ceux qui les creusaient, c'est qu'il allait toujours accompagné d'une rengaine incitant à boire et à d'autres réjouissances mettant parfois en scène le sexe dit "faible", autrement dit une chanson de corps de garde – le corps et le trou étant, dans le cas des enterreurs, le sel de leur profession. Le privilège de choisir la comptine revenait chaque année à une délégation différente – cette fois-ci c'étaient les fossoyeurs occitans qui avaient été désignés ; le trou serait donc biterrois, ou narbonnais ; les alcools, de l'Ouest : une angélique du Marais, verte comme une chartreuse, enivrante comme une fée dans le brouillard ou une gnôle de prune bleue de champ distillée trois fois, certes un peu rêche, un peu revêche, mais parfumée dans les coins, comme les morts qu'elle réveille. La chiourme occitane commença immédiatement à pousser sa beuglante, sur un air que tout le monde connaissait, pour que les autres fossoyeux puissent reprendre le refrain :

Parce qu'on a le cœur lourd
On est tombé en amour
De rouges si épais qu'on les mâche
Et siffle au litre à Saint-Chinian
Vive le grenache,

Vive le grenache,
Vive le grenache et le carignan.

Il s'agissait donc d'un chant viticole, propre à ces régions d'Occitanie qu'on appelait autrefois Languedoc – la mélodie était amène, et les paroles bon enfant donnaient soif de cinq étoiles, de supérieur, de treize ! De vin d'autrefois ! Et tout en conservant le vin pour les viandes dont les fumets – bois brûlé odorant, graisse grésillant, laurier, thym infusant (les mécheurs avaient lâché leurs mèches pour débrocher) – parvenaient jusqu'à leurs narines dilatées de plaisir, ceux qui ne chantaient pas s'enfilaient de petits verres de gnôle, prune ou angélique *(Angelica archangelica)*, pour se requinquer.

C'est pas du rouge c'est du violet
Du dur qu'on attaque au piolet
Comme le tartre à la hache
Dans les cuves en s'y baignant
Vive le grenache,
Vive le grenache,
Vive le grenache et le carignan.

Un fossoyeur qui boit s'enfile
Six huit bouteilles à la file
Sa dalle les jours de relâche
C'est la côte de Lézignan
Vive le grenache,
Vive le grenache,
Vive le grenache et le carignan.

Des grosses grappes de ton corsage
Viens ma petite qu'on te soulage
Qu'on te les presse, on te les gâche
Te les tripote en se signant,

Vive le grenache,
Vive le grenache,
Vive le grenache et le carignan.

Ah, on arrivait au grivois : [permettez que la censure fasse son ouvrage, et que nous conservions des parties les plus obscènes de cette pastourelle uniquement la rime pour ne pas choquer, comme dirait Sèchepine, le sexe beau]

[redacted] *sage*
[redacted] *âge*
[redacted] *cravache*
[redacted] *saignant*
Vive le grenache,
Vive le grenache,
Vive le grenache et le carignan.

Les fossoyeurs languedociens attaquaient l'avant-dernier couplet avec délice, car c'était de loin le plus salace :

[redacted] *vite*
[redacted] *bite*
[redacted] *crache*
[redacted] *feignant*
Vive le grenache,
Vive le grenache,
Vive le grenache et le carignan.

Et tous levaient le coude en chœur ! Et tous vidaient leurs verres de goutte ! Et les serveurs apportaient précautionneusement le relevé de trou, car il fallait bien manger un petit quelque chose après les alcools, pendant que l'orphéon languedocien beuglait la fin de sa rengaine sous les applaudissements :

Tes joues rosées comme un fitou
Tes yeux de reine, ton cul itou
Ne valent pas un tour en patache
De Rivesaltes à Sérignan
Vive le grenache,
Vive le grenache,
Vive le grenache et le carignan !

Ce relevé de trou consistait en un petit ramequin de coquillettes et crème de très vieux comté aux truffes, embaumant comme une dépouille mortelle, régressif comme un film avec Louis de Funès, juste une bouchée au goût de mort pour se refaire le palais avant le sérieux, le clou, ces viandes qu'on appelait autrefois rôts. Les fossoyeurs avaient retrouvé la faim et poursuivi l'ivresse grâce à leurs libations musicales ; la chorale biterroise se congratulait comme une équipe de rugby après la victoire ; les mécheurs avaient débroché les lièvres et les cochons de lait qu'ils installaient dans d'immenses plats *ad hoc*. Il allait maintenant falloir découper et couvrir de sauce ces merveilles, sauce à l'oseille et au beurre pour le lièvre, au chocolat noir pour le cochon ; les légumes de printemps arrivaient eux aussi sur la table, jardinière de primeurs, petits pois, asperges vertes, carottes naines, artichauts bien fondants, petites rattes de l'île de Ré, cives et ail vert, gratin de courge, mogettes, suivis des agneaux découpés, gigots, côtelettes, puis du veau, côtes à la cheminée, filet en croûte de sel jeté dans les flammes, cuisse caressée d'épices façon kebab en tranches très fines et tout le monde, même ivre, remis d'aplomb par le trou et son relevé, recommençait à saliver. Bittebière poursuivait mentalement la liste de ce qu'il avait réussi à avaler,

une petite tartine de rillettes au vouvray,

une ridicule tranchette de pâté de canard,

un faisceau de cornichons pour désennuyer les précédents,
un œuf mimosa, c'est-à-dire deux demi-œufs juste pour le persil,
deux gougères et leur fromage,
sept cuisses c'est-à-dire quatre grenouilles dont une unijambiste,
huit beaux escargots et leur beurre aillé,
une bouchée à la reine aux ris de veau,
un bol de bouillon et ses radeaux de foie gras,
un œuf en meurette et un gressin trempouillé,
un vol-au-vent aux écrevisses,
six (comme elles paraissaient loin) huîtres chaudes à la Dumas,
neuf langoustines et leur mayonnaise au citron,
trois pinces de crabes panées,
quatre rondelles d'anguille farcie,
deux tronçons de lamproie à la rochelaise,
un demi-filet de carpe en gelée,
un trou de prune,
une cuiller de coquillettes au comté et à la truffe,
un trou d'angélique,
encore une cuiller de coquillettes,
une tranche de cochon de lait au chocolat,
un ramequin de gratin de courge à la tomme de Maillezais,
une patte de lièvre à l'oseille,
une entame de gigot avec quelques mogettes,
une part trop petite de filet de veau à se damner et à la cheminée,
quelques pétales de cuisse épicée de la même bête,
de la sauce béarnaise pour le plaisir du gras et de l'estragon,
des légumes et leur jardinière.

Il avait perdu le compte des boissons, mais il lui semblait bien avoir bu du chenin, du gamay et maintenant se délasser avec un chinon vieilli dix ans, profond, profond, si profond que c'est l'âme qui s'y reflétait en entier – l'âme et la fatigue, car il s'était un peu assoupi, combien de temps avait passé, le Banquet était moins présent autour de lui, plus lointain, étouffé ; il parvenait encore à grappiller d'une fourchette distraite un petit pois ou une carotte naine, mais l'agneau façon méchoui ou la cuisse de veau coupée en tranches fines dans la cheminée, il était incapable d'en avaler encore la moindre bouchée – l'immense tablée en U était une grande décharge ; les chiens et les chats, compagnons des gardiens de cimetière, étaient par terre, occupés qui à rogner un os de gigot, qui à laper de la sauce d'anguilles ; nombre de convives avaient reculé leur siège en signe de défaite, posé les galoches de chaque côté de leur assiette et se balançaient dangereusement, sur deux pieds de chaise, un ballon de chinon dans la main gauche, un cure-dent dans la droite ; d'autres s'étaient effondrés et dormaient, la tête sur le bras, le coude dans la sauce, et leurs voisins profitaient de leurs ronflements pour faire voguer de petits bateaux de mie de pain sur les restes de potage, une régate d'amateurs, et prendre des paris ; dans un angle, quatre enterreurs jouaient aux osselets, fin soûls, avec les cervicales d'un agneau, et la soûlerie ne les aidait pas ; des serveurs fantomatiques enjambaient les flaques et les restes éparpillés pour tenter de mettre un peu d'ordre – il y avait toujours une certaine mélancolie entre les viandes et le fromage : les cheminées abandonnées se contentaient de rougeoyer et la lumière baissait, les voix aussi ; à part les plus sages et les plus jeunes, les fossoyeux flottaient dans une douce ivresse bien tempérée par la quantité de victuailles ingurgitées. Pourtant, çà et là, on entendait encore des mâchouillis et des glougloutements ; un jeune croque-mort, une assiette à la main, demandait s'il restait de la béarnaise pour finir son veau ; un acharné réchauffait au bout de sa fourchette, dans une cheminée, un beau morceau de gigot d'agneau, et à la pointe de son couteau une tranche de cochon de lait : il n'aimait pas la viande froide. Martial Pouvreau se resservait un septième ballon de chinon, pour faire couler les petites pommes de terre arrosées de jus de viande dont il raffolait ; conformément à sa tactique, il remplissait le verre à ras bord, jusqu'à ce que la surface en soit légèrement convexe, ce qu'il vérifiait en s'approchant du ballon avec des ruses de Sioux, le menton contre la nappe, comme si le liquide risquât de se faire la malle et qu'il fallût le prendre par surprise : une fois de plus Martial Pouvreau réussit à surprendre la tension superficielle du pinard ; les lèvres pincées, dans un bruit de succion inhumain, il aspira deux bons centimètres de chinon d'un coup avant d'enlever le verre par le pied, d'un geste éternellement aérien. Martial Pouvreau sentait que le Banquet allait maintenant glisser vers sa fin, et il chercha à s'activer d'autant plus que cette fin était inéluctable : il fallait ingurgiter, pendant les quelques heures qu'il restait, avant le grand Rituel qui mettrait un terme aux agapes, le plus de boisson et de nourriture possible. Il héla donc les serveurs, allez, mettez un peu d'ordre, nom de nom ! Secouez ces ivrognes ! Attisez le feu ! Apportez les fromages ! Parlez beau ! Buvez laid ! Tenez-vous droit ! Pensez vif ! Mettez des coups de pied aux chiens ! Poiraudeau, un discours !

Poiraudeau, en entendant son nom braillé depuis l'autre extrémité de la table, leva la tête de son assiette qui débordait encore de gigot aux mogettes, sans doute un des meilleurs de ma vie, pensait-il, en y ajoutant un tour de poivre, un gigot parfumé, tendre et juteux, lui qui, comme beaucoup des présents, ne mangeait de la viande et ne buvait que lors du Banquet ; il était le reste de l'année d'une sobriété exemplaire : abstème, végétarien et marié. Poiraudeau exerçait certes en Vendée, mais non loin de La

Pierre-Saint-Christophe, fief de Pouvreau, ce qui sans l'expliquer rendait plausible que tous deux se connussent, sans réellement s'apprécier. Poiraudeau entendit Pouvreau crier "un discours" et il ne put s'empêcher de chercher des yeux Grosmollard pour poursuivre leur joute antérieure, écourtée par l'apparition du trou.

Le trésorier Grosmollard était en méditation.

Les yeux clos, les épaules bien droites, on voyait à son air supérieur qu'il ne dormait pas. Que tant d'hommes se vautrent dans l'excès à ses côtés le navrait. Il avait goûté les différentes viandes et garnitures, bien sûr. Mais de loin. Avec sobriété. Il avait bu, ainsi qu'il convenait pendant le Banquet, mais presque rien. L'ivresse ? Très peu pour lui ! Il aurait peut-être bu un peu plus s'il y avait eu un rouge des coteaux du Lyonnais, voire du beaujolais ou alors un saint-joseph ou un crozes-hermitage, car les vins de la vallée de la Loire qu'on leur avait servis étaient surprenants, très dépaysants, exotiques. Aqueux, pour tout dire. Voilà. Ils ne semblent point tant concentrés comme ceux de chez nous, pensait Grosmollard. Ils contiennent sans doute plus d'eau, moins de raisin que chez nous, pensait Grosmollard. Un crozes, c'est du sang de taureau sacrificiel, épais, vivifiant, romain, pensait Grosmollard. Et une côte-rôtie ! Mon Dieu ! Ça vous réveille tous les morts rien qu'au bruit du bouchon ! Ils font la file devant la bouteille avec leur coquille de baptême, les trépassés. Une petite goutte, monseigneur s'il vous plaît, en tendant leur coupelle, les morts ! De l'eau bénite, la côte-rôtie ! Mais ici dans l'Ouest tout est plus humide, pensait Grosmollard. Ils ne peuvent prétendre à la perfection de notre climat, pensait Grosmollard. Ici il doit pleuvoir tout le temps, c'est déjà un miracle qu'ils parviennent à faire pousser de la vigne, pensait Grosmollard. Soyons charitables envers ces handicapés mais gardons notre jugement, songeait Grosmollard.

Son interpellation par Poiraudeau prit Grosmollard au débotté. Comment, on m'interroge ? On revient à la Mort ? Pouvez-vous développer, je vous prie, jeune homme ? Faut-il craindre la Mort ? C'est cela la question ? Faut-il la redouter ?

Poiraudeau repoussa son gigot et se frotta les mains. Il allait pouvoir exposer ses théories – en bon Vendéen, Poiraudeau croyait au Christ, et la Mort n'était pour lui qu'un ange, une puissance venant du Seigneur, qui vous amenait à la vision de Dieu ou à la souffrance éternelle selon vos actions sur cette terre. Le Christ avait insufflé l'espoir dans la Mort, l'espoir du salut, du paradis et même de la résurrection, à la fin des temps. La Mort en elle-même n'était rien qu'une preuve de l'existence de Dieu ; si nous mourons, c'est aussi pour chanter la louange du Seigneur. Chaque jour, alors qu'il enterrait les morts, Poiraudeau se renforçait dans sa détermination chrétienne. Seul le Christ donne un sens à tout cela. Comment ne pas craindre la mort, comme on craint le Jugement ? Je pourrais manquer le Paradis, manquer la vision du Seigneur, être précipité dans l'Enfer. Cette souffrance que je connais si bien en vie, ne la retrouverai-je point dans l'autre monde ?

Grosmollard se leva. Il s'étira quelques secondes. Il but une gorgée de ce si étrange chinon au goût de gravier, d'une profondeur d'Achéron.

Il ménage son effet, ricana Poiraudeau.

Les fossoyeurs se donnaient des coups de coude les uns les autres pour se tirer de leur léthargie. Les chroniqueurs diraient plus tard que ce fut grâce au discours de Grosmollard que la Confrérie s'éveilla, cette nuit-là ; certains gardèrent tout de même le nom de Poiraudeau en mémoire, car le jeune homme, bien que chrétien, était l'avenir de la profession ; dans quelques années il se retrouverait à la tête d'une boutique illustre et peu lui importerait d'avoir l'envie pour voisine.

Grosmollard darda son regard sur Poiraudeau.
“Poiraudeau, écoute ce que dit Lucrèce :

Quand tu vois un homme se révolter
de ce qui restera après sa mort, qu'il pourrisse, corps en terre,
ou qu'il soit détruit par les flammes ou la mâchoire des bêtes,
on peut dire que ça ne sonne faux,
il a, au cœur, un aiguillon aveugle, et même s'il nie
qu'il croit que quelque sens dans la mort lui restera,
à mon avis, il ne donne pas ce qu'il pense ni pourquoi,
il ne s'arrache pas radicalement à la vie, ne s'en retire pas.
Il fait comme si, à son insu, quelque chose de lui, par-dessus, restait.
Un vivant, quand il anticipe ce qui lui reste
comme corps, que des oiseaux lacèrent dans la mort, ou des bêtes,
a pitié de lui-même. En effet il ne se divise pas de là,
ne s'écarte pas du corps projeté et imagine que celui-là
est lui-même, le souille de ses sens, debout, à côté de lui.
Il se révolte d'avoir été créé mortel,
il ne voit pas que dans la mort réelle il n'y a pas d'autre lui-même
qui puisse, vivant, pleurer sa mort
ni debout, ni à côté, souffrir d'être là, lacéré et brûlé.
Car si dans la mort c'est un malheur d'être dans la gueule ou sous la dent des bêtes
mâché, je ne vois pas qu'il ne soit pas terrible
de rôtir dans les flammes, posé sur des feux brûlants,
ni de suffoquer dans du miel ni de se raidir
de froid, au fond du fond de la pierre gelée, couché,
ni d'être pressé, écrasé par le poids de la terre.
Toi, tel que tu es, endormi dans la mort, tu seras,
ce qui reste de temps, privé de toutes les douleurs pénibles.

Je t'ôte d'un doute, Poiraudeau, affirma Grosmollard. Tu ne peux craindre la mort de cette façon – la douleur du trépas en soi, la froidure de la tombe : il n'y a pas de façon que tu puisses en souffrir, Poiraudeau. Cette mort-là n'est donc pas à craindre. Pourquoi la craignons-nous ? Redoutons-nous la souffrance que notre absence provoquera à autrui ? Sommes-nous si généreux que nous craignons la mort par profond altruisme ? Ce serait plus prétentieux que noble, à première vue – mais surtout, puisque nous viendrons tous indéfectiblement à manquer, à disparaître, absurde. Nous ne pouvons redouter chose certaine. Pouvons-nous regretter de ne pas savoir ce qu'il adviendra du monde après notre fin ? Certes. Le craindre ? Non. Je t'abandonne les regrets, mais les regrets sont l'apanage des vivants, les morts ne peuvent regretter de ne pas connaître la fin du film, Poiraudeau, pour deux raisons : soit tout s'arrête avec le trépas et donc il n'y a personne pour regretter, soit Dieu les prend en leur sein, et ce sont eux qui vivent (enfin pour ainsi dire) le *happy end*. Il est donc impossible de regretter. Ni regret, ni joie, ni sensation, la mort est en dehors de l'expérience, Poiraudeau. Elle lui échappe entièrement. Schopenhauer le grand te pose cette question, Poiraudeau : tu t'inquiètes, tu t'effrayes de ces temps futurs où tu ne seras plus, mais que penses-tu de ces milliers d'éons pendant lesquels tu n'étais pas encore ? Ceux-là ne t'inquiètent pas ? L'absence de souffrance, la non-expérience ne précède-t-elle pas depuis bien longtemps ta naissance ? Ton premier cri ou le crissement de la génération de ta première cellule ne marquent-ils pas le début d'une existence – pouvais-tu ressentir, avant ta naissance, quoi que ce fût ? Ta venue en ce monde redistribue-t-elle les cartes à ce point, Poiraudeau, que toutes les règles changent avec ton apparition ? Non ? Donc après ta mort sera pour toi comme avant ta naissance : indolore et inexistant.

Mais nous, auprès de toi en cendres sur le bûcher,
nous pleurons insatiablement, et ce chagrin
infini, aucun jour ne le prendra à nos cœurs.
Il faut chercher ce qui est d'une si grande
amertume alors qu'on en vient au sommeil et au calme,
pourquoi peut-on en un deuil infini se fondre ?
Et ce que font, quand ils s'installent verre
à la main, les hommes, quand ils ombragent leur tête de couronnes ?
De tout cœur ils disent : « Bien brève la joie des petits hommes,
déjà elle est passée, jamais ne reviendra. »
Comme si dans la mort le mal le plus grave était
que la soif brûle les malheureux, qu'aride elle les rôtisse,
ou que le désir de quelque chose les habite.
On ne se désire pas, on ne désire pas sa vie
quand l'âme et le corps reposent, endormis.
Le sommeil à travers nous peut être infini,
aucun désir de nous ne nous affecte,
pourtant les morceaux premiers à travers nos membres
n'errent pas bien loin des mouvements porteurs de sensations,
puisqu'un homme arraché au sommeil se reprend lui-même.
La mort est bien moins que ça, pour nous,
s'il peut y avoir moins que ce nous voyons être rien.
Plus grande vient la dispersion du désordre de la matière,
après la mort ; et personne ne se lève, éveillé,
une fois qu'est venue la pause froide de la vie."

Les fossoyeurs encore valides qui avaient les deux mains libres applaudirent, les autres, ceux qui tenaient un verre ou une fourchette dans leur pogne frappèrent répétitivement du poing sur la table, dans un geste un peu tudesque, un rien barbare, ceux qui par malheur avaient les deux mains occupées, par une coupe et une denrée quelconque, se contentèrent de crier, ceux qui avaient les mains prises *et* la bouche pleine crachèrent, ceux qui dormirent ne firent rien. Tous aimaient quand ça parlait bien.

Grosmollard leva son verre de chinon avec méfiance et le sécha. Il avait soif. Il était heureux.

Poiraudeau opposait le sourire sûr de lui du croyant à l'évidence philosophique. Il se leva à son tour, vida sa coupe pour ne pas être en reste, fit admettre un ou deux axiomes comme l'immortalité de l'âme, celle qui met en mouvement le *saccus merdae*, l'étincelle reçue à la naissance et l'énergie du baptême ; il cita les Écritures, les commentaires, et surtout saint Thomas d'Aquin, qu'il révérait, et notamment le commentaire de ce dernier au *De anima* d'Aristote, où il était prouvé que l'âme non seulement était distincte du corps, mais encore qu'en tant que substance, séparée de ses accidents, elle était, contrairement à l'opinion d'Aristote, immortelle. Poiraudeau appuya son éloquence sur celle du divin Bossuet :

Âme remplie de crimes, tu crains avec raison l'immortalité qui rendrait ta mort éternelle ! Mais voici en la personne de Jésus-Christ la résurrection et la vie : qui croit en lui ne meurt pas ; qui croit en lui est déjà vivant d'une vie spirituelle et intérieure, vivant par la vie de la grâce qui attire après elle la vie de la gloire. – Mais le corps est cependant sujet à la mort ! – Ô âme, console-toi : si ce divin architecte, qui a entrepris de te réparer, laisse tomber pièce à pièce ce vieux bâtiment de ton corps, c'est qu'il veut te le rendre en meilleur état, c'est qu'il veut le rebâtir dans un meilleur ordre ; il entrera pour un peu de temps dans l'empire de la mort, mais il ne laissera rien entre ses mains, si ce n'est la mortalité. Ne vous persuadez pas que nous devions regarder la corruption, selon les raisonnements de la médecine, comme une suite naturelle de la composition et du mélange. Il faut élever plus haut nos esprits et croire, selon les principes du christianisme, que ce qui engage la chair à la nécessité d'être corrompue, c'est qu'elle est un attrait au mal, une source de mauvais désirs, enfin une chair de péché, comme parle le saint apôtre. Une telle chair doit être détruite, je dis même dans les élus, parce qu'en cet état de chair de péché, elle ne mérite pas d'être réunie à une âme bienheureuse, ni d'entrer dans le royaume de Dieu. Malgré toute la beauté et la sagesse de ce parlement, Bossuet ajouté à saint Thomas d'Aquin ajouté à Aristote eut un effet immédiat sur les fossoyeurs : la révolte. Poiraudeau commença à essuyer de nouveaux affronts de la part de ces garnements, que la profondeur du débat tirait de leur ivresse ; ils lançaient des petits os, sifflaient, chantaient des chansons de corps de garde *(Pieds de cochon Marie-Madeleine, Pieds de cochon Marie-Madelon)* sans plus s'intéresser aucunement au débat en cours ; la mort, ils n'en avaient cure, elle reviendrait bien assez tôt dans leurs vies. Certes il était important de la fonder en pensée ; mais les fossoyeux étaient des hommes libres, qui s'autorisaient donc à changer d'avis selon leur conscience des fins ultimes ou lorsqu'un verre de rouge les tentait plus qu'un sermon. Ils préféraient, au moment du Banquet, la simplicité de Lucrèce, de Schopenhauer et de Grosmollard à la longue tradition subtile de pensée chrétienne de saint Thomas et Poiraudeau.

Las, les convives étaient plus atomistes que thomistes.

Poiraudeau trouva immédiatement la parade. Il s'épousseta du revers de la main et hurla comme Faust dans la cave d'Auerbach : *Les fromages ! Les fromages ! Les vins !* et tous savaient que les fromages signifiaient du gras, du pain et du bon vin, et tous se réveillèrent comme un seul homme, et reprirent en chœur : *Les fromages, les fromages ! Les vins, les vins !*

Il y en avait de toute la France, des fromages, de toute la France Suisse et Italie comprises, de toute la France Angleterre et Hollande comprises, la Grande France, avec des fromages aussi français que le *Handkäse* au cumin de

Francfort-sur-le-Main, le très vénérable gouda vieux, l'idiazabal de brebis fumé, le puissant cheddar du Somerset. À peine le cri de Poiraudeau retentit-il que les arpètes apportaient d'immenses plateaux d'osier décorés de feuilles de vigne fraîches et de fleurs de printemps, garnis de dizaines de fromages de toutes formes, des parallélépipèdes, des cubes, des cœurs, des cônes, des troncs de cônes, des pyramidions, des sphères, des demi-sphères, des quarts de sphères, des cylindres, des tronçons de cylindres, et de toutes couleurs, des blancs, des crèmes, des verdâtres, des jaunis, des dorés, des bleus à l'intérieur, des gris, des cendrés, des marron, des orangés et même un noirci couleur fumée et un rouge couleur brique, inimitable ; toutes les matières possibles étaient représentées : il y avait les pâtes dures comme le cœur d'un chêne, les comtés dont les vieilles meules étaient venues en roulant depuis le Jura, les têtes de moines bonnes à assommer les non-croyants, les plus mous qui étalaient leurs graisses comme des ventres de pachas sur les coussins du sérail, fondaient sans chaleur sous l'effet du temps, les camemberts très faits au lait cru, les vacherins liquéfiés par la paresse ; les terrifiants époisses rampaient par vagues hors de leurs croûtes lavées, comme les reblochons ; les fourmes d'Ambert et de Montbrison suaient ainsi des bâtons de dynamite géants ; les roqueforts sentaient la brebis et la moisissure, en un mot l'Aveyron ; les munsters luttaient contre les maroilles pour se faire entendre des narines, les petits chèvres pâlissaient de modestie – les rois du plateau, pourtant, c'étaient eux, les chèvres : les mothais à la feuille de châtaignier, les chabichous onctueux, les sainte-maures à la paille de seigle, les selles-sur-cher au goût de noisette, les chèvres, qui fait, qui frais, qui blanc, qui crème, qui cendré.

Le pain avait été choisi avec soin – il fallait un pain au levain un peu brun, d'un blé ancien, très légèrement acide, à la mie dense mais pas trop, élastique et fondante, et à la croûte quadrillée, dure, bien grillée, presque noire par endroits, aux parfums de feu, de carbone, de torréfaction ; le pain circulait en tourtes de quatre ou cinq livres, qu'on coinçait contre l'épaule gauche comme un violon pour se couper une tranche avec la main droite – plus personne ne dormait, il n'y avait plus aucune place pour la mélancolie, les fromages étaient là !

Les fossoyeurs s'étaient remis à chanter, cette fois-ci des cantiques et des antiennes, des *magnificat* à la gloire de la fermentation, du caillé, de la présure tirée des estomacs des vaches, gloire aux ruminants, gloire ! Gloire à la chèvre, gloire à la brebis ! Gloire aux bactéries, gloire à la mort ! Et les vins tournaient ! Du blanc malheureux ! Du blanc pour les fromages ! Des blancs de toutes provenances ! Des pouillys, des sancerres, des chablis rondouillets comme le petit Jésus, oh ! Pâmez-vous ! La couleur à la couleur ! Avec le comté un crozes blanc ! Marsanne et roussanne pour le beaufort d'alpage ! Gloire à la vache, gloire à la brebis !

Du blanc, mais pas que ! Observe, disait l'un, l'effet de ce beau porto sur le roquefort et le vieux brebis des Pyrénées… Ah mon Dieu ! Je m'évanouis ! Le sel dans le sucre, l'infini de la matière, les anges !

Bittebière tournait la girolle d'une tête de moine comme un perdu ; il en tirait des fleurs du pardon longues et frisées, des rubans festonnés pour habiller les houris du paradis, il ouvrait grande la bouche et mâchait doucement ces pétales qu'il faisait suivre d'une bonne rasade de meursault, sans retirer sa main droite de la girolle, car il avait peur qu'on ne la lui enlevât par force ou par ruse, et il ne cessa de manœuvrer le rabot circulaire que lorsque la bouteille de meursault fut vide et sa tranche de pain terminée. Il hésita à faire ouvrir une autre bouteille et à se couper une autre tranche de pain, mais point trop n'en fallait. Il valait mieux diversifier les plaisirs et en goûter un autre, comme Grosmollard qui se récompensait lui-même d'avoir bien parlé en se servant une lichette d'arôme de Lyon (selon lui le meilleur fromage du monde, de vache couvert de marc de raisin) avec une goutte de saint-joseph blanc. Bittebière l'imita, et, effectivement, l'ensemble était capable d'envoyer sainte Blandine en enfer. On en tirait des étincelles de bonheur. Même Sèchepine le Lorrain aurait presque renoncé au welsche de l'abbaye de Vergaville et au blanc de Moselle pour cet arôme et ce joseph, que Dieu le pardonne.

Il y avait quatre-vingt-dix-neuf fromages différents au Banquet des fossoyeurs, et ces fromages valaient tous les discours : cela signifiait qu'il n'y avait pas de palabres pendant ce service, que les orateurs et les conteurs (rassérénés, revivifiés par cette pause obligatoire) fourbissaient leurs armes, car il ne restait plus que les desserts pour briller – le dessert était par tradition le moment de parler d'amour, et sur des tons généralement assez badins, qui s'expliquaient par la nature du dessert lui-même, creux et rempli de matières molles, comme la tête de tout un chacun.

La phase en plateaux se terminait ; l'enthousiasme fromager baissait. On était déjà parvenu aux heures les plus sombres de la nuit. Les seuls fossoyeux qui n'étaient pas ivres étaient les abstèmes. Les dignitaires parés d'or, le grand maître Sèchepine, le chambellan Bittebière et le trésorier Grosmollard, dignitaires dont c'était le dernier Banquet en fonction, leur mandat se terminant l'année suivante, tenaient leur rang – aucun ne quitterait le Banquet debout. Même le Lyonnais, après avoir retrouvé, le temps d'un fromage, les vins de la vallée du Rhône, était un peu attaqué. Il battait de l'aile – un rien. Heureusement il restait les desserts, pour se refaire.

C'était à l'hôte, avant l'arrivée de la “farandole, gondole et même girandole des mignardises, friandises et autres gaillardises” promises en guise de gourmandises, qu’il revenait de prendre la parole.

Or le Martial Pouvreau se demandait s’il n’allait pas exploser plutôt que gloser, s’assoupir plutôt que glapir.

Il était replus, il n’en pouvait mets.

Alangui le ventre sur la table, la joue contre la nappe, une auréole de bave teintée de bile s’étendait de sa bouche grande ouverte ; il ne dormait pas, pensait-il, il soufflait. Il faut souffler, de temps en temps. Il regardait, à peu de distance, son ballon rempli à déborder d’un rouge un peu clair dont le garance avait, aspergé de la lumière des braises, des reflets orangés, une fraise au soleil d’août, et ce grenat transpercé de flammes, presque sans profondeur, dont on devinait, de loin, la légèreté laissait imaginer un pinot noir, un de ces bourgognes rouges si rares dans ces terres atlantiques qu’on les reconnaissait immédiatement et la gueule béante, à trente centimètres du calice, Pouvreau commençait à sentir les effets de ce Graal, sans même avoir besoin d’y porter les lèvres. Quel bon Samaritain lui avait versé ce prodige dont la beauté de la robe promettait une cuisse de nymphe, une peau de nouveau-né, un élixir magique où le chèvrefeuille combattrait la mûre, où la fraise des bois s’allierait au cassis ? Les courts tanins très souples arrondiraient l’ensemble, pensait Pouvreau, et plus il observait le verre, plus il perdait son regard dans le liquide coloré comme dans un kaléidoscope nacré de toutes les nuances du rouge, plus il revenait à lui ; il réussit à refermer la bouche, malgré l’effort ; à ramener son esprit vers la conscience de ce qui se passait autour de lui ; sa pensée reprenait péniblement des forces, quittait l’engourdissement. Toujours allongé la tête de profil, il réussit à avancer une main rampante et désespérée vers le verre, à l’attirer jusqu’à lui sans en renverser le nectar ; quand le ballon fut à toucher son visage toujours à moitié écrasé sur la table, le pied dans son poing serré, tout près de son tarin rubicond, il l'inclina légèrement vers lui – le vin coula un peu le long du verre, et Pouvreau tira la langue pour l'intercepter, oh, quel plaisir divin, on eût dit que Bacchus venait de l'inventer, il pencha un peu plus le ballon, le rouge lui baigna l'œil, dégoulina le long de la narine, fut ralenti par la moustache avant de finir dans la bouche, que Pouvreau déformait d'une horrible façon avec un bruit terrifiant de glougloutement pour récupérer le liquide échappé de la coupe. La tache, sur la nappe de Damas, n'était plus seulement de bave, ô, vin de vigueur ! Tu as presque ressuscité Martial Pouvreau.

Il réussit d'abord à relever la tête, puis à s'ébrouer en se secouant le chef très vite de droite à gauche, ce qui aspergea ses voisins des gouttes de nuits-saint-georges retenues dans sa moustache et, comme une sainte aspersion, les éveilla à leur tour. Puis il finit son verre d'une grande lampée suivie d'un long gargarisme et s'en trouvant plutôt mieux, revenu de ses émotions, il prit la parole, malgré son bégaiement d'ivrogne, son élocution hachée et sa voix d'outre-tombe :

"Chers amis ! Mes bons fossoyeux ! Permettez-moi de vous remercier tous pour votre présence. Bientôt nous apporterons les desserts. Mais avant cela trinquons ! Trinquons ! Levons nos verres à la Mort, divine putain, l'amante de tout un chacun !

— À la Mort, la seule Maîtresse !"

Les fossoyeux levèrent leurs verres, enfin ceux qui le pouvaient encore, ceux que les fromages n'avaient pas achevés : ce n'était pas encore un immense ronflement unanime et satisfait qui s'élevait du banquet. Certains attendaient le dessert et le Rituel pour s'évanouir. D'autres dormaient depuis les viandes et s'éveillaient, frais comme des gardons, ou peu s'en fallait.

Ayant constaté par le toast l'état d'éveil de la Confrérie, Pouvreau chercha un orateur à désigner pour prendre la parole avant les desserts et s'avisa que Couilleroy était bon pied bon œil. Couilleroy était un fossoyeur de Talmont-sur-Gironde, qui avait une gueule effrayante, vérolée, au tarin épaté, aux pommettes couperosées ; il compensait par une bonté inouïe son extraordinaire laideur : tout le monde aimait Couilleroy. On pressentait que l'année prochaine, au moment des élections au bureau de la Confrérie, Couilleroy pourrait bien être choisi pour chambellan ; ou Sèchepine devenir chambellan et Couilleroy grand maître, dans un arrangement certes un peu poutinien, mais permis par les lois de la Confrérie, que Sèchepine et Couilleroy connaissaient bien. Pour l'heure Couilleroy faisait comme Martial Pouvreau, il s'en jetait un derrière la cravate, en attendant les desserts. Pouvreau le désigna donc.

DISCOURS DE COUILLEROY : L'HISTOIRE DU VOYAGE DE JAUFRÉ RUDEL ET DE LA FONDATION DE LA CONFRÉRIE DES FOSSOYEURS

"Chambellan, grand maître, trésorier, fossoyeux, enterreurs, je tenais à raconter une histoire de plus, avant que nous ne retournions à nos tristes besognes, avant que la Mort ne reprenne ses droits. Vous connaissez tous la forteresse de Blaye, sur le magnifique estuaire de la Gironde, Blaye au précieux vignoble, Blaye la ville de Roland, tué à Roncevaux, son épée Durandal brisée à ses côtés – Blaye est aussi le fief de Jaufré Rudel, vous le savez, le plus beau des troubadours et le plus noble des princes d'Aquitaine ; Jaufré aimait, il aimait de loin, il aimait l'amour, le printemps et le chant du rossignol :

Quan lo rius de la fontana
S'esclarzis, si cum far sol,

E par la flors aiglentina,
E'l rossinholetz el ram
Volf e refranh ez aplana
Son dous chantar e l'afina,
Be'ys dregz q'ieu lo mieu refranha.

Quand l'eau de la source
Coule transparente,
Et que paraît la fleur d'églantier,
Que le rossignol sur la branche
Chante et chante, chaque fois plus doux,
Sa douce mélodie pour l'embellir encore
Vous ne prendrez à mal d'entendre la mienne."

Les fossoyeurs connaissaient tous Jaufré Rudel, bien sûr, et cette invitation à chanter les douces chansons du prince était irrésistible : alors que les serveurs débarrassaient la table des victuailles qui l'encombraient encore en prévision du dessert, tout en allumant les bougies et les candélabres du dernier Rituel, ils se mirent à fredonner *Quan lo rius de la fontana*, cette irrésistible évocation du printemps et de l'amour.

"Jaufré Rudel était amoureux – il était amoureux d'une dame qu'il n'avait jamais vue, mais cette dame était si belle, si noble et si dévouée que son nom avait traversé les mers et que Jaufré l'avait entendu – cette dame, c'était la princesse de Tripoli, en Terre sainte. Jaufré Rudel avait entendu son nom par des pèlerins revenus de Jérusalem, qu'il avait hébergés dans son château ; ils lui avaient parlé d'Antioche, de la terre et de la princesse de Tripoli, de son visage et de son âme – et tous deux étaient si beaux, le visage et l'âme, et les chansons que les pèlerins avaient chantées si émouvantes que Rudel le poète seigneur de Blaye tomba éperdument amoureux d'elle et chanta son amour :

Amors de terra lonhdana,
Per vos totz lo cors mi dol ;
E non puosc trobar meizina,
Si non au vostre reclam
Ab atraich d'amor doussana
Dinz vergier o sotz cortina
Ab desirada companha.

Amour de terre lointaine,
Pour vous tout mon cœur souffre ;
Et je ne peux trouver remède
Qu'en criant votre nom,
Aux doux sons d'amour,
Dans un jardin, derrière des tentures,
En compagnie de l'être désiré.

Il chanta son amour jusqu'à n'en plus pouvoir, et décida de partir pour la Terre sainte, il fallait qu'il retrouve sa princesse – il partit en compagnie d'autres seigneurs, Hug de Lusignan, Taillefer comte d'Angoulême, par terre jusqu'en Sicile, puis traversa la mer pour parvenir à Tripoli."

Les fossoyeurs écoutaient attentivement l'histoire de Couilleroy, tout en attendant le dessert, dont il semblait qu'il n'allait pas tarder à arriver. L'immense table se vidait petit à petit ; les verres avaient été changés, remplacés (c'était l'occasion de les vider à pleine bouche, comme un hussard embrasse une pucelle) par de petites fioles transparentes, qui pour la Confrérie étaient autant de verres à liqueur ou à goutte, des fioles de sept centimètres de haut dont le col, étroit, mesurait cinq centimètres et l'ouverture, un doigt de large. Le ventre de ces fioles était rebondi et accueillant.

Les préposés commençaient à disposer les douceurs sur les tables, le dessert traditionnel depuis la fondation de la Confrérie des fossoyeurs, le chou à la crème – la pâte à chou, ce miracle de la pâtisserie où, au milieu de l'appareil de farine, de beurre, d'eau et d'œufs, dans le secret du four, un vide se formait, et ce vide magique pouvait être par la suite rempli de crème fouettée légèrement sucrée, crème de lait de printemps, crème des pâturages maraîchins aux laitières noir et blanc, inimitable –, et bien sûr, tout en écoutant l'histoire de Couilleroy qu'ils connaissaient déjà, les fossoyeurs recommençaient à saliver en voyant être installés sur les tables des pyramides régulières de choux parfaits, ni trop gros, ni trop petits, choux à la crème et leurs variations, pets-de-nonne frits, sucrés et légèrement parfumés avec un peu d'anis, éclairs à la crème pâtissière au chocolat ou au café, religieuses de deux choux superposés et même les diaboliques profiteroles qui ne sont rien d'autre que des choux à la crème vanille recouverts de chocolat fondu, amer, épais et bouillant. Les fossoyeurs avaient une éthique, la Confrérie était aussi celle de la droiture, et on ne pouvait appeler les choses autrement que par leur nom – les fossoyeurs étaient aussi fidèles, et avaient un vrai sens du devoir ; ils écoutaient donc Couilleroy avec une impatience mêlée d'intérêt.

"Après ce très long voyage, après avoir affronté des mers rageuses et des rivages dangereux, affaibli par une maladie contractée à bord, Jaufré Rudel parvient en Terre sainte. Le troubadour amoureux est aussi un noble guerrier. Malgré sa faiblesse, il participe à un combat contre l'Infidèle qui menaçait Tripoli. Avec d'autres courageux barons il met le siège devant la ville de Damas. C'est là qu'il compose plusieurs de ses chansons – son amour, la belle princesse de Tripoli, n'a jamais été aussi proche, et aussi lointaine à la fois. La maladie de Jaufré progresse ; il se sent faiblir ; il veut enfin voir son aimée. Le siège levé, il se rend à Tripoli ; la cité est belle, enserrée dans de hautes murailles qui entourent un château imprenable, sur un mont distant de près d'une lieue de la mer et du port, parmi des collines couvertes d'oliviers et de ces pommes d'or amères qu'on nomme oranges.

Jaufré Rudel parvient agonisant à Tripoli, soutenu par ses pairs les barons ; dont l'un fait dire au château : Princesse, Jaufré Rudel, seigneur de Blaye, qui vous aime, ne veut mourir sans vous avoir vue. La princesse fait installer Jaufré dans ses appartements ; elle l'étreignit en le plaignant. Et dès qu'il comprit que c'était son amour qui l'étreignait, il retrouva ses sens ; il la vit, il l'entendit, il sentit son parfum, il la toucha – il remercia Dieu de l'avoir maintenu en vie assez longtemps pour voir son amour, et il mourut dans ses bras."

Les fossoyeurs connaissaient cette histoire par cœur et pourtant, la fatigue et l'alcool aidant, alors que les premières grisailles de l'aube commençaient à teinter la nuit du Marais à l'orient, derrière la grande ruine de la cathédrale Saint-Pierre de Maillezais, les tristes fossoyeux, qui sentaient que le Banquet approchait de sa fin comme Jaufré Rudel et qu'eux aussi allaient retrouver, juste avant que la joie s'éteigne, leur noire princesse, les enterreurs ne purent s'empêcher d'avoir un sanglot au souvenir de Jaufré Rudel et de son triste amour de loin et, pour se consoler, ils avancèrent la main vers les choux ; en mangèrent un, dont la pâte extérieure céda, comme le fait celle des choux, pour libérer la pure légèreté blanche de la crème montée qui envahissait la bouche et la remplissait de bonheur ; alors ils pleurèrent un peu moins, ces fillettes de fossoyeurs, toujours prêts à verser une larme ! et Couilleroy de l'Estuaire poursuivit :

"La princesse fut si triste de la mort de Jaufré Rudel qu'elle le manda enterrer avec tous les honneurs dans l'église Saint-Jean du mont Pèlerin, le temple de Tripoli, comme s'il avait été son époux d'un instant et elle-même, la belle princesse, épousa le Seigneur et entra au couvent pour n'avoir d'autre mari que lui."

Et à peine il terminait cette phrase que les fossoyeurs pleurèrent de plus belle. Ah comme ils auraient aimé porter eux-mêmes au caveau Jaufré Rudel ! Ah il s'en est fallu de peu ! La Confrérie des fossoyeurs avait été fondée par Saladin après sa prise de Jérusalem, pour enterrer également chrétiens, juifs et musulmans, et confirmée par Richard Cœur de Lion après la bataille de Jaffa, quand la Confrérie enterra sans distinction chevaliers et Sarrasins – le bon roi Richard, seigneur du Poitou et roi d'Angleterre, et Pouvreau et Poiraudeau, dont les ancêtres avaient été ses sujets, ainsi que les fossoyeurs normands présents, eurent une pensée pour le fils d'Aliénor et d'Henri, le roi-poète, le vainqueur de Saladin, et Poiraudeau récita ces ultimes vers, alors que la Confrérie commençait à sécher ses larmes avec des choux à la crème, du bon roi Richard prisonnier des Allemands :

Or sapchon ben miey hom e miey baron,
Angles, norman, peytavin e gascon,
Qu'ieu non ay ja si paure compagnon
Qu'ieu laissasse, per aver, en preison.
Non ho dic mia per nulla retraison,
Mas anquar soi ie pres.
Car sai eu ben per ver certament
Qu'hom mort ni pres n'a amic ni parent ;
E si'm laissan per aur ni per argent
Mal m'es per mi, mas pieg m'es per ma gent,
Qu'apres ma mort n'auran reprochament
Si sai mi laisson pres.

C'est Couilleroy lui-même qui lança le premier chou. Un petit, presque une chouquette ; chargé de crème vanille, il explosa sur la tempe droite de Poiraudeau, constellant le visage du croque-mort et l'épaule de son voisin sénestre – Poiraudeau sourit, avala goulûment les restes de pâte et de douce garniture et profita de la diversion pour enfoncer lâchement la tête de son voisin de droite dans un énorme chou à la chantilly qu'imprudemment celui-ci essayait de manger en se penchant : il se releva blanc comme le père Noël, de la crème fouettée dans la barbe, les yeux et les narines ; Sèchepine avait écrasé avec joie un chou au beau milieu du crâne de Grosmollard, que celui-ci n'avait pu éviter et ne savait si rire ou pleurer de ce rituel affront ; Martial Pouvreau l'hôte du Banquet était la cible de nombreux tirs, des choux, des chouquettes et comme il n'était plus en état d'esquiver, même une gigantesque religieuse au chocolat éclata sur son tarin rubescent, météorisant de noires particules les visages environnants. Tous prenaient le temps de se lécher, de se pourlécher pour s'essuyer et mangeaient, mangeaient ces desserts divins comme si c'étaient les derniers, car le Banquet approchait de sa fin. Un serveur qui apportait une pyramide de pâtisseries glissa sur un éclair (à moins qu'on ne lui ait fait un croc-en-jambe) et lança malgré lui foule de boules de pâte et de crème dans les airs, vers l'arrière, avant de s'étaler – le pauvre fut, malgré la règle qui veut qu'on n'accable pas un homme à terre, écrasé sous les coups de chou, noyé dans une orgie de crème et de pâte, jusqu'à ce qu'il demande merci ; et tous riaient et bâfraient et glissaient et riaient encore, couverts de chocolat fondu, de crème fouettée, de vanille – les myopes n'y voyaient plus rien et tiraient à l'aveuglette les douceurs comme des mitrailleuses, pour se défendre ; les chats miaulaient et se nettoyaient les moustaches dès qu'un projectile les atteignait ; les chiens n'y comprenaient plus rien et aboyaient tant qu'ils pouvaient avant de gloutonner le chou qu'ils prenaient dans leur gueule grande ouverte ; les mécheurs éméchés assoupis près de la cheminée avaient été réveillés à grands coups de crème et reprenaient leurs esprits – ceux qui n'étaient pas debout en train de lancer étaient planqués à couvert, et la joute sucrée dura jusqu'à épuisement des munitions et crampes des abdominaux et des muscles zygomatiques, quel immense rire, mon Dieu, et petit à petit tout un chacun retrouva son calme : on nettoya ses lunettes, on astiqua les fioles rituelles ; on se refit une beauté, on leva les jambes quand les arpètes balancèrent force seaux d'eau chaude pour intimider la crasse ; on aida Sèchepine à mettre de l'ordre dans son habit de grand maître, Bittebière le Norois dans son vêtement de chambellan, Grosmollard dans sa toge de trésorier. L'aube, derrière la cathédrale, commençait à séparer les fils blancs des fils noirs et les enterreurs savaient que, même si certains d'entre eux allaient continuer à ripailler pour le plaisir toute la journée du lendemain, pour finir les restes, comme on dit, le Banquet proprement dit prendrait fin avec le Rituel, et que même si, après, pour requinquer les fossoyeux et leur nettoyer les boyaux on servait une soupe à l'oignon gratinée, plat d'amour et de l'aube par excellence, suivie de douzaines d'huîtres de Marennes bien grosses, bien épaisses, fraîchement ouvertes pour chasser la gueule de bois, malgré ce petit-déjeuner qui prolongeait pour ainsi dire le Banquet, celui-ci s'achevait avec le Rituel que se préparait à diriger le grand maître Sèchepine, non sans mettre à jour mentalement la liste de ce qu'il avait réussi à ingurgiter jusque-là : “Voyons donc, j'ai mangé une minuscule tartine de rillettes au vouvray qui me paraît bien loin, comme la ridicule tranchette de pâté de canard, avec quelques cornichons pour chahuter les précédentes ; un œuf mimosa, à peine deux moitiés d'œuf car le persil favorise la digestion puis deux gougères au fromage, rien que du vent, quelques cuisses de grenouilles dont on sait qu'elles sont minuscules ; des escargots qui l'avaient bien mérité ; une bouchée à la reine aux ris de veau, sans doute le plat le plus subtil et délicat du monde ; une tasse de consommé de bœuf dans lequel flottaient d'épais croûtons bien durs surmontés d'une virole de foie gras ; un œuf en meurette épaisse d'oignons roses au chinon juste pour le plaisir de tremper le gressin au thym frais dans le jaune à peine épaissi par la cuisson parfaite ; un vol-au-vent dont les écrevisses nageaient dans le plaisir et la crème au fumet de poisson de rivière et au vin blanc ; six huîtres chaudes à la Alexandre Dumas, comme le grand homme raconte qu'il faut les cuisiner, sorties de leur coquille, couvertes de parmesan, de persil et noyées dans un flot de champagne et passées au gril ; neuf langoustines du vivier de Croix-de-Vie, bouillies bêtement dans l'eau de mer, accompagnées d'une mayonnaise toute simple, avec à peine quelques gouttes de citron et un doigt d'huile d'olive pas trop amère ; des pinces de tourteaux panées, frites sur le moment, qu'on trempe dans la même mayonnaise à laquelle on a ajouté quelques brins d'estragon, de cerfeuil et de ciboulette ; quatre rondelles d'anguille farcie avec le reste de la chair des crabes dans une sauce hollandaise juste rosie au concentré de tomate sans aucune raison, pour le plaisir de la couleur ; deux tronçons de lamproie à la nantaise, à la rochelaise ou à la bordelaise, poisson affreux cuisiné en daube au vin rouge épais avec du lard et son propre sang ; un demi-filet de carpe en gelée froide à la juive, avec des carottes et des petits légumes pour essayer en vain de dissimuler le goût de vase de la carpe ; un petit verre de prune à cinquante-cinq degrés en guise de trou, suivi d'une timbale de coquillettes au comté et à la truffe pour le reboucher ; un petit verre d'angélique à cinquante-cinq degrés pour rouvrir le trou suivi d'une grande cuiller de coquillettes pour oublier son horrible goût de médicament et le reboucher définitivement ; une tranche de cochon de lait doucement rôti à la cheminée, suave et onctueux comme la sauce au chocolat qui l'accompagne ; un ramequin de gratin de courge à la tomme de Maillezais, exquis ; une cuisse de lièvre, parfumé, odorant, cuit à la braise de ceps exclusivement, accompagné d'une sauce à l'oseille, à l'ail et aux champignons de printemps, un rien acide ; une entame de gigot d'agneau avec quelques mogettes, haricots blancs du Marais cuits à la crémaillère avec des couennes de jambon ; une part minuscule de filet de veau en croûte de sel mouillé jeté dans les flammes de la cheminée, pour lequel plus d'un a vendu son âme au diable ; quelques copeaux de cuisse de veau rôtie reconstituée saturée d'épices découpée au couteau à jambon ; des asperges vertes, des petits pois, des carottes nouvelles, des oignons nouveaux, de l'ail vert, le tout accompagné d'une mayonnaise à chaud aux herbes façon béarnaise sans vinaigre ; un tiers de chaource, une tranche de beaufort d'été, beaufort d'alpage artisanal et rarissime, une lichette de fourme de Montbrison, pour sa douceur unique, quelques fleurs de tête de moine pour accompagner le meursault blanc parce qu'après tout je suis le grand maître ; une bouchée d'arôme de Lyon pour faire plaisir à Grosmollard et goûter ce saint-joseph blanc absolument scandaleux tellement il est bon, un morceau de chabichou du Poitou à point pas du tout crayeux pour terminer le divin sancerre, une tranche de pain, qui est finalement le meilleur, tourte à l'ancienne au levain maison à la farine luxueuse sans intrant aucun broyée à la pierre à la force du moulin de rivière, pain pétri à l'eau de source et cuit au four à bois chauffé exclusivement au frêne du Marais, un verre de chinon pour faire couler, ce qui me rappelle que j'ai bu aussi au cours du repas force chenin, force gamay d'Anjou et de Touraine, quelques pots de mareuil pour la soif, puis sont arrivés les desserts, un chou à la crème fouettée que j'ai mangé avant d'en écraser un autre sur la calvitie de Grosmollard, puis une petite religieuse, puis quelques profiteroles que j'ai prises en pleine poire, délicieuses, et encore un ou deux éclairs au café et voilà, et maintenant tout cela se termine, on ajoutera un peu d'eau-de-vie pour le Rituel, de l'esprit-de-vin, ensuite une soupe à l'oignon gratinée au comté avec de belles croûtes, une douzaine d'huîtres de Marennes, des spéciales bien charnues, des numéro deux, avec un muscadet sur lie bien senti et on pourra aller se coucher quelques heures avant de retrouver la Lorraine, enfin. Car ce Poitou manque de montagnes et de jarret fumé.

Mais maintenant, commençons le Rituel."

DERNIER RITUEL
BUVONS HEUREUX EN ATTENDANT LA MORT

Donc, le premier, Sèchepine le Lorrain, fier schlitteur de sapins et grand maître de la Confrérie des fossoyeurs prononça dans le silence général ce simple mot, *Mourir*, solennel et univoque, et leva son étrange fiole à gnôle remplie d'esprit-de-vin avant de la vider d'un trait sans trembler et son voisin poursuivit, *trépasser*, et but à son tour, le suivant susurra *succomber*, et but, puis celui d'après *décéder*, celui à sa droite *expirer*, l'autre *rendre l'âme*, l'homme d'après ajouta *rendre l'esprit*, son voisin *rendre le dernier souffle*, tous vidaient leurs flacons en bon ordre, *calancher*, et *périr*, *s'éteindre*, un par un les fossoyeux disaient gravement un verbe ou une expression, *trouver la mort*, puis s'envoyaient un coup de goutte, *caner*, au suivant, *claquer*, toujours un de plus vers la droite – aucun profane n'avait jamais assisté à ce rituel secret, le plus profond de la Confrérie, *clamser*, puis *crever*, l'un après l'autre, *partir*, sans hésitation, solennellement, *casser sa pipe*, puis *claboter*, à Poiraudeau échut *cronir*, à Pouvreau *y rester*, à un autre *s'éteindre*, puis *aller ad patres*, et *passer dans l'autre monde*, et tout un chacun buvait quand venait son moment de prononcer un des quatre-vingt-dix-neuf noms de la Mort, *passer de vie à trépas*, *faire le grand voyage* ou *descendre au tombeau*, des plus simples, *finir ses jours, avoir vécu, perdre la vie, quitter la vie*, aux plus imagés, *nager le ventre en l'air*, ou galvaudés, *exhaler le dernier soupir*, tous les fossoyeurs en prononçaient un, et s'envoyaient leur breuvage, l'esprit-de-vin, *fermer les paupières, s'endormir du dernier sommeil, se coucher dans les bras du Seigneur, paraître devant Dieu*, et les argotiques, *avaler sa chique, avaler son bulletin de naissance, boire le bouillon de onze heures, faire la cabriole, faire couic, déposer le bilan*, ou même le rare *dévisser son billard*, le naturel *éteindre sa lampe*, le simple *souffler sa bougie*, l'optimiste *faire sa valise*, le réaliste *lâcher la rampe*, le militaire *passer l'arme à gauche*, le pratique *ramasser ses outils*, l'élégant *mettre un costume en sapin*, le courant *se laisser glisser*, le descriptif *sortir les pieds devant*, et chaque membre de la Très Noble Confrérie des fossoyeurs, dont les privilèges remontaient à la croisade et à la prise de Jérusalem par Saladin, s'envoyaient un petit verre en signe de désolation d'être ainsi contraints de porter tous les malheurs du monde, d'en avoir toute la tristesse sur les épaules, ils buvaient en prononçant tour à tour un des noms de la mort, une des expressions qui signifie mourir, *se retrouver entre quatre planches, souffler sa camoufle*, et l'on continua, godet après godet, expression après expression, *aller chez les taupes, nourrir les vers de terre, manger les pissenlits par la racine, engraisser les chrysanthèmes, tomber au champ d'honneur*, et les noms des anges de la Mort, Azraël, Samaël, Thanatos, puis tous les vocables secrets, ceux qu'on ne peut écrire, ni même lire, sans que la Mort n'advienne, qu'Elle n'arrive en personne, et le vrai nom de la Mort, le centième, celui qu'aucune bouche humaine n'a jamais prononcé, car ces phonèmes sont le secret de l'humanité, notre secret car nous sommes les seuls à mourir.

Et on vida un dernier verre, histoire de.

LES FOSSOYEURS JAMAIS NE RENTRERONT
BREDOUILLES :
ENTERRONS TOUS LES CORPS
ET ENFIN ENTERRONS LA MORT,
BAS-BEURRE DE BARATTE À COUILLES !

CHANSON

Esther pleurait. Elle essayait d'étouffer ses sanglots.

Fin novembre 1951, sept ans après, quand elle trouva enfin la force de s'y rendre, elle parcourut les églises de Melle, Saint-Hilaire au beau cavalier, Saint-Pierre aux deux absidioles, Saint-Savinien la modeste, pria tour à tour dans chacune des trois, pria le Christ, pria la Vierge, pria les saints, pour trouver un remède à sa tristesse ; elle n'était pas chrétienne mais ces présences, ces images, ces récits de miracle étaient une brève consolation. Esther prit la route du sud, vers Tillou, là où les trois enfants avaient été cachés, là où ils avaient passé trois ans de guerre. Les noms des villages étaient étranges et menaçants, Paizay-le-Tort, Sompt, Gournay-Loizé ; la campagne paraissait basculer soudain dans l'hiver ; les hauteurs couronnées d'arbres pelés succédaient aux champs vides. La route donnait un coup de couteau dans la chair des collines. La ferme était un ancien moulin, au bord d'une rivière appelée la Somptueuse ; un hangar, un enclos, des canards ; un homme la reçut, un barbu aux yeux clairs ; sa femme était dans la cour, assise, un canard sur les genoux – elle gavait l'animal à l'aide d'un entonnoir muni d'une vis sans fin, enfoncé dans le bec du volatile ; elle massait le cou du canard pour que la nourriture descende, Esther détourna les yeux.

L'homme dit, on n'a touché à rien. L'homme lui montra un grenier avec trois petits lits, elle s'effondra, la respiration coupée. L'homme la ramassa comme un objet fragile, avec distance et respect ; il lui sembla que ses yeux clairs vibraient un peu, qu'une larme coulait sur sa barbe noire. Esther ne pouvait plus respirer, une douleur immense interdisait le cycle de l'air dans ses poumons, elle voulait que la mort l'emporte, là, que l'Éternel n'ait plus pitié d'elle et la détruise immédiatement, comme une maison soudain écrasée par une bombe, comme trois enfants abattus à bout portant.

L'homme la guida de nouveau vers la cour où la femme attrapait un autre canard et lui enfonçait la gaveuse dans le gosier.

On fait ça qu'en hiver, dit l'homme comme par mégarde. L'été y fait trop chaud, les canards y crèvent si on les gave l'été.

Esther avait l'esprit vide, elle regarda ses chaussures vernies toutes tachées de la boue blanche de la cour, elle eut l'impression que c'était du sang blanc, elle remua les pieds bêtement pour les secouer.

C'est du jus de caillou, ça. C'est rien.

L'homme cherchait à lui être agréable. Lui aussi il regardait par terre.

Offre donc une chicorée à la dame, dit la femme au canard.

Vous… Vous voulez une chicorée bien chaude ? Avec du lait ?

Esther regarda autour d'elle ; la rivière se scindait en deux pour entourer la ferme d'eau. Un saule pleureur inclinait sa chevelure vers l'onde. Elle imagina les enfants jouer au bord du ruisseau et se mit à trembler.

Ou une verveine ? C'est qui fait pas chaud-chaud.

Elle n'eut pas besoin de répondre.

Elle sentait contre son ventre les mains et les joues des enfants. Sept ans et cette présence ne cessait pas. Elle n'arrivait pas à les renvoyer vers le passé. À les faire disparaître.

En observant la dame aux canards elle se demanda pourquoi elle était revenue jusqu'ici, à Tillou au fin fond du Poitou. En 1941 la ligne de démarcation passait à quelques kilomètres, en Charente. En 1944 les troupes nazies remontaient vers le nord en pillant et assassinant sur leur passage. Il y a sept ans. Esther se demanda un moment pourquoi ces gens n'avaient pas touché à la chambre dans le grenier. Ils lui avaient envoyé la valise. Elle y avait trouvé sa propre photographie et cette image lui avait brisé le cœur à jamais. Ce que les enfants avaient écrit au dos du visage de leur mère. En son absence, pour qu'elle reste près d'eux. Et maintenant plus personne n'était près d'elle, à part sa propre image. Esther se remit à pleurer. La femme lâcha le canard qui s'éloigna en titubant comme s'il était ivre et elle en attrapa un autre.

L'homme regardait Esther sans savoir quoi dire.

Vous… Vous voulez aller voir l'endroit ?

Il fallait aller voir l'endroit. Après tout elle était venue pour ça. Voir l'endroit et voir la mort. L'homme n'avait pas l'habitude des automobiles.

Vous conduisez vraiment vous-même ?

Esther mit le moteur de la 203 en route. Le fermier hésita à monter mais finit par s'asseoir à côté d'Esther. Ils quittèrent la vallée en direction du village ; Esther remarqua une chapelle cubique et isolée comme un temple antique. Les maisons s'étiraient parallèlement à la rivière. Le fermier dit à Esther de prendre la route de Brioux – il avait du mal à imaginer qu'elle puisse ignorer totalement de quelle direction il s'agissait. Il lui montra du doigt, là par là. Ils s'enfoncèrent entre les haies sur une petite chaussée caillouteuse comme celle qu'elle avait empruntée pour venir. Esther essayait d'être attentive – est-ce que le paysage avait changé, en sept ans ? Les champs étaient labourés ; une terre un peu orangée, lui semblait-il, était parcourue de sillons, accidentée de mottes ; elle demanda à son passager si c'était le temps des semailles ; le fermier la regarda comme une Américaine, quelqu'un venu d'un autre monde. Non, dans les terres rouges y faut labourer tôt. Les labours d'hiver. S'y pleut trop ou qu'y fait froid on peut pas, faut un tracteur. On sème pas avant février.

Les terres rouges. Esther eut un soudain haut-le-cœur et les larmes coulèrent de nouveau sur ses joues. On ne peut pas conduire en pleurant. La route est étroite. Esther est soudain prise de panique, fait une embardée, un grand châtaignier manque d'attraper la voiture comme un géant, le paysan crie, il crie, Esther a un blanc, une absence, mais elle redresse, rétrograde ; la 203 poursuit son chemin malgré tout.

C'est là. C'est là à droite. Le paysan est soudain enroué.

Esther sort la flèche droite et s'arrête. C'est une cour empierrée avec un bâtiment en briques au fond. Le fermier a l'air soulagé de descendre. Il est très pâle.

L'ancien abattoir, dit-il.

Le lieu est aussi sinistre qu'elle l'avait imaginé. Les lézardes dans les briques rouges, les ouvertures en métal rouillé ; les vieilles caisses en bois, la cuve oubliée qui encombrent la cour. Elle se demande si elle va avoir le courage.

Un jeune homme vêtu d'une soutane et d'un manteau sort comme par magie d'une maison à gauche de l'entrée. Il porte un col romain dont la blancheur contraste avec le noir de ses vêtements, le gris du ciel, la brique rouge du bâtiment. Esther le salue d'un signe de tête. Il tend la main au fermier. Nicolas, dit-il. Je suis le curé du village. C'est moi qui vous ai écrit.

Esther sèche ses larmes à la manche de son manteau. Elle ne veut pas entrer dans le bâtiment. Elle ne veut rien savoir de plus. C'était une horrible erreur de venir jusqu'ici. Elle a froid – elle frissonne. Nicolas la réchauffe un peu juste en souriant. Il a une voix puissante et rassurante, une voix de prêtre, imagine-t-elle. Venez. Entrez.

Esther ne peut s'empêcher de suivre le jeune homme jusqu'à l'intérieur de l'abattoir. De vieux carreaux de faïence salis, un sol de béton en pente, avec des rigoles et une petite grille. Des poutrelles de métal, des barrières comme au cirque ou au stade. Elle en a assez vu. Elle veut ressortir. Elle étouffe. Il n'y a pas d'air. Pas de lumière. Juste des cris d'enfants. Pas des cris de douleur. Des cris de joie. Des hurlements de joie, maman, maman, et son corps soudain malaxé par six mains, six bras, trois visages qui se collent contre elle, la chaleur asphyxiante du bonheur, le plaisir simple de l'impossible dans l'évidence du miracle, le premier qui dit, maman j'ai bien dormi, le second qui ajoute, moi aussi maman j'ai bien dormi, je croyais être au paradis, chuchote le troisième, et ils sont beaux et Esther pleure, elle pleure de joie, c'est son être entier qui pleure de joie dans cet abattoir transfiguré par la présence de Nicolas, par l'immense lumière du présent. Bien sûr elle n'entend plus rien d'autre, elle n'entend plus le dehors, elle n'entend plus l'extérieur, elle n'entend pas le gendarme, elle n'entend pas le médecin, sa tête a heurté le châtaignier avec une telle force qu'elle est morte sur le coup, elle n'entend pas le gendarme, vous avez eu de la chance d'atterrir dans l'herbe, elle n'entend pas le fermier tout déchiré par le pare-brise balbutier, oui, de la chance, elle n'entend pas, elle ne parle pas ; on a retrouvé dans la poche de son chemisier un petit portrait d'elle de cinq centimètres de côté, aux bords festonnés, au revers griffonné d'écritures enfantines. Personne ne meurt jamais sur le coup.

V

GALLIA EST OMNIS DIVISA IN PARTES TRES

Lucie profitait du pur bonheur de la nature, sur ces terres pourtant attristées par l'hiver, alors que le vent soufflait légèrement et que les branches des peupliers argentés qui entouraient le champ vibraient d'une mélodie sans feuilles ; le soleil bas de l'après-midi de janvier virerait facilement au rose, l'humidité qui montait du marais tout proche se transformerait vite en brouillard – les cultures de Lucie avaient beau se trouver en dehors du marais proprement dit, un peu plus en hauteur, il était déjà arrivé, lors d'une année exceptionnellement pluvieuse, que les choux, les salades et les blettes se retrouvent noyés sous cinquante centimètres d'eau, et que les serres deviennent des piscines couvertes : mais c'était de plus en plus rare, les derniers temps étant plutôt à la sécheresse. Elle savait qu'elle allait bientôt devoir quitter cet endroit – sa séparation était bien réelle, le partage était fait : Franck conservait ses terres et ses serres et elle, ses cals sur les mains et sa glaise sous les ongles. Elle regarda autour d'elle ; bien sûr tout cela était à Franck, il en avait hérité de ses parents ; elle n'avait fait que vivre avec lui, participer à la production et vendre les légumes sur les marchés. Franck n'était pas riche, mais elle, elle avait quoi ? Deux paires de bottes et une bagnole pourrie. S'ils avaient été mariés ou associés tout aurait été différent. Franck lui aurait dû une soulte, en échange de toutes ces années à trimer en commun. Elle aimait ce mot, soulte, pour son côté historique, médiéval. On sentait que le bon droit venait de très loin. Ou peut-être pas. Ces choses sont complexes. Lucie avait la sensation que les femmes étaient toujours celles qui trinquaient dans ces histoires. EARL, Gaec, parts, entreprises, la modernité inventait certes de jolis acronymes, mais l'inégalité persistait. On ne se marie pas et on garde sa liberté, mon cul. Lucie ne se sentait libre de rien du tout. Elle s'était fait avoir – pas par Franck, non, par quelque chose qui venait de plus loin, comme le bon droit, quelque chose d'aussi historique que la soulte. Quelque chose qui écrasait les femmes à la campagne depuis longtemps.

Une chance qu'elle puisse habiter chez son grand-père. Avoir un toit pour quitter Franck. Enfin, une chance. La maison était sordide. Le vieux la dégoûtait. Heureusement elle adorait Arnaud. Il était complètement fou mais il la faisait rire. Et il était tendre. Sa mémoire extraordinaire des dates était à la fois inquiétante et miraculeuse. Lucie avait assez peu fréquenté la mère d'Arnaud, la sœur de son père ; elle était morte cinq ans auparavant, d'une maladie effrayante, une maladie qu'on pourrait appeler le poids de la vie, la tristesse et l'abandon ; Franck et Lucie habitaient alors à quelques kilomètres de là, de l'autre côté de la route de Vendée, où se trouvaient les champs et les serres – Lucie s'était tout naturellement occupée de son cousin et de son horrible grand-père, qui avait effrayé son enfance ; son père, pourtant retraité, ne leur rendait presque jamais visite : il gardait de son paternel un respect craintif et quelques cicatrices de boucle de ceinturon.

Lucie avait hâte de déménager, de retrouver une vie et une maison "normales". Mais où ? Et avec quel argent ? La mère de Lucie possédait des terres, entre Secondigny et Bressuire, dans la Gâtine fertile, des terres plantées de pommiers avec une petite habitation qu'elle rêvait de reprendre, pour y installer quelques serres et légumes de plein champ, ce serait le paradis – pas gigantesque, mais avec de l'eau et d'excellents sols ; malheureusement l'ensemble était loué depuis des décennies pour une bouchée de pain à un agriculteur du coin. Et quand bien même en eût-elle obtenu l'usufruit qu'elle aurait eu besoin de 80 000 ou 100 000 euros pour s'y installer. Franck s'était proposé de lui donner un coup de main, de partager des machines, mais il fallait que la distance soit raisonnable. Et puis elle n'avait plus envie de le voir. Pas depuis qu'il lui avait demandé 50 000 euros pour poursuivre comme associée. Elle avait eu l'impression que Franck chiffrait le prix de la séparation, ni plus ni moins. 50 000 euros pour acheter le droit de travailler sans coucher avec lui. Elle avait marné sur cette terre et dans ces serres pendant près de dix ans – et maintenant qu'ils se séparaient Franck lui demandait 50 000 euros. La compagnie, physique et sentimentale, valait donc 50 000 euros, estimait-il. Bref. Cela l'avait atrocement blessée. Donc elle continuait très provisoirement à travailler pour Franck moyennant quelques minuscules billets et une commission sur les marchés qu'elle assurait elle-même. De quoi mettre un peu de beurre dans les prestations sociales. Et encore. Mais comme chaque fois qu'elle se retrouvait dans les champs, chaque fois que la tombée du jour la surprenait, que l'humidité montait pour devenir brume et voleter dans le crépuscule, chaque fois que la fraîcheur du Marais envahissait l'air et qu'elle devinait, dans l'ombre, l'ultime agitation des grives, une mélancolie lui serrait la poitrine, un sentiment de cloches, de glas, à l'idée qu'il faudrait bientôt quitter cette vie et cet endroit – l'épais paillage doré sur les planches de culture reflétait les dernières lumières du soir, Lucie frissonna, pourquoi penser au fric, le pognon, le pèze, le blé, la galette, les sous, comme un été trop sec le manque d'argent asséchait toute sa vie, bienheureux ceux qui obtenaient la liberté en se dépossédant de tout, elle, elle était sur la paille et pourtant les mauvaises herbes poussaient, les emmerdements grandissaient sur cette paille comme le profond chiendent ou le liseron obstiné – il commençait à faire plutôt frais, elle arracha deux poireaux, cueillit un chou de Milan trop petit pour être vendu, passa récupérer quelques carottes et pommes de terre dans le stock. La perspective de la soupe à venir, auprès de la cheminée, dans cette bicoque puante, acheva de la déprimer. Elle sortit un instant son téléphone de sa poche (avec l'excuse de consulter l'heure, que le crépuscule lui indiquait déjà pourtant assez précisément). Elle jeta un dernier regard autour d'elle et vérifia qu'elle n'avait pas laissé traîner un outil, siffla le chien qui furetait derrière les peupliers à la recherche de ragondins à débusquer, retira ses gants, changea sa polaire noire maculée de terre pour un pardessus molletonné bleu, ouvrit le hayon de la voiture pour que le chien s'y engouffre, puis elle s'assit au volant et, comme chaque soir, observa son visage quelques secondes dans le rétroviseur : c'était bien elle, rien à craindre de ce côté-là ; légères pattes-d'oie naissant au coin des yeux, rides d'expression sur le front, fossette au menton, lèvres très rouges, tout est OK, pas de traces noires sur les joues ni de paille dans les cheveux ; le chien enfila son museau entre les sièges et lui poussa gentiment le bras, comme pour lui dire, allez ma vieille, tu te regarderas dans le miroir plus tard, on y va : Lucie sourit, caressa le front du clébard et mit le moteur en route. Il était 18 h 15, et on ne distinguait déjà plus les hauts fûts des peupliers, dévorés par l'obscurité.

*

Quand le père Largeau avait un coup dans le nez, lorsque la goutte commençait à agir ou que le picrate, à défaut d'oubli, lui procurait une joie diffuse et un déplacement de ses peines, alors il ne pensait plus ni au Christ, ni au trouble de sa Foi, mais laissait son imagination s'emparer d'un objet du quotidien et s'y fixer, son regard s'accrocher à une plante ou ses yeux contempler un animal, un des chats de Mathilde par exemple ; il observait, depuis sa chaise, le petit félidé se glisser dans son jardin, louvoyer, se frotter contre le tronc du grand catalpa, essayer d'attraper une mouche ou un papillon d'un coup de patte, se rouler dans l'herbe, et cette observation permettait à Largeau de ne penser à rien d'autre, de rester absolument immobile derrière sa vitre, les coudes sur la toile cirée à carreaux rouges et blancs, et il ne demandait rien de plus que ce répit soudain, cet arrêt de la pensée. Puis, quand les questions recommençaient à tourner, que les doutes et les images morbides revenaient, il s'énervait soudain ; il agrippait sa casquette, passait une veste et sortait. Il traversait le village presque en courant, pour rejoindre la frontière de la plaine ; il ne pouvait croire que ces étendues fussent soudain sans Dieu, que le souffle de l'esprit eût quitté la campagne, que la rivière de la foi n'irriguât plus ces terres – la marche était sa méditation. Il traversait les champs, vers le sud-est ; il franchissait la Sèvre à Saint-Maxire, puis longeait la belle ferme de Beaulieu, laissait à sa droite la route qui descendait vers Mursay et poursuivait devant lui vers le calvaire de pierre au carrefour des routes de Chauray et d'Échiré : le Christ était le seul arbre que le remembrement avait bien voulu abandonner à cet endroit, cette ondulation pelée de terre déserte, au long sol nu, sillonné de cailloux blancs bien répartis par les fraises du tracteur, et quel sens prenait-il ici, ce Jésus des pauvres, mis à mort à un embranchement oublié, qui empêchait les automobilistes de bien voir si une voiture arrivait à droite, ou à gauche ? Largeau essaya de prier, ânonna pendant quelques centaines de mètres avant de renoncer. Il préféra se concentrer sur sa marche, sur sa respiration, sur les paysages autour de lui – parvenu au tertre, le vent faillit lui arracher sa casquette. Dans le lointain, on pouvait suivre du regard la vallée de la Sèvre, d'un côté vers Siecq et Surimeau, de l'autre vers Saint-Maxire et Échiré ; au-delà de Saint-Maxire, on apercevait les pales du rideau d'éoliennes qui marquait la frontière entre Saint-Rémi et le village – Largeau devinait, plus qu'il ne le voyait, le clocher de son église. Le lendemain, il devait se rendre pour un baptême à Faye-sur-Ardin, là-bas, à quelques kilomètres, puis pour un mariage à Villiers-en-Plaine, et le surlendemain pour un enterrement à Béceleuf ; ses paroisses étaient innombrables, il ne se passait pas un mois sans qu'une nouvelle mission lui soit confiée – et s'il était réellement le dernier ? L'archevêque de Poitiers allait bientôt regrouper les vingt-cinq paroisses du nord de Niort en une seule, qu'on baptiserait du nom d'un saint local ; finis les doyennés ; une seule paroisse de quarante milles ouailles, pour un prêtre ou deux, quelques diacres plus lui-même, aidant, espérait-il, même retiré, pendant de longues années – la spiritualité s'effaçait dans ces contrées ; elle était devenue une nappe de brouillard, elle voletait avant de disparaître. Pour Largeau, les quarante dernières années avaient tout bouleversé ; il avait la sensation de s'éveiller, à soixante-cinq ans passés, dans un monde où plus rien ne lui était connu ; il avançait à tâtons dans la ténèbre des temps, une masse noire et vénéneuse.

Il rajusta son couvre-chef et poursuivit son chemin ; il savait, bien sûr, qu'il n'y avait pas de pont sur la Sèvre avant Surimeau – pousser jusqu'à Surimeau, puis à Siecq par Sainte-Pezenne pour regagner le village signifiait deux bonnes heures de marche en plus, soit quatre ou cinq en tout. Le prêtre jeta un coup d'œil aux nuages : le soleil du début de printemps était comme Largeau lui-même, certes vaillant, mais pouvant flancher à chaque instant. Il redescendit dans la vallée à Mursay, et longea la rivière, entre les arbres et les chevaux – par chance le sol était assez sec, on n'enfonçait pas trop. L'air sentait l'herbe et la pourriture ; de loin en loin, haut dans les branches, le gui égayait seul les ramures sans feuilles des saules et des peupliers. Le château de Mursay était une triste ruine – il avait perdu son enceinte et tous les toits du corps principal s'étaient effondrés ; d'immenses béances s'ouvraient dans les tours, leur noblesse d'antan était décalottée par l'abandon. La ronce et le lierre rongeaient de vert l'ensemble, pénétraient les fenêtres, chatouillaient les meurtrières, tentacules d'une créature mortelle qui finirait par jeter à bas les hauts ouvrages de pierre, les fenêtres à meneaux, les voûtes d'arêtes, et même le petit balcon au premier étage sur la rivière – seuls les trois cygnes et les deux canards semblaient ne pas se soucier de la dévastation qui surplombait leurs ronds dans l'eau.

Largeau ne priait plus depuis des semaines, des mois peut-être – il ne répétait plus que des mots qui, sans le cœur, étaient vides de sens et d'effet. Il disait la messe mécaniquement ; il avait l'impression qu'un disque parlait et chantait à sa place. Il se rendait compte que de plus en plus souvent, dans les mariages ou les enterrements, personne ne connaissait les chants d'église ; personne ne savait qu'il fallait se lever lorsqu'on lisait l'Évangile. Largeau n'en voulait qu'à lui-même ; son angoisse montait avec le soir et il savait, en arrivant chez lui, après avoir retiré ses godillots crottés, enfilé ses pantoufles de laine, défait son col romain et troqué son chandail pour une robe de chambre, qu'il se servirait plusieurs petits verres de blanc, suivis d'autant de petits verres de rouge et de dés à coudre de gnôle, pour retrouver l'apathie, tuer l'angoisse et attendre que, peut-être, comme elle le faisait souvent, Mathilde passe lui rendre visite – il redoutait autant cette visite qu'il l'espérait, il savait qu'elle attiserait son désir comme si le Malin soufflait lui-même sur les braises de son cœur. Largeau était bien conscient que ce désir n'était qu'un symptôme, une marque de la déréliction ; plus l'esprit l'abandonnait, plus le corps, le démon, prenait le dessus ; la chair qu'il avait si bien maîtrisée pendant toutes ces années réapparaissait alors qu'il basculait dans le grand âge et cela le laissait si désemparé, si seul, qu'il ne pouvait, malgré lui, que s'enfoncer plus encore dans cette paresse de l'âme que les moines nomment acédie.

*

Gary, en rentrant chez lui ce matin-là, après avoir aperçu le sanglier gambader dans la neige, alors que la tempête redoublait, ignorait qu'il avait été, au gré de ses renaissances antérieures, une femme de tête, patronne d'un débit de boissons de la commune de Lezay ; une ouvrière des peausseries niortaises morte en couches ; un caporal d'artillerie de La Chapelle-Bâton décédé de la grippe espagnole dans un hôpital militaire de Reims en 1918 ; un puisatier borgne de Rouvre mort centenaire en 1896 et une louve, une louve grise de la forêt de l'Hermitain, entre Aigonnay et La Mothe-Saint-Héray – les loups, on les entend hurler l'hiver, à la nuit tombée, quand ils s'approchent des villages de pierres sèches coincés au bord des châtaigneraies ou à la lisière des chênaies ; on les aperçoit au printemps, lorsqu'ils s'abreuvent dans le ruisseau sous la lune près de la Pierre au diable – on les chasse pour le frisson et la prime, on place des pièges à puissantes mâchoires de métal qui coupent les chats en deux et amputent les renards, et parfois on en prend un, un loup, on lui taille alors les oreilles et la queue pour toucher l'argent, à la mairie, qui envoie les comptes à la préfecture de Niort. Le loup n'attaque l'homme que lorsqu'il a la rage, on le sait, il est alors mortel, par contagion autant que par blessures – en 1894 le département paye la prime pour treize loups tués, sept en 1895, six en 1896, seulement quatre en 1898 et un seul en 1901, et puis c'en sera terminé, finis les canidés grands mangeurs de brebis et d'enfants dans les contes populaires, il n'y en aura plus.

Le 23 frimaire de l'an V, veille de la naissance du puisatier, à La Couarde en Deux-Sèvres, tout jeune département dont s'éloignent doucement les feux de la guerre, laissant les campagnes désertées, les champs abandonnés, les troupeaux décimés, le 13 décembre 1796 donc, l'agent Proust signe pour Marie-Jeanne Landron veuve Bouchet, qui ne sait pas signer, "une requête aux membres de l'administration municipale exhortant les citoyens administrateurs à bien vouloir solliciter du département une récompense pécuniaire pour l'action généreuse de son mari Jean-Pierre Bouchet : occupé à fermer la barrière d'un pré, Bouchet fut assailli par un loup enragé qui lui déchira la main et lui fit à la cuisse une légère blessure ; se sentant blessé, Pierre Bouchet s'écria en se jetant sur cette bête féroce « je fais le sacrifice de mes jours pour délivrer mon pays des ravages que peut lui faire ce loup enragé. Heureux si ma mort conserve la vie à mes voisins ». Il s'engagea alors un combat singulier entre lui et cet animal : couvert de sang, il eut la force de lui trancher la tête avec la hache qu'il tenait à la main pour sa défense. Jean-Pierre Bouchet est mort à la suite de ses blessures, et il a laissé en mourant une veuve avec une nombreuse famille qui ne trouvait des moyens de subsistance que dans le produit des journées de travail de son infortuné mari".

La louve grise, qui sera un puisatier puis un caporal puis une cabaretière, a été contagiée par l'urine et la salive d'un renard roux ; la maladie l'éloigne de l'eau tout en rendant sa soif inextinguible, ses mâchoires se serrent sur tout ce qu'elles trouvent, une branche, une pierre, une barrière ; une écume baveuse lui pend des babines, lui colle aux canines ; elle hurle étrangement, un hurlement aigu de souffrance. Elle ignore qu'elle est perdue ; le virus a incubé doucement dans son organisme, atteint son cerveau, rongé ses nerfs ; elle a mordu un de ses louveteaux à l'encolure, sans savoir qu'elle le précipitait lui aussi dans la maladie ; elle a erré pendant des jours avec une soif atroce, une soif à boire des cailloux – la douleur est si forte dès qu'elle absorbe une goutte d'eau, si intense, si insoutenable, que la louve fuit jusqu'aux gouttelettes de rosée sur les brins d'herbe, jusqu'aux traces de bave des limaces sur les feuilles, tout accentue sa rage, tout la pousse en avant vers l'épuisement. Elle n'évite plus l'orée des bois et l'odeur de l'homme, qu'elle esquivait pourtant depuis sa naissance ; elle s'avance droit vers les lisières, les yeux noyés d'un feu mortel, elle crie, son pelage a des vagues bleutées, se hérisse de sueur.

La louve aperçoit un homme en mouvement – elle se précipite, l'attaque comme le font les loups lorsqu'ils s'en prennent à forte partie, un cerf, une vache, on mord à la jambe, pour faire plier l'adversaire et avoir accès à son cou. C'est la première fois que la louve sent de si près l'odeur de l'humain, fumée, laine, sang et oignon. Puis la louve essaye d'attraper la main sur la barrière en bois, la déchire entre ses crocs ; le paysan crie – elle a peur de ce hurlement qui ne ressemble ni au bêlement des ovins, ni au feulement des renards, ni au brame de la biche quand on égorge son faon. La louve essaye d'abattre l'homme mais elle veut aussi mordre la barrière de bois pour soulager ses mâchoires et faire cesser la souffrance atroce de sa gorge, elle grogne, elle ne peut laper le sang qui dégoutte de la main blessée, elle bondit, cette fois pour atteindre le cou de l'homme, la gueule grande ouverte. Par réflexe, l'homme se protège, ils basculent, elle mord aussi fort que possible, au bras, à la poitrine, à la cuisse – l'homme fait des moulinets avec une chose dure et violente qu'elle essaye d'attraper, l'homme se dégage et l'assomme à moitié avec sa cognée, elle est fourbue, elle halète, elle est désorientée, le sang dans sa gueule l'affole de douleur, elle a peur, elle a très peur, l'ombre métallique s'abat sur elle, le soir tombe, c'est un éclair noir sur ses prunelles, le noir se fait devant ses yeux de louve et le paysan regarde, interdit de souffrance, la tête de la louve séparée de son corps, dans l'herbe, le pelage sanglant et ses propres plaies avant de s'évanouir de peur et d'épuisement pendant que l'âme du canidé s'en va vers le Bardo et le village de Rouvre, près de l'église Saint-Médard, pour devenir puisatier pendant près de cent ans, puis caporal, puis tenancière de cabaret à Beauvoir-sur-Niort, puis enfin Gary, qui rentrait chez lui ce matin-là après avoir aperçu, à quelques pas d'une haie, sur la neige qui avait saupoudré la plaine, le sanglier qui avait été le père Largeau.

En arrivant à la ferme, Gary embrassa Mathilde et lui raconta l'apparition d'un possible porcin sauvage à la lisière du village et de la coiffeuse à domicile chez le gros Thomas, sans oublier celle des gendarmes ; Mathilde appréciait Lynn qu'elle connaissait un peu, même si elle préférait, quant à elle, les coiffeurs des galeries marchandes des supermarchés qui offraient, pour le même service, une distraction en plus, on sortait de chez soi, on se promenait et on pouvait en profiter pour faire ses courses.

Mathilde savourait les derniers jours de l'avent et se préparait à fêter la naissance du Sauveur. Elle attendait avec impatience la nuit de Noël : depuis son plus jeune âge, elle se rendait à la messe de minuit – on rentrait à pied dans l'obscurité et le froid après l'office ; on mangeait une orange, juteuse et sucrée ; on buvait une tasse de chocolat chaud avant de se mettre au lit. Le lendemain, la famille se réunissait. Le patriarche René, père de Mathilde, au bout de la table parée, les oncles, les tantes, les cousins, les frères et sœurs autour de lui ; les huîtres, les terrines, la volaille, les marrons, la bûche qu'on appelait *cosse*, en patois, la *cosse de na*, qu'elle fût celle qui se consumait dans la cheminée ou celle, de crème et de sucre, qu'on mettait sur sa table. Mathilde repensait aux objets d'alors, le pot à cornichons en grès, le service à huîtres en forme de coquille, la poubelle de table émaillée, les porte-couteaux, toutes choses qu'elle associait aux années 1970 et qui avaient disparu en même temps que l'ouvre-boîte électrique orange vissé au mur, les ronds de serviette gravés et la messe de minuit elle-même, qui maintenant était à 10 heures et à vingt kilomètres de chez elle. Avant la Noël, elle achetait toujours un ou deux magazines, de ceux que l'on trouve près des caisses des supermarchés, pour avoir des idées de décoration (fleurs, vases, bougies, serviettes, pommes de pin argentées, gui, houx), pour son sapin (boules, guirlandes, angelots dorés, flocons blancs en bombe) ou même sa cour (père Noël lumineux, second sapin, niche du chien illuminée), ce qui la mettait en joie, car tous ces préparatifs signifiaient simplement (au-delà de la venue au monde du Sauveur) que les enfants seraient là, qu'on se retrouverait tous ensemble, qu'on se chérirait, se câlinerait et s'offrirait des cadeaux. Ce rituel de la bonté, elle y tenait particulièrement ; elle préférait quand ces cadeaux étaient attribués au petit Jésus plutôt qu'à ce barbu rouge un peu ridicule, certes sympathique, mais qui pour elle ne menait nulle part et dont les rennes ne signifiaient absolument rien. Elle avait d'ailleurs du mal à se rappeler à quel moment exactement ce père Noël s'était imposé comme le bienfaiteur de ces contrées – ailleurs on attendait encore saint Nicolas ou les Rois mages mais ici, entre la Loire et la Dordogne, le petit Jésus, peut-être car il s'agissait d'un nouveau-né, avait été complètement supplanté, voire carrément viré de la carte des cadeaux. Mathilde était la secrétaire de l'association de fidèles ; ils étaient encore quelques-uns à essayer d'entretenir la flammèche de la foi et à se rappeler que les églises signifiaient sans doute autre chose qu'une dépense superflue lorsqu'il fallait en refaire la toiture.

Mathilde observa Gary partir avec le chien et son fusil dans des tourbillons de neige vers l'orée nord du village, le haut de la côte, avant le petit bois du Luc où se trouvait cette Pierre au diable que Mathilde se refusait à appeler ainsi, bien sûr, la Pierre c'était bien suffisant. Mathilde ignorait tout de ses vies précédentes, des infinités de mouvements de la Roue qui avaient trimballé son âme de-ci, de-là, qu'elle ait été une sorcière aux sombres aquelarres rêvant du Grand Bouc, un cheval de trait mort à la tâche, un chat de ferme, des paysannes, des paysans, des ouvriers, un loriot, un chêne déraciné par une tempête finissant sous la hache des charpentiers, quand tout autour du village s'étendait la forêt, une immense forêt jusqu'aux contreforts de la Bretagne : le Marais protégeait la forêt, et la forêt protégeait le Marais – le Marais était une dentelle d'îles que baignaient des eaux saumâtres, le golfe des Pictes, que Strabon appelle des Deux Corbeaux, à l'aile blanche et à l'aile noire : presqu'à l'océan, à l'extrémité de cette lagune, bien avant que les légions de César n'apparaissent dans la région, se trouvait une île peuplée exclusivement de femmes, des femmes possédées par un dieu obscur, auquel elles rendaient des sacrifices, un dieu qu'elles apaisaient par des cérémonies et des libations. Aucun homme ne pouvait aborder l'île, ce sont les femmes qui allaient à terre, lorsqu'elles souhaitaient s'unir à des hommes ou s'entretenir avec eux ; elles étaient les prêtresses d'un temple secret, et tous leurs jours se consacraient à l'entretien du bâtiment de leur temple, battu par les tempêtes en hiver. On ne sait rien de la divinité qu'elles révéraient ainsi, un Dionysos fou, démesuré, ivre sans doute, avant qu'il ne soit assagi par les druides, ou la fille de Zeus et de Déméter, avant qu'elle ne règne sur les profondeurs des Enfers, on l'ignore, tout comme Mathilde ignorait qu'à proximité de cette Pierre Levée qu'elle ne pouvait s'autoriser à appeler "au diable", et prononcer ainsi le nom du Malin, se tenait un sanctuaire où se retrouvaient les druides, ces prêtres sans Dieu qui croyaient à la migration des âmes, eux aussi, de corps en corps et pour l'éternité ; on pouvait brûler la chair, l'âme renaissait – Jules César y voyait une source de courage, les guerriers gaulois ne craignaient plus le trépas, ils savaient qu'ils allaient renaître s'ils avaient l'honneur de périr au combat : leur crainte, c'était la défaite et la lâcheté, la chute et la couardise. *Heureux sont ceux qu'aucune peur ne pénètre*, affirmait Lucain dans sa *Pharsale*, *heureux sont ceux qu'aucune peur ne pénètre, pas même la pire, celle de la mort*. Les bardes guidaient les âmes vers la réincarnation par leurs chants et les druides étaient comme les bergers qu'on voit observer le troupeau d'un œil bienveillant. Non loin du village était un bois sacré, longtemps inviolé, dont les branches entrelacées, écartant les rayons du jour, enfermaient sous leur épaisse voûte un air ténébreux et de froides ombres. Ce lieu n'était point habité par les Pans rustiques ni par les sylvains et les nymphes des bois. Mais il cachait un culte barbare et d'affreux sacrifices. Les autels, les arbres y dégouttaient de sang humain ; et, s'il faut ajouter foi à la superstitieuse Antiquité, les oiseaux n'osaient s'arrêter sur ces branches ni les bêtes féroces y chercher un repaire ; la foudre qui jaillit des nuages évitait d'y tomber, les vents craignaient de l'effleurer. Aucun souffle n'agite leurs feuilles ; les arbres frémissent d'eux-mêmes. Des sources sombres versent une onde impure ; les mornes statues des dieux, ébauches grossières, sont faites de troncs informes ; la pâleur d'un bois vermoulu inspire l'épouvante. L'homme ne tremble pas ainsi devant les dieux qui lui sont familiers. Plus l'objet de son culte lui est inconnu, plus il est formidable. Les antres de la forêt rendaient, disait-on, de longs mugissements ; les arbres déracinés et couchés par terre se relevaient d'eux-mêmes ; la forêt offrait, sans se consumer, l'image d'un vaste incendie ; et des dragons de leurs longs replis embrassaient les chênes. Les peuples n'en approchaient jamais. Ils ont fui devant les dieux. Quand Phébus est au milieu de sa course, ou que la nuit sombre enveloppe le ciel, le prêtre lui-même redoute ces approches et craint de surprendre le maître du lieu.

Ce fut cette forêt que César ordonna d'abattre, elle était voisine de son camp, et comme la guerre l'avait épargnée, elle restait seule, épaisse et touffue, au milieu des monts dépouillés. À cet ordre, les plus courageux tremblent. La majesté du lieu les avait remplis d'un saint respect, et dès qu'ils frapperaient ces arbres sacrés, il leur semblait déjà voir les haches vengeresses se retourner contre eux-mêmes.

César, voyant frémir les cohortes dont la terreur enchaînait les mains, ose le premier se saisir de la hache, la brandit, frappe, et l'enfonce dans un chêne qui touchait aux cieux. Alors leur montrant le fer plongé dans ce bois profané : "Si quelqu'un de vous, dit-il, regarde comme un crime d'abattre la forêt, m'en voilà chargé, c'est sur moi qu'il retombe." Tous obéissent à l'instant, non que l'exemple les rassure, mais la crainte de César l'emporte sur celle des dieux. Aussitôt les ormes, les chênes noueux, les aulnes amis des eaux, les cyprès virent pour la première fois tomber leur longue chevelure, et entre leurs cimes il se fit un passage à la clarté du jour. Toute la forêt tombe sur elle-même, mais en tombant elle se soutient et son épaisseur résiste à sa chute. L'arbre répugne à mourir, le chêne les tient ensemble et les miracles du druide agissent – les branches tombent en faisceaux de lances déjà taillées, le lierre devient rétiaire, le laurier n'oublie pas son essence divine et tous combattent Rome, les guerriers de Nature, le bois devrait briser mais Rome plie, recule et laisse derrière elle armes et plastrons, hommes et torches. Votre sombre lumière n'envahira pas ces arbres – leur mystère reste entier.

Au village on avait depuis longtemps oublié les druides et les bardes, la forêt disparaissait presque sans discontinuer depuis l'Antiquité, seuls deux petits bois, le Luc et les Ajasses obscurcissaient la plaine, deux grains de beauté sur une peau claire – on avait vaguement le souvenir que le Luc devait son nom à une divinité gauloise, mais les pacifiques Pictons n'avaient pas laissé de trace et Mathilde, si d'aventure on lui avait posé la question, aurait été bien en peine de dire ce qu'il y avait de gaulois autour d'elle, alors qu'elle aurait facilement pu citer bien des monuments romains et des citations latines. Elle avait oublié que cette bûche de Noël servait autrefois, dans la longue ténèbre du solstice, à consteller l'obscurité d'étincelles, en frappant le bois incandescent avec une épée, comme on abat un dragon – on lisait alors les volutes de flammèches, dans la nuit la plus noire, comme on déchiffre des constellations dans un ciel d'été, comme on écoute l'avenir dans le vent, comme on le découvre dans le vol des oiseaux. Les étincelles dessinaient des tores rougis autour des amas stellaires, dans le froid fumant de décembre, et tout le village était là, pour voir frapper sur les troncs incandescents – l'enfance est païenne ; et même si cette coutume s'était perdue des siècles auparavant, car les prêtres n'aimaient pas d'autres dieux que les leurs, il restait encore la forme et le nom de la bûche dans toutes les pâtisseries d'Europe.

Mathilde regarda un long moment la neige tomber, comme hypnotisée, avant de se mettre en cuisine, car il était déjà près de midi.

Gary, couvert de neige, finit par se persuader, une fois parvenu presque en haut de la pente, alors que le vent soufflait fort et que les flocons piquaient les joues et le nez comme des aiguilles, que le chien n'aurait aucun flair dans cette tempête, que cela ne servait absolument à rien d'observer des haies à la recherche d'un quartanier fantôme, que de toute façon il n'allait pas le tirer comme ça, tout seul, qu'avec cette visibilité ridicule, il risquait de coller une balle dans tout autre chose qu'un sanglier, tiens, un gendarme par exemple, comme ceux qu'il apercevait tourner autour de leur estafette un peu plus loin au milieu des champs, des ombres bleues sur un tapis blanc.

Il s'approcha par acquit de conscience de l'endroit où il avait aperçu le *Sus scrofa* à peine une heure plus tôt ; le chien débusqua un faisan rescapé du lâcher de la semaine précédente – l'oiseau bondit à l'opposé de la haie sans vraiment s'envoler, le rouge de sa tête parut soudain strier la neige de sang. Gary épaula par réflexe, mais s'abstint de tirer ; il avait chargé à balles. Le chien empêchait le faisan de se carapater à couvert ; le volatile faisait une tache ocre, verte et rouge, immanquable, sur le champ blanc. Les faisans d'élevage étaient vraiment de piètres gibiers ; Gary pensa qu'il aurait eu dix fois le temps de changer de munitions, mais renonça. La bestiole lui faisait vaguement pitié ; il siffla le chien, qui se retourna vers lui puis vers l'oiseau avec un air d'incompréhension. Gary le caressa gentiment pour lui expliquer qu'il avait bien fait son travail, que c'était son maître qui n'était pas d'humeur. Et au moment précis où il jetait un coup d'œil aux deux gendarmes qui s'agitaient autour de leur Trafic, juste avant les pylônes électriques du transformateur, il aperçut nettement, qui courait transversalement, traversant le champ pour rejoindre la haie plus profonde de l'autre côté, vers les Ajasses, le sanglier lancé à pleine vitesse. Gary épaula de nouveau, se rendit compte que les gendarmes étaient dans la ligne de mire et que, même si son tir était sans risque, ils pouvaient avoir vraiment l'impression qu'on leur tirait dessus : il baissa son fusil pour la seconde fois et observa le sanglier qui avait été le père Largeau se mettre à couvert au nez et à la barbe des cognes qui tournaient autour de leur véhicule sans que Gary réussisse à bien comprendre, étant donné la distance et la visibilité réduite par la neige, ce qu'ils pouvaient bien foutre au beau milieu de ce chemin de remembrement par un temps pareil.

*

Lorsqu'Arnaud, cousin de Lucie, rentra chez lui ce midi-là, tout excité et heureux de la neige qui tombait dru, il salua son grand-père dans son fauteuil devant la cheminée, se prépara un déjeuner rapide (soupe instantanée Knorr® "Cup a Soup Velouté de champignons", boîte de sardines des Dieux® "Les dieux se nourrissent de sardines et d'ambroisie, *Iliade* chant XXV" à la tomate, baguette La Festive™) dont le plus amusant consistait à lever consciencieusement les filets des sardines avant de les étaler dans la baguette pour s'en faire un sandwich. Arnaud s'essuya la bouche avec la manche de son bleu, huile sur huile, puis il débarrassa son assiette et recueillit une à une les miettes de pain sur la toile cirée, miettes de pain qu'il déposa dehors, dans le petit jardin et l'assiette prévue à cet effet, où les mésanges et les pinsons viendraient les picorer ; il en profita pour jouer avec le chien à attraper des flocons comme des lucioles, avant de retrouver la salle, grelottant, de se changer (laisser le bleu de travail sur une chaise, enfiler un jogging) et de s'installer devant la guirlande de Noël et la cheminée – il se rendit compte immédiatement que, si le gaz fonctionnait (il avait pu faire bouillir l'eau pour son potage), il n'y avait pas d'électricité, car la guirlande refusait de s'allumer. Il partagea son inquiétude avec le grand-père qui se contenta, en traînant ses charentaises sur le plancher noirci, de remettre une bûche dans le foyer sans lui répondre – qu'à cela ne tienne, Arnaud s'installa dans son fauteuil, parallèlement au vieillard, et, persuadé que Lucie n'allait pas tarder à rentrer, il s'endormit du sommeil du juste : avec le sommeil vinrent les visions. Il fut un instant frêne têtard au bord d'une conche gelée en surface, une mince pellicule de givre douce et craquante ; il quitta l'arbre pour un autre temps, loin, très loin dans le passé, où il fut un blaireau au profond terrier – cette vie s'acheva dans la gueule d'un renard roux, et Arnaud vit son âme retourner dans le Bardo aux profondes couleurs, pendant quarante jours, avant de choisir une réincarnation humaine, un noble dans un château fort, un puissant roi de la région, qui aimait la guerre, les voyages, les chants et la poésie – cette vie était passionnante et luxueuse, la cour de ce roi était brillante ; il avait nom Guillaume. Arnaud l'écouta chanter une longue chanson érotique pour ses amis, qui réjouit la compagnie ; le comte Guillaume était drôle, savant dans l'art du *trobar* – il inventait une langue en la chantant. La maîtresse de ce comte Guillaume de Poitiers était une femme désirable appelée Dangereuse, dite la Maubergeonne ; Arnaud rêvait dans le temps comme un oiseau au gré du vent – il suivit le comte de Poitiers à la croisade, à Jérusalem trois fois sainte qui fumait d'encens ; puis il observa le comte de Poitiers vieillir, puis chanter, lorsqu'il sentit la mort approcher,

Toz mos amics prec a la mort
Que vengan tut e m'ornen fort,
Qu'eu ai avut joi e deport
Loing e pres et e mon aizi.
Aissi guerpisc joi e deport
E vair e gris e sembeli.

"Tous mes amis je demande après ma mort qu'ils viennent et m'honorent, car j'ai eu joie et plaisir – aujourd'hui je laisse la joie et le plaisir, je quitte le vair, le gris et la zibeline" et Arnaud trouva ce chant fort émouvant. En songe, il appréhendait l'immense toile d'araignée des âmes, la pelote de laine des existences, entremêlées dans le temps, et il pouvait suivre une vie comme on tire un fil, sauter d'un instant à l'autre et même, depuis les ciels infinis, observer les énergies qui meuvent les étoiles, d'immenses flux sombres comme des traits de néant. Dans son sommeil Arnaud avait un savoir illimité – il voyait la multitude du vivant autour de lui, les réincarnations infinies du chien, du grand-père, des araignées, des moucherons, jusqu'aux plus terrifiantes strates invisibles, les bacilles, les paramécies, les êtres microscopiques qui sont une foule aveugle, qui naissent et meurent dans l'immense souffrance de l'ignorance, et Arnaud avait de la compassion pour tous ces êtres dont il comprenait les tourments, même si cette clairvoyance était aussi une forme de douleur : souvent, lorsqu'il s'éveillait de ses rêves, il ressentait une lourde tristesse dont il devait se défaire en s'ébrouant longuement, comme on se secoue pour se débarrasser d'une volée de cendres.

Quand il ouvrit les yeux, le grand-père était toujours à ses côtés et venait de remettre une nouvelle bûche dans le feu. Arnaud se gratta, puis se renifla l'avant-bras, façon de reprendre possession de son corps ; la lumière commençait à baisser, l'orangé des flammes contagiait tout, les murs, la table, jusqu'au visage du grand-père, soudain immense, papi, est-ce qu'on peut pêcher des écrevisses quand il neige ?

Arnaud envisageait de prendre son vélo pour aller pêcher des écrevisses ; il adorait pêcher des écrevisses de Louisiane à la balance. Arnaud appâtait les décapodes avec quelques croquettes pour chien dans un filet à oignons qu'il coinçait dans le maillage métallique et c'était merveille de voir comment, à la tombée du jour, une fois la balance immergée, en quelques minutes plusieurs dizaines de crustacés se battaient entre eux pour accéder à la pitance ; il suffisait de remonter la balance pour les voir grouiller au fond du panier, ce qui réjouissait Arnaud – il aimait jouer avec ces horribles bestioles, asticoter leurs pinces ornées de points rouges ; c'étaient les plus voraces des animaux, capables même, en cas de pénurie de nourriture, de se manger les uns les autres.

Le vieillard, comme à son habitude, ne répondit pas à la question, il se contenta d'éclater de rire : la perspective d'aller pêcher quoi que ce soit sous la neige lui paraissait du plus haut comique – effectivement les écrevisses de Louisiane se cachent dans d'immenses terriers creusés dans les berges quand l'eau est froide ; elles sortent peu.

Arnaud lisait dans autrui à livre ouvert – lui seul savait que son grand-père avait été, pêle-mêle, des métayers hommes et femmes, des filles de basse-cour, un braconnier errant, plusieurs chevreuils, un chien, des étourneaux, ou que lui-même, Arnaud, devait ses connaissances mécaniques au fait qu'il était la réincarnation d'un garagiste de Villiers, dont il avait conservé le savoir-faire – ces expériences, ces souvenirs de vie, il pouvait les explorer et les parcourir, comme on suit d'un doigt la ligne de chance de la paume d'une main amie. Arnaud voyait les souffrances et les tristesses, les violences et les joies qui marquaient une âme comme un visage les rides et un tel miracle lui semblait naturel ; il écoutait les vies de son grand-père comme on entend couler une source sur des pierres, sans prêter attention au son, la plupart du temps, que rendent les cailloux roulés par la cascade, mais il pouvait aussi, s'il en ressentait l'envie, tendre l'oreille pour apprécier, l'espace d'un instant, tel ou tel épisode – Arnaud aimait les échos lointains des batailles, la violence du fer et des épées ; il était mort lui-même (une de ses innombrables morts) dans un affrontement reculé, perdu là-haut près des berges du Clain, sur la voie romaine qui conduisait vers Tours, au milieu du cent quatorzième mois du jeûne depuis l'Hégire, un siècle tout juste après la mort de ce Prophète barbu qui avait fondé, dans la lointaine Arabie, une foi qui était un royaume et un mode de vie, où les anciens esclaves devenaient chefs de guerre et n'étaient plus esclaves que de Dieu. Des milliers de guerriers avec leurs femmes, leurs tentes et leurs chevaux, des milliers de soldats arrivèrent d'Al-Andalus la neuve sous le commandement de son gouverneur, Abd el Rahman al-Rafiqi – ces guerriers de l'Espagne musulmane venaient-ils pour piller les territoires au-delà des Pyrénées ou pour les conquérir au nom du calife de l'Islam, on l'ignore. Il suffisait à Arnaud de répéter, 14 octobre 732, bataille de Poitiers, pour entendre soudain les chevaux renâcler dans le fracas des cimeterres, les flèches siffler dans le ciel d'automne et les blessés hurler puis mourir, rougissant les pavés romains du sang des martyrs et se sentir expirer lui-même, dans le froid glaçant de la rivière, où une charge puis un trait maure l'avaient précipité – Arnaud ne vit pas l'issue du combat, amené à devenir une des batailles les plus célèbres de France et dont on ne sait très bien si elle fut une victoire, bien qu'Eudon fils de Loup, duc d'Aquitaine, y sauvât son duché et Charles Martel y gagnât la postérité. Les Sarrasins, rêvait Arnaud, avaient laissé autour de chez lui (entre la peupleraie et les marais, entre l'Autize et la Sèvre, entre les frênes et les églantiers) leurs flèches, leurs cimeterres et leurs tentes, un peu de leur musique, un peu de leur souvenir et quelques années plus tard, aux temps de Charlemagne, ils revinrent, commandés par la légende et le roi Agoulant, après la prise d'Agen ; Sarrasins, Maures, Moabites, Éthiopiens, Turcs et Persans se regroupèrent dans l'Ouest et Charlemagne leur octroya la bataille face à Taillebourg emprès Saintes, dont les Maures occupaient le château. Un miracle se produisit la veille du grand combat ;

alors que les Francs avaient formé leurs faisceaux devant leurs tentes pour la nuit, ils découvrirent au matin que le bois de leurs lances avait pris racine, qu'elles étaient couvertes d'écorce et que, sur certaines, des feuilles avaient poussé : c'étaient les lances de ceux qui devaient trouver le martyre dans la bataille, pour l'amour de Jésus le Christ. Ces futurs martyrs se jetèrent dans la mêlée avec toute la force que leur avait octroyée le Seigneur – ils tuèrent de nombreux Sarrasins avant de périr : quatre mille furent martyrs ce jour-là, et Charles le Grand lui-même fut en grande difficulté, son cheval occis sous lui. Le roi Agoulant finit par prendre la fuite, par le fleuve qu'on appelle Charente et c'est là que mourut le roi de Bougie, noyé avec son destrier, qu'on enterra tourné vers La Mecque, sur une hauteur avoisinante, fier chevalier de Mahomet, avant de passer les ports et de se replier vers Pampelune.

Arnaud voyait tout cela et bien plus encore, les yeux dans les flammes de la cheminée, aux côtés de son grand-père et s'il n'aimait pas regarder la télévision, c'était que l'écran substituait à ses récits intérieurs des images moins belles, moins brillantes, moins vivantes que ces reflets sur la Sèvre ou la Charente, quand elles semblent brûler dans les couchers de soleil rouges de l'hiver ; les flammes lui montraient le pont transbordeur de Rochefort, l'estuaire et ses serpents de vase à marée basse, les avions à réaction de la base aérienne qui jouaient à se poursuivre au-dessus des îles comme des passereaux, l'arsenal où l'on tissait autrefois les savants torons des cordages, les formes où reposaient les navires le temps d'en calfater la carène ou d'en achever les œuvres vives, avant de leur imposer l'épreuve de l'eau ; il voyait l'imposant hôpital de la marine, ruiné, où l'on mourait de fièvres exotiques et de tristes gangrènes et dont l'odeur des grandes salles, dit-on, vous prenait aux tripes plus encore que les râles des mourants, malgré les parfums de résine des baumes et des collutoires ; il détournait les yeux du bagne, où tant avaient souffert, à hâler les vaisseaux sous les coups de fouet, depuis le port jusqu'à la mer – il évitait aussi les atroces prisons flottantes où crevèrent du typhus, entassés comme la vermine grouillant sur leurs soutanes, les prêtres réfractaires que la République voulait oublier, et dont les ossements blanchissent les embruns à l'île d'Aix ou l'île Madame ; il s'attardait place Colbert, pour caresser du regard la magnifique fontaine où l'Océan de calcaire mêle ses eaux à celles de la verte Charente – puis il se perdait dans le quadrilatère des rues classiques, perpendiculaires, aux rues basses, aux maisons basses, jusqu'à la sobre façade qui dissimulait la folie de Julien Viaud, l'amoureux des voyages, l'officier de marine devenu écrivain sous le nom de Pierre Loti, fils de ces rares protestants de l'Ouest que les persécutions avaient épargnés – Arnaud ignorait Pierre Loti l'auteur, celui qui avait fait rêver les dames de son temps de mariages exotiques et d'amours interdites derrière des jalousies turques ; il connaissait juste le Pierre Loti de la démesure, qui avait transformé l'austérité de sa maison rochefortaise en outrance, escaliers de marbre, hautes fenêtres gothiques en ogives, cheminée démesurée, boiseries sculptées, pesantes tentures, et l'enfance gelée d'Arnaud trouvait cet endroit fascinant, un théâtre, un théâtre pour les festins costumés de Loti dans les années 1880, hommages à Charles VII, à Louis XI, où l'on parlait ancien français, les dames en coiffes et voiles, les hommes en chausses pointues, leurs lévriers à leurs pieds, l'hermine sur les épaules, levant avec les mains les filets d'un hérisson, d'un écureuil ou découpant le dos d'un cygne dont le col blanc dressait ses plumes salies au son des luths et des cornemuses.

Au premier étage, après le Moyen Âge tardif et la Renaissance, c'était l'Orient, et la plus belle mosquée de France : son plafond de cèdre venu de Damas surplombait six colonnes veinées de rose soutenant des arcs cordouans, son mihrab de bois précieux éblouissait la qibla par sa niche de céramiques vertes et bleues, de Perse et de Turquie, ses murs alternaient les portes peintes du Cham et les carreaux d'Iznik – la mosquée était encombrée de candélabres, de tapis de prière, de hauts catafalques vides de saints imaginaires et de souvenirs d'amours mortes : la stèle ottomane de Hatice, véritable nom d'Aziyadé, donnait soudain l'impression de se trouver dehors, à l'air libre, sur une colline naissant de la Corne d'Or ; on était soudain sorti d'un mausolée pour parcourir un cimetière. Arnaud, hypnotisé, observait Julien Pierre-Loti Viaud marcher dans le cimetière d'Eyüp à Istanbul, l'âme en peine, les yeux vers la Corne d'Or en contrebas, quand le vent venu du Bosphore maltraite les bouquets de cyprès noirs qui s'élèvent comme des minarets ; Julien Viaud déambule entre les tombes pour découvrir la stèle de celle qu'il a aimée dix ans plus tôt, la jeune Circassienne à la peau de lait, à la voix de miel, au regard de pavot, Hatice, qu'il a parée, dans son roman *Aziyadé*, de toutes les soieries de l'Orient et dont il a appris qu'elle était morte, morte de chagrin, de solitude et d'abandon. Loti ne lit pas l'ottoman, on déchiffre pour lui les inscriptions des pierres tombales, ces épis du champ des morts – au loin, la lumière de Stamboul, qu'il connaît si bien, se reflète jusque dans les nuages. On trouve la tombe, et Julien Viaud s'émeut ; on prononce pour lui le nom de la jeune femme et la fatiha, cette brève prière qui ouvre et referme toute vie. À elle, qui dort sous cette pierre, Loti dit, comme en lui-même : "Je viendrai seul te voir, pauvre petite, je passerai la matinée de demain avec toi, dans ton désert ; tu comprends bien déjà que je t'aime, puisque j'ai fait, pour te retrouver, tout ce long voyage…" En 1905, près de vingt ans après sa première visite sur la tombe d'Aziyadé, Pierre Loti fait remplacer sa pierre tombale par une réplique et expédier la stèle à Rochefort : il la vole. Il la vole par passion mélancolique, l'écrivain-voyageur devient un pilleur de tombes ; la pierre n'a rien perdu de sa belle couleur, dans la mosquée de la rue Chanzy ; Loti possède l'illusion du temps, l'illusion du souvenir de l'amour, devant lequel il se prosterne sans doute, déguisé en Turc ou en Bédouin, car il n'aime rien tant que la magie du faux, et dans cette maison qui fait tant rêver Arnaud le benêt, cette maison qui est une malle remplie de faux et d'illusions, Loti accumule les images, les objets, les décors pour le théâtre de son existence – où écrit-il ? Devant les momies égyptiennes de chats de la chambre des momies, momies qui pourraient être un avertissement pour tous les chats vivants et trop hautains ? Ou sur les coussins du salon arabe, du salon turc, allongé sur les tapis de la mosquée, alangui comme une almée dans un caftan, un turban mal noué sur le front ? Que lit-il ? Il n'y a d'autres livres que les siens, dans cette maison. Pas de bibliothèque ou presque ; pas de rayonnages, à peine un secrétaire aux tiroirs vides – des images, des images, partout sauf dans la dernière pièce, à l'écart, la chambre, la sobre chambre de l'officier de marine protestant rochefortais, dans laquelle on trouve, pêle-mêle, deux fleurets, un masque d'escrime, un lit de fer, une malle, une table de toilette, un rasoir, un flacon de parfum et quatre murs nus blanchis au lait de chaux.

*

Le gros Thomas claqua son torchon contre le bar, la partie de belote était terminée, Paco et les autres étaient partis retrouver leur foyer ou leurs occupations, le café était désert à cette heure prandiale ; Thomas rangea quelques verres en souriant : décidément, le dieu des cartes était sauvage et imprévisible, comme il se devait. C'était une déité petite, laide et cornue ; elle mordait facilement la main qui la flattait, pensait le gros Thomas, et celui qui deviendrait une punaise *Cimex lectularius* achevait de mettre de l'ordre lorsque le docteur Hervé Nicoleau, le médecin de Villiers-en-Plaine, poussa la porte du Café-Pêche, ce qui se produisait assez rarement pour que Thomas s'en inquiète – le docteur Nicoleau était ce qu'on pouvait appeler une crème d'homme, dévoué à son territoire et à ses patients jusqu'à l'excès ; il approchait doucement la soixantaine et, même si son départ à la retraite était encore lointain, Dieu merci, on se demandait ce qu'il adviendrait de la contrée lorsque Nicoleau (lunettes rondes, figure ronde, poignée de main franche) n'y visiterait plus. Thomas posa son torchon sur son épaule droite et salua le praticien avec respect, tout en s'inquiétant de ce qui pouvait bien l'amener à La Pierre-Saint-Christophe – il craignait que ce ne fût pour lui ; il craignait que soudainement, avec l'ange de la mort, le médecin ne lui eût deviné une affection secrète, une tumeur invisible et maligne, dont l'odeur unique chatouillait les narines du corps médical. Le gros Thomas était hypocondriaque comme il était méchant : avec une constance d'obèse. Le docteur Nicoleau répondit, sibyllin, le froid, et commanda un Viandox® ; Thomas se rappela ce bouillon d'autrefois et se demanda s'il possédait toujours, au fond de sa cuisine, la bouteille en question. Il y a bien longtemps qu'on ne m'a pas commandé un Viandox®, songea-t-il ; ce nom lui provoqua une foule de souvenirs, le présentoir à œufs et les pêcheurs qui gobaient, à l'aube, un œuf avec leur noir, avant d'aller se perdre dans la brume des marais. Thomas alla chercher le condiment en question dans la cuisine, puis versa de cet inquiétant goudron dans une tasse, qu'il remplit d'eau chaude du percolateur. Le docteur Nicoleau suivait ses gestes avec délice, en se frottant les mains. Dehors la tempête de neige redoublait ; le médecin avait une visite difficile chez un patient moribond, il tenait à se réchauffer avant. Nicoleau aimait son métier. Il aimait ses patients, son cabinet de Villiers, ses visites ; il était sobre et amical ; il avait étudié à Poitiers, toute sa famille était des alentours : son oncle était feu Marchesseau le vétérinaire pétrochristophorien qui avait exercé pendant près de quarante ans auprès du cheptel de la région et soigné les équidés, les bovidés, les caprinés, la gent canine et même, dans des temps reculés et des cas d'extrême urgence, les hominidés, mais sans s'en vanter jamais auprès de son neveu ou des confrères de celui-ci ; son géniteur, Germain Nicoleau père, toujours vaillant malgré son grand âge et sa passion pour le cognac, avait quant à lui soigné des générations de paysans et de notables à Coulonges-sur-l'Autize ; il aimait autant déjeuner avec les notaires dans une auberge après un baptême que dans une cour de ferme au creux de l'hiver, quand on tuait le cochon et que l'air sentait les soies brûlées à la flamme – ni le père, ni le fils ne s'étaient enrichis ; ils avaient souvent reçu, en hommage pour le miracle de la guérison, des poules, des canards, des œufs, des lapins, du vin en quantité, de la gnôle, du cognac, du whisky et même un coup de fusil en l'air, pour une histoire compliquée qui s'était finalement arrangée à l'amiable. Le docteur Nicoleau fils vivait bien, confortablement, usait les voitures comme si c'étaient des pantoufles et connaissait la région mieux que la paume de sa main : il savait par cœur le nom des villages, des lieux-dits et de leurs habitants – pas un bouquet d'arbres sans qu'il en connaisse le nom, pas une ferme isolée sans qu'il sache qui y habitait, et si on y vivait encore côte à côte avec les bêtes, directement sur la terre battue.

Ce jour-là, le docteur Nicoleau regardait la neige tomber dru par la fenêtre, une mousson d'hiver, en sirotant son Viandox® et en profitant de la douce chaleur du poêle à bois. Le gros Thomas observait le médecin, mais de loin, depuis la cuisine, comme on surveille un animal dangereux, un tigre qui pouvait vous mettre à la diète ou vous envoyer à l'hôpital d'un claquement de doigts. Nicoleau prenait des forces pour sa visite au vieil instituteur poète Marcel Gendreau qui avait quitté Échiré pour une chambre chez sa fille, retour à La Pierre-Saint-Christophe, où il avait enseigné tant d'années, retour dont Nicoleau savait qu'il serait cette fois-ci définitif : cette visite pourrait bien être la dernière, le vieux Gendreau était subclaquant, ses poumons graillaient comme des corneilles à chaque respiration, il était inconscient depuis deux jours, les bras gonflés d'œdème, le cœur erratique et cette situation remplissait le médecin de tristesse – on faisait ce que l'on pouvait pour adoucir ses dernières heures, et le docteur Nicoleau sécha son Viandox® comme si c'était un dé à coudre d'alcool de menthe, remercia le gros Thomas, que la peur de la maladie reléguait dans l'arrière-cuisine mais que l'appât du gain fit revenir à son comptoir juste à temps pour percevoir les 2 euros (il avait indexé le prix du Viandox® sur celui du thé, cela lui semblait juste) que le médecin lui devait, lui serrer mollement la main et le saluer du torchon lorsque Nicoleau passa la porte. Les tourbillons de neige enveloppèrent le médecin dans un linceul mouvant, glacial et féerique qui l'accompagna jusqu'à la maison de Magali, la fille du vieux Marcel Gendreau, l'instituteur écrivain dont tout le monde avait oublié le roman *Nature oblige…*, publié près de soixante ans auparavant, qui lui avait valu d'être pour ainsi dire expulsé du village où il enseignait et où sa fille, aujourd'hui elle-même retraitée, résidait depuis des lustres. La vieillerie avait obligé Marcel Gendreau à quitter son repaire de Chalusson emprès Échiré, les bords de la Sèvre, les gardons et le château de la Taillée, construit par l'arrière-petite-fille d'Agrippa d'Aubigné réincarnation *post quem* de Jérémie le pendu, père adoptif du grand-père de Lucie Moreau et d'Arnaud son cousin toujours absorbé par les flammes et la rêverie, et au moment où le docteur Nicoleau sonne à la porte de Magali Belloir née Gendreau, son père se débat encore, dans le silence d'une respiration rocailleuse, d'un râle continu, soutenu *sotto voce* par le ronronnement de la machine à oxygène, rythmé *largo* par l'horloge murale, contre la mort certaine, celle dont le médecin, une fois parvenu à la chambre ultime, sent clairement la présence, dans la mollesse de la main qu'il prend, dans le creux que laisse son doigt sur l'avant-bras, dans la faiblesse du battement du cœur, dans son arythmie, dans ce visage tourné vers le coussin qui le soutient, les yeux clos, les joues relâchées par la morphine, la bouche légèrement ouverte par le poids du menton, le corps pèse, pense Nicoleau, et il regarde Magali aux yeux cernés par la veille, désemparée par l'attente de l'inévitable, semble-t-il, la main devant la bouche, le regard vibrant – Marcel Gendreau rêve-t-il de Virgile, *Omnia vincit amor : et nos cedamus amori*, songe-t-il à ses poèmes maraîchins, aux reflets sur le dos des perches, aux ciels rouges de l'hiver, à l'histoire de Jérémie et de Louise, brutale comme une saison morte, ou à la tendresse de sa fille, qui l'a accompagné ces derniers mois alors que, diminué par l'âge et la maladie, il se recroquevillait dans son lit absorbé peu à peu par le coton du matelas, dissous dans les plumes de l'oreiller, on l'ignore et Magali et Nicoleau sentent que le point va bientôt mettre un terme à la phrase, que la voix s'apprête à retomber avec la fin de la proposition, que le souffle, de moins en moins soutenu par les virgules, s'épuise dans les spires des sifflantes, dans la fréquence des fricatives, après la longue envolée des nasales et s'éteint soudain. Comme si Marcel Gendreau avait attendu la présence rassurante du docteur Nicoleau pour ne pas l'entendre dire c'est fini, ne pas le sentir poser une dernière fois ses doigts sur la carotide, écouter le grand silence de son cœur, lui dont l'âme commence son séjour dans le Bardo, lui pour qui la Claire Lumière se lève comme une aube d'espoir – Marcel Gendreau l'instituteur poète, le romancier du malheur de Jérémie n'est plus, Nicoleau vient de le confirmer dans le certificat de décès bleu dont il replie la partie confidentielle pendant que Magali pleure toutes les larmes de son corps – ainsi le vieil arbre au bord de la falaise que les pattes ou l'aile d'un passereau suffisent à basculer un jour dans l'abîme, la tristesse de Magali avait tenu bon jusqu'au bout, jusqu'à déverser des mois de sanglots retenus.

Elle prit une dernière fois la main de son père.

Elle balbutia entre les pleurs une sorte de prière.

Elle referma la porte de la chambre derrière elle et retrouva le docteur Nicoleau qui terminait de remplir la partie du certificat de décès réservée à l'administration.

Elle dit en sanglotant il vous attendait, docteur. Il vous attendait.

Elle dit en sanglotant vous boirez bien un coup, docteur.

Ce à quoi Nicoleau répondit, un peu enroué, c'est pas de refus, madame Belloir. C'est pas de refus.

Et pendant que le docteur Nicoleau vidait son petit verre de gnôle, Magali décrochait son téléphone pour appeler Martial Pouvreau et les fossoyeurs aux longues figures.

CHANSON

L'exil est une sève épaisse qui vous coule sur les yeux, finit par envahir votre gorge, vos narines et vous étouffer. Pierre Baliveau avance entre les chênes rouges aux longues feuilles brillantes et découpées, les cèdres blancs, les prêles et les fusains, toujours surpris, malgré les mois de course, par la forêt de la Nouvelle-Angleterre, ses arbres innombrables, ses essences mystérieuses, sa faune démesurée. La liberté qu'on y trouve. Le Refuge. On est au début du mois de juin, le printemps est déjà très chaud. Les insectes vrombissent dans l'ombre, les gerris graciles marchent avec délicatesse sur le bassin de la source. L'air sent les fleurs et la mousse. Pierre pose son paquetage et s'assoit au bord de l'eau. Il retire son coutil ; la cicatrice est là, sur son ventre ; elle lui rappelle, comme chaque fois qu'il se déshabille, ce qui s'est produit un an auparavant, à des milliers de lieues d'ici, à l'arrivée des dragons dans son village de Mauzé – Pierre n'avait jamais eu peur de quiconque. L'édit de Fontainebleau révoquant l'édit de Nantes n'était pas encore promulgué ; rien n'indiquait qu'il fallait craindre ces atroces dragons que le Roy envoyait. Et pourtant. Des dizaines de milliers de protestants ont été convertis de force. D'autres dizaines de milliers se sont exilés. Des centaines sont morts.

Pierre s'immerge nu dans l'eau glacée et limpide, effrayant les libellules et les cousins. Quel plaisir. La fraîcheur l'envahit à frissonner. Il se laisse couler, immobile – autour de lui, le bruyant silence de la forêt répond à l'écho infini des montagnes. La tête sous l'eau, il entend battre son cœur. Il souffle et regarde les bulles d'air. Il essaye de tenir le plus longtemps possible ; il joue à se noyer avant de remonter à la surface et d'inspirer à pleins poumons. Pierre nage quelques minutes, presque sur place, dans le lac minuscule – un puits, un lavoir naturel. Il imagine sans peine des animaux venir s'abreuver ici le soir – des orignacs, des lynx peut-être, des loups sûrement. Il y a trois mois qu'il parcourt le pays pour poser et relever des pièges, la plupart du temps seul. Les castors sont rebondis et leur fourrure huileuse, elle laisse une odeur de chèvre sur les mains.

Pierre s'extirpe du trou d'eau et s'étend sous un chêne pour se sécher. Le Refuge. Il sait qu'il ne reverra jamais le Poitou maudit, ni même la France de la mort et de l'injustice. Adieu. Pierre se laisse caresser par ses souvenirs et la tiédeur de la brise. Un rossignol lance ses jolis trilles depuis le sommet d'un arbre. L'oiseau semble si gai, dans le soleil et le printemps. Cette gaîté parfaite rend soudain Pierre profondément triste. Il passe le doigt sur sa cicatrice. Il revoit sa femme, sa tendresse, sa beauté, sa sobriété de temple, ses longues mains qui cueillaient les roses pour les lui offrir.

Elle aurait apprécié la solitude du Nouveau Monde, ces paysages neufs et démesurés que peuplent d'inquiétants sauvages, sans églises, sans villages, sans cimetières. Pierre ferme fort les yeux ; il les ferme si fort que deux larmes brèves s'échappent aux commissures des paupières.

Il y a longtemps que je t'aime, jamais je ne t'oublierai.

VI

PÉLAGIE LIT L'AVENIR SUR LA PEAU DES CERISIERS

Lorsqu'on quitte le village vers le nord en direction de Coulonges-sur-l'Autize, avant de franchir l'autoroute de Nantes, c'est-à-dire le grand fleuve de ces parages, se trouve la pierre levée qui donne son nom à La Pierre-Saint-Christophe. Au centre du petit bois du Luc, dans une clairière sans nom, se tient encore aujourd'hui ce reste de dolmen, cette table aux fées dont la partie centrale, lourde de plusieurs tonnes de granit, moussue et veinée de racines de lierre comme des rides, effondrée vers l'avant telle une bouche refermée, est plus précisément appelée "la Pierre au diable". Le maire de Saint-Christophe et croque-mort en chef Martial Pouvreau y a fait installer, à la fin du parcours santé que personne n'emprunte jamais à part quelques écureuils roux au printemps, un écriteau expliquant que cette immense masse granitique inutile provient – prodige – d'au moins vingt kilomètres au nord, le sous-sol du village étant totalement calcaire ; que cette probable chambre funéraire néolithique, connue depuis des temps immémoriaux, fut fouillée en 1886 par le père de La Croix, jésuite membre de la Société des antiquaires de l'Ouest : les fouilles furent peu prodigues en résultats (cela la plaque touristique ne le dit pas), si ce n'est, chose étrange, dans les nombreux interstices entre l'entablement écroulé et les immenses jambages de pierre, des os de coq ou de poulet, des sous en quantité et, lorsque l'arrière fut dégagé de la terre et des cailloux qui l'encombraient, au lieu d'antiquités, matériaux lithiques et autres grattoirs en os, on tomba sur des textiles tout à fait contemporains, morceaux de draps, de robes, de pantalons de coutil, de mouchoirs en coton et même, même, des mèches de cheveux, ce que le bon jésuite expliqua avec un rien de mépris comme "des pratiques du vulgaire fréquentes dans les campagnes". Si l'on recommençait aujourd'hui une campagne de fouilles, on trouverait, outre quelques bouteilles de bière brisées, des morceaux de photographies, des colliers et des bracelets en tissu et des noms, des noms, des noms inscrits dans la roche elle-même autant que sur les pauvres colifichets – bref des êtres en miniature, et seuls celles et ceux qui lançaient ces sorts, la nuit, savaient s'ils avaient pour source un inconsolable mal d'amour ou une jalousie impérieuse qui réclamait une atroce vengeance, que ton bétail meure, que tes arbres crèvent, que ta fille soit si laide qu'elle ne trouve pas à se marier, que ton nom se perde dans la nuit des temps futurs.

Jérémie Moreau, haletant sans raison, tout à la fois tremblant de haine et de culpabilité, jouissant du plaisir du châtiment infligé et en souffrant tout autant, Jérémie reprit le chemin de sa hutte du marais, avec encore sur lui l'odeur mortelle de l'immonde paquet et la douceur insoutenable du souvenir du corps de Louise, parfum étalé sur toute sa face noire de haine et de nuit par le courant d'air, quand elle avait ouvert la fenêtre, la sueur lascive de celle qui avait dansé, le parfum lascif de celle qui était allée au bal, la rose, le romarin, il les avait prises en plein, ces odeurs d'autrefois, de plaisir et d'amour et elles le tourmentaient pendant son retour au fond des marais, il les ressentait avec une culpabilité plaisante autant qu'odieuse, sa vengeance était en cours, et pour effacer ces effluves de douceur passée il se roula dans les feuilles, soudain pris de folie ; altéré, hors de lui, saisi par une crise, une joie de remords, une honte de plaisir, un dérèglement entier de lui-même il fut pris de convulsions terrifiantes devant sa cabane, dans les premières lueurs de l'aube, il s'enfouissait dans la boue et les feuilles sèches, mordait la terre, s'en remplissait la bouche, frappait des genoux, des pieds, creusait avec les mains comme une taupe ou un griffon, frappait du pelvis contre le sol, mâchait l'humus asséché de la fin d'été qu'il amollissait de larmes rageuses, écrasait les acariens, les scarabées, les phasmes sous ses molaires, crachait de la douleur, toussait du malheur puis tout interdit soudain, d'un coup, il fut pris d'une crampe immense qui le transforma en bâton raidi et noueux, il hurla ; il hurla et sanglota, des images d'explosions, de cadavres déchiquetés devant les yeux, d'affreux déchirements dans les oreilles, des bêtes immondes cherchant à le dévorer tout autour de lui.

Il se replia, tout endolori, contre un arbre, comme un enfant sauvage, essoufflé, suant, un goût de cuivre dans la bouche, couvert de terre, le visage poissé de larmes et de boue, les paumes déchirées par ses propres ongles, la langue blessée par ses propres dents – il cracha, respira, cracha encore ; le ciel était au haut de la futaie, bleu maintenant ; le soleil maculait l'eau de la conche toute proche de pleurs brillants.

Le cœur de Jérémie semblait enfin vouloir se calmer, sa respiration aussi. Incrédule, il allongea ses jambes raidies, courbaturées. Il repensa à Louise, désemparé par la puissance de Louise, par l'emprise qu'elle pouvait avoir sur lui, l'état dans lequel elle pouvait le précipiter, même à distance, par son simple parfum ; pas une seconde il n'imagina que cette douleur immense, cette crise brutale et incontrôlable puisse avoir d'autres causes que la vision de Louise – il repensa, horrifié encore, à celle, il y a cinq jours, qui avait suivi le sacrifice de la jeune vache pour lui arracher son veau, les tremblements avaient été si forts, les mouvements incontrôlables si puissants qu'il s'était vu, comme en rêve, introduire la tête dans la panse maudite – sang, merde, urine, goût de peur – jusqu'aux épaules, les mollets battant furieusement le sol du champ avant de perdre connaissance et de revenir à lui Dieu sait combien de temps plus tard, cloqué de sang sec, gaufré d'excréments, à cinquante mètres du cadavre, les mains serrant des morceaux d'intestin, le veau mort contre lui comme une poupée, avec pour seule vision (sans qu'il sache si elle était réelle ou sortait de son imagination) celle d'un paysan paniqué s'enfuyant dans la nuit comme s'il avait vu un démon.

Cette fois-ci Jérémie se traîna tant bien que mal jusqu'à sa cabane de huttier, se déshabilla entièrement, s'allongea, nu et épuisé, sur sa paillasse et s'endormit. Il se réveilla courbatu mais frissonnant encore de haine – il avait rêvé de guerre, de vagues sombres s'incendiant soudain de gasoil, de mer en feu, de camarades mourant horriblement, noyés et brûlés à la fois, des ombres dans les éclairs avant d'être engloutis par les eaux ; il avait le goût du fuel et du sel dans la bouche, comme souvent le matin. Il voulait se venger, encore, toujours, chaque fois plus ; il s'était vengé de Louise mais pas du village, pas des parents de Louise, pas de Longjumeau le cafetier, pas de Marchesseau le vétérinaire, pas du maréchal-ferrant, pas du maire, tous ces gens qui l'avaient humilié, chaque nuit il irait prendre des forces sur la Pierre au diable et il danserait nu sous la lune, badigeonné du sang d'une bête, pour qu'on l'y voie et qu'on prenne peur, et il danserait et aurait des visions de guerre et de mort violente, des explosions d'obus dans les oreilles, entrecoupées d'images de Louise nue, Louise ensanglantée, Louise égorgée, Louise noircie au ventre par une balle ou une baïonnette, et chaque matin, si les convulsions et les crises le lui permettaient, il retrouverait sa hutte, mangerait des champignons, des racines, des animaux crus avec les dents, leur bon sang chaud coulerait dans sa gorge, et Jérémie jouirait de ces vengeances comme il avait du plaisir à ce que les explosions dans ses tympans et leurs sifflements s'arrêtent, que la peur, la panique et la douleur le quittent. Chaque matin il se sentait plus oppressé, plus envahi, plus dévoré.

*

Lorsque le sanglier qui fut l'abbé Largeau, qui fut un batelier, une tempête et une grenouille rejoignit le couvert de la haie presque sous les yeux de Gary et de son chien, sans que ni l'un ni l'autre n'envisagent de l'y aller débusquer, l'un parce qu'il avait froid, l'autre car bien dressé, le porcin retrouva une laie, écartée d'un groupe de femelles conquis lors du rut quelques semaines auparavant, groupe de femelles avec lequel il avait l'espoir de fonder une harde et le désir de s'établir, s'il y a de l'espoir dans la vie animale, de la mémoire et de l'avenir, et pour le moment le mâle se frottait contre celle qu'il avait obtenue de haute lutte pour la couvrir, car on était en décembre mois des coïts – la femelle porterait les petits pendant trois mois, trois semaines et trois jours, puis elle mettrait bas, dans un nid de branchages, et les marcassins marcheraient bientôt derrière elle dans les bois, à la recherche de nourriture. Les porcins mâles jouissent très longtemps sur leurs femelles, et entre-temps la maréchaussée tombée dans la tranchée non signalée avait été dépannée ; l'estafette bleue nouveau modèle ne paraissait pas avoir souffert et les pandores discutaient dans l'averse de neige ; ils étaient persuadés (ou ils avaient fini par s'en convaincre) qu'ils avaient aperçu un homme suspect courir en direction du transformateur EDF, ce qui avait justifié leur présence sur ce chemin, au milieu du grand champ en légère pente sur lequel tombait la neige, bordé un peu plus à l'est par les Ajasses, où le sanglier finissait de jouir, les pieds sur les côtes de la laie ; il se roula dans la boue de plaisir, la femelle le poussa du groin, avisa une poignée de glands rassemblés là par un écureuil et les mâcha, avec bien plus de passion que pendant l'accouplement, s'il y a de la passion dans la vie animale.

La deuxième voiture de la gendarmerie, qui avait tiré la première hors de l'ornière fatale était conduite par deux jeunes gendarmes – les militaires discutaient donc, à quatre, sous la neige, des suites à donner à cet incident ; ils décidèrent de signaler cet étrange fossé à qui de droit puis chacune des deux paires de pistolets remonta dans son véhicule et vaqua à ses travaux, deux d'entre elles certes un peu vexées d'être tombées ainsi dans ce piège inexplicable qu'on leur avait tendu (ils en étaient maintenant persuadés) de façon préméditée. L'un consolait l'autre en disant, il fallait bien que ça t'arrive au moins une fois avant la retraite, de planter une bagnole, ce à quoi l'autre répondait qu'il n'avait planté aucune bagnole, la preuve, ils étaient dedans, en route pour la maison, et tous deux avaient raison, mais quand même, quelle drôle d'idée. Le trou en question était l'œuvre du syndicat des eaux, qui cherchait une grave fuite dans le réseau et avait maladroitement ouvert une tranchée là où ne se trouvait aucun tuyau, tranchée encore élargie par le fait qu'on ne trouvait pas ledit tuyau ; on s'était enfin rendu compte de l'erreur mais vu l'urgence avec laquelle il fallait agir, et le stress y afférant, on avait remis le rebouchage à plus tard, oubliant de signaler la disgracieuse ornière aux (improbables) automobilistes parvenant jusque-là.

Le ciel était d'un gris dense et profond, la neige tombait moins serré ; on s'avançait vers le soir ; la laie s'ennuya de fouir et voulut rejoindre les femelles, plus loin vers les Ajasses ; elle remonta le champ en courant, sentit l'odeur de gasoil et de caoutchouc laissée sur le sol par les gendarmes, prit peur et chercha à rejoindre le couvert des arbres, là-bas vers le nord, à l'opposé du village ; elle passa par-dessous une clôture ; elle tomba sur un petit bâtiment, un grésillement continuel s'en échappait, qui l'effraya grandement – elle voulut se dissimuler dans ce qui lui parut être un coin d'ombre, partout l'odeur d'ozone l'affolait ; elle ressentit une soudaine douleur et ses yeux se voilèrent : elle fut instantanément carbonisée, son corps projeté à plusieurs mètres par le choc électrique contre les lignes et les isolateurs, où cette masse de chair brûlante provoqua le court-circuit responsable de la surchauffe et de l'explosion de la cuve, dont la boule de feu et l'onde de choc désintégrèrent ce qui restait de son corps. L'âme de la laie rejoignit le Bardo du moment de la mort, puis passa par la Claire Lumière avant de s'incarner de nouveau, quelques heures plus tard et des années dans le futur, à la fin de ce Dharma, au milieu du XXIe siècle de la grande extinction, en blaireau ; avec les derniers de ses congénères, il mourut brûlé dans le gigantesque incendie qui mit fin à l'existence de son espèce et à celle de centaines d'autres, oiseaux, mammifères, reptiles, alors qu'il n'y avait plus d'hominidés depuis longtemps déjà, vaincus par les inondations, la haine et les maladies, et le sanglier qui fut auparavant le père Largeau, une corneille et un moine vit l'explosion embraser l'hiver, il sentit l'odeur atroce du feu, fut pris d'une frayeur immense et courut aussi longtemps qu'il le put jusqu'au cœur du petit bois où il se dissimula, tout tremblant de panique, dans un roncier impénétrable où il oublia presque immédiatement le danger et pensa qu'il se mettrait volontiers en quête d'une nouvelle femelle à couvrir.

*

LE JUGE : Mais calmez-vous donc, mademoiselle, gendarme, faites qu'elle se calme et amenez-la à la barre.

PÉLAGIE : *Ol est morvelle, pi tote pécaille qui s'y curite, là que les riches venteuripotent lo detau chu* [qui ventripotent le doigt dans le cul, pouffa l'assistant de l'avocat, elle insulte le juge, je crois], *où t'en fouteuraillent ben de joy, morvasseux, pour ton écot.*

LE JUGE : Quoi ? Quoi ? Qu'est-ce qu'elle dit ? Elle parle à qui ? Vous comprenez cette gamine ? Parlez français. Greffier, dites-lui de parler français. Maître, faites quelque chose. Gendarme, lâchez-la et asseyez-vous, au moins. On n'est pas au marché, ici. C'est un meurtre, tout de même. Maître, vous avez quelque chose à dire ? Sinon, qu'elle poursuive.

L'AVOCAT : Non rien, monsieur le juge. À part son âge…

LE JUGE : Merci. Monsieur le procureur, à vous. On reprend. Incident clos.

LE PROCUREUR : Alors donc, elle disait quoi votre mère ? Avant ?

PÉLAGIE : *Maman disa t'en approchis pâ, elle disa t'en approchis pâ ma pauv'…*

L'ASSISTANT : Sa mère lui disait de ne pas s'approcher de la victime.

L'AVOCAT : Oui, ça j'ai compris, nom de nom.

L'ASSISTANT : Elle fait un effort pour parler français.

L'AVOCAT : Un effort ? Vous voulez rire ?

PÉLAGIE : *Yt fotra, pi ben certez, pauv de moy i si toute rabassée pi noiraude qu'on dira une grolle au labourd* [Qu'on dirait quoi ? – Une corneille aux champs, c'est ça qu'elle a dit], *bec à caillou, une chaille à poules, bonne à gisier quétaille, mordieu toute bedasse quétaille, figue à chève, bedasse à pu n'en peuvoir quétaille* [Elle était bête comme une pierre pour les poules, bête comme une figue pour les chèvres, bête à n'en plus pouvoir, dit-elle] *pi i ai mal asteure, ai tan si mal qu'i pieure des larmasses en cascade, en ru de mal, cascade en doleure, tan si mal, tan, qu'les larmasses em réjounaillent la jotte com un champ* [et maintenant elle a si mal que ses larmes lui labourent la joue comme un champ], *pi jal nœil sec da tan pioura, les oumes fon pioura, pi paquavèl ceinturon, brutasses* [elle a le gosier sec comme elle a l'œil sec, les hommes ils font pleurer, pas qu'avec un ceinturon], *chau brutasse m'appalle morvasse et m'fichit la patochau fessia, paf,* [la victime lui a mis une main aux fesses], *l'ava souri avan la coulére, o lé pâ dou façons, com que pensait doun s'y pende, cheu canqueurlas* [ce cancrelas], *bô, l'éta bên bô, tou blanchi de la chemisole, la queurvatte fine, l'éta pâ un poèt d'autant, l'ava pâ la pouésie din la goule, hein, l'homasse !* [Quoi ? – Que la victime n'était pas un poète. – Oui, bon, ça je m'en doute.] *Ô chique e glaviotte tant qu'ô peu.* [Il chique… et il crache tant qu'il peut. – Oui j'ai compris.] *Ô l'est tout d'envige é de désigue en lui, envige, coulére, furieure, doleure, me claque et me colle contel mur, me beigne tan fort que m'aripe l'oraille* [il l'a frappée, une claque à lui arracher l'oreille] – *pyit, pyit, pyit !!! que fit, m'a mis sa patoche soul coteillon* [il a fait un bruit d'animal, il a mis sa main sous sa jupe], *ja pu reumué* [elle n'a plus bougé] *; ja pu reumué lym souff au nez à renarder tanco pudaille* [elle a failli vomir tellement il puait de la gueule, dit-elle], *ym souffau cou qu'on dira un chenasse la leng douor* [on aurait dit un chien la langue dehors]… *Ym fouillit avec sa patoche, mal, mal, mal* [il lui faisait mal avec sa main sous la jupe] *y tla mordu, y tla mordu au sang, au sang* ! [et elle l'a mordu jusqu'au sang] *! Pi m'a claquée et collé beigne sur beigne, l'avoit grand oun patte en moi, ac laut mastiquaille les mamelles et souffloit fort, le chnasse, y disaille "Garse ! Garse ! Tâ'l feu au chu, senti don com fissounaille, garse !"* [Avec l'autre main il… il lui tripotait les seins, il soufflait fort comme un chien, il l'insultait et lui disait qu'elle avait le feu au cul et qu'il… – Qu'il quoi ? – Qu'il avait une érection, je crois.] *Quim bialaille, o s'éjogruille, o s'éjogruille ! Me garoche a bas com oune géline morte.* [Il l'a balancée par terre comme une poule morte.] *M'ouvraille les chusses ac deux mounes su mes geoneils, j'bayaudaille, granment, tanco pevaille !* [Il lui a écarté les cuisses avec les mains sur ses genoux, elle criait autant qu'elle pouvait.] *H'en pleuraille core, o lè ben huntou, huntou, si, la paour, la grand paour, la paour qui m'fit trop mal… Pi iagrèche oune grousse perraille, oune grousse père durasse ben lourde, ben puïntue, Boun Diou qu'availle mal, l'ébousinaille la caboche ave la piare, ô jur, li rabataille la tete, avec toute la vigace quo pève, cloc, crac* [elle a attrapé une grosse pierre, une pierre bien lourde, bien pointue et elle lui a défoncé le crâne avec toute sa force, dit-elle], *il s'ébraille com un baudet, core, core, vlà le sang quo fuisse tède com deula gargate au goret, me vla covète, tote covète embabouinée deus sang* [il braillait comme un âne, le sang coulait comme d'un porc égorgé, elle en était couverte, toute poisseuse] – *pi l'a cheu, mol com oune loche, m'a chu dessu, iavais la goule plène de sang, plène de sang, et su moe l'état com queurvé, i bougea pu, l'piffre su mon jabot* [et puis il est tombé sur elle, mou comme une limace, et il était comme crevé, il ne bougeait plus, le nez dans sa chemise], *iavais paour, l'ai boté loin* [j'avais peur, je l'ai balancé loin], *loin pij valeté, galopaille braillante com oune drôlesse* [et elle s'est enfuie, en hurlant comme une enfant, qu'elle dit].

LE PROCUREUR : Elle a fini ?

L'AVOCAT : Oui.

LE JUGE : Les jurés ont compris ce que l'accusée a raconté ?

L'ASSESSEUR : Oui.

LE JUGE : Ils ont bien de la chance.

*

Lorsque les fossoyeurs effarouchés ont porté en terre le chef et le jeune corps de Marseil Sabourin après son exécution place de la Brèche à Niort, la tête posée entre les jambes dans un bref cercueil de frêne, sans même retirer sa longue chemise grise de condamné gorgée de sang noir, sans soin, sans visites, ils connaissaient bien sûr le crime affreux pour lequel on l'avait raccourci, crime qui les effrayait grandement, tant il était incompréhensible : s'ils avaient osé, ils auraient exploré les méninges puantes de ce Sabourin pour essayer de concevoir les raisons de cet atroce forfait – ils se contentèrent, tout dépités, une fois la triste bière enterrée, de retourner au Fief des Justices, cette colline sur laquelle autrefois, au cœur du quartier de Niort qu'on appelle aujourd'hui les Brizeaux, alors sur la commune de Sainte-Pezenne, la sainte au coquillage, s'élevaient les Fourches Patibulaires, le gibet où l'on pendait les criminels par le col, la potence où se balançaient leurs cadavres, longtemps, pour l'exemple, et il semblait aux fossoyeurs que ce bien triste endroit, avec ses corneilles noires arrachant leurs yeux aux malheureux, ses sorcières creusant, la nuit, aux pieds des pendus pour récolter la mandragore, ses loups hurlant dans la désolation comme les hommes sous la torture, que ce bien triste endroit était prédestiné à l'accueil des trépassés : c'était là, sous un tas de pierres, que Marseil Sabourin avait caché le corps de sa sœur. Hélène Sabourin était morte le 2 août 1893, elle avait vingt-quatre ans : les fossoyeurs l'avaient enterrée les larmes aux yeux, tant ce jeune cadavre était horriblement mutilé, le crâne enfoncé, les entrailles ouvertes, malmené par la chaleur d'août et l'autopsie. L'âme d'Hélène s'était réincarnée en un nouveau-né fille du côté de Parthenay, dans une famille de métayers qui l'accueillit avec joie ; Marseil son frère guillotiné poursuivit son exploration de la douleur en renaissant parmi les annélides aveugles, pendant des centaines de générations, et David Mazon l'ethnologue venait sans le savoir de le renvoyer une fois de plus dans la Roue d'un jet d'ammoniaque domestique, perplexe quant à la provenance de ces animaux insolites et mal connus qui peuplaient sa salle de bains, en tentant de dissimuler d'un ultime coup d'éponge cette affreuse nuisance, pensait-il, à la jeune femme étendue dans son lit, jeune femme dont il soupçonnait qu'elle allait, à un moment ou à un autre, souhaiter visiter la susdite salle de bains – il termina donc le nettoyage subreptice et paniqué de la douche, urina, hésita à se laver les parties puis, toujours nu, sur la pointe des pieds car le carrelage était froid, il rejoignit la femme assoupie dans la chambre : presque hypnotisé par sa beauté, il observa longuement ses omoplates, la tache de naissance sous son épaule droite, puis son dos qui s'achevait en fesses musclées, sa colonne vertébrale, ses cuisses resserrées qui dissimulaient mal des lèvres rosies et légèrement poissées, ses longues jambes osseuses repliées au genou menant à ses chevilles, ses bracelets de chevilles et ses pieds à demi cachés par le drap : Lucie dormait, ses yeux gris sauvages derrière leurs paupières, son visage enfoui dans l'oreiller, ses cheveux étalés sur le coton blanc et David resta là à la contempler, un peu incrédule, rempli de tendresse, surpris par la perfection de ce corps qui s'adaptait si exactement à son être qu'il paraissait une étoile de plastique dans le creux d'un jouet d'enfant. Il ne pensa pas à Marseil Sabourin à l'étrange prénom, puisqu'il ignorait jusqu'à son existence, Marseil Sabourin dont le crime était né du mystère du corps des femmes et de la concupiscence – le frère et la sœur Sabourin, Marseil et Hélène, ont grandi dans la pauvreté ; leur père est envoyé au bagne de Rochefort pour maraudage, Marseil à la colonie pénitentiaire de Chizé et sa sœur au carmel de Niort jusqu'à sa majorité. Marseil exhale la férocité ; les coups puis les cadavres (un gardien assassiné, une adolescente violée et étranglée) tournent autour de lui, sombres nuées de mauvais augure. Marseil est enfermé, la justice ne prouve rien, on le relâche ; il mène une vie sauvage, pauvre et sauvage, tour à tour journalier pour les cultivateurs ou homme à tout faire ; il voit peu Hélène. Marseil brûle de désir – qu'une fille passe près de lui, ses mots et sa main s'envolent vers elle, toujours elles se mettent à courir pour lui échapper – toutes. Presque toutes, sa sœur vient de s'installer chez lui, dans cette cabane à la lisière de Sainte-Pezenne ; elle est malade, elle doit se soigner ; il dort par terre – sa sœur est outrée car il lui a proposé de coucher avec elle, les filles sont si facilement indignées, lui semble-t-il ; Marseil Sabourin a plaisir a la regarder se déshabiller, pourquoi se cache-t-elle, Marseil Sabourin lui vole un peu d'argent ; Hélène se confie à une amie, elle ne souhaite plus vivre avec son frère, qu'elle juge monstrueux, et qui l'est, sans doute – un jour, au milieu de l'été, quand la chaleur de juillet se fendille dans les orages d'août, Hélène fait sa malle, en secret, elle espère partir pendant que Marseil est au travail, mais Marseil n'en a pas trouvé, ce matin-là – il rentre et la voit sur le départ, il la presse, lui tire la robe, essaye de mettre la main dessous, elle se refuse à lui, elle veut partir, il ne veut pas, sa sœur veut partir et lui il veut la posséder alors il attrape un outil bien lourd et lui abat sur le crâne ; elle s'effondre et se vide de son sang, Hélène Sabourin sœur de Marseil est morte, son âme est déjà ailleurs mais son corps reste là, donc son frère la déshabille, il la déshabille comme une femme vivante, comme une femme endormie alors qu'elle a les cheveux tout poissés de sang, Marseil la pénètre enfin, Marseil pénètre enfin une femme et jouit d'elle, il jouit de sa sœur morte.

Il veut comprendre. Il regarde ce corps de femme, son pubis, les poils de son pubis, ses cuisses, ses hanches, ses seins hors de la robe déchirée, il veut comprendre ce que possèdent les femmes qui l'affole ainsi, qu'est-ce qui le rend aussi sauvage, aussi puissant, aussi débordant de désir, il veut savoir ce que les femmes ont en elles, de quoi elles sont faites et il prend son couteau ; il prend son couteau, l'enfonce entre les lèvres du sexe de sa sœur et remonte ; il déchire la symphyse, ouvre le ventre, fouille, cherche, s'excite, se rend fou – il extirpe la matrice, s'excite à nouveau, cela dure toute la journée : on ignore si Marseil Sabourin a percé le mystère de son propre désir, mais vers le soir, il attrape une photographie de sa sœur en communiante et la glisse dans ce sexe secret qu'il a profané, pour le réparer peut-être, ou pour oublier qu'elle était sa sœur, pour oublier tout court, avant de charger le corps enveloppé d'un drap sur son épaule et de le dissimuler dans une carrière au bord de la route de Saint-Gelais, au Fief des Justices, sous un tas de pierres.

Hélène Sabourin avait été plusieurs oiseaux, des paysans à foison, des gueux, des bandits, des hommes, des femmes, des femmes, des hommes et même un guerrier sauvage, en 1373, au temps de l'Anglais, au temps où l'Anglais tenait le Poitou et ses environs, où tout était identique mais des soldats anglais étaient sur les murailles et les armes du roi Édouard – trois lions rampants sur champ de gueules, un champ d'azur semé de trois lys d'or, d'Angleterre et de France – flottaient aux pavois. On connaissait le nom d'Henri de Lancastre, dont la chevauchée avait fait grand bruit et grand mal ; on connaissait aussi celui du Prince Noir, et le grand Nom de la Peste, qui précipitait bien des âmes dans la Roue, dont les miasmes étaient dans l'air et s'abattaient sur les chrétiens, qu'ils soient français ou anglais, et on était fort triste, à Niort, de voir les campagnes dévastées par la guerre et les villes par la maladie, qu'on fût anglais ou français, et le gouverneur de la place de Niort regardait depuis le toit de son donjon, derrière ses créneaux, les armées du connétable Du Guesclin passer, avec leurs bombardes, leurs couillards et leurs mangonneaux ;

le guerrier qui deviendra Hélène Sabourin est un mercenaire, un bandit à la solde des Anglais, qui ont bien besoin de soudards pour les épauler, un soldat méchant et balafré, qui ne répugne ni au viol, ni au meurtre, ni au pillage – Bertrand Du Guesclin vient de mettre le siège devant Chizé et le connétable n'a pas l'air de vouloir renoncer, malgré l'armée de secours qu'envoie la place de Niort : trois cents pillards poitevins et sept cents soldats anglais se dirigent vers Chizé, et sur le chemin, ils tombent sur des charrettes qu'on menait à la ville, des charrettes de foudres de bon vin, qu'ils s'empressent de prendre et *pour boire du vin les font tout défonser, à coiffes, à bacins et à chappiaux de fer vont puiser ce vin et tant en vont humer, que li vin lor a fait la cervele troter*, chante le trouvère Cuvelier dans sa *Chanson de Bertrand*, et le soldat qui sera Hélène Sabourin, qui sera nombre de femmes et d'hommes est fin soûl lui aussi, tous ont rempli leurs casques de vin comme de gigantesques chopes d'étain, et ils dégoulinent de ce bon vin de Montreuil-Bellay, nous dit la chanson ; les Anglais sont donc ivres pendant la bataille et les Poitevins braillards, les mercenaires, grâce à cette cervelle que le vin fait trotter, fraternisent avec les troupes de Bertrand Du Guesclin, dont ils parlent la langue, connaissent les villes et les villages : lorsque la bataille s'engage, sur le pré devant Chizé, entre l'armée de secours anglaise et les troupes du connétable, les Anglais changent la lance pour la hache – ils découpent et assomment, tout soûls qu'ils soient, moult Bretons et Poitevins, pendant que, depuis les remparts, les arcs longs massacrent hommes et chevaux ; ce n'est qu'à rudes coups et à grand-peine que Bertrand Du Guesclin réussit à prendre le château.

Forte fut la bataille, merveilleuse et puissante
Mais elle n'alla pas trop longuement durant.

Une fois le château de Chizé pris, les braillards bretons et les soudards poitevins marchèrent sur Niort – ils revêtirent les armures et les vêtements des Anglais vaincus, firent flotter leurs bannières, afin qu'on leur ouvrît le pont-levis sans coup férir, et ainsi fut fait,

Tant ont cheminé que Nyors avisèrent,
Si tost que de la porte de Nyors approchèrent,
Saint Jorge vont criant, Anglois les écoutèrent,
Et nos gentils François dedans Nyors entrèrent !
Et quand ils furent en à la mort escrièrent
Anglois furent surpris, qu'un petit ne durèrent,
Qui rançon demande de mort le déportèrent,
Et qui se défendit à la mort le livrèrent.
Ainsi prirent François Nyors et conquestèrent.

Et le pillard qui sera Hélène Sabourin retrouva sa bonne ville de Niort, mais du côté des Français, et s'enrichit – il vécut jusqu'en 1380, où il mourut de la gangrène des pieds, ergotant, atteint du feu de Saint-Antoine ; il se réincarna en un enfant femelle qui plus tard mourut d'une hémorragie de la délivrance, puis en un autre mâle qui fut échevin de Niort, avant de mourir dans un horrible incendie dû à une torche tombée sur une tapisserie et ainsi de suite de femme en homme en homme en femme jusqu'à Hélène Sabourin martyre tombée sous les coups de son frère Marseil le sauvage, condamné après quelques jours de procès à la décollation publique par la guillotine qui sera, que tout le monde en profite, installée place de la Brèche, la place la plus vaste de Niort, sur le côté de l'avenue de Paris, là où se tient le marché aux chevaux – le bourreau Louis Deibler arrive un jeudi par le train de 11 heures, accompagné de la guillotine et de son fils Anatole. Anatole est son assistant et lui succédera quelques années plus tard. Le journal *Le*

Mémorial des Deux-Sèvres s'intéresse à tout ce qui touche de près ou de loin à la machine de mort et aux moustaches de l'exécuteur en chef des hautes œuvres de justice : on sait qu'il loge à l'Hôtel des Étrangers, aujourd'hui Hôtel de France **, sis rue des Cordeliers, au numéro 8 ; qu'il y dîne, à peine arrivé, d'huîtres de Marennes, de rillettes de Tours, de viande froide, de poisson frit dans le beurre, le tout arrosé de vin d'Anjou ; que les exécuteurs se couchent tôt, qu'on les lève à 4 heures du matin le vendredi 16 février 1894 ; que le 7e régiment de hussards est descendu de la caserne Du Guesclin, au haut de la colline Saint-André, pour prendre position sur la place de la Brèche et écarter la foule de l'endroit où, dès 4 heures du matin, les bois de justice sont montés – en deux heures, et alors qu'il fait encore nuit, tout est prêt. À deux reprises, Deibler père a essayé le couperet fatal, qui a coulissé parfaitement dans sa rainure et tiré un sifflement d'effroi à la foule. On n'attend plus que Sabourin. On apprend par le procureur Renault vers 6 heures du matin que le recours en grâce de Sabourin a été rejeté par le président Sadi Carnot. Sabourin demande à s'entretenir avec le prêtre et à entendre la messe. Sabourin communie. Puis enfin le fourgon. Le condamné arrive. La foule se met à chanter sa complainte :

Écoutez garçons et filles,
Ainsi que vous gens de la ville
De Niort et puis d'Souché
De Saint-Maxire et d'Échiré
Et du bourg de Sainte-Pezenne,
Gens du Marais et de la Plaine
D'un forfait épouvantable
D'un ignoble malfaiteur
L'assassin de sa propre sœur.
Profitant de ce qu'sa sœur dort,

Armé d'une lourde cognée
Il ne craint pas d'la pauvre enfant,
De troubler le sommeil innocent.
Grâce à monsieur le président
Homme d'esprit et de talent
Malgré l'avocat d'office,
Son éloquence et ses efforts,
Il fut condamné à mort.

La foule est si dense, sur la place, que les hussards ont du mal à la contenir, chacun veut voir le moment suprême où la tête monstrueuse sera séparée du tronc banal et mettra fin à la tragédie, tous veulent voir la justice à l'œuvre, il y a même des dizaines de curieux installés dans les branches des platanes pour mieux profiter du spectacle ; le bourreau parisien porte un melon et un costume plutôt chic, comme un fonctionnaire, un scribe – on attache Sabourin, il pleure à chaudes larmes ; on l'allonge sur la planche à bascule, on referme la lunette sur son cou, un assistant de Deibler le tire par les oreilles pour que la tête soit bien droite – le bourreau manœuvre la goupille, la place est entièrement silencieuse, on entend le sifflement du lourd couteau triangulaire dans les rainures ; on entend le choc mat de la lame contre le cou du condamné ; on entend le raclement de la tête contre l'osier du panier et Sabourin le violeur, Sabourin l'assassin de sa sœur s'en va rejoindre les vers et les créatures rampantes, les réincarnations dont on ne sort pas, où il retrouvera, sans le savoir, Deibler le bourreau, l'assassin légal de trois cent quatre-vingt-quinze personnes – pendant que les fossoyeurs éternels emportent le corps encore chaud de Sabourin pour l'enterrer immédiatement au cimetière de Bellune la tête entre les jambes, et avant de reprendre le train pour Paris dans l'après-midi, pendant que ses assistants nettoyaient la Veuve et la démontaient,

Deibler, en compagnie du procureur Renault, s'en fut déjeuner à l'Auberge de la Bonne Foi des Gens, tenue par un certain Texier, qui était, soutenait le procureur Renault, la meilleure table en ville.

Le train fut ponctuel et Deibler quitta la gare de Niort à 16 heures, après un repas dont on ignore malheureusement le contenu.

Ce ne fut pas Deibler qui exécuta le petit Chaigneau près de cinquante ans plus tard, mais Henri Desfourneaux, alors exécuteur en chef des arrêts criminels ; les exécutions n'étaient plus publiques depuis 1939, le petit Chaigneau fut sobrement guillotiné dans la cour goudronnée de la maison d'arrêt, avec la même lame et sur la même planche que Sabourin, lame et planche qui avaient pris, ou peu s'en faut, le même train qu'autrefois – Desfourneaux était tout aussi affable que Deibler, au moins aussi efficace ; le petit Chaigneau ne pleura pas, lui, il hurla, insulta les présents, leurs mères, leurs filles, essaya de mordre très violemment la main de l'assistant de Desfourneaux, le griffa au visage quand on l'attacha ; il beugla jusqu'à ce que le couteau biseauté siffle et le raccourcisse : nombre des présents détournèrent le regard, les flics surtout, qui sont pudiques comme des fossoyeurs – ce Chaigneau, c'était une teigne, disait un milicien au béret noir à un jeune inspecteur qui avait la gorge sèche, il a dessoudé deux collègues avec son fusil, un braconnier, sec comme une trique et pas commode, il en a dérouillé, des droits communs, dans c'te taule ! Ils auraient mieux fait de l'envoyer sur le front de l'Est, tiens, le résultat aurait été le même, mais il aurait eu sa chance… Et il en aurait flingué, des cocos, pour sûr ! Le flic ne partageait pas l'enthousiasme matutinal du milicien ; il était un peu barbouillé ; voir autant de sang à 5 heures du matin, c'est certes digne du front de l'Est, mais c'est surtout pas humain – le milicien continuait son bavardage, alors que le corps de Chaigneau basculait direct dans la malle où il allait s'égoutter, semblait-il, jusqu'à perdre tout son sang ; l'assistant a vidé nonchalamment le seau contenant la tête au même endroit – un bon litre de raisiné s'est répandu, c'était proprement dégueulasse, pensait le flic, ça vous donne des envies de résistance, des désirs de prendre le maquis (bien évidemment cette exécution était civile et n'avait rien à voir ni avec l'Occupation, ni avec la Résistance, ni rien – Chaigneau avait dessoudé deux pandores, et ce fait d'armes, en temps de paix comme en temps de guerre, lui aurait valu la Veuve, on était bien d'accord, mais prendre le maquis eût évité au jeune flic d'assister à cette exécution qui, puisqu'elle n'était pas publique, était assez dégueulasse, en termes de sang versé : les bourreaux prenaient leurs aises). Morin, un des matons, avait sorti le tuyau d'arrosage et aspergea soudain le macadam à grands flots ; un mélange de sang et d'eau coula dans le sens de la pente vers les chaussures des autorités (procureur, juge, directeur) qui se mirent à sautiller comme des danseuses pour éviter de se dégueulasser les pompes en plus de la conscience – ce qui fit rigoler le flic sous cape, et gueuler le directeur de la prison, Morin, qu'est-ce que vous foutez Bon Dieu, Morin s'était souvenu qu'il avait travaillé dans un abattoir à gorets, et que le raisiné, il fallait l'asperger, sinon après ça colle et ça glisse comme de l'huile : après c'est très glissant, monsieur le directeur, et vous voulez pas tomber le cul dedans, certes non, a répondu le juge en rigolant, certes non, et le directeur s'est remis à gueuler, mais un peu de respect, Morin, on n'est pas à la boucherie ici, et ils continuaient tous à danser pour échapper au flot rosé, comme au cabaret, sur la pointe des pieds, vu qu'il n'y avait pas de sortie de leur côté de la cour, juste la grande porte de la prison, fermée bien sûr, par où était entrée la Veuve démontée, et le sang mêlé à l'eau passa sous le battant du portail, descendit la rampe, parvint à la rue du Sanitat, descendit la rue de l'Abreuvoir jusqu'au quai de la Préfecture et à la Sèvre toute proche, et le sang du petit Chaigneau se mêla aux eaux de la Sèvre qui l'emportèrent vers l'océan à travers le Marais, pendant que son âme renaissait dans un annélide rouge et fin aux côtés de Sabourin, ver presque immédiatement brûlé de manière atroce par la javel et David Mazon, qui ne comprenait pas d'où pouvaient bien provenir ces horribles engeances.

Le corps du petit Chaigneau quant à lui fut enterré par les fossoyeurs éternels : placé directement dans la bière après l'exécution et discrètement emporté par un fourgon gris jusqu'à une tombe anonyme du cimetière rue de Bellune – il était entièrement décomposé (il ne restait plus que les ossements, mats et gris au milieu des toiles d'araignées et des lambeaux de tissus) lorsque son frère aîné récemment revenu du Stalag et le facteur Chaudanceau lui rendirent visite, et demandèrent au gardien du cimetière où se trouvait le décapité Chaigneau, ce que le gardien, qui était présent au moment où les fossoyeurs étaient arrivés avec la petite caisse en frêne, leur indiqua généreusement, et le grand Chaigneau versa une larme incrédule pour son petit frère avant de traverser toute la ville pour parvenir au marché et se soûler à coups de petits verres de blanc en compagnie du facteur, qui n'était pas le dernier en matière de boisson, et passablement ivres ils réussirent tout de même à rejoindre Patarin le charcutier pour retrouver en camionnette La Pierre-Saint-Christophe – le grand Chaigneau mourut à son tour quelques années plus tard, dans un accident de voiture ; sa renaissance eut lieu dans un œuf de mésange charbonnière au cœur même du Marais, œuf dans lequel il resterait quelques semaines avant d'en percer douloureusement la coquille pour piailler et demander la becquée, si l'oisillon n'était pas auparavant mangé par un prédateur ou tué par un parasite, malgré tous les soins de sa mère, bel oiseau au plumage jaune, blanc, noir et gris ; Chaudanceau atteignit l'âge de la retraite et laissa avec regret sa sacoche à la patère, finis les tournées, la pédale, les cafés, les coups de blanc et les petits verres de goutte chaque fois qu'il apportait un mandat, terminés les beaux billets tous neufs qui crissaient sous les doigts – il mourut bien des années après, à l'époque des Renault 12 et des tracteurs Case International ; il se réincarna dans un nouveau-né de la maternité de Niort, une femme qui devint une savante professeure de grec ancien, spécialiste d'Homère dans une université parisienne.

Le grand Chaigneau et Chaudanceau, comme Poupelain le maréchal-ferrant ou Marchesseau le vétérinaire, furent tous témoins de la folie de Jérémie Moreau – les deux premiers jouaient au trut chez Longjumeau lorsqu'ils apprirent la mort de la pauvre Louise, après un mois de catatonie, un mois de silence et d'anorexie, sans qu'elle ait prononcé un mot depuis la nuit fatale, les yeux toujours ouverts, la mâchoire serrée.

Le futur grand-père de Lucie était dévasté. Le petit s'accrochait au corps de sa mère sans vie, il ne voulait pas la laisser aux mains des enterreurs ; Louise s'était réincarnée dans une fille à naître à Parthenay, chez de bonnes gens, qui deviendrait couturière.

La douleur se communiqua au village entier, les fossoyeurs la portèrent en terre en pleurant, le prêtre était très ému lui aussi à l'église, toute La Pierre-Saint-Christophe était derrière le cercueil – tout le village sauf Jérémie bien sûr, Jérémie, on le maudissait : le père de Louise n'avait pas raconté comment il avait retrouvé sa fille ce matin terrible, mais tous sentaient que Jérémie le Fou était responsable de cette mort ; la vieille Pélagie racontait à qui voulait l'entendre qu'elle l'avait vu, enduit de boue ou de sang, danser sur la

Pierre puis se contorsionner, comme possédé, sous les arbres du Luc ; Longjumeau effrayé ajouta que Pélagie était elle-même une sorcière, qu'on ne pouvait pas la croire, parce qu'il l'avait surprise, une fois, à caresser l'écorce de son vieux cerisier à lui, Longjumeau, avec un air concupiscent, un air de désir – et ce récit fit rire les présents, malgré la gravité du moment : c'est agréable à caresser, Longjumeau, un cerisier, ça a une peau lisse avec des rides, comme le cul de ta femme, et Longjumeau balança son torchon à la gueule de Chaudanceau, qui venait de proférer cette obscénité, car il était universellement admis qu'on ne parlait jamais du physique de la femme d'autrui, même pour des compliments. L'idée que Pélagie, avec ses cheveux filasse, son célibat et son nez crochu puisse avoir une relation avec un cerisier réjouissait au plus haut point les présents. Chaudanceau crut remarquer quelque chose :

— D'ailleurs elle n'était pas là à l'enterrement de cette pauv' Louise, non ?

— Mais si bien sûr, duconneau, qu'elle y était.

Il l'avait point vue, Chaudanceau l'avait point vue mais si, elle y était, elle était en noir ; cette remarque fit mourir de rire le Chaigneau rescapé, qui beugla :

— Beh l'est toujours en noir ! Toujours !

Et il se tenait les côtes de rire, et plus ils y pensaient, plus c'était vrai qu'ils avaient toujours vu Pélagie en noir, et Longjumeau sentencia :

— Puisque je vous dis que c'est une sorcière, qu'elle tripatouille mon cerisier.

— La question c'est ce qu'elle dit de Jérémie Moreau.

Et là, ils se turent – car c'est une chose d'envisager qu'une rebouteuse soit plus ou moins sorcière et caresse un cerisier, et une autre d'envisager qu'un homme ait partie liée avec la mort et avec le Diable, auquel personne ne croyait, mais que tous craignaient.

— Si c'est Jérémie qu'est derrière la mort de la pauv' Louise pourquoi que les gendarmes ils vont pas le chercher ?

Au mot "gendarmes", le grand Chaigneau se raidit. Même si personne ne faisait jamais allusion à son frère, par pudeur, il était sur la défensive.

— Elle est morte de maladie.

— Mais peut-être que Jérémie il lui avait jeté un sort !

Ils avaient tous entendu parler des sorts qui font tourner le lait des vaches, perdre les pommes, qui amènent les charançons dans le blé, ou de ceux qui rendent amoureux, ou qui font tomber en désamour, mais les sorts de mort, ils les ignoraient complètement.

Chaudanceau était le plus naïf :

— Mais ça se peut pas, et le Bon Dieu alors ?

Et en disant "le Bon Dieu", ils se rassurèrent tous, car s'ils n'étaient pas vraiment de fervents catholiques, dire "le Bon Dieu", c'était invoquer l'ordre des choses, les règles de la vie et de la mort, et il n'entrait point dans cet ordre-là que l'on pût prononcer des paroles de mort, et surtout que celles-ci fussent efficaces.

La pauvre Louise était donc morte de maladie, et Jérémie était fou depuis qu'il était rentré de la guerre, voilà la conclusion à laquelle on parvenait.

Et Pélagie restait mystérieuse et inoffensive ; on avait besoin d'elle pour guérir les foulures, les rhumatismes et les épaules démises ; on soupçonnait qu'elle puisse avoir d'autres compétences, secrètes ou interdites, mais comme elle ne parlait que très peu, et encore, dans un terrible patois auquel on ne comprenait pas toujours tout, on ne savait pas grand-chose d'elle, si ce n'est qu'elle n'était pas native des Deux-Sèvres. Elle provenait d'un village du bocage, de la Vendée profonde, sans que l'on se rappelle comment elle était parvenue là, puisqu'elle était célibataire, peut-être qu'elle ne l'avait pas toujours été, qui sait, et seules une ou deux femmes âgées se rappelaient les circonstances de son arrivée, peu de temps après la Grande Guerre, au moment de la pose de la plaque du monument aux morts dans l'église, avec la liste de tous ceux qui étaient tombés pour la France, les Pouvreau, les Moreau, les Goudeau, les Chaigneau, etc. : c'était à ce moment-là que Pélagie était arrivée dans le village, elle tressait des paniers, donnait un coup de main pour la traite et savait réparer les membres blessés, les poignets foulés, les chevilles tordues, et même le médecin de Coulonges et Marchesseau le vétérinaire disaient qu'elle était douée, Pélagie qu'on n'appelait pas encore la Sorcière, parce qu'elle était trop jeune, mais déjà toute en noir, veuve éternelle. Personne ne lui demanda d'où elle sortait, elle était passée par une institution, un couvent à La Roche-sur-Yon avant d'atterrir au village mais tous associaient ce mot à la religion, à l'éducation religieuse, et pas à la misère de la prison. Pélagie pouvait maintenant, vingt-cinq ans plus tard, caresser le cerisier dans le verger de Longjumeau, fréquenter la Pierre Levée, le bois du Luc ou des Ajasses, elle faisait partie de ce monde-ci, celui de La Pierre-Saint-Christophe et pas d'un autre.

On ignore de quelle façon elle précipita Jérémie dans la tombe : on ne sait par quel sort noir et secret, par quel envoûtement mystérieux Pélagie l'envoya vers les fossoyeurs, la corde au cou, les galoches dans la paille, comme le découvrit le fils de Louise, qui dut être lui aussi ensorcelé, car il n'eut jamais aucun souvenir de ce cadavre se balançant un orteil accusateur pointant hors de la chaussette, dans la grange de son grand-père – on sait juste que Pélagie se pencha sur Jérémie, là-bas, près de la Pierre Levée, dans la clairière du Luc, après une de ses crises, alors qu'il ahanait, les yeux vides, qu'il revoyait la guerre, les Ardennes, la Manche, le feu sur l'eau dans le hurlement des avions, et Louise, le plaisir qu'il avait eu à prendre Louise pour l'engrosser, la folie du couteau pour ouvrir la jeune vache et lui arracher son veau comme Louise avait arraché son enfant à Jérémie et la vieille Pélagie lui murmurait des phrases douces à l'oreille, des phonèmes qu'aucun homme n'avait entendus jamais, elle lui raconta sa vie à elle, Pélagie, sa vie à lui, Jérémie, et les étoiles et les saisons et la fin de toutes choses qui s'approchait, elle prononça pour lui les mots vrais, le refuge et la consolation, et les convulsions s'arrêtèrent, les gémissements aussi, dans un souffle de Pélagie et de sa langue secrète – elle caressa le front de Jérémie, épongea sa sueur, lui donna des herbes à mâcher pour atténuer la douleur des contractions, des plantes elles aussi mystérieuses, et Jérémie, les joues striées de larmes indolores, comme un baume sur l'âme, les mots de Pélagie, retrouva la force de marcher, oublia la vengeance, oublia la vie, et dans ce geste noble et désespéré de l'écolier qui efface d'un coup de gomme ce qu'il a mis des semaines à dessiner et qu'il estime raté, Jérémie s'en fut vers cette vieille maison où il avait connu un semblant de bonheur ; il épia un moment cet enfant qu'il n'avait pas réussi, dans sa bêtise et son orgueil, à faire sien – puis, un peu machinal, un peu maladroit, un peu lent, il s'enferma dans la grange et en lui-même une dernière fois, à jamais.

*

Deux longues années battit la tocante du père Largeau dans la tombe, elle marquait les heures d'un clic discret qui effrayait juste les taupes et les rats taupiers, car il n'y avait pas de gardien pour le cimetière du village, dont la grille était toujours ouverte : Mathilde avait juste à traverser la route pour fleurir les morts ou l'employé municipal à entrer pour traiter, à l'ancienne, à la guitare, les allées goudronnées afin que, disait-il, le chiendent laisse les morts en paix. Peu de temps avant son décès, Largeau semblait avoir surmonté sa crise ; il lisait les Écritures et Bossuet toute la journée, quand il ne se promenait pas dans la contrée ; il sentait que l'Adversaire de Dieu s'éloignait de lui. Qu'il avait trouvé ce qu'il fallait lui offrir en échange de la paix et du repos, que c'était cher payé, mais que le sens de l'existence était ainsi, que la Foi était Une, qu'elle était la possibilité des mystères, et la certitude du salut. Mathilde venait tous les soirs, et elle-même sentait que le vieux prêtre (outre le fait qu'il avait complètement arrêté le vin et la goutte) ne la regardait plus de la même façon – il était plus serein, grave mais serein, et un jour qu'elle lui demandait, d'une façon assez naïve, ce qui s'était produit pour qu'il retrouvât ainsi une forme d'espoir, Largeau lui répondit que l'espoir et la foi, c'était la même chose, et qu'il avait retrouvé l'un en gagnant l'autre, ou inversement, car il avait vu clair dans le jeu de Satan. Et Mathilde s'étonna car il ne prononçait jamais des paroles aussi précises ou aussi solennelles ; elle ne releva pas, se contentant de demander à Largeau qu'il lui conseille une lecture pour ce soir-là, une méditation – Largeau réfléchit une seconde et lui répondit, l'Évangile de Luc. La tentation de Jésus au désert. Mathilde sourit et remercia. La tentation. Elle se demandait si ce siècle qui venait de débuter serait celui de la fin des temps et du Jugement ; elle se demandait où Largeau trouvait la force, en ce monde d'illusions, de pierres changées en pain, de renoncer à la facilité du désir ; elle ne lui posa pas la question – bien évidemment elle connaissait le passage de la tentation, la tentation des désirs matériels, celle du pouvoir et celle du miracle. Mais elle avait compris ce que le prêtre voulait dire. Largeau enfila sa gabardine pour sortir, on était au début du printemps, l'air était encore frais. Comme à son habitude il dissimula son col romain derrière une écharpe, enfila son béret. Il s'approcha de Mathilde qui allait quitter le presbytère en même temps que lui et, chose qu'il n'avait jamais faite jusqu'à présent, il l'embrassa sur le front ; Mathilde se sentit une petite fille, tout d'un coup ; extrêmement émue, elle balbutia quelque chose et regarda Largeau s'en aller en marchant vers le Luc et la Pierre Levée. Parvenu à l'orée du petit bois, il prit comme à son habitude à gauche vers Saint-Maxire, descendit dans la vallée puis longea la Sèvre jusqu'au château de Mursay où avait vécu Agrippa d'Aubigné, et qui chaque jour était plus ruiné, traversa la Sèvre au moulin, remonta dans la plaine (haies de prunelliers en fleur, sorbiers aux feuilles pennées, érables champêtres) où des oiseaux voletaient en groupe au-dessus des sillons labourés : il marchait depuis deux heures sans s'en être aperçu. Depuis ce tertre, il dominait la rivière et avait une vue panoramique sur Villiers en face de lui et au-delà, juste après, La Pierre-Saint-Christophe, invisible à part pour le léger mouvement des éoliennes dans le lointain.

Mathilde était rentrée chez elle, elle avait décidé de jardiner un peu, un nettoyage de printemps s'imposait ; il fallait sortir les plantes en pots, amender le potager, désherber, retirer les voiles d'hivernage (elle avait toujours peur de les retirer trop tôt), remettre du paillage là où il en manquait, et vers le soir, alors que le soleil était bas et plongeait dans le Marais, elle rangea ses outils, retira ses gants, ses bottes en plastique, se lava les mains, se prépara un thé ; puis elle prit sa bible et l'ouvrit à l'Évangile de Luc – une carte allongée tomba du livre, le papier était vergé, un peu jauni ; un poème y était imprimé :

Comme un chant de cloche pour les vêpres douces
s'arrête doucement sur la colline en mousse
près d'une tourterelle aux pattes roses,
mon âme qui chante auprès de vous se pose.

Comme un lis blanc au jardin du vieux presbytère
se parfume doucement par la douceur des pluies,
par votre douceur, qui est une rosée de taillis,
mon âme triste et douce comme un lis s'est parfumée.

Que la cloche, le lis, les pluies, la tourterelle
vous rappellent désormais un enfant un peu amer
qui passa près de vous en laissant tomber
à vos pieds son âme en roses trémières.

Ce poème était orné du dessin d'une rose trémière – comme une carte postale ancienne. Il était signé d'un nom que Mathilde ne connaissait pas, Francis Jammes. Mathilde n'avait pas l'habitude de la poésie, elle relut le poème une deuxième, puis une troisième fois, en se demandant ce que ce papier qu'elle n'avait jamais vu faisait dans sa bible, comment il était arrivé là, justement à la page de Luc qu'elle voulait relire – elle était soudain extrêmement émue, les yeux mouillés, une émotion immense montait depuis ses pieds, son ventre, sa poitrine se serrait, son cœur s'arrêta presque et elle fondit en larmes, elle pleura à chaudes larmes sur l'Évangile de Luc, puis, prise d'un pressentiment affreux, tout en se séchant les yeux avec la manche de son gilet, elle traversa la rue et contourna l'église pour se rendre au presbytère, en récitant Sainte Marie mère de Dieu, car cela ne pouvait pas être vrai, cela ne pouvait pas être, elle ouvrit la porte du presbytère presque sans frapper – puis elle mit sa main devant sa bouche, ses larmes redoublèrent et elle tomba à genoux.

*

— Je te dis que c'est des conneries ces histoires de sanglier qui se réveillent dans le coffre des voitures, c'est une légende, ça n'existe pas, t'as vu l'état du pare-chocs, il a son compte.

Mais le gros Thomas n'en démordait pas. Depuis qu'ils avaient chargé avec peine le mammifère dans la fourgonnette, quelques secondes après l'accident qui avait étendu raide le porcin sur le macadam, au virage du petit bois du Luc, il répétait qu'un lointain cousin avait eu une mésaventure identique, mésaventure qui s'était soldée par deux sièges arrière détruits et bien des ennuis.

— Qu'est-ce qu'on va foutre si cette bestiole se réveille d'ici une heure, dans la bagnole ou dans la cuisine de Patarin ? Ça t'est déjà arrivé ?

Martial soupira.

— Non, jamais.

Le gros Thomas n'était pas le plus intelligent, ni le plus vif du village, mais c'était sans aucun doute l'un des plus brutaux.

— On va lui coller une cartouche au cas où.

— Tu vas l'abîmer, a protesté le maire.

— Mais non, dans la tête. On s'en fout de la tête. On va pas la suspendre au-dessus de la cheminée, la tête. Tant pis, pas de museau en gelée ! T'as qu'à juste m'attendre deux minutes que j'aille chercher le fusil, tu m'ouvres le hayon, et je lui mets du plomb dans le groin. À cette distance, pas besoin de chevrotines.

Martial comprit que l'histoire du réveil de la bête n'était qu'une excuse, que Thomas avait surtout envie d'envoyer une cartouche dans l'animal à bout pourtant, pour le plaisir : il y avait quelque chose qui devait le réjouir, enfin être sûr d'atteindre un sanglier, lui qui ne chassait jamais le gros gibier, mais les perdrix, les lièvres, les garennes ; peut-être que le pare-chocs Renault ne lui semblait pas une arme assez noble pour un tel animal ; peut-être aussi que le même désir trouble de posséder des femmes, la même volonté tordue de pouvoir, de force, de jouissance l'encourageait à tirer sur l'animal sauvage et moribond.

Martial soupira, cette fois-ci de résignation.

— D'accord. On passe chez toi, on achève cette bestiole au cas où et on l'emmène chez Patarin qu'il nous la découpe. C'est pas de bol, quand même, à dix jours près on l'aurait bouffée pour le réveillon.

— C'est déjà ça, répondit Thomas. Ça va être bon. Cuissots, filets, saucissons, terrines… À ton avis, il pèse combien ?

— Je dirais deux sacs de ciment, à vue de nez. Cinquante kilos, plus ou moins.

— Quelle chasse, nom de Dieu !

Cette réflexion de Thomas ramena Martial à ses responsabilités d'édile ; une ride préoccupée barra un moment son visage, il réfléchit un instant aux risques encourus, les jugea nuls et sourit à nouveau :

— Ça s'appelle du braconnage, en vérité.

— Du braconnage ? C'est tout de même pas notre faute si ce bestiau s'est retrouvé contre mon pare-chocs. En plein virage, je te prie. Il aurait pu bousiller complètement la fourgonnette.

— Dans ces cas-là on est censé remettre l'animal aux gendarmes ou à la municipalité. C'est la loi.

— La loi, c'est toi, j'te rappelle. Et pis nous deux on a un permis et la chasse est ouverte, que je sache. D'accord, on n'a pas le droit de chasser à la voiture. C'est pour ça qu'il faut lui coller un coup de flingot, à c'te sanglier. Comme ça, il sera légalisé.

L'argutie fit grimacer le maire, à qui la fonction avait donné un vernis juridique.

— Voilà on y est, ajouta Thomas en franchissant en trombe le portail de sa cour. Je fonce chercher le fusil.

Il avait laissé les phares allumés, le moteur tourner ; le maire écoutait le calme de la nuit, pas un bruit à part le son indistinct de la télévision chez Thomas. Il songea qu'une détonation allait alerter tout le village ; il regarda sa montre, il était un peu plus de 23 heures. Bah, tant pis, on se rendormirait ; il était de toute façon impossible de faire changer d'avis le tavernier.

Tout rouge de la course ou de l'excitation, Thomas surgissait déjà l'arme à la main ; il la chargea maladroitement ; comme convenu Martial ouvrit grand le hayon et resta à couvert derrière. Le gros doigt du bistrotier s'enfila dans le pontet, une double explosion fit vibrer la nuit et renvoya vers les étoiles le sourire immense du tireur. Quel con, les deux détentes à la fois, pensa le maire dont les oreilles sifflaient, et les plombs, les plombs bien ronds se dispersèrent à peine à si courte distance, une fois hors des canons ; groupés, encore massifs à un mètre cinquante, ils arrachèrent le groin, le boutoir, brisèrent la broche gauche, la mandibule, éclatèrent les yeux, fracassèrent le pariétal, se frayèrent un passage dans la cervelle, qu'ils emportèrent, avec un morceau d'oreille droite, jusqu'à l'intérieur du siège du conducteur, où nombre d'entre eux se perdirent entre les ressorts, et les autres, déviés, ricochant au gré de leur vitesse, terminèrent leur course dans le plastique du tableau de bord et dans la boîte à gants. Un dernier battement de cœur vida presque immédiatement le beau sanglier de son sang sur le plancher de métal bosselé et lança dans la mort le porcin qui avait été le père Largeau, qui avait été grenouille, ragondin, puis batelier sauvage dans le marais sombre ; celui qui avait joui une demi-heure en chevauchant sa laie, celui qui avait croassé dans les crépuscules d'été, nagé à n'en plus pouvoir, joué avec les lucioles, écouté le chant liquide de la barque que l'on pousse, les glouglous de la godille ; celui qui avait voleté parmi les ruines, autrefois belle corneille, bandit de grand chemin, moine, paysan, chêne invincible, caillou ramassé par un pèlerin, et même une fois tempête, tempête à en arracher les arbres, celui qui avait désiré Mathilde à en mourir et gisait, agonisant, sur le plancher ondulé d'une automobile, celui qui serait par la suite homme des bois, guerrier maure, serf noir de boue, chien de berger, renard affamé, saule pleureur, avocat, riche commerçant mais toujours lui-même, au gré du mérite que son âme aveugle parviendrait à s'acquérir, comme nous scintillons tous dans la nuit infinie, un temps, avant d'être précipités de nouveau dans la Roue, vers la souffrance, encore et toujours, qui est sur Terre et point ailleurs.

CHANSON

Je vous le dis : ce n'est pas à la taille qu'ils en ont. Pas aux tailles, non, vous seriez bien naïfs de croire cela. Certes, ils sont pauvres et on peine à en tirer un sou, vous savez que je suis le mieux placé pour en dire, vous savez, et que j'ai la chance (enfin la chance) d'en connaître on ne peut mieux ni plus, pour tout dire, ce malheureux que vous voyez là-haut, c'est moi-même qui l'y ai fait mettre. La taille… Mais je vous jure, ces Jacques ! Ils prennent la fourche pour un rien. Vils et crottés. Allez leur faire comprendre la nécessité de l'impôt, la menace espagnole, l'or du Nouveau Monde, notre commerce, les récoltes, la religion… Brisons. Le brouet ! La soupe ! En compte : ils n'ont que ces mots, les furieux ! Avez-vous lu les voyageurs ? Les sauvages, disait monsieur de Montaigne. Belle et jeune humanité sauvage, au Nouveau Monde ! Ici, d'ombrageux brigands, mon Dieu ! Je suis bien aise de le voir roué. Espérons que les choses se calment, que la campagne retrouve un semblant d'ordre. Ils ont failli brûler le château, vous savez ? Les troupes sont arrivées du Béarn juste à temps. Un beau massacre. Une splendide tuerie. Percés par les mousquets, hachés par les hallebardes ! Ces Gascons sont magnifiques. Les vilains ont été taillés en pièces, ha ha ha, permettez que je rie, pardon, j'attrape mon mouchoir. Non, non, non ce n'est pas aux tailles, non, c'est après nous qu'il en ont, les

Jacques. Après nous. Après la beauté. Après le savoir. La faim… Allons donc ! Ces animaux fouissent le sol pour en tirer trois choux et un boisseau de froment… Affamez-les, et ils travailleront mieux, tout le monde le sait. Donnez-leur l'opulence et ils se repaissent dans la crasse et la luxure ainsi les porcins…

Ah, ils vont commencer. Entendez le silence de la foule, la peur. La peur et le plaisir, car tout le monde aime un beau supplice. Il tremble, vous ne croyez pas ? On dirait qu'il tremble. Il a perdu sa superbe, le Jacques ! Lié sur la croix de Saint-André ! Vous avez vu le bourreau ? Et la barre de fer ? On va entendre craquer les os ! Quelle force, c'est Goliath, ce bourreau. Oh ! Sainte Mère ! Un pied ! Oh mon Dieu oh mon Dieu. Vous avez vu ? L'os brisé qui paraît entre les chairs ? On croit en deviner la moelle… Oh mon Dieu. *Beati qui ambulant in lege Domini*. Et une main, c'est horrible, ces doigts crochetés dégouttant de sang. Deux pieds – la cuisse, oh mon Dieu quelle atrocité… *Et peribunt a facie tua.* Ce sang qui coule de la croix, *miserere nobis* ! Il va lui donner un dernier coup sur la poitrine… Pour briser les côtes… Vous voyez son visage ? Quel rictus ! On croit qu'il trépasse, et c'est le fer qui l'éveille, comme d'entre les morts ! Il remue encore trop. Allez, pour le roi de France ! Il est tout brisé, pauvre homme, quelles affres. On va le mettre sur la roue… Imaginez la douleur, qu'on vous déplace, qu'on replie vos membres cassés pour vous attacher sur la roue de chariot. Parfois on a pitié et on étrangle le condamné. Si le juge a été compatissant ! Regardez, il a une corde autour du cou – sous l'estrade on tire sur le cordon et l'affaire est faite, en un rien de temps. Mais non, il est toujours vivant, ce Jean Petit… J'ai ouï dire qu'un Jacques condamné à Limoges avait vécu deux jours et demandé plusieurs fois de l'eau, tout roué qu'il était. Quand le prévôt a fini par le faire étrangler, il gémissait encore. Attendons que la foule se lasse avant d'approcher, si vous le voulez bien. Quel supplice, quel moment ! J'en ai les yeux tout humides. Marie, Joseph, que d'émotions ! Regardez, on dirait qu'il remue encore un doigt. Allez, approchons avant qu'il ne soit tout à fait mort !

VII

LES AMANTS DE VÉRONE

J'aimerais tant voir Syracuse
L'île de Pâques et Kairouan
Et les grands oiseaux qui s'amusent
À glisser l'aile sous le vent.
Voir les jardins de Babylone
Et le palais du grand lama
Rêver des amants de Vérone
Au sommet du Fuji Yama.

BERNARD DIMEY et HENRI SALVADOR, *Syracuse.*

15 janvier

Ça y est ! J'ai ma bagnole, ma Titine ! La carte grise est à mon nom et à l'adresse de la Pensée Sauvage, grâce au bail que m'a signé Mathilde. L'avantage d'habiter près de Niort, capitale mondiale de l'assurance mutualiste, c'est qu'il n'y a pas loin à aller pour trouver une agence. Par contre, les salauds, ils me prennent une fortune sous prétexte que je n'ai jamais eu de contrat à mon nom. Mais bon, le type a été correct. Il me proposait une formule Tous risques avec bris de glace, vol, etc., mais quand il a vu que la voiture avait plus de vingt ans, il a dit, euh, en fait au tiers ça devrait suffire, non ? Et comme c'est juste deux places, c'est un peu moins cher. Enfin, l'assurance me coûte quand même trois fois le prix de la tire. Je suis passé la laver, regarder la pression des pneus, acheter un bidon d'huile, une peau de chamois. Un gilet jaune. Un triangle. Le bonheur. Trente ans, première voiture, je ne suis pas en avance. Surprise : un vieux numéro de *Playboy* dans le vide-poche (octobre 2003, "*Koh-Lanta* version hot", pages centrales manquantes). Truc étrange : deux petites billes de métal incrustées dans le plastique du tableau de bord et trois autres dans la boîte à gants. Je me demande si ça à voir avec la revue porno. Qu'est-ce qu'il pouvait bien foutre dans sa bagnole, le gros Thomas ?

Par contre, après deux litres d'eau de Javel concentrée, elle pue toujours autant, mais différemment : un peu comme si un cadavre pourrissait dans une piscine couverte. En plus, des mouches ont élu domicile dans les trous à l'arrière des sièges. Mais rien de grave, ça finira bien par passer.

Je suis donc rentré de Niort avec Titine, quatre-vingts sans problème sur la route, fenêtres grandes ouvertes à cause de l'odeur, sensation incroyable de liberté.

En plus, immatriculé 79, je passe inaperçu.

À moi la vraie vie rurale !

16 janvier

Expédition pour profiter du diesel : La Rochelle – Châtelaillon – Rochefort et retour. Vraiment très beau. Le port de La Rochelle est très agréable, même sous la pluie – bu un café en terrasse (chauffée), un bar appelé La Grand Rive. Je me suis souvenu que dans *Les Trois Mousquetaires* d'Artagnan et les autres participent au siège de La Rochelle. Voilà une bonne idée : relire *Les Trois Mousquetaires*. Je devrais trouver ça facilement. Châtelaillon est une station balnéaire sympathiquement déserte (en semaine et en janvier, c'est plutôt normal) avec une particularité étrange : à marée basse, la mer se retire à plusieurs kilomètres, laissant la place à des immensités de boue. Je voulais marcher les pieds dans l'eau, tintin, il aurait fallu attendre trois heures pour qu'elle remonte. En même temps ça doit être le paradis des pêcheurs de coquillages, on ne peut pas tout avoir.

Vu la Corderie royale de Rochefort, bâtiment très impressionnant. Il y a aussi la maison de Pierre Loti, mais j'ignore tout de cet auteur que j'associais d'ailleurs plutôt au Pays basque, allez savoir pourquoi. Tiens, je pourrais prendre un ou deux livres de Loti en achetant *Les Trois Mousquetaires*, et revenir dans quelque temps pour visiter sa maison. Sinon, Rochefort, avec ses rues à angle droit et ses maisons basses toutes identiques est plutôt assez triste. Mais le temps y était peut-être pour beaucoup. Pensé aux *Demoiselles de Rochefort*, pas vu l'ombre d'une jolie fille. Un matin d'hiver en semaine, c'est normal, elles sont toutes à la gym.

Titine chauffe un peu dans les embouteillages, mais sinon, RAS.

18 janvier

À force de l'ouvrir pour contrecarrer l'odeur de charogne, la fenêtre côté passager est cassée – la vitre tombe toute seule en position "à moitié ouverte" dès qu'on touche à la portière et même sans raison au moindre cahot. J'ai dû la bloquer en coinçant un tournevis dont le manche rouge dépasse, ça donne un genre. Je suis allé chez le garagiste où travaille Arnaud, à la sortie du village – il était d'abord surpris, puis enchanté de me voir là. Jucheau, le patron, est un petit monsieur avec une moustache, d'une cinquantaine d'années, en bleu de travail tout comme son apprenti perpétuel. Il a regardé la bagnole, puis le tournevis qu'il a retiré, la vitre pendait lamentablement en biais dans la fenêtre, et il a dit, je crois que vous avez trouvé le bon moyen. J'ai dû avoir l'air soudainement ahuri, parce qu'il a glosé sa phrase mystérieuse, le tournevis ne me paraît pas une mauvaise solution. J'ai osé un, ah ? ça ne se répare pas ? qui a été suivi d'un, si, bien sûr que ça se répare. Tout se répare. Mais je ne suis pas sûr que vous ayez envie de payer 150 euros de réparation pour votre épave. Une épave, ma Titine ? Quel salaud. Mais bon, effectivement. Ne pourrait-on pas envisager quelque chose de plus esthétique que le tournevis ? Mmmm, le tournevis a l'avantage d'avoir un manche, et donc de pouvoir être retiré facilement si vous voulez ouvrir la fenêtre. Ou remis en place si elle tombe. Moi je laisserais le tournevis. Si jamais vous passez devant une casse vous pouvez acheter une portière accidentée, mais je doute qu'on vous la laisse pour moins de 60 euros. Enfin si vous en trouvez une prenez-la et on vous la posera. C'est coton à monter soi-même. Bon, voilà, il ne me reste plus qu'à m'habituer au tournevis.

Je m'aperçois que ce journal de terrain rend compte d'événements et impressions qui ont de moins en moins à voir avec ma thèse. Le ratio science / vacances à la campagne s'est subtilement inversé au fil des semaines et la voiture n'a fait qu'ajouter à ce début d'année difficile. Lu mon horoscope dans *La Nouvelle République* : "Gémeaux du premier décan : attendez-vous à des bouleversements." J'ai hâte.

21 janvier

Trouvé ça sur le web : "Grâce à Neptune, le natif des Gémeaux possède une grande intuition et un beau potentiel d'inspiration, qui l'orientent naturellement vers l'humanisme et les sciences sociales. Le Gémeau du premier décan se laisse d'abord guider par son intuition. Ce sentiment est son moteur premier. (…) Intelligent et réceptif, sa sensibilité est son meilleur atout pour construire des unions durables." Un chic type, quoi.

Je me remets au boulot plein d'entrain ce matin.

25 janvier

Bon, alors ça y est : j'ai quinze nouvelles pages pour le chapitre *Questions*. Olé, olé olé olé. Pas un texte : un bloc de béton. Un roc. Ah ça a fumé à la Pensée Sauvage !!! Les chats n'en ont pas cru leurs yeux : David n'a pas joué à Tetris ni fait quoi que ce soit d'autre qu'écrire depuis trois jours. Vu personne, tchatté avec personne, pas bu une goutte d'alcool. Bon, descendu six boîtes de *baked beans*, deux lasagnes surgelées et une pizza familiale, s'il faut que j'écrive quatre cents pages à ce rythme-là je vais devenir énorme : brillant docteur, certes, mais obèse.

Quelle différence, ce texte, avec mes piètres essais précédents ! Je vois tout ce que le terrain apporte. Mes intuitions sont affinées, mes idées renforcées, mes arguments précisés. Wouhou !!!!! Je me demande ce que Calvet va penser de ça. S'il est honnête, il me laissera immédiatement sa chaire.

Il est 13 heures, il ne pleut pas, je vais aller prendre l'air et faire un tour de Titine.

David Mazon, you're back in the game.

2 février

Je réalise qu'il y a près de dix jours que je n'ai pas parlé à Lara. Elle ne m'a pas appelé non plus, c'est étrange. Juste quelques messages à droite à gauche. Nous avons trouvé notre rythme de croisière avec la distance, apparemment.

+ 2 pages au chapitre *Questions*. Faut bétonner.

5 février

Trouvé sur le site de *Elle*, à propos des Gémeaux et de l'hiver : "Que vous soyez en couple ou célibataire, vous aurez un nouveau point de vue sur votre vie sentimentale et parviendrez, grâce à votre intuition, à trouver l'équilibre et à préserver cette liberté qui vous est si chère." C'est tout moi, ça. (C'est quoi cette soudaine passion pour l'astrologie ? Un effet de la magie des campagnes ? Il faut à tout prix que je relise Jeanne Favret-Saada, ça me servira de talisman contre le mauvais sort.)

Un peu tendu, il est temps que je sorte prendre l'air. Et que je mange des légumes et de la salade, enfin autre chose que des saloperies : je suis affreusement constipé.

17 octobre

Est-ce que les amours anciennes peuvent tomber comme de vieilles croûtes au genou ou au coude, laissant la place à une peau neuve et rose ? Ce que l'on pensait être incrusté dans notre être, cela peut-il disparaître comme du derme mort, arraché par le temps après une chute de vélo ? Suis-je tout simplement tombé de bicyclette ? Ces questions me tarabustent. J'ai hésité longtemps à relire ce journal, et ensuite à le poursuivre ; je crois maintenant que c'est nécessaire. J'ai beau avoir beaucoup d'intuition et fonctionner à l'instinct, la réflexion s'impose, par moments. La dernière entrée date de début février[1] ; j'ai quitté la Pensée Sauvage au début de l'été. Cette histoire de constipation est vraiment typique de quelqu'un qui n'écoute pas son corps. Ça me fait penser à Max. Bref. La folie, à la campagne, peut prendre des visages extrêmement divers[2]. Je m'escrimais à écrire des pages de problématique sans intérêt aucun, pour personne, et Max photographiait imperturbablement, des mois durant, les mêmes déchets.

1. Du 5 février pour être précis. Je vais continuer à ajouter des notes de bas de page, ça me manquait.
2. Mazon, David, *Sentences et maximes*, Plon, Paris, “Terre humaine”, tome I, axiome 1, proposition C.

Légumes ! Légumes ! Lao-tseu l'a dit : il faut trouver la voie. Je vais donc vous couper la tête[1].

Cinq fruits et légumes par jour : décidément ce petit joint me rend extrêmement lucide. Après tout la weed est une herbe. Deux pommes, trois joints et voilà, on a sa ration quotidienne[2].

Est-ce que les amours peuvent tomber comme une croûte sur un genou blessé[3] ?

Je vais tout reprendre dans l'ordre depuis le 6 février : à l'époque je l'ignorais mais la guerre avait déjà commencé entre les partisans de la construction des réserves de substitution[4] et leurs opposants. C'est le premier épisode violent de cette guerre qui avait valu à Lucie vingt-quatre heures de garde à vue en décembre et de nombreux ennuis par la suite. Je ne m'étais pas préoccupé des raisons de cette manifestation, juste de ses conséquences, ce qui montre bien à quel point, absorbé par ma thèse, je m'éloignais en réalité de son sujet. Si je n'arrivais pas à vivre réellement les enjeux des territoires dont j'étais censé approfondir la connaissance et la compréhension, j'aurais beau apprendre à cuisiner des soupes de légumes sur internet, je ne produirais aucun savoir digne de ce nom.

Au mois de février, je progressais donc grandement en mécanique et en cuisine, mais assez peu en science. Calvet

1. Hergé, *Le Lotus bleu*, Casterman, Tournai, 1948, p. 57, case 11.
2. *Au moins 5 fruits et légumes par jour*, brochure, ministère de la Santé, Paris, 2012.
3. Mazon, David, *Œuvres poétiques complètes*, Bibliothèque de la Pléiade, Paris, vol. 1, "Ballades", p. 857.
4. *Réserves de substitution*, nommées ci-après "bassines", lacs artificiels de millions de mètres cubes d'eau pour l'irrigation. La "guerre des bassines" a été un des grands moments de cette année militante.

m'avait félicité pour le chapitre *Questions* tout en me rappelant qu'il me manquait encore tout le terrain qui permettrait d'essayer de répondre auxdites questions. Les chapitres *Réponses* n'étaient pas très avancés. J'ai eu un mal fou à le reconnaître, mais il avait entièrement raison. Certes j'avais formulé des objectifs, mais cette formulation même, ce programme, m'en éloignait à grands pas.

Je me consacrai donc à la gastronomie et au maraîchage.

Enfin la gastronomie, je m'entends, ce n'était pas encore *Top Chef* à la campagne ; Mathilde m'avait prêté un vieux Thermomix™ première génération qu'elle n'utilisait plus et je m'enfonçais doucement dans la jungle télématique des recettes de cuisine. J'explorais ces territoires inconnus sans armes, "avec ma bite et mon économe", pour le dire vulgairement. Sans doute les légumes de Lucie étaient-ils de première qualité car assez vite je réussis non seulement des soupes plutôt évoluées[1] mais aussi des plats complexes comme le pot-au-feu végétarien. Dès la fin février j'accompagnais Lucie presque tous les jours aux champs, et elle avait l'air heureuse de cette compagnie (mon incompétence et ma maladresse de débutant l'amusaient grandement). Je suis même devenu assez ami avec le chien, toujours prêt à jouer ; je passais plus de temps à m'amuser avec lui qu'à biner, ce qui n'avait pas l'air de gêner Lucie. Elle me posait souvent des questions sur l'avancée de mes travaux, je me rendais compte que je lui mentais sans raison, par habitude ; je répondais, ça va, ça avance, alors que j'avais déjà complètement laissé tomber les entretiens. Je m'étais dit, bon, la problématique terminée je peux m'accorder quelques jours de vacances, et un mois après j'étais courbé en deux les pieds dans la paille, en train de semer un rang de petits pois. C'est dangereux, disait Lucie, mais on va courir le

1. Gratinée à l'oignon, soupe au chou, garbure.

risque – avec les tunnels au début, le réchauffement climatique et une bonne dose de chance on peut gagner mille euros en plus en mai. Et s'il gèle trop fort, qu'il fait froid tout le temps… eh beh on perd que notre temps, rien de plus – les semences, ça ne coûte presque rien[1].

L'avancée de mes travaux, c'était observer la croissance des légumes.

Lancer sa balle au chien.

Arracher les mauvaises herbes.

Regarder les feuilles des peupliers apparaître sur les branches, écouter le Marais bruisser peu à peu d'oiseaux.

On a eu de la chance, rien n'a gelé ; les petits pois ont tenu bon (ils étaient même magnifiques, de vrais "primeurs" comme autrefois) et Lucie a gagné quelques centaines de thunes supplémentaires – les clients étaient ravis et s'arrachaient ces petites billes rondes et sucrées, que Dame Nature avait merveilleusement emballées dans cette cosse d'un si beau vert.

Lucie était aux anges. Un printemps doux et précoce enchantait la région. Saison parfaite ! Mais je m'égare. Il faut que je reprenne le fil chronologique. L'hiver fut à la fois tranquille et mouvementé.

J'ai abandonné la carrière de Nemrod, je n'avais pas trop envie de passer mon permis de chasse, même si un dispositif légal me permettrait de commencer "en chasse accompagnée", comme un conducteur débutant – je ne suis pas sûr que cette possibilité ait comblé Gary de joie. Les tarifs m'ont qui plus est un peu découragé (et l'investissement en matériel, fusil, etc. est conséquent, sans parler du chien, bref : n'est pas Jack London qui veut). En juin j'ai pu m'intéresser

1. Lucie évoque le risque inhérent au gel et à la perte possible de la récolte, bien sûr. Cf. "Entretien avec Lucie Moreau", annexe III, *Entretiens*.

un peu à la pêche et même participer à “un grand week-end d’aventure au cœur du Marais sauvage[1]”, mais j’ai dit que je commençais par raconter d’abord l’hiver, revenons à février.

Début février, donc, aux environs du 10, j’ai reçu un message de Calvet me demandant (en des termes bien plus choisis) ce que je branlais dans ma cambrousse, m’encourageant à me remuer un peu, car j’en étais à ma troisième année d’inscription en thèse et m’apprenant que ma demande de poste d’assistant d’enseignement et de recherche avait été refusée pour l’année universitaire suivante, ce qui était un coup terrible. Ma bourse de terrain et mon allocation se terminaient en juin, j’espérais pouvoir enchaîner à la rentrée sur un premier job à la fac, car même si j’avais un peu d’économies, vivre à Paris, ce n’est pas donné. Retourner habiter avec maman à trente ans, c’était pas envisageable. J’ai donc déprimé, et la déprime chez moi s’est traduite par l’enfermement, l’absence de fréquentation du Café-Pêche et une augmentation certaine de la consommation de pizza surgelée et autres saloperies.

J’ai passé une bonne semaine à jouer à Tetris et à lire Rabelais[2].

J’ai disparu suffisamment longtemps pour que Max commence à se préoccuper de ne plus me voir à l’apéro et me rende visite à l’improviste – il s’est inquiété de me trouver dans le noir volets fermés, pâle, les yeux cernés ; la Pensée Sauvage puait selon lui[3] la pisse de chat, bref j’étais mourant semble-t-il, “atteint d’une maladie de langueur digne d’une

1. Cf. *infra*, p. 465-476. On s’est vraiment bien marrés. Un des meilleurs moments de ma vie.

2. Des fouasses ! Des fouasses et des guerres picrocholines !

3. J’ai tout de même du mal à y croire.

pucelle amoureuse[1]". Il a donc très généreusement entrepris de me sortir pour, disait-il, "me changer les idées[2]" ; il m'a non seulement invité à déjeuner, mais aussi proposé de participer à de nombreuses activités, activités qui, on le verra, ne seront pas dénuées de conséquences. La première de ces activités, dont je me serais bien passé, je dois dire, fut une visite complète de l'atelier de Maximilien et surtout de sa partie secrète : le dévoilement de ce Grand Œuvre que personne n'avait encore vu et qu'il avait achevé le 2 janvier au matin. Après quelques semaines d'agencement, la chose était prête et j'allais être le premier être humain, disait Max, à la découvrir : "Un tel déploiement de puissance esthétique devrait illico te remplir d'énergie, mon gars. Tu en seras immédiatement requinqué et en pleine forme pour te remettre au boulot, habité par ce chef-d'œuvre, gamin. Pense à ce travail comme à un phare dans ta nuit. C'est pour cela que je te le montre. Pour que tu retrouves la foi. Que tu reprennes espoir[3]."

J'étais subjugué par la puissance de sa prétention.

Max tenait ces propos devant la porte de son atelier, la main sur la poignée ; nous venions de déjeuner[4]. J'étais un peu intimidé, mais fier qu'il me fasse confiance. J'espérais que mon jugement esthétique serait à la hauteur.

L'ancienne grange est un bâtiment tout en long, aveugle du côté extérieur au quadrilatère de la ferme, dont les grandes baies vitrées donnent sur la cour. Quand Max m'y a fait entrer, les longues tentures rouges comme des rideaux

1. Cf. *infra*, "Entretien avec Maximilien Rouvre", 12 février, annexe III, *Entretiens.*

2. *Idem.*

3. *Idem.*

4. Poulet rôti – frites maison, haut-médoc "La Paroisse", coopérative de Saint-Seurin-de-Cadourne.

de théâtre étaient tirées et l'immense pièce était dans l'obscurité ; je distinguais juste un bureau, une table à dessin, un escabeau, les hauts fantômes de chevalets sous des draps.

Tu es prêt ? m'a demandé Max. Ça s'intitule *"L'Échelle de Bristol : chutes d'autobiographie"*.

Il a allumé la lumière.

Non, je n'étais pas prêt.

Sur le mur à l'opposé de la cour, éclairé par des projecteurs très puissants et très blancs, se trouvaient des dizaines de tirages photographiques, dont les bords étaient clairs, blancs ou bleutés et le centre invariablement sombre, noir, vert foncé, brun ou couleur tabac. J'étais stupéfait : des centaines d'images de déjections, d'étrons, dans tous leurs états ; des petits, des gros, des moyens, des raides, des tordus, des affaissés, des colombins, des flaques, des purées, etc., etc., bref, d'interminables variations sur le thème du caca.

Beurk.

J'en étais donc sur le cul.

Impossible d'articuler un mot.

— Ça te la coupe, avoue, a dit Max.

— …

— Tu connais l'échelle de Bristol ? m'a demandé Max. L'échelle de Bristol est à la défécation ce que l'échelle de Richter est au séisme, tu dis rien ? s'est inquiété Max.

Je ne parvenais toujours pas à parler, je me demandais de quelle façon un artiste comme lui avait pu abandonner la beauté pour plonger ainsi dans l'abjection. Une forme de dépression, sans doute. L'angoisse du monde. Son horreur qui vous pousse chaque jour plus profond dans les excréments. Pas un jeu subtilement ironique pour initiés en histoire de l'art, pas une démarche artistique conceptuelle façon Manzoni, une régression drôle pour happy few mais une immersion presque pathologique, une façon *d'être dans la merde*, ce qui me paraissait à la fois à la limite de la psychiatrie et bien dans l'air du temps. L'ensemble était tellement dérangeant que cela prenait à la gorge comme une odeur nauséabonde. Comme si on avait aperçu le fond d'une âme triste.

En y réfléchissant maintenant je me rends compte que cette impression était sans doute due à l'absence de médiation, de musée, de galerie, d'emballage ; la brutalité de la grange, la présence immédiate de l'artiste à mes côtés, son impatience. Il me regardait, interloqué – nous étions tous deux frappés de silence. Max avait soudain honte ; je crois qu'il découvrait vraiment son œuvre à travers mes yeux, dans mon mutisme gêné : il entrevoyait l'effondrement qui avait été le sien et la fragilité de ces fragments copromaniaques obstinés, ce degré zéro de l'autobiographie.

(Il faut reconnaître que Max est un véritable artiste, plein de ressources : quand il s'est rendu compte de "l'échec" de cette pièce gigantesque, il l'a immédiatement transformée en un "journal minimal", presque sans photos, avec des crayonnés assez amusants et un chiffre par jour, correspondant au degré sur ladite échelle de Bristol ; un pastiche des journaux de voyages, avec des rehauts d'aquarelle, un petit livre de trente pages en lithographie, extrêmement drôle et plein d'allant, dont le tirage a été épuisé presque immédiatement[1].)

J'étais donc là dans l'atelier de Max, heureusement un peu remonté par le médoc du repas, à contempler en silence des tas de merdes bleutées et le premier truc qui m'est venu à l'esprit ce sont les indications sur les sites de jardinage "ajoutez du fumier bien décomposé". Après avoir avancé jusqu'à l'autre extrémité de la grange-atelier, côté jardin, j'ai fini par trouver quelque chose à dire, inepte :

— C'est puissant. Bien décomposé.

1. Rouvre, Maximilien, *Le Voyage à Bristol, Journal de défécation*, Franck Bordas Éditeur, Paris.

Max n'a pas été dupe. Il a soupiré longtemps, a regardé le long mur,

— Oui, je crois que je me suis un peu lâché…

— Et… tu vas exposer toutes ces images en une seule fois ?

— C'est l'idée oui, mais en vérité je ne sais pas quelle forme ça va prendre.

J'ai cherché à substituer à mon manque d'enthousiasme apparent un théorisme du meilleur aloi :

— À mon avis c'est vraiment un travail *de son temps*. Une réflexion sur l'immédiat, sur la réalité à la fois infinie et décevante de l'*Homo faber*, capable de produire de l'art *et en même temps* des excréments. On n'est plus du tout dans la sublimation, la transformation par l'artiste de la merde en art. On est à l'époque du *et*, du conjoint. Ceci *et* cela à la fois. Le sublime *et* le caca. L'impossibilité d'échapper à la merde, tu vois ? Je fais peut-être mon anthropologue, là, mais j'y vois un état du monde – pas seulement une métaphore qui passerait par le langage, mais une profonde réflexion. Bien sûr, c'est violent. Mais c'est cette violence qui amènera peut-être enfin à une prise de conscience quant au rapport entre l'homme et la nature. Un *ars cagandi* comme on disait un *ars moriendi*[1].

J'étais stupéfait de ma propre cuistrerie.

Max m'a regardé comme si je parlais de quelqu'un d'autre :

— Dément.

— Un peu dingue, oui, je te l'accorde, mais tu en étais conscient en le faisant, non ?

— Pas tant que ça en vrai. Pour moi c'est beaucoup plus immédiat, un peu l'expression d'une révolte.

Max me regardait avec une fierté un rien perdue.

— Tu fais quoi cet après-midi ?

1. Mazon, David, *Saccus merdae, Dits et redits*, L'Harmattan, Paris.

— Je vais aller aider Lucie, je crois. Ça me fera du bien après ces semaines de thèse intensive, j'ai menti.

— On te voit à l'apéro ?

— Allez, oui, à l'apéro, c'est ma tournée, pour fêter la fin de ton séjour à Bristol.

Ça l'a fait exploser de rire.

De retour à la Pensée Sauvage, inspiré par le travail de Max, j'ai eu envie d'écrire immédiatement à mon directeur de thèse, une bafouille écrite avec des excréments sur une carte postale du Marais, une image de vache en barque. Sa réaction quand je l'ai sollicité pour l'appel dans *Libération* a été en dessous de tout. On ne devine pas à quel point les gens sont lâches[1].

J'ai téléphoné à Lucie pour savoir si elle était au travail, il y avait bien dix jours qu'on ne s'était pas parlé, elle avait l'air contente de m'entendre, et moi aussi, en vérité. Elle était effectivement dans ses champs – le temps était au gris, au tiède et au gris, une journée un peu moite de fin d'hiver du XXIe siècle. Le temps de faire la route, j'arrive te filer un coup de main, j'ai dit. Ça me fera du bien de prendre l'air.

Titine tournait comme une Rolls-Royce, elle fendait la bise, en vingt minutes j'avais franchi la plaine, traversé Villiers, évité les éoliennes, croisé la route de Nantes et plongé vers le Marais, où les canaux et rigoles s'élançaient vers l'ouest jusqu'à l'océan. Parvenu à Benet, premier village de Vendée, il me fallait ensuite prendre la route de Bouillé-Courdault (j'ai toujours trouvé ce nom très sympathique, Bouillé-Courdault) et cinq minutes plus tard j'arrivais à la pancarte qui signalait le Maupas et l'EARL Hêtre Étang sur la gauche. Zut, la voiture de Franck était garée dans l'entrée – cela signifiait que l'ambiance allait être

1. Cf. *infra*, p. 451.

tendue… Franck est un type plutôt agréable et civil, quand il n'est pas en présence de Lucie son ex ; la réciproque est aussi vraie, peut-être même plus furieusement encore. Je les saluai donc, chacun occupé dans son rang de légumes, distant d'une centaine de mètres. Lucie était renfrognée, sa tête des mauvais jours ; Franck lui faisait le même effet que la kryptonite à Superman.

Je lui racontai brièvement le déjeuner chez Max, la visite, "l'œuvre" – Lucie était complètement interloquée ; elle me raconta qu'une de ses amies, Lynn la coiffeuse à domicile, avait eu une aventure il y a quelques semaines avec Max ; que ladite aventure s'était terminée (au grand dam apparent des deux parties) en eau de boudin à cause "d'une série de photographies perverses et très effrayantes que Max cachait sur le mur de sa grange". Elle comprenait mieux maintenant comment son amie avait pu confondre art et perversion. Lucie se promettait d'appeler Lynn pour la mettre au courant. La mettre au courant de quoi, j'ai demandé. Beh qu'il s'agissait d'art, rien de bien méchant, elle a répondu. C'est drôle comme l'étiquette qu'on pose sur les choses change leur réalité, j'ai dit, en arrachant un jeune pied d'une mauvaise herbe qui menaçait d'envahir les fragiles petits pois malgré le paillage. C'est du laiteron, le mets pas dans le compost, ça file l'oïdium à tout le monde… En revanche ça se mange en salade. Il a l'air bien celui-là, le printemps est bientôt là !

Une salade de mauvaises herbes, voilà un truc que j'ai jamais goûté. Et j'ai ajouté, viens dîner à la Pensée Sauvage ce soir, ça te dit ?

Lucie a relevé la tête vers moi, un peu interloquée ; quoi, tu cuisines ? elle a demandé. Ha ha, tu verras, je cuisine surtout tes légumes… Alors c'est oui ou non ? Je me suis soudain rappelé que j'avais donné rendez-vous à Max au Café-Pêche pour l'apéro. Ou demain si tu es prise ce soir ?

Non, non, je n'ai rien ce soir. J'ai pensé c'est malin, je me suis mis dans de beaux draps, voyons voir – magnifique, parfait, viens un peu tard, vers 20 h 30 ça me donne le temps de cuisiner. Comme tu veux, a-t-elle répondu, si tu veux j'arrive avant pour t'aider – elle a injecté dans la phrase un léger goût d'ironie, insinuant que je ne savais pas faire grand-chose, ce qui n'était pas hyper fair-play. Non non, tu vas voir, je me débrouille comme un chef.

J'ai immédiatement pensé : un pied de laiteron en salade, c'est pas grand-chose – direction Super U, achats, cuisine, tout préparer puis foncer à l'apéro, et hop, rentrer à 20 h 15 ivre, foirer le dîner, mauvaise idée. Plan B : passer à l'apéro, boire de l'Orangina®, mauvais plan. Plan C : renoncer à l'apéro, pas une solution. Plan D : inviter Max à la maison, apéro et dîner.

J'ai demandé à Lucie si elle voyait un inconvénient à ce que Max vienne lui aussi dîner à la maison, elle m'a répondu aucun. J'avais une idée de plat, j'ai délesté Franck d'un bon kilo de carottes, de deux navets et d'une salade, j'ai envoyé un message à Maximilien, foncé au Super U, acheté du vin, du bœuf et une nappe rouge, nettoyé, briqué, astiqué la Pensée Sauvage puis rincé, épluché, pelé, coupé, émincé, paré, blanchi, sauté (la cuisine c'est comme la navigation à voile : c'est surtout une question de vocabulaire), tassé le tout dans le Thermomix™, rajouté le vin blanc et l'eau, oublié le thym et les aromates, emprunté des verres à vin à Mathilde, mis la table, allumé des bougies. Il était 20 h 20, ils n'allaient plus tarder.

On peut dire que ce dîner fut un grand succès.

Le laiteron, c'est bon.

Le bœuf-carottes était exactement cela, du bœuf avec des carottes, la viande était un peu dure, mais mangeable si on la coupait en tout petits morceaux et les carottes, fondantes à souhait – presque liquides.

La conversation fut très agréable.

Max était néanmoins un peu absent, rêveur ou mélancolique ; Lucie se garda bien d'évoquer Lynn. Lucie avait reconnu mes bougies, les cierges chapardés, elle avait retrouvé les mêmes chez son grand-père lors de la panne de courant ; on lui a demandé de nous raconter son arrestation et la garde à vue – rien de bien passionnant, a-t-elle soufflé en regardant ailleurs (je la revois, son visage maigre centré autour d'un demi-sourire) ; elle ne cherchait pas particulièrement à se mettre en avant en racontant comment, alors qu'ils criaient "La ZAD c'est la planète", "La ZAD est partout", "non aux bassines", "sauvons nos campagnes", Lucie et les autres "activistes" présents avaient soudain été chargés par la police qui semblait, c'est du moins ainsi qu'elle relatait l'incident, avoir décidé, à un moment précis, de leur en foutre plein la gueule : gazages, matraquages, arrestations ; elle avait été tirée par les cheveux, à terre, par deux flics qui, par plaisir et inadvertance, lui avaient aussi marché sur la main avant de la balancer cul par-dessus tête dans le panier à salade. S'en étaient suivies des heures de mensonges, de méchanceté et de suspicion pendant lesquelles elle avait douté de la démocratie, avait eu peur du pouvoir des hommes d'armes en bleu derrière leur bureau, de leurs titres si militaires, lieutenant, capitaine ; capitaine, lieutenant, parce qu'on ne lui reprochait rien, ne lui disait rien, la retenait grâce à un abus de droit qui fait que n'importe qui, dans la pratique, peut être tabassé, embastillé et renvoyé chez lui sans demander son reste, avec ses ecchymoses, ses contusions, sa honte et ses lambeaux de convictions. Ils détruisent l'idée qu'on peut se faire de l'État, disait Lucie. Avant, jamais je n'avais eu peur de l'arbitraire ou de l'injustice. Maintenant je sais que tout est possible, que la violence est là, que la loi du plus fort s'applique.

Max (on en était à la troisième bouteille en comptant l'apéro) est vite monté sur ses grands chevaux :

— Ces pourris préparent la dictature de demain ! Il faut

organiser la résistance ! Je vais commencer à stocker les conserves et les fusils de chasse à la cave !

— Il est possible que plus la pression climatique et environnementale augmentera, plus les ouragans et les tempêtes deviendront dévastateurs, plus les cognes bastonneront pour compenser. Il faut bien que l'État donne l'impression de faire quelque chose…

— Ce qui est hallucinant, a renchéri Max, c'est que quand la FNSEA brûle des pneus de tracteurs, incendie des ronds-points et couvre les préfectures de merde, bizarrement il ne leur arrive jamais rien.

— C'est vrai, jamais rien, a ajouté Lucie.

— Si le ministère de l'Agriculture et celui de l'Environnement sont deux entités distinctes, c'est que ni leurs buts, ni leurs moyens ne sont communs.

— Bon les amis on va pas se gâcher la soirée en évoquant ces fâcheux.

Lucie plongeait dans une tristesse silencieuse – Max quant à lui était soudain très en forme.

— Je vous propose d'écouter un peu de musique militaire. David, mets-nous *L'Adieu des chasseurs à cheval de la garde impériale aux braves lanciers polonais*, en guise de dessert. Et sors une bouteille de vodka.

Il s'était mis à brailler comme un veau sur les flonflons martiaux :

Et la France au rang de ses braves
Compte les lanciers polonais !
Et partout la gloire est fidèle
Aux braves lanciers polonais !

On se demandait pourquoi – pour rien, juste parce que ça le mettait en joie, les chants napoléoniens. Je lui ai demandé s'il s'appelait Maximilien en hommage à Robespierre, ça l'a fait marrer – pourquoi crois-tu que je suis venu m'installer en pleine Vendée militaire ? Pour casser du chouan !

Avec ses grands airs et sa folie, il avait réussi à faire rire Lucie.

Une fort belle soirée, on a fini à pas d'heure.

Et puis Max est parti le premier et Lucie n'est plus vraiment partie.

Ça s'est fait comme ça, comme une plante pousse ; on n'y prête pas attention et soudain elle est là, devant vous.

Je n'avais pas envie qu'elle s'en aille et elle n'avait pas envie de rentrer.

On ne s'est pas posé plus de questions.

J'ai mis dans Google "homme Gémeaux – femme Bélier" : des étincelles. Relation profonde malgré la duplicité des Gémeaux (ma duplicité). Donc rien à craindre. C'est con, mais ça m'a donné confiance.

Nous étions le 19 février (presque la Saint-Valentin) et Lara devait venir me rendre visite le week-end suivant.

La croûte n'était pas encore tout à fait tombée, j'étais un peu perdu – extrêmement heureux d'avoir Lucie dans mon lit avec moi à la Pensée Sauvage, mais sans réussir à admettre ce que cela signifiait vraiment, c'est-à-dire la fin de mon histoire avec Lara.

Les jours suivants ont été un peu compliqués – jour et nuit avec Lucie, je ne trouvais ni le temps ni l'envie pour parler à Lara ; et plus le week-end et son arrivée approchaient (j'étais censé aller la chercher à la gare à Niort le vendredi soir à 21 heures) plus l'angoisse montait. J'avais peur d'en parler à Lucie, je ne voulais pas la faire fuir par mon indécision. Ô comme les amants sont malheureux. Ma lâcheté était double : je n'avouais la vérité ni à Lucie (qui me croyait célibataire, ou peu s'en faut) ni à Lara (qui le croyait aussi). Affres !

Mais quelle révélation que la présence de Lucie !

Je n'aurais jamais pensé pouvoir être aussi passionné – du corps et de l'esprit. J'avais envie de l'interroger sur tout ce qui faisait sa vie. Je me demandais ce qu'elle pouvait bien me trouver…

Je me suis résolu à une solution extrêmement lâche avec Lara – j'étais couard, rien à faire. Le jeudi, je lui ai envoyé un message : "Pardon mais ce week-end s'annonce compliqué question boulot, tu crois que tu pourrais changer ton billet de train ?" Pas très fier. La réponse ne s'est pas fait attendre, elle a pris la forme de trois appels en absence (j'ai laissé le téléphone en silencieux) et d'un SMS rédigé de la sorte :

Ça va pas non ? Qu'est-ce qui te prend ?

Lucie était assoupie, nue, à mes côtés, pendant que j'écrivais à Lara, quelle honte. J'ai rassemblé tout mon courage pour taper :

Il vaut mieux que tu ne viennes pas.

J'ai éteint mon téléphone et j'ai réveillé Lucie de mes caresses.

Bon, je vais la retrouver, aux plumes, à demain.

18 octobre

Item, au bon maître Calvet,
Pour les noyer dans son potage,
Les résidus de curetage
De cons joufflus ainsi navets[1].

1. Mazon, David, *Œuvres poétiques complètes*, Bibliothèque de la Pléiade, Paris, vol. 2, "Quatrains", p. 112.

Je compose des quatrains façon *Testament* de Villon pour me divertir – ça m'a quand même pris quelques mois avant d'abandonner la thèse, le temps que tout mûrisse, les légumes et mes désirs d'avenir. Je ne dirai pas que cela a été simple, ce n'est pas simple de changer de vie, c'est possible, c'est tout. J'ai passé des heures devant l'ordinateur à écrire des poèmes satiriques avant de me rendre compte que cela signifiait quelque chose, que Calvet n'y était pour rien, le pauvre. Parfois il faut prendre acte. Mais revenons à février. Lucie restait la plupart du temps à la Pensée Sauvage : quelle découverte que nos corps ! Quelle alchimie de désir, sorcellerie de luxure ! Pardon, mais je suis certain qu'à la campagne on baise mieux qu'en ville. On est plus libres ; on est inspiré par l'orgie continuelle de la nature, la débauche de reproductions, les insectes, les poules, les lapins, les chevreuils, les taillis ou les plantes grimpantes. Ces milliards de copulations constantes vous envahissent. En ville, au contraire, on souffre d'une sexualité de plantes grasses ou de voitures de pompiers. À Paris soit on a le coït haussmannien, soit on copule en klaxonnant comme un chauffeur de Uber®. J'ai soumis cette hypothèse à Lucie, elle m'a dit que c'était une idée débile de Parisien, avant de me sauter dessus pour rire. N'empêche.

Il fallait prendre des précautions de Sioux pour que Mathilde (Lucie n'avait aucune envie que Mathilde soit au courant, ce qui était, lui disais-je, peine perdue) ne s'aperçoive pas de sa présence. Nigel et Barley avaient l'air de l'apprécier, ils se frottaient contre ses jambes dès qu'elle passait la porte d'entrée. Curieusement, le chien de Gary n'aboyait pas quand elle traversait la cour. N'oublie pas que je le connais depuis plus longtemps que toi, disait-elle. Grâce à Lucie j'ai appris pas mal de choses sur la famille de Mathilde, et notamment la confiscation des terres de l'arrière-grand-père de Lucie dans des circonstances on ne peut plus étranges, tout le monde serait mort pendant la guerre – des histoires de village, où chaque pierre cache une anecdote horrible, une jalousie, un ressentiment. Lucie me confiait que si elle n'était pas contrainte et forcée par les circonstances, jamais elle ne serait venue vivre dans ce bled. La Pierre-Saint-Christophe, pour Lucie, c'était la pierre au cou[1].

Bien sûr, je passais souvent chez elle : l'ancêtre déclinait doucement, Arnaud récitait, récitait *(16 février, Sainte-Julienne et Saint-Jérémie, 16 février 1831 naissance de Nikolaï Leskov, 16 février 1899 mort de Félix Faure, 16 février 1723, couronnement de Louis XV)* et boulonnait ses Legos™ – chariots élévateurs, locomotives – entre deux siestes impromptues la bouche ouverte. J'aimais beaucoup les voir ensemble, avec Lucie ; ils jouaient ou se chamaillaient comme des frères malgré la différence d'âge – pardon, c'est triste ce que je viens d'écrire : la différence d'âge, ils n'en ont aucune, et pourtant elle grandit d'année en année. Je me rappelle, toujours à la fin de l'hiver, un soir au Café-Pêche, alors que Paco le routier essayait (en vain je dois l'avouer) de m'apprendre à jouer à la belote de comptoir, Arnaud était arrivé et tout le rade avait salué son retour (il y avait quelques semaines qu'il n'était plus venu) comme celui de l'enfant prodigue, avec une vraie chaleur ; chacun lui donnait une pièce pour l'entendre réciter l'éphéméride, et j'ai compris (j'ai réalisé) que cette habitude durait sans doute depuis qu'Arnaud était enfant, c'est-à-dire il y a au moins vingt ans. Bien sûr l'alliance des horribles, j'ai nommé Martial le fossoyeur et le gros Thomas, avait essayé de soûler Arnaud comme à l'accoutumée, un Ricard™, deux Ricard™, trois Ricard™ jusqu'à ce que le benêt perde les pédales, mais Paco et un autre type

1. Mathilde n'a jamais été dupe ; elle m'a avoué quelque temps plus tard qu'elle était au courant, je cite, “dès le premier jour”. Ce que je crois effectivement possible, voire probable.

que je ne connaissais pas, arborant une trogne monumentale avec un tarin veiné de rouge tel un marbre romain, rubicond et vultueux, s'étaient indignés et avaient crié au scandale, prouvant ainsi que les mœurs changeaient quant à la soûlerie des plus vulnérables. Arnaud n'avait pu boire que deux pastagas, il était certes un peu gris, se reniflait copieusement l'avant-bras en signe de joie, mais n'avait perdu ni la mémoire, ni l'usage de la parole : il continuait donc à débiter ses dates avec exubérance.

(Je dois dire que la familiarité qu'il me témoignait, m'appelant sans cesse David, David ! et me tirant par la manche pour me réciter *19 février, Saint-Gabin, 20 février, Sainte-Aimée*, et ainsi de suite, ne manquait pas d'intriguer les présents – ils se demandaient sans doute comment nous en étions arrivés là. Je suppose que certains d'entre eux entrevoyaient même la solution de cette énigme.)

Celui que (Paix à son âme !) j'avais du mal à supporter, c'est le grand-père – heureusement personne ne lira jamais ces lignes, mais j'ai un peu sa mort sur la conscience : il est mort en avril, Lucie l'a retrouvé dans le coma sur le plancher, il venait d'avaler un ballotin de Jeff de Bruges™ et de siffler au goulot une bouteille de mirabelle (les chocolats et la prune provenaient du week-end à Nancy avec maman) que j'avais offerts à Lucie pour son anniversaire (entre autres présents) et qu'elle avait laissés sur la table de la salle à manger. Je ne vais pas le regretter, ce vioque, il me flanquait les foies, mais quelle belle mort ! "Hisse et ho et une bouteille de rhum", comme dans *L'Île au trésor*, et badaboum, la gueule sur le parquet.

Martial l'édile fossoyeur a dit immédiatement à Lucie et à ses parents, vous avez mal choisi votre moment, juste avant le week-end de Pâques… Et le vieillard a dû attendre une semaine au frigo (comme les grands de ce monde) pour être inhumé le mardi suivant – l'enterreur en chef et ses trois Grâces avaient de drôles de têtes : les yeux cernés, le teint jaune, les gestes ralentis, comme s'ils étaient victimes d'une crise de foie collective, ils avaient dû abuser des œufs de Pâques.

C'était la première fois que je visitais le cimetière du village – j'étais bien sûr à la toute fin du cortège, en compagnie de Max, auquel j'avais demandé de m'accompagner ; il était extrêmement élégant, dans un costume noir brillant, un peu violacé, avec des Ray-Ban™ malgré les nuages (*toujours des lunettes de soleil aux enterrements, petit*, m'a-t-il dit d'un air complice, en imitant Alain Delon ou Dieu sait quel acteur d'autrefois). Lucie était devant avec ses parents, son frère aîné Julien que je ne connaissais pas encore et l'inévitable Franck, qui faisait encore fonction de conjoint, ce qui devait la réjouir grandement ; Arnaud le Nono était là aussi, endimanché comme je ne l'avais jamais vu, avec un nœud papillon rouge. Le village était de sortie : le gros Thomas, Mathilde et Gary, les clients du Café-Pêche, des chasseurs, enfin tous ceux qui avaient pu se libérer un mardi après-midi. La cérémonie avait été brève, le prêtre ignorait tout du défunt, et personne n'avait pris la parole – il n'y avait sans doute rien à raconter de sa vie. “Rendons hommage au fils, au paysan et au père”, avait sentencié le curé, étrange formule. “Ses enfants, ses petits-enfants, ses amis…” et ainsi de suite. Les cloches n'ont pas sonné.

Je regardais de loin les parents de Lucie, ils ressemblaient un peu à Mathilde et Gary, même âge, même genre de physique droit et noble, même air respectueux.

Je n'avais pas remis les pieds dans l'église depuis mon larcin, une partie de moi souriait, qu'est-ce qu'on peut faire comme conneries dans la vie, aller chourer des cierges dans une chapelle pour éclairer un vieux type qui avait fini allongé dans une caisse en bois au milieu du transept du même bâtiment, c'est assez dingo.

Après quelques pas à piétiner sur les cailloux derrière le cercueil qui avançait sur un dais à roulettes, Max et ses Ray-Ban™ m'ont lâchement abandonné pour rejoindre Lynn la copine coiffeuse de Lucie – elle marchait à quelques mètres devant nous.

J'ai observé de loin les trois Grâces descendre la bière en terre avec des cordes, Martial a débité un bref laïus, et puis on est partis, *sic transit gloria mundi*.

Aussi bien meurt fils que servant ;
De cette vie seront soufflés :
Autant en emporte le vent[1].

Une petite réception (je me comprends) était organisée chez le grand-père, c'est-à-dire chez Lucie et Arnaud – Max est venu, Lynn aussi ; je me rappelle avoir traversé le village à pied, seul, un peu mélancolique, en me demandant où allait bien pouvoir me mener cette nouvelle vie. J'avais la sensation de flotter entre deux destins, la science se détachait de moi comme une ombre dans les Enfers, mais la quête du savoir m'habitait plus que jamais. J'observais les murs de pierres sèches, les bignones et les lilas en fleurs, les roses trémières qui perçaient les trottoirs, les volets en bois sur les façades, les charmilles bien vertes, les tracteurs sous les préaux, les rotavators auprès des tracteurs, les charrues luisantes, les balles de foin bien rangées, les stabulations vides et les vaches, lointaines formes noires, au pré.

Je me disais, la vie, ce n'est que du temps à attendre la mort.

Je me disais, un jour, hop, une bouteille de gnôle et pan, on passera de l'autre côté sans espoir de retour. On

1. François Villon, "Ballade, à ce propos, en vieil françois" in *Œuvres complètes*, Gallimard.

participe au grand cercle du vivant. C'est beau, beau et triste à la fois.

J'ai tourné à droite pour aller chez Lucie, étrange de voir toutes ces bagnoles et la moto de Max garées dans une petite rue où il n'y avait jamais personne.

Les invités étaient debout pour la plupart, le fauteuil de l'ancêtre était vide ; Lucie avait poussé la table contre le mur, il y avait des jus de fruits, du blanc, du cassis et une bouteille de pastis, j'ai juste attrapé une arachide ; Lucie parlait avec des gens que je ne connaissais pas. Max baratinait Lynn, un jaune à la main ; il avait mis ses lunettes de soleil en position haute, façon serre-tête ; Arnaud est venu vers moi, je lui ai dit "2 décembre" et il a commencé, *2 décembre, Sainte-Viviane, 2 décembre 1804 sacre de Napoléon, 2 décembre 1805 bataille d'Austerlitz, 2 décembre 1993 mort de Pablo Escobar, 2 décembre 1852 proclamation du Second Empire*, il récitait, fier comme un pape. Puis je lui ai demandé s'il était très triste et il a répondu cette phrase que je ne suis pas près d'oublier, je sais pas quoi faire de ma tristesse. J'ai eu envie de le prendre dans mes bras, mais je n'ai pas osé. Max avait tiré un grand carnet de sa poche et traçait un portrait rapide du défunt d'après une photo que Lucie avait installée sur la cheminée, quelques traits au feutre très fin d'abord, puis des ombres et des noirs avec un stylo qui avait une pointe de pinceau, un accessoire inconnu de moi. Il est vraiment fort. Évidemment, une fois le portrait du vioque esquissé et offert à Lucie, il a attaqué celui de Lynn – incroyable, deux longues ondulations de pinceau noir pour les cheveux, un visage à peine ébauché et pourtant on la reconnaissait parfaitement, quel expert ce Max : il a dessiné un cœur en bas du portrait avant de l'offrir à Lynn, j'ai eu l'impression qu'elle rougissait. Maximilien Rouvre dans ses (hautes) œuvres.

J'avoue que quand je m'imagine dans vingt ans j'aimerais bien être Max.

Après une demi-heure de portraits et de minauderies, Max et Lynn sont partis déjeuner au bord de l'eau quelque part dans le Marais sans me proposer, bien entendu, de les accompagner. Les gens s'en allaient petit à petit ; Lucie est venue vers moi pour me présenter ses parents, Christian et Françoise ; le père a une bonne tête blanchie et une poignée de main ferme ; la mère un sourire très doux et des yeux en amande, comme asiatiques. Elle sentait la lessive et la rose. Lucie m'a présenté comme "David, un ami parisien qui s'est installé récemment à Saint-Christophe", ce qui m'a semblé très injuste, ce qui me semble toujours très injuste, parisien, parisien c'est vite dit, le 15e limite 14e limite Vanves c'est pas la même chose que Montmartre ou la porte Dorée, on a nos spécificités aussi, à Paname. Et puis le nom "un Parisien" rend un son définitif, irrévocable, impossible à intégrer – un Parisien, ça ne redevient pas un Provincial. Un Provincial finit par devenir parisien, certes, mais l'inverse est impossible. Aujourd'hui, quelques mois plus tard, j'en suis toujours là, une trentaine de kilomètres plus loin : un Parisien revenu à la campagne, un "retour à la terre", un personnage de bande dessinée, une caricature. Si je venais de Tours, de Bordeaux ou de Nantes je serais au moins aussi urbain, mais l'étiquette serait différente. Bon, heureusement ici dans l'Ouest on ne me repère pas immédiatement à mon accent comme en Ariège. Je passe inaperçu. Enfin presque. Parfois je me demande si je ne suis pas un peu comme les Dupondt déguisés : très beau costume, rarement efficace. D'ailleurs en février prochain on a prévu d'aller au Salon de l'agriculture, ce sera la première fois que j'emmènerai Lucie à Paris, j'appréhende un peu. Je me demande si je vais réussir à rester calme si elle ne sait pas comment mettre son ticket de métro dans le portillon comme les Japonais. Allez Porte Brancion – Porte de Versailles, on fera ça à pied, pas la peine de paniquer.

Mais je digresse : j'en étais à ma rencontre des parents de Lucie. Christian m'a presque tout de suite posé cette question :

— Il paraît que vous avez enregistré mon père ? Qu'il vous a raconté sa vie ?

Je ne pouvais pas lui avouer que je n'avais jamais réécouté l'enregistrement parce que je doutais d'y comprendre quoi que ce soit ; j'ai dit, oui, c'est vrai, si vous voulez je vous l'envoie. Bien sûr j'ai eu honte *a posteriori* de mes questions débiles, je me suis dit, ho ho, il va falloir un peu de montage pour couper tout ça, et le soir même, alors que Lucie était restée chez elle pour tenir compagnie à son cousin en cette nuit de deuil, j'ai mis le casque et j'ai écouté ces trois heures de son. *What a ride*. J'étais fasciné. C'était comme entendre une émission de France Culture ou lire un livre de la collection Terre Humaine – une expérience à la fois longue, pénible et irremplaçable. Quel con je suis, sur le moment *je n'ai absolument rien écouté de ce que ce vieillard me racontait.* C'est incroyable, c'est à croire que je *résistais*, comme disent les psychanalyses. Il y a un récit inouï dans cet enregistrement. La mort de sa mère, le suicide de son père, sa condition de bâtard, mis à l'écart par sa famille, contraint à trimer dans les champs, dépossédé de son héritage par ses cousins, devenu conducteur de machines agricoles, rémouleur, bûcheron parfois – "on a passé deux semaines enfermés dans un marais à bûcheronner, à couper les ormes têtards et à débiter des peupliers". Avec certes un accent du terroir et de la vieillerie dans la voix, mais tout à fait compréhensible. C'est très bizarre de penser que j'étais présent et absent à la fois lors de cette séance. Des noms de lieux que je ne connaissais pas à l'époque revenaient comme des sortilèges – la Pierre au diable (c'est en fait l'autre nom de la Pierre Levée, m'a dit Lucie), le lavoir, la rivière, le Luc, sa vie tournait autour de La Pierre-Saint-Christophe, Villiers,

Faye, Benet, une vie dans un mouchoir de poche. Aller à Niort était exceptionnel. La ville, c'était Coulonges-sur-l'Autize et ses quelques milliers d'habitants.

Absolument démoralisé par mes questions endormies et machinales, je les ai toutes coupées. Comment ai-je pu ne pas réagir à l'histoire du livre de l'instituteur, par exemple, c'est fou. Le grand-père me raconte que l'instituteur du village a écrit un livre sur sa mère, et moi, je ne pose aucune question, rien. Je m'en fous. Bref. J'en ai parlé à Lucie le lendemain, elle n'était pas au courant. Elle a demandé à son père qui n'en savait rien non plus. Un livre, mais quel genre de livre ? J'ai vaguement cherché dans le catalogue de la BNF, rien sur "La Pierre-Saint-Christophe", à part deux cartes postales de la Pierre Levée et de l'église. Autant chercher une aiguille dans une botte de foin. J'aurais pu au moins lui demander le nom de l'instituteur en question, ça aurait rendu les choses bien plus faciles. Mais voilà, je ne l'avais pas fait.

19 octobre

Vérole, je conchie l'administration. Grosse déprime aujourd'hui : on vient de me refuser mon équivalence de diplôme d'agriculteur. Quels salauds. Le courrier de la chambre d'agriculture est clair : *Malgré toutes les compétences que supposent l'obtention d'un master II et le début d'une thèse en anthropologie, il ne nous semble pas que celles-ci comptent parmi les qualifications requises pour être exploitant agricole*[1]*. Nous vous prions donc, comme vu lors de votre bilan de compétences, de vous inscrire à l'une ou l'autre de nos formations afin d'obtenir votre brevet d'aptitude professionnelle agricole*. Bilan de compétences, le truc le plus humiliant que j'aie fait jamais :

1. Les gros [redacted]

Gontrand, mon conseiller à la chambre d'agriculture, m'a simplement averti que je n'en possédais qu'une seule, de compétence. Mais la plus importante : j'avais la compétence d'en acquérir de nouvelles[1]. Qu'il crève en se frappant la tête contre du tofu, comme disent les Japonais.

La mouise, c'est que pour le moment, seule Lucie peut exercer, en théorie ; ce qui pose une tonne de problèmes pour ma partie, que nous avons appelée "gestion, administration, commerce et développement[2]". Dossiers, subventions, etc., pour notre installation sans cette saleté de diplôme ça complique tout. Bon, je vais devoir retourner à Niort, prendre une fois de plus rendez-vous à la chambre d'agriculture avec mon conseiller personnel Gontrand qui va encore me regarder avec des yeux de billes quand je vais de nouveau lui expliquer notre situation *(mais je ne comprends pas, si l'agriculture n'est pas votre métier et que vous faites une thèse d'anthropologie, pourquoi voulez-vous vous lancer dans le maraîchage ?)* et c'est vrai que tout cela est très soudain, cette décision d'installation, mais on ne vit qu'une fois, monsieur Gontrand, vous savez que j'ai quelques économies qui me viennent de feu mon père, et que j'envisage de les investir dans notre sol, le sol français, le sol deux-sévrien, pour faire pousser des légumes français, des légumes deux-sévriens, ce même sol dans lequel se décomposent les morts de notre pays, dont nous utilisons le carbone, le nitrate, les oligoéléments comme engrais pour les choux, les carottes, le maïs et le blé, toutes nos cultures bénies par la Politique agricole commune, qui est le plus

1. Tel quel. Cf. Chambre d'agriculture, *Manuel à l'usage des conseillers personnels*, chap. II : Les compétences de ceux qui n'en possèdent aucune, p. 7.

2. Compte rendu de la première assemblée générale du Gaec Aux Bons Sauvages, p. 2, les "Attributions de chacun".

grand scandale politico-industrio-environnemento-alimentaire de l'histoire, des centaines de centaines de millions d'euros investis contre la planète, contre les consommateurs, contre les bêtes, contre les paysans eux-mêmes, contre tous et pour le bénéfice de personne, juste par mauvaise gouvernance, et cela je le sais parce que je fais une thèse, monsieur Gontrand. Enfin bref. La vie n'est pas simple. Nous allons juste essayer de sauver la planète, monsieur Gontrand. Si chacun sauve un hectare de planète, ça y est, l'affaire est faite, monsieur Gontrand, et on pourra vivre heureux en caressant son chien et en profitant du tri sélectif.

Où en étais-je ? Que confiais-je à ce journal ? Ah oui. Donc il y a un peu plus de six mois, en avril, après l'enterrement du grand-père de Lucie, bien avant que l'administration commence à me briser les choses, alors que rien n'avait été encore décidé, bien sûr, quant à notre installation ici, Lucie et moi n'étions ensemble que depuis deux mois, alors que notre idylle battait son plein mais que j'essayais nonobstant de poursuivre cette thèse qui devait me propulser vers la gloire, j'entendis parler, dans l'enregistrement du grand-père effectué à l'automne précédent et auquel je n'avais pas vraiment prêté attention sur le moment, j'entendis parler d'un livre écrit sur les arrière-grands-parents de Lucie par l'instituteur du village, quelque part dans les années 1950. Dément. Bien sûr mon premier réflexe a été de vérifier que la famille n'en avait pas connaissance – ni Lucie ni son père n'étaient au courant. Combien d'instituteurs avaient pu animer l'école de La Pierre-Saint-Christophe à cette époque ? Comment connaître leurs noms pour pouvoir retrouver la trace du livre, si ce livre existait vraiment ? J'ai fait preuve de perspicacité, je suis allé voir dès le lendemain Martial Pouvreau le maire croque-mort pour lui poser la question et deux jours plus tard j'avais la réponse, l'instituteur en question s'appelait Marcel Gendreau, sa fille madame Belloir habite le village – Pouvreau le maire savait tout cela puisqu'il avait enterré lui-même ce Gendreau l'année dernière en décembre.

Il a été assez simple de contacter cette madame Belloir, de lui parler de son père et de lui demander si elle avait un exemplaire du livre en question. Elle me prêta une plaquette de poèmes intitulée *Muses des marais*, avec la mention d'un genre inconnu de moi à ce moment-là, *églogues*, aux sonorités assez amusantes mais mystérieuses, que j'ai cherché immédiatement dans le *Robert*® :

ÉGLOGUE [eglog] n. f. – 1375 ; lat. *egloga*, gr. *eklogê* "choix" ♦ Petit poème pastoral ou champêtre. ➤ **bucolique, idylle, pastorale.** *Les églogues de Virgile, de Ronsard.*

(C'est pratique d'avoir un dictionnaire chez soi.)

Les poèmes sont ma foi assez beaux, je crois – des évocations de rivières, de marais, d'amours manquées, disparues dans le brouillard, dans les crues qui inondent les champs en hiver ; des descriptions d'un village au sommet d'une butte appelé Chalusson, qui surplombe la vallée de la Sèvre :

Chalusson, phare orageux allumé par la plaine
Quand du nuage ardent Phébus carde la laine
Ô beau chalut bruissant tu repêchas Icare
De tes bras, ta ruelle aux songes de rempart.

Mais le plus extraordinaire était sans aucun doute le livre *Nature oblige…*, tel quel, avec ses trois points de suspension. C'était un bref récit à la couverture grise, sans mention d'éditeur, imprimé à Niort sur les presses de l'imprimerie Chiron en 1956. La première phrase annonçait la couleur :

La nature possède des forces de renaissance et de renouveau parfois si puissantes qu'elles peuvent nous briser. Qu'on appelle ces puissances destin, hasard ou volonté divine, il est impossible de leur échapper lorsqu'elles s'acharnent sur vous après qu'on a fait, par inadvertance, le premier pas pour les mettre en mouvement.

La suite était bien surprenante : on y apprenait l'histoire horrible de Louise, l'arrière-grand-mère de Lucie ; comment elle était tombée enceinte après une histoire d'amour hors mariage, dont était né le grand-père de Lucie ; comment les parents de Louise avaient marié leur fille à un autre, on ignore pourquoi, à un paysan pauvre et brutal appelé Jérémie ; de quelle façon Louise, après plusieurs années de mariage, était semble-t-il de nouveau tombée enceinte, ce qui mettait Jérémie au comble du bonheur ; comment malheureusement, alors que Jérémie était mobilisé en 1940 dans les Ardennes françaises, elle perdit l'enfant et n'osa pas l'en informer par lettre ; de quelle façon Jérémie, en rentrant chez lui à l'été 1940, s'aperçut que sa femme n'était plus enceinte et le trompait, semblait-il, avec un jeune homme du village ; comment Jérémie s'exila au fond du Marais, devint sorcier, braconnier, bûcheron et ne revint à La Pierre-Saint-Christophe qu'à la toute fin de la guerre, la nuit du bal de la Libération, pour se venger ; de quelle façon il se vengea si bien que Louise mourut deux semaines plus tard, d'une mystérieuse faiblesse ; comment Jérémie, mourant à son tour de culpabilité et de chagrin, trouva la force, avant de se pendre, de terroriser et d'humilier les gens du village pour se venger, les horribles, de ceux qui le prenaient pour un demi-sauvage, un imbécile, un salaud.

Ce qu'il y avait de plus touchant, cependant, dans *Nature oblige*…, c'étaient les descriptions des activités agricoles quotidiennes du village : la culture des céréales, l'élevage bovin, les légumes, les fruits, les basses-cours, les commerces qui étaient encore présents sur place, boulangerie, épicerie, les cafés ; le camion du boucher une fois par semaine le lundi ou le mercredi, quand ce n'était pas jour de marché ; on sentait dans la plume de l'instituteur un souci de description, une volonté de réaliser un document *ethnographique*, utile aux générations futures ; non sans un certain paternalisme, il parlait des "gens de la terre" en disant *eux ; ils sont comme ci, ils sont comme ça* ; un paternalisme plein de tendresse – ces gens sont simples, certes brutaux, mais honnêtes et attachants. Ce ton était une trace de l'époque, de ces années 1950, de la supériorité que donnait l'instruction, du pouvoir des élites sur les culs-terreux sans grade.

J'ai scanné les deux bouquins, les poèmes et le récit ; j'ai offert tout cela à Lucie pour son père, avec une copie de l'enregistrement du grand-père.

Lucie a lu l'histoire de ses aïeux, passionnée, d'une traite ; elle me faisait de temps en temps des remarques, comme si on était en train de regarder une série – mais quelle ordure machin, quel salaud untel, elle croyait reconnaître des personnages, des événements, avant de se rendre à l'évidence, tout cela était il y a bien trop longtemps, la génération de Louise et Jérémie avait entièrement disparu et la suivante (celle du grand-père aux esgourdes démesurées) était déjà tout en haut de la pyramide des âges, en train de passer petit à petit l'arme à gauche. Le village lui aussi était méconnaissable : à l'époque il possédait une certaine centralité, il ressemblait presque à une minuscule ville, avec quatre cafés, une épicerie, une boulangerie, un facteur, un médecin, un vétérinaire, un maréchal-ferrant, des ouvriers agricoles, des fermiers, des propriétaires, un négociant en vin, un croque-mort, enfin un endroit complètement différent. Pour un demi-millier d'habitants, dans les années 1950, presque la même population qu'aujourd'hui, les services étaient dix fois plus nombreux. On pouvait vivre à La Pierre-Saint-Christophe et ne se rendre en ville à Coulonges que de temps en temps, pour le marché, les magasins généraux ou le notaire. Aujourd'hui… Presque plus rien. Et même il est possible que lorsque le gros Thomas prendra sa retraite, le dernier commerce du village, le Café-Pêche, ferme définitivement et qu'il ne reste plus rien du tout, à part un distributeur automatique de baguettes devant la mairie[1]. Tout fout le camp, ma brave dame.

Lucie était à la fois contente d'en savoir plus sur la vie de son grand-père et désolée que celle-ci se révèle aussi triste. Elle imaginait, sans doute avec raison, que son père et son frère passeraient eux aussi par des sentiments contradictoires de cette nature.

J'ai fiché Gendreau dans ma base de données, après tout c'est important de citer les travaux préalables sur son terrain – surtout quand il n'y en a pas beaucoup. Je pourrai le rajouter sans problème au chapitre *Questions*, il y aura vraiment sa place.

Enfin si un jour je termine cette saloperie de thèse. Pour le moment, c'est mal parti.

Il faut que je raconte d'ailleurs l'attitude de Calvet, grand spécialiste de la question rurale, au moment où la guerre des bassines faisait rage ; il faut que je raconte, même brièvement, la guerre des bassines.

Toujours au printemps, quelques semaines après l'enterrement du grand-père, fin avril, mois de la pluie et des mensonges, une grande agitation parcourut les milieux progressistes concernés par l'environnement : le programme de développement de réserves de substitution (des millions de mètres cubes d'eau stockés dans de grands étangs artificiels

1. Liste non exhaustive des objets & denrées susceptibles d'être vendus en distributeurs automatiques aujourd'hui dans le monde : le lait, les huîtres, le pain, les pizzas, la marijuana, les capotes, le dentifrice et les brosses à dents, les stylos, les clopes, les journaux, les plombs de pêche, le poulet rôti, le jus d'orange, le foie gras, les chips, les sous-vêtements féminins, les sardines en boîte, les téléphones portables, le champagne.

à ciel ouvert, pompés en hiver en sous-sol et utilisés en été) en Deux-Sèvres se proposait de construire pour cinquante millions d'euros (une peccadille) seize bassines d'une capacité de huit millions de mètres cubes d'eau pompée dans les nappes en hiver. Ce projet est aberrant à moyen et long terme pour plusieurs aspects évidents – tout d'abord, il revient, en Deux-Sèvres, à favoriser l'élevage, responsable de 14,5 % des gaz à effet de serre à l'échelle de la planète, secteur en crise, et les "arroseurs de routes" bien connus des automobilistes, la plupart du temps cultivateurs de maïs. Même s'il était avéré que ces prélèvements de millions de mètres cubes d'eau dans le milieu naturel (Marais, vallée de la Sèvre, etc.) étaient sans impact aucun, ce qui est loin d'être le cas, vouloir contre les vents et les marées du changement climatique continuer à favoriser l'augmentation du méthane et du monoxyde de carbone dans l'atmosphère est complètement absurde. Bien au contraire, ces millions d'euros pourraient être utilisés pour faciliter la diminution de la production animale et de sa part gigantesque dans le Sud du département. Mais non. Donc c'est bien évidemment sous le signe de la mauvaise foi environnementale et du raisonnement biaisé à court terme que se sont décidés ces investissements. L'idée complètement délirante au XXIe siècle de l'absence de conséquence des activités humaines sur la nature est tout à fait frappante. La phrase "nous allons prélever des milliards de litres d'eau dans les rivières (exactement huit petits milliards de litres) mais cela ne va absolument rien changer, ne vous inquiétez pas, on en est sûrs" servie par la chambre d'agriculture et la préfecture est à crever de rire. Huit milliards de litres d'eau, c'est quand même un peu plus que le verre à dents de la préfète des Deux-Sèvres. Bref. Même le corollaire : "nous allons prélever huit milliards de litres d'eau en hiver pour ne pas les prélever en été" est absurde – la bonne planification du crime ne le rend pas moins criminel. Ce qu'il convient de faire n'est pas, dans un contexte reconnu d'augmentation des températures et d'aggravation des sécheresses estivales, d'assécher le milieu l'hiver ; ce qu'il faut c'est transformer radicalement nos usages des sols pour les adapter aux nouvelles conditions climatiques et essayer, dans le même temps, de lutter contre le réchauffement de la planète et l'impact des activités humaines.

Oui beh au vu de l'affaire des bassines, c'est pas pour demain.

C'est encore le court terme qui l'emporte – l'échelle des mandats des élus, l'idée qu'après moi le déluge. La réélection, le grand drame de la démocratie. C'est lors d'histoires comme celle-là qu'on voit tout l'intérêt de représentants du peuple tirés au sort… Il y a une photo de presse qui nous a fait beaucoup rire avec Lucie pendant la guerre des bassines, c'est la photo de la signature de l'accord pour la construction des susdites réserves de substitution, incroyable mais vrai, mesdames et messieurs : une grande table ovale dans une stabulation d'élevage bovin (toit en tôle, arrière-plan de balles de foin) avec un ministre de l'Écologie, une préfète en uniforme de bataille (galons d'officier dorés, couvre-chef de la même eau [que l'administration appelle officiellement *toque tricorne brodée*, un peu comme si un tricorne de marin du XVIIIe siècle avait avalé un chapeau de cow-boy et s'était fait conchier d'or par une colombe magique] pardon, en *tenue opérationnelle* d'après le journal officiel) et douze hommes, douze mâles tous chauves, tous blanchis par les années, de plus de soixante ans. Deux femmes pour douze lascars quittant par la porte de derrière la force de l'âge, dont on peut imaginer d'avance la jeunesse des décisions.

On aurait eu envie de guerres *protocolines*, d'un bon géant gardien de la pensée écologique qui vienne balayer cette table, cet accord et qui roule ces balles de foin sur la mauvaise foi de ces “acteurs locaux”, l'une après l'autre, une botte de foin pour le ministre, une botte de foin pour les politiciens écologistes, une botte de foin pour l'État, une botte de foin pour les éleveurs, une botte de foin pour les élus : Gargantua aurait sans doute fait bien pire, il aurait renvoyé un à un ces négociateurs chacun dans le cul d'une vache, qu'ils restent quelques jours à méditer le sens de la vie et la formation du méthane dans le *saccus merdae* bovin.

Malheureusement aucun Gargantua ne protège plus la planète ni même les Deux-Sèvres des décisions absurdes. Revenons à nos moutons, comme dirait Panurge. Lucie s'était investie dans la lutte contre ces retenues d'eau, elle participait à toutes les manifs, tractait, organisait des réunions – je me tenais un peu en retrait, position qui convenait, me semblait-il, à l'Université, mais j'ai eu l'idée d'écrire une tribune dans *Libération* : la capitale et le reste de la France méritaient d'être tenus au courant de ces nobles combats. J'ai donc rédigé un petit texte, que j'ai cherché à faire circuler ; j'ai demandé à Calvet de m'aider – je ne résiste pas à la tentation de citer sa réponse :

Je ne saurai trop vous conseiller de vous concentrer sur votre thèse – il me semble que vous vous égarez. Reprenez-vous ! Pilotez votre vie ! Ne laissez pas votre sujet vous bouffer !

Ça m'a fait mal.

Mon sujet me dévorait, semblait-il.

Je regardais les yeux gris de Lucie à mes côtés, sa tendresse, son énergie, sa sagesse ; il allait falloir prendre une décision. Je me sentais perdu. Je me souviens, je suis allé marcher loin dans le Marais, entre Magné et Coulon, au bord de l'eau, une promenade de plusieurs heures. Bon, alors, maintenant quoi. Je ne me voyais pas rentrer à Paris à la fin de l'année, laisser Lucie, la région. Je me rappelle qu'à un moment, sur le chemin de halage, les pieds dans la boue, je me suis dit voilà, tu t'es fait manger par ta thèse. Ton terrain t'a avalé… Devant moi il y avait l'eau verte, un rang de peupliers, un champ entouré de canaux ; un type passait dans une barque noire, un chien (un terre-neuve ?) était assis sagement à la proue, il regardait défiler l'eau et la berge, la langue dehors. Le type m'a adressé un signe de tête sans s'arrêter de ramer. Assis à l'arrière, il ramait bien, toujours du même côté, avec un rythme régulier. Il faisait légèrement gris, un peu frais. Derrière moi, derrière leur clôture, deux chevaux broutaient l'un à côté de l'autre. On entendait le bruit d'une tronçonneuse ou d'une débroussailleuse dans le lointain. Il y avait cinq mois que j'étais là. Je commençais à connaître et à comprendre. Mon Insta débordait de photos de marais et de légumes. J'aimais les gens, les paysages, ma vie à la Pensée Sauvage. Je pense que tout ethnographe ou anthropologue s'est posé à un moment cette question de sa relation d'appartenance ou non au milieu qu'il décrit. Peut-être pas Malinowski, qui semble se plaindre de la longueur de ses jours sous la tente ; sans doute décider de faire sa vie au fin fond du Pacifique ou dans une forêt équatoriale avec des réducteurs de tête est plus compliqué que dans les Deux-Sèvres. *À 2 h 30 de train de Paris*, diraient l'office du tourisme et la SNCF.

NOUVEAUX HORAIRES ! NOUVELLES FRÉQUENCES ! NOUVEAUX TEMPS DE TRAJET !

J'ai soudain eu envie de parler à Lara. Quelque chose n'était pas résolu. Il fallait que je la revoie, il fallait que je dise symboliquement adieu à Paris, que je passe aussi un peu de temps avec maman, elle est toujours de bon conseil.

J'ai appelé les chevaux derrière leur clôture ; ils se sont approchés, l'air curieux. J'ai mis ma main à l'intérieur du gros grillage, par chance il n'était pas électrique. Je me suis dit, s'ils se laissent caresser sans me mordre, je reste ici et je deviens maraîcher, je m'installe avec Lucie. C'était la première fois que je formulais consciemment cette idée.

Les chevaux ont avancé leurs longues têtes vers ma main, j'ai caressé le chanfrein marron et doux de l'un ; puis l'autre m'a léché les doigts en pensant qu'ils contenaient une friandise.

J'ai pris mon téléphone pour noter les idées suivantes :

Apprendre à ramer

Apprendre à monter à cheval

Et j'ai terminé ma promenade, en réfléchissant à mon prochain séjour à Paris.

20 octobre

En rentrant à la Pensée Sauvage, après avoir pris un billet de TGV pour Paris et la semaine suivante (contre un bras, voire un rein, enfin une somme à trois chiffres, que Dieu les foudroie) j'ai composé un petit poème à la Villon :

Item, au grand Calvet, je laisse,
Qu'il en compose des églogues,
Très bon engrais que l'on délaisse,
Un an du produit de mes gogues[1].

Pour remercier mon insigne patron de son aide, j'ai écrit ce quatrain au dos d'une carte postale de vache sur une barque dans le Marais en me promettant de la poster à Paris, ce que la charité (ou la lâcheté, soyons francs) m'a empêché de faire.

1. Mazon, David, *Œuvres poétiques complètes*, Bibliothèque de la Pléiade, Paris, vol. 2, “Quatrains”, p. 111. Pour le sens du mot “églogue”, cf. *supra*, p. 448.

J'ai lu sur le web qu'*item*, c'est un objet du testament, un legs. Il est vraiment sympathique ce François Villon.

Pour fêter ça, comme qui dirait, j'ai emmené Lucie d'un coup de Titine visiter la ville de Saint-Maixent. Lucie – mon intérêt pour cette bourgade l'a beaucoup fait rire. Il y a surtout des militaires, m'a-t-elle dit. Une école de sous-officiers de l'armée de terre. Et peu de poètes du Moyen Âge. De *la fin* du Moyen Âge, s'il te plaît, j'ai répondu.

Item, mon corps j'ordonne et laisse
À notre grand-mère la terre ;
Les vers n'y trouveront grand graisse :
Trop lui a fait faim dure guerre[1].

Si je sais que Villon a fini ses jours à Saint-Maixent sous la protection d'un abbé du lieu, c'est parce que Rabelais le raconte dans son quatrième livre. (Rabelais explique aussi comment maître François a réussi à se débarrasser d'un moine appelé Tappecoue, dans une histoire rocambolesque et très, très sanglante où sont mentionnés Niort et Saint-Liguaire.) Cette région regorge vraiment de grands hommes oubliés. Je suis sûr qu'en cherchant bien on en trouverait aussi des plus récents. “L'écrivain et ruraliste français David Mazon, auteur de… et de…, grand réformateur de la culture vivrière, visita Saint-Maixent et illumina cette humble auberge de sa présence un 17 avril”, dans quelques années il y aura une plaque.

C'est donc dans un restaurant à la jolie devanture de bois près de l'abbaye de Saint-Maixent (bel ensemble, très ruiné par les guerres de religion, période oubliée de l'histoire, me semble-t-il, une petite enquête s'impose) que j'ai proposé à Lucie non pas de nous mettre en ménage, mais en affaires.

1. François Villon, *Le Grand Testament*, LXXVI.

Je lui ai dit, écoute, tu sais ces terrains de ta mère, cette ferme en Gâtine ? Eh bien je me demandais si tu m'accepterais comme associé. J'ai un peu d'argent qui me vient de mon père, toi tu mets le foncier, on emprunte le reste et on se lance. Fruits, petits fruits et légumes. Tu en dis quoi ?

Et là, la grosse baffe, l'énorme claque :

— Ha ha ha, c'est gentil David mais tu n'y connais absolument rien, tu ne sais pas reconnaître un petit pois d'un pissenlit. Et puis excuse-moi, mais je me suis promis de ne plus jamais travailler avec mon mec. Désolée. En plus, ces terres sont louées…

J'étais vexé comme un pou. Quoi ? On ne reconnaissait pas mes talents ? On ne voulait pas de mon argent ? Je payais les erreurs de Franck ? Quelle injustice. Je peux tout supporter, sauf l'injustice.

J'ai réglé ostensiblement l'addition pour bien lui montrer à quel point elle m'avait humilié et je n'ai pas ouvert la bouche ou presque de tout le chemin du retour. Pourtant Dieu sait qu'il en faut pour faire taire David Mazon.

Je me sentais triste comme un andain de luzerne.

Heureusement, le bruit de moteur de Titine meublait le silence.

— Mais tu as bien fait de mettre le sujet sur le tapis, il faut que j'en reparle à ma mère, de ces terres.

Je n'ai rien ajouté. Je l'ai déposée chez elle et je suis rentré à la Pensée Sauvage fort atteint. J'ai passé toute la fin d'après-midi allongé sur mon lit un chat dans chaque bras à regarder le plafond. Dans la soirée j'ai essayé de me changer les idées en jouant à Tetris, aucun succès. J'ai bien réfléchi et je me suis demandé si mon désir de m'installer dans la région résisterait à la fin de mon histoire avec Lucie. Maman, au cours de ce week-end à Nancy, m'avait bien dit de ne pas m'emballer. Je pourrais aller m'installer à Nancy, j'ai pensé. Comme ville de province c'est autre chose que Niort, faut bien l'avouer. Il y a une cathédrale baroque. Et les ducs de Lorraine, le Grand Siècle, les sœurs Macaron, l'Art nouveau. Sans cela ce serait un peu tomber de Charybde en Scylla, si Scylla était un peu plus grande que Charybde. Mais il n'y aurait pas Lucie. Ni le Marais. Ni la mer. L'Allemagne, la proximité de Metz, de Strasbourg, des Vosges, de la Champagne, de l'Alsace… Une bourgeoisie de centre-droit, un tramway. De la mirabelle. Un tramway. Des bergamotes. Un tramway. Des gâteaux de saint-epvre. Un tramway.

Je suis resté dans le noir en compagnie des chats toute la journée et la nuit suivante, puis j'ai pris Titine pour me rendre à la gare de Niort ; j'ai laissé la voiture au parking longue durée ; je me souviens d'avoir dormi comme une souche dans le train et de m'être réveillé quand le TGV® entrait gare Montparnasse. J'espère que je n'ai pas ronflé, la honte.

Premiers pas dans Paris, mon sac sur l'épaule : j'avais l'impression de quitter un tunnel. En sortant de Montparnasse, j'étais tellement content que j'ai décidé d'aller à pied jusqu'à la maison, une petite trotte d'une demi-heure vers le sud ; le square Georges-Brassens n'avait pas changé, la rue de Dantzig non plus, maman encore moins.

*

Je suis resté trois jours. J'étais heureux d'être chez moi (enfin chez maman). Lara était une erreur inévitable. Larmes, déchirement, colère. Je ne crois pas que nous nous revoyions un jour. J'ai eu beau platement m'excuser, rien n'y a fait. Moi aussi j'étais très triste en quittant les bords du bassin de l'Arsenal, il y avait pourtant un soleil magnifique comme seul Paris sait en fabriquer parfois, au printemps ; il faisait chaud, la Seine brillait sous le pont d'Austerlitz, le Jardin des plantes bruissait de bourgeons neufs.

— Tu sais qu'à Niort aussi le parc botanique du centre-ville s'appelle le Jardin des plantes ? Pareil, au bord d'un fleuve, dessiné à la même époque ?

Lara m'a regardé comme si j'étais un demeuré. Je lui avais donné rendez-vous à la belle entrée du parc, à l'angle de la rue Cuvier et de la rue Linné, avec dans l'idée de marcher jusqu'à Bastille – marcher me semblait moins intimidant que de nous retrouver face à face à une terrasse de café. Lara était glaciale. Je me suis mis à penser au *Docteur Jivago*.

Même le portail monumental du Jardin des plantes de Niort ressemble à celui-ci, j'ai ajouté. Bien sûr l'échelle n'est pas la même, mais en plus l'église de Niort s'appelle Notre-Dame. Et les gens confondent toujours, en parlant, la Sèvre et la Seine.

Qu'est-ce que ça pouvait bien lui foutre. Elle oscillait entre la colère noire et les larmes. Ses joues d'ordinaire si diaphanes étaient rougies par la rage qu'elle n'arrivait pas à exprimer.

— Tu es un horrible con. Dis-moi encore une fois que Paris ressemble à Niort et je pars en te mettant un coup de pied dans les couilles. Elle est niortaise, ta pute ?

Son visage était déformé par la laideur des mots qu'elle prononçait.

Lara était devenue une horrible Gorgone dont malheureusement je comprenais la frustration. Je ne lui avais rien dit de Lucie jusqu'à présent, je me demandais comment elle avait pu deviner. J'ai trouvé une réponse facile :

— Il n'y a pas de pute, ne t'inquiète pas pour moi.

— Tu es vraiment un beau salaud. Je t'ai soutenu pendant toutes ces années, je t'ai encouragé, on a construit nos mondes en fonction l'un de l'autre et maintenant tu me quittes pour t'installer dans une ville de merde avec une pute.

Je ne savais pas quoi dire, alors j'ai menti :

— Je n'ai pas dit que je te quittais.

— Quel courage, tu es vraiment un gros connard.

Le Jardin des plantes défilait, on longeait le Muséum d'histoire naturelle en direction du quai d'Austerlitz. J'ai pensé aux plantes, aux singes, aux animaux devenus des hommes. Elle avait raison, j'étais un lâche, un salaud.

— Tu as raison, je suis un lâche, un salaud.

— Mais fous-toi de ma gueule, en plus. Quelle ordure. Tu voulais me voir pourquoi ? Pour avoir la conscience tranquille ?

Je n'arrivais plus à trouver en moi la raison pour laquelle j'étais venu à Paris. J'avais une boule dans la gorge. Le silence durait. Des larmes froides coulaient sur les joues de Lara. Autour de nous j'avais l'impression d'un ballet de poussettes et de nounous, il devait être 5 heures. David, un peu de cran, merde ! Un peu de psychologie ! J'avais envie de prendre Lara dans mes bras pour la consoler – mauvaise idée, elle m'aurait rembarré. J'étais complètement perdu.

— Je crois que je vais m'installer à la campagne, j'ai dit. Devenir agriculteur.

Et là, elle a éclaté de rire. Un rire franc et immédiat, inextinguible ; elle pleurait et riait en même temps, elle riait aux éclats, elle s'arrêtait quelques secondes et répétait "agriculteur" et se remettait à rire. Elle a ri jusqu'à ce qu'on parvienne à la Seine.

— Tiens, regarde, voilà la Sèvre niortaise !!

21 octobre

Ah enfin une bonne nouvelle sur le front de l'installation : le Crédit agricole a accepté officiellement de nous prêter de l'argent, une fois le Gaec Aux Bons Sauvages constitué légalement. Mathilde et Gary m'ont beaucoup aidé pour les dossiers de subventions, on va voir si tout cela fonctionne. Agriculteurs de tous pays, unissez-vous !

Bon je reprends mon récit d'hier – Lara s'est foutue de moi jusqu'à ce qu'on se sépare, j'étais triste et vexé, on ne savait plus si s'embrasser pour se dire au revoir ou se tendre la main, enfin bref, on s'est fait un vague signe en guise d'adieu, à deux mètres de distance, pathétique. Je suis rentré chez maman dans le 15e, comme un con.

En retraversant le Jardin des plantes dans l'autre sens, je me suis dit que quoi qu'il advienne de ma relation avec Lucie, j'étais mieux loin de Paris, dans ce Bas-Poitou qui ne semblait attirer que les natifs et les Anglais.

J'ai annulé mon rendez-vous avec Calvet, je n'avais rien à lui dire.

J'ai expliqué à maman que j'allais essayer de trouver un moyen de rester vivre dans le Marais poitevin, de m'y installer. Tu veux donc vieillir dans les marais, comme disait Duplessis-Mornay à Henri IV, m'a-t-elle répondu en souriant. Je n'ai pas osé lui parler d'agriculture.

Deux jours plus tard j'étais de retour à la Pensée Sauvage, empli de cette force de renouveau, de cette énergie de réforme qui habite l'homme ou la femme de la capitale lorsqu'il ou elle débarque en province. J'avais rechargé mes batteries de superbe et d'orgueil. En descendant du train je me rappelle m'être arrêté au marché, on était jeudi ; j'ai peiné à trouver une place sur le parking au bord de la Sèvre, devant les halles et le donjon. D'accord, ce n'est pas la Seine, c'est certain, malgré les deux casiers de bouquinistes aménagés sur le quai devant l'affreux bâtiment de la bibliothèque, mais c'est assez beau tout de même, ce château médiéval digne de Robin des Bois, cette rivière verte, ces grandes halles couvertes à la charpente métallique, cet hôtel de ville néo-Renaissance – il y avait des producteurs locaux (fruits et légumes, fromages de chèvre, fleurs) sur le parvis, et du monde malgré une soudaine bruine un peu grasse. Je me suis réfugié dans la librairie en face, j'ai feuilleté des livres d'histoire locale, et finalement je me suis décidé pour le volume de l'*Histoire de France* de Michelet consacré aux guerres de religion, pour mon enquête, ça commence bien : *Mon cœur avait été saisi par la grandeur de la révolution religieuse, attendri des martyrs, que j'ai dû prendre à leur touchant berceau, suivre dans leurs actes héroïques, conduire, assister au bûcher. Les livres ne signifient plus rien devant ces actes. Chacun de ces saints fut un livre où l'humanité lira éternellement.* Vas-y Michelet ! Ça va envoyer, je te sens bien parti. J'ai assorti ce choix d'un petit guide de la faune et la flore du Marais, avec une carte dépliable *waterproof (sic)* spéciale accidents de canoë et des indications de randonnées pédestres, livre génial, dont j'ai tiré un grand profit.

Les librairies sont l'âme d'un pays, elles contiennent sa part de local et d'étranger, sa part d'enfance et de savoir, de fonds et de nouveautés.

La libraire m'a encaissé les deux ouvrages en me demandant si je comptais aller me promener dans le Marais, il devrait faire beau ce week-end, c'est très agréable au printemps – une dame affable ; si les librairies en sont l'âme, alors les libraires sont les bras et les jambes de la Nation. Pour le moment il ne faisait pas beau du tout, le genre de temps à s'acheter un K-Way™ ; j'ai couru à moitié jusqu'à Titine (j'ai remarqué qu'elle prend un peu l'eau – la pluie s'infiltre par la rouille au bord du toit et finit par constituer une flaque sous les pédales, qui se déplace d'avant en arrière au gré de l'accélération et du freinage, c'est peut-être dangereux, j'en sais rien) et pris la route de Coulonges jusqu'à la Pensée Sauvage en résistant à la tentation de m'arrêter à la boutique des Plaisirs Fermiers™ sur le chemin pour m'acheter une petite gâterie, fier de ma force morale à un peu plus de 13 heures j'étais à la Pensée Sauvage, faim, ouvert une boîte de maquereaux à la tomate, mangé la boîte de maquereaux à la tomate, pensé à Arnaud, envoyé un message à Lucie, "suis rentré, tu fais quoi ?" (je pense d'ailleurs que cette proposition interrogative "tu fais quoi ?" est, conjointement avec "tu es où ?" la plus partagée sur la planète, du moins par message écrit), la réponse est arrivée immédiatement ou presque, "je déjeune. Toi ?", ce à quoi j'ai sur-le-champ répondu "je viens de finir une boîte de maquereaux, j'ai envie de toi", elle a tapé ":-) ici soupe poireau-pomme de terre, pas le même effet :-)", nous sommes convenus de nous voir en fin d'après-midi, j'étais content. Les chats sont revenus presque tout de suite, eux aussi ils m'avaient manqué.

Je suis passé chez Mathilde et Gary pour leur dire que j'étais rentré, il ne pleuvait plus ; Mathilde m'a invité évidemment à déjeuner pour le lendemain, que je leur raconte, alors c'était comment Paris ?

Content d'être de retour, j'ai répondu. Content d'être de retour.

22 octobre

L'automne est très pluvieux, cette année. En un mois il a plu vingt-huit jours, tout est détrempé. Il ne fait pas froid, il fait tiède et il pleut, un genre de mousson. C'est donc plutôt agréable de rester à l'intérieur pour s'occuper de l'administratif et en passant de raconter ma vie à cet ordinateur. Lucie, elle, n'a pas ma chance, elle est dehors en train de superviser le montage d'une serre en verre, la serre numéro un, elle va être trempée comme une soupe. Je pourrais lui préparer une soupe, tiens, pour midi, une bonne soupe de poisson en bocal de l'île de Ré, j'ai un reste de pain pour faire des croûtons, et je lui ai promis une tarte Tatin en dessert – je m'améliore de jour en jour en cuisine ; la tarte Tatin avec nos délicieuses pommes de Gâtine *made in* Aux Bons Sauvages et une pâte brisée de supermarché c'est juste un régal. Je dois avoir faim pour penser à ça. Bref.

Donc au printemps quand je suis rentré de Paris il s'est mis à faire très beau et très chaud, les champs de Franck donnaient à plein rendement, Lucie battait des records de ventes au marché, le nombre de membres de l'Amap augmentait tous les jours. Je ne me souviens plus de qui a eu l'idée de ce week-end dans le Marais, c'est Max, je crois, quand il a vu mon livre-guide avec sa carte *waterproof* à la Pensée Sauvage. Toujours est-il qu'une expédition maraîchine s'est organisée, avec deux barques, celle de Max, "garée" à Coulon, et celle d'un copain de Franck, stationnée un peu en amont sur la Sèvre. Au départ ni Lynn ni Lucie n'étaient enchantées par l'idée, qu'elles trouvaient un peu étrange, d'aller se perdre dans le Marais, de planter la tente dans un champ et de profiter de la vie sauvage, comme les huttiers d'autrefois – apercevoir des hérons, des gorgebleues, des libellules, des loutres et ces grandes chauves-souris appelés rhinolophes, que je n'étais pas sûr d'avoir envie de croiser, sans compter les très communs chevreuils, renards, hiboux et autres ragondins qui formaient le commun de la faune maraîchine. Le printemps était très certainement la saison où l'on avait le plus de chances de fréquenter tous ces animaux, et d'autres encore ; j'étais très excité par l'aventure, et Max aussi. Convaincre Lynn et Lucie n'a pas été si difficile que cela, finalement ; après tout elles connaissaient très bien le Marais, ayant toutes deux grandi à proximité, et un peu de camping ne les effrayait pas outre mesure.

Bien évidemment ce camping sauvage au milieu des champs d'orties était totalement illégal mais, comme le soulignait Max, sans aucun risque, ni pour la nature, ni pour les propriétaires des champs, ni pour nous. Il fallait juste, disait Maximilien, ne pas se comporter comme des porcs. Je me suis chargé de la logistique et de la prévision de notre équipage, comme on dirait dans *Quatrevingt-treize*. Voilà la liste que j'avais établie, pour Lucie et pour moi :

Une tente Decathlon® express deux places

Deux duvets ultralégers de printemps garantis jusqu'à 3 degrés de la même marque

Deux oreillers en plume empruntés à la Pensée Sauvage

Deux serviettes de toilette

Du savon et du shampoing bio au cas où

Un trousse de toilette

Une petite pharmacie d'urgence avec un Aspivenin® et des pommades contre les piqûres d'insectes

Une radio avec des piles en prévision de la fin du monde

Une enceinte Bluetooth®

Une dînette pour deux avec assiettes, couverts et timbales

Des cubes allume-feu

Un briquet tempête à essence

Un sac de charbon de bois

Une théière en métal

Deux tasses en plastique

Une plancha en fonte

Une glacière

Des blocs réfrigérants pour la glacière

Une bassine en plastique ronde pour la toilette

Un jerrycan de vingt litres d'eau potable

Quatre rouleaux de papier hygiénique

Un rouleau de papier aluminium

Un rouleau de ficelle

Un rouleau de sacs poubelles

Une lampe torche + piles de rechange

Une boussole

Une paire de jumelles

Cartes & plans

Un chargeur solaire dépliable pour téléphones portables
Un couteau suisse
Une salière de voyage
Du café soluble
Du sucre en morceaux
Huile, vinaigre, poivrier
Un pack de vingt-quatre bières Kronenbourg™
Deux bouteilles de bordeaux
Des ponchos de pluie au cas où

Un frisbee, des boules de pétanque Obut®, ces dernières au cas où on tomberait sur un terrain praticable au fin fond du Marais, ce qui avait peu de chances de se produire. Ça faisait un paquet de trucs, sans compter les tonnes de bouffe qu'avait prévues Max de son côté : des monceaux de chips, de boîtes d'olives, de pots de rillettes, de pain, de viande à griller, de quoi tenir un siège. L'équipement avait été distribué dans deux gros conteneurs bleus censés être étanches et protéger le barda en cas de dessalage. Il va de soi que nous n'en avons pas utilisé la moitié, du barda, à part les bières et les chips, bien sûr. Les boules de pétanque sont restées dans le coffre de la voiture, leur place naturelle ; les ponchos de pluie n'ont heureusement pas été dépliés. La boussole, cet artefact magique, n'a pas servi non plus – il est amusant de voir à quel point Waze™ et Google Maps® ne sont pas encore faits pour le déplacement en barque, même si le GPS reste fort utile pour se situer sur la carte. Nous nous sommes certes égarés dans le dédale de canaux et de rigoles, égarés mais pas perdus : il y a là une nuance certaine. Les seuls vrais obstacles que nous ayons rencontrés sont les ronces, les orties et les écluses, ces dernières n'étant pas toujours prévues pour laisser passer les barques sans écluser. Mais bon, je reprends dans l'ordre.

Nous sommes partis à deux voitures, vers chacune des barques ; j'avais mis un treillis kaki acheté peu de temps auparavant chez Emmaüs, une veste militaire de la même provenance, un bandeau sur le front façon *Apocalypse Now*, une paire de Ray-Ban™, les photos sont tout à fait accablantes, LOL, on dirait une réunion de *red necks* dans un bayou en Louisiane. Lucie avait mis un jogging tout simplement. Il faut maintenant que j'avoue une horrible vérité : je rame comme un pied. C'est dur à dire, mais Lucie pagaye bien mieux que moi. Quand c'est elle qui dirige, assise à l'arrière, tout va bien, la barque file droit sur la rivière ; lorsque c'est moi qui occupe la même place, bonjour les dégâts, on fait les quatre coins du canal, un coup à droite boum contre la berge, un coup à gauche bing contre un tronc d'arbre, et ainsi de suite. L'expédition s'engageait donc mal pour ma virilité. Il était 8 heures du matin, le ciel était d'un bleu éclatant, on quittait le ponton en direction de La Garette pour retrouver Lynn et Max avec une heure d'avance sur eux, j'avais mis une compil de swamp pop sur le Bluetooth®, la rivière était magnifique, *Instagram® worthy*. Au milieu de la barque, le conteneur bleu avec l'essentiel, et une petite valise avec les trucs qui ne rentraient pas dans le conteneur bleu. J'ai regardé la carte, fait un point à l'estime par rapport à la position du soleil, et j'ai dit, c'est par là, ça a bien fait marrer Lucie, évidemment que c'est par là, tu veux que ce soit par où ? J'ai commencé à ramer, et c'est ainsi que j'ai découvert que ça n'allait pas de soi. Bref, dix minutes d'engueulade et deux appontages intempestifs plus loin j'étais rétrogradé à moussaillon et contraint de céder ma place de timonier. La vie est dure, mais il faut reconnaître qu'avec Lucie aux manettes nous allions deux fois plus vite et surtout infiniment plus droit. Je fournissais donc l'énergie brute, à l'avant de l'embarcation.

Nous aurions pu prendre une seule barque bien sûr, elles étaient suffisamment vastes pour nous quatre et nos affaires, mais nous trouvions avec Max qu'un bateau par couple était plus chic, plus luxueux – et plus digne d'une exploration scientifique, la *Niña* et la *Pinta* voguant comme autrefois, de conserve : nous avions décidé de mettre cette expédition sous le signe de la science, des naturalistes d'antan. Max se prêtait au jeu et avait apporté un magnifique chevalet pliant d'extérieur, en bois vernis, dont il disait avec une joie immense qu'il était allé avec Delacroix en Algérie, il a vu les femmes d'Alger, ce chevalet ! Il avait aussi pris sa boîte d'aquarelles : j'espérais sincèrement que notre aventure lui donnerait le temps de peindre sur le vif, comme les explorateurs.

La grande surprise de ce week-end, pour moi, au-delà des merveilles des marais, du plaisir rousseauiste de la vie sauvage, ce fut Lynn. Non seulement elle était emplie d'une bonne humeur et d'une énergie unique, mais en plus (quelle surprise !) elle connaissait le Marais comme sa poche : elle avait été batelière plusieurs étés de rang à l'adolescence pour un embarcadère touristique, elle avait promené des centaines de touristes sur les conches[1] et les rigoles, leur avait raconté les frênes têtards, les libellules, les loutres, etc., etc. et la vie quotidienne du Marais, debout sur une barque avec une grande godille de châtaignier qu'on appelle pigouille ; pour notre expédition elle avait pris les deux, une pagaie pour les eaux profondes et cette longue perche de bois – quelle surprise, à notre arrivée, de la voir ainsi debout à l'arrière de la "plate[2]", manœuvrant avec facilité l'embarcation en plantant son instrument dans la vase, comme le voulait la tradition : c'était ainsi qu'on avait poussé les bateaux dans le Marais pendant des générations. Max s'était installé, à moitié allongé sur un banc à l'avant, il avait déjà commencé à dessiner – apparemment il ne comptait pas ramer,

1. Équivalent maraîchin du canal.
2. Ainsi nomme-t-on les barques à fond plat.

sauf, dit-il, lorsque son moteur préféré serait fatigué, ce qui, à en juger par le corps athlétique du moteur, très élégant avec son foulard dans les cheveux façon publicité pour Israël dans les années 1950, n'allait pas arriver tout de suite.

Nous voilà donc partis. C'est très amusant de traverser les villages par leur cours d'eau, de voir les maisons par l'arrière et de découvrir toute une vie invisible depuis la rue, les potagers, les tas de bois, les cabanons, les balançoires, le tout au fil de l'eau. Quel calme, quelle belle lenteur. J'avais arrêté le swamp pop, préférant garder de la batterie dans l'enceinte pour l'étape et profiter du silence. Nous bavardions – Lucie m'expliquait un peu la flore ; il y a encore quelques années il y avait des lentilles d'eau partout, racontait-elle. On se promenait et la barque ouvrait un chemin dans les lentilles, on croyait marcher sur l'eau. Elles ont entièrement disparu. L'augmentation de la température de l'eau, la multiplication des stations d'épuration, la transformation de la faune a modifié un équilibre sans doute fragile. Il est difficile d'imaginer aujourd'hui que ces innombrables canaux (plusieurs milliers de kilomètres, d'après Lynn) étaient autrefois entièrement verts, comme une chaussée pour insectes. Max rêvassait, les mains sous la tête ; très vite, nous avons quitté le bras principal de la Sèvre pour nous enfoncer dans des méandres de voies d'eau secondaires. Je suivais tant bien que mal sur ma carte, c'était pas de la tarte ; nous étions sous les frênes et les peupliers dont les nouvelles feuilles d'un vert intense reflétaient le soleil ; par moments, au gré d'un trou dans la végétation, des flots de lumière blanche apparaissaient sur l'eau boueuse. J'étais complètement exalté par la beauté de la promenade. Je n'ai pas pu m'empêcher de crier Yiiiiihaaa !!! comme un cowboy d'opérette. Il faisait bon, un peu frais à l'ombre, mais ramer nous réchauffait. Max s'était assis face à la proue et dessinait Lynn qui enfonçait régulièrement sa pigouille dans la vase, s'appuyait dessus pour propulser la barque vers l'avant, et la retirait d'une série de gestes habiles et rapides – j'ai un peu perdu la main, disait-elle.

Il va de soi que, de toute la matinée, peut-être parce que nous étions bruyants, nous n'avons aperçu aucun animal sauvage – quelques oiseaux s'envolaient à notre approche, certains assez gros, mais nous étions (moi du moins) incapables de les reconnaître ; le *bird watching* c'est compliqué, on ne peut pas demander à l'aigrette bidule, attends une seconde, aigrette bidule, je tourne les pages de mon guide ornithologique, ne t'envole pas, quand on sait bien qu'il n'y a rien de plus froussard (et de plus rapide) qu'un piaf. Donc j'ai vite fait une croix, malgré les jumelles, sur le fait de nommer les oiseaux. De temps en temps Max se foutait de ma gueule en criant, David ! David ! Un héron à pattes de crabe ! ou, une frouteuse dansante ! et autres aberrations comiques. Rien ne pouvait me vexer par une si belle journée en si douce compagnie : ni mon ignorance du règne animal, ni mon incapacité à naviguer droit, ils pouvaient se foutre de ma gueule, je les ferai tous taire grâce à ma capacité à construire un feu : j'ai lu le livre, j'ai le bandeau d'*Apocalypse Now*, les lunettes de soleil, le Zippo™, tout ira bien.

Lucie ramait comme un métronome, elle était contente, souriait tout le temps, me racontait des histoires de son adolescence campagnarde. Je me suis mis à préparer des sandwichs pour tout le monde, on approchait de la pause déjeuner. Apparemment Lynn et Lucie savaient où elles allaient, un champ appartenant à une de leurs connaissances avec un genre de bassin pour apponter et une table en bois pour déjeuner : le paradis. Le terrain n'était pas trop détrempé, un peu boueux mais sans plus ; c'était un champ carré de cinquante mètres de côté entièrement entouré d'eau ; les côtés du quadrilatère étaient plantés de hauts peupliers (ils étaient assez vieux pour être vendus, disait Lucie. On vend les peupliers sur pied, comme ça, à une scierie qui vient les couper et emporter le bois – à l'automne ou en hiver, si ce n'est pas trop inondé, sinon au printemps ; on entendait d'ailleurs, dans le lointain, ce qui semblait être des tronçonneuses), au milieu s'étendait une prairie un peu ensauvagée, avec des orties assez hautes par endroits, et un vieux râtelier à foin dans un coin. On accostait en s'échouant sur une pente prévue à cet effet (j'ai réussi à me foutre les pieds dans la vase jusqu'aux chaussettes, bravo David). Effectivement, une table en bois (planches non équarries, clous rouillés, bancs de la même eau) était installée dans un coin, pas très loin du râtelier à foin.

— Comment est-ce qu'il amène ses vaches, votre copain, d'ailleurs, j'ai demandé naïvement.

— Elles sont hélitreuillées aux beaux jours, a dit Lynn. Si tu reviens dans un mois tu verras beaucoup de va-et-vient d'hélicoptères avec des vaches suspendues. Ensuite ils les posent dans les prés et reviennent les chercher à la fin de l'automne.

J'ai été à deux doigts d'y croire.

— En bateau, évidemment, a rigolé Lucie.

J'ai compris que la carte postale de la vache en barque que je voulais envoyer à Calvet n'était pas juste un truc folklorique.

— Ça se perd. Presque plus personne ne met ses bovins en pâturage dans les champs inaccessibles, c'est trop compliqué. Mais il reste encore quelques éleveurs qui le font.

En tout cas on ne risquait pas d'être dérangés. Un des côtés du champ donnait sur une rigole un peu plus étroite, sur laquelle avait été aménagé un petit pont de bois ; mais ce petit pont menait à un autre champ, protégé par un roncier gigantesque ; à part ce passage ardu, on avait l'impression que notre campement était inaccessible. On a descendu les affaires, j'ai remis ma compil de swamp pop en route, j'ai expliqué qu'il s'agissait de musique des bayous de Louisiane, de la pop marécageuse.

— On n'a pas encore les alligators, a dit Max, ça viendra peut-être si la température de l'eau continue d'augmenter. Les ragondins auront du souci à se faire.

J'ai imaginé de gros reptiles dentus et paresseux bouffer des castors et une jambe de touriste de temps en temps, drôle de perspective. Assez lointaine tout de même, me semble-t-il.

Alors au rythme endiablé de Jamie Bergeron, Sal Melancon et leurs Kickin'Cajuns, on a monté le camp. Les tentes dans un endroit un peu abrité, et surtout là où le sol était le moins boueux. J'ai déplié la toile cirée, on a déjeuné, sandwichs, œufs durs, tomates, salade de Lucie. La température était idéale, on était au soleil mais pas trop ; des insectes bourdonnaient autour de nous, des oiseaux voletaient au rythme de l'accordéon cajun, la bière sortie de la glacière était divinement fraîche, j'étais tout contre Lucie, pur bonheur.

Max a peint tout le week-end, des aquarelles presque abstraites, des surfaces aquatiques, des herbes, des reflets et aussi de magnifiques portraits de Lynn, de Lucie et même de moi en "soldat du marais sauvage", façon bayou ou guerre du Viêtnam, assez amusant.

L'après-midi, nous nous sommes séparés ; Max et Lynn sont restés au campement, et Lucie et moi sommes allés nous promener, en barque, un peu plus loin. Très romantique d'être ainsi tous les deux seuls dans une embarcation, même si ladite embarcation n'est pas du plus confortable pour les activités érotiques, pas vraiment prévue pour, encore que la possible apparition de touristes et de leur guide au détour d'une voie d'eau rajoute un peu de piment à la chose, le risque de tomber à l'eau, bien réel dans le cas d'acrobaties et de contorsions, engage à la plus grande prudence dans les mouvements.

Vers le soir, avec Max, nous sommes partis en chasse : je voulais absolument voir des myocastors, à défaut de loutres, dont on sait qu'ils sont très actifs au crépuscule. Et effectivement : ce sont de grosses bestioles pas trop farouches, avec une longue queue tubulaire et de gigantesques incisives de couleur (je n'y croyais pas, mais c'est réel), disons plutôt orangées. Dès qu'on s'approche à moins de dix mètres, ils se jettent à l'eau. Ils ont une fourrure sombre qui me paraît ressembler à celle du castor.

Lucie m'a raconté qu'une fois, bien des années plus tôt, Franck en avait tiré plusieurs à la carabine 22LR près de ses champs ; il en avait dépecé un et essayé de le griller au barbecue. Apparemment, c'était assez dégueulasse – il fallait peut-être le faire mariner deux ou trois jours dans la sauce cajun pour que ce soit à peu près mangeable.

Ces ragondins sont les seuls animaux que nous ayons vus – en revanche nous en avons entendu des dizaines. La nuit sous la tente, mon Dieu, à peine séparé de la nature sauvage par un misérable millimètre de tissu, on entend toutes sortes de bestioles, des pas, des branches cassées et même des respirations assez fortes (j'ai eu une trouille bleue) : il paraît que ce sont les sangliers, qui soufflent fort. (Il se peut aussi que Max ronfle, même s'il l'a nié farouchement au matin et que Lynn, par charité sans doute, n'a pas fait de remarque.)

Le soir, j'ai donc été préposé au feu – je ne m'en suis pas trop mal sorti, il n'y a pas eu de tas de neige tombant des peupliers pour me l'éteindre (ni de froid glacial pour nous geler les pieds, ni de chien ingrat[1] : Lucie l'avait laissé à la maison). Bien sûr, j'ai triché, j'avais de l'allume-barbecue et du charbon, mais je nous ai fait griller des entrecôtes comme un pro[2]

1. Cf. London, Jack, *Construire un feu*, 1908.
2. Mazon, David, *Cajun Survival Cooking: the Swamp Pot*, éditions de la Grenouille empalée, Niort.

grâce à ma plancha en métal posée direct sur les braises. Tout le monde a trouvé ce dîner magnifique ; les patates dans l'aluminium étaient juste ce qu'il faut de brûlées pour avoir du goût ; le bordeaux était acceptable (heureusement que j'avais pensé au couteau suisse pour l'ouvrir) et il nous a réchauffés – avec la proximité des braises et le bras de Lucie autour de mon épaule je n'avais pas froid. Coup de chance j'avais trouvé un vieux tas de bois pas trop humide dans un coin du champ, je jetais de temps en temps une branche dans les braises, elle s'enflammait aussitôt, projetant une lumière orangée sur les visages de Max et de Lynn enlacés en face de nous. La nuit devenait néanmoins de plus en plus fraîche et humide ; seul un petit croissant de lune nous éclairait : dès que les flammes baissaient, on n'y voyait goutte. On a fini par geler et décider d'intégrer les tentes ; il était près de 22 heures. Max avait évidemment pensé à prendre un matelas gonflable – Lucie et moi avions complètement oublié. Nous avons dormi directement sur le sol du marais, et malgré tous les avantages telluriques et initiatiques que cela peut signifier, entre l'humidité impressionnante du lieu (la condensation faisait pleuvoir à grosses gouttes à l'intérieur de la tente le lendemain matin, du jamais vu) et le peu de couverture végétale sous le duvet et le sol de la tente, j'avais des courbatures partout au réveil – les hanches en vrac, les lombaires endolories. Max et Lynn se sont permis une grasse matinée, alors qu'avec Lucie on n'avait qu'une envie, c'était de se lever pour prendre l'air et se désengourdir.

Au point du jour, le Marais était fascinant – des tapis de brume parcouraient la surface de l'eau comme des dragons, tout bruissait d'oiseaux au chant inconnu, la lumière teintait de rouge tout ce qu'elle touchait. J'ai bien galéré pour rallumer le feu mais j'ai quand même réussi à faire bouillir de l'eau pour un café soluble. Puis on a pris la barque avec Lucie pour aller au village de Coulon acheter du pain frais

– c'est très amusant de se rendre à la boulangerie à la rame, de garer son embarcation comme si c'était un vélo. Lynn et Max étaient épatés quand ils sont sortis de leur tente et ont trouvé des croissants – Lucie est vraiment toujours pleine d'idées et de ressources, et ce week-end maraîchin l'a une fois de plus confirmé.

24 octobre

Je me souviens que lorsque nous sommes rentrés à la Pensée Sauvage j'étais un peu mélancolique ; retrouver la noire civilisation est difficile, quand on tombe du vert Paradis. Malgré ce magnifique moment de communion maraîchine (où j'ai appris, entre autres, que Lucie faisait plus que se débrouiller une rame à la main) je me sentais toujours un peu frustré par son refus de ma proposition d'installation agricole ; je pensais que dans l'intimité de la nature nous pourrions avancer sur ce thème, ce ne fut pas le cas : j'ai essayé subtilement d'amener le sujet, sans succès. Tout ce que j'ai réussi à apprendre, c'est qu'elle avait demandé à sa mère de se renseigner pour savoir ce qu'il en était de ces terrains. Peut-être une avancée…

Par malchance, c'est précisément pendant cette période de doute (quelques semaines après le Paradis de l'humidité et des rongeurs, donc) que nous avons eu notre première véritable engueulade. Cela me brise d'autant plus le cœur que c'était entièrement ma faute, lié à cette crise d'orgueil agricole, à cette blessure de l'auberge de Saint-Maixent, une volonté de vengeance.

Comme toutes les engueulades, le motif en fut absolument trivial, insignifiant, même. Je note ici ma version des faits.

Les Amants de Vérone
Drame pastoral en un acte
Scène I

Un après-midi tranquille à la Pensée Sauvage. Il pleut dehors. (Rires du public.)

DAVID *(monte le volume de Radio Nostalgie®)* : Tu aimes Henri Salvador ? J'adore cette chanson.

(*On entend* J'aimerais tant revoir Syracuse, *etc.*)

LUCIE *(allongée à moitié nue sur le lit, fait des gestes vers le plafond, attrape un chat qui passait par là, chantonne)* : L'île de Pâques et puis Rouen…

DAVID *(s'assoit sur le lit, en tenue d'Ève)* : KAI-ROU-AN, pas Rouen ha ha c'est pas drôle.

LUCIE *(sincèrement surprise)* : Je me disais aussi, c'est pas très exotique, Rouen.

DAVID : Non, hein ?

LUCIE : Ça se trouve où, Kairouan ?

DAVID : Je sais pas, pas loin de l'île de Pâques sans doute.

LUCIE : C'est qui les amants de Vérone ?

DAVID : Les amants de Vérone, ça ne te dit rien ? Tu es vraiment complètement inculte, ma pauvre.

LUCIE : C'est pas gentil, ça. Pourquoi ?

DAVID *(faussement ironique)* : Il faut vraiment être une plouc et avoir grandi dans un trou pour ne pas savoir qui sont les amants de Vérone.

LUCIE *(très vexée)* : Mais arrête, qu'est-ce qui te prend ?

DAVID *(enfonçant le clou)* : Sans rire, c'est incroyable de nullité, on voit que tu n'es pas allée à l'école comme tout le monde.

LUCIE *(blessée)* : Tu te moques de moi ? Bien sûr que je suis allée à l'école comme tout le monde. Et puis on s'en fout des amants de Vérone !

DAVID *(méchamment grandiloquent)* : Quelqu'un qui ne connaît pas *Roméo et Juliette* n'est pas allé à l'école. Et non, ce n'est pas une série de Netflix. C'est Shakespeare.

(Lucie se rhabille et s'en va avec perte et fracas, en claquant la porte.)

Cinq minutes après son départ je faisais encore le fanfaron tout seul persuadé d'être dans mon bon droit ; j'engueulais les chats, c'est quand même dingue de ne pas connaître Shakespeare, et plus je passais ma fureur sur les félins plus je me sentais mal. Qu'est-ce qui m'avait pris ? Quelle était cette rage soudaine ? D'où sortait cette colère ? Au bout d'une heure malgré mes messages elle n'était pas revenue, alors j'ai décidé de prendre la voiture (il pleuvait toujours comme vache qui pisse, il y avait deux semaines qu'il pleuvait comme vache qui pisse, depuis qu'on était rentrés de ce week-end maraîchin il pleuvait comme vache qui pisse, ça finit par vous pourrir le ciboulot, le transformer en éponge) et d'avancer jusque chez elle pour m'excuser. Sa voiture n'était pas là. Je me suis garé au début de sa rue et j'ai attendu ; je ne voulais pas aller voir Arnaud, qui aurait insisté pour qu'on joue à quelque chose, je n'avais pas envie que Lucie rentre et me trouve en pleine partie de dominos avec son cousin, pas facile de discuter à trois ; j'ai donc planqué dans la voiture en lui envoyant des messages ; au bout d'une heure elle n'était toujours pas là, je suis rentré.

Le soir pas de nouvelles, je me suis couché la mort dans l'âme.

Le lendemain midi, toujours sans nouvelles, j'ai envoyé un message audio à Lucie avec ces vers, trouvés sur le web,

Aussi bien j'aperçois ces melons qui t'attendent
Et ces fleurs qui là-bas entre elles se demandent

S'il est fête au village, et pour quel saint nouveau,
On les laisse aujourd'hui si longtemps manquer d'eau[1],

honteusement volés à un type appelé Nicolas Boileau, un bloggeur jardinier semble-t-il, dans l'espoir que cela la fasse rire et revenir pour arroser, même s'il pleuvait depuis des semaines. Et puis j'ai réfléchi, c'était encore l'écraser de ma culture, une saloperie de cuistrerie à la David, les vers, la poésie, même provenant d'internet – alors j'ai effacé le message avant qu'elle ne l'écoute.

J'étais vraiment désemparé.

Très triste, blessé d'avoir blessé.

J'ai laissé tomber la poésie maraîchère et j'ai enregistré un autre message beaucoup plus sincère et tout à fait désespéré, *pardon, Lucie, reviens, je suis dévasté de t'avoir fait du mal. S'il te plaît.* Et j'ai attendu en réfléchissant ; je me suis demandé d'où me venait cette connerie de sentiment de supériorité, quoi, j'avais fait des études, oui, mais pas de Shakespeare, dont je n'avais jamais lu une ligne, après tout j'étais ignare, ignare et ma culture ressemblait à un nuage d'insecticide sorti d'un pulvérisateur : inconsistant, toxique et vite disparu. Seul le savoir importe, la vraie connaissance, et pas les noms qu'on lance de mémoire comme les slogans de publicités avalés à l'adolescence, les amants de Vérone, le prince du Danemark, la fille de Minos et de Pasiphaé.

J'ai été obligé de ramper devant Lucie avec un bouquet de fleurs pour qu'elle accepte mes excuses. J'ai même cassé ma tirelire et je l'ai invitée à passer quatre jours en Italie en juin, Vérone, Padoue, Venise, un vrai voyage de noces, elle a accepté. C'est magnifique Vérone, même s'il y a autant de touristes devant la maison de Juliette et sur son balcon que face à la tour Eiffel un dimanche, j'exagère à peine.

1. Nicolas Boileau, *Épîtres*, XI, "À mon jardinier".

Vu d'aujourd'hui, alors que Lucie et moi sommes installés ensemble aux Bons Sauvages au milieu de la Gâtine, que tout va très bien entre nous, que nous possédons une centaine de pommiers et de quoi faire pousser cinq hectares de légumes (Lucie) et d'herbes médicinales et aromatiques (David), des serres en construction, une nouvelle Amap qui grandit chaque jour et quatre restaurants qui nous achètent d'ores et déjà grande partie de notre production, un projet d'investissement dans une micro-usine de soupe en bouteilles ("DocSauvage" Cajun Soup® (soupe d'alligator imaginaire du marais), Prends l'oseille, fais ton beurre® (soupe oseille-beurre), T'es pas qu'une courge® (soupe courge-châtaigne) – plus quelques autres à venir, par exemple la soupe verte Toutes les herbes ne se fument pas® (soupe d'épinards et d'aromatiques) dont les recettes sont inventées par le grand David Mazon et son ami le vieux Thermomix™ eux-mêmes, que Lucie est finalement parvenue à un accord avec Franck pour commercialiser à son compte partie de sa production pendant deux ans le temps que nos propres légumes poussent, vu d'ici toute cette engueulade shakespearienne paraît une broutille.

Mais je crois qu'elle m'a fait comprendre non seulement à quel point je tenais à Lucie, mais aussi à ma nouvelle vie – d'ailleurs je ferais mieux de me rouvrir le tableur et de boucler mon budget prévisionnel pour le laboratoire à soupes, je viens de recevoir le devis de la gravure sur verre des bouteilles. Le stérilisateur autoclave coûte déjà un bras… Il va falloir bien penser le truc. J'ai rendez-vous avec le directeur du Super U d'à-côté, il est sympa, il va me faire un petit topo sur les prix et la distribution.

Au boulot, David !

24 octobre

J'ai appris par *La Nouvelle République* qu'on avait arrêté le zoophile étrangleur de chèvres, qu'une milice d'éleveurs et d'agriculteurs l'avait traqué, avait planqué pendant des jours et des nuits devant des webcams judicieusement disposées jusqu'à le prendre sur le fait. J'imagine sa honte. Il va y avoir un procès public, à moins que le juge n'ordonne le huis clos à cause du danger pour les mœurs.

Pauvre type. Pauvres chèvres. Ça m'a inspiré encore un petit poème pour Calvet :

Item, au bon Yvon Calvet
Un pelage de capriné :
Déguisez femme si pouvez
En Amalthée pour mieux piner[1].

Ha ha ha. Sympathique histoire que celle de cette chèvre mythologique qui allaite Zeus, rien que ça. C'est de là que viendrait la constellation du Capricorne : Zeus aurait constellé sa chèvre préférée, Amalthée. Tiens, que dit mon horoscope, d'ailleurs ?

Gémeaux : votre attitude positive vous aidera une fois de plus à surmonter une situation qui pourrait s'annoncer difficile.

Heureusement que j'ai une attitude positive.

Le vrai changement dans notre situation a eu lieu quelques semaines plus tard, quand la possibilité est apparue clairement de récupérer les terrains de Françoise, la mère de Lucie, en Gâtine, c'est-à-dire à une vingtaine de kilomètres au nord de La Pierre-Saint-Christophe et de la Pensée

1. Mazon, David, *Œuvres poétiques complètes*, Bibliothèque de la Pléiade, Paris, vol. 1, “Ballades”, p. 641.

Sauvage, pas très loin d'une petite ville appelée Secondigny. Transition entre la plaine et le bocage, granitique et non plus calcaire, la Gâtine était surtout une terre de vergers et d'élevage, assez vallonnée, couverte de haies. De jolies campagnes. Lucie n'y était pas allée depuis des années, alors on a pris Titine et on a rendu une petite visite à l'exploitant qui occupait pour le moment la ferme du Moulin, entre le Thouet et la Sèvre nantaise, à mi-chemin entre Secondigny et Vernoux-en-Gâtine. Bien sûr à peine était-on montés dans la voiture que Lucie a commencé à râler, mais qu'est-ce qu'elle schlingue, ta bagnole, c'est l'odeur du gros Thomas ça ? C'est une vraie infection. Tu as vu que tu as des vers à mouches dans le coffre ? Et en plus il pleut dedans, ta Rolls ! J'en reviens pas, j'ai une flaque sous les pieds ! C'est pour apprendre à ramer en conduisant ? Le tournevis c'est au cas où tu serais attaqué par des zombies ? Pour leur planter dans l'œil comme dans *The Walking Dead* ?

Bref, des attaques de mauvaise foi, selon lesquelles non seulement ma voiture puait, n'était plus étanche, que le chauffage ne marchait pas, que la clim n'était pas efficace, ce que je veux bien reconnaître, d'accord, mais je conduis tout à fait droit et je ne fais pas, comme ricanait Lucie, les quatre coins de la route. C'était une allusion perverse à ma façon de piloter une barque, totalement déplacée.

Titine et moi avons donc amené la princesse aux petits pois à bon port.

L'endroit nous a fait forte impression. Un beau verger en pente douce, des champs abrités du vent ; un petit bois, un beau corps de ferme en moellons pas trop ruiné, des hangars et beaucoup de dépendances ; de l'eau en contrebas et, d'après le paysan qui occupait ces terres, des sols bien drainés, profonds, idéaux pour la culture de légumes.

Sur le chemin du retour, après une demi-journée sur place, à visiter les terres, les bâtisses et inspecter presque chaque arbre séparément, et sans vouloir nous faire trop d'illusions quant à la possibilité d'une reprise, en gueulant pour s'entendre à cause du bruit du moteur de Titine sur la route qui, par Scillé, Le Busseau et Coulonges nous ramenait à La Pierre-Saint-Christophe, nous avons commencé à lancer nos premiers plans sur la comète. Nous étions tous les deux tombés amoureux de l'endroit. C'est juste immense, répétait Lucie. Bien plus grand que dans mon souvenir. À l'abri, idéal pour les serres, bien orienté – le bon versant de la colline, côté vallée, côté sud. C'est à peine pentu, pas trop crevant. Mais les dizaines de pommiers… Qu'est-ce qu'on va en faire ? C'est du boulot, les fruits. Faut traiter, se battre contre les vers, les saloperies diverses et variées, ramasser les fruits tombés deux fois par semaine, etc. Après il faut les stocker pour pouvoir les vendre jusqu'au printemps. Et est-ce que les gens achètent des pommes ?

— Bah si elles sont bonnes, oui. Sinon on fait du jus, on a de la place pour stocker les bouteilles.

Et c'est comme ça, petit à petit, grâce aussi à ces pommiers, que les idées sont venues.

Lucie ferait pousser ses légumes, ce serait sa partie du truc – dix mille mètres carrés en BIO, approche permaculture progressive, le reste de la surface étant utilisée pour des cultures annexes (les patates, qui prennent une place gigantesque, surtout en BIO) et pour faciliter les rotations des cultures. Je ne lui filerais un coup de main que lorsque ce serait indispensable (désherbage, cueillette, ramassage, etc.). Moi je m'occuperais des pommes, de la commercialisation en général (marchés, nouveaux débouchés, Amap, vente à la ferme, etc.) et surtout de la transformation des surplus : jus, conserves.

Youkaïdi, youkaïda.

Cette séparation des tâches faisait soudain que Lucie puisse envisager de travailler avec une buse comme moi, buse dont elle entrevoyait cependant les avantages : l'enthousiasme, la *positive attitude*, l'habitude des présentations écrites et orales, la passion pour l'apprentissage et la nouveauté et surtout, la force brute.

Comme dit Gontrand : la compétence de celui qui n'en a qu'une.

Avant tout, l'essentiel : en travaillant les essences des haies, en soignant les sols, en contrôlant les intrants, en ménageant des espaces pour les butineurs, les oiseaux, en limitant notre recours à l'irrigation, nous sauvions quelques hectares de planète – quelques hectares plantés qui allaient pomper des tonnes de CO_2 dans l'atmosphère, donner de l'ombre, condenser de la rosée, etc. Quelques degrés de moins en été, une paille dans la roue de l'Apocalypse.

Un beau projet.

Nous entendions bien être nous-mêmes la seule production animale de l'exploitation.

On était tellement enthousiastes qu'on s'aimait comme deux cervidés en rut, mais au printemps. Les incertitudes de Lucie quant au fait de travailler avec moi disparaissaient petit à petit ; le vent de l'ardeur chasse le nuage du tracas. Très vite, bien plus vite qu'on ne l'imaginait, et moyennant un gros billet de notre part, l'exploitant actuel (par ailleurs cousin éloigné de Lucie) a fait valoir ses droits à la retraite et est parti s'installer à Marennes, "où il fréquentait" (version de la mère de Lucie).

Ensuite j'ai découvert la chambre d'agriculture, monsieur Gontrand est apparu dans ma vie et mes tracas administratifs ont débuté.

Pour Lucie commençait le casse-tête de la reconversion de l'exploitation (matériel inadéquat qu'il fallait vendre et remplacer, sols plantés [patates, luzerne, oignons] dont on ne savait pas quoi faire, prévision des rotations, nouveaux réseaux de vente à construire, enfin bref autant de questions pour lesquelles finalement monsieur Gontrand était de bon conseil), pour moi le casse-tête de la tonte entre mes pommiers, des premiers traitements, des heures passées à lire des trucs incompréhensibles sur les mœurs des ravageurs, carpocapse et autres bestioles immondes que je me faisais une joie d'envoyer *ad patres* ou chez le voisin : pieds tendres, allez vous faire pondre ailleurs.

Le front juridique était ouvert et la bataille bancaire faisait rage dès la mi-mai.

J'ai trouvé le nom parfait : Aux Bons Sauvages, rejoignant Montaigne, Rousseau, Lévi-Strauss et l'art du *branding* cher aux théoriciens du marketing.

Il y a un rapport entre l'égyptologie et l'agriculture : le montant des investissements nécessaires pour s'octroyer un salaire de misère au bout de cinq ans est pharaonique.

Et cela, sans rénover notre logement, à part une vague couche de peinture, quatre éléments de cuisine IKEA™ et des meubles Emmaüs.

Août, mois des augures et des étoiles filantes, deuxième mois de notre installation, a été magique. Il faisait chaud, mais on était bien. On cueillait des pommes ; Lucie avançait dans ses planifications et ses premières planches de culture, on mangeait les légumes du potager que notre prédécesseur avait plantés ; on a réussi à refourguer pour pas grand-chose notre récolte pas terrible d'oignons, en en gardant une centaine de kilos à la cave ; on a fait une grosse fête pour trier les pommes de terre : on s'est bien marrés ; on les avait un peu abandonnées, les patates, on en a balancé un tiers de vertes – flonflons, lumières façon guinguette, saucisses au barbecue, quinze kilos de frites maison, on a invité toute la contrée jusqu'à Secondigny et toute La Pierre-Saint-Christophe ; Max et Lynn, Mathilde, Gary, Arnaud bien sûr, même Martial l'enterreur en chef, Paco et les copains du Café-Pêche, Franck, sans oublier Kate et James mes amis londoniens ils ont tous mis la main à la pâte, avant de danser et de s'amuser jusqu'à pas d'heure.

Max m'a fait un cadeau, le salaud : deux petits cochons noir et blanc à longues oreilles, une variété basque appelée pie noir qu'il est allé chercher au fin fond des Pyrénées. Il m'a dit, ils vont s'occuper de tes pommes tombées et de tes patates vertes, c'est l'idéal, tu les laisses se promener – et effectivement il avait plus ou moins raison ; ils s'entendent à peu près bien avec le chien, on les a baptisés Roméo et Juliette. Juliette est devenue beaucoup plus balèze que Roméo, avec le temps, mais je suis sûr que cette tendance va s'inverser.

La population des Bons Sauvages est donc la suivante :
deux chats,
un vieux chien,
deux cochons,
quelques mulots,
une famille de hérissons,
des millions de bestioles invisibles plus ou moins nuisibles
et deux hominidés adultes.

25 octobre

Max sort d'ici – il est passé déjeuner : il a profité d'une éclaircie pour dérouiller la moto. Il m'a donné des nouvelles du village : tout le monde va bien. Arnaud s'adapte parfaitement à la Pensée Sauvage, il est content, Mathilde est heureuse de s'occuper un peu de lui. On a eu peur qu'il soit très désorienté après la vente de la maison du grand-père, mais non. Il vient donner un coup de main pour réparer nos machines très souvent, il est là presque tous les weekends, ce que Max savait bien sûr déjà.

Les poivrots du Café-Pêche s'arsouillent toujours tranquillement chaque soir entre 18 et 20 heures, Maximilien un peu moins ces temps-ci, me dit-il ; il est plutôt chez lui avec Lynn. Le gros Thomas est insupportable, d'une humeur massacrante, il souffre beaucoup, d'une hernie inguinale qu'il est trop terrorisé pour faire opérer.

Max va mieux, il a complètement arrêté de photographier son caca chaque matin et s'est remis à peindre. Je pense que l'influence de Lynn a du bon.

Il faudra qu'on se refasse un week-end dans le Marais, aux beaux jours.

Donc le 30 juin, après un mois de préavis, un voyage en Italie et des dizaines d'heures de boulot aux Bons Sauvages pour remettre plus ou moins en état notre futur foyer, j'ai quitté la Pensée Sauvage.

J'étais triste sans l'être.

Je suis allé dire au revoir, embrasser Mathilde, serrer la main de Gary, Lucie m'attendait à côté de la bagnole. J'ai fait un dernier tour du propriétaire, de l'ex-propriétaire, en fait. Les chats me regardaient en miaulant doucement dans leur caisse de transport, c'était joyeux et triste ; un rayon de soleil que je n'avais jamais remarqué réchauffait le lit sans draps, pour personne. J'ai attrapé mes bagages et la boîte avec Nigel et Barley, je suis sorti, j'ai laissé la porte ouverte.

Adieu sauvages, adieu voyages ! j'ai crié.

Lucie m'a regardé d'un drôle d'air, ses yeux gris brillaient, magiques.

J'ai balancé les deux sacs à l'arrière, installé les chats, la fourgonnette puait la mort, rien à faire.

J'ai eu une pensée pour Lara, c'était bien mieux comme ça. *Et chercher sur la terre un endroit écarté*, et puis quoi déjà ?

— Je conduis, tu vas encore faire les quatre coins de la route, a dit Lucie.

— Manquerait plus que ça, j'ai répondu. Manquerait plus que ça.

Elle m'a jeté les clés en riant, je me suis senti aspergé par son rire, *Où de bien labourer on ait la liberté*, ça m'est apparu d'un coup.

Lucie s'est assise sur le siège passager, malgré le tournevis sa vitre est descendue de dix centimètres quand elle a claqué la portière.

J'ai adressé un petit signe à Gary, envoyé un baiser à Mathilde.

— Allez, on n'a pas toute la vie, m'a dit Lucie.

— Beh si, justement, j'ai répondu.

J'ai mis le moteur en route, enclenché la première et on est partis sauver la planète.

ÉCLAIRCISSEMENTS

Ce roman a été imaginé et débuté en juin 2009 à la Pensée Sauvage, résidence d'auteurs animée par mon ami Olivier Dautrey, sise à Rochesson dans les Vosges. Je tiens à remercier le Centre national du livre pour les deniers accordés à cette occasion.

Les poèmes qui apparaissent p. 203 sont du chanteur et poète deux-sévrien Yves Rabault, dit "le barde poitevin" (1911-1990), auteur entre autres du tube *La Sauce aux lumas* sur une musique de Vincent Scotto.

Les vers en l'honneur des rosières de La Mothe-Saint-Héray reproduits p. 263 sont d'Auguste Gaud (1857-1924).

La description de la forêt gauloise de Lucain dans *La Pharsale* (à côté de Marseille, plus que dans l'Ouest de la France) est tirée de la traduction qu'en donne Jean-François Marmontel, p. 348-350.

P. 304-305, le sermon de Bossuet sur la mort dont Poiraudeau récite un extrait fut prononcé pour la quatrième semaine de Carême 1662, au Louvre, devant le roi, alors que son auteur n'est encore qu'un simple prêtre de trente-cinq ans.

Les vers de Boèce p. 284 sont extraits du livre I, chapitre XI, de la traduction de Louis Judicis de Mirandol de la *Consolation de la philosophie*, puis p. 287 du livre II, chapitre XIV.

La citation de Sénèque est extraite de la quatrième lettre à Lucilius.

La lettre à Lucilius qui contient le suicide de Caton est la lettre XXIV. La traduction citée est celle de Joseph Baillard.

Mila esker à Marie Cosnay pour son extraordinaire traduction des vers 900-930 du *De rerum natura*, de Lucrèce, citée p. 301-303.

Un jour dans un bar à Berlin, à l'automne 2009, le peintre Juan Miguel Pozo me raconta qu'à La Havane il avait connu un fou qui récitait des éphémérides interminables en échange d'une pièce de monnaie – j'ai immédiatement imaginé que cet homme était un savant doublé d'un shaman omniscient.

Un immense merci à Michel Bertaud de Béceleuf, historien de la Plaine, à qui je dois le livre de l'instituteur Marcel Barbaud (mon Marcel Gendreau), qui s'intitule en réalité *Nature exige*... et est sensiblement différent de la terrible histoire de Lucie et Jérémie que j'invente à peu près entièrement. Les vers de mirliton que j'attribue à Gendreau ne rendent pas justice à ceux du "vrai" Marcel Barbaud, qui termina (comme Marcel Gendreau) sa carrière d'instituteur à Échiré après l'avoir débutée à Faye-sur-Ardin.

Daniel Chotard aimait raconter des histoires de sa jeunesse. J'aimais les écouter, ses récits de villages, de facteurs ivres somnolant planqués derrière un muret les jours de paye, de cylindreurs prenant pension des semaines entières dans des fermes en échange du goudron de la cour, de syndicalistes soûls faisant des tonneaux en Simca et en plein centre-ville de Niort après avoir trop fêté la victoire de la gauche.

Nombre des histoires de ce livre sont vraies, parce que Daniel me les a racontées. Qu'il repose en paix.

Mon père me confiait, au cours de l'une de nos dernières conversations, que l'activité qui lui avait donné le plus de plaisir dans son existence avait été la pêche. Le 30 décembre 2019 les fossoyeurs ont emporté son corps vers le bûcher ; son âme, elle, est repartie dans la Roue.

Ce livre lui est dédié, ainsi qu'à tous ceux qui peuplent mes souvenirs d'enfance deux-sévrienne.

TABLE

DU MÊME AUTEUR

LA PERFECTION DU TIR (prix des Cinq Continents de la francophonie), Actes Sud, 2003 ; Babel n° 903.

REMONTER L'ORÉNOQUE, Actes Sud, 2005 ; Babel n° 1373.

BRÉVIAIRE DES ARTIFICIERS (illustrations de Pierre Marquès), Verticales, 2007 ; Folio n° 5110.

ZONE (prix Décembre, bourse Thyde-Monnier SGDL, prix Cadmous, prix Candide, prix du Livre Inter 2009, prix Initiales 2009), Actes Sud, 2008 ; Babel n° 1020.

MANGÉE, MANGÉE. UN CONTE BALKANIQUE ET TERRIFIQUE (illustrations de Pierre Marquès), Actes Sud Junior, 2009.

PARLE-LEUR DE BATAILLES, DE ROIS ET D'ÉLÉPHANTS (prix Goncourt des lycéens, prix du livre en Poitou-Charentes 2011), Actes Sud, 2010 ; "Les Ateliers d'Actes Sud", 2021 ; Babel n° 1153.

L'ALCOOL ET LA NOSTALGIE, Inculte-Dernière Marge, 2011 ; Babel n° 1111.

RUE DES VOLEURS (prix Liste Goncourt / Le Choix de l'Orient, prix littéraire de la Porte Dorée, prix du Roman-News), Actes Sud, 2012 ; Babel n° 1259.

TOUT SERA OUBLIÉ (illustrations de Pierre Marquès), Actes Sud BD, 2013.

BOUSSOLE (prix Goncourt), Actes Sud, 2015 ; Babel n° 1478.

DERNIÈRE COMMUNICATION À LA SOCIÉTÉ PROUSTIENNE DE BARCELONE, Inculte-Dernière Marge, 2016 ; Babel n° 1595.

PRENDRE REFUGE (avec Zeina Abirached), Casterman, 2018.

DÉSIR POUR DÉSIR, RMN-Grand Palais, coll. "Cartels", 2018 ; Babel n° 1777.

J'AI MIS MA LANGUE À COUPER, Bayard, coll. "Les petites conférences", 2020.

LE BANQUET ANNUEL DE LA CONFRÉRIE DES FOSSOYEURS, Actes Sud, 2020 ; Babel n° 1814.

OUVRAGE RÉALISÉ
PAR L'ATELIER GRAPHIQUE ACTES SUD
REPRODUIT ET ACHEVÉ D'IMPRIMER
EN AVRIL 2022
PAR NORMANDIE ROTO IMPRESSION S.A.S.
À LONRAI
POUR LE COMPTE DES ÉDITIONS
ACTES SUD
LE MÉJAN
PLACE NINA-BERBEROVA
13200 ARLES

DÉPÔT LÉGAL
1re ÉDITION : MAI 2022
N° impr. : 2201400
(Imprimé en France)